画蛇者说

画—蛇—者—说

蔺时工／著

山东人民出版社
国家一级出版社 全国百佳图书出版单位

图书在版编目（CIP）数据

画蛇者说 / 蔺时工著 . -- 济南 : 山东人民出版社 , 2023.5

ISBN 978-7-209-14587-9

Ⅰ . ①画… Ⅱ . ①蔺… Ⅲ . ①随笔—作品集—中国—当代 Ⅳ . ① I267.1

中国国家版本馆 CIP 数据核字 (2023) 第 071413 号

画蛇者说

HUASHEZHESHUO

蔺时工　著

主管单位　山东出版传媒股份有限公司
出版发行　山东人民出版社
出 版 人　胡长青
社　　址　济南市英雄山路165号
邮　　编　250002
电　　话　总编室（0531）82098914
　　　　　市场部（0531）82098027
网　　址　http://www.sd-book.com.cn
印　　装　山东新华印务有限公司
经　　销　新华书店

规　　格　16开（169mm×239mm）
印　　张　32.25
字　　数　480千字
版　　次　2023年5月第1版
印　　次　2023年5月第1次
ISBN 978-7-209-14587-9
定　　价　98.00元
　　　　　如有印装质量问题，请与出版社总编室联系调换。

本书分上中下三篇。上篇《百扇堂笔记》，因陋室藏有百把折扇，故名。里边的聊斋体笔记，是我最得意的作品。中篇《白家楼纪事》，白家楼是我的老家，是我的精神家园；那些纪事，与我砸断骨头连着筋。下篇《闲敲棋子落灯花》，借南宋赵师秀一句诗，记述我难忘的一些人和事，牛头马腚，假语村言，姑妄听之。再至于《画蛇者说》，无非添足而已。

乱花渐欲迷人眼

——序《画蛇者说》

李玉洋

我和王玉林兄相识相知几十年，他每有新作，我总是先睹为快，一饱眼福。今次，他又把近十几年来的作品结集付梓，嘱我写几句话，我乐得从命。

玉林兄是一位天资聪颖勤奋有加的写作者，更是一位博学多才成绩斐然的文化人。前些年，他致力于杂文创作，关心关注世情民瘼、党风政风、人情冷暖、大众疾苦，以“蔺时工”为笔名，写出了一篇又一篇为人们称道的好作品，曾经荣获《人民日报》“金台杂文奖”。这一殊荣，标志着玉林兄的杂文达到了较高的思想艺术水准，从而当之无愧地跻身于当代杂文名家的行列。

庾信文章老更成。近几年来，玉林兄又写了一大批笔记小说，陆陆续续发表在各种杂志和“画蛇者说”博客上，亦深受大家喜爱。笔记文学，是中国文学的一大传统。自干宝《搜神记》、刘义庆《世说新语》开一代文风，经过历代文人墨客的努力，到清初蒲松龄《聊斋志异》、纪昀《阅微草堂笔记》等巨作迭出，称雄文坛。直到近现代，绵绵不绝，大家辈出，佳作不断。鬼狐神怪、魑魅魍魉，帝王将相、贩夫走卒，市井人情、民风俚俗皆入文章，嬉笑怒骂、妙笔生花，洋洋大观也。笔记文学乃文学史上一条令人眼花缭乱、目不暇接的山阴道路。不信，列位看官不妨拿点时间，读几本笔记小说，保你笑颜常驻，益寿延年。

《画蛇者说》这部文集，煌煌三十余万言，大多是写人状物的笔记体文字。其特点不必絮聒，读者诸君会通过自己的阅读评骘臧否。这里，我且说说个人的一点感想：作品通过一个个小人物的小故事反映折射出时代的大背景，充满了艺术感染力。他的人物故事，笔意纵横，恣肆汪洋，让人一过眼便难以忘怀。公社的书记社长农技员，宫里大集上的王大娘，大字不识一个的女英雄“妇女独占一棵枪”，这些人们生活中司空见惯的人物，当他们从玉林兄笔端走到我们眼前的时候，顿觉活灵活现，生动新鲜。尤其是《奸犬》中描写的白狗，当时就看得我毛骨悚然、心惊肉跳，三天后依然心有余悸、冷汗直出。这条工于心计的白狗，绝对是一条妖精级的畜生。一条狗到了能对举报它的人设局下手的地步，还有什么事情干不来？仔细想来，不由人悚然警惕：养痈遗患啊！

作者笔下涌动的是高度的社会责任感，剖析鞭笞丑恶污浊，颂扬褒奖至善真美。他写恒忍：工作一干四十年，领导上从未批评过他，同事间和谁也没红过脸，账目上未出现过任何差错。这样的人，是应该列入圣贤行列的。公社里的兴和书记，一个颇有资历的三八式老干部，酒喝大了，居然乱说一气：我实在不愿意干主任这个差事了，就愿意炒几个菜。一副淳朴憨直的样子跃然纸上，让人忍俊不禁。至于“聊斋体”中的那些花妖狐怪，半是虚幻，半是现实，亦真亦幻，亦人亦鬼，给人以无限的遐想空间。以现实中的某些嘴脸对号入座，恐怕牛头马面们就要无地自容了。“写鬼写狐高人一等，刺贪刺虐入木三分”，作者应该得到了蒲留仙先生的真传。即便作品中的读史读诗心得，仔细琢磨，基本用的也是“聊斋笔法”。

对那些已经消失或逐渐消失的风俗、器物、五行八作的记录书写，在作品中占有很大比例。这些年，各级大力提倡弘扬民间优秀文化，留住乡愁、留住传统、留住精神家园已经成为人们的共识，也是在城市化进程不断推进的条件下，经历过农村生活的人们共同的内心隐痛。但什么是乡愁？乡愁的内涵、构件是什么？确实值得思考和正本清源。作者写的那些赶集上店、走街串巷，买小鸡打锡壶，张罗打铁绩风箱等等，充满了农耕社会田园牧歌的流风余韵，无一不是乡愁的构件和元素，至于小学生放学后搂柴割草揽地瓜、摸鱼偷杏抓蝎子之类的描写，更能唤起我对少年时代的记忆，身临其境，感同身受。读了这些东西，时下那些粗制滥造、移花接木、无中生有的伪民俗、伪文化、伪遗产就露出了麒麟皮下的马脚，人们也会进一步深刻认识新时代弘扬优秀传统文化的重大意义，增强保护传统、弘扬传统的自觉和主动。文集中那些充斥着浓烈的泥土芳香的玩具游戏、良风善俗，多么富于营养、富有情趣啊！让人至今不能忘怀。

玉林兄爱酒喜茶，好酒好茶。一壶茶喝得别有洞天，一杯酒吃得风生水起。当年，曾借鲁迅先生诗意，送他一句“先生原是小酒人”。我和他一起，品茶、喝酒，皆不是对手，只有欣赏的份。看他文茶武酒、茶仙酒神，我一旁暗笑：看你一会儿青山绿水、一会儿昏天黑地，纵然是锦心绣口、思如泉涌，如何能再动笔墨作文章？孰料，夜阑人静，万籁俱寂，人家照样把一篇篇文字写得彩云追月、乱花迷人。

顺便一说，多少年我对“给事中”一词不甚了了。小时候，忘记了某某事，总是受到斥责，记事种哪里去了？一直认为大人们说的是“记事种”三字。读了玉林兄的大作，方知是把“给事中”误为“记事种”了。这可是个朝廷高官哟！咋就没戴上这顶帽子呢？醍醐灌顶，这下明白了。呵呵。

2021 年 5 月 24 日

目　录

上篇　百扇堂笔记

中篇　白家楼纪事

下篇 闲敲棋子落灯花

上篇

百扇堂笔记

汗　珠

家母告余：蜂采百花酿蜜，尚须人体一滴汗水，非此而不可。抱得汗珠归巢者，群蜂咸以为巨功殊勋。

鸡　雏

从伯母告余：新嫁不久，夜起碾谷。碾棚位于后园。是夜九月十六，月光如水，明如白昼。见西墙根一芦花母鸡，领鸡雏二三十巡梭觅食，闻声，扑地而灭。

伯母疑之，归告翁婿。

至晓，翁婿掘土西墙下，得一泥坛，开视之，内藏银元宝一只，银锞子数十。元宝铸文：天启河工官银。当为明时物。

先　君

其一

先君告余：大年夜，于堂屋内供家堂。见堂叔穿大布犊鼻裈，张开双手，在火盆前躬身烤火。先君大哭，家人毕集，遂失所见。盖堂叔已夭折四年。是年，先君六岁。

其二

先君曾于一坟茔处，见百十条蛇纠结于一体，盘旋如球状。先君归家得伤寒症，几死。盖群蛇交尾，俗传见此物不祥。是年，先君十五岁。

蝎子列阵

堂婶告余，某年，夜闻门后簌簌作响，把火照之，见蝎子首尾相衔列阵，累累满墙。大恐，求之婆母，嘱悄悄焚纸祷之，遂绝。

孕　男

余幼年，曾见邻家大嫂引孕妇绕井周转，终不解何意。后读晋张华《博物志》，内称：

妇人妊娠未满三月，著婿衣冠，平旦左绕井三匝，映影而去，勿反顾，勿令人知，必生男。

铁搽散

云蒙寺僧卖药为生，名曰：铁搽散。盖端午节日出之前，上山随机采集百草，焙而粉之，刀伤剑创，一搽而愈，神效。曾有童子，手为石碾轧过，血肉模糊，敷药七日，完好如初。远胜红升丹、白降丹等汞类制剂。

林后张

曲阜孔林后张家，乃圣人姥娘门上，俗称"林后张"。早年有冒命救圣门"绝世"之恩，故与孔府代代为至亲。

外祖父告余，其祖母即林后张氏。其舅舅大婚之前，随外祖母去孔府讨封，孔府例赏靴帽蓝衫并元宝一对。其时，孔子七十六代孙、三十一代衍圣公孔令贻，年十三岁，正害眼疾，抱病待客，极谦恭。

又，其祖母林后张氏，九十无疾而终。厝于西厢房三年，棺材之上生灵芝一本，赤红，大如巴掌。

盗跖庙

吾邑西去六里，有村名柳林，春秋和圣柳下惠食邑之地也。是地建有和圣祠，祠之西，又建有盗跖庙。盖跖虽盗，却为柳下惠之胞弟，弟以兄贵，配享血食，不枉也。

邑有寡妇某氏，育一遗腹子，子染伤寒病危，借贷抓药，尚未开销。

夜，惯偷卢三窃之。妇惊呼，值汛营逻卒经过，合力缉拿。卢三慌不择路，匿于庙。逻卒未察，呼啸而过。

卢三窃喜：此处既为盗跖庙，同道也，谅必得神明护佑。遂跪拜暗暗祷诵。

陡然，盗跖二目喷火，厉声喝道：“鼠窃狗偷辈，也配作盗！孰不知盗亦有道，汝以七尺男子，窃取孤儿寡母救命之资，何勇、何义、何仁……”

卢三匍匐于地，手足痿软，瑟瑟颤抖。

恰有逻卒追贼未果，退回。见庙内有光，疑之，一拥而入，人赃俱获。

扣手卯榫

平阳县衙门外，有陶井一口，井不甚深，清泉甘洌。

忽一日，有女子投井。当班衙役立施援手，幸不得死。视之，腹大如鼓，咸谓溺水所致。

恰有稳婆在场，言道：非也，井内水不及腰，何能灌水？此乃十月怀胎、一朝分娩之妊娠也。

平阳令川人窦澄之，字蜀水，循吏也。闻听询之。

女实告：郭姓，城西庙会晚间观剧，被一身材长大后生诱之野合，一次竟暗结珠胎。近日为父母察觉，百般诟骂，逼其寻死，如之奈何？

窦令思之良久，遣稳婆引至厢房，未几，一男婴呱呱落草。且问稳婆：见何异常?

稳婆回曰：小儿只是扣手降生，余者未见异常。

窦令恍悟：扣手而降，似承结构卯榫，此必木匠所为也。

衙役报称本城木匠铺，仅西关一家。窦令即差衙役速去，见身材长大者缚之。不一时，擒到，盖一学徒也。一讯即服。窦令枷之，喝道：正所谓木匠带枷，自作自受，游街示众。

回至县衙，解枷，拱手笑道：木已成舟，有情人终成眷属。速去雇一顶花轿，引母子回家。老爷与你道喜!

懊悔岭

平阳古驿道，俗称“南京到北京，平阳在当中”。驿道经黄草岭，岭上有客栈。某年，有昆仲二人因析产分爨而阋墙，诉诸官府，传原被告至平阳县衙公断，入住客栈。兄弟分住南北厢房。

兄嗜食鳖，嘱店家购买，备晚来下酒，悬之门侧。

弟闲来无事，凝视北房，陡见鳖伸出蛇首数尺。暗忖，此鳖乃毒蛇所化。亟告兄，不可食之。

兄疑，饵之，鳖首突如前状，舌信咻咻。众悚然。

继而，兄无地自容，懊悔不已，央弟曰：回家。

此处遂易名：懊悔岭。

狐打嗝

邑有白翁，为人佣守瓜田者也。好杯中物，至晚，必携酒至瓜田以守夜。

比邻有狐，时见之，过往两不相扰，白翁恒以为常。

一夜，翁欲饮时，壶内空空如也。再欲吸烟，荷包半瘪。愕然间，暗中闻狐嗤嗤作笑。翁骂道：贼狐，必惩之。

再一夜，捡兔粪数丸，捻碎，掺入烟荷包。

未几，听狐“嗝”声频频，继之顿喉颠肺，颇不能忍，至瓜棚求救。

翁曰：酒好饮乎？狐作揖不迭。

翁又问：烟好吸乎？狐已嗝嗝连声，不能言语矣。

翁乃持凉水一瓢，瞅其欲嗝，揪其耳亟灌入喉。嗝声顿息。

盖旱烟掺入兔粪，吸之则打嗝。灌凉水立愈。

余葫芦

余葫芦三楞，性憨直，卖酒为业。酒铺位于陋巷。小本生意，不免锱铢必较，但酒色纯正，人咸以诚信誉之。

一夕，忽有叩窗沽酒者。门窗相连，余葫芦自窗棂伸手接钱，手被反缚于门外吊环，牢不可破。原以为熟客相戏，哀求之，孰料，绝无应者。

百般挣脱，手则逾缚逾紧，疼痛彻骨。大恐，疾声呼号，值夜深终无援者。

挨至黎明，有早起赴市贸易者为之解厄，视之，不过麦草约子而已。

终不知为何怪。

铁算术

平阳驿升平客栈，掌柜申姓。一日，后院账房钱柜失窃过半，然门户未开，锁钥未启，不免纳罕。

申掌柜有童养媳岫云，年方十二，告知翁姑：西上房客人有异，夜来察之，可如此这般。

至夜，申掌柜自西上房后窗舔破窗纸，察其异变。见烛光摇曳，客人换道士装束，布褡中取一铁算盘，信手拨动，银钱自账房钱柜不翼而飞，破壁入褡中。

申掌柜骇异，急急潜入账房，但见银钱如流星飞迸，挥刀即砍，遂击中一枚银锞。蓦然，闻听西上房客人惨叫，右手齐崭崭断腕。

众涌入，缚之县衙。县令百般拷掠，尽吐实。杖杀之。

此乃白莲教之妖术，名曰：铁算术。盖岫云之父原本操此业者。

白氏祖茔

吾邑白氏，其祖上溯秦代白起，历元明清累代诗礼簪缨。至民末，白氏祖茔依然牌坊巍峨，碑楼高耸，古柏蔽日，墓道俨然。石牌坊遍体雕刻狮子九百九十九只，大者高于人等，小者几可把握，个个琢磨精微，灵动欲飞。

咸同年间，东北巡按白尔巽病殁于奉天任上。三年后，灵柩归葬祖茔，突来两只白狼，众诧异。幕府李九皋问孝子：来者何物？答曰：张三。李幕府嗒然。嗣后，白氏式微。

盖关东人俗称狼曰张三。孝子恐父临葬称狼不吉，以俗名呼之。孰不知，狼通郎也。称郎，后世则为仕宦公卿；而张三，不过引车卖浆者流。

又，白氏六世祖欲迁坟，开视，唯见朽棺内一汪清水、两条锦鲤。覆之，悄然而退。

驴吟诗

邑庠生刘凤池，字龙孙。雅爱赋诗而苦于不精。每逢文酒诗会，辄落下风，屡战屡北，耿耿于心。

一日，雅集迫在眉睫，摒绝琐务，御一驴至荒郊，冥想苦吟，茶饭无思。半晌罕有佳句。

忽闻驴作人言，吟道：

兽云吞落日，月弓弹流星。

凤池惊愕，又听驴吟：

晨风纺柳线，晚霞锻松针。

龙孙狂喜，手挽驴项，恳求再吟。驴若茫然无闻，低头啃草如故。气急，鞭之，跳踉不已，无复吟哦。

至期，龙孙以驴吟之诗，联文友之句，竟拔头筹。

雹　童

邑有樵子穆三者，年十四五，顽劣之辈。

一日在某林地，天庭昏黄，旋风卷地，雷公震怒，霹雳当空。不一时，冰雹骤降。

穆三避于碑亭之内，猛抬头，见古柏之上立一童子，白胖如莲藕，头顶结发鬏，身穿红兜肚。手持杏黄旗一面，旗一挥舞，则风雹立至。大者如鸡卵，小者如黍米，呈摧枯拉朽之势。童子欢喜跳跃，杏黄旗挥之不休。

见状，穆三取弹弓裹石子，引满射之，正中童子屁股。童子滚地，遂化作蜥蜴，长半庹，粗如膊，负疼呼啸而去。风雹立止。

红头军　绿头军

先君闻听曾祖言称：道光初年，红头军、绿头军在徂徕山前大战，杀戮无算，村村治丧，户户举哀，四野新坟迭起。嗣后，竟至十室九空，尸骨枕藉，无以掩埋者。几至灭绝一方人烟。

先是，玉皇大帝传旨："（死者）各庄都有"，而土地爷讹传为"贺庄东柳"，因之二庄悉数死光。

想必此事并非风来空穴，每每留意于志书，终得见《府志》曰："道光辛巳，是年秋，彗星见，累月始息。连村大疫。一村死百人、三五十人不等，出门辄见舁棺者。"

史载大疫而非大役，盖所谓"红头军、绿头军"者，当指红绿苍蝇横飞、瘟疫恶性传播而言。

孰料百数年之史，竟至讹误至此？

口咬巾

邑有少妇鲍氏，夫在外谋生计三年无音耗，敬事翁姑一如既往，不稍懈。邻里誉之。然思夫日切。

一日，有邻村卜者来，翁姑卜问子讯。卜者告知，不日即返。妇窃听之，欣喜。沐浴更衣，新妆焕然，待夫归。

至期，果返。夫见妇簇新一身，则疑之有私，诘之。妇被冤，百口莫辩。翁姑斥子，告曾为之卜。夫歉疚，然妇终郁郁。

翌日，夫欲叩谢卜者。踵门道明来意，自腰间解下手巾包取谢仪，束紧，以牙解之。卜者曰：速回，口咬巾为吊，汝妇悬梁矣。

亟归家视之，妇已缢亡。

蝙蝠衔环

徂阳望族冯府，二进院后矗绣楼。一日，小姐忽遗项圈，百觅不得。绣楼乃府中禁地，鲜有登者。拷之婢女亭亭，坚不应承，几欲自经以洗白。

翌日，忽见项圈灿然悬之房梁，一蝙蝠鼓翼如鸢，夺门而出。

蓦然，亭亭忆起，前数日扫房，曾误伤一小蝙蝠。盖以此故，同类恶作剧，薄施小惩耳。

白鹤泉

泰山岱宗坊迤西有白鹤泉，泉泻成池，白鹤翔集，固有是名。泉脉直通岱巅，四季喷涌如闷雷轰鸣。泉流顺梳洗河下运舟街，明末清初，行舟尚可直抵泮河。泉池畔轩冕宴会，时假于此。市民取水、观光，引以为豪，乃泰城一大景观。

泉傍白鹤观，道士则觉不堪其扰，屡屡壅塞之。无果，竟窃以杉干穿铁锅十数口覆扣之。断流，夷为平地。后浚之，脉绝，泉流终至不复喷涌。迄今惟余牌坊一座。形胜家以此为憾。

俗道可恶！

二郎庙

新甫山有庙颓圮日久，遗迹尚存。

或曰二郎庙，祀灌口二郎神也。上古，天有九日，人间酷旱，杨戬担山压太阳，拯民于水火。

或曰二狼庙。先前一僧挂单此处，某日掩门外出，二狼潜入床下。僧至晚醉归，闩门卧眠，二狼食之。食毕不得出，困毙其中。

鹰愁岩

徂徕山独秀峰下，有巨石名鹰愁岩。顶端有孔，阔不过半尺，长可一庹。近侧常有山兔徜徉，鹰见之，迅疾扑下，兔急闪进孔洞，鹰每每避之不及，撞死石上。

后，此兔为猎人所获，眇一目，毛尽赤红，能拱手而人揖。

盖当初兔曾被鹰抓伤，专一在此诱鹰复仇。

九　哥

羊流驿为历代要冲。驿店杜掌柜，行九，江湖人称杜九哥。九哥阅人甚夥，自夸海口：客人进店，即可辨出三六九等，报出五行八作。倘或有误，吃住不取分文。十数年屡试不爽，鲜有破例者。

一日，有客进店，雕鞍骏马，纨绔光鲜，举手投足，富贵俨然。九哥三猜不中。客安享上宾尊荣。

经旬，客告辞。九哥殷勤送至门首，冷眼观其备马。见客两手托起马鞍，马鞭顺手夹在双腿之间。九哥大笑：织布匠也！

客闻听，叹服，转身回店结账。

或问，何以知之？

九哥答曰：织匠浆线，接线头须用双手，刷子刚好夹在腿间，积习久惯而已。

画蛇者说：北方织布，棉线须用面浆刷制，以增加强度。俗称浆线。

粥　客

吾邑冯翁，卖粥为业。

一日寅时，粥棚蒸汽弥濛，有客操南音进曰：“粥来，粥来。”

翁盛粥端上，且道：“客官慢用。”

此地所卖之粥，又名甜沫，米面、豆面、菱角粉等配料，加入碎豆皮、细粉丝，文火熬制而成。另有盐水黄豆一盆，啜粥随时添之，饶具风味。

有顷，客欲买单，忽而大叫：“吾头何在？”訇然倒地。喃喃又道：“尚记得钱钞曾夹于耳后。”

翁惊愕，把火细审，盖一具无头尸也。

彼时清兵剿灭捻军，大军过处，杀戮无算。无名野鬼，四处悠游，盖如此。

于禄之妇

邑人于禄之妇，素患心疾，忽一晨病革。家人无奈，置之灵床，仓促预办后事。

至暮，骤然苏醒，急喘如风箱，饮水无算，始徐徐曰：“一大早，尚未及梳洗，牛头马面二鬼卒，敦促前导，控驴径去西南，骇甚。至蒿里山下渿河桥头，竟遇老舅爷，呼之。舅爷见状，厉声喝问鬼卒：‘此乃我甥女，子女尚幼，安可来此？速回！’归程，驴疾行如风，自顾伏鞍紧勒缰绳，五指磨破，疼痛难忍。”

伸拳，果然见十指鲜血淋漓。又闻圈内嘶鸣，众视之，槽头黑驴遍体汗如雨下，咻咻不已。

衙　狐

肥邑衙署鼓楼一老狐，随廉吏去留。

或问之，其曰：清者自清，浊者自浊。清者居是衙，衙如芝兰之室；浊者居是衙，衙如鲍鱼之肆。芝兰、鲍鱼之好恶，人狐同理也。

某　令

有悬赏者称，能入狐穴三日不出者，可得金若干。入者纷然。隔一日，人逃出；再隔一日，狐逃出；至三日，穴中惟余一非狐非人者，乌纱白帽，细审，某令也。

畜　生

村夫王四，性促狭，饶有胆气。一日向晚，捡粪西岭。蓦见一黄狐当路，头戴礼帽，人立而拱手言道："借光，汝看我像人否？"王四略顾，厉声骂道："呔！畜生！"粪铲兜头击去，黄狐扑地而灭。

细审，礼帽乃一坨干牛粪壳也。

盖狐类修行，初欲变幻人形，须接人一句吉言方可。经此一骂，此狐百劫不复矣。

镜　鉴

村夫赵大宽，掘土得一铜镜。拭除锈垢，光可鉴人毫发。大宽宝之。

然对镜多生异象。大宽对镜，镜中现一女子；大宽之妻对镜，则现一老翁……

一日，州守、县令路经于此，大宽持镜窃鉴之，则一狼一狈。百思不解，父母官何以如是?

至夜，暗祷之土地庙，土地爷告知：见怪勿怪，此乃官之真形。

相　卜

其一

三月初三，为西王母诞辰，法云寺庙会极一时之盛。

邑人杜氏赴会，卦摊前逗留欲卜，相者令书一字。杜氏目不识丁，指卦摊招幌“小武侯”中间一字，令其测之。相者曰：“一代无人，到此为止。”

杜氏默退，盖其寡居也。

杜氏尚有二奇：一生于端午日，二出阁途中花轿脱底。

其二

有冯氏，街头遇相者，问其子嗣。相者曰：“令郎一双，皆为铁匠。”冯氏惊其神明，再问何以知之，答曰：“鼻尖左右两把锤。”

四　耳

三月三、六月六，乃平阳二山。两山相去数里。俗语“三月三喝酒醉到六月六”，其概念非时间而空间也。三月三法云寺僧元空，豢一灵猫，生四耳，故以名之。平素与六月六法源寺僧满空往还，赖之此猫。欲邀之品茶，信笺赋诗：

> 青瓮贮春雪，嫩芽摘雨前。
> 徒儿正吹火，或缺卢七碗。

信笺装之锦囊，系四耳项下，倏然而去。不一时，满空信到，出之锦囊读之，诗曰：

黄谷酿新熟，香椿掐紫尖。

即令天子呼，吾乃李谪仙。

网友一散人评曰：

寺小亦为家，檐低石径斜。

赖有灵猫去，呼酒又邀茶。

琵琶蝎

徂阳正觉寺始建于北魏，大雄宝殿飞檐斗拱，气势峥嵘。檐下不宿燕雀，皆称神异。

咸丰年间修葺大殿，工匠俱称头痛不已，众以为怪异。

拆至歇山顶下木椽，头痛欲裂。蓦见一只蝎子大如琵琶，节肢如莲藕，蝎尾翘起如秤钩，蠢蠢欲动。众诧异。

寺僧海凡近前，对之诵经再三，以簸箕盛之，放入墓塔。

工匠头痛顿息，遂无它异。

海 明

新甫山云孤寺，云杉冲天，白鹳多巢于此。初夏，有小鹳孵出。

小沙弥海明，生性顽劣。一日，师傅访友外出，迅疾攀上杉树，欲捉小鹳豢之。至顶，巢大如筐，伸手取之，有物软如面团。海明引颈探望，一条红花巨蛇盘于其中，蛇口尚沾雏羽。

对视良久，海明攀缘而下。

海　松

梁父山铁佛寺僧海松，大殿檐下置一瓷坛，放鸡子，可容五六十枚。

一日，坛中鸡子尽失。遍寻，不见蛛丝。久之，恒以为常事。海松留意察之。

再一日，由山下归寺，似觉有异。攀短垣张望院内，见一条丈余黑蛇，头伸坛中吞食鸡子。移时，腹鼓如囊橐，游移缠绕于院中银杏树上，缩体发力，腹中似咔嚓有声，囊橐顿消。再后，迤逦遁入殿后石罅。海松惊悚。

翌日，悉将鸡子钻小孔流出清黄，继而装满生石灰，糊之，俨然完卵。再放入坛中。

是日，外出会友，傍晚归寺。打开山门，院中阴风飒飒，见黑蛇翻转腾挪，扭曲盘旋，蛇口喷张，舌信嗞嗞，尾击如响鞭……不一时，腹中热溃，瘫软于地。

海松持刀抉其目，得夜明珠二枚。

云孤寺

其一

新甫山云孤寺，寺院花畦遍植玉簪。玉簪花开，冰莹玉洁，一寺清芬。

寺僧每每见花畦中素娥起舞，不以为怪。

一日，有陆生逗留寺中，见之，心仪不已。趋前，嫣然一笑，渺然。花畦间惟遗玉镯一环，青葱温润。探身取之，化露珠，应手而碎。

其二

一日，有卢生逗留寺中，见之，心荡不已。趋前，嫣然一笑，渺然。花畦间惟遗绣鞋一钩。探身取之，不及三寸，刺工精良，花鸟栩栩。把玩再四，怀之而归。

至家，探怀取之。愕然，唯见老僧破芒鞋一只也。

雷雨

其一

邑人张大旺，瓜农也。瓜田种面瓜，甜如蜜酪，有异香。刺猬喜偷食此瓜，深以为害。

一夜守瓜田，雷雨骤至。忽有妇人领四小女，仓促避雨。瓜棚逼仄，大旺不忍却之，然碍于男女之大妨，遂自披一领蓑衣，蹲于门外。

霹雳千钧，暴雨如注。母女抱作一团，瑟瑟发抖。闪电过后，大旺偶顾棚内，见四小女唇尖如锥，心窃疑之。雨过天晴，母女迤逦而去，出瓜田扑地而灭。

再后，面瓜完好无损。逢偷儿至，瓜田皆闻大旺咳嗽，模仿绝肖。人谓此猬精也。

其二

邑人常友，五世单传。其子两岁，正门外玩耍，山雨袭来，顿失所在。阖家遍寻不得，以为不测。

雷雨停，有人于村西坟茔见老獾逗一小儿。断喝之，獾逃。问之，其子咿呀作语：黄袍老翁怀抱之，雷雨皆不得近。

盖老物成精怪，非天道也。或曰：天谴雷击，傍人则可免。

猬女

村夫赵岱，家贫，年四十未娶。佣作田间值更，谓之看大坡。

值秋雨连绵，向晚，雾霭沉沉，暝色四合。赵岱披蓑持杖，沿堤埂踽踽独行。蓦见一黑狐猎捕刺猬，驻足观之。大刺猬身后四五只小刺猬，皆紧缩一团，浑身尖刺，狐一时难犯。

有顷，见狐跃起，骗腿遗尿浇洒猬体。盖一物降一物，刺猬最怯狐尿。大刺猬随即松弛，露出腹部。狐扬起利爪……

赵岱见状，“呔嗨！”大喝一声，狐遁，猬脱。

又一夜，孤月悬空，满天星斗辉映。金风飒飒，虫声唧唧。赵岱茅棚内似睡似醒，觉一妇相偎入怀。忸怩间，竟作云雨之合……

翌年麦收已毕。忽一夜，闻茅棚外呱呱儿啼，出视之，得一女婴。爱怜异常，司母职，精心抚养之。女长成，眉清目秀，唯上唇尖尖。

赵岱晚年，幸赖此女养老送终。

巨　人

邑人田大耕，瓜农也。瓜田距村数里，恒独守之。

一夜，弦月昏黄，正斜倚瓜棚抽烟，见一巨人自东北来向西南去，一步横跨十数道瓜垄。仰视之，面貌混沌，不辨七窍。

翌晨，测量脚印，三庹有奇。

乡人亦有见之者，谓张天师夜巡。

乡人又云：天师巡查二人抬轿，兔精当前，狗精殿后，风驰电掣。

乡谚有云：“留不住天师，撵不动圣人。”

乔七小传

其一

乔七者，岱城署衙刑房皂隶，雅善刑杖。

一贼，狡诈无双，穿穴盗人财货，销赃被执。至衙署，百般搒掠而不承，交付乔七。二衙天井，有古槐一株，下通蚁穴。乔七将窃贼缚于树，自脚跟、后背至脖颈抹蜂蜜一溜。瞬时，群蚁尽出，咂蜜噬肤，纷纷攒攒，遍及全身。贼不堪忍，遂吐实。

其二

一尼，面容姣好，实则两性人也。素昔以尼身，出入大户之家绣房闺阁，以说法讲经掩人耳目，行骗纵淫。后，某官宦之女身怀六甲，东窗事发。遣稳婆相验，其尼女身也。终不能定罪。乔七闻之，令稳婆在其阴部擦生姜，使黑猫舔之。刹那间，阳具脱颖而出。官大怒，杖杀尼。

其三

一官，贪黩成性，侵吞赈款中饱私囊。“双规”后念及“坦白从宽，新疆搬砖”，狡辩抗拒，死不认承。乔七见腐败肚子，大腹便便，遂捉蜈蚣一只，放入脐眼。不一时，尽招无隐。

其四

县衙刑房皂头乔七，善医棒疮。

案犯打过屁股，未破皮者，黄表纸浸白酒敷之，化瘀防溃；破皮者，敷以蛋清，止疼立效；板子打过手心，把握生鸡子，发表解毒……

当堂打板子，案犯往往向背后伸出二指，此为“许把”。乔七心领神会，板子高开低走，虚张声势。下堂后，案犯必孝敬乔七银子。

倘或不谙业内潜规则，板子则死狠。末了，案犯亦不免在板房央及乔七疗伤。至于孝敬的银子，锱铢不得少也。

其五

一日，乔七酒馆得遇捕快赵胡子，胡子挑之曰：“七爷一年三百六十五天打人屁股，可否敢打一人？”

乔问："何人？"

胡子曰："新任县太爷。"

乔一笑，又问："敢打如何？"

胡子信口答道："纹银十两。"

"正好与我归还赌债。一言为定？"

"驷马难追！"

县令蒋兴培，自莱芜知泰安，好名，自诩清声。初到任，三班六房不见，即行微服私访，恰至酒馆。乔七佯作不识，与赵胡子高谈阔论，褒扬蒋县令之德政。蒋凑前曰："汝等俱言新任县令之宅心仁厚，以吾观之，某某事尚欠缺某某。"

乔闻听，跃起批颊，厉声喝道："何处无赖刁民，敢在此处谤毁蒋太爷清声，是可忍孰不可忍！"说罢再批……

蒋以为民意，窃喜，掩面负痛而去。

其六

岱庙北门有卜者李相如，江湖有半仙之称。

一日晨，县衙刑房皂头乔七赴衙，半仙拦之，乔七问曰："何事？"

半仙答道："七爷面有死相。"

乔悻悻，落座细审，半仙又道："恐难过今日酉时。"乔大愕，予银两恳请破解，半仙推曰："天机不可道破。活人不收死人钱财！"

怒回道："呸！七爷酉时不死，明日此时便是汝之忌辰！"二人击掌。

欲避祸，乔七亟归，闭门终日惴惴端坐。捱至申时，如释重负，起身上床。后脑触墙，砰然炸响，惊悸而死。

盖其幼子顽劣不肖，晨起，将一枚摔炮塞入乔七毡帽后沿，乔不知也。

画蛇者说：摔炮，鞭炮之一种，其形扁圆，大如拇指，一摔即响。

飞毛腿

邑俗称，兄弟行三者，脾性多邪古。平阳周三，自幼怪诞，落落寡合，人称三邪。平素不事稼穑，而吃穿用度，俨然大家子。

某年，济南府库银失窃，巡捕快马连夜追至平阳城，至某巷口，渺然无踪。无奈，巡抚衙门限期结案，县衙责令捕头乔七，协同缉查。

有私下举报周三邪者，暗访侦查，四邻告知昨日傍晚尚见其巷口乘凉，此处往返济南府四五百里，断无可能。遂不了了之。

九月九嶅山庙会，乔七带刑房一行四人，微服赴会。宝棚（赌局）一侧有茶馆，落座饮茶。移时，三邪自宝棚出，经茶馆偶与乔七对视，立命拿下。

或问，乔七答曰：此人生就异相，一双玉石眼，重瞳，转动刹那间，一缕贼光慑人。

讯之，不承。乔七令脱去鞋袜，见其足心有黑毛三缕，长可盈寸，盖一飞贼也。坊间俗称飞毛腿，快马不及也。

快刀刘

刽子手一职，多为世袭罔替。岱阳县衙刑房刽子手，人称“快刀刘家”，自明代至清末充此役，历十三世。

快刀刘用刑之柳叶刀，纵不过一尺，阔不过寸余，执于肘间，肘起头落，精准至极，百无一失。人犯面对之鬼头大刀，实不过惊幌而已。

某日，快刀刘庆运与刑房皂头乔七对酌，目灼灼于乔之脖颈，乔七不解。问之，快刀刘答曰：“实不相瞒，察兄项下之关节，琢磨何处下刀为宜。久惯，久惯。”

乔七反目，踢翻酒桌，决绝而去。

循例，刽子世家子弟永不得参与科考。

宁 二

村夫宁二，酗酒无状，乡人多厌之。

某日外出吃酒，夜未归宿。翌晨，家中发人四处寻觅，竟得之河岸苇塘，遍体泥浆，膨大如牛，气如游丝。

后自述：酒罢夜归，路迷三岔口。忽有褐衣二鬼挟持如飞，至一处，令匍匐，以污泥塞口，噤声不得，而后遍体糊泥，砰然有声。

糊罢，忽放一响屁，二鬼哈哈大笑曰："此处漏气，尚须再糊。"

再后，遂无知觉。

瞎子堂

旧时官办普济院，大多用作收容盲人，俗称瞎子堂。

盲人去世，例有官府赐薄皮棺材一口，以示皇恩浩荡。

及至盲人入殓，枕头两侧各放一枚鹅蛋，棺内四角，各放一只黑碗，臀部压一缕麻。蛋为二目，碗作四蹄，麻乃尾巴。意谓来生变驴做马，报答官家。

盲人忌"瞎"字，普济堂附近不得叫卖鱼虾、虾酱之类，否则视为挑衅，往往遭盲人群殴。

浪干娘

乡间陋俗固多。吾邑有云：小孩要命长，认个浪干娘。

小儿娇贵，欲求好养好活，必得邪祟不侵。民俗，认干娘即有镇百鬼、压灾殃之功。认干娘者多为男儿，且多为长、幼子。

是时举行仪式，堪称隆重：做一条毛蓝裤子，肥大而不缝裆。焚烧纸马香锞，敬天祭地之后，宽衣解带，将小男儿放入，头朝下从干娘裆部爬出，随后地上泼红水一盆。意谓亲子落草也。其他谢仪，多多益善。日后四时八节，礼尚往来，遂成定规。

家母告余，舅父儿时认干娘，操作者失手，头朝下猛然坠地，险酿大祸。

至若浪干娘之标准，乡间讳言此事，以为大不敬。余尝谓，所谓浪，风流乃其一，而风流又多解，然多解莫如不解。以不解而解之，迎刃而解。

黑狗窑

平阳采煤，始于春秋。大清以龙脉所系，禁之。

乾隆初年，文渊阁大学士泰安赵阁老国麟，赋闲在家，念及乡梓，上疏恳请煤矿开禁。上准奏，平阳闻风而动。

山西汾阳人刘曾汉董其事，斜井濒河，进深数十丈，仍不见煤。资产耗尽，惟余黑狗一条。无奈，曾汉烹狗，犒赏劳工，以为破产计。

狗殁，喜讯传来，窑下水落煤出。

后，曾汉建窑神庙，配殿塑一黑狗，蹲踞，二目炯炯，虎虎有生气。

白马寺

平阳县石城山白马寺，始建于隋。俗称：先有银杏后有寺。寺内银杏树，荫庇过亩，胸径“七搂八扎一媳妇”。盖一行人树下避雨，欲测银杏之粗细，七男子合抱之后，碍于一女子休于树下，遂用手量得八扎。

白马寺内大雄宝殿，1969年辟为共产主义劳动大学。值盛暑阴雨，课间十分钟，学生尽出教室外。大殿悄然倒下。

公社革委会主任曹学亮闻报，慨叹：“佛有灵焉。”

末了轩

一九四八年济南战役，华野第八纵某部四连，夜宿徂阳镇卢翰林后花园。花园有末了轩，原为翰林读书养静之所。战火频仍，危楼兀立，花木横斜，一派凋敝荒芜。

一班战士憩于楼下，人困马乏，不一时鼾声四起，直入黄粱。惟连长杨魁，目不交睫，似心有惴惴焉。子时已过，值阴雨初晴，月光入室，蓦见天棚伸下一只三寸金莲，红裙绿裤，窸窸窣窣，徐徐而下。进而，足尖直抵鼻尖。连长悚然，大叫，举枪便射。

枪响，众人夺路冲出室外，错愕间，轩楼轰然坍塌。

司阍

进士白捷，字如凯。同治年间，放任耒阳令。接旨后贫不能行。计将安出，颇费踌躇。

忽有当铺掌柜，姓李名修身者，踵门造访。素不通音问，白捷惑而不解，问曰：“光临敝舍，有何见教？”

李言称：“闻听老爷将赴耒阳任，特来道喜。”

半晌无语。李反客为主，开言道：“老爷惯于清贫，想是手头拮据，不妨，小的特来致送贺仪。”说罢取出纹银一锭。

白捷大愕：“素昧平生，李掌柜雪中送炭，某受此大礼，何以为报？”

李道：“此来不过锦上添花，解燃眉之急。在下无所求，愿随老爷到任上，效劳鞍前马后。”

白问：“欲谋何差？”

李答：“司阍即可。”

白又问：“想你素封之家，更兼当铺生意兴隆，衣食无忧，奈何千里迢迢，去谋苦差。”

李坚称：“在下供老爷驱使，乃三生造化。”

推就之间，白捷收下贺仪，置办上任一应之所需，不日启程赴耒阳。

到任，即安置李修身充署衙司阍。众皆知老爷心腹，不敢怠慢。而后，凡上传、下达、迁转、庆吊、请托、述职，乃至朋友谒拜，欲见白老爷者，须悉数送修身红包。否则不果。

不数年，李竟腰缠十万。遂请辞，衣锦还乡。

乡谚曰：“饿死蚯蚓，饿不死修身。”

嫣 然

平阳县署患狐，居西院望岳楼上，每每为祟，恒不去。

县令梁凤章，素有清声。自定陶任上知平阳，狐遂迁徙。到任半载，气正风清。

三班师爷聚而议之，甲曰：“有道是，官清司吏瘦，神灵庙祝肥。”乙曰：“岂不闻，水至清则无鱼。”丙曰：“莫若三个字，搅浑水……”彼此心领神会，一笑而散。

一夜，有好女叩窗，自言狐，名嫣然，慕太爷才学，欲红袖添香。梁正色斥之。

次夜，嫣然又至，称与太爷有夙缘，以身相就。梁拒之门外。女子缠绵悱恻，鸡鸣始悻悻去。

再一夜，梁被酒，嫣然千呼万唤，莺呢燕喃。太爷心动，料狎狐无人知，开门纳之。

翌日东方欲晓，梁催女去，女称素谙隐身术，不妨。又催，女极尽媚态。再催，犹对镜贴花黄……及去，正值点卯，县署胥吏俱见城中花月楼妓某，姗姗走出内衙。

不日，狐去妓来，狐而妓，妓而狐，衙署又复乱相。

莲花四姐

捕快赵胡子，善缉盗，为山左名捕。

一日，客居泰城某巨室失窃，多珠宝，价值累万。知县关闭四门，大索三日，无果。问计赵胡子，赵曰：“太爷不妨洞开四门，放水。”知县依计而行。

隔日，赵胡子带一班巡捕，扮车夫行至城西二十里界首驿站，坐临街茶楼吃茶。忽见人流中一佝偻老妪，背负棉絮，步履蹒跚。眼看渐行渐远，赵急令捉拿，巡捕一拥而上拘之。细审，乃妙龄女子乔装者也。取开棉絮，内裹珠宝大宗。

至县衙讯之，供认不讳，乃济南府大盗，江湖人称莲花四姐。四姐叩问捕快为谁，欲见之。知县答曰：“名捕赵胡子，见之何难？”

赵至大堂，四姐道：“不愧名捕。”继而问曰：“何以察蛛丝马迹，能否告知？”

赵答曰：“身负重金而行，鞋跟有土块溅起，甩在后衣襟上。”说罢面有得色。

四姐叹道：“佩服！可惜鹰犬而已。”

蓦地，舌尖弹出两枚银针，直刺赵胡子咽喉，赵应声而殪。

后，四姐亦伏诛。

红　姑

蒙阴庠生秦良，美丰姿，性佻达。秋闱途中居于平阳旅次。

天尚早，独步野外。见阡陌有红衫女子，挽竹篮，款款而过。略一顾，女子莞尔，唇红齿白，掠风生香。遂心旌摇曳，尾随不舍。

至柳林，夕阳衔山，荫霭森森，小径蜿蜒。秦良四顾无人，快步逾前，张臂拦道。

女子问：“相公何为？”

秦觍颜咂舌，垂涎欲滴，女子又道：“奴家不堪忸怩，勿作态，莫非欲媾和？”

秦不听则已，弯腰打躬，妹子、小娘呼唤不停。

女子说道：“此有何难哉？且等奴家方便，即回，烦相公看好篮子。”说罢，隐身树后。秦强捺欲火以待。

有顷，不见女子回转。近前逡巡，亦不见。心生疑窦，揭视竹篮，但见血淋淋一颗人头也。

秦良骇极，肝胆俱裂，夺路狂奔不已，竟至疯癫终生。

不日，闻听岱宗知府某，夜来头颅不翼而飞。衙壁大书：杀贪官者，红姑也！

瞽 讼

徂阳岁进士查雪村，富甲一方。

一日，有瞽丐乞讨查府，门下欺其眇不能视，以彘狗食飧之。丐嗅之，不堪，痛斥之。查进士有无赖子，令门下殴丐几死。

丐气不忿，诉之丐头。丐头纠集瞽者百人，齐聚查府讧闹不已。查进士叵耐，唆使无赖子将瞽者悉数赶至马棚，觅雌雄发情驴子十数头，纵之入。瞽者不能避，践踏无算。

曩昔，瞽者有帮会。帮会闻之，讼诸泰安县正堂。百里外瞽者闻讯，皆为声援，汹汹然，坐满县衙街。

泰安知县毛大年，恐酿祸端，不敢怠慢，当即审理。查进士情知理亏，当堂应允抚恤伤者。然则反复申辩：罪不在人，乃畜生所为。

毛知县哂然，判曰：

乞丐进门，伤者成群。畜生所为，罪不在人。

破财消灾，银钱百缗。即日交割，权作恤金。

尔等瞎瞽，九流贱民。聚众滋事，不安本分。

经官动府，辱没斯文。下不为例，勿得因循。

查进士悻悻，剜却心头肉，交付百缗赔偿抚恤。

欲走，毛知县挽留：老学兄且慢，此案尚未了结，速牵肇事驴子前来。驴至，命皂隶杖责四十。群驴嘶嚎，声撼宸宇。

毛知县又徐徐判曰：

本官无奈，畜生海涵。笞尔屁股，羞学兄面。

送子娘娘

其一

某少妇难产，婴儿只生出一只胳膊。僵持半日，稳婆束手，母子性命旦夕之间。有乞婆踵门，颤巍巍径入产房，告知曰："此儿要盐。"随即，将一撮盐置婴儿手中，婴儿握拳退入。顷刻，呱呱落地。

其二

民国辛卯，华野某部进军泰山西麓。某师政委之妻，索姓，难产竟日，痛苦无状，欲开枪自绝。忽有白发媪叩门，端汤一碗，自称助产良药。索一饮而尽，婴儿顿下。视碗底，有黄铜钥匙一枚。或曰：钥匙开锁。

上述二则，人咸谓碧霞元君显灵矣。

画蛇者说：泰山奶奶碧霞元君麾下，计有：送子娘娘、眼光娘娘、种痘娘娘、斑疹奶奶等多位神明，专门司职服务于妇女儿童。一神多体，皆为元君化身。

飧　客

庠生鲍朴，性吝。

一日，同窗杨素到访。至午飧客，炒鸡子一枚。朴曰："仁兄来舍下稍早，若明年此时，此蛋可孵雏，小雏可成大鸡，宰鸡烹酒，对花斟酌，岂不快哉。"素一笑。

翌年，朴至素宅，凉拌竹耙齿数段，素曰："贤弟来敝处稍迟，倘去年此时，此物为笋，鲜美不可言说。"

鬼　市

赵大来，贸易经纪也。好酒，暴饮无度，酗酒为常。

一日，大醉，自三十里外旱码头返家。

夜深，朔月隐去，唯露滴轻响，鸣虫唧唧。

踉踉跄跄，至乱葬岗，内急，撒尿。忽遭批颊，继听骂道：“何处醉鬼，把尿撒到锅里！”一激灵，朦朦胧胧见磷火荧荧，遍地跳踉，贩夫走卒，引车卖浆，影影绰绰，熙熙攘攘。而脚下，正对一馄饨锅。

大来慌忙致歉不迭，且听道：“原是赵经纪，不妨事，你我乃表戚也。”又问：“此为何处？”答曰：“此处鬼市，不可久留，速去。”猛可间记起，此乃远房表亲，多年有失往还矣。

大来夙疾复发，强邀对酌，呶呶不休。表亲叵耐，说道：“不可再饮，吃碗馄饨便了。”正好肚饥，顷尽两碗。表亲再催，悻悻离去。

至家，倒头便睡，日上三竿始醒。忽觉腹内嘈杂，呕吐狼藉，污秽不堪。细审，则一地蝌蚪，尚摇头摆尾也。

罗氏捧瓷

邑有罗氏者，善捧瓷。其六世传人罗大同，技艺尤为精湛。

明清以降，茶具尚紫砂。紫砂壶至小者，可在盈握之间。士大夫手执一壶品茶，以为风雅。更奇者，壶必碎而复捧（锔）之，方为妙哉。其法：将黄豆置于壶内，压紧，加水浸泡，一夜间即可撑破。而后将碎片用金刚钻、铜锔捧之。

清遗老赵尔陆寓居泰城，请罗大同捧瓷。一把壶碎成一十八片，用铜锔一百零八个。捧成，如九龙盘旋，通体金光熠熠。

问价，一百二十块袁大头。

金刚钻

鸽子每每啄食沙砾，以助琢磨消化。傍晚归巢，诱饮石灰水，反胃，所食尽吐出。过滤后，偶尔可得金刚砂，捧瓷锔匠多谙其道。盖俗话说“没有金刚钻，别揽瓷器活”。

又，鸽子诱饮石灰水，所食尽吐出。各类种子果实，悉数存之，翌年春播种，百花满园。

又，老鸽具灵性。某农家，屡食鸽雏，老鸽泄愤，自灶间导火上屋。农家遂被回禄之灾。

鸽　俸

徂阳县衙钟楼，寄居群鸽。某夜，有盗劫金库者至焉，群鸽啸噪报警，皂役出击，群盗遁去。自此，县令每冬季发放铜钱二十四吊，买杂粮以养鸽。遂成定例，称鸽俸。

杲　全

徂阳正觉寺老僧杲全，豢养宠物以小为胜。逢出行，左袖一狗，右袖一猫，猫狗不盈三寸。其方秘不示人。杲全圆寂，遂成广陵绝响。

小沙弥自称略知奥秘，盖饲饵中添之朱砂，一二代之后，渐成侏儒。

另，杲全床下豢一金蟾，大如铜盆，二目赤红，灼灼有光。背生水珠，则雨。

猫 经

其一

相猫之法：

提其耳，四足及尾立即缩上者，优。

掷于墙壁，四爪抓紧墙壁而不脱者，殊优。

黑猫眼青、黄猫眼赤、花白猫眼白者，优。

眼底裂有冰纹者，威严必重，盖其定神也。

猫重颈骨，宽至三指，最能捕鼠，且长寿。

眼有青光、爪有腥气者，上品。

雄猫半阉（去一肾），刚柔相济。

画蛇者说：近日梦中得《相猫经》，醒来尚记雪泥鸿爪，故志之备忘。

其二

山左称雌猫为女猫。

女猫成胎，仨月而产者，为奇（ji）窝；四个月而产者，为偶窝。

猫以单胎为贵，双胎为贱。一胎四子，名曰抬轿猫，贱而无用。若四子毙其一二，余者则贵。猫胎以少为贵，有一龙二虎之说。

猫以腊月产者为佳；初夏为早蚕猫，尚可；秋次之；夏犹劣，盖不能耐寒；冬天必向火，曰：偎灶猫。

养至十二年为上寿；八年为中寿；四年为下寿。

其三

邑人李九，蓄一猫，三足，后一足萎，仅存其形。眼一黄一白，谓之日月眼。

音细若蚊蝇。厮养以来，院中无鼠。每遇犬，辄登其背、抓其耳，犬亦畏之。实猫之奇种也。

一日，墙角斗一蛇，俗称“龙虎斗”。李九偶遇之，见蛇长大，恐猫不济，操铁铲助之，仅断其尾，蛇溜檐而去。至午，李九帐中小寐，蛇溜檐而下，欲噬之。猫见之，跃起，再与蛇斗。李九醒，惊见猫吞蛇头，狂甩不已。

其四

猫，吸月饮露，久而成精。夜出，二目放光如萤火。蹿房越脊，矫捷如飞。极凶残，乃至食同类家猫。食前，必令其饮河水再三，洗涤肠胃，而后破腹食之。

其五

某家，猫噬画眉。主人怒，取核桃一剖为二，去其仁而空其壳，以明矾凝结于四爪。不能捕鼠，不得爬树，行于街，如马蹄得得有声，狗以为怪，遂咬毙。

郑秀才

平邑郑绅，秀才，落拓不羁。家本素封，衣食无忧，终日以弈棋自娱娱人。棋艺为沂蒙翘楚。

某日东岳庙会，遇一老者地摊摆残局，名曰：七星聚会。郑绅初看不以为意，及至落座对弈，着着落人彀中，三战三北。老者又摆另一残局：十二连城。三战又北。郑绅长揖不起，拜师为徒。凡三年，足不出户，老者授棋谱《蕉窗卧鹿》全本。嗣后，棋艺不可同日而语。

某年，平邑新令孔繁章到任，亦有此嗜。闻郑绅，邀之县衙手谈。郑绅以连环马对之，怪招迭出，不过十几着，孔令不堪招架，躬身请益。郑绅忘形，戏曰：“在下之棋，授之师傅；父母官之棋，授之师母。”孔令大窘。

又某年，郑绅因邻侵地产诉诸公堂。孔令闻听，后堂请出夫人发签：“先打四十板子。”

打过，郑绅负痛问曰：“老爷不问先打，哪路规矩？”

孔令对曰：“此乃师母所授。”

满堂哄笑。

观星移将

村夫于三，贫甚。春节大门书一联：

金童玉女传花碗，

夜晚观星把将移。

县令偶过其门，大异，叩问何等高士？答曰：“小儿女五六，合用一只饭碗；辣酱一盆，晾天井磨台，夜晚透过漏屋，察看阴晴，以防雨淋。”

令闻听，大笑，恤之俸银十两。

又，或问：酱园何以大书“姜太公在此”？

袁子才戏答：“姜太公不善将兵，而善将酱（将）。”

颜师古《急就章》：“一酱者百味之将帅，酱领百味而行。”

又，某翁，生十女而无男嗣，大书一联于门：

家有万金不为富，

五个儿郎老绝户。

盖鲁地之俗语：女儿称千金，一个女婿半个儿也。

铸　钟

云亭寺铸钟，癞头和尚化缘。一泼妇正值幼儿哭闹，出言不逊：要钱没有，要孩有一个。

至期，铸钟总不成。和尚坚称此村妇亵渎佛门，须用其子祭钟方可。于是，将三龄幼童投进熔炉。

钟成，金光熠熠。

悬置钟楼，每撞作响：当——当——，凄婉悱恻，犹之小儿呼娘。

凄凉悚然，卒不忍听。后，信众毁之。

赵二愣

锔锅匠赵二愣，胸前生鸡毛一簇，人咸异之。二愣自述其原委：

某年，至商河，晚投宿板桥店，客满。央及店主留宿，辞之。再求，再辞之。夜过二更，漆黑如墨，四处不见村落，更兼大雨将至，二愣悚然。急切间，哀求店主，权且屋檐下打坐一晚如何？店主无奈，引入后院一屋。

屋里外两间，以门帘隔之，再三叮嘱，不可窥探里间。二愣喏喏，闩门，和衣卧草荐之上，暗忖：好店不过一宿，雨过，即启程。一时，疲惫以极，哈欠连连，伸直双腿，酣然如梦……

猝然间，闪电劈空，如同白昼，巨雷炸响。二愣惊醒南柯，怪风凛冽，贯窗而入，卷起门帘，陡见帘内有灵床，上有女尸诈起，伸出十指尖爪，直扑过来。二愣毛发倒竖，“哎呀”大叫，起身避过。欲夺门，门闩。女尸反转再扑，二愣绕床躲闪，辗转不已。

一时，女尸咻咻，迅如疾风。二愣跳起，嚎叫，飞脚踹破窗棂，跃出窗外。“哧喇”一声，窗棂破腹而肠出……

店主惊出，烛照二愣。见状，急命人宰杀公鸡一只，褪毛剥皮，趁热缝合于二愣胸前。

众破室而入，见女尸僵立窗台，十指嵌进壁间。盖店主儿媳凶死，停尸尚未出殡也。

后，二愣创口愈合，竟无恙。惟胸前不时生出鸡翎。

画蛇者说：此篇幼年所记。与《聊斋志异》类同。

牛眠地

莫半仙，精堪舆之学，俗称风水先生。

先是，幼值凶年，父母染时疫而亡，流落济宁州，为乞儿。后于运河码头，得遇瞽者郗望祖，异人也。半仙为其执杖导引，凡十数年，得其真传。

望祖临终，嘱曰:“尔得吾术、传吾业，足得温饱。然则，尔骨格贱，非能担当大富贵者。须谨记，日后看穴，不可贪财而道破天机，否则必遭天谴。”半仙喏喏。

经年往来岱下，留意沿途，勘察泗水、泰山之间，有一穴负阴抱阳，坦坦荡荡，呼风唤水，避风避水，地望称牛眠。然牢记师训，虽熟谙于心，未曾声张。

汶阳聂员外，素封之家，欲卜佳穴。得知莫半仙精于此道，延请于家，待之优渥，许之丰裕。半仙心动。聂员外求之益切，许之益厚。半仙心益动，不免背弃师训，开言道:“吾有一穴牛眠地，葬是处，子孙昌隆，万世发达。”

聂员外问道:“何以昌隆，何以发达？”

半仙曰:“世代位列三公，锦衣紫蟒，诗礼簪缨，钟鸣鼎食。至若封疆大吏、府州令尹、文魁状元、翰林进士，可以一斗二升米计。正所谓‘佳城已卜牛眠地，屏立泰山带围泗’也。”

聂员外纳头便拜:“既如此，先生便是再生父母，大恩大德，没齿不忘。”

半仙又道：“但有一事须实言相告，此穴一经道破，是谓泄露天机，余必遭天谴，谪为废人。数十年来，此穴未曾轻许于人，盖如是也。”

聂员外叩头稽颡，信誓旦旦:“先生勿忧，彼时当如奉养高堂。”

半仙无虑，遂指示其地。

聂员外不较值，百计重金索而得之。即日动土开圹，营建墓穴，以为身后计。

翌日，半仙眼中泣血如注，二瞳尽脱，目瞽。

聂员外果不食言，择一静室颐养之。晨昏叩问，敬礼如仪。食则精脍，衣则锦缎。男仆女婢，应声而至，一呼百诺。

半仙暗嘲师训之荒诞不经，自诩从此乐享天年矣。

不数年，聂员外遽归道山，子孙结草衔环，安葬于牛眠地。

聂员外既死，子孙简慢半仙，视为累赘，每况愈下。逾年，迁至偏院，与仆从佣工“三同”（同吃、同住、同劳动），苦不堪言。一日，染恙，数日不起，下人厌甚，竟以猪狗食飨之。

莫半仙始悟先师先见之明。如意算盘竹篮打水，报复之心油然而生。

邑中有费良者，因田产之争，与聂员外世仇，几至不共戴天。皆因势弱，无敢以卵击石，常自浩叹：“君子报仇，十年不晚。”姑隐忍，颠覆之心无时不萌。

半仙访得费良，一拍即合，密谋败其牛眠，坏其风水，置其万劫不复之地。临末，半仙又谆谆嘱咐：“务必要黑狗血一盆，桃木箭多多益善。依计而行。”

俟七月十五，鬼节。夜交子时，牛眠地西南，霓虹现七彩，美轮美奂。金光大道，自天而降。有顷，冠盖如云，卤簿凛凛，八抬大轿，玉辇香车，神骏龙驹，前呼后拥，伴随将相爵侯，才子佳人，接踵比肩，络绎不绝……

半仙狂笑，吩咐费良桃木箭浸蘸黑狗血，弯弓搭箭，迎头便射，一时，来者应声倒地。愤恨填膺，逾射逾勇，纷纷如秋风落叶，狼藉满途。直至费良精疲力竭，瘫倒路旁……

值鸡鸣，终有一顶二人小轿进入牛眠地。

莫半仙叹曰：“人算不如天算，天不灭绝！聂家后嗣，仍得一世出一七品令耳。天意如此也？”

白　魅

于三，泥脚农夫也。性粗豪，嗜酒，海量，胆气过人。家贫，为人佣犁。

秋溽热，人畜叵耐。于三夜耕，以为凉爽计。惟地头树下，置酒罐，以便往来贪杯。

夜定更，月朦胧。住犁歇墒，抱罐欲饮，空空如也，大惑。环顾四周，恍惚见树杪一白魅，飘然而去。

于三懊恼：偷酒贼，何以不辞而别？起身，提牛鞭悄然追踪。

白魅迅疾如风，至邻村一院内，忽而不见。于三攀于树，越垣而入。

院内死寂，惟北窗似有一星光亮。细听，隐闻啜泣之声。于三舔破窗棂纸，见墙龛一灯飘摇，明灭间，有少妇一身缟素，床前嘤嘤泣泣。梁间悬一绳套。

又见白魅隐于门后，对妇招手，妇起身，引颈……

于三暴喊："呔！何处妖魅，促人赴死？"

妇陡然跌落床下。白魅骇极，夺路而蹿。

"妖魅哪里去？！"

追至村头，白魅转身立定，目灼灼，光荧荧，口中伸出三尺血舌。

于三呵呵笑道："偷酒贼！人脸尚且不惧，怕你鬼脸？"

白魅恨恨说道："憨汉，败我兴事，又纠结不休，是可忍孰不可忍！与决雌雄，文斗乎、武斗乎？"

"悉听尊便。"

"既如此，偷你酒喝在先，文斗则可。"

"何为文斗？"

"彼此各吹三口。"

"三爷领教。"

妖魅气沉丹田，敛气猛吹，于三脊背懔然，一抖；

妖魅发威，再次狂吹阴风，于三觉寒气入髓，又一抖；

妖魅眼见于三头上三尺火苗，凶焰不减，先自心怯，转身欲逃……

"还我酒来！"于三挥鞭即打，响如晴空霹雳。白魅扑地而灭。

细审，麻绳一根，血腥扑鼻，盖缢鬼也。

囊中狐

吾邑戴绍田，贫无立锥，落拓不堪，而立之年尚未婚娶。

时近春节，辗转踝蹬，告贷于亲友无果，归途悻悻然。

道经某坟茔，值夕阳西坠，雾霭四起。古桧枯柏，暮鸦啸噪，残碣断碑，衰草迷离。疲惫以极，小憩于墓侧。蓦见石供桌上一物鼾眠，近前细察，酒气醺醺，乃一醉狐耳。

心花怒放："天赐我也！项下一刀，其肉可解馋欲，其皮可充酒资，过年无虞矣。"立捉之空囊，背负欲还家。

狐醒，囊中疾呼曰："公且慢行，听吾一言。"

戴惴惴："但说不妨。"

狐曰："实言相告，吾乃徂徕得道老狐，今日岱下访友贪杯，孰料醉困于此。与公有夙缘，若肯留一线生路，富贵立至。"

戴冷笑："有何富贵？"

狐曰："富贵无穷。金钱、嗣息，二者任公择取。"

戴忖思良久，叹曰："吾乃潦倒穷汉，唯金钱无多，多多益善。"

狐曰："多多乃几多？"

戴鼓腹曰："万万万万……"

狐一笑："喏。即请回，洒扫庭除，腾房并屋，以储金银。"

戴曰："然。"

狐又曰："公可放我出囊乎？"

戴曰："钱到即放。"

狐默然。

翌日，官道之上车辇塞途。问之，皆曰送钱戴宅也。戴喜不自胜，金银充栋。屋里又至院外，金银堆垛成墙。及至墙拐弯，金银渺然。

戴诘狐，狐曰："公要万万万万……，一弯即完也。"

戴怅然，出狐囊中。

狐嘱曰："善自珍重。"倏尔逝如闪电。

不数年，戴氏良田千顷，楼阁连云，富甲一方。更兼扶孤济寡，修桥补路，乐善好施，四乡以善人目之。

富贵温柔之乡，妻妾一十二钗，皆殊姝绝色也。然则，艰于嗣息。

戴每每放鹰，纵妻妾私仆人，以续香火。逢其时，悉听老狐房梁之上警曰：“善人待汝等不薄，当三思。”遂惭而嗒然作罢。

戴善人终无后。

刘货郎

三春刘姓，肩挑货郎，聊以糊口，而立年尚未结秦晋。

一日，村头见群儿围殴一只狸猫，奄奄一息。不忍，俯拾而怀归。调养月余，伤愈，欢跳如初。遂与三春相依不舍。

一夕，狸猫灯下忽作人语，对三春言道：“吾乃狐也，本当自荐枕席，然毕竟人畜两道，恐不利于汝。欲报再生之恩，当为致富贵耳。”

三春言道：“何富贵？”

告曰：“明日可得一物。”

“何物？”

“天机不可尽泄，此物有谜为证：上下两院，二妇五男。日日对打，清明方完。”说罢，倏尔溜出门外，百般呼唤，杳无踪迹。

三春懵懂，然谨记于心。翌日，见集市一老翁出售铁算盘，异之，暗忖，适符其谜也。遂以废铁价廉值收而购之。

至家，灯下反复把玩，忽见一珠隐隐有光，除锈垢，则赤金也。细审，算盘悉为浑金制作，外髹以火漆而已。秤之，百余两。自是，暴富。

秘戏图

先是，皇上欲封禅泰山，例应各地选取方正孝廉随行，此为士子晋身之阶也。

清康熙年间，圣祖东封，拔贡范某欲以孝廉应选。范父年逾七旬，双目失明，范某恶语冷饭，待之无状。某日，家中烹炖牛肉，父嗅之，欲分享一脔，范某以“东邻杀牛”为对。

至期，朝廷派京官来地方考绩，范某有《孝曰不违论》呈上。开视之，竟然“春宫秘戏图”也。京官以为侮弄，怒不可遏，立命杖之，一时皮开肉绽，体无完肤。

或曰，此为范宅狐仙调包所致。

狐　昵

泰安县令毛澄之，昵一得道老狐。与之以文会友，谈经论道。狐与令有君子协定：只可交谈，不可晤面；只宜问经，不宜问政。每欲请益之，焚香立至。

泰安县衙修葺一新，尚缺楹联。

毛拟大堂上联：

高陟十八盘，四面列城归掌握；

狐应声拟就下联：

贵为二千石，万家生路系心头。

二堂之上联，毛乞狐先，狐拟曰：

为政在人，泰山北峙开生面；

毛拟下联：

大公无私，汶水西流照此心。

彼此心心相印，相交莫逆。

辛亥之秋，屡召不至。忽一夜，书案承尘写一“剪”字，遁去。令大惑。未几，革命爆发。

令始悟：剪者，乃剪辫子之谓也！

诛　安

其一

清同治初年，阉竖安德海恃慈禧之宠，以采办龙衣为名，入境山东。其辎重凡大车八辆，轿车十二辆，皆沿途搜刮宝器珍玩，多目所未睹者。竟有良马一匹，通体纯黑，四蹄踏雪，尾闾别生鬃毛一束，红丝绾之，步视神骏，日可行千里。

清律，太监出京六十里，罪即当斩。德州知州赵晴岚密谋于山东巡抚丁宝桢，告之曰："惟是除恶务尽，宁我谋人，任彼跋扈飞扬，不容越山东一步。"又告知丁："德海曾求御笔，帝书'女'字予之。'女'乃'安'字无头也，可见帝早有诛德海之意。"及至被泰安知县何毓福擒拿，丁遂将小安子正法，令暴尸三日。

途有好事者，每每褪其下衣，探寻宫刑蚕室之究竟也。

虽然慈禧对诛安衔恨至深，但丁却藉此因祸得福，由巡抚擢升总督。盖因坊间传说小安子未宫，丁对其暴尸，验明正身，无异于替慈禧昭雪不白。

嗣后，安德海葬于济南近郊某地。

其二

同治八年七月，西太后宠阉安德海矫旨出京，一路敲诈勒索，僭越无度。至泰安，下榻南关滢子街义兴安驿站。山东巡抚丁宝桢密令擒拿。泰安参将姚绍修率泰安营围定驿站，县令何毓福会同守备刘英魁，带领马快捕头、东西两班，闯进驿站，严行搜查，悉数抓捕，惟不见小安子。再行搜索，得于后院马槽之下。

先是，安德海闻听事有变，匿之后院并将沿途搜刮财宝坠入水井。何县令当即派人打捞，获取赃物无算。

后，滢子街有展姓屠户，淘此井，又得珠宝一宗，暴富。

以上二则，展氏后人告余。

肖公馆

平阳肖思孟，字慕亚，京城户部行走。虽非要差，然四季惯例冰炭之敬，地方大员多有馈赠，故而富甲一方。光绪季年致仕还乡，于平阳河畔另兴新邸，叠石起山，穿河入户，厅堂围廊，规模俨然。世人皆称：肖公馆。

肖公馆落成入住不久，奴婢、仆役夜间恒见无头之人，在庭院游走、跳踉，皆惊怖异常。思孟称子不语怪，严戒声张。后，如夫人又见之，惊悸几死；再后，九岁幼子亦见之，遂惊吓成癫痫。

无奈，延请术士至家，禳除之。

术士勘之，索价千金，肖应诺。遂于东厢房山墙细细叩之，闻有异响，破壁见洞，探洞取物，得小儿木傀儡玩具五六只，皆无头。此怪遂除。

或曰：工匠多谙熟厌胜之术，鸠工待之不周，故意为之。

或曰：此为工匠与术士共谋之，以为生财之道也。

祝　嘏

某县长，有清声。值寿诞，属下送黄白之贺仪者络绎，盖未能免俗也。

局座孙某独出心裁，剑走偏锋，致送清水一坛，祝辞曰：君子之交淡如。

县长莞尔一笑，复曰：醉翁之意不在。

孙引以为知音。

年终，适值换届调整，孙某窃思擢升在即，手机发短信垂询：君子之交淡？

县长复曰：醉翁之意不！

问　责

赵君龙升，某局科员也，性木讷。欲谋一副科职位，问计于同僚，皆曰非礼勿动。再问礼送何物，同僚嗤之不答。

或有为之解惑者，告曰：补品。龙升恍然，于农贸市场买野生王八一对，送至局座家中。

大功即成，欣欣然告诸同僚。同僚戏曰：鳖咬手。龙升又费踌躇，一旦王八无礼，伤及局座，罪莫大焉？问计，答曰：鳖咬手，非驴叫而不松口。

事不宜迟，速购毛驴一头，亟送之。

至电梯，驴骇然嘶嚎，不敢贸进，百计而不果。 龙升恨恨骂曰：蠢驴，倘或王八咬伤局座，即问责于你！

白　字

其一

某美容院出一告示云：“店庆三周年之际，拟推出多项优惠服务……欢迎广大顾客，踊跃光临，万勿失之交臂。”路人观之窃笑。

其二

城郊某面粉厂，门墙赫然书曰：此处出卖夫皮！

悚然，恍若置身于孟州道大树十字坡。

镇　尺

泰城大关街陈某，于岱庙前门古董摊见一楠木镇尺，一枚鹰洋购之。

一日，把玩摔之于地，镇尺一头忽开一小抽屉，内藏珍珠十颗。

尺身篆一印，曰：“天下第一家”。或有知者告之，泰城赵尔巽公馆旧物也。

又，“文革”初，某人于旧货市场买沙发一对，久之残破，取弹簧用之，得金银珠玉首饰一宗。或为红卫兵抄家，主人匿之者。

香瓷胆瓶

邑有富室鲍某，民国年间其子、媳均毕业于金陵大学，供职国民党山东省党部。大军渡江，去台。

其儿媳出身淮扬盐商世家，陪嫁物有一木傀儡，高不盈尺，作天女散花状，见人辄礼“万福”。此奇技淫巧，据称为明时物。

另有康熙款香瓷胆瓶，殷红色，高可盈尺，通体散发馨香，磨拭瓶底，尤馥郁。“文革”破四旧，小将碎之，烈香盈室，经久不散。

彼时有捡起瓷片窃藏者，至今香气隐隐。

胡九妹

某城东七里有山，盖《读史方舆纪要》之嶅山也。山下有湖，官员取平步青云、青云直上之兆，遂名青云山、青云湖。

城有“青云五老”，皆致仕者也，咸以道学自任，痛切时弊淫风，跃跃有挽颓世之志也。

湖边有青云楼，多狐。中有胡九妹，艳而多诡智。一夕，“青云五老”聚此，众狐叨陪末座。五老顾盼自雄，信誓旦旦相约以金刚不坏身，自律以矫世风，呶呶不休。

九妹暗下蛤蚧粉于酒中。未及，药力发作，五老叵耐，悉数携狐入包厢，急急如律令。

斋　面

光绪二十五年，清重臣赵尔巽与其弟萃建别业于泰山南麓，以为赋闲养老之所，人称赵公馆。院落围以高墙，亭台楼榭，水流淙淙，曲尽园池之胜，是为泰城第一公馆。

赵太爷吃斋，以泰山斗母宫斋面为上上。家下厨役百般努力，亦觉乏味不堪。厨役纳罕，斋面素食，有何难哉？遂问计于斗母宫尼姑岱宁，而岱宁唯唯，厨役始终不得要领。

久之，买通灶下尼姑，灶下嘱曰：“留意抹布。”

九九重阳，公馆再邀岱宁做斋面。厨役冷眼观之，见岱宁携带一应全新抹布，迅疾投入锅中。有顷，沸腾，高味厚汤，嗅之垂涎欲滴。

厨役恍然，盖岱宁抹布中，涂满鸡鸭之膏脂，绝非寻常斋面中笋菌瓜瓠之属也。

平凸测字

其一

长安平凸，善测字。

一日，有友电告，其戚旧驾大货车外出半年，杳无音信。报案三月，亦无果。求卜。

平凸曰：可举一字。

正值雨，路泥泞，友举一“滑”字。

平凸答曰：可去潼关一路找寻，此人现在水中，仅存白骨。

数日后，友告之，果在潼关至河南宝丰一水渠闸栏前找到尸骨。盖被人图财害命，抛尸于此也。

其二

平凸在京，到文坛某前辈家做客。值一学子寄居其家复习高考，前辈戏曰：可为此子一测。平凸求字。学子浙江籍，故书“浙”字。平凸断曰：“一波三折，恐难中鹄。”

前辈夫妇大笑，盖此子功课极佳，考取北大清华当如探囊取物。一时，平凸甚窘。

高考毕，在长安接前辈电话，果然未中。平凸叩问原委，乃高考前夜，此子亢奋，大叫一声跃起，不慎腿折，竟未及考场。

不染斋主

平阳宫里街四九大集。隅头首山西会馆东义和对过，设一卦摊。一桌，一椅，布帘上书“不染斋”。桌上笔墨纸砚，卦筒、制钱、折子。椅上端坐卦师，姓李名淀莲，字清芬，号慕周。齐耳短发落霜，脸膛丰腴白皙，双耳垂肩，几茎长须，一袭蓝布长衫。单桌右首红木匣里放一函线装《纲鉴》。

明清学人，崇尚朱熹《通鉴纲目》体通史，称纲鉴。盘古开天地，秦汉唐宋元，历代地理方域，治乱兴废，制度沿革，土地分并等一应俱全，言简意赅。即令晃爻卜卦，信众奉若典谟训诰。

某日，公社新来一文书，名陆鹤昆。偶经卦摊粗眼一过，甚奇之，今夕何夕，竟有这等封建糟粕老顽固？站立片刻，伸手欲拿《纲鉴》。

不染斋主李淀莲，迷眼半睁，冷不丁架住鹤昆手臂，问道：“客官何方神圣？”

陆鹤昆答：“我乃公社干部。”

“哦，新朝官员。可曾净手？”

鹤昆愠答：“净过。”

“净过亦不便，尚有香胰子味。”

“当真不行？”

“当真不行。”

鹤昆怒不可遏，举起那套《纲鉴》，“哐啷”掼在地上。

众人围观，函内空空如也……

半晌，李淀莲出溜下太师椅。观者试之鼻端，已绝声息。

翰墨之大雅

书协某主席，其书：“天行健君子以自强不息。”款曰：“庄子乾卦句……”或有送作品请教者：“道可道，非常道。老子《道德经》句”，其必曰：“敢对我称爹？王八的龟孙！”

某山，被某书协命名为“书法名山”。名号每年审，必纳银子六万。银货两讫。

某书协主席，书犹如画，自诩丑草。有闲章一枚，曰：“羞于伍素”。

某书法家，欠火锅店五千。催欠，书“御膳”一斗方，曰：“此润格五千五，勿再找零。”小本生意，老板号啕……

几枚闲章

曾倩亡友刘非为余治印一方，曰：别拿自己当根葱。

大葱，即便蘸酱，不过调味品也。葱花于菜肴，有，则可；无有，亦可。可有可无者，年三十那只兔子而已。

猪头肉上桌，大快朵颐者绝少顾及莱芜葱还是章丘葱。因之，别拿自己当根葱。

做人知趣，殊为难得！

余计有闲章“蔺时工”“我行我素”“野狐禅”“天凉好个秋”“俳嘲话”“无事便是好”等。另，自治一方“倒运汉子”，他人多以为不吉，余则雅爱。

鹅　掌

乾隆奉母皇太后东巡。东平州濒运河桃园春饭庄，曾烹献名菜一品，谓之肥掌：先将肥鹅置于铁笼，笼下生火，笼旁置醯酱佐料一盆。遇热，鹅环走不已，且不时饮佐料自救。逾热逾甚。及其死，全身精华集于一掌，厚可数寸。而余肉则不堪食矣。

一席所需，往往十数鹅不等。

秘　方

其一

狗粪便中食而未化之骨，煅灰以无根水（未落地之雨水）冲服，医食道癌、胃癌，奇效。

其二

花下藕之鲜汁，治咯血症，奇效。红莲藕尤佳，白莲藕次之。

其三

被蜈蚣咬噬，立觅大蜘蛛于创口吮之，毒去痛消。再置蜘蛛于清水中，可免蜘蛛中毒而死。

其四

猫胎衣焙干水冲服，亦治胃癌。黑猫、头胎胎衣尤佳。

画蛇者说：此类偏方，姑妄听之。

其五

新鲜黄牛粪　用新瓦焙干研细末，治喉症。

山羊须　煅灰，香油调，涂外口疮；羊血，解金石之毒。

驴尿　饮之治噎膈（食道癌），立效。

龟溺　龟见镜即溺，灌耳治聋。

柳叶　煎水洗，疗大漆疮（咬）。

鼠粪　一名两头尖，治男子房事后腹疼。

蜻蜓　辛寒，固精强阳，男子入房未交而走精者宜之。焙研冲服。

蟋蟀　治房事后小便不通。焙研冲服。

獾皮　久坐之，痔疮不治而愈。

狼皮　做褥子。夜贼入院，其毛立竖，惊主人驱贼。

兔粪　一名望月砂，杀虫明目；兔皮，下胎衣。

骡肉　得麝香催生；骡骨，作筷能验毒。

其六

人发　煅灰存性，水或黄酒冲服，医产后血脉下行不止或血崩之症，效验。

童便　男孩自饮之，到老眼不花。妇女产后虚脱，饮之亦效。

金汁　鲜大粪用清泉水搅拌，澄清去渣，瓷坛封口，埋入地下数年（愈久功效愈良），饮之，解中暑、霍乱及一切热症。

秋石　退劳热。止消渴，滋阴之圣药。秋后取少壮男子尿十斤，皂角二斤，煮水兑尿中澄清，入砂锅炼为石，听用。

干大粪　女子大便晒干为末和牙皂角，以黄表纸卷捻燃之，逐百邪怪祟。见《诸葛亮兵书破敌法》。

人中黄　医天行狂热、斑疹水痘，良药。以甘草为末入竹筒固封，插入粪中，冬入春取，阴干备用。

岱下名医高宗岳先生有云：人之器官，诸如天灵盖、紫河车之类不宜药用。人治人，害人利己也。

其七

治疗狂犬咬伤，民间验方有五：

一、紫苏捣碎，内服外涂。

二、地榆，鲜用捣烂，内服外涂。

三、牛蒡子，水煎内服。

四、慈姑，内服外涂。

五、黄牛粪，鲜用，外涂。

其八

小儿听蝈蝈叫，免得疳积病（积奶、积食、积水）。

画蛇者说：子不语怪。以上秘方，姑妄听之。患病，总以科学就医为要。

药性相反

古人云：忠臣与孝子不可不知医。今就《泰山药物志》常见药性之反，开列如下：

香蕉　反地瓜、土豆、山药。

山楂　反牛奶，煮山楂忌用锡器。

猪肉　反黄连、桔梗。

羊肉　反半夏。

牛奶　反鲜鱼、山楂。

白菜　反甘草。

地瓜　反柿子。俗云“吃了地瓜吃柿子，想死不看好日子”。

马齿苋　反鳖肉。二者并食立死。

蜂蜜　反葱、香油、韭菜。

蟹子　反柿子、甘草。

百肉之毒　香油可解之。

凡百毒　芹菜、葛根、绿豆，俱解之。

蜜　油

清道光初年，泰安县东南乡监生丁某，完婚翌日暴毙。仵作相验，盖中毒而死。究为何毒，不识也。县令提一干人等讯之，皆茫然。疑新妇所为，新妇称午饭做蜜油饼，供夫食之，焉能有毒？然百口莫辩。令亦惑之，新婚宴尔害夫，有悖常理也？遂拘押之。此案历两任县宰而未释。

俟至道光九年，新令徐公宗干到任，审理积案。踌躇再三，疑蜜油之为毒。乃试之，果然。即传齐一干人等到庭，当堂以蜜油饼饲之犬，立死。此案遂结。

香油、蜂蜜虽则尤物，但二者混用则害人命，知者慎之。

另，蜂蜜忌大葱。然蜂蜜调葱泥涂恶疮，以毒攻毒，奇效。

菘　本

泰山中医名家高宗岳称：天下所有之物，无一而不是药。

民国二十五年，泰安县长周百锽之公子，年六岁，偶感风寒，百药罔效，竟久治不愈，气如游丝。恰宗岳自天津访友回，周县长亟延之。宗岳以菘本一个为君，瓜蒌四钱为臣，紫苏子三钱为佐，焦山楂三钱为使，煎汤服之，三剂即愈。

画蛇者说：菘本，即白菜根部疙瘩。

松　瓜

泰山有奇珍，生古松根下，名：松瓜。如枕、如球、如团瓢、如佛像……千姿百态。数百年之松瓜，又称茯苓巢，中空，内生茯苓琥珀。质坚如石，洁润如玉，光可鉴人。

道光初年，后石坞黄花观坤道明轩炼师，自樵子手中得一松瓜，枕之寿九十六岁一如少妇。某长官得知，强行索去。不几年，炼师鸡皮鹤发，蓬头历齿，垂垂老矣。

夫妇恩爱丸

民国年间，泰山有中医名家高宗岳，曾处一良方，名：夫妇恩爱丸。其处方：

男用：合欢花二两，茯神二两，於术、天冬各一两。

女用：合欢花二两，当归、香附、茺蔚子各一两。

研碎，蜜丸，弹子大。老者加参茸。旦夕服之。女子妊娠忌用。

夫妇服此药，亲者益爱，疏者亦爱，化恨为爱，失而复爱，互亲互爱，百年恩爱。再至于“七年之痒”之类常见病，一剂即效，屡试不爽。

画蛇者说：合欢花、籽、皮同效，花开黄瓣红心，丝绒纷披，此结晶者也，可采之为用。

四叶参

泰山有神药，名：四叶参。年生四叶而花，故名。

泰山羊昙，字布云，东晋名士也，宰相谢安之甥，素为安所重。安死后，负母隐于泰山天宫寺，性至孝，每日以悦母敬师诵经为事。未几，母、师俱卒，依于师兄。

一日，进山得泰山四叶参娃，兄弟议定蒸食。昙置锅炊火，兄下山请酒友，意在共同升天。

蒸煮有顷，香气馥郁。吕纯阳洞宾闻之，欲度羊昙升仙，暗下参锅一丹，香逾烈。羊昙难禁，启锅品尝，尤香；再尝，益香；不数次，食尽。忽悟：兄回何堪？甚懊恼。

洞宾遂踢翻参锅，参汤四溢，寺竟冉冉而升。兄偕友回，愕见寺已入半空，追之乏术。洞宾慰告羊昙：如汝兄之辈，德不配位，乃无缘仙籍矣。

天宫寺遗址，即在今黑龙潭迤西竹林寺。

黄　精

其一

泰山有神药，名：黄精。《志》曰东铺瑞草；《经曰》黄芝；《别录》曰鹿竹、重楼；俗名山姜。产于泰山东北麓者为正宗。苗干如麻，一层四叶，均五六层，高一二尺，如楼台重重。根下结瓜如姜，小者两许，大者半斤，再大者斤余，百年不遇也。蒸熟亮如水精，食之则仙。

汉武帝在位五十三年，凡八至泰山。一为封禅祭祀，二为寻仙求长生之道也。

元狩元年（前 122）武帝东封，泰山十八盘遇一异者，自号泰山老人。头顶白光数尺，面如敷丹，双目瞳瞳，怪而问之，答曰："老朽八十五岁时，衰老垂死，遇道人教之绝谷，惟食黄精饮山泉。老朽遵之，转老返童。今一百八十余岁，耳聪目明齿更生，吃嘛嘛香，感觉好极了。"遂赠帝锦囊秘方。帝赐玉帛不受，复入山中不见。

开视锦囊，秘方曰："服黄精者，须三宝不动，红尘不染，名利涤净，仁慈为怀，戒穷兵黩武、戒征伐杀戮……方可为仙。"

帝默然良久，曰："犯我强汉者虽远必诛，此方可以休矣！"

其二

泰山东御道范家庄，有刘仆，甚忠义。金末红袄军攻掠泰山，其主崔员外遇难。刘仆曰："主死仆辱，断无颜面立于世间。"遂遁入泰山。食草根，饮山泉。三十年后，身捷如燕，遍游山内，昼行于山涧，夜宿于树杪。后二百年，天井峪道士马景宏遇之，垂询食之草根，刘仆示之。细审，黄精也。

黄精生于泰山之阴，山阳绝少。李时珍《本草》称：泰山黄精，服亦不论多少，一日不隔，即去老还少。

泰山三阳观道人满贵祥曰：泰山之阳无黄精，黄精产泰山北麓也。

普照寺通照和尚曰：食黄精必得静坐，方能大效。另，年不满四十岁禁服之，否则旺火上升。

何首乌

泰山郭宾鸿，住泰城以东灌庄。年七十须发斑白，累年率子灵苗采药山中。

一日，灵苗回家取饭。宾鸿忽闻晴空响雷，举目视之，傲徕峰上金光缭绕，一总角小儿跳跃不已。登峰欲抱之，不见踪迹，惟青藤盘旋，状若篷伞。掘之，根下得何首乌一块，大如红薯。正值肚饥，食之半。

灵苗担饭至，趋前问曰：“借问小哥，家严适在此处，可曾见之？”

宾鸿笑道：“不识父乎？”

灵苗大惊，父命食之另半。

顷刻对视，父子俨然孩童矣。

嗣后，父携子入山，云深不知处。惟逢甲子回城一现，至明末，不复出。

黄凤仙

大汶口村妇卢氏，幼子发背疽。背疽，俗称手搭背，恶疮也，红肿溃烂，苦不堪言。《明史》载，大明开国元勋徐达，即死于此症。

卢氏家贫，无以为计，欲祷于岱顶碧霞祠元君奶奶。半山遇雨，盘道水没过膝，救子心切，匍匐攀缘而登。至，天黑，四暮垂合，栖身于庙门耳房内，饥寒交迫。困顿入梦，见黄衣女子持黄花，婀娜近前，说道：我乃元君侍女凤仙，此花可救汝子。

黎明，雨过天晴，环视庙后，满地黄指甲桃花，灿若云锦。摘之数株，梗叶花捣烂，一并涂于背疽，不日而愈。

画蛇者说：丈人峰道人称，凤仙花，又一名银丝钩金钟，五色，惟黄者泰山独有，解毒活血止疼奇效。以近碧霞祠者为佳，云步桥亦有，逊之。

仙　枕

《泰安县志》载：汉武帝东封泰山，盘道侧遇一长者，头上白光数尺，怪而问之。其曰：老夫八十五岁时，衰老垂死，有道人教之辟谷，断烟火，食玉竹，饮清泉。并作泰山药枕，内有仙药三十二味，枕之。于今一百八十年，耳聪目明齿更生。

武帝赐玉帛，不受。后入山，数年一返乡里，凡三百余年，乃不复见。

【附仙枕药方】

蒿本、於术、川芎、当归、辛夷、白芷、杜仲、干姜、泽兰、边桂、防风、荆芥、白薇、柏子、甘菊、石菖蒲、川乌、附子、藜芦、牙皂、甘松、三奈、大茴、川羌、细辛、檀香、藿香、小茴、木香、甘草、降香。各一两，共为末，入枕中，枕之无间断。百病皆已，返老还童。

地　龙

地龙，蚯蚓也。荀子“蚓无爪牙之利，筋骨之强，上食埃土，下饮黄泉者，用心一也”之谓。此物虽遍地出产，但泰山北麓至济南大明湖，所产者无不白颈，药用效力，以数倍于他产。

泰城云娥，三岁幼女也，忽得暴热之症，百药罔效，命悬游丝。岱下回春堂高先生宗岳，以犀角尖研鲜地龙一条，饮下，顷刻神爽，起死回生。

地龙粪治肾囊肿、丹毒等症。放至罐中养蛐蛐，接地气，雄健而善斗。

又，地龙不叫，则天大旱；地龙大叫，则有涝灾。

牛　黄

泰山周边养牛者，备耕也。秋耕毕，牛至山中自牧。翌年春耕，收牛归家，春耕毕，再回山里。如此已成循例。养牛户间或去山里喂盐，称“淡牛”。每年不过一二次。

民国十二年，大津口村夫隋某去天柱峰仙鹤湾“淡牛”，遇雨不得归，休于岩穴。至晚，雨过天晴，遂出洞外。翠峰插天，清风徐来，松间明月朗照，石上幽泉鸣琴。忽见溪边松下，一牛引颈向月，吐火球如燃，凡十数枚，落入潺潺清浅之中，铿然有声。大奇。近前观之，光灿灿晶莹如鸽卵磊磊，双手捧入水罐，黎明携之回村。

有告知者称此为牛黄。即至泰城药房回春堂，高宗岳先生见之大喜，曰：此黄，名灯光冻，乃百年不遇，上上品也。一一悬挂窗内，初如琥珀，干如紫金。制成丸药，名曰“仲岱珠黄散”。是年秋，瘟疫斑疹大作，活儿无算。

或曰泰山生赤灵芝，牛食之，生黄也。

画蛇者说：《泰山药物志·鲊答》载：

动物黄宝之总名。在牛在驼，名黄；在马在狗，为宝；其外各兽皆有之，亦宝也、黄也之名称。然考稽百卷，言鸟粪生宝、生黄者少。民国二十六年秋，余邻家金姓，喂一母鸡，因事割之，出一黄，其色金，其头鸭，其身龙，令其阴干，以待用之。

牛黄马宝之功，疗百病，治百药不效之症，治千态万状之奇症。本品形态千百不同，其性皆平，味有五而入五脏各经，乃治惊痫之善药。凡奇病不外惊怒思想，概求名利，用心肝之劳，战战兢兢，千恐百惊，一时难安。一旦有疾，庸医难疗，以本品治之则必生效也。用后守八德，戒贪名利……犬主忠义，马羊敬母。虽然走兽，君子有感叹曰：小人之不及也。孔子所谓远庖厨，即爱忠孝之义也。

杏叶参

泰山东御道汉明堂下李家庄，有村夫李洪仁者，横暴而不仁。初不孝，待父母如仇寇；嗜杀生，草菅生灵如探囊。致肋疼不已。不二年，渐成重疾，昼夜辗转，百药不效，拱腰抱胸，蹒跚行走，委顿不堪。

一日，遇一道人，问医，告曰：日服杏参四两，诵孝经百遍，自愈。如是，每日服参诵经，事亲如神明，护生为己任，不月而愈。

泰山杏叶参，生南天门下，二虎庙上，玉液泉一带。其参去皮洗净，入锅煮熟，通体金黄透亮。

本品忌葱、忌铁器、忌藜芦。

古医云：是参反藜芦。

画蛇者说：藜芦，百合科藜芦属，多年生草本。俗名山葱。

中 尿

“蒌蒿满地芦芽短，正是河豚欲上时。”苏东坡嗜河豚，人或问及味道，苏子答曰：直那一死!

汪曾祺谈及河豚，称剔除毒素之后，犹如洁本《金瓶梅》。然则汪先生叶公好龙，每每谢绝朋友美意，至晚年与美味失之交臂，深引为憾事。

泰山人亦食之。民间误食河豚中毒，饮“中尿”立效。即取自身尿液，去首尾，留中间，谓之“中尿”。

茯 苓

泰山大津口范家庄徐翁告余：民国十七年四月，北伐军与北洋军张宗昌、孙传芳部，于周边山岭鏖战，逼令其父阵地运送军火。弹如泼雨，横尸遍地，其父毫发无损。问之，则腰佩茯苓一块，把握，云朵状，晶莹光彩。当即被张宗昌部一旅长掠去。

此可验证葛洪《抱朴子》云：松脂沦地，千年化为茯苓。夜亮如灯，拭之光华，烧之不焦，带之避刀兵，服之成地仙，真宝品也。

徐翁九十有六，思路清晰，行动自如，长寿人也。

徐长卿

陈桥兵变，赵匡胤黄袍加身，尊为太祖。大权在握，沉湎酒色，以致伤身不起，御医束手。翰林徐长卿，通医道，采野草一味，煎之。太祖服下，豁然痊愈。问之何药，长卿曰："无名，请陛下赐名。"太祖欣然命之："徐长卿。"

中药徐长卿，别名甚多。此药为萝藦科植物，根茎全草入药。味辛温，治百种奇异病症。久服延年长生。

人 乳

《本草纲目》：人乳补五脏，令人肥白悦泽。疗目赤痛多泪，解牛肉毒，合浓豉汁服之，神效。和雀屎，去目赤肉。益气，治瘦悴，悦皮肤，润毛发，点眼止泪。

《二十四孝》：唐氏乳姑，姑不粒食，康强寿终，称妇贤德。

《烈女传》：恶妇之乳莫用，肝火旺也。择孝慈者用有大益，小孩用之性孝慈，老人用之智益深，用以治病更良也。

《泰山药物志》：凡中肉毒最忌人乳，犯之则死。（画蛇者按：此则与本草抵牾。）

画蛇者说：余见之，电焊伤目，滴人乳，奇效。

人脚獾

泰山产獾，有猪脚、人脚两类。治疗烧烫伤，以人脚獾为佳。罗汉崖后经石峪周边多有出没。獾油炮制之法有二：

其一，剥皮去内脏，装瓷坛，埋于地下三年，肉骨俱化。用此，奇效。

其二，急用者，须子夜，万籁俱寂，取（耕犁）犁铧，木炭火炉烤红，将獾肉置其上，待油滴融化，聚而敛之。敷伤处，立效。切记不得喧哗，即便闻鸡鸣犬吠，则效验差池。（此法刘兄告余。）

《泰山药物志》载：久坐其皮，痔疮自愈。

黄西河护林员田师傅告余：其工队老鳏捉獾，从不空手。一绝。

泰山狐类

《泰山药物志》载狐类四种：

其一

黄鼬，大如猫而体细长，嘴乌。皮焙为灰，擦疥癣。

其二

黄鼠狼，体较黄鼬稍大，嘴白。煎为膏药，贴恶疮。

其三

狸，短腿长身，大如小犬，嗜鸡。身黄斑者名狐狸，黑斑者名狐猫。治诸疰，肠风，年久下血等症。

其四

狐，治恶疥疮。其肝胆，焙干，和阿魏为蜜小丸子，桐子大，专治活见鬼、发疟子。遇之，手把一丸，嗅之即效。

以上四类药用，均注明自然死亡者为佳。先人旨在不杀生，用心良苦。

画蛇者说：疰，注也，中医学术语。东汉·刘熙《释名·释疾病》云："注病，一人死，一人复得，气相灌注也。"清·毕沅疏证："凡九十种寒尸注，此病随月盛衰，人有三百六十余脉，走入皮中，或左或右，如人所刺至于死，死尸相注，或至灭门。"即今恶性传染病也。

山　楂

泰山山楂，又名野石榴、红果、酸查。

查与楂通。查又通槎，水上浮木也；或曰：木筏，往来于海上与天河之间。庄子曰：大道不行，则浮槎于海。

山楂树冠如伞，犹木浮于水之象，故曰：山楂。

附民间验方【大玄武汤】

凡产后恶露结块，疼痛难忍者，用本汤二三剂，即愈。本药以山楂为主：元胡、五灵脂、归尾、蒲黄各二钱，白芍一钱（酒炒）、边桂五分、西红花一分、赤砂糖六钱、山楂片一两（生熟各半，生者去核），童子尿冲服。

镜中魂

姚家产一男婴，昼夜啼哭。悉查，一无病源，百医束手。

女佣告之家母，其母曰："床前可否悬镜？"

佣曰："然！"

母曰："去之病则除。"

试之，果然。

佣回母，其母曰："小儿不可对镜，盖镜能摄其魂魄。"

又，曾有尹某言称，少年时午睡，朦胧见迎面穿衣镜中影像绰绰，尽现青年科考金榜题名、中年各地为官宦游、老来致仕卸甲归田等情状……醒来大异之。至晚年验证，镜中情状历历不爽。

海棠花妖

泰山桃花峪迤西有碧峰寺，住持铁陀和尚圆寂后，寺废。

灵岩翟生，借读寺中。暮春，晚间抚琴，自吟岳武穆《小重山》："欲将心事付瑶琴，知音少，弦断有谁听？"一曲终了，见一孔窗纸洞开，满室花香。心异之。

翌日再抚琴，依然如故。翟生抱膝而坐终晓，期有所遇，竟无它。人告知，是处有花妖作祟，翟生不以为意。

秋日闲游寺北青桐涧，得见遍地海棠，花发灿烂，馨香馥郁，夭夭灼灼。遂悟。

嗣后每抚琴，必沐浴更衣，危襟正坐，恭而敬之。

一日，翟生偶感风寒，再后咯血不止，百药罔效，竟至形销骨立，羸弱不堪。然抚琴不少懈。

忽一夜，梦有好女参拜，告知此病海棠花汁可医。试之，一剂即效。后翟生传此秘方，治疗咯血症，活人无算。

米家酒馆

乾隆十八年，泰安知府颜希深初到任上，即闻泰安县令刘大奎贪墨。一夕，邀大奎外出小酌。二人作香客便服，信步至下河桥米家酒馆，临窗落座。

酒过三巡，信口问酒家盈利如何，米掌柜悻悻答道："惨淡经营，更兼杂税苛捐，不亏即幸事，何敢言利。"

颜不解，又问："谅不过小本生意，何来税捐？"

米直言道："父母官贪渎好货，强征强派；衙役如狼似虎，中饱私囊。上下其手，小民难以招架。"随即历数县令搜刮十余例，竟不知乃座上客所为也。大奎一时窘甚。

颜假意又道："知府何以不问？"

米冷笑："新知府刚到任，正排宴接风无虚日，恐无暇顾及。"

颜呵呵大笑，回府路上与刘说道："细民无知，姑妄听之。"

有顷，知府悄然而归。酒家已打烊，叩门，声称住宿。米掌柜见香客回转，曰："此乃酒家，实无下榻处。"颜知府回道："非也，此来特为你解厄耳。"米掌柜将信将疑。

近夜半，果闻打门声甚急。开门，数名衙役捕快蜂拥而入，持签拘人。知府锐身道："吾乃掌柜，可与你等前往。"

至县衙二堂，灯火通明。刘县令大奎醉眼惺忪，刚要喊打，蓦见下跪之人好生面熟，定睛一瞧，竟是颜知府希深。自知不免，脱帽叩头。

颜知府莞尔一笑，告之："收拾行囊，明日即可另觅高就，吾不咎也。"

吴迟

康熙七年六月，岱山强地震，城垣房舍几尽。震后大雨，瘟疫肆虐，是秋颗粒无收，饿殍遍野，人相食。

岱山州守吴迟，字之游。朝廷询问灾情，即行启奏，仍以和谐社会对之，称：

大震伊始，卑职即赶赴现场，启动应急预案，坐镇指挥，协调各方，维稳救灾，成效显著。为官一任，造福一方，当下本州境内，五谷丰登，六畜兴旺，麦秀双歧，马下双驹；大灾之年大丰收，民众情绪稳定，安居乐业，无不对圣上得贤用良感激涕零……

鲁省巡抚刘芳躅见之大怒，于奏折之上批阅：

麦秀双歧乃种之功，马下双驹乃胎之功，夺种夺胎之功，归于州守一人，正无愧尊姓大名，直乃无耻之尤者也！

鲜活剧

大内每每藏剧毒之药，南唐后主李煜，即死于宋太宗之牵机药。近年又有研究破解百年迷案，立论光绪死于砒霜。其他王公大臣、皇后嫔妃死于毒药者，不计其数。雍正曾有朱批手谕，命广西巡抚李绂在贵州苗地寻找“见血封喉”之类毒药并解毒之方，盖以备不时之需。

光绪间，有刘太监专宠于李莲英之前，后人老色衰，加之李居间中伤，遂失意。某日，因某事触怒西太后，太后必欲杀之。令宫女从密室取一锦匣，亲自腰间取钥启锁，从一小瓶中取出淡红色药粉少许，倾入酒杯，赐刘太监饮之，命安卧别室。笑顾众人说道：“今日有鲜活剧，赏尔等一观。”

有顷，命众人去刘室观之，则刘已不知所往，疑其遁也，大惊。忽一宫女，见炕角卧一小儿，亟视之，即刘也，缩小如初生婴孩，长仅尺余。抚之，尸已僵，而面目、肤色悉如生时。众悚然，竟有因惊致疾者。

西太后闻听，嗤嗤笑之不已。

岱庙前街铜器铺牛老板告余。

秦五铢

邑有封氏接骨膏药，至其家，每见院内鸡、鸭之足互接，其效验往往如是。盖祖传之方，秘不示人。

或曰，膏药配伍中，加以铜钱屑，秦五铢、秦半两尤佳，汉五铢差胜。

又见《鹤林玉露》曾载：鸡断腿，碎铜钱添加食料中饲之。痊愈后杀鸡，见断骨处有一铜环箍之。甚奇。

又见《泰山药物志》：铜绿，明目杀虫，治恶疮。铜精，为眼疾仙丹，治百方不效之眼疾。二者皆为古青铜器之铜锈。

文　狐

某先生私塾坐馆，课徒于正觉寺。

正觉寺患狐，以往每有塾师至，必供奉鸡酒，焚香祭奠，方能相安无事。先生性迂执，自视甚高，不肯俯就。

又居于西偏房，阴潮逼仄，遍体生疥疮。

一夜，与三四僧人月下乘凉，瘙痒难耐，抓挠不已。僧人动问，先生欲呈其风雅，言道："哭笑不得谓之滥疥（尴尬），脏秽不洁谓之屋足（龌龊）……"

僧人懵懂无知，仰其才学，连声诺诺。

俄尔，听庙墙树荫下朗声吟道：

塾师乃高才，尴尬生滥疥。

果然屋有足，走出龌龊来。

众惊愕！起视，一白狐大笑，越墙而去。

红　狐

邑人郝大胆，种瓜为业。瓜下埋豆饼块，地上置水罐，罐底透小孔，细水不绝于缕，滴灌也。其法秘不示人，所育西瓜硕大如桶，郝自诩：能怀抱两枚者，分文不取。无如愿者。

瓜田于荒僻处，寂无人烟。入夜，郝大胆独守于瓜棚，携一管紫竹洞箫，夜夜吹奏，呜呜咽咽。

某夜三更，一曲终了，忽闻身后说道："再吹吹。"回视，红毛老狐也。

先是，村中有寡妇为红狐所祟。事发，家人延请术士驱之，狐逃。寡妇羞愧不已，自经而死。

郝不动声色，吹箫如常。至鸡鸣，狐始去。

翌日，郝备火铳。至夜，红狐又至。连吹三曲，不依不饶。郝说道："容我抽袋烟，休憩片刻。"遂于暗中取出火铳。狐又说："先客后主。"郝应诺，把枪筒塞进红狐口中，猛力扣动扳机。一声巨响，红狐就地一滚，连连说道："好烩，好烩！"一道红光倏尔不见。

后三年，郝大胆暴疾而亡。治丧举哀，忽有红衣客来吊，进灵棚傲不为礼，背对灵牌放一响屁，骚臭难耐。

众齐声喊打，红衣客帽脱，见天灵盖上一洞如拳。

奸　犬

邑有大户赵五爷家，欲秋后嫁女，开春请来张木匠，打造嫁妆。

赵家有童养媳小云，十一二岁，每每因厨中丢失菜肴，遭姑鞭笞，深以为苦。

一日，张木匠在工棚无意间隔窗相望，见赵家一黑狗，用爪摘开门挂，进厨房，口噙肉，而后掩门退出，再以爪挂门。张悚然。

姑察失肴，又疑小云偷食，笞之，哀号不绝。

张木匠不忍，附耳告之五爷。回视，见黑狗隐于门外谛听。五爷持棍欲打，遂逃之夭夭。

当日工满价完，赵五爷飨之以酒。至晚，张木匠欲归，佯醉，烦五爷相送。

邑西乱葬岗，乃必经之路。至，则见黑狗当道，犬牙森森，眈眈而视。张木匠操大锛与五爷合力击杀之。

去四五步外，见黑狗预挖一大坑，备葬张木匠。遂将黑狗就坑而掩之。

后，邑人告之，夜半曾见黑狗着女人花衣，于街头推碾。

食五毒者

财主李圣三，凡夏季雇短工二三十人。某年，来一江南麦客，高个，长脸，削肩，蜂腰。干活夯实，讷于言。

田间，每每见蝎子、蜘蛛、蚰蜒、蜈蚣类，即撮起食之，咀嚼嘎喳有声，如小儿食糖豆。初，众人异而怪之，再后不以为奇。

一日午饭，麦客揣煎饼一叠，隐入荒坟后。见者尾而窥之，见其手拎一条长蛇，煎饼裹而食之。口角血水淋漓，蛇尾犹自狂甩不已。

麦客自言：逢遇蛇，三十步开外可嗅之，香气扑鼻。

家父生前告余。

画蛇者说：《聊斋志异·蛇癖》亦记此事。

戒毒

清末民初，当局一度曾严厉戒食鸦片烟。或官府巡查，或“朝阳群众”举报，遂拘吸食者，即砍吃饭家伙。

一次，押解瘾君子至刑场，等不得天到午时，即喝令刽子手行刑。盖因监斩官烟瘾大发，急不可耐，赶回家中吸食鸦片。

三班衙役晚间巡查，见刑场有火苗，近前观之，二啰卒看守瘾君子尸首，正席地而躺，头对头正在吸食鸦片……

楼下禹大哥告余。

杨洛中

一行商，途中被杀人越货。地方上报知府，知府委派县令前去勘察，限令七天破案，否则摘掉乌纱。六天过后，案情尚无蛛丝马迹，县令就近居住庙里，愁肠百结，如热锅蚂蚁。第七天后晌，眼见无望，一边在大殿前杨树下喝茶，一边掂掇如何向知府交差卸任。忽尔，一片杨叶落于茶盅之内。知县灵机一动，问身边地保："贵村可有名杨洛中者？"地保答曰："有，住此处不远。"

县令闻听，立马派捕快捉拿此人。

嫌犯即到，一讯即服。

悍匪刘黑七

鲁中悍匪刘桂棠，平邑锅泉人。行七，五短身材，面黝黑，微麻，绰号刘黑七。"临城劫车案"匪首之一。朝秦暮楚，行踪遍及中国大半。

刘带兵极狡黠。匪令，开小差者必诛之。某匪乃兵痞，初犯，欲以匪令从事。刘不应，队前解缚抚慰："兄弟想走，定是思念娘亲。赏你十块银洋，捎回家以尽孝心。"

再次又犯，刘又劝慰："兄弟要走，定是赌博输钱了，大哥理应替你还债。"说罢，又赏银洋十块。

凡三次，队前依然赏钱不误。至夜，以麻袋囊之，坠石投入深潭。

刘黑七杀戮成性，尤喜雨天交战，逢雨必得手。传为黑鱼精所化。抗战军兴，投靠日寇，沦为皇协军。1943 年，所部被八路军 115 师聚而歼之。

是日，暴雨倾盆，刘冒雨潜逃，途中被击毙。

击毙者姓于名富，谐音渔夫也。

刘黑七撕票

民国初年，鲁中惯匪刘黑七窜至泰城，绑架泰安县某知事一双儿女，逼令缴袁大头八千块，以充匪饷。某知事任杀任剐，坚称分文不纳。交涉无果，刘匪撕票，撤出泰城。

某知事一双儿女，先是厝于普照寺后厢房。后就地掩埋。1963 年，泰前生产队农田建设迁坟，得见棺材两口，干尸两具，首身皆缝合。棺内楦满灯草，盖以吸潮防腐故。

三枪赵妈妈

自古鲁南之地，地僻人穷，民风彪悍，世称难治。

民国年间，鲁南悍匪刘黑七出道，得益于其姨妈赵妈妈（妈妈，儿话韵，去声，鲁南方言，泛称老太婆）。赵妈妈出身于响马世家，原本在关东闯马子，后趁辛亥之际，进关拉起杆子，队伍达数千人，为鲁南巨匪。官府难以措手。

行军打仗，四兵丁抬八仙桌，上铺毛毡，赵端坐其上，佩双枪，手执一管长烟袋，吞云吐雾，指挥若定。人称“三枪赵妈妈”。

某年，韩复榘剿匪，官军攻打其老巢费县城，赵妈妈据城顽抗。其子被官军火炮击穿腹部，肠子流出一摊。赵以手捧入，针线缝合，即令其子：喝碗盐水，上（寨）墙子！

刘黑七智勇过人，深得赵妈妈倚重。某年暑假，北平有女学生某，来平邑城度假，刘执意抢亲，赵断然不应。刘竟恃宠，窃而为之。赵闻知，怒逐。

再后，一驻平邑，一驻费县，两部互为掎角之势。赵妈妈死，刘黑七接管其余部。

画蛇者说：忽忆贵州民歌——

吃菜要吃白菜头，嫁郎要嫁大贼头，

半夜听得钢刀响，妹穿绫罗哥穿绸。

锦囊翁

平阳范氏，宅后院建狐祠，供狐仙。其家素封，三进院落，百亩良田，乡邻咸以为狐仙助其富庶也，称之为“仙家日子”。

值儿媳新娶，姑再三告知，见怪勿怪。

夏日静长。午后，儿媳去后院西敞篷纳凉兼做女红。

西敞篷乃仓储也，置粮囤。蓦见溜墙角一白髯翁，高不盈三寸，褐衣束腰，着毡靴，背一黄色锦囊，颟顸而来。

儿媳大愕，然噤声不语。

翁负囊欲攀粮囤，凡三上三落。儿媳见状，顺手递过一只马扎。讵料，白髯翁一惊，扑地而灭。

儿媳视锦囊之中，无非谷黍豆麦之属也。

平阳张生

光绪年间，平阳贡生张炳辰，偕五六同窗秋闱赴京。泰山岱庙北门有术士李亚仙，问之能否中榜，亚仙判一“贵”字。众不解，再三叩问，其答曰：“已十分明了。”

延至发榜，众皆名落孙山，独炳辰中第。盖其自幼眇一目，亚仙所判“贵”字，乃“中一目人”也。

画蛇者说：此事《淡墨痕》亦有载。

木　槿

士子石川，曾记一句半鬼诗。某年，寄读于徂徕书院。偏院春水轩凭窗临水，树上鸟喧花香，池中野鸭戏波，即兴赋道：

枝头知己有好鸟，水面芳邻为闲鸭。

高卧北窗……

一时思断，难以为续。蓦然，听窗外有女子诵曰：

高卧北窗无个事，离骚吟落木槿花。

亟出门外，见一绿衣女匆匆闪入花径。

问之，盖书院前山长晁晃，有女名木槿，早夭，葬于偏院西墙下。

琵琶塚

扬州庠生黄蟠龙，某年秋旅次泰城。驿馆之内，夜来月色映阶，清凉如水，四周竹影扶疏，寒蛩唧唧。聊赖之余，信步出游。

驿馆东侧空旷，行不数武，隐隐闻琵琶，渐行渐近，清晰盈耳。至前，见茅屋一椽，微光透窗棂，有女子端坐，一袭淡红，信手拨弦，铮然清越。先闻“月儿高”，寥廓凄恻；继之“昭君怨”，哀婉缠绵；再之“浔阳秋雨”，蟠龙潸然泪下……

翌日晨，再至其处，期有所遇。唯见一丘荒冢，数株枯桑，遍地霜菊。

金　砂

泰山红门有郭家香客店。诸暨人常乐，秋初进香，必下榻此店，凡数十年。与店主成莫逆。

惯例，香客进店，店主必设接风、送行宴。某年，送行酒过三巡，常乐对店主郭五说道："余年事已高，力不从心，尔后恐难再来，见你为人谨厚，现有一注小财奉送。"于是，引郭五沿梳洗河溯流而上，至经石峪下小洞天，指示河岸一石窝状似酒盅，说道："泰山产金砂，每年雨季过后，此中必留金砂一窝，取之可供小康。"郭五敬谢。

翌年秋，果得金砂一盅。郭五转念：若石窝扩如粥碗，必可多得。遂凿之。

再年，雨季过后，惟满窝淤泥而已。

石里仙

湘之衡阳，有山曰石里仙。几间东倒西歪屋，佛寺也；一个南腔北调人，寺僧也。寺院创建无考。但知无甚香火。寺僧全仗门首石臼养活。石臼有小大两凹，大且深者糙米，小而浅者茶油，适敷一人一日之用也。平明是取，旦旦如是。

老僧圆寂，壁上留一偈语：

色即是空，有即是无；多即是少，得即是失。

承衣钵之小僧，蠢夯之辈也。惟嫌粮油无多，凿之凹，倍大于常，以期多有。孰料，再取，两凹空空如也。嗣后，小僧无以为生计，离去。寺亦废。

好事者于偈语处，平添一俚语：石里仙和尚——想大吃。

网友雨舟人兄告余。

天师出巡

村夫常麻子，负贩土布。夜行龟蒙顶山口，避雨山崖下。雨过天晴，起身赶路。出山口，怪风袭来，一霎时树晃枝摇，乱石滚动，月色朦胧之中，但见一顶绿纱小轿，呼啸而过。细察轿夫，前为野兔，后为豺狗，风驰电掣奔西南而去。常麻子毛发倒竖，冷汗淋漓，半晌未敢喘息……

后诉于村中神汉长尧，长尧告曰：此为张天师出巡。张天师乃玉皇大帝钦差，襄助玉帝处理天下事端，不得片刻闲暇。每出行，急急如律令。

余乡谚曰：留不住天师，撵不动圣人。

赤金龟

泰山之傲徕峰下灵泉，生赤金龟。其甲金黄，其目、其腹、其足皆赤。寿千年者生九尾。山民言称：灵龟现，则必有大贤出世。

一樵子，迷于山中，憩傲徕峰。夜半见灵泉四围红光笼罩，心异之。趋前窃观，一赤金龟大若蒲团，二目荧荧，引颈向天，对月吐纳，有金丸弹落。刹那间，白光直冲斗牛。

至晓，巡梭泉边，得金丸一粒，晶莹温润，大如拇指。夜置室中，熠熠生辉。

又，《泰山药物志》：泰山之阳灵泉赤金龟。见之则出大贤，大贤不出即丰年，为一方之祥瑞。

四脚龙

泰山山阴较之山阳，景色迥异。其大小天烛，奇峰插天，流云挟风，古松乖张，势若飞升。自东御道登之，风光绝佳殊美也。斯处生四脚龙，又名蜥蜴。

有药农，见仙鹤湾溪水中隐隐有紫缕丝丝，料知顺流而上，可得紫芝。循至一深涧隘口，瞬间雨雹骤降，现七彩霓虹锁谷。大奇，举目视之，隘口巨石上盘一四脚龙，长可人等，张口吐雹，摆尾落雨。药农亟退，遂艳阳高照。

是处，人称龙巢，紫芝生焉。

海棠观

胡生，肥邑人，倜傥文士也。

某年秋，登泰山。先一日，下榻岱庙雨花道院。夜来一梦，三二女童导引，入一兰若，隐约记之额曰：海棠观。至后院登楼，雕栏画栋，锦帐绣帷，红烛高烧，麝兰馥郁，俨然富贵温柔乡也。

霎时，张案摆筵，珍馔异果罗列，琼浆玉液溢杯。一女冠自内室出，风韵徐娘也。怀抱拂尘，自言秋姓，法号海棠，致问候而落座。

胡生避席揖让：无端叨扰法师，于心不安，但告因果。

女冠徐徐曰：此夙缘，汝乃晚辈，不必过谦。

再问，殷勤劝酒，顾左右而言他。

须臾，有青女七人，羽服霓裳，婷婷嫋嫋，鱼贯而入，一琴、一琶、一筝、一阮、一笛、一箫、一牙板，乐起而歌曰：

> 有狐绥绥，在彼淇梁。心之忧矣，的子无裳。
> 有狐绥绥，在彼淇厉。心之忧矣，的子无带。
> 有狐绥绥，在彼淇侧。心之忧矣，的子无服。
> ……

胡生细审，青女面如春桃。聆之天籁之音，如痴如醉。不禁连浮大白。

忽尔，女冠愀然，含泪辗转曰：即兴有感怀诗一首，汝可记取。

> 堪叹沧海易桑田，后山风雨自年年。
> 感君吊我秋坟上，一枝海棠一泫然。

吟罢再劝一大白，胡生唯唯，浑然不知矣……

至晓梦醒，齿颊酒香，就梦中所见叩问雨花院道人，告曰：山阴后石坞，曩昔有观名海棠。

次日，逾南天门踪迹而访之。但见遗址，不过铜驼荆棘、颓壁残垣而已。惟周匝遍地秋海棠盛开，灼灼耀眼，灿若锦霞。

胡生怅然而别。归而问父，父对曰：胡氏谱载，明末，先祖曾娶一狐妻。后，先祖殉明，狐妻亦隐泰山而不见。历今一十六世矣。

忘干戈

泰山有神鸟，名曰：忘干戈。面如狐，身似鹗，头有冠，爪生毛，昼假死，夜复活。其鸣作人语，即曰：忘干戈。性嗜参叶，非参籽不饱，故鸣叫处必有泰山四叶参。

此鸟无故不夜鸣，鸣则有兵燹。民国以来，十四年鸣于三阳观，狗肉将军张宗昌率白俄铁甲队攻占泰安；十七年鸣于后山佛爷寺，北伐军驱逐北洋军攻占泰城；十九年鸣于灵岩寺，阎、冯倒蒋，中原大战；二十六年鸣于尧观顶，抗战军兴……

又，普照寺义澄禅师，曾于采药人手中得忘干戈一雏，豢至羽丰，纵之去。

泰山有鸟

哇（wa 四声）子 一名鸬鸠。其鸣哇哇，悠远绵长。谚曰：早哇阴，晚哇晴，半夜哇子不到明（即下雨）。盖此鸟善识晴雨也。

滴滴水 似家雀而略小。能知风雨，欲雨则鸣：滴滴水；欲风则鸣：起起风。每风雨将至，成群疾飞合鸣，半空嘹唳。药用医青光眼。

诓煞孩子 大如小枣。诱孩童捕之，遂起遂落，故名。此鸟出泰山及山麓，过汶河则无。

山和尚 啄木鸟之属，大如百灵。鸣若僧钵，或以此故名。羽冠扇形，长喙，凛凛山大王风度。有独家秘籍，却敌以恶臭。

哭嫠鸡 一名寡妇鸟。类山鸡。昼伏夜出，鸣则雨，声哀怨凄厉，如弃妇。药用医恶疮。守庄田，贼闻之不敢近。

仙农鸟 大如鹌鹑。其鸣作人语，冬春则鸣：烧香拜佛；夏秋则鸣：割麦插禾。药用亦可医恶疮。

惊煞聱聋 大如杏核，其鸣即：惊煞聱聋。其声洪亮。炼油入耳，医聋。

山僧　声若念经。每惊飞，辄叫：朗公、朗公。朗公者，晋代泰山天童寺高僧也。朗公念经，百鸟和诵。

泰山祠庙中，无鸦。异哉。

画蛇者说：上述皆泰山凡鸟。凡鸟，凤也。

泰山有洞

白云洞　岱顶凤凰山下，洞中时有白云析出，“不崇朝而雨天下”。

水帘洞　一帘小瀑，喷珠溅玉，洞不甚深。为乾隆所爱。

黄华洞　岱阴玉女修真处，洞中寒泉击磬，梵呗清音，三伏犹三九。

吕公洞　岱阳王母池东侧。吕公洞对王母池，甚切。

云阳洞　可容二十余人。洞中桌几俨然。尚书朱衡勒额：朝阳洞。

黄伯阳洞　岱顶西十五里，战国方士黄伯阳隐于此。山民称“黄病秧子洞”，至此，易生怪病。

金丝洞　岱阴九十里。可容百人。邱长春炼丹处。子夜红光彻天。

郎然子洞　御帐坪东里许，可容三十人。郎然子，方士也，《道藏》有“郎然子进道诗”。

娄敬洞　岱顶西百里。汉娄敬隐地。策动刘邦“和亲”，乃娄敬原创。

野人洞　徂徕山绝顶北下二里，为芍药峪，野芍药铺天盖地，值花期，端若云锦。传为泰山碧霞元君前花园。

南天门北五里，又有野人洞，唐人王希夷隐于此。洞前有潭，曰紫滟池，盛产九节菖蒲及玲珑草。潭边立一巨石，皴黑，光滑可鉴。希夷面石说法，内有锦鲤若隐若现，蠢蠢欲动。一夕，风雨骤至，雷电劈石，锦鲤化龙冲霄而去。石分为二，鱼痕宛若。

泰山有湾

忽雷湾 在西溪。天将雨时，每闻震雷迅发于此。俗名雷窝。

天井湾 一在岳北，一在西南。陡崖下至湾底，若坐井观天 岳北者，俗名天牢狱。

虬在湾 在岱阳王母池上。磊磊奇石可爱，桶状醉心石为尤。吕纯阳有诗：无赖蛟虬识我字。即此。

铜锣湾 在大峪西溪。正月中元子夜，锣鼓音响。先是隐隐有声，继之疏密有致，少顷，动地而来，排山倒海。有采药人至此，惊悚，暴喊，戛然而止……

黑水湾 在岳之西。深不可测，直达龙宫。某年，有龙尸浮其上，赤松子观之，二目抉去，言道：天谴也。

饮马湾 在西溪。民国初年，德人建天主教堂于此。一日，月朗风清，祥云朵朵，传教士科隆见天马饮水。

泰山有亭

挟仙亭 在岳顶观海亭之西。万恭题匾曰：凭虚御风。宫后石坪大书曰：孔子小天下处。岳顶公署，唯此最宽广。达官燕饮，恒于斯。

五松亭 前后俱三间，前厅有翼室。亭前，有秦始皇封松“五大夫”，故名。又名御帐，以宋真宗曾此驻跸也。是亭当岳之中道，达官每饭于此。

更衣亭 在岳之红门道左。凡衣冠之士登岳，至是亭易便服以行，故名。

环翠亭 在蒿里、社首二山之间。登此北眺岱岳，余三面则鞍牛、徂徕诸山苍翠环峙，故名。

环咏亭 在东岳庙御香亭西。周垣亩许，四面石刻古今名人诗咏，故以命名也。其间有韩琦、蔡襄、范仲淹、欧阳修、石曼卿、苏子美、林逋诸公题识，后倾圮。明万历重修。今废。

画蛇者说：亭者，停也。道路所舍，人停集也。多建于路旁，供行人休息、乘凉或观景用。亭，历史悠久，然古代最早之亭，并非供观赏之建筑。如周亭，乃设于边防要塞之堡垒，设有亭史。至秦汉，亭之建筑扩而广之，为地方维护治安之所用。十里一长亭，五里一短亭。《汉书》记载：“亭有两卒，一为亭父，掌开闭扫除；一为求盗，掌逐捕盗贼。”其后，亭之作用泛化。

泰山有河

渿（涂）河　源出岳顶西南诸谷，汇为西溪。由白龙峪出大峪口，南流入泮河，会汶水以达于漕水。

梳洗河　源出黄岘岭，过王母池，池上有王母梳妆楼，故名。其水由州东南会泮水入汶水。

通天河　自岳顶俯冲而下，经黄岘岭、黑龙潭，直达渿河。

泮河　源出岳西桃花峪诸水，转泰城东南二十里入汶。

大汶河　其源有三：一出岳之东麓莱芜原山；一出莱芜寨子，皆经徂徕山之阳；一出岳北仙台诸谷之水，西流经徂徕之阴，会泮水，南渡三十里曰大汶口。又西南经汶上县北以达漕河。

画蛇者说：泰山有三界之分：天界——人间——地府。天界，岱顶也，佛祖神仙逍遥之地；人间，泰城也，凡夫俗众在此快活；地府，蒿里山也，叶落归根，拯救苦难灵魂。人间、地府，即以渿河为界。

泰山佚诗

常建极《板桥集 · 登泰山顶》：

二三星斗胸前落，十万峰峦脚底清。

赵鹤《登岱诗》云：

日抱扶桑跃，天横碣石来。

另：

烟霞历乱迷齐鲁，碑版寒星傲汉唐。

鸟归沙有谱，人定月临溪。

此皆警句也。

普照之境

清康熙初年，住持元玉和尚将泰山普照寺修葺一新。

有僧问：千年古刹此日重兴，天下名山岱宗为最。未审何为普照之境？

元玉云：四山环抱峰峦秀，二水交流溪涧灵。

僧问：何为境中之人？

元玉云：木铎懒将摇浊世，宝刀时按坐当阳。

僧问：何为人中之境？

元玉云：掀翻海岳，拨转乾坤。

画蛇者说：或问，懂否？答曰：不懂！“各各归寮，吃茶去。”佛家这个“吃茶去”，尚有另一层意思：洗洗睡去吧。哈哈。

泰山仙闾

《茅君传》曰：仙家凡三十六洞天，泰山周回三千里，名三宫空洞之天。

《博闻录》曰：泰山名蓬玄太空洞天，岳帝所居。其高四千丈，环一千里。

《五岳记》曰：东岳泰山，岳神天齐王领仙官仙女九万人。山周回二千里，在兖州奉符县。

《福地记》曰：泰山洞天周回三千里，鬼神之府。

《列仙传》：岱宗石室中上下悬绝，其中金床玉几。

《尸子》曰：泰山之中有神房阿阁。

《博物志》曰：泰山一曰天孙，言为天地之孙也，主召人魂魄。东方万物始成，知人生命之长短。

《岱史》引道经曰：五岳之神，分掌世界人物，各有攸属。岱乃天帝之孙，群灵之府，主世界人民、官职、生死、贵贱等事。

画蛇者说：有道是，泰安府神多，济南府人多。究其实，有多少人即有多少神。

泰山有石

醉心石　泰山多有，斗姥宫左侧为最。桶状，层次分明。乃岩浆向下滚动凝固而成。

试心石　在仙桥石西。二石勾连，悬崖万仞。人登践之即摇动恐怖。愚民云：唯心诚则无动。

剑匣石　在大峪西。有方石如匣，匣有宝剑，仙人取去。

试剑石　在大峪口。相传仙人取石匣宝剑，断辟此石，半仆于地。观二石，纹理若中分然。

仙影石　在试剑石旁。其影有巾有剑，伸一足而坐石平如磨崖。影处如剥如勒，而实非人为。相传仗剑辟此石者，即此仙也。

玉女圈石　在岳西北。相传夜有呼号角力之声，诘朝见石累成圈，盖五仙女为之。

画蛇者说：自然造化之功，仙力于其何哉？

岱宗之名

《虞典》凡岳皆以方位言，惟泰山不言方位而言岱，不言岳而言宗，固谓夫出震配乾，万物始代，储坤蟠亘，五岳推宗，其形胜甲于普天下无两也。嗣是而《诗》称鲁詹，《礼》称兖镇，《尔雅》称东岳，则概其一方所推重而极言耳。

《舜典》曰：岱宗。按《五经通义》云：岱宗言王者易姓受命报功告成，必于岱宗也。东方万物始交代之处。宗，长也，言为群岳之长。

《周礼·职方》曰：河东曰兖州，其山镇曰岱山。按，镇言其重也。

《尔雅》曰：河东岱。又曰：泰山为东岳。又曰：中有岱岳，与其五谷鱼盐生焉。按《诗》注云：岳言山之尊也。东方主天地生气。以方位别五岳，是为天之东柱。

画蛇者说：对于此类称谓，惟《尔雅》肯实话实说：概其一方所推重而极言耳。

泰山之云

《说苑》云：山者宣也，言宣气生万物也。

《尔雅》：泰者太也，谓天地太和之气发舒于东方也。

《公羊传》曰：触石而出，肤寸而合，不崇朝而雨天下，惟泰山耳。

《后汉书》曰：光武封泰山，云气成宫阙。

郭沫若·满江红

郭老有一首《满江红·纪念红薯传到中国三百七十周年而作》，其曰：

我爱红苕，小时候，曾充粮食。明代末，经由吕宋，输入中国。三七〇年一转瞬，十多亿担总产额。一季收，可抵半年粮，超黍稷。

原产地，南北美，输入者，华侨力。陈振龙，本是福州原籍，挟入藤蓝试密航，归来闽海勤耕植。此功勋，当得比神农，人谁识?

画蛇者说：清陈世元《金薯传习录》援引《采录闽侯合志》："按番薯种出海外吕宋。明万历年间闽人陈振龙贸易其地，得藤苗及栽种之法入中国。值闽中旱饥，振龙子经纶白于巡抚金学曾令试为种时，大有收获，可充谷食之半。自是硗确之地遍行栽播。”又称“以得自番国故曰番薯。以金公始种之，故又曰金薯”。陈振龙6世孙陈世元及其子陈云，先后以甘薯传种于鄞州（宁波）、胶州、青州（山东）、豫州（河南）各地，渐次在浙江各地传播，时为清乾隆二十年前后。以上史实证明甘薯系在16世纪末叶传播。目前中国甘薯种植面积和总产量均占世界首位。

郭老这首《满江红·纪念红薯传到中国370年而作》，当写于上世纪六十年代。因八十年代左右，余曾搞红薯育种。当时听说这首词，但没有见到原文。今日一大早，承蒙玉洋兄发给我，其得之《散文选刊》。

地瓜（红薯）之丰功殊勋，在于它对新中国人口激增，功莫大焉！尤其对于我们这代人诞生及养育之功，值得歌颂。而歌颂如此得体者，惟郭老也。而郭老这种大白话词，余以为值得一读。

“编缉部”

上世纪九十年代，“泰山文学编辑部”误为“编缉部”，赫然八载。“辑”者，“缉”也。直至因刊载《我杀死了古龙》事件，吊销刊号，通报全国，摘下招牌，竟无人察之。

冥冥之中似有定数。

平阳三哥

平阳三哥李万荣，敦厚长者也。

上世纪六十年代初，发表剧本《送猪记》，由莱芜梆子剧团首演。先后赴京沪会演，且蒙刘少奇、朱德、柯庆施等元老亲切接见。

尔后，《送猪记》被全国近百个剧种移植演出，后人称之“小样板”。彼时，三哥少年才俊，意气风发，顾盼自雄。其八面风光，迄今岱下文坛无出其右者。

惜乎！三哥已成故人。

用筷十忌

筷子，又称箸。《礼记 · 曲礼》：羹之有菜者用梜。注：“今人或谓箸为梜。”《史记 · 十二诸侯年表》：纣为象箸，而箕子唏。可知至迟商代，已有象牙筷子。至于李白《行路难》：“停杯投箸不能食”，筷子则进入诗歌领域。箸，又通著，《后汉书》：“箸《论衡》八十五篇，二十余万言。”此二字通假，盖于竹简行文有关。

人类由以手进食到使用筷子，当是文明与进步使然。中国乃礼仪国度，使用筷子亦上升至礼仪，因之传统礼仪文化有“用筷十忌”：

一忌迷筷，举筷不定；

二忌翻筷，碗底挑菜；

三忌刺筷，以筷戳食；

四忌拉筷，持筷撕裂口中鱼肉；

五忌泪筷，汤中捞物；

六忌剔筷，以筷为牙签；

七忌吸筷，放在口中吮吸；

八忌供筷，双筷直插碗中（俗称倒头饭，大不吉）；

九忌敲筷，以筷击碗；

十忌指筷，持筷指点人。

画蛇者说：即便“礼岂是为我辈所设焉”？然则必要之礼仪还须讲究。毕竟关乎于尊重别人与尊重自己。正所谓生活要有仪式感。

两副楹联

某饭店开张，名曰：独一处。央朋友邀余写联，援笔立就，虽不称工，亦小有得意：

上联：物以稀为贵　况乎曰独；

下联：有从无中来　大哉称一。

另，余为某御座饭店撰联：

列九鼎以调百味，治大国若烹小鲜。

泰山无字碑

泰山极顶无字碑。素称“不著一字，尽得风流”。先是，考为秦皇所立，因其目不识丁，故一字不錾。继之，又有学者考为汉武所立，尔或原本汉阙。一九六一年郭沫若登泰山，亦断曰：磨抚碑无字，回思汉武年。当下，多以此论为是。

民国十七年，“五三”惨案发生，山东国民省政府因故偏安泰安。是时，有机构名曰：国民党山东省党务训练所。举凡泰山重要景点，譬如岱庙、岱宗坊、南天门，训练所悉数涂鸦政治口号，多为“总理遗嘱”“建国大纲”之类。无字碑亦无幸免，被书以“党权高于一切”。无字碑遂成有字碑，同盟会员、泰邑名士赵新儒揶揄道：“殆非党权高于一切，无此威力欤。”

训练所书写者某君，下山不几日，夜来一梦，被押至岱庙天贶殿，有判官判曰：“尔等狂悖，以一党之私利，恣意刻画泰山，亵渎神岳，干犯天条，天齐仁圣大帝严惩不贷。”遂命皂吏黥面，疼痛几死。警醒，双颊肿胀，同僚细审，左刺一“党”字，右刺一“罪”字。反复涤洗，经久始去。

魑霖鱼

其一

泰山有神鱼，名曰：魑霖，方首圆身，巨口细鳞，龙须龙目，目上有眉，额上起岩，鼻赤而翅金，似龙惜无角。

该鱼生于深涧清泉，性喜阴耐寒，水中变幻五色，三龄体长不过三寸，动跃之威，熠熠倏尔。不饮浊水，不食秽物，不出泰山，通体晶莹透澈，玉壶冰心。烈日暴晒下，身可化油而流。蓄魑霖之水，用之泡茶，与新汲水同，绝无腥气。

乾隆十三年，高宗首次东封泰山，盛赞魑霖味美，即命进贡。礼部尚书泰安赵国麟，上疏抗曰：泰山魑霖不常有。高宗遂罢贡鱼之旨。

黑龙潭位于泰山西溪胜处，上有百丈崖，飞瀑喷雪溅珠，挟风凝雨，雷霆万钧。悬空之处，每每可见魑霖飞跃。

普照寺圆通和尚言：一夕，黑龙潭边见一魑霖，长可盈尺，势如游龙。忽而风雨如晦，霹雳一声，魑霖腾空跃起，大雨倾盆而降焉。

其二

泰城有晋商颜子祯，业盐。其祖母温太君，年七十二，患百会疽。文献载：“百会穴生疽，此名玉顶发，初如麦米，顿增痛楚，寒热大作。六阳经受风邪，风火相扇，脏腑热毒上攻，七日无脓者死。” 延医，百药罔效。大夫言称：有药难采，可遇不可求，用之或可愈。即魑霖鱼也。

颜父登岱求之。行至黑龙潭，恰遇鱼郎得而变卖，购之，一条重七两。太君烹而食之，不时，痛止。次日疮崩，两只虫由疮口飞出，乃愈。

民间谓之魑霖鱼乃“发物”，或可坐实。

碧霞供果

民国二十七年元旦，徂徕山起义打响共产党山东抗战第一枪。

是时，燕遇明任职四支队，徂徕山光华寺誓师。嗣后，日寇围剿，困于泰山扫帚峪，凡一十二天，三人断炊五日，饥肠辘辘。

一日晨光熹微，恍惚间，一皤白老媪，凤冠霞帔，留一竹篮翩然而去。细审，内有寿桃馒头三个，似为岱顶碧霞祠贡品。三人分而食之，依然存三；再食之，依然存三，不能尽也。脱险后，馒头遂无。

燕老曾任鲁省文联主席有年，资深文化老前辈。生前每每言之：我乃唯物主义革命者，然此事凿凿，不敢隐也。

机　房

白楼迤西旷野果园，有机房一处。夜来常闻机器自开，轰鸣作响，黎明始息。

村夫于三奇而怪之，夜间凭窗暗窥，见数十黄鼬于飞轮带上跳踉辗转，若杂技状，毫发无损。

于三弹窗，蓦然，黄鼬叠起罗汉合闸，纷然四散。

鬼吹箫

汶水两岸河滩，夜间朔风起时，常闻箫声呜咽，似鬼哭。多以为春秋战国齐鲁汶阳之争，旧战场冤魂郁结也。路人惶惶。

民国年间，岱下名医高宗岳沿汶河考察中草药，见河沙中有灰白色颗粒，轻质，空窍，风吹作响，即此物。研末入药，治小儿口疮甚效。遂命名风箫，唯不多见。

画蛇者说：此物，余以为当是火山灰一类矿物质。

蜃 楼

汶河堡头段，河干有汀洲，汀通水中小岛，岛上搭建茅棚四五间。是日，乡绅周、于二先生，陪泰城卍字会医生高宗岳，在茅棚乘凉休憩。忽而黄风骤起，甚凉。风过后，见上游有蜃楼隐现，惑然，遂相约渡船到河干沙丘观景。刚及丘上，大水呼啸而至，茅棚已没顶。盖山洪突发，猝不及防也。

此三人有何德，以感天神佑之?

或曰：亦无大德，不过世世孝悌之门也。

多福石

泰山大汶口产多福石。堡头村夫曹正安，肩挑贸易为生。事母至孝，乡人咸誉之。

某年，推车赴燕京贩卖长生果。遇大雪淹留，货尽而钱无。饥寒不足苦，惟夙夜忧母甚矣。忽记车中尚有多福石一块，遂于市边售之，期有买者，得少许盘费，以回乡侍亲。

一书生至前，见多福石不过巴掌大小，上有百蝠，金光灿然，灵动欲飞。宝爱之。问价，答曰：可怜见，够盘费即可。书生曰：此我乡所产也。宝物不可贱价，五两。既问乡里，正安告之。书生曰：原本同乡，今有一事请托，我住汶阳桥西村，家有老母，烦捎家书一封并银十两。老母自当谢之。正安郑重应诺。

至家，母尚安，欣慰。询及汶阳桥西村，乡人无知者。正安大惑。忽一日夕，徘徊汶河古渡桥头，蓦见西侧有房舍俨然，大奇之。叩门问之，一白发婆婆出迎，问答毫厘不爽，遂完其托。临别，婆婆说道：千里传信，至诚可感，念你家中尚有老母，老身赠夹袄一件，不可推辞。说罢递过包袱一件，掩门径去。

天黑归家，其母审视夹袄，觉有异。撕一缝视之，累累珠宝缀满其里也。

翌日，执令正安归还。再至，唯见青冢一丘，白杨数株。

画蛇者说：蝠者，福也。多福石，即三叶虫化石。

孝鱼

泰山之阳四十里，有村名淳于。淳于者，炎帝后裔，以国名姓也。望族居齐郡。淳于意，号太仓公，曾为汉代奉高令，精于医。文帝时，因故获罪，当处肉刑。其女缇萦上书，愿以身入宫为婢，代父赎罪，文帝悲其孝心，因废肉刑。太史公司马迁以扁鹊与太仓公合传。太仓公死后，葬于是地。相连缇萦之墓，人称“孝女坟”。

有道是：人杰地灵。是地村南，有泊湾，众泉汇入，水丰草美。湾产孝鱼，又名乌鱼。是鱼至孝，其母产后，盲目一月，小鱼环侍于母，任其食之。稍长，即觅它鱼供母。

君子嘉其德，每不忍食此鱼。

鸟人

鸟友秦君，长安人也。通鸟语。

小聚岱下，相邀去岱北鸟市。忽而长啸一声，百鸟和鸣。哨画眉，画眉引吭和之；哨黄鹂，黄鹂舞而应之；既而向天口吐一丸，蜡嘴跃起而衔之……

众以为神人。秦君曰：无他，养而驯之，谙熟鸟性，则久惯久惯而已。

市图书馆石国祥兄告余。

鹞子

泰山鹞子，雀鹰之属，猛禽也。

泰城傅公街韩老，善驯鹰。鹞子网得，非熬不能去野性。熬鹰，须三四人轮班，昼夜兼之，半月方驯而服之。而后备好皮袢、眼罩等一应物件，始能行猎。

山阳罗汉崖有红毛老兔，每每攀白蜡条之上，伺机而动。白蜡，灌木也，其枝条柔韧且极富弹性。鹞子俯冲以猎兔，红毛老兔引蜡条如满弓而弹之，鹞子扑空，甚而被击昏。以此戏鹞成精怪。

一日，韩公架鹞至罗汉崖，纵之。鹞子盘旋周匝，径去。众讪笑，韩公曰：稍等片刻。有顷，鹞子回，浑身贮满石灰粉，居高抖擞，老兔迷目。刹那间，鹞子迅疾而下，老兔就擒矣。

市图书馆国祥兄告余。

挂　呼

早年间，网鸟者挂呼以诱鸟。呼者，媒鸟也。欲捕蜡嘴须挂蜡嘴，欲捕八哥须挂八哥。以此类推。

鸟走鸟道，多沿山口、河滨湿地，网鸟人谙熟。一般网高丈余，长十数丈。架网已毕，即挂呼。蹲守。

鸟过路，见呼以为同类，纷纷入网，多者数十、数百。野鸟生猛性急，即行取下，放入黑布袋，抚其野性，令其安静，以免乱撞致死。

网鸟忌竭泽而渔，有识者仅取健雏豢养，余悉数放生。

画蛇者说：呼，又称媒鸟。老辈人皆曰：呼，去声，无解。或为“幌”之谐音。又，当今鸟类多为法律保护动物，不可效此，以身试法。

芳邻有女

文友樵子兄，芳邻有女，害眼疾，畏光，侧目视物。其妹常学其斜眼。后其姊眼疾愈，复能正视，妹则斜目终生。

温暖与爱心

严冬，某单位去某贫困县“送温暖”，面粉二十袋、食油二十桶。电视台全程跟踪。至午，县宾馆喜酌恭候，计两桌。所饮者，青啤，国际流行瓶装；所食者，霸王别姬，王八脸盆大；所馈者，高档睡衣，绣品也。

友楼君告余。

又，初冬，某地大白菜遍地，无人问津。政府某部门慈悲为怀，买两千元“爱心白菜”。至午，招而待之，便餐愈两千也。

友郑君告余。

卜　者

其一

瞽卜。持竹竿，背布褡，敲云锣，走街串巷，不过揣骨、掐算。似是而非，偶有言中。

一日，瞽者落入枯井，众人救助。或问：何以失足？其曰：否，早已算中此井不深。

其二

骆驼卜。牵引骆驼，并不骑行，内地驼为罕见之物，用以招徕也。曾见一卜者，白面书生，彬雅如儒，操南音，晃六爻，卜时翻《易经》照本宣科。兼通堪舆。

其三

黄雀抽卦。卜者豢一黄雀，甚驯。逢抽卦者，令黄雀自卦筒衔出。尔后抛一粒豌豆，饲之。

儿时，犹见三人抽卦，甲得卦：东攒西攒，买了把伞，大风吹掉伞头去，两手抱着空伞杆。乙得卦：脚踩鏊子头顶锅，上边烤来下边烙。丙得卦：拉着碌碡去上山，上的不如下的欢……多为诸如此类俚俗不经之词。

神灵湾

余乡南去六里，有神灵湾，四围岭岗，水面广可数亩，深不可测。据称，乡间逢红白之局，可于此处借用餐具。傍晚岸边焚烧纸钱，翌日黎明即取，碗盏杯盘之属，适符其用。后有乡人无赖，或私匿，或有借无还，遂灵异不再。

余曾于某中表处，见一炉瓶，称为神灵湾之旧物。细审，藕青色，开片，断纹浅白，隐纹如鱼籽，类哥瓷。然做工非精良者。

红灯笼

邑之西有二水交汇，形如梭，故名梭头湾。碧水如镜，倒映蒲柳，天光水色，恍然如画。交汇处有桥通东西。

某秋夜，雨如丝麻，忽闻桥上有怨妇哀哭，甚凄婉。远视之，有红灯笼如影随形，悠悠荡荡、明明灭灭。如是者数夜，见者哄传。邑人大恐，天黑即绕道而行。

又一夜，桥上哭声戛然而止，继之笑声嘎嘎，类枭，闻者悚然。

翌日晨，见桥下有醉酒溺毙者。毙者郝姓，行六，无赖子，素昔恶贯满盈，邑人为患也。知情者始吐之：盖十二年前，有孀妇受辱桥下，投水而亡。无良者，郝六也。

龙戏蛛

邑之梭头湾边有四合院，主人庄姓，小康之家也。其东配房内储藏杂物。一夜，忽见异光，声闻异响，以为怪异。庄氏有子，素胆大，隔一夜，持火铳潜伏窗底，窃窥之。

夜交子时，见房梁之上一团火珠滚动，吱吱作响。继之，有龙蠢蠢欲动，扭身，抖须，瞪目，张吻，开鳞，摆尾，一室金光烨烨。倏忽，龙跃梁间，怒爪奋然欲攫火珠，火珠辗转腾挪，龙与珠穿梭于梁间，风驰电掣，如流彗闪烁……

庄氏子见之，簌簌然，毛发倒竖，扣动扳机举手即发。轰隆一响，室内顿时火飞烟灭，一片死寂。

次日晨，开门察之，室内元宵节之九节龙灯，惟存木质龙骨。一黑黄蜘蛛大如碗盎，堕地而死。

众人或以为不祥。日后，亦无他。

万二娘

泰城天书观有万姓媪，年八十有一，少孤寡，人称二娘。原本大户女，自幼聪慧，略通文墨。二娘独居城郊天书观，门虽设而常掩，苍苔屐齿依稀。园内有核桃一株，三百余龄，冠盖满园，一如健硕，果实累累。

是日中秋，月上东山。二娘树下摆好供果，焚烧高香，拜月敬天。

忽而铺首响处，一皤翁近前。二娘视之，童颜鹤发，双目炯炯，风骨不类常人。略有讶然。礼揖落座，自言：“近邻，何姓，平素疏于往还。值中秋月圆，特来与二娘叙话。失之冒昧。”

二娘答曰：“远亲不如近邻，何翁既来叙话，谢美意，请用茶。”一时，叙谈甚洽……

继而，翁说道：“为慰二娘寂寥，有一字谜请猜：僧儿换上巾帼衣，飞蛾扑火成仙女。”

二娘略一沉吟说道：“似为嫦娥。另有一谜，请何翁猜：花开九里香，适逢秋夜凉，随风去广寒，芬芳醉伐郎。”

翁道：“莫非吴刚？”二娘点头称是。

当庭一轮满月，玲珑剔透，隐隐见蟾宫楼阁，玉辉清光，三秋桂子，树影婆娑……

霜露渐凉，翁端起茶盏说道：“举杯邀明月。”

二娘应声答：“赏光”。

二娘又道：“低头思故乡。”

翁答曰：“当归。”

珍重道别。翁忽而幻化仙鹤，长啸一声，展翅凌云。二娘送鹤，目尽长空，沉思良久。忽而忆起：近邻万寿宫薛道长，豢养白鹤一只。月色如水，满地清凉……

后三日，媪无疾而终。伐核桃树做棺。锯解木板，木纹面面有影像如翁媪揖拜之状，颇类吴道子笔法。

众咸以为奇。

关二爷张目

泰山红门关帝庙，开山第一庙也。山门之上为戏楼，五脊歇山顶，飞檐斗拱，精巧玲珑。迤西为山西会馆。逢东岳庙会，或南昆北弋，或东柳西梆，必有大戏娱神。

民国十六年，军阀张宗昌在关帝庙庆老母七十寿诞，有山东梆子开戏唱《古城会》。旧时，戏班有诸多行规。譬如演关公戏，演员必焚香祭拜，方可上妆。在后台，须正襟危坐；上台后，卧蚕眉紧锁，丹凤眼深闭，自始至终不得开目。是日，三通鼓擂罢，关二爷急急风提刀跨雕鞍，拉开山膀一亮相，满场碰头彩。

戏楼前排，宗昌九姨太筱翠仙尖声叫好。二爷蓦然睁眼，青龙偃月刀脱手而出，“喀嚓”一声，火光四溅，砍进戏楼石柱寸余深。

刀痕至今犹存。

斗母宫异象

有泰山打工者，租住红门斗母宫。住持尼姑正品告称：“庙内多异象，见怪勿怪。”

一日清晨去后院，见几十只鸡崽严整列队环行。再后垂翅低头，闭目作诵经状，喃喃有声。

又，租房天棚之上，每每“啪嗒啪嗒”有行走声。某夜，坠下耗子一只，火炉工李某持棍打杀。过秤，七斤有奇，毛皮褐红色。翌日，李某吐血而亡。

常启荪告余。

团　瓢

泰山秦御道小天柱峰下，有石屋，额篆“团瓢”。巨石垒成，石块光滑如切，重可千钧。

一牧竖，盛夏贪其凉爽，于屋内裸睡歇晌，而醒来却在屋外，每每如是。奇而怪之。

一日，相约同伙远匿，暗中窥视，再入屋内休憩。忽而，四体腾空，飘出屋外。同伙见之，大惊，暴喊一声，牧竖骤然跌落地上。醒来，四肢萎痹，年余始愈。始知，亵渎神明必遭谴。

又有樵子，遥见石屋外一红毛老狐扇炉煮茶；及近之，一无所见。

或曰，此屋乃长春真人丘处机后山修真处。

送狐亲

泰山东麓上梨园，有村夫纪老三。嗜酒，颟顸。

一日，泰城与友饮酒，微醺，日暮始归家。中途行至村南河津，见一行人众张灯举火，为送亲者。适轿夫缺一，呼纪老三充之。纪贪喜酒，欣然而为之。

沿溪去路崎岖，逶迤斗折，不知远近。然花轿甚轻，似不觉为累。子夜，至一深宅大院，兰若峻崇，楼阁连云。花轿进二门以内，自有接肩者。遂入席，醉饱不知所终。

翌日，举家及族人遍寻不着。至后山皮狐洞，见衣冠颠倒，坦腹横卧，一息尚存。满地呕吐狼藉，秽物，乃蚯蚓、土鳖子、癞蛤蟆之属也。

嗣后，酒立戒之。

晏驾河

泰山之阴天津河，源自岱顶，至山下，流经牛山、大津、小津等三处渡口，汇入汶河。昔者，盗贼蜂拥，上则劫皇纲，下则掠商贾，行旅视为畏途。人称：宁跟阎王走，不过三河口。

隋末，窦建德征战于此，被李渊追杀至天津河上游，问地方父老此为何地。答曰：牛山口。窦曰："有道是，牛吃豆（窦），不过三口，吾命休矣！"急折返，被追军射杀。是处现名：晏驾河。

又，此去东北十数里，有狼虎谷，乃黄巢殉难处。惟不见其墓。

耙和尚

泰山之阴有药乡，即《岱览》之药园也。所产何首乌、四叶参、黄精、紫草，为泰山四大名药。

药乡西山有头陀寺，创建无考。山门外，施主置石碾、石磨、石臼，方便一方村众。寺内和尚六七，皆无良之辈，藉此戏侮女子，行苟且之事。进而，僧匪同流，劫掠村妇藏匿寺内，供其淫乐。乡绅叵耐，纠合状告于知府。

当朝佞佛，知府不能自擅，呈报于大理寺；大理寺亦不敢妄断，呈上御览。

皇上口谕：念其僧侣，罢了。知府素耿直，有强项令之名，气愤不过，矫诏曰：念其僧侣，耙了。

县宰接旨，即刻于药乡砚瓦地掩埋恶僧，土及脖颈，套牛拉铁耙，耙之。寺遂废。

药乡砚瓦地，四面高中间凹。或云，乃瓦岗寨旧址。

泰山神夜巡

泰山中路登山盘道起始处，曰红门。盖因西北有大藏岭，岭上巨石如门，铺首、乳丁依稀可辨，色赤红而历久不磨，故名。

一夕风雨过后，值子夜，月白风清。关帝庙道童岱生，贪爱良辰美景，出山门信步西去数武，立于平岗，蓦见大藏岭红门洞开。先是，仪仗卤簿辚辚，中一峨冠博带者，胯下麒麟，腾然而出。鼓乐之声，隐隐可闻。一行自孔子登临坊迤逦北去，须臾过万仙楼，至柏洞，缥缈不可寻矣。

岱生大愕，亟返，归告师傅。老道告曰：此乃泰山神夜巡。噤声！

垂刀山天书

红门西北大藏岭又西，有山名“垂刀山”。山不甚高，盖因山脊陡峻，形似垂刀，故名。

景德四年，宋真宗决意封禅泰山，苦不见祥瑞。瘿相王钦若搜罗不遗余力，各地无不凤凰来仪，麦秀双歧，牛产麒麟，骡下双驹……至十月，泰山进献灵芝三万八千余本。东平州亦报称境内佛山现白虎，水浒现蛟螭。真宗皆不悦。

忽一日，王钦若报称，泰山红门垂刀山现天书。龙颜大悦，立命泰安知府进京呈送。至，真宗开视，明黄锦缎书曰：“天子赵恒，能以至德至孝，绍承列祖列宗大业，治理天下，造福黎民，尔后更应善始善终，勤政简俭，克己复礼，永葆宋祚。”

天降祥瑞，封禅既成。惟龙图阁侍制孙奭斗胆进言：“天何言哉，况有书乎？”

郓州街灵芝

大中祥符元年夏，县城郓州街魏大官人后花园内，生灵芝一本，其大如轮，其色如丹。满城民众往而观之，园内几无隙地。

州守、县令闻之，以为皇上意欲封禅泰山，普天下正乏祥瑞，其灵芝硕大无朋，世间罕匹，何不进京报呈，以悦当朝？遂置于八抬大轿，起动鼓乐，赴京。

临行，衙署一老吏怯怯进言："物之奇者，主不祥。父母官当三思。"县令惑之，问计。老吏自灵芝切小块，和肉饲之犬，犬七窍喷血，立毙。

州守、县令几欲丧胆，遂罢此行。

吕祖洞

泰山王母池山门迤东，过八仙桥，桥侧有吕祖洞。洞广可半间，传纯阳子曾在此修真。一日，有莽汉醉酒，至洞中撒尿。酒醒，患一疾，非饮尿而渴不止。问医，皆束手。无奈，家人于路厕置一罐，俟行人便溺后，供其饮。如是，半年始愈。

另，王母池与吕祖洞，绝佳妙对。

舍身崖

徐大用，明万历年间人。泰城通天街南首开一爿香火店。

一日，一香客携小儿入住徐家店，夜来呜咽吞声，不忍猝听。叩问，惨然告曰："吾本徽人，前年家慈罹沉疴，曾来泰山许愿：倘或元君奶奶保佑痊愈，则舍其子于舍身崖下。今者，家慈康健如初，念神明不可欺，故来舍此子以还愿。然于心，诚不忍也……"说罢，眼中泣血。

先是，岱顶瞻鲁台有巨崖，崖下百丈深渊。常有愚氓祈求神灵，妄逞孝心，跳崖献身，以期祛父母病灾。故称舍身崖。

大用听罢，沉吟片刻，劝曰："舍子救母，孝道也；不欺神明，天道也；不舍其子，常情也。念你孝心诚信可嘉，舐犊之情可悯，吾欲代汝还愿如何？"徽客无奈，遂允。

翌日，大用匿其子。至晚，告徽客曰："汝子，吾已投之崖下，汝愿已了，可启归程。"徽客哭拜而去。

尔后，大用接其子于家中，悉心调养，供其读书，一如己出。再后，此子登科显贵，事之如父。及后，徐门子孙皆以文显。遽料，以业店之家竟为泰城之望族矣。

泰安巡抚何起鸣闻之动容，树坊旌表之。又为杜绝此愚行，在崖侧筑墙阻拦，更名爱身崖。

至清康熙年间，又有泰安知州张奇逢重修围墙，且派更夫巡守之。此皆循吏之为也。

天倪子

泰山西麓桃花源，胜景不输武陵。十里山涧彩石平铺，画入水中秀，水在画上流。至深处，幽险奇崛，鬼斧神工，危峰直刺青冥，断峡一线观天。以致其境过清，人以为不可久居。

进山牧者多携炊具，经年于此。一日，忽有道人自红雨川踏歌而来，其歌曰：

流水来天洞，人间一脉通。

桃源不知处，流水落花红。

歌罢，躬身施礼，借锅煮炊。牧者好奇，窥之。但见道人随地捡卵石，入锅架火煮之。不一时，似熟，手捧而啖之，如啖甘薯然。尚余一枚，牧者食之。竟蜕皮，俨然童子。

后，玄门洞有偈语书于壁，其曰：

形虽羸，于道则肥；性虽介，于物则齐；

具儒墨之体用，见天地之端倪。

见者始悟，道人乃天倪子也。

赤松子

赤松子者，黄冠道人也。体颀长，美丰姿。云游五岳，浪迹江湖。唯与泰山斗母宫比丘尼逸云最相善。二人于羃云楼谈禅论道，通宵达旦，求索儒释道三教圣人之精微，探究天地日月之变迁。同床共枕而秋毫无犯。

一日，于泰山中溪小洞天化去，自颂云：

脱下娘生皮袋，此际乐然轻快。

百尺竿头进步，小洞天府去来。

四十年后，泰山有贸易衡山者，遇赤松子，容貌一如儿时所见。

崔文子

泰山崔文子，秦人也。采泰山黄精、板蓝根、四叶参制丸药，售之都市。自言三百岁。贪杯，得资，必尽醉。

曾学仙于王子乔，得其真传。子乔化为白蜺，而持药于文子。文子惊怪，引戈击蜺，中之，因堕其药。俯而视之，子乔之尸也。置之室中，覆以敝筐。须臾，化为大鸟。开而视之，翻然飞去。

后，泰山大疫，民苦之。忽一夜，百姓皆梦：红星可救瘟疫。翌日，众候于道，见文子背药葫芦，持小红旗一面，缓缓而来。众悟，索其药。文子曰：以酒易药。于是，家家进酒，文子大醉，打开葫芦，遍地抛撒红丸。众拾之，活人无算。

金泥玉检

乾隆十二年秋，岱顶修复文庙，工人凿石于日观峰。破土不深，得见五色土坛。

四边为青、赤、白、黑四色，中为黄色。工人诧异，不敢动土。入夜，土坛忽现光霞数缕，直冲牛斗，灿若云锦。人近之，毫发毕现。久之，光息，又闻隐隐有声。骇然。

翌日，告之监工，监工斥之妄，立命开凿。至坛下，得一石函，启封，又见玉匣二，金绳束之。取其一，内黄缦裹之，见风则灰飞，得十七简。识者断曰：此则金泥玉检。

又，民二十年，军阀马洪逵部于蒿里山修建烈士祠，拆毁神庙。掘地得石函，内有金泥玉检二，为唐宋封禅遗物。马鸿逵宝爱之，窃为己有，终生随身携带。俟行将就木，自海外捐赠台北故宫博物院。

蒿里山

蒿里山，古称高里。设地狱森罗殿七十五司，各司其职，一如世间衙门。

有香客夜游，值朗月当空，清凉如水。蒿里亭上四人端坐饮酒，古衣冠。二肥，大腹便便；二瘦，面目清癯；皆蓄长髯。见客，邀与同饮。客固好杯中物，略辞即入席。无甚酒肴，惟山果，饮一碗，食一枚。

饮至子夜，客力不胜矣。四人说道：“身上着实沉重，不妨小憩片刻。”随即各自摘下脑袋，置于桌上。细审，五官生动，皆泥胎也。客毛发直竖，狂奔下山。

翌日酒醒，游阴曹地府，见正殿四判官绝类蒿里亭饮者。

又，地府有联云：

聿古来帝祀群神，亢父主死，梁父主生，岂独草仪逢汉代；

为天下人心一哭，德不能化，刑不能威，只可尚鬼学殷时。

乃光绪年间，县令毛蜀云所撰。

壶天阁

无怀上人，携一大葫芦，容五升许。来去无定所，至泰山，恒居中天门二虎庙。

就食此处，不劳而获，屡遭白眼。

一日，忽召宴饮。众道士窃笑：终日乞食者，尚有余资买醉乎？无何，葫芦上方开一小口，若天窗然。无怀用手一指，道声：请！但见十几道人四肢微缩，身轻如燕，飞升葫芦之中。

既进之，则大有洞天。上有日月星辰，下有青山绿水，人居天地之间席地而坐，佳馔鲜果，水陆杂陈，琼浆美酒，俱世上罕见之物。一时，白鹤来仪，玉女献舞……众道士开怀畅饮，皆大醉。

醒来，依旧卧于二虎庙。只不见无怀上人，寻之，蓦见依山亭一侧，现一跨道门楼，上书“壶天阁”，联曰：

登此山一半　已是壶天

造极顶千重　尚多福地

白骡冢

川黔之地产异马，矮种，腿健，负重，善走山路。

唐玄宗登封泰山，益州进白骡，盖异马之异种也。玄宗乘之登山，如履平地。曲解人意，起居甚驯。及至大典已毕，玄宗下山，白骡惫极，倒地而殪。

玄宗恻隐，册封“白骡将军”，殓以棺椁，砌以石塚，葬之红门迤东，树碑曰：白骡将军之墓。墓与碑，至清尚存。

三笑处

泰山普照寺山门前有巨石，上书：三笑处。

有老者三人，在此论长寿之道。

一曰：吃饭留一口；一笑。

一曰：饭后百步走；一笑。

一曰：老婆长得丑；一笑。

三义柏

泰山孔子登临坊以北，盘道右侧有古柏三株，号“三义柏”。

三老友论交友之道。

一曰：益者三友，友直，友谅，友多闻，益矣。

一曰：损者三友，友便辟，友善柔，友便佞，损矣。

一曰：吾不友不如己者。

续之——

三人行必有我师，谦益也。

求同存异，和合也。

宽以待人，忠恕也。

再续之——

不欺友，诚也。

言必行，信也。

不背盟，义也。

霈濛洞

徂徕山东南有霈濛山。霈，云雨之貌也。

有牧人霈濛山失牛，清早裹粮往寻。至山后一深涧，涧下林木茂盛处，忽现洞口，牧人斗胆而入。愈下愈深黑，趋向回环斗折。心怯欲返，已不得归途。

至宽阔处，洞顶一石罅透微光，见石笋伫立，暗河汹涌，有声若闷雷。忽而，又有凉气肃杀逼人，擦身而过，细审，二目如炬，大蛇也。牧人肝胆俱裂，胼手胝足，舍命窜行。

及出，洞口在峭崖，夕阳西下矣。

独秀峰

徂徕山独秀峰，有老狐月夜蹲踞峰巅，对空呼吸吐纳，不时有火球数粒上下跳跃，恒以为常。山民朱七，痴迷辟谷，亦前往。与老狐比邻。

是夜，朱问道于狐，狐答:“吾寿四百，升仙指日可待。”朱叹服不已。

狐又问朱:“辟谷，须循序渐进，设问君，习哪家路数？”

朱曰:“余携黄豆一袋，以《青囊计》所授食之，逐日递减。不过，余生性嗜酒，此次携肥鸡一只，酒一葫芦，食罄，再辟谷不迟。”

狐曰:“此法极费时日，吾炼有速成之丹，服之克日即成。鸡酒予吾，当授汝。”

朱曰:“喏。”予之。

狐左手持鸡，右手持葫芦，痛饮大嚼。鸡酒毕，摸索良久，伸手缓缓告曰:“拿去。”

朱唯诺，视之，兔粪数粒也。怒斥曰:“妖狐，何以骗我鸡酒？”

狐笑曰:“实不相瞒，山下有猎人设套相擒，无奈不敢越雷池半步，已十日不知肉味，饥肠辘辘，谢君赐佳肴美酿。”

朱又问:“怪哉！你即升仙，何以未通辟谷？”

狐又曰:“惜乎！吾若通辟谷，何以食汝。”

朱七悻悻下山，后绝口不提辟谷二字。

野人洞

徂徕山绝顶北下五里，有野人洞，唐人王希夷隐于此。洞前有潭，曰紫滟池，产九节菖蒲及玲珑草。

潭边立一巨石，皴黑，光滑可鉴。希夷面石说法，内有锦鲤若隐若现，蠢蠢欲动。一夕，风雨骤至，雷电劈石，锦鲤化龙冲霄而去。石分为二，鱼痕宛若。

碧玉盆

放城林庸者，就读泰山书院。离家百里之遥，每欲归家省亲，随意登途，不择晨昏。

一日夜半思母，即行。佩弓矢于腰，奚童挽蹇驴前导。行至云亭山下，见树林内灯光绰绰，荧然明灭，童、驴皆不敢进。庸曰："鬼物乎？何足惧！"下驴，奋步趋前视之，有披发袒胸者四五，席地聚赌。庸委弓发矢，鸣镝处，星火迸溅，鬼物扑地而灭。近之，见银钱成堆，以鞭划之，皆纸镪也。

惟碧玉骰子盆，晶莹澄透，汪汪如水，煞是宝爱，遂怀之。置于书案，每每为客道其始末。

或云，此为上古帝王封泰山、禅云亭之祭器。

封元亨

旧县封元亨，坐馆泰城南关。团面，细目，方口，疏须。人皆云酷肖城南社首山之社公。封心异之，值端午节，自去社公祠探问究竟。

祠堂三间，四堵萧然。进殿细审土偶社公，似觉面熟；再审，大奇，绝肖也。瞻视良久，社公忽而双目开阖，炯炯有神，微笑曰："封君别来无恙。十日内，君将来此接吾任，幸勿迟延。此职虽微，然一方土地一方灵，亦可称神明，君好自为之。"封恐，急离去。

封性至孝，其母年九十，晨昏侍奉，事必躬亲。三日后，母无疾而终。治丧毕，封沐浴更衣，告曰："吾将赴任城南社公。"家人不解，推问间，目已瞑，神色泰然。

渊济公

岱顶西南有白龙池，池上有庙，祀渊济公。其号为宋真宗东封所赐。后，庙圮。

然岁旱祷雨，多有灵验。

大明洪武癸丑，久旱不雨。有将军刘子厚权知泰安州事，祈雨于庙。时有小白蛇，悠游而出，戏于香鼎之上。众以为神龙所化，再三拜祝曰：“三日内有雨，将为神明修庙。”占卜，曰吉。一时，军民欢喜罗拜。

孰料，经日而无雨。刘将军震怒：“神许我雨，今既无雨，则是无神也。即无神，龙池何用？”遂命士卒，取西崖之巨石填之。众苦劝，刘将军罔闻。

填池将满，忽雷雨暴至，雹大如鸡卵，落如流星。士卒骇，刘将军挺身而大叫：“失信于我者，在先也；填池壅泉，而后也。在你，兴云施雨，职是之故；在我，坐镇一州事，造福子民，祷雨于你，非为私利也，你何敢狂尔！”雹遂止。

大雨数日。既晴，池中所填巨石，悉数冲去。

白　郎

岱阳菜农李氏，佣一工，名白郎。身颀长，肤细白如膏脂。复招赘为婿，咸夸美丈夫。

白郎善灌园，每夜为之，又绝不闻辘轳声，菜蔬收成常倍于邻里。邻人异之，至夜，委身于短垣窥视。乃见白龙长可数丈，银鳞闪烁，寒光凛然，探身井中吸水，返身一吐，菜畦满盈。窥者悸怖，几死。

翌日，遍告里众。白郎知事泄，不宜淹留，临行告妻曰：我家在傲来峰下清潭湾，可祭我。

乾隆十八年，高宗奉母皇太后东巡。数月不雨，稼穑焦枯。高宗亲至泰山傲徕峰清潭湾致祭，甘霖普降，敕封渊济公。遂建祠，四时祀之，祷雨辄应。

芝鹤庵

苇溪翁赵鼎臣，政和七年夏月登岱。夜三更，至明月嶂，与友人席地而酌。

山高月小，清辉飒然。

忽闻窸窣有声，一客披星戴月，携二鹤，过十八盘而来。邀之酒，延坐问之，道人张景岩也。语言直鲁，无方士虚诞气。

酒数杯，探怀取茯苓、松针佐酒。众品尝，茯苓雨后新出，甘脆如野梨；松叶渍以盐，鲜嫩如韭，满口馥郁。景岩又端两碗酒以饮鹤，鹤一吸而尽。又歌道家曲：

月白风清兮，我来南天门。

一杯玉液兮，我歌名山陲。

我师清静无为，传诵祖祖辈辈。

无为大道无不为，天下之道为何为？

为何为，为心清神静，

为何为，为天地悉归。

道炁长存，相伴日月同辉。

唯愿天下太平，唯愿道尊德贵……

二鹤嘹唳，展翅翩然起舞，其声清越，其舞超逸。座下闻之，皆有出尘之意。有顷，不辞别，起身穿东岭而去。鹤左右环之，一如座驾。

景岩居泰山芝鹤庵，凡十数年。庵中紫芝一株，大如蒲团。

山　精

泰山范、刘二君，以里选赴省会。贪爱山阴景色，携苍头，策杖偕往。

所经周明堂、扫帚峪、牛栏口、天柱峰、玉皇顶，终日不见行人。山鸟啁啾，涧水鸣琴，翠峰叠嶂，杂花生树，尔或断崖危岸，履险攀岩，四肢并用。二日行走不过百里。

又日暮，行至药乡，值山雨蒙蒙，四面阴晦，一时迷失路径。蓦见一人依栗树，戴笠披蓑荷锄，高几树杪，长面隆准，目珠呆滞。苍头欲问路，不应，背身缓缓而去。

投山村问之，山民告曰：山精也。

故，登高履深，多凶多惧。景过凄清，不可久留也。

荣启期

孔子周游列国，下基层调研民生。至泰山遇荣启期，鹿裘葛带，鼓琴踏歌。

子曰："先生如此欢愉，有几多幸福？"

荣答："幸福有三。天生万物，唯人为贵，而我得以为人，此幸福一也；男尊女卑，我生而为男，幸福二也；人生有不见日月、不免襁褓者，我行年九十，幸福三也。"

子又曰："先生于贫穷和死亡，忧虑乎？"

荣又答："贫者，士之常；死者，士之终；处常得终，当何忧哉！"

子谓左右曰："此诚圣人也，吾不如。"

圣　人

孔子登泰山，至巅眺望，见吴阊门外有白马。问颜渊，其曰："见之，犹若系练之状。"孔子抚其目而止之。下山不久，颜渊发尽白，遂夭。今岱顶有"望吴胜迹坊。"

曾子耕泰山之下，天雨雪冻，旬月不得归，思其父母，作《梁山歌》，又名《梁甫吟》。诸葛亮幼年，其父在梁甫县为令，亮随之，其后亦好为《梁甫吟》。

孟子生时，其母梦神人承云自泰山来，覆于其居。孟子曰："孔子登东山而小鲁，登泰山而小天下。"

东山，即邹城之峄山。

风流树

泰山回龙峪，林麓佳处也。明万历间有黄冠结茅为屋，名柴慧庵。翠峰列屏，一水潆曲回环，幽静萧然，胜景也。

庵内古杏一株，胸围合抱，亭亭如盖，惜乎华而不实。泰山羽客者流，春季常于树下聚会饮宴，称之探花宴。宴上联句成诗：

一曰：杏花消息雨声中，

一曰：蕾吐团枝一万重。

一曰：粉薄红轻带露羞，

一曰：尽赏莫待酒樽空。

有道人置女衣于树，曰："今年必当结实。"问之，答曰："岂不闻，此为风流树？李笠翁言：种杏不实者，以处子常系之裙系树上，便结果累累。予初不信，而试之，果然。果树性喜淫者，莫过于杏。"

桐　娥

明季举人王无欲，厌倦仕途，结茅泰山扇子崖下，号西山别业。建会仙庵，号无梁殿，祀玉皇、元始天尊。经营数十年，樱桃夹径，松槲盘纡，诚为西麓佳处。

扇子崖迤西，有青桐涧。十里深涧，万竿青桐。涧有清潭，名会仙池。

一日，无欲清夜而往，临池取月，坐石邀风，悠悠哉不知有汉。奚奴挑茶炉随后，扇风吹火，涌泉连珠，始知茶叶未带。

不一时，见一青衫小丫踏月而来，年可十几，平髻双列，短发覆额，敛衽叩问："在上王大人？"

"正是。丫头何来？"

“吾乃桐娥，家在近侧，家父久慕高名，命我赠茶于先生。”

无欲谢过，过眼纱囊，内清茶一握，隐隐有异香。再谢桐娥，渺然不知去向。

是夜，饮此茶，茗味绝醇，齿颊留香，三盏过后，两腋生风，飘然欲飞矣。

翌日，留心此茶形制，乃青桐幼芽也。遂采之揉制，取名：泰山女儿茶。

云　根

泰山竹林寺僧满空，高丽人也。明永乐间，风正帆悬，一苇渡航来中土，先至京师，后奉敕驻锡竹林寺。

是年冬，值大雪。竹林寺万竿幽篁，尽覆之。雪压竹裂，嘎嘎有碎玉之声。

一日，满空行至寺外，见竹林一处雪融，拨丛竹视之，垒石一拳，高可尺余，百窍玲珑，有云气自窍中飘出，煦煦缓缓，丝丝缕缕，盘旋缭绕。满空奇之，移至室内，上刻“云根”二字，奉以楠木底座，供之。

逢雨雪，先有小云朵飞出石窍，如白鹤、如灵芝；继而云气袅袅，如薰炉，如燃香，冉冉升腾；窍中洇湿，点点滴露。奇验。为累代镇寺之宝。

俟抗战军兴，泰城沦陷，日寇垂涎此石。僧人无奈，深埋之。迄今渺然无踪。

白姑观

《酉阳杂俎》:“人有三尸，上尸清姑，中尸白姑，下尸血姑。凡庚申日，言人过于帝。”既为神明，人们对长舌妇亦无奈，只得建庙祀之。

泰山西北麓梯子山，山下白姑观住持明净，闽人，讷言寡语，惟务烹炼金石为外丹，龙虎胎息，吐故纳新为内丹，痴迷于长生。

一日清早，闻山门外有婴儿啼哭。开视，门槛外襁褓当路，俯身抱起，男婴也，竟甜甜一笑。顿悟，大德曰生，炼丹长生莫若结缘救生，遂哺之，取名舍儿。含辛茹苦，凡十有六年。或有流言臧否，私生儿云云，明净置若罔闻。

舍儿泰城读书，值闹革命党，“驱除鞑虏，恢复中华”。同志三四，相约东渡扶桑。一时，竟瞒过明净。思儿日切，晚景孤苦，明净鹤驾西游，观亦废。

民国十七年夏，一北伐军官至白姑观，面对铜驼荆棘，跪地，泣血稽颡。哭号如旱天雷……

莲花罗汉

泰山周明堂西北六里，有谷山。谷山莲花峰，一石酷似罗汉，坐北面南，俯视山前旷野。山下有猎者，每每设套缚兔、张网捕鸟，望见罗汉石则不遂。怒甚，积薪石下欲焚之。翌日，则见罗汉石迁于高处，薪燎不可及也。趋高再焚，渺然不可寻矣。猎者惧之，悔退。

是夜，村中耆老皆梦神明告知，异僧久居莲花峰。问其尊名，曰莲花罗汉。耆老访之，果见罗汉石，罗拜，乃舆之下。行至平阔地，忽重万钧，不可动。就地建庙祀之。

或曰，谷山寺即仍是处建之。

嗅　脚

平邑武台镇有于家大院，青堂瓦舍，富甲一方。大院西街有缝纫铺，裁缝郑氏，半老徐娘，身材婀娜，一袭竹绿素裙，丰姿绰约。居西厢房，当门幽深，壁间张挂嫦娥奔月图，绢本，图中月轮熠熠，映一室金黄，如瑶池阆苑。大奇！今思之，画中颜料或为矿物质也。

郑氏无出。闲暇唯闭门端坐，扳左右脚轮番嗅之，以为馥郁馨香，乐此不疲。

余幼年所见，偶忆，志之。

梳妆台

女老板宋祈，经营电器。某年春赴会订货，入住中原某大酒店。

至晚，择席之癖辗转难眠。套间卧榻斜对梳妆台，侧身朦胧间，见一女子背影，端坐梳妆。旗袍素韵，身材姣好，鬓发拢云，对镜贴花，纤纤手指翘起，如馨兰吐蕾。

有顷，簪钗满头，起身，袅袅婷婷，环佩叮咚……

宋祈冷汗淋漓，紧咬被角，屏声敛气，继而颤颤叩齿有声。

蓦见梳妆女欲回视，宋祈骇甚，跃起，开灯大叫。

一道白影自镜中倏然隐去。

老辈人曾告，卧榻之侧不可置镜。

骷 髅

沪上白领陆杰，供职于外企。其男友，就读英伦。

陆杰夜梦，先入温柔之乡，后怀抱骷髅。一夜凡此三梦。惊醒，披衣坐起。忽闻手机铃响，开视，男友短信，二字，曰：拜拜。

盖男友恋一英国寡妇，欲辞故迎新也。

艳 遇

郝小强，打工者。

某日向晚，骑摩托归里，过郊野树林。林间一路逶迤，两厢白杨冲天，林荫匝道，清凉飒飒。

正行间，雷声隐隐，小强微觉身后有异，回视，则一妙龄女子跃坐车后，白裙连体，长发披肩，俯仰间，呵气如兰。艳遇突如其来，小强不禁晕眩。骤然，闪电劈空，巨雷炸响，女子紧揽其腰肢，轻如烟尘，柔若无骨……

旋踵，雷电即逝，再回首，女子渺然无寻矣。

小强怅然。后，屡经林间，期冀再遇，不果。

小　佟

小佟，城内务工家装者也。

一日，装修某官宦豪宅。卧室墙角起动旧地板，露一洞，洞中有匣，启视，金光灿灿，累累珠宝也。小佟忐忑，思忖再三，欲告之房主。无奈天色已晚，且留待明日。遂锁门而去。

翌日，邀来房主，再启视，则满匣蛆虫蠕动，秽臭不堪闻。

房主狺狺，小佟抱头鼠窜。

仇　公

其一

仇公还乡，带包袱一个。汽车售票员请其另购行李票。仇公曰："原不过棉大衣一件，穿在身上难道也要行李票？"售票员曰："穿在身上，即无须购票。"于是乎，仇公解开包袱，将棉大衣穿上。时值盛夏，不一时，大汗交流。

其二

某年，仇公赴省城开会，闲游金牛公园猴山。见群猴嬉戏，甚喜。见游人有投李枣者，仇公顺手自上衣兜掏五斤粮票，投之。继而悔悟，攀缘而下欲索回。众猴群起而挠之，体无完肤。至医院急诊，医生闻听原委，几欲笑煞。

其三

同年年初，赴津门。下火车，饥肠辘辘。见有售冰糕者，不晓何物，以为可以充饥。遂购十只，尽食之。满腹冰冷，饥饿依旧，问售冰糕者，其曰：此糕，不过水加糖精，冰冻而成。仇公怒曰："那又带个'米'字做甚鸟？"

其四

辣椒辣得慌知了狗子乱得慌。此一句，仇公每每曰：辣椒乱得慌知了狗子辣得慌。同事每每矫正，无果。

甫慕白

其一

甫姓者，多乎哉？不多也，百家姓未列。《红岩》即有叛徒甫志高。当年，平阳县有副县长，名曰：甫慕白。

建国之初供给制，县委七人，慕白位列其中。作为交通工具，每人配备毛驴一头，津贴豆饼八斤。慕白之座驾，雄性，项下系铜铃，朝气蓬勃。

一日，至基层玄家楼，遇婆媳二人赶驴拉碾。遂下驴挽缰，欲体恤民情。拉碾之驴，雌性也。慕白之驴，见此糖衣炮弹，一时激情高歌索爱，一跃而上……二驴不堪，人仆，碾倒，粮泼……

婆媳呼来父子，父子摁倒肇事从犯，擂以饱拳。慕白负痛大呼："手下留情则个，吾乃县长甫慕白也！"

其二

副县长甫慕白养母鸡五只，日得五蛋，小有收益。

一日，芦花鸡夜不归宿。黎明即起，沿河寻觅，见鸡毛一堆。怒不可遏，绕城詈骂。言辞不甚污秽，喋喋不休，只一句："龟儿子，吃老子的鸡；龟孙子，吃爷爷的鸡。"辈分始终不乱。

一次，甫县长遇平阳城豆腐西施，西施动问："汝尚欠奴家一斤二两豆腐钱，怕是贵人好忘事，时在三月初三。"甫不应承，西施撒泼，直闹进县委大院。公务员小马见状，探囊代付一角二分人民币，风波始息。

“文革”号炮响，“走资派”甫县长被率先揪出。有大字报题诗揭发罪行，诗曰：

碾道追驴缘何故？满城骂鸡犹难恕。
堂堂八品公仆官，厮赖蛮缠骗豆腐。

鬼　戏

汶水之阴有村迎驾铺，盖乾隆奉母皇太后东巡泰山，过汶水渡口必经之处，故有是名。三月三瑶池庙会，迎驾铺例有大戏三日娱神。戏楼濒河，每每四外八乡，观者如堵。

大清同治六年，迎驾铺庙会，有中原戏班上演曲剧《卷席筒》。其间，牛头马面二鬼甫上台，骤然旋风袭来，戏台四柱灯烛齐灭，阴黑凄凉。先是两只鬼，继而四只鬼，再来八只鬼……不一时，磷火横飞，幽灵闪烁，神差鬼使，勾命索魂者，满台跳踉高蹈不已……

台下千百观众，原以为剧情如此，及至戏班大呼“闹鬼”，顿觉寒气彻骨。刹那间，青壮老年妇孺稚子莫不惊魄，呼天抢地，哄然作鸟兽散……

是年六月，捻军过境，是地杀戮一空。

玉　狐

泰山黄西河护林员田师傅告余：某日，林间下套猎兔，无意套得一小狐。玉面，赤鼻，眼汪碧蓝若宝石。楚楚怜人。饲之，不食。

是夜，老狐失子哀鸣，小狐和之，不忍卒听。田生恻隐之心，翌日晨，纵之去。

后三夜，工队所养鸡接连被盗，黄狗报警，皆老狐为之。田愠，欲下套擒之。

适逢岳母至，闻之曰：不可结怨于畜类。即焚纸，祝诵狐仙有灵，遂两安无事。

金　蛇

黄西河护林员田师傅告余：泰山少蛇。早年，曾有花蛇缠青牛，蛇牛俱亡。近年，黄西河唯见金蛇一条，方口，扁嘴有须，杯口粗，丈余。中天门黄西河水库有鱼长可半庹，每逢垂钓，金蛇则近前，以尾甩钩，盗食鱼饵。平日，喜盘于树梢之上，或首尾相衔于两树，蛇体拉直，谓之曝鳞。山中灵物也。

《泰山药物志》载：先严与韩叔父夜月游泰山，在五大夫松谈话，一山人大呼曰：来前，来前！遂往呼者处，约二十步，山人指松梢曰：二位先生视树上何物也？乃视之，一条大蛇，长约丈余，粗如茶壶，腹有金星二行，光彩夺目。山人呼为大虫……

画　眉

泰山护林员王师傅告余：上世纪六十年代，曾猎食泰山鸟类。堪称美味者，画眉第一，斑鸠次之，野雉又次之，喜鹊性酸，再次之。最不堪者，戴胜也，腥臭。

《泰山药物志》载：

画眉　食之生智，养心补舌，利咽喉。

鸳鸯　夫妇不和者，食其肉即和。无故食者，必得风症。

喜鹊　甘温，治风症，补气分。

斑鸠　性热味酸，治恶毒，疮疥癞等症。

《禽经》云：雎鸠一次生三子，其肉腥臭不可食之也。

画蛇者说：当今有动物保护法。此鸟类悉数保护，皆不可食。

黄使君

黄西河护林员田师傅告余：某年，护林员某之妻来工队小住。至黄西河桥下，宽衣解带，正欲小解，忽有怪风穿桥洞呼啸而过，一时山谷轰鸣，草木偃伏，落叶萧萧。悚然而起身，凡三日，滴尿难下，腹胀如鼓。投之药石，罔效。

某夜来一梦，有黄衣人告称：值大王巡山，汝妻便溺，冲撞亵渎，今略施薄惩，可祭之。梦醒，恍悟中天门有二虎庙，内祀黄使君，大王者，虎也。

翌日，焚纸叩头祝诵之，尿立通矣。

老　鳏

女护林员某，略其姓氏。初来工队年方十七八，每过黄西河桥，腹疼莫可名状。或有告知者称：老管手到病除。老管者，护林工队五旬之鳏夫也。女坚拒。然则，桥乃必由之路，过则疼痛如割，深以为苦。不得已，应之。

管长年累月劳作于山林，掌若铁板，指如锉刀。抚女脐，凡三遍。再过桥试之，安然无恙矣。

画蛇者说：此与《黄使君》二则，皆具真名实姓，田师傅言之凿凿。

乡俗禁忌

太阳未出，不得说梦。说梦须有三人在场。否则不吉。

清晨不得说虎、梦、狼、牙。否则不吉。

清晨摸到空火柴盒，不吉。

除夕夜，居家天井内搭棚，名曰：天地棚，设供，以飨无主鬼魂。是夜，家人不得呼名，恐有鬼冒名应答，不吉。

打喷嚏：一声有人想，两声有人骂。

左眼跳财，右眼跳灾。

妇人不得倒坐门槛，不得横跨扁担。

孕妇不得吃兔肉，否则婴儿生兔唇。

孕妇知味：酸儿辣女菜（素）大姐。

孕初，佩戴雄黄，则生男（盖雄黄杀雌）。

萱草，又名宜男草。孕期佩之，女转男。

生产，男儿早，女儿迟。

踩生。婴孩落草，除父母外，首个见到者，谓之踩生。此人影响孩子一生祸福，故闲杂人等多回避。

面朝下落生之婴儿，长大多好色。

产妇不出满月，身有晦气，不得串门。

市 声

货郎挑子

【摇拨浪鼓】苘绳头子换洋火哩，小制钱子换洋烟哩，破铺衬换花红线哩，头发团子换糖蛋哩——

打锡壶的

【呼延庆鞭，又称蒺藜棍，两只胳膊弯揽在腰后】打锡壶，有打锡壶的mao，打锡——壶 bao……

卖小鸡的

【挑梁子（扁担如半月。称梁子）】小鸡了——吗，卖小——鸡了吗……

注：卖小鸡的多秋后敛账。

扎裹簸箕笼子的

【挎篮子】扎裹簸箕笼子咧，有——扎裹簸箕笼子笊篱的 mao……

张罗的

【挑小挑】张——罗咧，张——罗咧，马尾（yi）丝罗铜丝罗咧……

打花相的

【牵骆驼，敲云锣】抽八卦、晃六爻，揣骨、相面，拆字、代写书信，看风水，点瘊子、去白癜哩——

卖雪花膏的

【打凤阳鼓】胭脂粉，蛤蜊油，零打的雪花膏咧——

卖荸荠的

【挑蒲篓】荸荠咧，大荸荠咧，打咳嗽清痰，南四湖的荸荠溜圆——

卖蒜的

【挑挑子】黄山蒜，黄山蒜，二十二头是一辫——

摘猪阉狗的

【背褡子】摘(zhei，四声)母狗、阉(shan，四声)牙狗咧，摘母猪、劁牙豹咧——

注：牙豹，公猪的俗称。

打糖的

【敲锣】打糖咧，糖打咧，芝麻糖瓜粘牙咧，八卦丹、人丹丸、万金油，了了的钱——

小打炉子锔锅的

【挑挑子】锔盆子锔碗锯大缸哩，茶壶茶碗不漏汤哩，就不锔二大娘的破裤裆哩——

卖豆腐的

【敲梆子】卖豆腐咧，卖结实豆腐咧——

戗剪子磨菜刀

【扛板凳】戗剪子来磨菜刀……戗刀子两毛钱噢，给加块煎饼蘸咸盐咧——

卖野药的

【摇串铃】你这个病，不是个病，三天要你的小鸡命；今天过了我的手，八法神针要显灵；大力丸子逍遥散，祛灾除殃一身轻……

卖窑货的

【推小车】卖窑货咧，卖窑货咧，五套盆，窑二黑，颜神的窑货不是吹——

偏有卖蒜臼子的，后边跟着喊：谁买蒜臼子，谁买蒜臼子……（是时，难免有“饥荒局”）

注：窑二黑，博山颜神磁窑的大号黑碗。

泰山飞人

岱下钟灵子，嗜读奇书，屡困场屋不遂。年四十，披发入山。久不归，家人寻之，不果，即失所在。后百余年，有牧竖见之于傲来峰，掘食草根甚美，饮吸松针滴露，巢于树。闻风声，则凌空若翔。捕之不得。

三阳观紫云道长设计，置酒果供之。一夕，果然饮酒四葫芦，酣醉伏地不能起。擒而问食之何物，憨笑曰：不过黄精尔。

泉　儿

清末民初，泰安缙绅傅先生润斋，字玉成，居西溪下游，额其室：西溪山房。好功德，善养生。独资于玉液泉近侧建学校一处，名杨氏自立两等小学校，滋兰树蕙，咸称公益善举。又，岱顶监理修缮工程，凡十数期，每日饮水玉液泉，乘凉大夫松。

唯膝下无承欢，老来快快矣。寿七旬，妾忽举一子，视若拱璧。碧霞祠道长青阳赐名：泉儿。

龙　生

香油湾看山人刘邑三，家徒四壁，四十未娶。居泰山黑龙潭渊济公祠。祠下有细泉，性寒而沉，味甘而润，如玉中之津液。为取水之便，邑三略为疏浚，叠石砌之，数十年饮此泉水。

忽一日，天欲雨，山风大作，雷公震怒，霹雳斩云。邑三取水，见泉边砌石微动，觉有异。俯身掀起，视之，背面有形如龙，以水泼洗，大愕：龙体盘旋其上，黑质而白章，目睛点漆，须爪毕现，吻大张若啸傲，跃跃欲冲云天。绝世品相。邑三宝藏之。

消息不胫而走，索购者竟日盈门。邑三苦之。

一房地产老板，属龙，以百万志在必得。一夕，于城中御座宾馆宴款邑三。天价即出，不应。见此状，老板击掌，隔壁女秘应声而至。老板又道："闻听尚未婚配，欲作月老玉成秦晋。"邑三目睹花容月貌，灵魂出窍。当晚，百万翁、颜如玉兼而得之。

越年，再添贵子，名：龙生。

四间房

泰山香油湾上下，各为三间房、四间房两工队。四间房护林员王师傅养鸡，言其比例，雌雄以 10 ∶ 1 为度，轮换之。来客，童子鸡辣炒，大公鸡炖蘑菇，老母鸡熬汤，味道殊美。小葱炒鸡蛋，金黄灿然，有松子清香。

王师傅告余：好鸡，放血殷红。凡紫色、褐色者，多数为惊吓或疲劳所致，血浊，宰杀后，须泖（mǎo）过，方可用，味则差矣。

论及口味，老狗嫩鸡为佳。

香椿嫁牡丹

大抵牡丹，不过姚黄、魏紫诸品。培育优良佳种，须嫁接。前读《异人录》，内载："张茂卿好事，因有一楼，四周列植奇花，接牡丹于椿树之梢，花盛开时，延宾客，推楼玩赏。"

《花镜》亦载此事：洛阳张茂卿官人，专门请花师培育牡丹。花师看中了院里的一株香椿，就把牡丹嫁接到树上。来年春，灿然开放。取名楼子台阁牡丹。

《曹州牡丹谱》又载：立春若是子日，茄根上亦可接，不出一月，花即烂漫。

近读欧阳修《洛阳牡丹记》则称：大抵洛人家家有花，而少大树者，盖其不接则不佳。春初时，洛人于寿安山中斫小栽子卖城中，谓之山篦子。人家治地为畦塍种之，至秋乃接（牡丹）。接花尤著者一人，谓之门园子，豪家无不邀之。

姚黄一接头值钱五千，秋时立券买之，至春见花乃归其值。

又及，2014年4月，洛阳王女士历经多年实验，延请多位园艺大师，终在香椿树上嫁接牡丹盛开，使楼子台阁牡丹得以重光。

“爱蝈者”铭

圣哲尝云：万物有灵。倘问何其灵哉？余曰：心有灵犀也。有灵则相通，相通则相知，相知则相谐，相谐则和合。所谓天人合一，大率如此。

余养蝈蝈，由儿戏而入戏，因入戏而耽迷。幼吾幼、老吾老，饶有甲子之余，城乡不易，乐此不疲。然童心常有而蝈蝈不常有，盖节令使然而抱憾矣。幸得遇石国祥仁兄，亦酷嗜痴，不免臭味相投，群分类聚，渐者志同道合。

将军山下，仁兄自有一亩三分宝地，且仁心仁术兼备，冬繁春育，老马识途。蝈蝈一族，竟至瓜瓞绵绵，代传有序，气象欣欣然。

仁兄又创立“爱蝈者”群，微信平台之上，少长咸集，比肩齐案，高手如云。礼失而求诸于野，信不妄哉。余既忝列其中，窃思本群不可无铭。兴之所至，不揣浅陋，遂草之于左——

蝈蝈蝈蝈，雄风赫赫。起霸亮相，精神矍铄。碧玉身躯，双须婀娜。截齿利锉，磨刀霍霍。后足刚健，力蹬山阿。翅镜颤颤，浅吟高歌。不疾不徐，鸣唱温渥。耳畔清听，心内奉和。助君抗疫，伴君长夜，凑君俗趣，慰君寂寞。每待向晚，把酒小酌，三杯下肚，笑醉颜酡。生物多样，自然和谐。增殖繁育，爱蝈爱国。请君侧耳，齐物三籁，天籁上品，蝈蝈蝈蝈……

陶罐铭

癸巳岁尾，余得一陶罐。细审，厚重朴拙，且品相完好，庆幸唾手可得，喜不自胜矣。感怀而铭曰：

陶罐一尊，掘自陶井。鼓腹寰底，小口高领。
外壁圆浑，内壁纹绳。巧匠工艺，手泽弥清。
上迄战国，下接汉风。浮思联翩，追忆先农。
日出日入，晨定昏省。男耕女织，帝力图穷。
逐水而居，安土重迁。凿井而饮，清凉一泓。
瓦罐汲水，饮水思源。遥递先贤，滋润后生。
何以为缘，何以为盟？馈我陶罐，发我幽情。
何以为继，何以为续？慎终追远，薪火传承。
束之高阁，奉若神明。袅袅燃香，诚惶诚恐。
其来有自，其去有踵。没齿不忘，列祖列宗……

海源阁

论及杨以增海源阁藏书来源，王献唐先生云："近人多以杨氏珍本，率出百宋一廛，余以目验所及，知其得于乐善堂者，正不亚于艺芸书舍——综上两支，可知杨氏藏书，半得于南，半得于北，吸取两地精帙，萃于山左一隅，其关于藏书史上地域之变迁，最为重要。以前江浙藏书之格局，已岌岌为之冲破矣。"

傅增湘先生亦云："综而论之，杨氏之书，聚积万签，保藏三世，今乃一朝散佚，海内闻之，罔不叹惋——然以余所见，则残佚之余，犹存少半，且经史八帙，端勤视为镇库之宝，学人仰为稀世之珍宝者，幸而尚存，则精华固依然如故也。"

近有肥邑李武刚氏考之，是地杨家花园乃海源阁另一藏书地，又名陶南别墅。

自古藏书，聚散无常。以一地一国之力，尚不能保，况乎一人一家？藏书，文人痴梦也。

抓　周

有同事喜得贵子，大宴汤饼会，例行抓周。其子双眸炯炯，虎虎生气，只一掌，将托盘打翻。

众惊诧，皆曰：他年必为城管！

姑姑走了

五宿舍谭老太太家，养一只凤头鹦鹉。连日来，忽叫称：姑姑走了，姑姑走了……鹦鹉素昔多言，又兼谭家长女近日有新疆游，家人不以为意。

至七日，噩耗传来，旅游团于和田遭遇车祸，长女不幸罹难。

猫　语

其一

数月前某日，房管局丁局长早餐后上班。开门欲走，忽闻背后有陌生语说道：“何不带盥洗用具？”回视，并无二人，唯黑猫卧于沙发，面露微笑。丁大愕，踉跄而去。

时近正午，纪委邀吃茶。至今失联。

其二

楼下胡老太太告余：

某年，六岁。奶奶相唤，恰到院外玩耍，无应。忽闻又有唤者，奶奶诧异，出堂屋环视，院内阒寂无人，惟窗上蹲守老猫也。问曰：“是汝代唤？”老猫曰：“喏。”

奶奶即告知小叔，小叔曰：“兽作人语，恐不祥也，除之。”

进院，老猫快快对曰：“汝心怀不善，欲除我？实告汝，猫皆能人语。”

小叔曰：“何以闻所未闻？”

老猫跃之檐际，继之曰：“乃汝孤陋寡闻，少见而多怪哉。”

言讫，杳然无踪。

请

某官员，昵于狐。每有不决之事，焚香对空祝之，狐立至。求卜，则往往效验。

忽一日，心惊肉跳，问狐，狐曰：“可书一字，以字断之。”

官员书“青”字。狐颇费踌躇，半晌断曰：“清不清，静不静，情无心，晴无日，目下惟倩有美人相拥，赌有巨款相送，然则，与你绝非相宜也……”

官员接曰：“有一言，便为请也，当否？”

狐曰：“请有呈请、报请、乞请、诈请、参请，又有聘请、恭请、吁请、宴请……此字褒贬不定，吉凶难卜，汝可好自为之！”言罢，掉尾隐去。

官员惴惴。至晚，果有人宴请于会所。释然，所请者，不过宴会耳！

面酣耳热之际，忽闻警车鸣道，有钦差至前告曰：请！

当日谷

早年间，河北元氏县有民谚曰：“打开后稷坟，世上无饥人。”

某日，有田舍翁整地，忽现一深坑，窥之，不可测。翌日，命其子架辘轳，缒于底。仿佛有光，近前，见石室之内有石棺，棺上一灯荧然。椁前有一陶罐，翁携之上。

观之，罐内有金谷过半。取一撮，种植于花盆。倏尔间，谷出苗、拔节、秀穗、成熟矣。深以为奇。

识者告称，此为后稷遗种，名曰“当日谷”，得者大富贵。

勿行善

有女待字，其母嘱曰：“勿行善。”

女诘曰：“莫非作恶？”

母又曰：“善且不为，遑论恶乎？”

女释然。

画蛇者说：此母非母，老子也。此老子非父，李耳也。

猫　殉

季老太太寿八旬。四世同堂。

临终环视床前，子孙萦绕。忽叹曰：花花。花猫应声而至。季老太太吩咐道：“洗脸，跟我走。”花猫即刻前爪梳面，梳罢，卧于里侧，登时僵矣。

俄尔，季老太太前额放亮，手抚猫，溘然而逝。

鼠　神

鲁人常子久，擅烹饪。荒年不得果腹，携菜刀一把，投京师谋生。先是，寓居崇文门外。湫居多鼠，夜来嬉闹喧呼，追逐跳踉不已，寐不成梦。苦之，祝曰：小可生平不蓄喵星人，亦未结怨于汝辈。今一打工仔，锱铢可数，无以为饲，鼠神饶恕则个，赐俺少顷南柯。祷罢，阒寂无声。

翌晨，见案上有赤金数粒，约之，两余。子久讶其所来。再夜，假寐察之，见一大鼠衔金置案而去。经月，竟累至赤金四十余两。

后，子久以此为本金，大栅栏置地建楼，名曰：山东饭庄。烹调百味，经营有方。未几，领袖鲁菜，名震京师。

饭庄秘室祀神，见之者称乃金鼠一尊。

中元饮宴

天堂地狱之界，值中元夜，三游魂，非人非鬼，集于旷野宴饮。

甲曰："此天上人间，非彼天上人间，无名酒、无珍馐、无佳丽，何以为乐？"

乙曰："举国处处多见'拆'字，何不拆字为诗，以卜流年乎？"

丙曰："大好。我出'圣贤愁'三字，听便二位。"

甲曰："我取圣字。耳口王，巴蜀王，我进地狱谁帮忙？"

乙曰："我取贤字。臣又贝，将军威，你进地狱我去追。"

眼见剩一愁字，丙曰："禾火心，狼子心，厚积薄发见阎君。"

三人皆浮一大白，一齐唱道：

饮罢了杯中酒换衣前往，闯龙潭入虎穴某去走一场，呼呼哈哈哈哈哈哈哈哈……

平　阳

某省平阳县，近年官员属虎者，皆不愿于此地为官。盖俗语曰："虎落平阳被犬欺"也。

省府有某官员，属虎，莅平阳巡视，被引至"平阳宾馆"，大怒，拂袖径去。

画蛇者说：古地称平阳者，甚夥。

其一，古帝尧所都，春秋晋羊舌氏邑，今山西临汾；

其二，春秋鲁邑，在山东新泰市西北；

其三，春秋鲁邑，战国为齐南阳邑，汉置南平阳县，南朝宋曰平阳，北齐时省，故城即今山东邹城市治；

其四，春秋郕地，后为鲁地；

其五，春秋卫地，在今河南滑县南；

其六，战国赵地，在河北临漳县西；

其七，战国秦地，在今陕西岐山县西南，接宝鸡县界；

其八，三国魏置，晋改名兴晋，西魏废，故治在今湖北郧西县西北；

其九，晋改平春县曰平阳，徙治仁顺城，隋改曰义阳，在今河南信阳县南四十里；

其十，东晋置，五代晋省，宋复置，明省，即今湖南桂阳县治；

其十一，南齐置，隋改曰吉阳，故城在今湖北孝感县北；

其十二，南齐置，今阙，当在湖北境；

其十三，后魏改眉县置，西魏更名眉城，故治在今陕西眉县东北；

其十四，后魏置，今阙，当在河南境；

其十五，后魏置，今阙，当在安徽；

其十六，后魏置，今河南汝南县地；

其十七，汉回浦县地，后汉章安县地，三国吴为安阳县地，晋置始阳县，寻改曰横阳，隋省入永嘉县，唐复置横阳县，五代梁时吴越改曰平阳，元升为州，明复降为县，属浙江温州府，清因之，属浙江瓯海道。今浙江平阳及苍南县地。

某　公

某公醉酒，不哭不叫不打不闹不寐。自闭于内室，着西装革履，笔直挺括，甩臂作正步走。

“为人民服大务”

某老，某市政坛大佬也。业已退位经年。

每逢干部调整，即指示继任，令其子“为人民服务”。其子，官场恶少衙内者流，然能一路飙升。

年终，市长又接某老指示，令其子“为人民服大务”。

市长苦笑之。

一枝梅

古有强项令，今有强拆令。某市长，女性，人称“一枝梅”。

何其雅道哉？识者释曰：每每亲临拆迁现场，如入无人之境，推土机前纤手一指，摧枯拉朽，障碍立马化为乌有，故称“一指没”。不输仇和。

狗腿子

办公室某主任开例会，谆谆教诲同事：“诸位皆狗腿子，包括在下。故，当好狗腿子，乃职是之故。”

领导愠怒，质之曰：“谁是狗，狗是谁？”

画蛇者说：话糙理不糙。

母夜叉

尚某，当年带大学女友还乡。女友貌寝，甚于无盐钟离。母视之，不堪，一侧附耳问儿：“来家者，母夜叉？”尚某嘘声，急止。女友窃听之。

及至亲友闻讯，皆来尚家探视，济济一堂。其舅父问询：“姑娘姓什名谁？”女友朗声答曰：“姓母，名夜叉！”

后，奉子成婚。尚某当下官至正厅，人咸谓其妻旺夫也。

真　形

士某，昵一狐。与之品古评今，切词磋赋，每每自惭形秽；樽前倾杯豪饮，枰上落子如飞，辄败下风。惟未睹其形，素昔闻其声口，类中年。

值冬夜，大雪。红炉新酿，蜡炬珠花。酩酊之际，士欲见其真形。告之，狐啾然。屡恳请，狐不应。士醉曰："否则割席！"

狐谔谔，对曰："相交十数年，吾不欲君见者，盖真相不宜于君。既如此，奈何？只恐君叶公好龙者也。"

言讫，扑地只一滚，蓦见黑毛纷披，眼射灼灼绿光，犬牙鲜舌，半立，前爪作攫人状。士惊悚，肝胆俱裂，昏仆。

翌日晨，家人救甦，士绝口不言。

自此，狐绝。

画蛇者说：真相往往不宜于人，何必见之？

原　形

官某，识一狐，甚莫逆。升迁贬谪吉凶祸福，悉决于狐。狐坐帐中军，察秋毫，指迷津，屡试不爽。每召之，客座设清茶一杯，茶香袅袅，狐侃侃而谈，闻其声而无睹其形。然，狐睥睨官某，一以贯之。官某深以为恨。

曾几何时，衙门青楼莫辨，流行情妇通奸，新常态也。官某亦未能免俗，小三蓄之四五，皆机关巾帼也。官某与情妇小丁告知狐事，小丁善戏谑，设计显其原形，羞狐。

适值端午，晚间，官某于阆苑会所宴狐，酒下雄黄。狐察之，不动声色，暗计掉包。是宴，宾主尽兴而终。

翌日向午，官某与丁之单位，相继报警：首长失联！正诧异间，又闻会所报警：套房内二犬媾合，交锁不开，昏不省事。

官狐测字

官某，友于狐。官狐辄以测字相戏。用以决祸福，每多效验。

一日，顷接纪委电话，午后召见品茶，官某甚惶恐，即问计于狐。

狐曰："循例，可书一字。"

官某曰："既见召于纪委，书一召字。"

狐曰："刀口之下，囹圄之中，此字否极！于君凶险莫测。"

官某曰："尚有解乎？"

狐曰："可配之偏旁。"

官某曰："阴柔若水，或可润之？"

狐曰："差矣。有水为沼，君身陷泥沼，绝境也。"

官某曰："阳刚如日，或可化之？"

狐曰："谬哉。有日为昭，昭然若揭，君见不得太阳。"

官某曰："吾能言善辩，或可说（shui）之？"

狐曰："晚矣。有言为诏，恐诏令已下。"

官某曰："吾有财货，上下其手，定可翻盘？"

狐曰："痴也。有手为招，君从实招来！或可解。"

官某颓然……

朝　廷

徂徕之阴化马湾，有村名土山河。该村有刘姓老者，绰号朝廷。世代业农，性鲁钝，讷于言。年十八，参加八路军。一九四七年，随华野由孟良崮转战莱芜，行经土山河。朝廷骤然擅自离队，竟如脱兔，撒腿一路狂奔。至村西土井，一跃而下。追逃者继至，捞起，水淋淋押回部队……

此事数十年，缄默不语。老年，再三追问，朝廷始曰："走到家门了，还不让回来喝口水？"

兵哥老陈告余。

罗锅

邑西梭头湾，夹岸柳荫蔽日，菖蒲芊蔚。暑期荷风习习，俨然清凉世界。闲暇，乡邻多聚此纳凉。

一日，有瞽叟趋至。农夫周三让与蒲墩。坐定，对周三曰："汝命中无子。"

周三诚憨朴之人，闻听愠怒，眦裂起身离去。众皆斥之冒昧妄言。瞽叟曰："吾尚未说完。此人本命中无子，然却有子，罗锅废人也。"

众谔谔，惊其神算。问道："汝一外乡瞽者，奈何知之？"

瞽叟曰："此人碌碌无为，无善无恶。惟大门东侧有井一口，四邻所用井绳，皆某所制。新绳用断，断绳结之，中有疙瘩，故生一驼子。"

众服膺。盖因周三确有驼子，多方求医，皆束手。

未几，罗锅夜来一梦，二神人缚之，上下托以木板，以犋绳相勒，咔咔作响。罗锅顿觉骨断筋抽，疼裂欲死。梦醒，腰背直矣，竟如常人。

犋绳，牛之缰也。

出窍

表亲蒋廷佑告余：

丁亥正月十七，年四岁，陪祖母负暄天井院内。祖母斜依磨台，蓦然间，头顶冒出一缕白气，如燃香袅袅，盘旋而上。片刻，则不复见。

是日，祖母无疾而终。

继 母

有继母柳氏，性阴毒，待继子女严苛，稍有差池，即鞭挞箠楚，子女深以为苦。一日，继子去泰山，至碧霞祠，上香叩头，祈祷祐护之。

是夜，继母梦一神婆，手执利锥行刺，问之，则曰："虐待继子者，必受此刑！"疼痛几死。醒来，身上多处流血不止。后，改之。

楼下郭大娘告余。

画蛇者说：世间议论继母，自古颇多微词。乡谚曰："阴天日头，晚娘指头。"更有甚者，比之大葱，葱白与葱叶之间一段，呛辣，谓之"晚娘脖"。又据说，晚娘砸蒜（泥），奇辣。民间戏剧有《鞭打芦花》，即讲述继母虐待继子的故事。

坊间尚有儿歌《小白菜》：

小白菜，黄又黄，三两岁上没了娘。

跟着爹爹还倒好，就怕爹爹寻后娘。

……

弟弟吃肉俺喝汤，端起碗来泪汪汪……

早年间，解放区为了配合动员参军，旧瓶装新酒，又加上：

思一思来想一想，不如当兵把战抗。

鲁义姑

泰山之阳，有山曰鲁姑山。山下有祠曰鲁姑祠，祠内祀鲁义姑。盖春秋时期，齐国攻打鲁地，至汶阳田，见妇人抱一子携一子奔命。追近，妇舍其抱而怀其携，再逃，怪之。逼止，问道："抱者为谁？"妇道："侄也。""弃者为谁？""子也。”“弃其子，抱其侄，何也？”妇答道：“己之子，私爱也；兄之子，公义也；背公义而向私爱，鲁人所不齿也。吾区区一妇道，力不能两护，故尔弃其子而抱其侄也。”

齐将按兵，思良久，曰：“此地山泽之妇人，犹知持节行义如是。鲁，不可伐也。”遂退兵。

画蛇者说：儒家往往吹牛皮。此说果然成立，何来“齐鲁必争汶阳田”？

烙铁头

宁阳堡头，位居河干亢地，比邻汶河古渡，自古产蛐蛐名种。至秋，四方爱好者来此争购，竟至一头易奥迪一辆者。村人以此为业，暴富者不鲜见。

一日薄暮，村童青苗于坝堰下捕一蛐蛐，通体光泽熠熠，头如橡实，绛红点朱，项如金鞍，独须，颤颤劲挺，双腿凛凛雄踞，翅如碧玉，牙如钢刀。示之父，大喜，识曰：烙铁头，名种之上品也。

储于罐，夜置枕畔，闻其鸣，竟如儿啼。父怪之。

翌日，携子青苗，指引坝堰处。掘地尺余，得陶罐。罐有盖，盖有小孔窍，白气升焉，丝丝缕缕。启视之，得见童子骨殖一具，蜷曲如坐姿。其父取出陶罐，另择地，深葬之。

或曰，此为大汶口文化时期童葬墓。半坡遗址亦有此葬。

玉棺金椁

蛐蛐，咸称：“七厘为王，八厘为宝，九厘蛐蛐没处找。”厘，乃指重量。蛐蛐称重，用戥子秤。称，又作“约”（yao）。戥子秤为宋代刘承硅始创，其精确度可比天平。

泰城富商某，蛐蛐玩家。家私万贯，端赖此虫发迹。某年得一名种“紫将军”，约重九厘九九。通体透亮，纯紫，紫头、紫牙、紫项、紫翅、紫肉、紫尾，斗线紫红。以斗为赌，百战不殆，一夜获资数十万之巨。

后，将军死。富商置玉棺金椁供之。

老槐家

长清张家拐，村西老张家有古槐一株，植于明洪武年间。大可三围，荫庇一院。

孝堂山外祖母来此小住，端坐于堂屋门口蒲墩之上，面对老槐树痴坐半晌。或问：看吗呢?

答曰：老槐家娶亲呢。红纱灯四对，乐行四班子，楠木柜，樟木箱，红绫被，顶子床，嫁妆半天还没过完呢。新媳妇下轿没看见脸面，小脚怪周正……

家人以为年老妄言，不以为意。翌日清早，堂屋门枕石上见送喜糖、栗子红枣一堆。

又，老槐树一枝横逸斜出，越墙至东邻家，东邻伐之。无出三日，其子无妄之灾，臂折。置供烧纸祷之，始愈。

堂前燕

某女，堂前针凿，梁间燕巢有雏跌落。狸奴欲猎之，急喝止，救护还巢。

翌年春，女归日，燕来，衔花籽数粒。种之，牵牛也，五彩相间，花大愈碗盏。

黄伯阳

泰山东麓大青山进贡谷，半山处有黄伯阳洞，不过区区石罅，外绕一半垣。黄伯阳，春秋时人也，在此修真。日凡三变，晨黄发垂髫，午赳赳壮硕，至晚皤然老翁也。兼悬壶，犹能医时疫。故，乡民又称此处“黄病秧子洞”。避秦乱，隐于松云。

至清初，忽来凌汉峰下三阳观，晤王三阳真人。再后，不知所终。

稷丘君

泰山道士稷丘君，齐人也。发白复乌，齿落复萌，人不知其颐寿也。汉武帝东封泰山，欲借道再行东海，寻长生药方。稷丘君戴儒冠，衣黄袍，携琴迎拜于对松山，当道鼓琴而歌曰：

泰山岩岩兮，汶水汤汤，吾皇西来兮，祈祷上苍。
登于泰山兮，四海宁谧，文治武功兮，千古流芳。
蓬莱琼海兮，渺不可见，何来仙客兮，万寿无疆？

其琴清凄，若山溪泠泠；其歌嘹唳，若雁阵掠空。

歌罢，奏武帝曰：“陛下不可升陟，升必伤足。”

武帝不悦，执意前行。未及数里，趾骨折。

虎杖散

泰山李少君，原本富室子弟，迷恋黄老之术，辞家，入山寻师学道。遇暴风雪，仆地伤腰，困于天井峪，冻馁几死。

甦醒，天放晴，见一老者崖下负暄，乞食。老者顺手捡石数块，置于釜，燃之松球。少顷，沸腾。唤食之。香甜逾甘薯，遂得饱食。

伤不得动，乞医。老者自松瓜内取药粉一匙，服之顿愈。问何药，曰：虎杖散。欲拜师，答曰：不必，道不远人。再问老者名姓，恶其多言，掉臂径去。

少君出山，行医以虎杖散名世，世代相传。风湿痹痛，痈肿疮毒，经闭不通，跌打损伤，药到病除。

虎杖，泰山俗名黄地榆。后山多见之。

林檎果

唐开元中，泰山儒生路文焕与扬州叶康尔，同在泰山后石坞修道。后，康尔还家治母丧，适逢安禄山之乱，未归。八年后，文焕思慕道友，遂至扬州寻访。

三日向晚，扬州城曲水巷蓦见叶康尔，喜出望外，邀至其家做客。门庭俨然府邸，仆从鲜衣怒马，张宴奢靡，四时鲜果水陆杂陈。酒至半酣，家伎歌舞助兴。文焕见弹筝者酷肖其妻，呼近前，以席间林檎果系之裙带。是晚，尽兴而散。

翌日，再访府邸，残壁断垣，芳草萋萋。邻人曰：此原本叶道玄故宅，已十余年无居者。文焕怅然而归。

寻还家，验其妻裙带，林檎果俨然。问故，妻曰：一夕，梦遇五六人追踪，云叶仙人宴客，邀其弹筝。临别，有客系之果。

文焕始悟，盖康尔已成仙矣。不胜唏嘘，遂隐于后石坞黄华洞，不出。

白云洞

其一

岱顶凤凰山下，有白云洞。一夕，暮雨初霁，朗月皎皎。碧霞祠道童安明游走洞前，洞中白云丝丝缕缕，吐纳呼吸。蓦然，见一白鹤飞出，张翅兴舞。继之，第二只飞出，对舞。尔后，又有三只、四只、五只……十数只、百十只翩然而出，环侍翔集，婀娜佾舞，半空清影婆娑。忽而，有白莲冉冉，一朵、两朵、三朵……如荷塘镜鉴，风摆摇曳，朵朵盛开，清芬可掬……

安明正痴痴观望，师兄在白云亭呼唤。闻声，浓雾骤然袭来，鹤、莲瞬间没于雾中。呆立片刻，犹闻隐隐鹤唳，袅袅莲香。

泰山肤寸升云。白云出岫，易生幻象。时在清道光八年夏月。

其二

泰山天街而北，有凤凰山，其巉岩多窍，石阶陡绝。半腰又有白云洞，深坳不可测。西为象山，又名锁云岩。《公羊传》云：“（泰山之云）触石而起，肤寸而合，不崇朝而遍雨天下。”乃纪实，民人或以占雨，多奇中。

白云洞，又名云窝。有药农采药锁云岩，面白云洞枕石而卧。倦眼蒙眬，似见白鹤自洞中飞出，先是一两只，尔后四五只，尔后又四五只，再后几十只，刹那间千百翔集，振翅盘旋，飞腾缭绕。既而，巉岩之窍，松间草丛，幽谷深处，俱见白鹤飞出，翩翩起舞，云峯云岫，袅袅百重，清凉水意浸入毛孔……顷刻，雨丝如雾，如缕，沾衣犹湿；即之如帷幕，如垂帘，群山潇潇；细雨迸溅，如环佩叮咚，如急弦嘈切；飞流顺势泄瀑，如钱塘之潮，万壑轰雷……

药农惊诧。雨势稍弱，披蓑持杖，欲天街果腹。至天门，举目远眺，则见澄空如洗，白云如絮，微风如拂，清气如兰。惟凤凰山云蒸雾蔚，斜风细雨洒江天。

蹴鞠童子

泰安州乔仲伦，家称素封。仗义疏财，好施舍。一妻三妾，年五十九而无子。适凶荒之年，饿殍相属。仲伦施棺，殓而葬之。

弟仲伍，尝为鬼役。一日，言于仲伦：吾兄今岁当有子，生子者，必高氏嫂也。仲伦问故，其曰：前日，东岳之神召弟公差，至岱庙，见一童子庙门蹴鞠。问之，童子曰：已得命超生为人，然不知去向。仲伍曰：吾有兄，善人也，能为之子乎？童子曰：可。遂请命于岳神。岳神检点名录，坐实仲伦至善，当予一嫡子。

时高氏四十有九，十年不娠。以为弟之言孟浪，不之信。逾月，果娠。十月而生一子，取名岱赐。

岱赐及长，好为蹴鞠。

鸢焚巢

樵子孙通，与同伙结伴至泰山桑谷。桑谷在傲徕峰后，人迹罕至。遥闻群鸟聒噪，奇之。往视，见有鸢巢燃烧，尽堕地，中有三四只雏鸟，惊悚烧死。麻栎树大可四围，去地五丈五尺，其巢大如草筐。巢焚，百鸟飞集如飓风，环绕惊鸣，声闻半山。

孙通归家，问于西席冬烘。先生曰：《易经 · 旅卦》云：鸟焚其巢，旅人先笑后号啕。李京房《易传》：人主暴虐，鸟焚其巢。

时在汉成帝河平元年。值赵飞燕姊妹专宠，后宫有子者尽杀之，并弑其母。帝崩，坐诛。抑或兆应此事。

其时，泰山一侧莱芜北冠山，汹汹有数千人声。山民视之，有大石自立，高丈五尺，大四十八围，入地深八尺。

盖泰山系之国脉，每以灾祥儆之。

风伯雨师庙

泰城迤东高阜，有风伯雨师庙。《天文志》：风伯，箕星也；雨师，毕星也。庙倾圮于元末兵燹，惟一碑碣尚存。

明成化丙午，酷旱。百姓屡屡祈雨，无验；抑或有雨云驻留片刻，辄被旋风吹尽。泰安知府蔡晟，亲致祭于庙址，其祝文略云：

惟神受职皇穹，阴握玄化，蒸为云雨，以泽天下。乃今四月不雨，骄阳杲杲，赤地千里，野无丰草。抚辅兹东土，民将安保？惟神矜此元元，少续旦夕之命，而赐之甘霖，俾回枯而起槁……卑职重修庙廊，再塑金身，自此而后，四时牺牲，供奉如仪……谨选吉日，躬斋洁，奏音声，以献、以乐、以谢。神其鉴之……

语讫，沛霖如注，凡三日。

揖牛案

大明永乐间，直隶邢台侯颜古，迁泰山通判。颜古能吏也，屡受郡守嘉奖而遭郡丞妒恨。一日反目，饱以老拳。郡丞情急，锥刺之，颜古眇一目。过后，并不与之较，且改字一目。后，侯一目擢泰山太守，任上多善政。

一目断案如神。一冬日，去历下谒济南太守。适衙中有断人牛舌案，牛尚未死，事主告发，株连十余人。讯之，皆不应承，累日未决。一目人席闻此事，放下杯筷说道：此案易如反掌，断完再饮不迟。

济南太守大喜，即于府门外榜棚下，集原被告并牛至。一目曰："细故不必多问，被告每人对牛三揖，以谢其过，了结此案。"众皆窃笑，观诸犯依次对牛作三揖。至一人，只一揖，伤牛挣缰，咆哮怒吼，急于奔避，牵牛人险被拽倒。一目笑曰："割牛舌凶犯也，拿下此人。"一讯即服。

返席，酒尚温。

汉 柏

岱庙汉柏，汉《郡国志》载：为汉武帝登封泰山时所植。

汉柏院，有刘海粟书石碑一通：汉柏。

何海霞于碑前论曰：此人字比画好，画比人好。

刘非生前告余。是时，刘非在侧。

米芾"第一山"碑

岱庙汉柏院有米芾书"第一山"碑。此碑立于1965年10月。碑阴"树种汉时"，盖集经石峪大字。"集经石峪大字"六字，盖杨文远所书。杨时任泰山管委会主任，对泰山保护多有建树。

米芾“第一山”三字，摩自拓本。此拓本源自东阿小泰山（后去东阿查询，当地人称此碑原在县衙内，今已不存）。盖米芾“第一山”，原系东阿小泰山。山下有曹植墓。

刘非治印

某年，杨成武将军莅临岱下，当道委托刘非先生为将军治印。刘非问及印文，余答：将军百战穿金甲。刘非仿汉印，沉雄规整，古意盎然。

将军甚喜。秘书提议为刘非馈赠墨宝致谢，将军于四尺皮宣欣然命笔：刘非同志刻的印。

联语两副

一、“四清”对联

上世纪六十年代农村的“社教”“四清”运动中，有些地方干群矛盾非常尖锐，主要是社员群众强烈不满基层干部的打击报复。近邻某村，某社员春节贴出这样的春联：

上联：三年社教没改变

下联：放下包袱拿被单

其后，“文革”发生武斗，酿成命案。

因此说，乡镇村的基层干部不能专横，更不能太凶。这是有前车之鉴的。

二、知青春联

“文革”期间，新汶矿务局知青十余，插队至新泰翟镇公社某村，春节期间贴春联。

上联：接受贫农再教育很有必要

下联：严重的问题在于教育农民

横批：文攻武卫

云列三台

岱庙后花园，有古柏名曰：云列三台。汉时物也。大可三围，下部朽空处可过人，树冠天然生成三层，状如祥云冉冉而升，至今枝干遒劲，经冬叶色褐红，葱郁苍翠。

画蛇者说：三台者：唐高宗偕武则天封禅，礼成，名封禅坛曰“舞鹤台”，登封坛曰“万岁台”，降禅坛曰“景云台”。以纪祥瑞也。

“云列三台”柏，写真于岱庙宋天贶殿“启跸回銮图”。

竹林寺蛇

泰山竹林寺，位于傲徕峰下，创建于唐仪凤年间。离城十余里，四围青嶂环绕，涧壑奇崛，人迹罕到。老衲雪蓑驻锡其间，凡四十余年。

一日，有鹰隼于院内银杏树叼一小蛇，雪蓑持杖惊之，鹰隼遁，蛇负伤堕地。雪蓑笼于袖，取金疮良药“铁搽散”敷于伤口，饲之数日，伤愈，纵之。不数年，蛇长至二丈，每自银杏树盘旋而下，与寺僧昵之。晨钟暮鼓，谛听诵经。

先是，东岳庙户丁二，闻庙中有异蛇。一日，路遇雪蓑，言曰：“人岂可与蛇虿为伍，翌日待我除之。剥其皮，可换二升酒。”丁二原本泼皮赖骨，骄横顽劣，岱下一害也。

雪蓑回庙中，见蛇正盘附大雄宝殿左侧巨石之上，探首饮泉，故意高声对寺僧说道：“蛇数将尽。明日丁二欲来，如何是好？”蛇似闻听，迅疾调尾径去。

诘朝，丁二偕三四无赖子，张网持械而来，俟之竟日，搜之未果，百般辱骂寺僧。恨恨而去。

后，凡十数年不见。雪蓑行将圆寂，忽睁目，似有所待。少顷，山风骤作，落叶飒飒，蛇至。蒲团前若三叩首状，吐一丸明珠如雀卵。寺僧将明珠含于雪蓑口中，始瞑目。

蛇去，回顾频频，犹恋恋也。

金　蟒

徂徕山独秀峰下，有洞，匿巨蟒。头若柳斗，漆身金鳞，出入飓风呼啸，千年之精灵也。丘处机、王三阳、赵国麟之辈，炼丹于礤石峪、竹溪，皆见之。

辛亥一夕，风雨骤起，霹雳交加，巨蟒腾空啸吟，掉尾而去。

后有牧竖潜身洞中，得蟒蜕，片大如掌。

泰山采桑女

横山栾氏有女，岭上采桑。忽一人随女至家，不令人见，惟女见之。月白风清，吹笛为女歌曰：

闲夜寂且清，长笛亮且鸣。
若有知我者，岱下郭长生。

后女嫁人，举一男，三月能言，自称前世姓郭名长生，家住岱庙仰圣街。访之，果然，盖辞世有年矣。

画蛇者说：泰山东麓有横山，蚕丝闻名于世。其出产，肇始于先秦，春秋时期，即有“齐纨鲁缟”之称。明吴梅村诗曰：“野蚕齐纨美”，即指“横山丝”。《新泰乡土志》载，明万历间，是地桑麻遍地、户户缫丝。俟至清康熙年间，“养蚕之家，十室而九”。民国初年《山东各县乡土调查录》称：“该地蚕业发达，以鲁桑家蚕为大宗，乡间妇女视为专业，在桑饲养，尚属得法，陇头、田畔尽栽桑树，岁出之丝约十五万两左右。”民国初年，横山丝年产量达七千担，生丝七万斤，出口欧洲、日本，民获利甚厚。

牛王洞

赤眉军踞泰山，至岱庙伐汉柏，斧痕汩汩流血，悚然，遂罢手。事见《水经注》。迄今，岱庙汉柏犹存“赤眉斧痕”。

赤眉军首领樊崇，择刘姓而王。于泰山傲徕峰扇子崖天胜寨，举牧童刘盆子登大宝。盆子年十五，熊抱于上，众将罗拜，山呼万岁，骇极，哇哇大哭。

天胜寨牛王洞，传为刘盆子登基处。民国年间，泰山天外村邓氏女入山捡柴，洞中得一刀，黑如漆。悬壁上，入夜飒飒风声。

杜　公

肥城杜公，居家饶有赀货，惜贫怜穷，乐善好施，阖邑有杜佛之目。幼年，梦上泰山，双手捧日，素称异秉。年四十九，一夕，有白衣公差至门，持诏宣颂：

> 岱宗皇帝命曰：为善降祥，作恶降灾，神明鉴察，毫厘不爽。今杜公植性温煦，善举不苟，贤良方正之辈也。特以三等之昭报，擢南京福善司使。八月初一日到任，迟则降罚。

时，杜公约西院昆弟跪迎诏书。询公差何以白衣，其曰：“取善人，例应衣白。”言讫不见。

杜公从容交代后事，至八月初一五鼓，阖然而卒。

其诏书，传至七世，清末尚见在杜宅。见之者称，素绫装裱，朱红大印，曰：东岳天齐仁圣帝。

童 目

家母告余：二哥幼年，逢至家南水湾，必曰：里边唱戏呢。

幼童莲莲，去岱庙。至则不进。问之，答曰：大门口两个和尚，凶凶的，好怕。家人审视再三，一无所睹。愕然，遂返。

画蛇者说：有道是赤子朴拙，混沌未凿，机心未立，其目澄澈，多见诸成人所不能见也。信夫？

军阀与厨子

军阀段芝贵，字香岩，安徽合肥人。北洋政府京畿卫戍司令。

段家有厨师李香亭者，精于烹饪。惜乎性情窳劣，凡事不肯俯就。逢龃龉，段客厅大骂，香亭则厨间小骂。段怒而逐之。无何，舌尖念香亭之美味，遂又召回。尔后，香亭脾气见长，一言不合，段室内小骂，其则外间大骂。如是，主仆竟也相安无事，实难得也。

段氏后人告余。

三撕之

戊子季春，刘兄至京华，叩访某大师于府邸，索墨宝题刻泰山，大师欣然命笔。书毕，嘱其子粘于壁上，端坐审视良久，不中意，令曰：撕之。其子唯唯，一分为二。又令曰：再撕。其子一分为四。断喝：撕碎！其子怏怏，碎之。今泰山摹刻者，实为大师二稿也。

近闻，大师二十一亿遗产纠纷案重审，不免唏嘘：大师不可谓不智者，见于命子立毁不怿之作；大师不可谓智者，遗巨财而善后不善，遂使祸起萧墙。罪在大师乎？

叹曰：

利义交关，骨肉乖离。

同室操戈，相煎何急？

登峰造极

平阳某村主任，四进宫。情妇凡十几，每媾和，必上房顶。谓之登峰造极。

郭守田

岱城二衙街郭守田，目能视鬼，远近闻之。

一日，县衙列班，令召而辨之。郭逐一审视，回令曰："三班衙役前世为鬼，今世为人。"

令又指县丞，郭曰："前世为人，今世为鬼。"

令自指，郭嚅嚅，令曰："但说不妨。"

良久始曰："父母官似人非人，似鬼非鬼，介乎人鬼之间也。"

令笑曰："至确！殊不知非人非鬼者，方可为官。"

郇六瓶

先是，酒风炽烈。多有单位遴选酒陪，自然以女性、年轻、漂亮者为首选。何也？岂不闻《墨子》："楚灵王好细腰，其臣皆三饭为节。"《韩非子·二柄》："楚灵王好细腰，而国中多饿人。"《后汉书·马廖传》："传曰：楚王好细腰，宫中多饿死。" 汉乐府《城中谣》："城中好高髻，四方高一尺。城中好广眉，四方且牛额。城中好大袖，四方全匹帛。"凡事，上有好者，下必甚焉。自古亦然。

郇女，毕业于某高校，考至某局公务员。年余萧索落寞，鲜有识者。闻听选拔酒陪，欣然应试。五粮液开瓶，众目睽睽之下，一瓶始初选，二瓶入复赛，三瓶进决赛，四瓶夺冠军。面不改色。众惊为天神！

原本闲极无聊，恶作剧，孰料一喝成名，人称郇六瓶。陪酒各级官员，无往而不胜。某副省长赞而誉之：国有国宝，省有省宝，郇小姐乃宝中之宝！现已擢升为妇委会副主席。

天人自有异相。偶遇查体，检测郇女体内乙醇脱氢酶和乙醛脱氢酶两项，高于常人十数倍。

义 盗

平阳张姐，租住民宅。阖家端赖丈夫打工，甚拮据。

近日，偷儿撬锁入室，翻箱倒柜，一无所获。遂留老人头两张，并书一纸曰：羞愧哉！汝家竟至一贫如洗，前所未遇也。今留人民币200元，供换锁所需。

画蛇者说：写毕，顿生赧颜。自忖虽非盗贼，然惜穷怜贫之心，尚不及盗贼。此盗，盗亦有道，堪称义盗也。

忽忆当年“砸三铁”，新城造纸厂某下岗职工，偷窃仓库玉米面半袋。警察持枪，循迹而至。破门，见蓬荜晦暗，四堵萧然，一门老小，正待此果腹。不忍，掏尽囊中锱铢，潸然而去。

此警，堪称义警也。

幽 魂

幼儿园阿姨曲瑶，任教刚半年。

一日，上课，女孩蝶儿去卫生间。有顷，未回，曲瑶寻之。及至门口，闻其中窃窃私语，隐约问候爸妈，交换糖果云云。推门而入，无他，只见蝶儿于洗手池上，对镜中人挥手拜拜……

又一日放学，曲瑶下班。路过操场，夕阳西下，见滑梯上坐一女孩，近之细审，蝶儿也。问，则曰：“等妈来接。”曲瑶遂用手机联系，其母告曰：“蝶儿早已接回，正客厅玩耍。”回首间，滑梯女孩杳无踪影。

曲瑶狐疑、惴惴，决计约谈家长。说罢如此两端，其父潸然，告曰：其女原为双胞胎，姐姐娥儿年前不幸溺水夭亡。是故，或为此女幽魂也。

新正重逢

泰城二衙街范正龙与双胞胎弟弟范正彪，失散于上世纪六十年代。时值 “三年困难”时期，父母一举成双，无以为养，遂将其弟舍于一荣军夫妇。半年后荣军南迁，弟亦不知所终。凡几十年，踏破铁鞋，渺如黄鹤。

去岁，正龙在金陵女儿处过春节。新正，至鼓楼新街口遛弯，信步进一胡同。胡同幽深且逼仄，忽闻身后有车鸣笛，欲避让，岂容回环？恰有门户虚掩，正龙推门躲进。车过欲出，堂屋门开，出一人。二人对视，大惊！相貌乃至服饰，一模一样。大奇！细询，正彪也！

新春伊始，伯仲重逢，两家大喜过望。

九　鹤

九鹤，王姓，同学戏称“喝酒王”。年十三，初二学生。近期，茶饭顿减，精神恍惚，老师、家长咸不晓何故。

九鹤住二楼，临窗。一日清早正寐，其母进屋，见九鹤手腕系一红绳，另一端出之窗外，探视，则系于阳台一侧海棠树上。海棠正艳，繁华灼灼。

母告于父，夫妇纳罕不已。醒而问之，九鹤浑然不知也。再问夜间有否异常，赧颜，不语。再三动问，始开口：有红衣女孩，夜夜与之缠绵。其父怒，执斧欲伐海棠。祖母一旁劝曰：“万物皆有情，情乃缘所系，何不善言之。”

即于海棠树下，焚纸进香祝诵。九鹤遂安。

迷　魂

退休教师庄敬修，来岱下汉柏小区女儿家小住。端午日暮，见一女孩坐花坛后哭泣。问之，答曰：迷路。问：家在何处？曰：家在近侧。敬修以为智障，牵其手，逐楼寻之。至二十七号楼一门洞，女孩撒手奔入，欣喜呼曰：到家了，到家了！

翌日上午，敬修路过此处，有送丧者哀哭。见遗像，蓦然察之，俨然女孩也！惊悚不已。

归告婿，其曰：此女孩十岁，一周前白血病逝于省城，昨日火化。

遁　者

先是，周琪随爸妈在某三线厂读初三。一日，爸妈远去戈壁执行任务，周琪放学始觉未带钥匙，有家难归，求救于三号楼佟叔。佟叔上楼，手触门，瞬间锁开。周琪奇之。

又一日，谎称在校，家中水管未关，央佟叔关之。实则躲于窗帘后，暗察佟何以开锁进屋。未几，锁未响，门未开，佟飘然而至客厅，室内巡视周遭，飘然隐去。

嗣后若干年，周琪对老爸谈及此事，老爸莞尔，淡然说道："佟叔何止于此？"

红衣女

紫荆小区，位于岱山东麓，高档住宅，僻静之所在也。

一日，子时已过，名岳公司老板张兴凯，应酬完毕回家。打开电梯，见一红衣女子面壁而立。兴凯怪之，至十七楼，下。

至家，察觉手机遗车内，欲返车库。打开电梯，仍见红衣女子面壁而立。兴凯惊恐。

取手机上楼，电梯内再见红衣女子面壁而立。兴凯毛发竖立，战战如电击，强挨至十七楼，夺门而出。猛回首，电梯阖之，门隙中见女子回转身，二目射绿光，血盆大口，长舌耷至前胸……

红月亮

忆及幼年，与邻舍小友藏猫猫为戏，深藏难寻者为赢。

某晚，余藏身教门李家之柴园。教门，早年间基督徒也，乡人以此称谓其家，因袭久之。柴园芜杂，生五色蜀葵，花朵大愈饭盏，乃当年移植于泰城“基督教美以美会”。

匿身许久，蓦见青天碧海，一轮红月当空，艳如朝暾，赤霞拱卫，绚烂灿然。忽而，竟至恍恍欲坠……余恐极，冷汗被体。

逾墙而出，四野朦胧，万籁俱寂，惟闻珠露滴翠，虫声唧唧。始知夜深，众小友俱各散去多时矣……

白　猫

姜东原，做钢材生意，住龙泽花园。连续数日见车库有白猫蹲守车顶，捉之。久闻猫肉美味，欲食之，苦于不便措手，花十元钱，令屠狗者杀之。剖腹，见一胎三崽，待产也。烹之，味殊了了。

翌日，妻儿旅游回归，进门，见一白猫尾随其后。愕然。驱之，不去。儿甚怜，挽留之。东原不悦。夜间醒来，见白猫蹲于床头柜，目中绿光熠熠，注而视之，肃杀之气刺骨透髓。

晨，待妻送儿上学离家，拎白猫自九楼掼下，自觉再无生还之理。及至晚放学，又见白猫随儿进家。大惊。是夜，猫产三崽。

隔日，东原赴沪，高速路与一辆白色路虎相撞，鹤驾仙游。

家中白猫及幼崽，遂不复见矣。

乞　丐

某乞丐，携孙乞讨。至肉店，欲买两角钱肴肉飨孙。店主不予，置若罔闻。乞丐再三央求，众人起哄。店主大言不惭，说道：“吃光柜台则分文不收。”

乞丐略一打量，柜台置肴肉两盆，大约十数斤。答道：“有何难哉。君子之约？”

“一言为定！”

众目睽睽，乞丐绾袖操刀，随切随食。即时，肉尽矣。

有好事者暗窥，见乞丐出店拐进小巷，脱下棉搭腰，肴肉累累，尽在其中矣。

曾闻，“奇门遁甲”有“搬运大法”，或为此功?

佛　影

合卺良辰在即，小夏和欧阳将婚纱照悬挂于新房。不经意间，小夏发现妻子欧阳身后立一阴影。察看其余婚照，皆有影子俨然。问讯摄像师，亦茫然无解。

怪哉！咸以为不祥。

后，垂询于某兄。问道：项下可曾佩戴饰物。答曰：玉佛一尊。某兄曰：即此也，无他。盖因新娘禀赋气血偏弱，佛佑之。

婚后，影子不复见矣。

遛　牛

槌牛，即公牛去势（结扎）手术，泰沂山区古老农俗也。其法，用苘绳缠住公牛输精管，木槌断之。自此，公牛交配能力丧失，性情温驯，负重耐力，易于驱役。槌牛宜深秋，以期不误农事。术后，须牵之不停走动，防创伤发炎粘连，谓之遛牛。昔年秋凉，昼夜遛牛者相望于道。

遛牛者，须老成之人，余乡凤梧多司其职。某年，凤梧遛牛行至徂徕山风箱口，两侧密林黑松，一径崎岖羊肠。夜交子时，月钩斜钓西天，一阵山风呼啸，牛即时瑟瑟战战，不再前行。任其牵之，拼力后撤，喷鼻不已。凤梧亦觉毛发竖立，寒战绞股。惧之，执牛耳，立于道侧林中。

不一时，影影绰绰，闪闪烁烁，但见山道上车马轿夫，仪仗卤簿，偃旗息鼓，迤逦而过。过者匆匆，五官皆混沌未凿，模糊不可视。惟挑灯二童子，黄发垂髫，拖后嬉戏不已。一长大汉子断喝："快走，迟到些许，城隍娘子不发赏钱。"凤梧细审，此人项上竟无首级……

恐极，昏昏然，不知几多时。闻鸡啼，凤梧始如梦方醒，遂不敢前行，折返而回。

若干年后，凤梧进岱下蒿里山城隍庙，见城隍爷前泥塑二童子，恍然所悟也。

放天灯

泰沂山区有古俗 —— 放天灯。

即岁尾年首，在天井院竖起高杆，夜间挑一灯笼，以标示年末奔家迷途之人。鲍氏老夫妇，小农之家也。家近徂徕山前官道，迄交腊月直至二月二，年年为之，从无少缺。多有在外负贩贸易、苦力劳作之人，得其汤饭、盘缠之襄助。

夫妇年近六旬，无出，心以为憾事。某年腊月十一，大雪封路，有老者携一幼童深夜至此，饥寒交迫，夫妇慰留食宿。翌日晨，但见童子酣睡，老者不知所踪。细察幼儿，眉纤目秀，骨格清奇。问之，嬉嬉笑，茫然不知所以然。夫妇爱恋，收养之。

后十数年，幼童长大，勤勉业农。盛夏严冬，着一身单衣，并不觉寒暑。人奇之。恪尽孝道，为鲍氏夫妇养老送终，遁迹。惟天灯高悬，夜夜不息。

有术士过此称：徂徕狐也。

纺线孵鸡

泰沂山区旧俗，开春老太太纺线，棉裤腰里揣鸡蛋孵鸡。冀之体温，二十一天破壳出雏。

余幼时尚多见。今不复闻矣。

孵鸡，母鸡自然孵化之外，大规模人工孵化，北方火炕孵，南方则用缸孵。现下采用电温箱，事半功倍矣。

石　女

老家村后有大水湾，名曰：后海子。余幼年，常见湾边坐一老妪，蓬头垢面，疯疯癫癫，终日唱吕剧《李二嫂改嫁》。

邻人言，此老妇幼为石女。年十三，为李姓鳏夫所买。以剃刀破之，疼痛几死。后产一子，愚鲁不堪。

画蛇者说：文献记载，石女即纹（文），明万全《广嗣纪要·择配篇》："五种不宜：……二曰文，阴户小如筋头大，指可通，难交合，名曰石女。"清·卢若腾《岛居随笔》："五不女，螺、纹、鼓、角、脉也。……纹者，窍小即实女（石女）也。"

白阳圣母

寡妇鲍氏，徂徕山前白阳教主也。专治邪祟侵人、惊厥疯癫之症，往往妙手回春。众誉为白阳圣母。

鲍氏于堂屋里间，祀神明，日日香火供飨，叩拜如仪，然秘不示人。皆以为不过弥勒或白阳教主申老叙者流。

及殡天，有好事者察其神龛，所供者，男根一具也。一枪二卵俨然。

画蛇者说：泰山西麓有三阳观，盖青阳、红阳、白阳也。所谓白阳教，亦佛、亦道，非佛、非道，宋、明两代，白莲教之孑遗也。

鲁中泰沂山区一带，民间将会道门统称白莲教。

“六畜科”

某科室，马、牛、羊、朱、权诸姓俱全，同事戏称“六畜科”，惟缺一焉。年末公考，来者帅哥姬凯，适符阙如也。

画蛇者说：“六畜”，《周礼·夏官·职方氏》：“河南曰豫州……其畜宜六扰。”郑玄注：“六扰：马、牛、羊、豕、犬、鸡。”南宋王应麟《三字经》：“马牛羊，鸡犬豕。此六畜，人所饲。”《三字经》有“袖里《纲鉴》”之目，与《百家姓》《千字文》并称“三百千”，皆为旧时童蒙必读。因之，“六畜”一词妇孺皆知。

金蛋、灵芝

泰山西麓自横岭后进巴山沟，途中有金鸡窝。其洞状如葫芦，口小，仅可匍匐而入；腹鼓，内可容五七人。金鸡不时而鸣，闻者皆承好运。

护林员小贠，其高祖大清光绪间人也。夜半山中归，路经金鸡窝，遥见金光一团，灿烂夺目，近察之，乃金蛋一枚也。喜不自胜，揣于怀。进村忽跌一跤，起身再觅金蛋，子虚乌有也。

又：小贠其高祖，曾在傲徕峰扇子崖下砍柴，不慎砍断中指，捡起对好，随手薅一把草裹之，忍痛欲回家就医。行不数步，疼痛自消，断指复合如初。怪之。恍悟山中有灵芝仙草，疗创伤皆有奇效。复还寻之，终不见。

森防站申卫星站长告余。

又：泰城灵芝街宋彩臣家，开酱菜铺。冬腊月买山柴一担，以暖水缸。次春取出，返青者数十本，竟生芝，褐红色。时工人手破者，擦之即愈。后亲友闻之来访，多取之去。

鲁鱼帝虎

其一

鲁迅先生有《答客诮》，其诗曰：

无情未必真豪杰，怜子如何不丈夫?

知否兴风狂啸者，回眸时看小於菟。

“於菟”乃虎之别称，读音 wutu。而央视《世界地理》栏目在播出《先生鲁迅》里，则读作 yutu。误矣。

其二

封禅，如“帝王封禅泰山”，应读作 fengshan，而央视任先生则读作 fengchan。

其三

扛鼎之作，“扛”，央视一位播音员则读作 kang。孰不知此扛（gang）非 kang，字义当是把鼎擎起。

其四

《梦厂杂著》（清 · 俞蛟）一书，“厂”字应读作 an，通庵。还有一位著名画家于非厂（闇），此“厂”亦读 an。

其五

公元 2016 年 10 月 14 日晚 8 点，收看央视九频道《历史的拐点 · 澶渊之盟》。担纲解说嘉宾，一教授，二副教授。三人无一例外把辽国统帅萧挞（ta）览，读作“萧

da 览”；更有甚者，那位北京师范大学 Z 教授，竟把咄咄逼人读作“chuchu 逼人”。

画蛇者说：蒲留仙教导我们：何事可浪，花菽生江。有婿如此，不如为娼。一哂。

一把菜刀

楼下禹大哥，厨师也。早年正经八百磕头拜过师傅。于鲁菜，深得精髓。当年供职市委招待所，小灶大厨，几十位领导的饮食喜好，悉知。

每每三杯下肚，禹兄大言不惭：贺龙两把菜刀闹革命，老禹我一把菜刀闯泰城！

兄又言：大厨最怕小跑堂。拔丝山药一出锅，须臾上席。逢此时，大厨必赏三个铜子。盖因跑堂略有蹭蹬，拔丝则琉璃矣。

待　漏

某年，刘兄到某大学拜访某学界大佬。大佬家中厨房水龙头点点滴滴叮叮咚咚，盆盆罐罐满满当当。

刘兄动问：莫非待漏计时？

答曰：非也，不跑水表而已。

记者也是人吗？

某记者深入一线采访。至某棉纺厂，开场白曰：大家不要紧张，不要害怕，我们记者也是人嘛！

工人面面相觑：谁说记者不是人呢？

系上腰带

某地召开常委会，妇联主任某刚进会议室，闻听书记大喝一声:“出去！”某一愣，转身退出门外，不知作何道理。少顷，再进，又闻听书记断喝：“出去！！”再出门外寻思，终不得其解，又进，又闻听书记怒喝：“出去！！！”凡三次，骇极，再退。

办公室主任见状，出告曰:“系上腰带。”某垂视，果见裤腰松开，赧颜。

喊口令吃饺子

“三年困难”时期，粒米可数，教师食不果腹。校食堂包水饺改善生活，殊为难得。

是时，老师围灶台团团站定，由校长喊口令吃水饺，喊一次，夹一只。

此事，大哥生前告余。

旧军孟氏家规

旧军（九经）孟氏，章丘世家也，富甲山左。《清稗类钞·九经孟家》：

山东章丘有九经孟家者，其家法：祖遗产业不得分析。每添男丁，由族长月致所应得之钱。妇丧夫者，必先问其志愿，若欲嫁，则备奁具一份，由族中为择大家嫁之；若经三年不嫁，则赠以鸦片烟具一份，吸否亦听之，月致金如故。男子令识字，读《四书》，取粗通文字，不令作帖括，惟许武试，然亦得武举而止。倘必欲仕宦者，亦听其自由，惟不得分金。族人有小过由族断之，犯大恶，即令出族而听官处置。

孟府既有家规“祖遗产业不得分析”，凡意欲析爨者，必令其外出收账。盖因其“祥”字号商业遍及海内，收账则久别，久别则思亲，析分之心遂平。

此乃家父生前告余。

《论语》山房

泰山西麓栗子林，炒鸡店生意惨淡。忽而停业数月，装修一新。孟夏吉日，再次悬额开张，名曰：《论语》山房。乃一山左文化人租赁此处，辟为读书养静之所，以兼得仁智之乐。

年余，忽又炖鸡。问之，主人忿忿：一帮鸟男女，日日行狗彘之事，房租未缴分文，竟至晚间夭夭逃之。

此文化佳话，有诗为证：

炒鸡赔钱改《论语》，《论语》夜遁房租飞。

无奈再把小鸡炒，依旧蘑菇加粉皮。

平阳书记

平阳书记，对养牛情有独钟，每至一处，发动社员养牛，苦口婆心。人称“牛书记”。县长则热衷养鱼，见水塘，必再三叮嘱。人称“鱼县长”。

牛书记有洁癖，四季冷水盥沐，水须过滤三次方可。一日，办公室内烦躁莫名，公务员小马见之，满室搜寻，得见墙角砖缝藏半根火柴棍，剔出，始得安宁。

“文革”中期，牛书记被革命委员会“三结合”（造反派、军代表、老干部）。当日，某头目说道：“倘无我等造反，岂有你今日之解放，无以为谢乎？”牛说：“当谢，全权拜托。”头目遂买苹果两筐，宴席一桌，计 80 元。饕餮已毕，牛说：“敬谢不敏，劳你破费腰包。”头目恍然，大为不悦：“反革命两面派手法！”牛说：“非也，此乃以革命之两手，对付反革命之两手也。”

牛借机猛促生产，继之反潮流，再次翻船。继之罹患胰腺癌，晚期不治矣。造反派结伙至病房逼其表态，牛书记断喝：滚！溘然长逝。

三之堂

书法家某公，自号“三之堂”，曰羲之、曰献之、曰圣之；圣之者，鼎鼎大名也。临池，殊甚了了。

余曰：贵号当为“四之堂”。

某公动问：何以四之？

余又曰：羲之、献之、圣之而外，尚缺一“无知”。

又问：何以无知？

余又答：无知方能无畏。

拔须助上

某科长，年届天命，眼见胡须斑白，晋升副处无望，好生栖遑。

一日，对镜拔须，恨恨曰：“吾一日不得上，管叫汝一日不得出！”

胡须哀求：“主人饶恕，在下讲一笑话则个？”

科长曰：“若能上，汝且讲来；倘或不能，定拔不饶！”

胡须说道：“某大官人，须发黑白参半。原配妒小妾，每日拔除黑发；小妾恨白发，每日拔除银丝，拔来拔去成了光……光头和尚。”

科长曰：“然也，和尚也是上，权且饶你一命。”

白字先生

泰城傅公街某员外家，两千五百钱延聘塾师课子。事先议定：不准以白字误子弟。否则，一字罚五百钱。

一日，先生读“泰山石敢当”作“秦川右取当”。五字错四，东家即罚没两千钱。先生意愠，赋打油一首：

秦川罚一千，右取罚一千。

当喝西北风，灌个肚儿圆?

东家答曰：勿虑，尚有五百钱可用。

次日，先生又将“岱宗坊”读作“热闹场”，三字皆错。东家孰不可忍也，亦赋打油解约：

罚没二千钱，秦川右取当。

宁贴钱一千，劝离热闹场。

扒瞎话

某甲长，性贪鄙，每每谎称官府税赋摊派，勒索村民无厌。乡人苦之，诉诸村头泰山石敢当。

一日，甲长路过，忽闻石敢当开言：

甲长甲长，快快领赏。县官衙门，纹银百两。

甲长大愕：破石一块，立此久矣，今日何以显灵？又转念，赏银百两，乃大富贵！未遑多想，急趋县衙领赏。

县令不之信，立命携石敢当到堂作证。甲长不敢怠慢，背负石敢当至衙门。县令升堂，动问再三，石敢当一声不吭。暴怒：刁赖甲长，竟然冒神明戏耍本官！喝令衙役痛打二十大板。逐出衙门。

甲长皮开肉绽，强捱疼痛负石敢当回里。路遇某友，问故，甲长曰：无由触怒县大老爷，吃打十板子。

背上石敢当忽开言：汝又扒瞎话，竟然贪污十板子！

老　葛

早年间，徂阳集市多有卖野药者。最常见者，人称老葛。山西会馆门前，坐摊卖大力丸、牙疼水、不老金丹、镇江膏药、金枪棒疮药、伤寒疟疾药、丈夫再造散等等，无病不治。

鼓吹已毕，信誓旦旦：好汉做事好汉当，我乃葛仁，我弟葛义，倘有哪位用药无效，千万骂葛仁（各人），甭骂葛义。

众哄笑，并不以为忤。

画蛇者说：三百六十行，行行有饭吃。

官场恶俗

曾几何时，约定俗成，官员办公室必设发财树、桃木剑。前者，昭示发财；后者，则庇佑以避邪祟。

如此唯物主义者，八荒之外，何其荒诞不经，荒谬绝伦！

哀其无知，怒其无耻！

终身成就奖

作家孔某，年逾耳顺，立德、立言两无成，深感抱愧先人。无奈，自制铜牌一块。择吉日，摆家宴一桌，邀同好八九，菜上五味，酒过三巡，众将铜牌授之并悬以门楣，鞭炮鼓乐声大作。

邻人闻声聚而观之，见铜牌镌书“文学终身成就奖”。

有诗为证：

圣人姓孔俺姓孔，今贤古圣一脉通。

自铸金匾自鼓吹，述而不著乃家风。

泰山佚联

清泰安县令毛澂（蜀云）题高里山戏台：

热肠怜孝子忠臣，拍案冲冠，犹觉不平千古后；

冷眼看神奸巨猾，收场结局，何曾放过一人来。

民国年间，纪念泰山中学成立，县长张心言撰联：

希圣希贤，阙里遗风今未坠；

有源有本，泰山学派此重开。

画蛇者说：北宋庆历初年，孙复、石介创立泰山学派，是为理学之崛起。

又，张心言因雨演戏联：

触石果成雨，欣看桑麻皆雨润，

枕戈方待旦，忽听丝竹倍心豪。

画蛇者说：《十三经·公羊传》载：泰山之云“触石而出，肤寸而合，不崇朝而雨遍天下”。

民国泰安名士赵新儒，撰泰山五贤祠联语：

七二代封禅帝王，秦欤汉欤？遍看绿水青山，何处是列朝疆土？

五百年诞生名士，先之后之。各有文章道德，常留得岱麓祠堂。

民国泰安名士葛云庵挽孟子贞之太夫人：

（一）

承邹鲁一代宗风，断机勖学，生子只求官声好；

为晋唐两县活佛，饮水思源，贤郎定得母训多。

（二）

昔之孟母往矣，今之孟母复往矣，今昔殊时，依样断机留训；

唐以召父称焉，晋以召父又称焉，晋唐何福，令人饮水思源。

又拟碧霞宫联语：

何处觅蓬莱，虔爇心香，即成福地；

重新开宫殿，愿施法力，迅扫劫灰。

画蛇者说：旧社会官员，擅撰联者不鲜见，今则不多哉。大同华严寺，见原市长耿彦波所作二联，差强人意：

（一）

人生百年如朝露，活在当下；

世界万象皆浮云，乐住心中。

（二）

世事熙熙，从来福贵无了局，到此说了就了，

人生攘攘，自古名利难放下，如斯当放便放。

这位耿市长还写过《大同赋》，亦可称中规中矩。

民国酒俗

民国十五年，泰安县治内，酒店242家，酒池458池，出酒2189240斤，耗麦3834000斤，高粱5473100斤。

民国十九年修《泰安县志 · 风俗》载：礼尚往来，在不质不文之间，但侈于食用，户鲜积蓄，一遇凶荒，遂至十室九空。

近来消耗品之最巨，莫甚于酒……此等恶风是在临莅斯土者，有以禁止而革除之。

画蛇者说：百年一过，此俗仍之。

性近习远

王献唐曾云：早年间，山中居民有一恶习，无论男女老弱，见游客行过，必向之乞钱，即家中衣食足给，亦不克免此。儿女偷惰，或以呵骂从事，熏染成性，几视如金科玉律，不以为羞耻矣！可知性之本原，无善无恶，惟在所习。其惯性之养成，半归家庭，半归社会。若辈之家庭社会，几完全为一乞丐化，父母之所规教，兄弟之所劝诫，妻子之所仰给，在在以乞丐为是，自少至长，悉在此陶冶之中，自非特异之士，乌能出淤泥而不染哉？古人论性，或曰善，或曰恶，或曰善恶混。吾于泰山道上，乃知孔子“性近习远”之说为得要也。

画蛇者说：泰山吃香客，可谓一大恶俗。故而，名山胜景出恶丐。

电话诗

剧谈如洪钟，隔舍不相闻。

电话凭一线，十里五里颇能分。

世俗好奇炫淫巧，置竿设局争纷纭。

为术虽新异，用之等儿戏。

除却火车旁，所云果何事。

讦谟秘密慎机缄，言语漏泄加封函。

义理疑团贵申驳，觌面磋商乃精确。

城中城外数里遥，无难促膝坐相要。

人人两股撑一腹，非如孙膑刖其足。

偃蹇不肯降茅屋，亦可折柬遣奴仆。

岂为简书与公牍？妓馆茶楼互征逐。

何事星火迫急速？向壁呼呵仗耳熟。

明明行尸并走肉，遽尔长号皋某复。

甚而饱食无所服，谑浪笑骂相亵渎。

有用金钱掷秕谷，只为浪人作双陆。

此声不祥甚于鹏，长沙有知当几哭！

画蛇者说：诗作者卢衍庆，字云图，今山东泰安新泰楼德南泉村人。乃光绪十九年（1893）恩科举人，做过盐官。入民国，主修过《泰安县志》，应聘过山大教授。排斥现代化如此之顽冥，不可理喻。

同仁堂广告

民国年间，京师同仁堂费数百元，在泰山盘道石壁刻一药店之广告，为颜惠庆所见，立命鸠工磨去。

画蛇者说：颜氏曾于民国十五年（1926）春，任国务总理并摄行总统职务。此举，当在此时。

效坤列传

其一 捉在军法处

民国年间，张宗昌主鲁。意欲更改纪年为“宗昌元年”。后未果。是时，督军府“会说掖县话，就把洋刀挎”“会撇掖县腔，就把副官当”。

掖县西由镇有屠狗辈黄六，乃宗昌发小，穷困潦倒。一日，携狗肉烧酒，去济南府见张大帅，欲谋一差事。至，对督军府警卫言称：“送上此物，宗昌即知我黄六。”果然，宗昌一见，垂涎欲滴。想起少时之高阳酒友，不亦乐乎，遂书一手谕：“捉在军法处。”黄六持手谕去军法处，即被打入监禁。

事过月余，宗昌忽问："黄六办事如何？"军法处始悟"捉"乃"着"也，大帅笔下误耳。急放出，百般安抚，派在军法处当闲差，挂名领饷而已。

其二　亚历山大校长

宗昌为北洋军阀，知者甚众；宗昌曾任山大校长，则知者甚少。先是，清末状元王寿彭，被张宗昌任用为山大校长，在当时颇具轰动效应。任职一年后提出辞呈，张自《山东公报》发表布告，称："王校长辞职照准，所遗校长一职，宗昌自行兼任以昭郑重。"

张校长去山大训话：咱张宗昌识不了几个大字，今天轮到咱当校长了。没有多余的话，人家欺负咱的学生，就是欺负咱的子弟，咱老张不答应！

画蛇者说：时人讽喻山东大学为"亚历山大"，即亚洲历城山东大学之谓。另，似这类宗昌粗人笑话，多有错点鸳鸯谱者，致使后任韩复榘躺枪，蒙不白之冤。岂不知，韩复榘秀才出身，可起草公文，其书法亦有可观，双手皆宜。

其三　点心难吃

张宗昌富贵之后，把再醮之母接至省都督府颐养，事之至孝。春节阖家团聚，其母闷闷不乐。宗昌察之，私下吩咐副官："去接侯老汉。"侯老汉者，盖其母改嫁之夫也。侯至。其母大悦。

春节过罢，侯老汉辞行。宗昌问："此处可好？"侯答曰："诸般皆好，唯早餐那块点心，甚是难咽。"宗昌遂问随侍副官，副官告知："香皂放在卫生间，每天都被侯老先生吃掉了。"

宗昌又问："看什么东西好，可随身带上。"

侯老汉指电话机说道："此物甚好。"

"好在哪里？"

"一摇把子，来酒来菜，好乎哉！"

宗昌哈哈一笑："带上。"

其四　昨天一孩喊俺爹

张宗昌，字效坤，号称"三不知将军"：一不知兵多少，二不知钱多少，三不知姨太太多少。姨太太多得叫不全名字，权且编号排序。

有《效坤诗钞》行世，其《无题》诗曰：

要问女人有几何，俺也不知多少个。

昨天一孩喊俺爹，不知他娘是哪个？

其五　混蛋诗

张宗昌《效坤诗钞》里有一首《混蛋诗》曰：

你叫我去这样干，他叫我去那样干。

真是一群大混蛋，全都混你妈的蛋。

画蛇者说：此事约略道出北洋政府军阀割据的乱相，无怪宗昌大骂"全都混你妈的蛋"。那些对他指手画脚的，估计还包括日本人。

日本人曾一度拉拢张宗昌，张答复甚经典："俺是张宗昌，不是张邦昌。"

其六　祈雨

民十五夏，酷旱，田禾焦枯。济南府老幼祈雨，宗昌赋《求雨诗》一首：

叫声爷爷张玉皇，你也姓张，俺也姓张，为啥为难俺张宗昌？

三天之内不下雨，先扒龙王庙，再用大炮轰你娘。

曝晒三日无果。宗昌大怒，令出法随，立将克虏伯大炮拉上千佛山，对天猛轰。一时，大雨如注。

其七　你们只许说我好

宗昌善阳谋，其对记者宣称：“你们报上登载消息，只许说我好，不许说我坏。如有哪个说我坏，我就以军法从事。老子给他切开亮亮，让他听听电话。”

切开亮亮，即把砍头比作切西瓜；听听电话，乃头挂高杆。可见宗昌之想象力甚是丰富，其《咏雪诗》曰：

> 什么东西天上飞，东一堆来西一堆；
> 莫非玉皇盖金殿，筛石灰呀筛石灰。

宗昌又有《大明湖》诗，特现实主义，诗曰：

> 大明湖，明湖大，大明湖里有荷花，
> 荷花上面有蛤蟆，一戳一蹦跶。

其八　遇不着，不生气

某日，张宗昌视察基层，碰到门卫打盹儿，顺手抽一马鞭，骂道：“妈拉个巴子，真是‘玉不琢不成器’。”然后又问警卫：“知道什么意思吗？”

卫兵答道：“遇不着，不生气。您要是遇不着俺，不就不生气了吗？”

宗昌乐得哈哈大笑：“好个王八羔子，行啊，没想到还是个文化人。别看大门了，给个连长干干。”

其九　游斗姥宫

泰山斗姥宫，旧称妙香院，亦因在龙泉山下，又名龙泉观。《道藏》载：“斗姥为北斗众星之姥，斗之为魄，水之为精，号中梵气斗姥元君。”故有是名。宫中奉祀佛道二教。

光绪二十年后，庙内尼姑不再削发，穿着华丽，以致涂脂抹粉，招徕游客。纨绔子弟入庙，往往乐不思蜀。斗姥宫“拴娃娃”，多奇中。“辫帅”总兵张勋、曲阜孔圣后裔，都在此求子，心想事成。

民十五年，张宗昌游泰山，指名要在斗姥宫休憩。一时难煞泰安知事，暗忖：魔头督军，天天虎鞭鹿筋、龙肝凤髓，到此何以款待？遂就教于斗姥宫老尼住持法霖。法霖说道：“县太爷不必多虑，到时贫道自有主意。”张至，斗姥宫设斋饭，不过几样时新蔬菜，外加猪耳朵叶（野菜）小豆腐、小米高粱煎饼。宗昌食之，竟然大快朵颐，连连称好。法霖趁机端上功德簿，笔墨侍候。张宗昌大笔一挥：七百块现大洋。

宗昌并吟诗一首：

野菜豆腐鲜，小米煎饼甜。
老子一高兴，捐它七百元。

其十　牌九

北洋军阀当中，张宗昌嗜赌，最负盛名。且不喜打麻将，嫌其节奏太慢，不爽快。逢赌，必牌九。开赌，必令若干姨太服侍左右，或命副官处预备处女。连输，则宣布休息，即携姨太或处女，回内室云雨……谓之“换手气”。

民十六年，宗昌邀八卦楼妓女在督署豪赌，其赌注相当于山东当年教育经费（1926年，山东教育经费为1305102元，实际支出1335102元，1927年略有增长，确切数字不得而知）。

其十一　大帅府

北京西四牌楼北大街石老娘胡同，张宗昌建有“大帅府”，辟姨太太居住区，俨然花窟。每三两间为单元，总数达四五十个。室内有床榻、沙发、梳妆台、衣柜，并附设西式浴室。每位姨太太配备副官一人、护卫二人、汽车一辆、杂役若干。七姨太一只卷毛狗，价值三千块现大洋，吃牛肉喝牛奶，并有专门看护。

宗昌外籍姨太，计有高丽、日本、白俄、南洋等多国多地。

宗昌主鲁，两姨太分掌印玺，大姨太袁素娥掌督办印，七姨太孔氏掌省长印。

其十二　后事

民十六，国民军第八方面军副总指挥郑金声，率部进攻山东失利，被叛军诱捕，押解至济南府，被张宗昌下令杀害。

事过四年，其继子郑继成欲报杀父之仇，即伙同陈凤山刺杀张宗昌。其经过：火车站猝遇宗昌，陈拔枪即射。一枪未响，再射二枪，仍未响，又射三枪，依旧未响。宗昌逃脱，陈紧追不放，被铁轨绊倒。幸而郑继成一枪命中。陈爬起后，连击宗昌头部两枪，亦命中。盖陈凤山之枪，经年不用，子弹卡壳，跌倒一摔，遂灵。

是时，张横尸铁轨，其随员出价大洋五十元抬尸，未有应承者，众口同声：五百元都不抬。韩复榘令买棺成殓，济南府满城棺材铺，贵贱拒售。暂厝济南新街安徽乡祠，徽人大怒，纷纷指责乡祠执事冒天下之大不韪。祖籍掖县则发“通电”，声明：不得回掖县安葬。泉城民众则扬言焚祠。

后，张学良出面，宗昌之灵柩得以运抵北平。置于地安门外广化寺。

其十三　疑冢

混世魔王张宗昌被郑金声之螟蛉子郑继成，在济南火车站刺杀。时年 51 岁。

出殡之日，大老婆率 13 个小老婆送葬。落葬之后，大老婆命她们在坟地脱去孝服，每人发银洋若干，由兵士押解，立遣之。不许再回张府。

1967 年初，红卫兵在京郊西山掘开宗昌之墓，棺内空空如也。再深挖，又见一黑漆棺木，棺首书“张大帅之灵”五个金字。劈开，依旧空无一物。

盖家人亲信深知张大帅恶贯满盈，怕仇人掘墓扬骨，效阿瞒疑冢也。

画蛇者说：张宗昌此类故事，在市井盛传。

向方别传

其一 打黑唱红

民十八至民二十六年，韩复榘（字向方）主鲁。上任即打黑，围剿鲁南惯匪刘黑七、张黑脸，二者鱼肉百姓，恶贯满盈，皆曾参与孙美瑶“临城劫车案”。此次围剿，亦属顺民意，重创二匪。

其次唱红，军队上街队伍严整，必令按节拍高唱《满江红》《苏武牧羊》《救亡进行曲》行进。是时，蒋委员长倡导“新生活运动”，鲁省极力响应，妇孺老幼大唱《新运歌》。其夫人高艺珍兼任“新生活运动妇女服务团”团长，具体领导开展“天足”“戒烟”“戒毒”等社会公益活动。一时，风头无两。

其二 扫黄

民二十三年九月，韩复榘发布《济南市取缔奇服异装暂行办法》，明文规定女子衣裤、袖口长度，一并统一设计各式女装式样，令一律照此裁制。民二十五年五月，韩又发布公告并推广全省，取缔女子短袖赤足。规定：“自6月1日起，凡民众妇女穿着衣裤，须以肘、膝为标准，其穿短袖、大小裤或短裤者，不准在街上行走，倘有无故违反者，定行抓办。”

同时，禁止妇女烙发烫发、束胸及穿高跟鞋等。然则，通令所有妓女，必须烫发、着“奇装”，以与良人相区别。此令即出，时髦摩登女郎无不避嫌为要，奇异装扮登时绝迹。

其三 四菜一汤

韩复榘主鲁，不许蒋介石染指，中央军不得驻此一兵一卒。韩虽然位列国民党中央执行委员，但与彼势同水火，曾数次查抄国民党山东省党部，将省党部书记张苇村，装麻袋扔进黄河，不露形迹，尔后再煞有介事“缉拿凶犯”；特务首脑谌峻岑，乃蒋之眼线，委派在山东收集情报，韩密捕之，并杀死狱中，谎报谌“畏罪自杀”。此外，对中央铨叙部之派员，多不录用。

又，招待南京政府大员，亦如蒋介石、宋美龄、孔祥熙等莅临，韩待以白菜、芦笋、鱼虾、豆角四味，一汤，多半清茶。美其名曰：新生活饭。

焕章别传

其一　游灵岩寺

民二十三年，冯将军焕章息影泰山。是年秋，游灵岩寺。至，数十和尚身披袈裟，双手合十迎至山门，冯拱手还礼。住持导引，顶礼东晋古刹、北宋彩塑，膜拜苍松青檀、冷泉流水，流连忘返。

回至方丈，冯将军一时兴起，同住持大谈破除迷信，改革宗教。冯称：“你等出家之人，多半青年男女，整天不事生产，念经拜佛，以致身体衰弱，精神萎靡。以愚之见，莫如与泰山斗母宫年轻女尼，结成婚配，男耕女织，繁衍生子，岂不甚好？”

一时，住持与僧人啼笑皆非，以手掩耳，连称：“阿弥陀佛。”

冯将军夜宿寺院，赋“丘八体”一首，其曰：

又同僧人到客房，说些地久与天长。

马丁革命改宗教，男僧女尼拜花堂。

其二　御下

冯玉祥在西北军，御下甚严，尤其对于亲兵嫡系，诸如谷良民、孙良诚、韩复榘等高级军官，动辄打耳光、罚跪，甚而禁闭。

冯将军下野，息影泰山，韩复榘时任山东省主席，来泰安探望冯。普照寺一侧闲步，烟瘾发作。冯觉察，佯装不知。继而，韩哈欠连天，涕泗交流，谎称如厕，趁机吞下一枚烟泡。冯变色：“恶习不改！”扬长离去。

吉鸿昌被捕，性命危在旦夕。无奈，冯蒋交恶，冯只得电求韩复榘为吉说项。是时，韩作为一方大员，蒋或许肯听。然韩患得患失，未曾说客。吉死，冯大恸，以此为深恨。韩求见，冯卧床面壁，只对韩说道："一阔脸就变，你还瞧得起穷朋友吉鸿昌？"

抗战之初，韩为保存实力，弃土而逃，郑州会议被蒋杀一儆百。是时，冯位居军事委员会副委员长，且与蒋交换兰谱，正值蜜月。韩夫人高艺珍及属下孙桐萱等将领，曾央冯救韩。冯念及吉鸿昌之死，拒之不见。

其三　枪毙大麻风

泰前马姓老人，其父、其叔均在泰山为冯玉祥先生抬山轿。本人乃冯玉祥夫人李德全亲手接生。乳名六生，亦拜冯先生所赐。盖马老家住五贤祠附近，冯先生美意，就五贤顺而序之。

老人称：冯玉祥厌恶大麻风。泰山周边百里之内风闻，即搜之，每每拖至投书涧枪毙。就地掩埋。

孙良诚拒卖"启跸回銮图"

泰山岱庙宋天贶殿，有壁画名曰：泰山神启跸回銮图。西为启跸，东为回銮，场面之浩大，描绘之精妙，蔚为大观。实则宋真宗封禅泰山之写照也。

民国十七年，北伐军攻克泰安，因"五三惨案"，日寇占领济南，国民山东省政府临时驻跸泰安城，改造岱庙辟为新市场。斯时，有美国巨商意欲斥三十万大洋购此壁画，省主席孙良诚始知宝贵。严词拒之曰："此乃我中华国宝，留存由我，绝不卖与外人。"后，下令撤出大殿驻军，停止改造工程，予以保护。

孙良诚乃北伐名将，时任国民革命军第二集团军第三方面军总指挥，兼山东省主席。是时，财政捉襟见肘，军饷支绌，然则不肯出卖国宝，颇可称道。

小尼静安

民国十七年五月，国民党中央军事委员会主席蒋中正莅临泰安，下榻于泰山斗母宫。小尼静安，年十岁，眉秀目朗，娴雅可人。登山途中，一路随侍蒋夫人宋美龄。察言观色，毕恭毕敬，事之唯谨唯慎，夫人甚为爱怜。

临行，抱于怀中，问道："愿意跟我到南京去吗？只要你愿意，我就跟你师父说一声，把你带走如何？"静安骇极，趁夫人出恭，匿之后道院空房，不出。

夫人怅然，留十块大洋，嘱师傅法霖善为看护。

志士葬处碣

民国初年，泰城有《志士葬处碣》，其云：光绪戊戌十一月，有士人死于客邸，邑侯秦公检其遗书，悯其遇，葬之于此，姓名莫能详也。今春，同人请于当道，藏其遗书于济南图书馆，为之封墓树石，题曰"志士葬处"，盖从其遗书之志云。宣统三年夏五月立石。

画蛇者说：呜呼！于今又一百一十周年矣。士人飘零潦倒，不幸也！以病夫饿殍殁于旅次，又不幸也！姓氏、籍贯、文采、事迹不彰，湮灭于九泉幽冥，大不幸也！

邑侯赐以薄棺，入土为安，幸甚矣！当道捡其遗书，藏于图书馆，又幸甚矣！同人遵其遗志，封墓树石。再幸甚矣！

此士人以死而有憾，而又死而无憾，以不幸而得之大幸，幸甚至哉！

士人葬处，原在红门关帝庙下，今无存。树碣者赵正印（新儒），民国泰安名士。赵公碣文称其"志士"，评价极高。有此一称号，该志士可谓备极哀荣！于今铭感赵公之高义，当不属冒昧。

又，士人隐姓埋名，光绪戊戌十一月殁于泰城，十三年后宣统辛亥，被称作"志士”，得以“封墓树石”。个中隐秘，是否与戊戌变法有关联？立此存照。

民国鲁省职官

据民国二十一年刊行《山东省行政各机关职员录》：省政府委员会组成人员，年龄最长者，农矿厅厅长王芳亭49岁；年龄最小者何思源、刘珍年，34岁；平均年龄39岁。以教育厅为例，职员56人，年龄最长者47岁，最小者22岁，平均年龄33岁。济南市教育局共19人，最长者40岁，最小者24岁，平均年龄29岁。

韩复榘主鲁期间，教育厅厅长为何思源。教育厅人员学历状况：秘书主任王子愚，留美；第一科科长王彦衡，留英；第三科科长杨鹏飞，北大；督学主任皮达吾，留美；督学王献九，师大；张郁光，师大；张默生，师大；吴兰圃，师大；徐眉生，师大；义务教育辅导委员会主任葛兰笙，北大。

另，民国泰安所属各县法院院长，均为留美、留日、留法海归，并有法政学位；各县公安局局长，大多为警监学校毕业。

康南海游泰山

康有为游泰山，凡三次。“1916年夏历六月游西湖，八月游苏州、游泰山，九月游凤阳，再游泰山”；“1926年6月游曲阜、登泰山”。岱顶今有康有为1916年游泰山刻石：“丙辰八月偕郑浩、王觉任、邝南嵩游泰山登绝顶。”

康有为曾在泰山斗母宫东侧购置地皮一处，欲建别墅。此处原为晋商所有，后为斗母宫庙产，价一百元现大洋，不啻于奉送。乃住持法霖讨好康圣人所为。张勋复辟失败，狗头军师康有为于1917年9月潜来此处藏身。不久，京师来人告之，当局欲将其拘捕，康闻听，逃之夭夭。临行，嘱泰前一郭姓代为看管，此处遂名郭家园。

康在泰山目睹经石峪大字，惊叹不已，将其列为书法十六宗的三宗之一，称“榜书之宗”。

又有诗题普照寺六朝松，诗曰：

岱宗尚有六朝松，凌汉峰下青未了。

慎勿雷雨化龙去，折取一枝度辟峭。

又，康有为书赠斗母宫住持法霖条幅，曰：“春松秋菊。”现存泰安市博物馆。

陈璧君游泰山

1935年1月19日，汪精卫夫人陈璧君，携幼子来泰山。冯玉祥在普照寺招待四菜一汤：两盘咸菜、两盘小豆腐，面疙瘩汤，玉米面窝头。其幼子咬窝头叵耐，连声叫道：不好吃。陈厉声喝道：“冯伯伯招待饭，岂有不好吃之理？”

蒋汪合流之后，汪精卫出任行政院长，意欲冯修好，敦请其任内政部长。即派郭春涛携两万元大洋，馈赠冯。冯当即退回，并致汪电云：“当此民生凋敝之际，实不忍心花百姓血汗钱。”陈璧君此次莅岱，或与此相关。

斯诺游泰山

约略1942或1943年，埃德加·斯诺先生曾有泰山游。时，寄居泰城美以美会教堂。第一日，斯诺游览岱庙。次日登山，因皮鞋不便攀登，曾于斗姥宫借布鞋一双。是夜，宿岱顶客栈。翌晨，观日出。

画蛇者说：考之埃德加·斯诺，曾任欧美几家报社驻华记者、通讯员。于1928年来华，1933年4月到1935年6月，斯诺同时兼任北平燕京大学新闻系讲师。1936年6月访问陕甘宁边区，并在延安拜访毛主席，为西方记者采访红区第一人，有《西行漫记》面世。抗日战争爆发，又任《每日先驱报》和美国《星期六晚邮报》驻华战地记者。1942年去中亚和苏联前线采访，离开中国。据此，斯诺来泰山最迟应该在1942年，或许在去中亚和苏联前线采访离开中国之际。

斯诺游泰山一事，外事翻译孙健先生告余。孙与美国友人霍有金相熟，霍言：

上世纪初，父母为泰城青年路北首基督教美以美会传教士，霍自幼跟随父母在泰安长大。斯诺登山，霍全程陪同。

郭沫若游泰山

1961年5月8日至11日，郭沫若偕夫人于立群有泰山之行。此行，有二事可记：其一，郭老《咏普照寺六朝松》诗曰：

六朝遗址尚幢幢，一品大夫应属公。
吐出虬龙思后土，招来鸾凤诉苍穹。
四山有石泉声绝，万里无云日照融。
化作甘霖均九域，千秋长愿颂年丰。

当时正值“三年困难时期”，一句“千秋长愿颂年丰”，陪同人员无不感谢郭老为民祈福。同时，亦道出人们之期盼，吃饱肚子毕竟是首要问题。惜乎回京后，郭老将此句改作“千秋长愿颂东风”。噫嘻！郭老大概不明白，东风岂能喝饱肚皮。更为遗憾者，六朝松因病医治无效，已于近年仙逝。

其二，郭老考察完经石峪，有诗曰：

经字大于斗，北齐人所书。
千年风韵在，一亩石坪铺。
阅历久愈久，摧残无代无。
祉今逢解放，庶不再模糊。

“北齐人所书”一句，原为“唐人之所书”，回京后，郭老根据书体流变再行研究，最终断代为“北齐人所书”。从而解决了经石峪刻经年代之历史纷纭。

另，郭老眼见当时泰山绿化状况，顺口吟道：人说泰山青未了，我看泰山赤无毛……随行人员未记载此诗。

冯氏研究院

冯先生客厅内有四块秦砖，屈尊为茶几。皆正方二尺有余，厚可六寸，灰面隐现赤金色，叩之，铮然若金石。

又，客厅沙发扶手下，皆卧一尊小石狮，形态鲜活。客每扪之，光滑可鉴。

又，天津大学有“冯骥才文学艺术研究院”。一日，德国客人来访，一见招牌，大惊！问曰：“冯先生已仙逝？”陪同答曰：“何出此言？先生即在楼内等候也。”却原来，欧美风俗，人去世之后，方可以姓氏命名研究院、纪念馆之类。

冯先生告余。

画蛇者说：台北东吴大学，钱穆先生在素书楼居住二十二年后，当局令其迁出，缘由乃筹建钱穆纪念馆。先生以九十六岁高龄另觅居所，不幸数月后溘然辞世。

“生俘”李仙洲

关于莱芜战役，见诸毛泽东《解放战争第二年的战略方针》一文的注释：

> 莱芜战役，是华东野战军在山东莱芜（位于济南东南）地区所进行的运动战……战斗自二月二十日开始至二十三日下午结束，歼灭该敌五万六千余人，生俘国民党第二绥靖区副司令官李仙洲。

莱芜建立战役纪念馆，纪念碑文数易其稿，不得要领，索性用此注释。

某年，山东省民革顾问李仙洲视察此地。驻足读碑，对文中“生俘”二字，甚为满意，自忖较之“活捉”，委婉，体面。李视荣誉为生命，对电影《南征北战》李军长取他为原型，终生为恨。盖李军长曾哀号“看在党国的份上，拉兄弟一把！”

李仙洲生于1894年6月17日，逝于1988年10月22日。山东齐河人。

石可学印

山左石可，少年治印，本无师承，每每以怪取宠，自鸣得意。茹春浦先生见之，恶其野狐禅，建议石可求教王献唐先生。至居处，献唐仔细审其印谱，说道："先摹刻1000方汉印，再议。"随手予之《十钟山房印举》，又嘱："先摹汉印，须自官印始。"

时在1942年，献唐先生任国史馆筹委会纂修，石可为其誊稿。同年，得列先生门墙，修图书分类，为入室弟子。

翌年春，石可刻印已六七百方，与原拓几可乱真，再就教于王先生。审阅有顷，先生说道："先练字吧，不会写字如何治印？"予之《毛公鼎》《散氏盘》《石鼓文》《琅琊刻石》《礼器碑》《多宝塔》拓本一宗，并《段氏说文》。石可悉心临池兼治印不辍，竟得"小金石家"之誉。

翌年又春，石可恭请献唐先生过目其书法，献唐翻检半晌，忽道："还是先读书吧，你读书甚少！"问道："读什么书？""什么书都要读！"先生竟至愠怒。归途，石可啜泣不已，发愤金石，心无旁骛。

七八年后，谢先生某请石可治印，婉拒。谢某告之献唐，王先生曰："石可治印，尚未登堂入室，不急于应酬，乃明智之举。"

余知石可，得益于航天部济南山泉机械厂总工沈祖培先生，沈老有石可制砚一方，珍爱之，常炫耀于我。沈老浙江吴兴人，与我忘年之交，称我小友。惜已过世有年。

"杀　才"

1946年，国史馆购进"天一阁"善本藏书，石可负责登记、分类、编目、版本鉴定。一次疏忽，在一部《昭明文选》上，把国史馆藏书印盖反了。大错铸就，未敢声张。

忽一日，王献唐先生借阅此书。石可忐忑。果不其然，有同事捎话：“先生相召。”至，献唐低头不语，紧盯书本，吞云吐雾……继之，冷冷言道：“你的杰作？”石可唯唯。“此书，宋版善本之善本。”石可喏喏。“藏书印倒立其上，此乃耻辱，世世代代为人嘲笑！”

一时，石可冷汗淋漓，无地自容。

献唐先生有句名言：“在图书馆待上五年，无所建树，那就是‘杀才’。”山东方言：杀才，猪也。

成仿吾

“文革”前，山东大学校长成仿吾行政六级，为鲁省最高级别。

1966年10月，成仿吾以“反鲁迅”罪被点名批斗，拒不低头认罪。红卫兵义愤填膺，高呼：“独有英雄驱虎豹，更无豪杰怕熊罴（罢）！”成大声纠正：“错了，那个字不念‘ba’，念‘pi’。”致批斗会难以进行，被打折肋条两根。

红卫兵又将成关进一间屋子，举办“活人展览”，组织外来人员参观指认，亦可点名道姓批判。红卫兵欲改山大为“鲁迅大学”，未果。对于劳动改造，成仿吾极为认真，打扫卫生干干净净。

画蛇者按：论及中国清洁工，尤以“文化大革命”期间档次最高，空前绝后。

臧克家之子臧乐源到山大工作，拜见成仿吾。问及读书，臧回答正读《反杜林论》《哥达纲领批判》。成说：“这几本书讹误甚多，我校译好了你再读。”

1972年8月，毛泽东审阅山东省报送老干部保护名单，在成仿吾名下划圈，旁批：此人来京。晋京，纪登奎、郭玉峰委其掌门北师大，成不就。遂返鲁。1977年10月，成出版《长征回忆录》。该书为郭沫若先生临终枕边书。

成仿吾先生生于1897年，逝于1984年5月17日。楚人也。

陆小曼

陆小曼幼年习油画，后拜国画大师贺天健门下，其画作蜚声中外。更兼精通英、法两国语言，翻译多有建树。解放后致力于翻译泰戈尔。

1931年11月19日，徐志摩在济南党家庄飞机失事遇难。嗣后，小曼素衣清影，专心绘画。1956年，在沪上举办画展。陈毅观之，赞叹不已。问道："是否为诗人徐志摩夫人？"陪同告知陆彼时生活现状窘迫，遂安排其担任上海文史馆馆员。1959年，又聘为上海市政府参事室参事。

陆小曼生于1903年11月7日，病逝于1965年4月3日。

画蛇者说：余曾在朋友刘非处，得见朱复戡为陆小曼所作扇面，上书大篆：眉寿。盖陆小曼名眉，又名小眉。以上陆小曼之行状，亦朱复戡告知刘非。

高　亨

1963年12月，高亨先生将读毛主席诗词有感填词《水调歌头》寄奉，请老人家指教。词曰：

掌上千秋史，胸中百万兵。眼底六洲风雨，笔下有雷声。唤起巨龙飞舞，扫灭魔焰魅火，挥剑斩长鲸。春满人间世，日照大旗红。

抒慷慨，写鏖战，记长征。天章云锦，织出革命之豪情。细检诗坛李杜，词苑苏辛佳什，未有此奇雄。携卷登山唱，流韵壮东风。

1964年3月18日，毛主席回复：

高亨先生：寄书寄词，还有两信，均已收到，极为感谢。高文典册，我很爱读。肃此。敬送安吉！

“文革”期间，高亨借调中华书局，实则毛主席荫庇也。

高亨先生生于1900年农历七月初四日，逝于1986年2月2日。治学沿袭乾嘉学派所谓朴学的路子，先秦史用力尤著。

先生高文典章《周易大传今译》，为余枕边书。

萧涤非

山大教授萧涤非先生，杜甫研究专家。据孔亚兵回忆，谈及郭沫若先生大作《李白与杜甫》，萧先生自有公允之论：

我之所以不愿谈，是因为觉得：一、郭老是我们的老前辈，他的成就和贡献又是多方面的，一部著作即使有问题也算不了什么，“明月无瑕岂容易”？二、郭老过去也是尊重杜甫的，他这次的抑杜，不过是他自己在翻他自己的案，而我们的非议，也不过是以前日之郭老反后日之郭老而已。三、杜甫和他的诗是客观存在，谁也抹杀不了。是非自有公论，公道自在人心。因此，总觉得能不谈最好不谈。但近来感到这不是办法，因为只要一有机会，不谈，似乎就过不了关。遗憾的是，我再也听不到郭老的教训了。

老辈学人道德、学风之雍雅，于此可见一斑。

萧涤非先生生于1906年，逝于1991年。赣人也，主要著述：《杜甫研究》《杜甫诗选注》《汉魏六朝乐府文学史》等。

千家注杜

对于《李白与杜甫》“扬李抑杜”，后人多有微词。1977年1月，郭老致函回复，曰：

杜甫应当肯定，我不反对，我们反对的是把杜甫当为“圣人”，当为“它布”（图腾），神圣不可侵犯，千家注杜，太求甚解。李白，我肯定了他，但也不是全面肯定。一家注李，太不求甚解。

此话，似不无道理。

克林顿触摸兵马俑

1998年6月26日，美国总统克林顿参观兵马俑。下至二号坑，郑重央及陪同者、兵马俑博物馆馆长吴永琪，能否摸一摸陶俑。吴馆长回答说：“我要向北京请示。”北京有关领导答复：“可以答应总统先生请求。”克林顿非常高兴，小心翼翼，轻轻触摸了一下。

画蛇者说：对于兵马俑，眼观和手触的感觉，肯定是不同的。此事，冯骥才先生告余。

朱复戡

海上治印巨擘朱义方（1902—1989），号复戡，以号行世。“文革”前后凡二十年，落魄泰城，穷愁潦倒。

朱老先生嗜美食，岂知计划供应年代，孰为难得。商店橱窗内过期展品五香鱼罐头，悉数买下，食罄，必用卫生纸拭罐一圈，咂后方吐之。

朱义方书、画、印俱佳。其治印，继吴昌硕之后，与陈巨来相拮抗。其书法，乃将秦篆行草化。

老报人、补白大王郑逸梅先生《艺林散叶》载：上世纪初，朱为某外国政要（一说总统）治印一方，润格大洋一万元。遂买汽车一辆，成为上海滩私家车第一人。

又有资料称：1927 年夏，朱复戡购进口轿车“斯蒂派克”。车体为流线型，车身为玫瑰紫红色，车顶为黑色，八只汽缸，车牌号为9899。十二月一日，蒋介石、宋美龄大婚，宋要用红色车辆送亲，而蒋宋两家车辆皆为黑色，故通过中央银行副秘书长范鹤言（朱的内兄）借用朱车。

朱之如夫人，乃香港演员夏梦之姊。

朱曾称：当代中国治印，朱第一，陈巨来第二。陈巨来对此深以为耻。

朱在泰山对翼之讲：徐志摩济南崮山空难当天，朱在徐家客厅正与陆小曼相拥，阳台落地玻璃“喀嚓”一声巨响，裂而碎之。

上世纪六十年代，朱先生居泰山岱庙。泰安市博物馆现藏其书法作品，多为“阶级斗争、生产斗争和科学实验，是建设社会主义强大国家的三项伟大革命运动 ”或“领导我们事业的核心力量，是中国共产党；指导我们思想的理论基础，是马克思列宁主义”，诸如此类……

朱复戡写字，喜用焦墨秃笔，以笔代刀；篆刻，喜用大刀，大刀阔斧，以刀代笔。卓尔不群，气象迥然。

又闻听，朱复戡写字不喜人见，因此绝少当众挥毫。诗人王兆新藏朱书法作品一幅，无款，乃得自其废纸篓。

季先生责猫

1993 年拍摄《中华泰山》，摄制组采访季羡林先生，在其北大朗润园住所书房内。

至，季先生欣然，寒暄、落座，布茶。

一肥猫蹲踞书案之上，迷目惺忪，不睬。先生笑道：“有朋自泰山来，你小子还稳如泰山呢？”那口临清话很逗。

孔子访谈录

问：圣人您好！欲请教先生关于生死之荦荦大端。

子曰：未知生，焉知死?

问：您是先知先觉，无所不知，此诠释恐怕后人失望。可否略告一二?

子曰：死生有命，富贵在天。

问：既如此，是否须敬事鬼神?

子曰：祭神如神在。敬鬼神而远之。

问：何哉?

子曰：未能事人，焉能事鬼。

问：当今后生“内卷”，多以“躺平”应对，您对此有何教诲?

子曰：天行健，君子以自强不息。

饮茶答客录

客问：一壶茶之格局?

答曰：两江四海水，三山五岳芽。

客问：一壶茶之内涵?

答曰：聚日华月露，和天魂地魄。

客问：品茶是何修行?

答曰：滋润五脏六腑　精悟八极万仞。

客问：何茶为上品?

答曰：时时开心花，处处有灵芽。

客问：何地品茶为好?

答曰：我心安处。

泰山三字经

天之东，耸泰山。青未了，詹岩岩。
一千五，齐天高。四百三，成方圆。
数名山，岱为宗。冠五岳，独尊严。
富文化，美自然。联合国，双遗产。

雄可亲，高可攀。四季景，各迥然。
幽旷妙，丽秀奥。六区分，呈窈窕。
旭日升，云海翻。腰金带，旋玉盘。
紫气来，彩虹舞。耀斗牛，宝光出。

由地质，名公园。全世界，称典范。
论古老，廿八亿。说年轻，仍飚窜。
扇子崖，斩云剑。醉心石，虎阜圆。
彩石溪，画上流。地壳变，档案全。

活文物，古名木。连理柏，追汉武。
赤眉痕，封侯印。唐李槐，抱子亲。
望人松，姊妹松。五大夫，秦皇封。
双银杏，挺玉泉。一枚果，一味禅。

东岳帝，泰山神。天齐王，掌天运。
主生死，专贵贱。司官职，配作镇。
碧霞女，称元君。老奶奶，惟慈心。
秉大德，求必应。保平安，佑芸芸。

古帝王，坐江山。曰祭祀，曰封禅。
天之子，告于天。曰国礼，曰大典。
国祚寿，寿永年。请民命，祈福缘。
凝华夏，聚黄炎。溥天宁，社稷安。

孔夫子，登泰山。小天下，大圣贤。
兴儒学，复周礼。斥苛政，倡仁善。
杜少陵，叹造化。李太白，啸南天。
郭沫若，诵东风。季羡林，咏伊甸。

镌历史，二千三。秦刻石，九字半。
经石峪，金刚经。唐摩崖，纪铭言。
五岳尊，成地标。形如意，活灵现。
孙夫人，汉张迁。诸体备，真草兼。

建庙宇，供神明。天贶殿，碧霞宫。
晋朗竺，明满空，清元玉，大德僧。
张巨和，长春子，王阳辉，继道统。
三教派，相荀同。讲和合，共交融。

石敢当，镇宅神。正能量，满乾坤。
祛邪祟，济危困。四海遍，五洲闻。
东岳庙，乃祖庭。举盛会，齐响应。
集香客，结善信。狂欢节，乐斯民。

城与山，一体连。中轴线，入云端。

摘星斗，七千阶。营造功，数千年。
挑山工，真好汉。负重担，永登攀。
新时期，树风范。此品格，代代传。

登泰山，如登天。通天路，登天难。
登泰山，如从善。善如登，十八盘。
践大道，如登山。凌绝顶，见大千。
泰山安，天下安。民族魂，万万年。

中篇

白家楼纪事

徂阳下里

东柳

徂阳下里这一百零八个村庄，先写东柳。

东柳在白家楼的西边，相距六里地。之所以叫东柳，因为在它的西边，还有一个西柳，那里是柳下惠的老家。这一片，都是春秋鲁国柳氏的封邑。

东柳很有些蹊跷事。这个村里只有三条东西巷子，没有南北胡同。三横缺一竖，因此不发王姓。大明洪武年间迁来的太原王氏，在这里立不住。对于夏姓和朱姓，倒是无关宏旨，人家就成为东柳的两大望族。

朱家出过一个北洋军的军长。民国初年，带了两个姨太太和一大宗银洋，自武昌衣锦还乡。小姨太太叫江梅，酷爱扶乩，整天价鼓捣那玩意。那年五月初一，沐浴焚香后扶乩请仙，请来的是诗仙李白，柳木笔在沙盘上写道：

一为迁客去长沙，西望长安不见家。

黄鹤楼中吹玉笛，江城五月落梅花。

江梅随即说道：我命休矣。可为我安排后事。说罢起身，寝室换装后，卧床瞑目而逝。面颊晕红，一如生前。

夏家也有人物。我的大哥当年在东柳小学教书。一去就有个叫青鸾的问他："读过什么书？"那个年代的青年人都读"三红"：《红岩》《红日》《红旗谱》，再有就是《青春之歌》。大哥如实相告，青鸾说："俗！"大哥问："你读什么书？""我读《圣经》，读鲁迅。"大哥顿时懵了，心想，耶和华和周树人怎么能尿到一个壶里呢？

至如今，倒是耶稣教在东柳大行其道。这个读《圣经》读鲁迅的青鸾，是我老家那地方耶稣教的头面人物。前几年发动四乡教徒募捐，花一大笔钱在河边柳建了个大教堂。很气派。

东柳小学设在朱家祠堂里。校役告诉大哥，祠堂里有吊死鬼，经常从窗棂里穿来穿去，舌头伸得老长……

贺庄

明初洪武年间的大移民，是朱氏王朝开国的一项极为重要的战略部署。从大局着眼，这个决策无论是对于改变中国的人口结构、经济结构，还是文化结构，都是正确的。此后的訾议，多半是根深蒂固的小农经济意识铸就的安土重迁、热土难离的思维定式在作祟。

元末社会动荡，连绵的战争杀戮，使泰山周边的人烟稀少。然而，致使人口锐减的另一个重要原因，还有瘟疫。

话说这一天，张玉皇率领麾下东西南北中“五瘟使者”，他们分别是：东方青瘟鬼刘元达、南方赤瘟鬼张元伯、西方白瘟鬼赵公明、北方黑瘟鬼钟士贵、中央黄瘟鬼史文业，统帅“红头军”“绿头军”两支大军，扫荡徂阳下里。手下的殃鬼请示这地方的死亡指标。瘟神平均分配，说道：“各庄都有。”殃鬼耳背，听讹了，听成了“贺庄、东柳”。于是，令旗一挥，遮天盖日的红头苍蝇、绿头苍蝇，落在这两个村子里，瘟病肆虐。庄西一家人家，正赶上儿媳妇坐月子，门上挂了红子辟邪，殃鬼未敢轻入。临了就这家硕果仅存，其余的都死绝了。

所以，大槐树移民来到贺庄，首先在这里修了一座瘟神庙，供奉五瘟使者。四时八节，瘟神心安理得地享受牺牲。事情就是这样，越是作恶多端的，越有人敬奉。至于好人，那不过是“烂中厚”一个，敬他做甚鸟?

贺庄庄姓大族。庄姓作为洪洞大槐树移民姓氏之一，多被分迁于甘肃、湖北、湖南、河南、北京等地，来到这里的是一个小支脉。还有，庄姓派生出了严姓，自古庄严一家，因此两姓通婚者较少。贺庄没大有富贵人家，倒是有些手艺人，如货郎挑子，小打炉子，锢露子，锔碗补锅，打锡壶，绩风箱，扎裹簸箕笎子的居多。

风水轮流转。前几年，贺庄出了个作家庄旭清，短篇小说《炮楼子》一炮而红，继之又有长篇《大声》《我在北京当小偷》等面世，反响挺大。

宫南

宫里，是徂阳下里最大的集镇。当年汉武帝东巡平阳，在此建行宫，故名。宫南，是镇驻地三个行政村之一。南门里头的正觉寺，创建于唐代，好大一处院落，建国后充作粮库。大雄宝殿修缮时，屋梁上的蝎子大如琵琶。

大约六十年前人民公社化之初，宫南的王大娘与丈夫在南门外公路边开了一处茶炉子。“垒起七星灶，铜壶煮三江。”端的是一副古道热肠，东来西往的司机师傅，渴了有茶水，饿了有干粮，付钱不计多少，无钱下次再来。长此以往，大货车、小汽车，就连地委书记高逢五的上海轿子，王大娘挥手即停。再后来，大儿子在县里当局长，小儿子是武警军官，女儿嫁到北京城，茶炉子更是武官下马，文官下轿，是宫里的一道风景。

宫南是杂姓村子，又位于集镇，多泼皮。名头较大的就有“五虎四霸两只狼”，轮流把持村里的权力，搞得乌烟瘴气。这一年换届选举，眼看又在会场上打成一窝猪，有人就去叫王大娘。王大娘拍马赶到，登上台子说：“你们都别想干，我干！”这一句话，令台下欢声雷动。就这样当了村长，那年都六十好几了。人们就说：“五虎四霸两只狼，不敌南门外头王大娘。”

王大娘当了村长，依然蓬头垢面。到上边找市长县长给村里要钱，再高的门台子也敢进。进门孩子长孩子短，要多少领导给多少，好吃好喝，还得再派小车送回来。因此，那几年村里的公益事业搞得很好，村民感恩戴德。

家里儿女都不让她再操这个心，但她干得上瘾，很有成就感，谁说了也不听。这一年过春节，闺女把她忽悠到北京，大儿子冒名给镇政府写了封辞职信。待等春暖花开到家里，村长已经易人了。王大娘很失落。

如今十几年没见过宫南王大娘了，老人家健在，该有百十岁了。

宫西

宫西是商埠。隅头首左右，是山西人的字号东义合、西义合，经营钱庄、当铺、盐店及苏杭绸缎、京津杂货。南北大街两侧，是邮局、染坊、酒店、茶庄、仁德堂大药铺。仁德堂坐诊的先生兼通中西医，打了盘尼西林，再喝祛祟辟邪汤。一直到人民公社化，宫里的商业经济扎堆集中在这个地方。再往西，是一家油坊，油坊里出过一件大事。

1945年秋天的一个傍晚，八路军铁路武工队一行九个便衣，悄悄在宫里火车站下了火车，受命于鲁中军分区，接洽铁路沿线日本鬼子的投降事宜。当时，宫里处于交通要冲，国、共、日三方势力相互渗透，在此处拉锯。大汉奸万金山的部队就盘踞在这里，奉日本鬼子之命，准备与共产党的抗日武装最后一搏。

武工队长张西震，济南高等师范毕业生，在延安培训后派回老家打游击。张外号“魔道”，信仰马恩列斯毛，同时坚信《周易》八卦。读完《论持久战》，再占一卦诸葛亮的马前课，唯物、唯心互为宾主，二者并行不悖。

武工队先是隐避在宫南，张魔道掐指一算：有险。随即转移至宫北，又掐指一算：有险。再转移至宫西油坊，又掐指一算：有险！毕竟道行浅，光知道有险而不知何处避险。再者，眼看折腾到半夜了，人困马乏，就在油坊里忐忑不安地住下了。

人算不如天算。张魔道的行迹，老早就被宫南的一个李姓地主发现，一直在背后跟踪。随后，密报给汉奸万金山。万金山派二旅一个连，包围了油坊。激烈交火之后，武工队誓死不降。汉奸队收敛了半个村子的秫秸，泼上煤油点着扔进油坊，把武工队九个人活活烧死。

1952年镇反，清算这笔血债，在宫南枪毙大汉奸万金山。

镇里

镇里这个村，万姓大户。镇里万家、谷里范家，在徂阳一带都好生了得。譬如你在宫里赶集，不小心把窑货市里的盆罐踩了，掌柜的赶忙起身，哈腰赔了笑脸问道：“硌（ge）您脚了，万老爷！”再不就问：“硌您脚了，范老爷！”倘或您既不姓万，又不姓范，那好，狗小子玩意，乖乖赔钱来！你要问赔多少，三倍五倍的价钱，就得依他说了。

孰料天有不测风云，泰极否来。这一年，万老太爷万京斯的孙媳，小两口琴瑟不谐自经而死。亲家是贾家寨的贾四老爷，一状越衙告到济南府。贾家不差钱，上好的水浇地就有四五十顷，这人命官司就有点棘手了。

京斯不慌，备上牲口，带了一褥套银子，进了北京城。打听得道光翰林、兵部尚书万青黎是本家，但苦于不识又无人引荐。说来也巧，适值万青黎的老母七十大寿，京斯到琉璃厂订做了一只金箔大寿桃，等人高。八抬大轿打开顶子放上，鸣锣开道送到了尚书府。

万青黎一问，乃泰山本家认祖归宗，送上的谱系上写着辈分呢。再问，万京斯诈言要修祠堂，请尚书题匾。天下无二万，都是孔门弟子、邹县万章之后，尚书义不容辞，遂题：邹邑宗传。又亲自拜托光绪的师傅、状元陆润庠，另题：近圣人居。

万老爷不显山不露水，回到镇里，把万氏祠堂修缮一新，亮堂堂地两块紫檀大匾挂上。泰安州、济南府再无人敢问这个官司。就这样，贾四老爷吃了哑巴亏，富二代输给了官二代。

石桥子

贺庄的东边有一个自然村，叫石桥子。其来历，大概是村东的南北大道上，有一座明代的石桥，尽管规模很小且很简陋。旁边树了一通碑，上书：梁甫故道。石桥子不过十几户人家，却是个藏龙卧虎之地。最有名头的，是唱拉魂腔的大驴子、二驴子、小驴子。一门三代，把个拉魂腔唱得风生水起。

说起来，驴子的叫声其实很美妙，很抒情。风雅如曹丕者，建安文学的代表人物，就最爱听驴叫。王粲死了，曹丕带领一班文友前去告别，一不叩头，二不举哀，一齐引颈作驴鸣，与挚友送行。就因为王粲也有同好。前几年在黄土高原，曾经听到两个毛驴子在塬上的叫，气壮山河，颇具面南称王的雄风，很励志的。

那一年，石桥子三个驴子到了费县城西关，一出《杨八姐招亲》坐窝唱了一个冬天。你别看这个小驴子，一改驴叫的雄浑，委曲婉转，悱恻缠绵，把个杨八姐唱活了，听得人骨酸肉麻。西关有个小寡妇叫翠环，一眼就看上了小驴子，每天晚上老巴早就去，坐在最前边听戏。天天眉来眼去，眼见得就到了死去活来的地步。腊月二十三小年下，三条驴子要回家过年。二人计议私奔。小寡妇的家里看出了窍眼，几个大伯哥有事没事就在西关城门转悠，料你插翅难飞。

最后还是大驴子有办法，把小寡妇装进盛行头的戏箱里，小车推着，大摇大摆出了西关城门。急急风一路六十里地，到了白菜山子，离石桥子还有三里路，平安无事了。打开箱子，放出翠环，四个人谁都纳闷，这箱子里怎么能装得下人高马大的她呢？小驴子开玩笑，让翠环再进去试试，试了半天再没装进去。小驴子就夸爷爷灵透，大驴子毫不谦虚："龟孙子，不瞒你说，你奶奶你娘，都是我用这个箱子装回来的。"

我小的时候，还听过小驴子的拉魂腔《杨八姐招亲》：

俺要上，
东海东的灵芝草，西海西的牡丹根，
南海观音的瓶中水，北海鳌鱼的左膀鳞。
姑娘的头发挽不住纂，七仙女的胡须要半斤。
姑娘不搽好官粉，晒干的雪花要三斤。
姑娘不搽好胭脂，蚂蚁杀血两大盆。
紧水溜里的鲤鱼尿，好给姑娘压醋心……

和家庄

和家庄是我的姑姑家，与我们白家楼一河之隔。

我的姑夫，是典型意义上农民的代表。农民最大的理想是发家致富，"三亩地，一头牛，老婆孩子热炕头"；再奢望一点，冬天能穿上二毛剪茬、蓝绸缎面子的皮袄，双手笼在袖子里，像地主凤轩那样负暄十字路口，正经是个人物头。姑夫为这个理想而奋斗了一辈子。还有，对我印象最深的是，姑父夏天腰里系了一条蛇，他说凉快。

姑父不让三个儿子读书，他说：猫记千，狗记万，老太婆记得老头子蛋。上嘛学呢。他让儿子们学了编匠，用树条子编筐、编篓、编粪箕子……五天一个集，每个集上都能收入十几块钱。不几年，还真的见了成效，翻新老宅子不说，又盖了一溜四间瓦房，在村里很扎眼。1964 年“四清”，工作队一进村，就把姑夫当成复辟典型，派人监督他，警告他再去赶集卖条编，就划他的“漏网地主”。姑夫吓坏了，买了一包狗肚子、狗肠子什么的，悄悄跑到我家，一边和我父亲喝酒，一边哭得鼻涕一把泪一把：“大哥啊，官府的政策我算看清了，见不得人好啊，冒尖削尖啊……”

不过，姑夫还是伺机而动，和工作队打时间差，半夜三更偷偷跑到很远的集市上卖条编，赚几个钱花花。“文革”后期，又逢割资本主义尾巴，村里索性用拖拉机把姑父家里买的树条子，全拉到大寨田工地上，烧柴火蒸了窝窝头。这次，姑夫给我父亲讲古：大太监胡公公，皇上稀罕他，他不把刘罗锅看在眼里，对他说：你成天价奏这个奏那个，敢奏杂（咱）家一本？刘罗锅就对皇上说：后宫不清。皇上恼了，就给太监来了个“发二茬”。这一招，绝了！

当时在一边听，不懂什么叫“发二茬”。后来问我一个本家叔叔，他笑着说：“就是把太监又阉（俗音读：shan）了一遍。”嚯！这就不是一般意义上的“割尾巴”了，成了割命根子。那年头，发过二茬的可不光和家庄。

垤路

贺庄南行，翻过一道岭，便是垤路村。

垤（die，三声）是个生僻字，《说文解字》的本义，是蚂蚁做窝时堆在穴口的小土堆，蚁垤；又引申为小土丘，丘垤。但它一旦出现在《孟子》里，学问就大了。亚圣用来作孔子和一般人之比喻，则曰：麒麟之于走兽，凤凰之于飞鸟，泰山之于丘垤，河海之于行潦，类也。至于村庄为什么叫垤路，大概因为这地方的丘陵地势。为什么因了丘陵地势就叫垤路，你翻翻《说文解字》不就完了。

垤路这个村，不过几十户人家，懒洋洋地散布在一面岭坡上。没有街道，没有胡同，这家到那家，遍地是路，想从哪走从哪走。村子的脚下是一条小河，涣散地流淌着。在小河拐角的地方，生长着一棵硕大的白蜡树。白蜡是灌木，生长缓慢，一般很少有长成大树的。但在这里成为特例，胸径得有八九十公分，笔直向上。用挺拔这个词造句，最相宜。白蜡树是垤路的地标，有人要问路，人们就会告诉他：奔那棵大白蜡树走。

吉树自有天相。上世纪五十年代，这里出了个北京师范学院的高才生，姓路名富贵。可惜好景不长，路富贵同学上了不到两个学期，得了个瞎包病，看见男同学就亲嘴摸屁股。无奈，校方只得让他休学，遣返回家了。

回到家，疯疯癫癫，啥也干不了，整天坐在白蜡树下，云山雾罩的背诵：翩翩周生，婉娈幼童。年十有五，如日在东。香肤柔泽，素质参红。团辅圆颐，菡萏芙蓉。尔形既淑，尔服亦鲜……

一边背诵一边流着口水。乡人自然不知道他背诵的是晋代张翰的《周小史》，诗歌里的周小史，是一个帅哥小鲜肉。小孩子更不管这些，他们就知道围着他唱改版的三字经：“人之初，性本善，逮住同学摸毬蛋。摸一遍，又一遍，稀罕稀罕真稀罕……”很不堪。

于是，人们就说：神仙都是神仙转，哪有凡人转神仙？荒草野坡，圣人不到的地方，一棵白蜡树就拔净了风水，它还能出大学生？于是，我就想到《孟子》里那句：泰山之于丘垤。

朱家庄子

徂阳下里村名后边带个“子”的很多，像王家庄子、李家庄子、岳家庄子、戴家庄子等等。这是为什么？“好搜百科”收录“子”字凡59解，用于此，皆不当意，惟“助词”一说，差强人意。

朱家庄子，位于两县交界处。大明洪武年间立村，刘姓大户。村中间有一条南北大沟，把村子切割成东朱、西朱。村里人家穷，小孩子打小就会唱：

朱家庄子滑石桥，没么吃了啃破瓢。

破瓢啃得啪啪的，一家子嘻得哈哈的……

过到这个份上还嘻得哈哈的，没有别的解释，那就是小农经济穷光蛋的乐观主义精神。

沟上有一座滑石桥，桥的东边是新泰，西边是泰安。跨沟的桥头上住的这户人家叫刘三春，他家的堂屋就在界桩上，一分为二，宅基文书上写得明明白白。刘三春这个人，砸坷垃种地，耩一担打八斗，种一葫芦收两瓢，就图个新鲜粮食。负贩经营做买卖，有宅子亏不了地，赔钱赚吆喝。你就是让他干税务所，开张发票就收钱，也得赔。没法子，鹰嘴鸭子爪，能吃不能拿。谁都不待喜见的一个人。

“坐睡觉来无一事，满窗晴日看蚕生。”那是田园杂兴里的诗人范成大。刘三春连杂兴也没有，终日在家闲来无事，连眼皮也懒得抬。思来想去，不能亏了肚子，反正得折腾点事啊。于是，一大早就说：“今们儿我去泰安，做点好吃的。”媳妇一听，到泰安城里一百二十里路的趟子，不敢怠慢，赶紧包好水饺。刘三春吃饱喝足，抹抹嘴头就爬到堂屋西间的炕上去了。俗话说：好吃不过饺子，好受不过倒着。四仰八扎一个回笼觉，拿个县长也不换啊。

眼看晌午了还不挪窝，媳妇纳闷，又不敢问。好歹刘三春伸个懒腰起来说：“过晌午我去新泰。”媳妇又葱花烙油饼，韭菜煎鸡蛋。吃完，又咕噜一个蛋，爬到了堂屋东间的炕上。春困秋乏夏打盹，睡不醒的冬三月。又是一枕黑甜黄粱……

就这样，刘三春不出屋周游“新朱泰”，优哉游哉。

双河

柴汶河逼近鹦子滩，一分为二，一直流过西柳才又合二为一。鹦子滩上的这个村子，就叫双河。双河四面环水，疏林坡岸、粉墙青瓦的小门小户，柳荫下扯着几张渔网……那景致，怎么看怎么像倪瓒的画。

刚参加工作那会儿，我在这个村里驻队。工作队长王松山，行伍出身，在部队上当过老红军宋家烈的警卫连长，平时话语不多，闷闷踏踏一个人。我曾问他，当警卫连长都干些什么，他说：还能有啥事呢，就是陪着首长玩呗。

至于驻队工作队，平时你说有事就有事，你说没事还就真的没事。只有一个硬杠杠，麦秋两季征收“爱国粮”，督促生产队尽快缴纳。完成这个任务，你就可以四个爪朝天，看着蚂蚁上树。再有闲心，农村里孩生日、娘满月这种事多着呢，就看你掺和不掺和。

那天吃过晚饭，清清白白的月亮斜挂在东半天，初秋的溜河风挠的人痒痒挦挦。王队长胳肢窝夹个化肥袋子，说：走，咱到北河去玩。

沙软波平，脱了鞋子，挽起裤腿，浅滩的河水刚刚没及脚踝。我跟他慢慢往前走，他和我前言不搭后语地说着闲话，顺手插下几根柳条。

就这样走出四五里地，他突然站住，没头没脑地说了句：“行了，起码三只。”说着，伸手从脚下软沙里抄起一只老鳖。

嚯！碗口那么大。别提当时我有多么震撼！

往回走，走到刚才插柳条的地方，王队长告诉我：“顺着这串水泡，把手伸下去。”我死活不敢，他又说：“这串水泡，是老鳖在沙里喘气。”接着，又抄起第二只。到了第一次插柳条的地方，我没用嘱咐，顺着水泡伸进手去，猛一掀，一只马蹄大的老鳖，仰面朝天躺在沙滩上……

驻村的工作队要顾及影响，老鳖都在晚上做了吃。王松山队长清蒸的老鳖，头是翘起来的。我敢保证，南北大菜的那些厨子，谁也没这个本事。

喂狼庄子

白家楼东南岭有条河叫毛岔沟，毛岔沟两侧分布着一个自然村，十几户人家，叫魏郎庄子。这一片山岭地原本是魏员外的，少东家主事，这里住着他的佃户，因此叫魏郎庄子。后来以讹传讹，就成了喂狼庄子。喂狼庄子的故事，我讲过很多，今天说万老大。

万老大住在魏郎庄子的最北边，养了五个儿子，家里穷，过日子黑死，人又老实，门里掉不开扁担，都老大不小的年纪了，也说不上个媳妇。这一年，托人转脸，总算给大儿子张罗了一个。大儿子从来没洗过脖子，外号叫黑车轴。媳妇是舐牛沟的。

这地方送亲讲究个早字，鸡叫头遍启程，天露明送亲的就坐完席走了。有个送亲的男子喝得挺高，偏偏不走，钻进洞房，趴到新媳妇炕上睡了大觉。一等不起，二等不起，一直睡到太阳压山了，还是不起。喂狼庄子的乡亲们不干了，一起对万老大说："还不揍这个王八的龟孙？"

万老大一听，顿时恶向胆边生，忍无可忍了，号令五个儿子抄起棍子，黑车轴一马当先：再不走，打他个腿短胳膊折。新媳妇这才叫醒了那个男子，开了洞房门，歪戴帽趿拉鞋，歪歪咣咣地走了。一边走，一边哼着：

正月里看人家娶媳妇我就着忙呀，
为了此事我没少埋怨二老爹娘呀。
自打我来到了这个人世上，
吃得不好，我穿得也不强，
没有那零花钱，还没个好房。
你们说说，谁家的花姑娘能到我的炕头上？
二月里看人家娶媳妇我的泪满腮，
为了此事埋怨我的爹妈作事理不该。
你咋不找找媒人拿上好酒提上好菜，
好不应该去看牌，回回输掉了裤腰带。
你们说说，谁家的花姑娘能到我的炕上来呀……

事后才知道，这男的和新媳妇打小不清白（现在新名词叫通奸，属于无证的老二），那天喜酒不喜，很郁闷，实在是恋恋不舍……从此，喂狼庄子出了个调侃：万老大的客（kei）——不打不走。

前几年这地方修水库，喂狼庄子淹了。好多的故事，也就沉在库底了。

王家庄子

天下的姓氏，俗话说：张王李赵刘，走遍天下稠。七王八赵十二李。全国人口普查，王李张位列前三，各自的人口都在一亿上下。因此，河里无鱼市上看，以这些姓氏命名的村庄特别多。哪个地方没有仨俩五个的李家庄、张家庄呢。

这回咱说王家庄子。王家庄王氏家族的辈分，排的特有学问，家谱上一十六辈子，分别是：正大光明、典谟训诰，忠孝仁爱、信义和平……辈分是传统的人伦纲纪，来不得半点马虎。更不同凡响的是，王氏家族的女性也排有辈分：芝秀兰馨，梅品菊格，懿德风范，昭穆荣华……这在其他姓氏不多见。据说，这得益于他们的一个族长，这个族长上过洋学堂，赞同孙中山男女平权的主张。民国年间修谱时，力主本族女性单独排列辈分，以昭郑重。

王家庄子的村头上，不知哪年哪月，立了个石头人。它应该是个翁仲，但是来自哪家陵墓，为什么立在这里，已经无从查考。当地人不叫他翁仲，也不叫他仲翁，就叫他老石人。两米多高，五大三粗的。原本一个好端端的老石人，偏偏胸口被凿了个窟窿。殊不知，故事就在这里，虽然有点不雅。

且说村里有个石匠，为老不尊。犯贱的事本来很多，可他偏偏犯最贱的——扒灰。《红楼梦》里焦大就骂贾府的主子“扒灰的扒灰，养小叔子的养小叔子。”乱伦之事，在人世间奇丑无比，最令人不齿。这天一大早，看到儿媳妇在灶房里摊煎饼，就跑进去动手动脚。儿媳不从，大声吆喝，又用铁勺扣得他满头满脸煎饼糊子。事情败露，石匠急中生智，跑到村头把煎饼糊子抹在老石人头上，回来就说老石人显灵作怪，进村来调戏民妇，良心坏了坏了的如何如何。随后，拿了石匠家伙，把石人的心口窝凿了个大窟窿。

因此，在这个村里夸奖人，千万甭说他是个“老实人”。虽然“老实人”“老石人”一字之差，但他们忌讳这个。

吕家峪

白家楼东西两侧各有一条南北大道，称为轿杆路，据说这样的地望，出娘娘皇太后。因此，汉武帝当年东巡平阳，果不其然就在这里做了行宫。孤馆寒窗，地方上为解决汉武帝的文娱生活，贡献了一位姑娘。

姑娘姓常，离白家楼南八里北吕人氏。就是这位应急娘娘，拔尽了当地的风水，近两千年没再出过有头有脸的人物。星转斗移，捱之民国年间，才又诞生了北洋政府的山东省财政厅长，大名常寿宸，行四，乡人恭称常四爷。

常寿宸的前任是周嘉琛，这个人有来头，是周恩来的堂叔。1920 年 10 月，周恩来从天津出发，前往上海乘船赴法国留学，路过济南时，特意去看望周嘉琛，并向他告别。周嘉琛十分赞赏周恩来有理想有抱负的精神，临别时送给周恩来 120 元银洋作为盘缠。周恩来永生感激当年这位堂叔父对自己的资助，直到解放后还念念不忘周嘉琛。1950 年，周嘉琛的女儿周毓济结婚，邓颖超作为证婚人参加了婚礼。

再说常四爷，青年时代留洋日本，就读早稻田大学金融系。在日本加入同盟会。辛亥革命推翻清朝后不几年，回国做了山东的财神爷，光耀桑梓。又赶上老太爷殡天，社会各界、亲朋好友的路祭，整整摆了七八里地，压地银山一般，那场面大了去了。祭棚以白家楼轿杆路上的最大，省内政厅长要代表省督军在这里主祭（因突发“临城劫车案”，省督军田中玉不能亲临）。老辈人一提起这个葬礼就说：那才皇上哩！

这位四爷常寿宸并不孝顺。老父驾薨，丧报至济南，四爷正在北洋大戏院听梅兰芳，极不耐烦。磨磨叽叽三四天才到家，轿子一直坐到大门以里二门以外，哭了声爹一擦泪，还戴着“二饼”（眼镜）呢。

常寿宸有著述《山东分金库现行事务纪略》一卷行世，现存中国国家图书馆。

柳行

柳行靠近梁甫古城。由夏家隅、王家隅、杨家隅、上宫隅等几个自然村组成。是柳下惠故里。村北河对岸，有柳下惠墓地，乃清光绪年间泰安县令毛蜀云重修。其原址，大概因为柴汶河改道，不知所之。只留下沿河大片森森柳林。小时候听评书《济公传》，第一回“大柳林镖伤三友”，我总以为就在这里。

柳行街里，尚有“柳下书堂”。书堂有赞曰：

柳下有圣，惠风畅薰；恪守周礼，养性修身；矫枉世俗，坐怀则慎；体暖寒女，彰显本真；士师任上，执法以平；三黜不去，直道事人；斥祭海鸟，百姓为本；否定逾矩，以顺化民；授词却敌，消弭争纷；以仁止戈，不战屈人；倡办私学，教化子弟；著书立说，玉露甘霖；孔子称贤，孟子称尊；德隆道高，垂范子衿……

“和”，是柳下惠的思想精华，后世称其为“和圣”。至于“坐怀不乱”的个人操守，当在其次。“和为贵”后来成为儒家思想的重要组成部分，可见儒学虽然由孔子担纲不假，诸多思想家的群体参与，也是不容抹杀的。

柳行这十几年来暴富，得益于一个化工企业。染料化工厂的善举，是在一片废弃的砖瓦窑上树起了和圣牌坊，建起了和圣公园。又在公园里修了座小泰山，泰山上建了座祠庙，庙里供奉泰山奶奶，成为碧霞元君驻泰山东南乡的办事处。庙建起来之后，发觉山小了，于是乎，又叠山。反复掴饬，反正有的是钱。

富起来的农民，个个牛乎乎的。新买的奥迪醉驾开沟里去了，不要了，再换宝马；腕上的名表七八十拉万，洗澡掉在河边了，他爹说：怪可惜，回去找找。小伙子一疙将眉头：找啥找，没看见老毒的日头，来回一身汗！一日三餐，生猛海鲜家常便饭。威哥装在口袋里当糖豆吃……

老同志柳下惠九泉闻之，大惭，反省曰：

宝马贵，名表贵，有了钱，无所谓。
昆弟贵，老板贵，坐怀乱，无所谓。
和为贵，胡日鬼，有了钱，大富贵！

需要说明一下，柳下惠昆弟，乃柳下跖，又名盗跖。

烟墩

烟墩，是宫里东岭上的一个土台子，又是马刨泉村的别名。

为什么叫烟墩呢？平地有堆，曰墩。墩上燃烟火以报警，称之为烟墩。春秋战国时期，这里是齐鲁两国的分界，烟墩是个烽火台。烽火台又称烽燧，白天放烟叫“燧”，夜间举火叫“烽”。燧烟，用狼粪点燃，所以又称狼烟。据说狼烟不窝不散，扶摇直上。

王维《使至塞上》云：“大漠孤烟直，长河落日圆。”寥寥十个字，便凝练、准确而传神地活画出一幅大漠夕照图。画面开阔，意境雄浑，凸现了塞外奇特壮丽的风光。近人王国维在《人间词话》中称“此等境界可谓千古壮语”，实非虚美之辞。其中的“孤烟”即在烽火台上点燃的狼烟。段成式《酉阳杂俎》：“狼粪烟直上，烽火用之。”宋陆佃《埤雅》：“古之烽火用狼粪，取其烟直而聚，虽风吹之不斜。”

至于马跑泉，和各地的传说一样，某将军行军打仗路过此地，队伍口渴难当，苦于无水。战马长啸一声，前蹄奋力刨出汩汩清泉。烟墩的下边，过去就有一眼清泉。农业学大寨期间，大搞农田水利基本建设，把泉脉切断，如今就枯竭了。

各地民间大都有马刨泉这种大同小异的传说。为什么呢？我想这与马和龙的属性有关。在古人心目中，马是龙的原型，因此马有龙性，龙和马是可以相互幻化的。《周礼 · 夏官 · 司马》：“马八尺以上为龙。”《吴承恩诗文集 · 送我入门来》：“马有三分龙性。”柳宗元《龙马图赞》：“明皇时，灵昌郡得异马于河，其状龙鳞、虺尾……后帝西幸，马至咸阳西入渭水化为龙，泳游去，不知所终。”这样看来，龙知水、马刨泉，就顺理成章了。

宫南的正觉寺，东去烟墩三里地。人们传说寺里有一个暗道通往烟墩底下。又说有一年重修正觉寺大雄宝殿，大殿梁上有一只琵琶大的蝎子。老和尚用簸箕端着把蝎子送到烟墩，持诵念经之后，扑地隐去。

柘沟

烟墩东行四里地，大路南有个村叫柘（zhe）沟。《地名志》载：明洪武年间立村。村西沟内丛生柘树，故名。

柘树与桑树，在古文里像杨柳、桃李、松柏一样，桑柘通假，好一似孪生兄妹。《礼记 · 月令》：“（季春之月）命野虞无伐桑柘，鸣鸠拂其羽，戴胜降于桑。”野虞，乃掌管山泽的官员。这句话的意思是：到了季春，就不要再砍伐桑柘。此时天暖了，鸣鸠之类抖动梳理羽毛，戴胜降落在桑树上。表现在古诗里，像唐王驾《社日》“桑柘影斜春社散，家家扶得醉人归”；宋陆游《小园》“小园烟草接邻家，桑柘阴阴一径斜”等等。为什么诗人描述的田间村头，不是杨柳、不是松柏，而是桑柘呢？可见此树木当时栽植之普遍。

这事还得分开说，所谓“栽植之普遍”，不是指桑树而是柘树。为什么？因为居家栽树是有规矩的：“前不栽桑，后不栽柳，门两边不栽呱嗒手。”桑，谐音丧，不吉；柳，烟花柳巷，不雅；门两边栽上大叶子的树木，风一吹，哗哗啦啦呱呱嗒嗒地响，不静。你说它是陈规陋俗吗，也不尽然。但是，长此以往，人们约定俗成，就恪守这些东西。更有甚者，前人栽树后人乘凉，院子一棵大桑树，守桑还是守丧，总不是那么一回事。至于养蚕的桑园，大多在村外阡陌之间。还有，即便材质很好的槐木，人们一般不用来做家具，因为“槐”傍个“鬼”字。

柘树的用途，叶子可以养蚕，《尔雅》所谓棘茧，即此蚕也。《本草》：取（其蚕）丝作琴瑟，清响胜常。其木染黄赤色，谓之柘黄，天子所服。另外，树条可以做弓，《考工记》：弓人取材以柘为上。

可惜现在柘树不多了，就连柘沟这个村，也见不得几棵了。桑柘的式微，大概是自亚热带引种棉花的结果。棉花多快好省解决了穿衣服的问题，桑柘自然就退出历史舞台了。

柘沟村出窑货。大瓮小瓮半大瓮，盆子罐子老黑碗……半截釉，隋唐时代的工艺。人们把粗粗拉拉的这些日常生活用具，统称“柘沟货”。

灵查

灵查这个村名很诡异。该村《王氏族谱》记载，大明洪武年间，王氏由山西洪洞县迁此建村。村近柴汶河，风沙多，一夜之间刮起大沙岭，取名灵沙，后演化为灵查。

沙岭怎么会演绎成灵沙呢？灵沙怎么会演绎成灵查呢？这就值得考据一番。史料记载，隋唐之际，徂徕之阳分别建了宫南正觉寺、汶城贴觉寺，三足鼎立，往东濒河还有一座圆觉寺，迄今不知所终。因此，我倒疑心这里就是圆觉寺，人们称其为灵刹。这种诠释，似乎更为合理。果不其然，近几年在沙岭一侧发掘出了古寺遗址。

与此同样被人遗忘的，还有大约在三十年前，这里有一对年轻男女殉情而死。

原因很简单，情节又与古人惊人相似，无非无良父母棒打鸳鸯之类。他们把殉情作为一个庄严的仪式，盥沐更衣，商妥每人选一样最爱吃的。男的选了五香罐头鱼，女的选了橘子罐头。共同坐在麦田里，享罢人生最高的口腹之欲，携手奔向疾驰而来的火车……

此刻，我仿佛又听到小驴子的“拉魂腔”：

太阳出来紫霭霭，一对学生下山来，
前面走的梁山伯，后边跟着祝英台。
他们来到中途路，英台打谜大哥猜。
英台说：俺家有棵鲜花树，一十七年花没开，
大哥你到俺家去，把树移到您家来！
大哥若有爱花的意，移到您家花才开！
山伯摆手说：拉倒吧，俺家的花儿开满台。
……
走一庄，又一庄，庄庄里头有木匠。
英台说：把木匠请到俺家去，给您九弟打嫁妆。
先打桌子后打柜，然后再打顶子床。
梁大哥吉日良辰看个好，你把我搬到咱家乡。
咱二人，天井院里拜花堂。
拜拜您爹俺公公，再拜您妈俺婆母娘！
咱二人拜罢天和地，手拉手地入洞房……

故城

徂阳西端的古城，即沙丘城，梁甫旧址。当地人读这个“城”字，带儿化韵。古城村坐落在沙丘之上，此沙丘平地高出十几米，出土过好多汉画像砖及瓦当。前几年，还有一段夯土的城墙兀立在那里。

梁甫置县，诸葛亮的老爸诸葛珪任泰山郡丞。汉朝制度，郡守下设丞及长史。

郡丞为太守的佐官，俸禄每年六百石小米。郡丞是中央任命的，日常辅助太守理政，主要是处理文书，督促下属官吏，以及太守交代的其他事务。孔明先生小时候就跟随乃父，生活在这里。以至后来，“亮躬耕陇亩，好为《梁甫吟》”：步出齐门外，遥望荡阴里。里中有三坟，累累正相似……一朝被谗言，二桃杀三士。谁能为此谋，相国齐晏子。

据传，唐开元年间，李白在朝中失宠，由湖北安陆来到山东，先是在济宁（当然，那时的济宁还叫任城）开了一座酒楼——太白楼。李白开酒楼，赔赚可想而知。更糟糕的是，他调戏邻居家的一个女孩子。当今有个说法，告诉一个女孩我和你一块上床，那肯定是个流氓；如果说我和你一块起床，那就是徐志摩了。毋庸置疑，李白肯定是徐志摩，只是这个姑娘不解风情罢了。结果被人家痛殴一顿，在济宁待不下去了，就移居东鲁沙丘城。来到这里以后，女儿明月奴才九岁，李白索性给她改名平阳（新泰的古称），儿子出生了，取名伯禽，自己就乐的当周公了。

李白待在沙丘，留下好多脍炙人口的诗，譬如：

我来竟何事，高卧沙丘城。
城边有古树，日夕连秋声。
鲁酒不可醉，齐歌空复情。
思君若汶水，浩荡寄南征。

在徂徕山，还结交了一帮文朋诗友，号“竹溪六逸”，李白有诗曰《送韩准、裴政、孔巢父还山》，记述此事：

猎客张兔罝，不能挂龙虎。
所以青云人，高歌在岩户。
韩生信英彦，裴子含清真。
孔侯复秀出，俱与云霞亲……

徂徕山竹溪，位于两个县市的交界。前几年，我们做《区域文化通览》，作为文化资源，这两个县市争夺这个地方，闹得不可开交，闹腾来闹腾去，主持会议的领导发火了。说了一句特经典的话：争什么争，不就是六个痞子一首诗吗！

羊舍

泰山为中国羊氏的地望。永嘉南渡，中原冠盖相随，羊氏与焉。这附近同去的，还有琅琊王及王羲之的丈人郗鉴家族。

古城附近的羊舍，乃西晋大夫羊祜的封邑。先有其宅院，后聚成村落，故名。村分为二，曰东羊舍、西羊舍。这个所谓羊舍，不是羊圈，而是羊氏的住处。清乾隆年间《泰安府志》：县东南九十里，古城即羊祜城，现遗迹犹存。城西有羊舍，再西有演武厅，柴汶河之阴有东营、西营，为屯兵之所。古城正东30里，乃南北官道上的羊流店。羊流，羊氏之流风也。

提到羊祜，人们会想到“堕泪碑”，唐代孟浩然诗云：

人事有代谢，往来成古今。
江山留胜迹，我辈复登临。
水落鱼梁浅，天寒梦泽深。
羊公碑尚在，读罢泪沾襟。

至中晚唐，泰山羊氏出了个小有名头的诗人——羊士谔。其诗，大多笔致闲适，格调飘逸，《野望二首》（其一）：

萋萋麦陇杏花风，好是行春野望中。
日暮不辞停五马，鸳鸯飞去绿江空。

又如《寻山家》：

独访山家歇还涉，茅屋斜连隔松叶。
主人闻语未开门，绕篱野菜飞黄蝶。

羊士谔任资州，其前任乃蜀中四大才女之一薛涛的丈夫郑纲。郑战死，羊对薛涛多有关照。二人同游积翠泉，为一时佳话。积翠泉是个半月形的天然石潭，山崖上有几十股涓流注入，远近高低、大小轻重，声响迴然。薛涛称有白居易《琵琶行》的意境：

大弦嘈嘈如急雨，小弦切切如私语。
嘈嘈切切错杂弹，大珠小珠落玉盘……

羊士谔受此启发，悄悄在积翠泉埋下八个大铜盆，登时，潭中发出金声玉振般的共鸣。从而成为资中八景之一——滴水弹琴，又作灵崖泉韵。

泰山周边不产诗人。若非羊士谔，泰山士人将与唐诗失之交臂？亦未可知。另外，泰山周边不光不产诗人，也不产高官。泰山的沉重，压抑了这一切。这是个值得研究的文化现象。

黄泉沟

东柳行西去四里，翻过一道沙岭，便是黄泉沟。

民间传统习俗认为，黄泉是人死后居住的地方，即阴曹地府。天有九重天、地有九重地，黄泉又称九泉。黄泉路，是人死后通往阴曹地府的路。黄泉路上盛开着火红的彼岸花，乃三途河边的接引之花。花开烂漫，幽香馥郁，亡灵就凭靠彼岸花的诱惑，进入幽冥之狱。但是，去黄泉沟的路没那么诗意，只在深秋时节的沙岭地上，偶尔可以捡到一颗落花生。

黄泉沟大明洪武年间立村，时姓大户。因了村名不吉，过去年轻的说个媳妇都困难，就改名黄前沟。该村尚武，老少男女习梅花拳。梅花拳要看“桩功”，布桩讲究上应天象，下合地时，中合节气，有“北斗桩”“三星桩”“天罡桩”“五行桩”“八卦桩”“九宫桩”等等。讲究内外兼练，形神合一……黄泉沟的空地麦场里，遍布梅花桩。这些对黄泉沟的人来说，“老手旧胳膊，不会舞咋也会哆嗦”，连狗都会拉架子走桩。外出打群架，只要自报家门：黄泉沟的！没人敢惹。因此，村里的人五、十在楼德集上，晃着膀子横行。邻村就调侃：黄泉沟的人——属螃蟹的。

尽管如此，穷村僻野，黄泉沟的人却从来不知螃蟹为何物。小伙子在东海边打工，过年捎回一蒲包子海蟹，交代家里蒸了吃。大年初三来新女婿，村两委的干部陪客（kei）。八仙桌子怕十三，十二个人坐得满满当当。头鸡二鱼三丸子，就等这道海货大菜。老汉大锅扣上笼屉蒸蟹子，炉膛里劈柴火烘烘的烧得淌油。足足蒸了半小时，用筷子一插，蟹壳挺硬，就说：“打个辰。”这句方言翻译一下，意思就是“等一会”。等了一会，再一插，还是挺硬，就说：“再打个辰。”如是蒸了半天，蟹壳还是硬的，老汉洋鬼子看戏——傻眼了：这玩意咋就蒸不熟呢?

因此，徂阳下里的人一遇到事让你等等，就调侃：黄泉沟吃蟹子——打个辰（辰，儿化韵）。

营里

营里离羊祜城六七里地，是当年羊祜屯兵之所。村中间有一条河，以河划界，曰东营、西营二村。

羊祜这个人很有意思。曾有一个风水先生看了他的祖茔，说道：“地脉绝佳，乃帝王之气。若凿之，则无后。”羊祜闻听，断然不惜无后而凿了祖墓。

羊祜一生最大的功绩，是为统一中华做出的贡献。羊祜死后二年，三国归晋，当满朝文武欢聚弹冠相庆的时候，晋武帝司马炎手举酒杯，流着眼泪说：“此羊太傅之功也！”羊祜的外祖父是蔡邕，蔡文姬是他的姨母。

且说营里。河南岸西营山西会馆的院里，有一株硕大的银杏树，亭亭如华盖。

崇宁正殿，供关公丈二金身，秉烛夜读春秋。拜亭前边的戏楼，卷棚歇山顶，抱柱联曰：

兄玄德弟翼德德兄德弟，

师卧龙友子龙龙师龙友。

有一年农历六月二十四，关二爷生日，山西鹾商请来河南开封梆子剧团唱戏娱神，当晚演出“千里走单骑”。关二爷丹凤眼深闭，卧蚕眉高耸，一板三眼唱道：

> 灞陵桥与丞相拱一拱手，众将官一个个勒马桥头。
>
> 曹丞相虽待我恩义深厚，吾岂能桃园义气一笔勾。
>
> 曹丞相双手捧上香醪酒，张文远在一旁暗皱眉头。
>
> 我本当饮了这斗酒，又恐酒内暗藏奸谋；
>
> 我本当下桥来争斗，又恐怕难过灞桥头，前后担忧。
>
> 叫马童看过了这香醪酒——

唱到这里，台子前头鹾商的小妾叫了一声：好！就因为这句好，关二爷睁眼一看，手中的青龙偃月刀脱手而出，一道金光闪过，西楼右侧石柱上掉下簸箕大的一块石片，刀痕一寸多深。至今犹存。

梨园规矩，演关公的不能睁眼，睁眼便要杀人。

杨家楼

徂徕山前柴汶河的北边，有一个村叫杨家楼，自然是杨姓居多。我当时由于工作关系，经常到那个村里去。

杨氏家族有些文化人，名字都很有讲究，如村会计杨克鼎，我问他名字出处，他说，你是真不知道还是假不知道？ 我说真的不知道。他就告诉我：克鼎，又称膳夫克鼎，西周时候一个叫克的大贵族，为祭祀他的爷爷而铸造的青铜器。清光绪十六年，在陕西扶风出土，现如今收藏在上海博物馆，乃镇馆重器。当时惊得我一愣怔。

这个村里，还有一个重要的民俗文化现象：盛产调侃。譬如这个人升官了，别人祝贺，就说："恭喜啊，兄弟媳妇嫁大伯——高升一级。"又譬如这个人犯错误撤职了，就说："可惜啊，小寡妇吃药——打下来了。"再譬如形容这人刁钻坏心眼子，就说："刘黑七踢了三脚——贼里不要的玩意。"

下边，详细说说杨家楼卖葱的调侃。开春乡下卖的小葱叫羊角葱，葱叶儿湛青，葱白儿煞白，脆生生的嫩。用这样的小葱拌豆腐，那才叫个一清二白。卖葱的放下挑子，就在杨家楼河边的柳林里吆喝。杨大娘闻听，领着刚过门的儿媳妇来买葱。儿媳妇粉面朱唇，长睫毛大眼睛，上身玫瑰色毛衫，下身低腰牛仔，一步一摇，活脱脱春风摆柳。称好了小葱，大娘半真半假地开玩笑："你可得给俺够秤啊？"卖葱的小伙子拿眼睛乜斜着小媳妇说："少你一钱，俺是您的亲儿！"小媳妇莞尔一笑，接上说："不是不想噢？"自此而后就有了调侃：杨家楼卖葱——不是不想噢！

及至"反击右倾翻案风"，公社书记老郑就在大会上讲：他说他永不翻案，哼，杨家楼卖葱——不是不想噢！台下哄笑。

封家庄

封家庄位于徂阳下里最西端，过河就是泰安良庄了。

封姓，源于姜氏。明代山东为封姓第一大省，住着全国封氏三分之一的人口。当今封姓为国内百家姓第二百七十位。清顺治年间，封氏迁此建村，故名。封家祠堂有联曰：

> 望居渤海，源自封丘。
>
> 大体可以看出封氏家族的来龙去脉。又曰：
>
> 风神未肯留情，美人谁护；
>
> 封郎终居此座，从女可婚。

上联典出风神，即神话故事里的封十八姨，下联则是取意唐太宗宰相封德彝的故事。

写封家庄，是因为那里有我的一个朋友，姓封名本掌。我那时在小城的农业局，做技术推广工作，整天和“农业八字宪法”打交道。封老哥在村里良种场负责，交往比较频繁。每次下乡，都能喝到他的新泰白干。

本掌有一手独门绝技——熬膏药，专治嘴歪眼斜吊旋风，西医称面瘫、面部神经麻痹。患病三日内，一贴拉正，两贴复原，三贴绝无后犯。我那时很天真，动员他把秘方献给国家，公之于众。本掌笑笑说：你想砸我饭碗呢？本掌因膏药而扬名，一是自身原因，幼患小儿麻痹症，瘸子；二是得益于另一个瘸子——B省长。

话说1978年秋天，东欧有个社会主义国家总统，要来参观农田基本建设，B省长全权接待。此前三日，骤然面瘫。兹事体大，如何是好？省长警卫员小封，乃封家庄人士，喏喏进言，言及本掌。省长立命小封带保健医生，前去封家庄。本掌闻听省长大人贵恙，立马撕下三片水泥纸，把天井磨台上的苍蝇赶跑，抹上搪瓷盆里臭烘烘的膏药膏子，说道：“快走快贴，误了时辰不要怪我的膏药不好。”保健医生不看则已，“就这个卫生条件？”甩手就走了。回省府与省长呈报此情，省长大怒：“岂不闻偏方治大病？”医生连夜惭归，带回封氏膏药。第三天，人们在电视里看到省长会见总统，容光焕发，侃侃而谈……

此正是：

婴瘫贴面瘫，三贴立效；

本掌医首长，一医成名。

走街串巷

从十字路口说起

我的老家在村子的南皮，往东一拐，就是十字路口，白家楼的好多故事，可以从这里开始讲述——

十字路口西北侧，有一家门楼朝东，这家的乐亭，清华大学肄业，是国大代表、民国二十五年的泰安县长。那时的泰安县相当于地级市，乐亭又兼任国民党泰安党部书记长，代管十三县。

在县长任上，村里一伙发小曾去泰安找他，无非想弄个听差、随从之类糊口的饭碗。乐亭一概不应承，他说："世道乱象，万般不如砸坷垃种地，你们不要看我整天耀武扬威的，我干的是茶壶吊子拴到牛角上——说打就打说碎就碎的买卖。"副官处好吃好喝招待了乡党一顿，立马都给打发回家了。当时乐亭在泰城常住下河桥陈家店，白家楼的人到店里一说乐亭的当家子，管保有吃有喝。

抗战军兴，乐亭一直隐居老家，每每夜里吹箫自娱。抗战胜利，乐亭连夜被接到济南府，供职于国民党山东省党部。1947 年土改，村里共了乐亭家的产，及至"还乡团"复辟倒算，乐亭捎信交代母亲说："庄里庄乡兄弟爷们分走的东西，千万别再要回来了。"

1948 年解放济南后，乐亭隐姓埋名潜回泰安城附近一个山村教书。1951 年镇反被清查，据说他手里有一份国民党潜伏特务（国民党山东同乡会）的名单，拒不交出，就被镇压枪毙了。时年 47 岁。多亏下河桥陈家店陈老板，不计牵累，当即收尸，就近掩埋在大沙河里。又差人去白家楼报信。

白家楼村公所闻听，立即召开会议研究：人在时里，鳖在泥里，谁也备不住有走窄了的时候。乐亭好赖也是个县长啊，咱白家楼地老天荒，就出过这么一个大官，不能慢待了他。一致通过决议，动用抗美援朝捐款，把乐亭的尸体运回老家，隆重安葬。

乐亭的大儿子是山东三青团的负责人之一，1949 年去了台湾。上世纪六十年代参加雷震、殷海光等人领导的民主运动，被蒋介石关进绿岛监狱，瘐死狱中。

高二嫂

十字路口往西拐第三个大门姓高。进大门走过狭长的甬道，才是院子。高二嫂是我老家的东邻居，一个黄泥筑墙茅盖顶的四合院。俗话说：搭帮喂牛伙种瓜，一个天井住两家。最不相宜。更何况这个掉不过腚来的院里住了三家：高大、高二、高三，如此三兄弟呢？更何况还有九个小孩子，如此生齿繁荣呢？更何况各家还喂了猪羊鸡狗鹅鸭，如此六畜兴旺呢？更何况当天井里还有一株硕大的丁香树，如此盛开着百头千头万头的花朵呢？小天井里一天到头热闹得像庙会。就是深更半夜，各房有如厕的也要大声咳嗽一阵子，提醒那些兄弟媳妇大伯哥，解手不要贸然进了猪栏，免得尴尬。

我们老家那地方兄弟分家，老宅子从堂屋的门鼻子向左右分。东堂屋的女主人，大家都称她高二嫂，我也叫。但是按庄乡辈分，她叫我小叔。一直到前几年回家遇上，她还说："小叔，那年过年你还给我磕过头哎。"八月十五中秋节，高二嫂给我留个梨子，一边让我吃着，一边教我们唱唱（儿）：

疙瘩梨，好东西，到东庄，看二姨。
看的二姨好喜欢，放下鏊子粳米饭。
张三吃了个李四饱，撑得王五满街跑。
吃罢饭，没事干，上南园，砍竹竿。
竹竿高，抱老雕，悠悠荡荡怪蹊跷。
老雕下了个双黄蛋，够也够不着，看也看不见……

我的大嫂刚到我家时，来了不少客人，我年龄还小，大嫂怕我哭闹，就经常给一点钱贿赂我，当然不过是些毛票子、小银圆之类。攒满一个"白熊"牌香脂小铁盒之后，就让高二嫂给我数钱，然后存放在她那里。

高家的大门底下，是孩子的俱乐部。每逢秋季阴雨天，高家的孩子都会用高粱叶子拧蓑衣，然后披着一齐到田埂上去捉蛐子：

老头子，老头子，上山拾蛐子；
穿着裤衩子，露着 × 头子。
……

一路呼啸而去。

大前年，高二嫂去世了。

地主凤宣

十字路口往东，一条不足200米的街道上，坐北朝南矗立着两座瓦屋门楼，先说其一，地主凤宣。

凤宣家成为地主的套路，说起来非常偶然。据说他爹京岳年轻的时候还很穷，那年在南岭搂柴火，捡了一窝百灵四个雏鸟。要搁到别人，拿回家不过用油榨了，正好下酒。京岳不，他悉心饲养，养成四只可以高歌引吭的百灵鸟。开春转手卖给玩鸟的，赚大发了。大到什么程度呢？换了一头黄犊……活脱脱一部气死柳青的另类《创业史》。及至到了凤宣的起跑线上，那就是捷足先登了。当下，都说城市套路深，岂知套路出农村。

凤宣的大门楼面阔两间，进深两间，大黑狗站在门前叫，瓮声瓮气，俨然坐在麦克风前作报告的大领导。这座门楼落成于民国初年，据说当时正在上梁，凤宣的长孙诞生了，“呱呱”之声恰如阿宝的陕北民歌，油腔滑调。当时上梁的大师傅就说：“不好，拆楼的来了。”

1949年秋天的某一日，凤宣身穿青大褂外边套了蓝府绸的马褂子，脚踏礼服呢二道脸软底靴子，脑后那只猪尾巴小辫无精打采，左手提画眉笼子，右手托了水烟袋，走出瓦屋门楼向西来到十字路口，重重地咳嗽了一声，清清嗓，然后向大家宣布：“朱毛登基了。一伙子青面獠牙，共产共妻。哼！神仙都是神仙转，哪有凡人转神仙……”

及至土改，斗争会上凤宣提了个要求，他说：“你们分我的地，我认了；你们分我的浮财，我认了；你们这叫共产，我也认了。人在屋檐下，不得不低头啊。可是，你们总得让我说句话吧？”工作队刘队长黄瓜打驴——干脆地说：“你就死了这个心吧，往后哪里有你说的话？”可惜凤宣这个“说句话”真的成了奢望，一直到死他都没能实现。

再说那个“拆楼的”，他叫庆业，果不其然，是个破落子弟，“两耳招风，卖地的祖宗”。我以他为原型，写了小说《分头庆业》《瓦屋门楼》《续聊斋·香胆瓶》。

旗杆院

十字路口的两座瓦屋门楼，其二是进士门第，我们叫它旗杆院。老进士张洪瑞，宣统庚戌岁贡，是大清王朝科举的关门弟子。张洪瑞中举，白家楼“至君始破天荒”（墓志里如此写道），是一个文化大事件。

关于岁贡，《大清会典事例·礼部·贡举》：教官及在籍恩贡生、岁贡生、监生，愿就本省乡试者，均许与生员一体考送，卷面书“官”字、“贡”字、“监”字，另案发落。

说白了，就是在科举时代，挑选府、州、县生员（秀才）中成绩或资格优异者，升入京师的国子监读书，这些读书人统称为贡生，意为贡献给皇帝的人才。明清两代，贡生有不同的称呼：恩贡、拔贡、副贡、岁贡、优贡和例贡。

皇榜得中之后，张家要起大门楼子光宗耀祖，一时大兴土木。大门外还要辟广场，预备文官下轿，武官下马。可是，偏偏有人不干了，这人叫张心忠，军警学校毕业，当过青城的警佐，后来又是北洋政府泰安县的议员，是张洪瑞的堂侄。张心忠经常笑话张洪瑞的岁进士出身，说他得中是在考场上捡了别人扔掉的卷子。张心忠后园的两间破草房，正对进士门第，想拆没门！老进士想动用中间人出高价购买这块弹丸之地，张心忠放出话来：“金砖铺满地也不卖。”铁了心要当乃叔的眼中钉。无奈，开辟广场的工程只得作罢。

作罢也不行，旗杆院要竖旗杆，张心忠说了：“旗杆要砸倒我的草房子，咱算不清的账。”无奈，老进士只得把旗杆牢牢扯住。白家楼的调侃就说：老进士的旗杆——扯起来。

岁进士

在俺老家，老子教育儿子辈做人要谦下，要低调，不要恃强凌弱，不要趾高气扬，就会说：人不能“烧包”，骡子马大了值钱，人大了不值钱，看看人家老进士。

接着就会讲出一大堆老进士如何谦恭的掌故。

这些掌故为什么与老进士如影随形呢？皆因为这个封建士大夫，有好多可以证实这个理论的示范。譬如老进士在天井院天棚底下喝茶，来一逃荒的，担筐撅篓，一身不周正。然而，照样可以坐下和他共品香茗。老进士起座、让座、倒茶、端茶，恭敬如仪。

再比如，老进士正在吃酒，进来一要饭的，家人拿一张煎饼打发他。要饭的不走，眼巴巴盯着老进士的酒杯。老进士就说："看来你也喜爱杯中之物，不要紧，咱是同道。"随即吩咐家人，搬个凳子，让他在八仙桌对面坐下，进士爷就与要饭的推杯换盏。

一边喝，一边给要饭的讲为什么是同道：大明王朝，开国皇上朱元璋，在先就是个讨饭的，因此说，讨饭的都是洪武爷的同道，座上宾。洪武爷发下钧旨，给乞丐发一串铃，摇着响铃吃遍全国十三个行省，见官大一级。三百六十行行行出状元，我是个进士，你在我跟前，就是个状元……捋的个讨饭的小辫子朝天，对人生充满了正能量。喝着喝着，喝大了，一撸袖子，二人就划拳：

高高山上一头牛，两个角（jia）一个头。
四个蹄子分八瓣，尾巴长在腚后头。
哥俩好啊，你先喝；八匹马啊，敬哥哥；
五魁首啊，你高中啊；三星照啊，照全家……

军令如山倒，酒令如倒山，酒令大过军令。输了，谁不喝谁是王八的孙子！

这些，都是"骡子马大了值钱，人大了不值钱"的注脚。老进士不大，或者说不高大、不妄自尊大，人们钦敬老进士这一点。我后来还见到过老进士写的四时杂咏诗，手抄本，但诗不算好，中规中矩而已。

还有，文前说了个"烧包"，这个俗词的意思有好几层，一是狂妄自大，二是显摆招摇。调侃说：下雨买石灰——烧包。这在乡下，穷人乍富的声口，很讨人嫌的。

向阳门第

进士门第东南一隅，相隔一条街，有向阳门第。住个畸人张国壁，清同光间秀才。穷困落魄，屡试不第。既名落孙山之外，遂沉湎诗酒，放诞自任，小有柳泉遗风。某年，腊月二十三祭灶，其祝文略云：

青灶神君在东方，白灶神君在西方，
赤灶神君在南方，黑灶神君在北方，
黄帝灶尊在中央，灶公灶婆灶伯灶叔，
灶子灶孙都在上——
国壁供果无多礼，一碗凉水三炷香，
今年小子混得穷啊，明年再吃芝麻糖。
……

告禀完这些艰难困苦，私下里还有些体己的悄悄话要说：

灶王啊灶王，你也姓张，俺也姓张，
今天祭拜你，咱有事好商量。
今日你上天，上天言吉祥。
尚有一桩小事，附耳说与灶王：
玉皇姓张，咱也姓张，好赖都是弓长张。
你就说，下界咱家国壁，一辈子混得吊蛋精光。
可怜则个，可怜则个，可怜可怜咱家这个儿郎。
既然当个玉皇，权利肯定大过县长。
天下良田万顷，你就赏他个一垧半垧。
种点红薯玉米，耩点谷子高粱。
咱家就在桃源，本是人间天堂。

栽它几亩肥桃，修得像模像样。

农药咱且不打，就把豆饼上上。

结的桃子又大又甜，蟠桃会咱馋死王母娘娘……

大车门

十字路往北拐有座大门，可进得大车，因而被称作大车门。进大门后是一座二大门，进了二大门影壁墙左右，又分东西两个四合院，正房瓦屋，偏房“马褂子”（下边瓦上边苫草）。这里住着我的本家，分别管他们叫二叔、三叔，是小康殷实之家，土改被划作富裕中农。只是革命团结的对象。

当初土地改革定阶级、划成分，凡经济上比较富裕，占有较多生产资料，有轻微剥削的中农，定性为富裕中农。毛泽东《关于农业合作化问题》：“在有些地方，他们在工作中犯了一些错误，例如：一方面排斥贫农入社，不照顾贫农的困难；另一方面又强迫富裕中农入社，侵犯他们的利益。”

小康殷实之家，是小农经济条件下标准的、农民向往的生活方式和生活水平。像大车门里这样的人家，每家有十几亩地，忙时雇上几个短工。年景好了，囤里有余粮；年景一般，年吃年穿；年景不好，除能够维持一定的生活水平外，还可以小额度的出粮放账，小赚一把。平日里高粱豆子煎饼就咸白鳞鱼，隔三岔五称斤猪肉，来了客再打酒。冬天每天一顿羊肉饺子，饺子下酒还能小酌几盅。这样的人家，大部分都靠省吃俭用，精于算计，勤劳致富。信奉朱子治家格言：“自奉必须俭约，宴客切勿流连。器具质而洁，瓦缶胜金玉。饮食约而精，园蔬胜珍馐。勿营华屋，勿谋良田。”比“丑妻薄地破棉袄”的贫下中农胜一筹。

这家的二叔很有成算，上世纪六十年代初给女儿找婆家，非中农不嫁。他说：“太阳不能常晌午。贫农现在怪好，前几年都是穷光蛋，穷吃穷喝不过日子；地主富农过去行是行，现下讲阶级，矮人一等；咱光棍不吃眼前亏，就嫁中农，两不沾边，双保险。”

贴墙鬼胡同

我们老家有时说这个地方很紧，这个“紧”就是恐怖的意思，挺害怕的。大车门东拐，一条南北胡同，这条胡同紧。一度甚至夜里无人敢走。

首先是最南头的家合，1947 年当了几天农救会长，闹过第一次土改。国民党一反攻，还乡团复辟倒算，夜里把家合残杀在地瓜窨子里。我据此写过一篇小说《八步断肠散》：

“都闪开！”玉鲁接过刘寅的刺刀，一刀捅进了家和的肚脐眼，顺势反手一拧。家和觉得下身嗖地一股凉气，哗啦淌出了一堆肠子。托着肠子的家和，狗急跳墙，慌不择路，径直跳进了地瓜窖子。

排枪响了。

枪子打在地瓜窖子里，声音一点也不脆生，倒像放了挂潮乎乎的火鞭。

1942 年日本鬼子扫荡，炸弹扔在路东一家，更惨，女主人的脑袋被炸在饭锅里。我的小说《胡吹》，借鉴过这个事件：

又数年，胡六率鼓乐迎亲。花轿行至关帝庙，日机轰炸。机翼掠过处，炮弹落地开花。人群惊奔，四散逃生。新娘子钻出花轿，三寸金莲踩住裙子，一跤跌在地上，呼天抢地，号啕大哭。胡六怒不可遏，攀上轿顶，扬号对空猛吹。日机陡然斜翻跟头，撞上庙内银杏树，轰然堕地。

胡同中间一家，是我的本家凤俊大娘，她的女儿十六岁，突然上吊死了。

还有乡邻张长钰，夜晚从胡同里走，突然招了“贴墙鬼”，被贴在墙上，一动不能动直到鸡叫，回家后委顿数月始愈。

如今，这条胡同已经没人家住了。那天侄子拍了一张胡同的照片发给我，哎呀，墙倒屋塌，满目萧然，像是拍摄《南征百战》的影视基地。

大头小红孩

地主凤宣的宅子，后来成为村共产主义小学，我就是在这里发蒙的，每天扛着红缨枪去上学。

教室在西屋，二十几个孩子，早上摸黑到校都想抢第一。忽然有一天，大家不敢抢了，不光不敢抢，还个个都要家长陪着去上学。迟到了。原因是听说教室里有大头小红孩作祟，割鸡鸡，抠眼珠，一时人心惶惶。老师一调查，原来是王姓同学为独占鳌头而造谣惑众，于是乎，老师允许我们每人用教鞭敲他的脑袋一下。轮到我时，我铆足了劲，倒不是因为他的大头小红孩割鸡鸡、抠眼珠，而是他曾经藏过我扑克里头的大王。

凤宣的大门底下，一块块大石条子铺地。夏天中午午休，我们就贪图凉快，睡在上面。睡醒起来，石板上就会印出自己的身形，像水印。老辈人说，青石板吸人精魂，小孩子不能睡在上边。现在想起来，觉得很有道理，受凉对人总是不好。

这个村小学，曾经有过两位女教师，魏老师满脸痤疤，像演邓世昌的李默然。武大郎玩夜猫子——什么人要什么鸟，又偏偏爱养螃蟹，桌上五六个罐头瓶里养的都是横行公子。另一位金老师，是个小姑娘，师范一毕业就分配到这里。神差鬼使，她竟与小眼睛的民办教师安秀（我们叫他老鼠眼）发生了性爱，又稀里糊涂，公然把孩子生在了公社教师大会的会场上。那时不像现在，可不得了！后果不难设想，被开除出了教师队伍。

号服 103

安长臣在奉天府拉洋车。年轻，脚力又好，大长腿拉起胶皮轱辘的洋车，像狗撵兔子。洋车拉过大帅府的副官，他说：“到了大南门里德隆店胡同张作霖的大帅府，你才知道什么叫威武！大门两边两排钢枪，外带两挂匣子。但他不尅苦（克扣）下力的，下车后马裤里掏出银圆，扔给你头也不回。”

“九一八”事变，在奉天混不下去了，安长臣就回到了关里家乡。走得仓促，锅碗瓢盆都舍了，唯独一样东西没忘，狗皮卷里紧紧裹了一件号服。什么是号服呢？洋车夫编号的坎肩，类似当今志愿者穿的那种马甲，橘红色，背上一个大圆圈，写着：103。当初花了三块现大洋，从皇姑屯警察局里领的。没有这件东西，洋车上不得大街。

回到老家，“太监骑个阉骡子——少吊无有毬”。安长臣照样把这件号服穿上，大摇大摆，宫里街四九大集上一站，嚯！很是拉风，比现在的网红都有气场。四乡十八庄院，谁见过这样的行头！

好多人都去问四大爷。四大爷走过南，闯过北，大明湖里尿过尿，正经是个人物。四大爷说：“这小子这几年混的不瓤。他穿的这件官衣，不像黄马褂，进士爷的黄马褂上有大龙头，我见过。后边这个103，莫非是个三品？三品天青褂，六味地黄丸。这就不得了。人要衣裳，马要鞍杖，只要有这件官服在身，咱们就得敬奉他，都别惹他。”

四大爷一言九鼎，众人信服。你还别说，桃木人也能辟邪，用了急还真管用。抗战军兴，地方上杂牌部队蜂起，都打了抗日的旗号，勒索百姓。有个“新式中央建国军”，队伍三个人，扫帚疙瘩裹上红布别在腰里，梨木块子刻了个大印，到宫里集上去敛钱。张开上口无下牙，众人都害怕。有人就把安长臣叫去了。安长臣左腿搭在右膝盖上（这本来是洋车夫休息的习惯动作），双手叉腰，单腿往那里一站，说道：“弟兄们抗战辛苦了！”果不其然，就把个“新式中央建国军”吓得够呛了，连连说：“长官辛苦，长官辛苦……”领头的一吹哨，三个人夺路而逃。

在这之前，还有人借了安长臣的号服穿上相过亲，也是一相一个准……

民国三十八年春上，安长臣死了，死在“酒膈”上。灵棚、路祭，两班子吹手，摽劲咔戏，哀荣倍极。临起棺，孝子在前头引灵，哀杖上就挑着这件橘红色的号服103。

汉八刀

老进士的旗杆院，后来成为生产队食堂。食堂里后期难以为继，只供应烂地瓜面花生皮窝窝头和育苗起了炕之后的老地瓜母子。前者难以下咽，后者不堪果腹。我的食性很杂，但至今不吃烤地瓜。甚至看到那些龇牙咧嘴吃烤地瓜的我就有气，觉得他们矫情。实在是小时候吃伤了。

那年头要说真正饿死的人，也不多，只见过一个要饭的，饿死在村东的园屋子里，好心人给他理了发、净了面，裹上一领生产队赏赐的秫秸箔，埋在了沙河里。留下的遗物除了柳条篮子和枣木棍，还有一只琥珀嘴、蒿子杆的旱烟袋。四大爷当时拿过来吹吹，说："这烟袋我要了，琥珀嘴子，小孩子吃鱼，要把鱼刺卡在喉咙里，哏哏（hen,含在嘴里）就顺溜下去了。"

烟荷包上缀了一块玉蝉，像是我后来见到的汉八刀。汉八刀说来话长，汉代国力强盛，在玉器制作上，一变纤巧繁细的作风，表现出雄浑博大，自然豪放的艺术风格。这一时期的玉器制作艺术，已从商周以来图案艺术的束缚中，从神秘威严的宗教氛围中解脱出来，镂空、浮雕等技法普遍应用。汉八刀不是用刀刻出来的，而是用水砣磨成的。汉八刀又称琀，放在亡人口中，无非是要亡人"蝉蜕"复生，灵魂延续。烟荷包上那块要真的是汉八刀，现下可就值大钱了。

另有一位安姓男子，平时饭量特大，能吃四尺长的一扁担馒头。当然，也能干，刨地跟得上一犋牲口。当时实在挨不过饥饿，一条麻绳吊在梁上。非是他一心要自绝于党和政府，实在是面相所至，三岁时算命的就说他：法令入口，饿死街头。他当时可能想，与其饿死街头，还不如挂了利索。

新式中央建国军

旗杆院前拒不拆迁的张心忠，军警学校毕业，当过青城的警佐，后来又是北洋政府泰安县的议员，在地方上很有号召力，我们那里好多学校、庙宇、路桥的创建、修葺，都由他"董其事"。且能诗，我老家的村北，柴汶河边的高亢地上峭岩矗立，有一座钓鱼台，其《钓台》诗云：

此境未闻严子来，缘何也名钓鱼台？
岩边浅浅深深树，池畔疏疏密密苔。

数鲤泳游青藻里，几人指点白云隈。

桃花流水仙源近，愿逐渔郎去不回。

1937年抗战军兴，“乱世英雄起四方，有枪就是草头王”，杂牌队伍应运而生。离我们村四里的石桥子，有三个光棍，外号分别是“扫包”“净底”“李扒瞎”，也组织了一支队伍，叫作“新式中央建国军”。从韩复榘的逃兵手里买了支汉阳造，用木头块子刻了枚大印，商铺、酒店、油坊、馍馍摊子，到处敲诈搜刮，欺男霸女，闹腾得很厉害。民以为苦。张心忠闻听，召见了他们，说你们抗战有功，我汇报上去了，到泰安城县政府里去领奖吧。仨小子喜不自胜，却不料半道走到大汶口，就被活埋了。

我的张大娘告诉我说：我十七岁那年，嫁给你张大爷当小。你张大爷叫张心忠，比我大四十岁，是北洋政府的泰安参议员，在兖州当过警察局长。旧社会讲究无才便是德，我目不识丁，你张大爷带我爬泰山，坐在山轿上，他总让我手里拿一本唱本，还得时不时地翻拢翻拢……有一次，你张大爷那个副官笑话我唱本拿倒了，我说：我那是让你看的！往后，他再不敢小看我。

九两叔

我的老家西边，是一条南北胡同，路东一家回门朝西，我叫他九两叔，看看他一把攥住两头不露的身材，你得赞叹这个起绰号的人太有才了！

白家楼有的是才人，他们善于抓住本质，高度归纳提炼，真正是起绰号的高手，这类的绰号还很多。他们管绰号不叫绰号，也不叫外号，而是叫“讳名字”。譬如有个庄姓女人的讳名字叫“花尕”，什么是“尕”呢？尕是个会意字，字从乃，从小。“乃”与“小”联合起来表示“一母所生的一群年龄依次递减的小儿”。但是，“尕”在西北方言，还有轻佻风流的意思，恰中庄姓女人的三寸要害。这又佐证了我们白家楼的祖先，大明洪武年间，移民自黄土高原。

且说九两叔。九两叔早年家境不错，急需人手，因此在九岁那年娶了一个十八岁的大媳妇。拜堂时突然找不到新郎了，原来他钻到桌子底下，和那些小孩子抢没响的爆仗去了。洞房花烛之夜，婆婆不好意思地交代新媳妇：夜里要给他把尿。

每逢见到九两叔，他的几个嫂子就调笑，根问他晚上的一些细节，再不就唱“拉魂腔”《小女婿》：

一更天尿湿红绫被，二更天尿湿花衣裳。
三更天尿湿鸳鸯枕，四更天尿湿顶子床。
五更里，天明了，床底下小鱼闹秧秧。
起南边来了个打鱼的，照着床下撒一网，
打住个鲫鱼木梳背，打住个鲤鱼尺把长，
打住个鲶鱼呱嗒嘴，打住个咯蚜扛着枪，
剩下个老鳖没逮住，跑到台湾当老蒋……

这最后一句，原本是“剩下个老鳖没逮住，跑到衙门里当县长”。解放后与时俱进，就改“跑到台湾当老蒋”了。

妇女独占一棵枪

我家的东邻，主妇叫庄卫青。她的故事得分成两段来写。

第一段先写“评粉”庄卫青。白家楼四、九逢集，集市从街心一直延伸到西河两边，说书场子就在沙滩上。说书艺人多为济宁、聊城一带运河边上的，济公传、佟麟传、施公案、刘公案、大八义、小八义、雍正剑侠图等，是主要回目。另外，偶尔还有渔鼓、扬琴、坠子、大鼓……拉魂腔不在此处，多在山西会馆里。

河滩上那才叫百花齐放、百家争鸣。这边说：“我这里弦子一响，黄金万两。”那边说：“俺这里扬琴一敲，步步登高。”刚到场的柳琴则抢着说：“咱是柳琴一弹，港币美元。”说评书白词的，嫌渔鼓太近吵得慌，就慢条斯理地说：“干哪一行也不能唱渔鼓，您听听他那响声：吃糠吃糠光吃糠啊。”

说书人一般的开场白，先来个段子：

说书唱戏劝人言，三条大路走中间。

善恶到头终有报，莫管沧海与桑田。

……

说完开场白，然后开讲。说书论“回头（章回）”，到了热闹地方：“只听得咔嚓一声，那是人头落地，鲜血直流啊……欲知后事如何，且听下回分解。”扣子一系，包袱一结，就停下来收钱，帽子一摘托在手里，弯腰打躬一个罗圈揖，说道：在家靠父母，出门靠兄弟。推车的，担担的，锢露码子卖饭的；南来的，北返的，都是一样端碗的；在座的各位衣食父母，行行好，发发善，一元五角不多，三分五分不贱，赏俺一口现成饭……

每逢集日，庄卫青总是第一个到达，占据与说书人面对面最有利的聆听位置。逢到这个时候，总是第一个扔钱的。

再有，艺人嫌一个“回头”下来收的钱太少，就说：“大人大脸面，小人小脸面。无功不受禄，没脸才要钱。全场再收五毛盘缠，收不够这书不说了，俺卷铺盖，骨碌孙滚蛋！”庄卫青听书心切，一拍胸膛，“您赡好的，这钱咱包圆了！”说书的作个揖，这才继续解他的包袱……那位问了：她哪来这么多钱呢？不瞒您说，她男人是个煤矿工人，吃工资的。虽说富不过三天，可也穷不过一月。

再说造反“大拿”庄卫青。“文革”初期，“五一六”通知一下，社会上山头林立，旗幡招展，大致分为造反和保皇两派。革命形势一时间“狗拉耩子——乱了套”。庄卫青的胆识，在于见机而作，立马自立造反名号，曰：“妇女独占一棵枪。”她为何取这样一个名号，我曾经思考了好多年，一直莫名其妙，后来觉得大概是她经常听评书，受了水浒传、瓦岗寨、七侠五义之类绿林英雄的江湖启蒙。这个启蒙若非“文革”，还真派不上用场。

我们那里说“仰脸老婆低头汉，黄病脸子都不善”。这个女人当时不过三十几岁年纪，脸上有几颗麻子，走起路来昂首挺胸，一往无前，看样子，时时都可能有赴汤蹈火的壮举。她不像别的造反组织，称自己司令员或兵团长什么的，她自称“大拿”，后来革命组织大联合，名单上就写着“妇女独占一棵枪大拿庄卫青”。

哎，还忘了交代，庄卫青的这个名字，也是“文革”造反改的。原来叫作庄二花，你看看，多土气。

画蛇者说：庄卫青不过普通农民，大字不识。她的造反，没有必然的政治、文化背景，也不是为了“干社会主义”，完全是即兴发挥，激情演绎。指导她思想的理论基础不是马克思列宁主义，而是“绿林法则”。要说她的造反业绩，只是找他的本家侄子写过几张大字报，坏事也没干多少，反正就是浑水摸鱼。NND,“和尚摸得俺也摸得”。

歪叔

大车门里的三叔，还需要补充一下。我们叫他歪叔，盖因他年轻时得了“吊旋风”（即面瘫），嘴眼歪斜。当时的治疗手段是一个偏方：抓一条鳝鱼，扎破另一侧面部，鳝鱼见血就咬，吮吸，能把歪斜的一面拉过去。可惜拉得不彻底，落下的明显特征还是歪，索性连头也歪了。

歪叔有一个绝妙的讳名字是我起的。那时上四年级，我就有点学问了。歪叔歪歪头，叫他“歪歪头”，很直观，没有多少含金量。于是，我把字分解开，叫他“不正不正点点大”。哈哈，怎么样，是不是很有些创意？再有，猜谜语，问“醉汉过桥”，歪叔就说“上梁不正”，后边“下梁歪”三个字，他绝对不说。你不说，你不说我说，就让他猜字谜：“歪歪头，扁担肩，叉开腿，八尺宽。”然后又问，这是个什么字？歪叔情知被耍了，就没好气地说：娘的，谁不知道是个六？

歪叔小时候上过好多年的冬学。这是季节性的私塾，由各家凑些钱，请一位三流的先生，写一张所谓聘请某某“大案元”的聘书，教授孩子。学一些大路边上字句，能够马马虎虎写名记账，聊胜于“睁眼瞎”。农闲入学，春节解散。因此，歪叔对于《庄农日用杂字》，烂熟于胸：

人生天地间，庄农最为先。

要记日用账，先把杂字观。

开春就出粪，置下镢和锨；

扁担槐木解，牛筐草绳栓……

从而成为生产队谋划民生的高参。其他如：

狗肉常常用，牛肉蘸椒盐；
芥末调肚子，蛋吃腌半咸……

芥末调肚片且不用说，这腌鸡蛋，的确以半咸为最佳。解放前，歪叔平日过的，就是这样的富裕中农、小康之家的生活。

歪叔的嗜好是喝鲜凉水，夏天还要放醋，用以解暑。黑吊壶从井里打上来，美美一顿牛饮过后，总说一句话：一碗凉水一碗血啊。

国民小学

九两叔大门往北走，是明代的关帝庙。这个关帝庙的特色是关二爷无人侍候，青龙偃月刀自挎，而周仓则手执长枪，与二爷并列。盖因本村周姓大户，修庙捐款，就为献媚祖宗而已。

关帝庙四合院后来成为义塾。光绪二十七年《重修义塾碑》开宗明义：“粤稽三代之时，家有塾、党有庠、州有序、国有学，其制尚矣。”民国《泰安县志》载：光绪三十二年三月，本村街心义塾在校生三十二名，已毕业二十五名。民国五年，义塾又改建“国民小学”。

其固定经费来源，一是白家庄南岭官田 120 亩，租税 200 吊；庙租 10 吊；其他基本靠大户捐赠。任何年代，资助教育都是功德无量的善事。

义塾曾有一位郭拔贡，乡人称其开明先生，道德学问极佳，对学生轻易不打板子、不抓辫子。一次外出回来，看见几个顽童在二层门楼上掏麻雀，躬身溜进厕所等候多时，直到孩子安全着陆。有学生问“先有鸡还是先有蛋”，郭拔贡老实回答：这个事我说不好。

人民公社化之后，这里成为大队部。院中间一盘铁匠炉，我和铁匠希友是忘年交，按庄乡我叫他二叔。希友经常考考我，就让我猜谜：

> 上山一溜沟，下山滚绣球，摇头梆子响，洗脸不梳头。

都是些什么生灵？我原本知道，就说：上山一溜沟是兔子，下山滚绣球是刺猬，摇头梆子响是狗狗，洗脸不梳头是猫花子。希友对着几个铁匠夸我：这孩子灵透，长大了能当先生。他说的这个先生，不单单是老师，村里把有头有脸的人，都称作先生。这句话害得我至今无地自容——一辈子从来没当过先生。

希友和我达成默契：我从家里给他偷旱烟，他给我打了一把裁纸刀。

垂花门西院

进了旗杆院大门，再进西垂花门，是一个独门独院，原来是老进士会客的地方。就在这个会客厅里，老进士赋过两首菊花诗，一为《满堂富贵》：

> 清贫自古说陶家，谢却尘缘洗铅华。
> 讵意尚留花富贵，教人簪满旧乌纱。

一为《白富贵》：

> 洗尽铅华见天真，写出紫桑隐逸身。
> 惊闻酒使来称道，陶令于今不赤贫。

老进士写归写，但他并非真心点赞陶渊明，因为他那时已经没了“悠然见南山”的心境。

说着说着，这不就到了土改，这个垂花院改给了一户军属。这家的木增，是四野某部机枪连副连长，二等甲级残废。就仗着这点革命资源，无休无止地和村里要补助、要救济。早上给了他，中午就喝上了。几盅老烧酒下肚，脱了光膀子，手拍胸膛满大街吆喝："老子的疤瘌是狗咬的吗！老子是四野的，是林三虎的人，想当年四平战役三进三出，是打江山的革命功臣……"闹腾得不可开交。不怕不要脸，就怕脸皮厚。村干部都对他怵得不得了，横行了好多年。

人总有走背字运的时候。九一三，副统帅折戟沉沙，村里的人想起木增"是林三虎的人"来了。紧接着批林批孔，正好以毒攻毒。改口不承认？没门！用一根麻绳栓了，脖子里挂上一块牌子"林三虎死党"，牵着去游学大寨工地。在大寨田里开大会斗争他，贫协主任带头发言："木增是林三虎的人，林三虎反对伟大领袖，木增肯定也反对伟大领袖。林三虎还笑话（效法）孔老二哩，他的狗腿子木增，就不是个好鸟。"

自此，木增大伤革命元气。

小庙子

关帝庙易学堂尽管已经多年，但惯而成习，人们还是称这个地方"小庙子"。小庙子前边有一个空（kong 四声）场，空场里有一棵唐槐，民国十八年重修《县志》载："树身摧折所余枯干，约八九合抱。旁生一株，曲隆高起，圆如伞盖，枝叶茂盛。"后来杀倒锯开，当了生产队的牛槽。

这个空场的老槐树下，便是四类分子五、十被训话的地方。上世纪六十年代，阶级敌人由地主、富农、反革命、坏分子、右派等"五类分子"组成。右派分子摘帽之后，敌人的队伍缩水，改称"四类分子"，属无产阶级专政的对象。天天义务扫大街，五、十训话，都是专政手段。

训话通常由治保主任进行。生产队治保主任这个角色，大多手榴弹哄孩子——不是玩意，干过许多坏事。五天一次训话，也实在没有什么好讲的，有时干脆"亲娘祖奶奶"大骂一阵子了之。"文革"时期学毛主席语录，有几条语录四类分子不能念，如："世界是你们，也是我们的，但是归根结底是你们的。"只能念："凡是反动的东西，你不打他就不倒。扫帚不倒，灰尘照例不会自己跑掉。""文攻武卫"进一步深入，训话升级改版，治保主任要再喝上几盅，下跪、体罚、殴打就是醒酒取乐消遣了。

第八生产队的地主张长锦，是老进士的嫡孙。训话时斗胆顶了一句嘴，被治保主任打的十几天不能下炕。生产队长火了，找到村革委会里说道：“白露早，寒露迟，秋分种麦正当时。眼下满队里都抓革命，就剩下这么一个促生产的了。你们以后再打打我。”

十一届三中全会之后，长锦的儿子、台湾高雄警署署长回大陆探亲，专署、县里的领导全程陪同。治保主任万某闻听，亲自去跑堂端菜。

南园

继续走街串巷进入白家楼的纵深，未免有点沉闷，那就不妨到庄皮上（村子边）溜达溜达透透气。庄南皮有一处闲园，我们叫它南园，属于我的本家。农村宗族讲服支，我和它的主人还没出五服。这个园子很大，门虽设而常关。但是篱笆门子对于童心来说，其穿越易如反掌。因为，那里头装满了我的童话。

园里有一棵毛桃树，白色的桃子遍体白毛，弄到身上瘙痒难忍。即便如此，毛桃每年在劫难逃。园西是一个大水湾，爬上树去之后，先摘桃扔在水湾里，发现来人，就从树上一个鹞子翻身跳进水里，逃之夭夭。这当然需要小友的密切配合，平均分赃。毛桃特别甜，亚赛白梨。

园里还栽了一棵柳树。这棵柳树有点特别，枝条和叶子细长，四大爷叫它齿木柳。为什么叫齿木柳呢？四大爷说，这种柳枝插在观世音的净瓶里，观世音用来刷牙净口。当时觉得四大爷胡啰啰，不信他的。直到后来读了《华严经》，才晓得佛门这一习俗，这成为我一直崇拜四大爷的理由。

园里有一种爬蔓植物叫作“红姑娘子”（又名，灯笼果），鸡蛋大的软壳内，有一颗通红透亮的果实，入药，治恶疮、痄腮（腮腺炎），清表解毒。去年偶尔在电视上看到东北某地大面积种植，成为致富之道，我不禁惊喜：“这就是红姑娘子啊！”

某一日黄昏，夕阳散发着金黄的气息。南园里一只硕大的白刺猬，带领十几只小刺猬沿菜畦迤逦而行。我独自一人，呆呆地目送它们秩序井然进入北墙下的柴火垛里。

老人说过，白刺猬是仙家。

前酒铺子

与南园一水之隔的前酒铺子，是目前白家楼最古老的房子，一百二十多年了。这座砖石结构的四合院属于曾祖父的四弟，祖父从小就在他家里扛活，为房子的建造立下汗马功劳。所谓酒铺子，盖因大门的东配房曾经开过酒店；所谓前酒铺子，是说后街还有一家后酒铺子。

就是父亲这位堂叔的未亡人，年轻风流，在被遗忘的角落，与村里的鲍姓男子发生了该发生而又不该发生的故事。家族里把她囚禁在这所老房子的西堂屋里十几年，至死。这个女人不屈不挠，娘家多次讼至泰安县正堂，诉状上称曾祖父的四弟——她的公爹："欺孤灭寡。"那就不是简单的不仁不义了，大约没点"讼师"的水准，写不出这样生猛凌霸的词汇。

就在前年，说来也怪，住在那个房子里的堂兄夜来一梦，捡到一只大元宝。心里有点忐忑，醒来就上网查了"周公解梦"，上边说：出行人梦见捡元宝，延后出外。生意人梦见捡元宝，阻碍多，意见不合。孕妇梦见捡元宝，生男，慎防动胎气。本命年的人梦见捡元宝，诸事宜守。防陷害，盗贼，溺水……

没过几天，这座房子修缮，房脊四个角里发现四枚元宝。那还了得！几位堂兄兴奋并惴惴着，打的到城里找到我，说是金元宝，小贩子要给十万块钱没卖。我就请几个同事鉴定了一下，锡铅合铸的。

年前，我听说他们要拆这座装满历史的老房子，就告诉他们，这房子已经是文物了，现在完好，留下它申报非物质文化遗产，有补助的。

四大爷

中医用药讲究配伍，因此就有"十八反"，其歌诀曰："本草名言十八反，半蒌贝蔹及攻乌；藻戟遂芫剧战草，诸参辛芍叛藜芦。"

即，甘草反甘遂、大戟、海藻、芫花；乌头反贝母、瓜蒌、半夏、白蔹、白及。

还有："人参沙参及芍药，元参紫参及细辛；苦参丹参共八位，一见藜芦便杀人"等等。什么是藜芦？俗名叫山葱。我老家识文撰字的人，大多了解这些中医的基本常识。盖儒家有云，"忠臣与孝子不可不知医"也。

进士门第往东不远，就是我的四大爷家。四大爷既非不忠亦非不孝，但他性情邪古，就爱"反着玩"。譬如蜂蜜忌大葱，四大爷干脆大葱蘸蜂蜜，"咔哧咔哧"就着下酒。反正岐尾兽、四足鸡、独爪蟹、一角羊……你只要说不能吃的，他非吃不可。

那一年，四大爷去东海贩私盐，走到沂水地，下店开伙吃了一肚子地瓜。俗话说："七月的核桃八月的梨，九月的柿子乱赶集。"一早走出店门，看到满当街卖柿子的。沂水的柿子有名，扁圆的叫蟠桃柿子，高桩的叫牛心柿子，干烘，一包蜜……摘下来放到麦糠里捂好，吃柿子就像喝糖稀。四大爷蹲下，买了一大兜。店掌柜大惊："吃了地瓜吃柿子，想死不看好日子。"好劝歹劝，四大爷一口一个。无奈，店掌柜叫来隔壁药铺的大夫先生。先生不语，冷眼看他多时。眼见得四大爷抹（ma）抹嘴，端起木轱辘车子，800斤咸盐拱上了桥头，先生说："就这人，吃生铁蛋也能克（kei）化了。"

罗曼蒂克的四大爷，把活着当成玩。因此，他的玩法就是活法。一个玩着活的人，一辈子妙趣横生。

大境界啊！

周家胡同

小庙子往西是周家胡同，周家是坷垃财主，肉头户，多半是大宅院瓦屋门楼，粮囤齐于房梁。经济基础雄厚但缺乏政治背景，不像姓张的、姓鲍的那些乡绅，可以官私两把，场面上玩得转，吃得开；完粮拿差、赋税徭役，总是冤大头。

周家很纠结，后来痛定思痛，所谓"冤大头"，完全是文化的差异。因此开始急起直追，大打文化翻身仗。不盖宅子不置地了，投资教育。每逢大考，祠堂里香烛高烧，合族昭穆同堂，三拜九叩。也许是祖上荫德，粮囤转化成了学问，至上世纪六十年代，周姓大学生金榜题名者甚夥，出人一头地。

周家的族长是老周三，整日里讲三纲论五常，《诗》曰子云：周监于二代，郁郁乎文哉！吾从周。很自豪的样子。长大了我才明白，孔夫子是说“周礼是借鉴于夏礼和殷礼，并在夏礼和殷礼的基础上演变发展而建立起来的，既丰富又完备，我遵从周礼”。并非圣人遵从他周家。

老周三还有一句口头禅，“少说话，多磕头”，信奉好好哲学。冬天没事，穿了二毛剪茬的羊皮大袄，在小庙子前边抽旱烟，拿火绳的手倒背着，一会儿就引着了大袄的蓝绸子面。青烟袅袅，有人就问：“三爷，多说话好呢还是少说话好？”老周三摇摇头：“少说话，多磕头。”眼看越着越大，又问：“三爷，多说话好呢还是少说话好？”老周三又摇摇头：“少说话，多磕头。”三遍问下来，三爷的羊皮大袄后背上着了一个盘大的窟窿，这件八十大寿的新行头就废了。

情种汉宸

至上世纪六十年代，白家楼要说周家胡同周姓大学生金榜题名者甚夥，个个出人一头地，也不尽然。汉宸1962年考上了北京一所著名大学，至于学什么专业，不得而知，只听他父亲经常出来说：一毕业就给毛主席跟班。

入学第二年，汉宸向家里连续两次要了六十元钱，家里有点吃不住劲了，就问他要钱都干什么了，汉宸说正在处对象，是高干子女。家里问对象是哪里的，长相如何？他就买了一张电影明星画片，把王晓棠剪下来寄回家中。家里不看则已，一看那还了得，简直就是九天仙女啊！随即，又卖了一头母猪，把钱如数寄到了大学。

又过了半年，汉宸被退学了。原因是他失恋得了精神病。一天上课，自制两块牌子挂在身上，前边写着林黛玉，后边写着薛宝钗，疯疯癫癫跑到讲台上，什么金玉良缘，什么木石前盟，胡啰啰了一阵子，还没讲完就被送进了精神病院。

回来之后，乡邻说这是“淫疯病”，赶紧给他找了个“二婚头”，还带着三个孩子。相亲那天，家里担心他正在发作疯魔症，这个“二婚头”很乖，让她三个孩子一齐喊“爹！”没想到这一声爹喊下来，汉宸竟至热泪交流，他说：“《仪礼·丧服传》里说：父至尊也。《史记》里说：父母者，人之本也。我是至尊啊，我是人之本啊！”大家也听不明白，只是觉得挺庄重，怪有仪式感。

艰难的农村生活很快世俗了这个情种。显然，生产队里埋头挣工分，当爹养活一家，比宝黛钗重要得多。“淫疯病”也就不治自愈了。

代销处郭家

周家胡同住了一家姓郭的，院子很空旷，大概有一亩多地。老郭下过关东，带回一些蹊跷药材。据说有次张作霖大帅剿灭胡子，杀了好几百，老郭偷偷割下胡子的睾丸，风干之后，专治蛊祟病邪症候。另外还有大烟灰，治肚子疼一绝。

高了兴，老郭就在当天井里支起炉子炼丹。除了汞、碳、锡、铅、铜、金、银这些材料，还要加一些蹊跷玩意，譬如童子尿、尼姑经血等等。七七四十九天，鸡不叫狗不咬的时辰，丹成。逢人就外丹龙虎胎息，内丹吐故纳新地讲一大阵子，谁也不信他的驴叫唤。后来就拉倒了。

老郭还有个嗜好，爱吃元宵节的面灯。一年四季、五冬六夏，什么时候想吃了，就麦子面掺上豆子面捏灯。十二个月的灯（有时捏十三个，还要加闰月）捏好蒸熟，插上捻子，倒上油点一点，再吃。他说：吃的就是这股油烟子味。

供销社的代销处租赁了他的房子。售货员老杜长期住在他家里，一来二去，就和女主人有了感情，有点暧昧。老郭好脾气，并不多加干涉。有天一大早，外出赶集，走出三里地快过河了，才想起烟袋没拿，折身返回。不料，一推屋门，老杜正和媳妇你死我活地滚在炕上。见状，老郭说：您忙您的，我是回来拿烟袋的。说罢，拿了烟袋就走了。

大概老郭的这种宽厚感化了老杜，过了一段，老杜就自动申请供销社离开郭家，去了邻村的代销处。

道士帽子大门

白家楼的门楼像旗杆院，面阔两间，进深两间，砖石结构，五脊六兽，门额上题着“近圣人居”“进士及第”之类的匾，门口蹲踞上马石、拴马桩，更不消说齐胸高的旗杆座子……这样的不过三五家。其次是一般的瓦屋门楼，乃小康之家所共有。门额上也就题个“耕读继世”“积善之家”之类的。

最多的是一担一挑，茅草盖顶，前长后短，叫作道士帽子的大门。进了大门影壁墙，堂屋三间，西屋两间，屋檐三搭青瓦，上边苫草，叫作“马褂子”。有道是：有东无西，必定妨妻。因此，天井窄巴，一般盖西屋不盖东屋。人家问起住哪里，就打趣说：“道士帽子门朝东，大门朝着大街行，堂屋三间带西屋，磨眼朝天俩窟窿。”多数是这个格局。

铁算盘玉安，就住在道士帽子大门里。门朝东，一个窄窄的小胡同延伸到大街上。他的后院里种了好多甘蔗，我们叫它“甜竿子”。我去他家的目的，多半是为了那玩意。

为什么叫玉安铁算盘？因为他精于丈量，买地卖地、买宅子卖宅子非他不办。包袱地、拨锤地算不得本事，摊上三长两短、七角八棱、旮旮旯旯的那些地，那才是他看家的手段：二尺四的折叠竿子，转上几个圈，再加步量手扎，算盘是不用带的，末后就地摆几粒石子，安下挪上，立马报出几亩几分，丝厘毫忽不爽。不准？另请高明吧，任你找遍山东九州十府一百单八县，没有不服我玉安的。告诉你吧，光量地吃的丸子，也够两抬筐了。

玉安太精于算计，什么账都算的筋断骨头折（she）。人至察则无徒，因此，很少有人请他做柜上的先生。

西大庙

周家胡同的尽西头是释迦寺，乡人称西大庙。至于创建年代，有块残碑隐约可见“文明元年敕造”。考之史书，乃唐睿宗李旦年号（684 年）。这足以使我们发探古思幽之情。因为这一年的历史上，李唐王朝有三个年号，分别是：正月初一改元，唐中宗李显“嗣圣元年”；二月六日改元，睿宗李旦“文明元年”；九月初六日改元，武则天“光宅元年”。正是这三个元年，武太后与裴炎等废中宗为庐陵王，立相王李旦为皇帝，政事由武后全权。那么，白家楼的“敕造”释迦寺，大约可算作那一时期武则天的政绩工程。

民国年间，西大庙住持为惠明和尚，是个武僧，平日里功课是捏绿豆，三个手指轻轻一捏，绿豆碎如齑粉。端午节，让人用麻绳勒住脖子，尚能生吞下十几枚粽子。他的一个徒弟惠聪，竟然是北伐军的军官。1928 年北伐军打下泰安后，曾来探望师傅，乡人说大洋马后边跟着十几挂"匣子"，大概是马弁、护兵之类吧。

师徒二人，在释迦寺里有一番杀戒与开戒的对话——

惠明说：诸余罪中，杀业最重，诸功德中，不杀第一。

师弟说：师兄大概忘了阿罗汉的故事。阿罗汉坐船到海外去弘法，同船有五百商主，其中一人起了恶念，想把同伴都杀掉，独吞所有的财物。阿罗汉怎么办？只有开杀戒一条路，把这人杀掉，全船的商主都得救了。这样的杀戒不叫杀戒，叫开戒。这个开戒是有功德的，没有罪过。

惠明闻听无语，只好祭起佛教战无不胜的法宝，双手合十：阿弥陀佛。

西大庙门前曾有巨钟两口，一为铜钟，铸于明代；一为铁钟，铸于清康熙年间。均毁于 1958 年全民大炼钢铁。

鲍家胡同

西大庙的后边，是鲍家胡同。我在前边说过，白家楼出过两任泰安县长，第一任是本家的乐亭，民国二十六年第二任，就是鲍升桐，字峄山。

鲍峄山是个大孝子，有一次接母亲到县衙，县政府、县党部的同僚为老太太接风。老太太觉得这是官场，很场面的地方，就叫了儿子一声"升桐"。峄山不听则已，一听，扑通跪倒在地上，说道："娘，你还是叫我的小名，我是羊啊。"峄山的乳名叫小羊。后来老母亲得急症在家病逝，鲍峄山从泰安飞马赶回，离村四里，西岭上下了马，脱下鞋子，赤脚步行，一步一个头，磕到灵棚。

抗战初期，韩复榘不战而逃，泰安沦陷。共产党发动了徂徕山起义。鲍峄山心想：固然守土有责，但以现有的实力抗日，无异于以卵击石。于是，就投降了日军。1941 年 1 月 22 日，《大众日报》载："亲日投降派罪恶表演，鲍逆峄山正式投敌。由敌浦野队长介绍，加委以伪山东剿匪司令，正式收编鲍逆峄山为伪军。"社会上一时大骂"认贼作父，无耻汉奸"，鲍不为所动。一年后，警备团渐至羽翼丰满，鲍峄山毅然反水，密谋于山东省主席沈鸿烈，欲公开打起抗日大旗。事泻，为日军宪兵队诱捕，被警犬活活咬死。1994 年，我得见台湾方面的抗战史，内称：鲍烈士峄山云云。

还有，此书对于韩复榘评价也比较公允。可见，写史要宽厚。过去我们动不动就说“把某某钉在历史的耻辱柱上”，弄不好就会“寡人反取病焉”。

西大庙西边，有两通节孝碑，一为：松柏贞操；一为：秉心淑慎。都是鲍家祖上的。

官井

鲍家胡同往东是官场，这个“场”字读四声，不是尔虞我诈的那个官场，而是公共场所的意思。官场里经常有些耍猴玩把戏的，里三层外三层的人，围得水泄不通。官场里还有一口官井，井桩上刻着“康熙十一年七月既望”，大半个村子都吃官井里的水。水是甜水。井里有一条白蛇，白蛇一现身就下雨，很神。

每逢春旱，就是淘井的日子。井口支起三脚架子，安上滑车，吊起辘轳，烧纸焚香拜了龙王爷，人们轮番下到井底，把一年来的淤泥污物挖上来，把井淘干净。

这是一项公益活动，事前先集资。一户人家一元两元的钱即可，实在没钱的，或一升高粱，或一瓢白面，甚至几个鸡子，都不嫌少。但凡撑起门头的，都得拿，户户不落。说白了，态度决定一切。男女老幼全力以赴，都是义务劳动，有时甚至连过路的也要帮上一把，与人方便自己方便，喝水是头等大事，谁又能出门带上井呢。淘完井，官场里八仙桌子摆酒，至晚“家家扶得醉人归”。淘井像是民俗的节日，饶有古风。

井深水凉，下井前要喝点酒驱寒，这正中万小囤的下怀。小囤有点二，好酒，每每积极参与。有一次还没下井就喝大了，一边下井，一边唱《李二嫂改嫁》里的二流子李七：

俺李七，心里滋，
烧刀子老酒来两杯，

弄好了还赚个小娘们……

下到井底，天旋地转，惊叫：井坍了、井坍了……差点没把大家伙儿吓死。

就是这个小囤，晚上看了电影《朝阳沟》回来的路上，一个劲地问大家：“看了一晚上，怎着就没看见王银环尿尿呢？她怎着就不尿尿哎。”很是遗憾。

教门李家

官场往东，有一条很深的小胡同，曲里拐弯延伸到东河岸。濒河有一大院落，主人是李千发，信奉耶稣教，因此又称教门李家。夏日可见短垣内蜀葵五色，大如碗盏，灿若云锦。此良种来自泰安灵芝街美伊美会教堂，乃主所赐予。

千发属小康之家，日子殷实。夫妇只生一女，名英杰，视如拱璧，是泰安城里萃英女中的学生。1937 年秋泰安沦陷后，学校被迫停课，英杰休学逃回家中。未几，乡下亦为日军占领。鬼子每村找一个办事的，头衔叫作“保义”。为什么叫“保义”呢？是“保义”还是包衣？已无从查证。

反正白家楼的“保义”是万顺星，一脸麻子，特坏，炮楼子上的鬼子军曹让他找“花姑娘”，他就推荐了英杰。正所谓在劫难逃，千发扒裤子当袄卖了地，上下托人打点，在炮楼子里待了月余的宝贝闺女才抬回家中。养好身子，随便找了一家人家，给一个比她大二十几岁的药铺伙计当了填房。

后来，多有乡邻竟屡屡以此嘲弄教门李家，这种发人阴私的幸灾乐祸，足见农民令人难以容忍的劣根性。

“文革”期间破四旧，红卫兵从教门李家搜出好多教会的书籍，其中有一本大清宣统二年的《颂主诗歌》。每当听到教堂悠扬的管风琴，我就想起这本书，还有那首赞美诗：

主耶稣啊我赞美你，你的公义好像高山，
你的信实达到穹苍，你的判语如同深渊。
主耶稣啊我感谢你，你的慈爱上及诸天，

你的恩典存到永远，你的带领满有平安。

……

遗憾的是，主，也没能拯救遭受日本鬼子祸害的英杰姑娘。

“保义”顺星

万顺星当初给皇军当“保义”时，不过十六七的毛孩子，跑跑颠颠，负责上传下达，得以经常进炮楼子，因此就见识了暖水瓶。一九四七年国民党军队退却，指挥部留下一个绿色的铁桶子，“走火村长”马凤章以为是颗炸弹，派七八个民兵看守了两天一夜。后来顺星一见，就笑了，说道：“村长，撤了吧，这是个暖水瓶，盛热水的。”

打完孟良崮战役，部队扩充，顺星就披红戴花，成了解放军战士。再后赴朝参战，成为志愿军。打新义州的时候，顺星所在的部队担任攻坚，班长让他去炸碉堡，他不愿去，非得抓阄，谁抓到谁去，这样公平合理。全班九个人，班长做了八长一短九根草棒，谁想“巧他爹打了巧他娘——巧急（极）了”，就让顺星抽到了那根短的。这回没说的，顺星抱起炸药包，一躬身子就上去了。碉堡炸了，顺星右臂没了，右眼瞎了，更糟糕的是，下边也没了……

回到国内，顺星住进了康复院，享受甲级残废军人待遇。功过相抵，至于干“保义”时的劣迹，也就没人再追究了。

就在这时，却演绎了一场生死恋。康复院所在的那个村里，有个女共青团员玉香，如花似玉，偏偏就崇拜革命英雄，为英雄顺星而献身。她家里死活不同意，三说两说不打紧，一气之下，就把玉香关在了牛栏里好几天。无奈玉香王八吃秤砣——铁了心。又加上公社妇联出面，里里外外做工作，最终嫁给了革命军人万顺星。

后海子的光荣

官场往北有几个大水湾，称后海子，后海子周围大多是姓李的。

李家有个倒插门的养老女婿，叫光荣。旧社会倒插门要先写一纸文书，上面写道：姓之名谁，小子无能，改名换姓，活不归家，死不进林云云。然后甲乙双方带中人，签字画押。是件很屈辱的事情。人穷了志短，没办法。

幸亏光荣识几个字，人也灵透，土改时先当文书，继而竟然当了副村长。肩上扛一杆汉阳造，一边走一边唱秧歌调：

八路军来独立营，谁参加来谁光荣。
骑着马来披着红，你说光荣来不光荣，
你说光荣来不光荣……

光荣一双大眼睛，两个眼珠子咕咕噜噜，就瞄上了他三服头上的小婶子，干柴烈火，弄得不大像话。一来怕家丑外扬，二来光荣又当了干部，县官不如现管，李家门里只能是打了门牙肚里咽。

一天黄昏，眼见光荣和小婶子一前一后进了麦田，正像小说里描述的那样“正待入港”，就听得一声枪响，铁砂子从头顶呼啸而过……

光荣后来逐一排查，得知开枪的是李大嘴，一个本家爷们，气愤不过，敲山震虎而已。再后来，划阶级定成分，光荣死盯住房无一间地无一垄的大嘴，硬生生划了个“无产地主”。几十年受管制扫大街不说，一窝子男孩，一直到三中全会之后才说上媳妇，吃老鼻子亏了。

白家楼的父老都心知肚明：李大嘴这个地主，是一枪打的。你说光荣不光荣?

编外地主

顺河胡同里的六爷，热心肠，喜欢干出头露脸的事。平日里接个戏班子，迎个玩故事的高跷队，给玩把戏的插场子，再发竹牌子敛煎饼管饭伍的，六爷都亲力亲为。类似当今的志愿者，就差个红袖箍。这当然都是些小事儿。民国十七年，村里出了起命案，泰安县的县令周伯煌大老爷，来官井胡同里相验。就是这么大的事，六爷也参与了。在西大庙里跑前跑后，端茶倒水，干得在行，干得麻利，不怯场。

六爷姓马，排行老六，大名叫个马金耕。家里穷，干这些事除了图个人物头以外，再就是能混个肚儿圆。

1948 年闹土改，根据条条杠杠，村里没几个够料的地主。工作队长常乃光不干，划不出地主来，要我们土改工作队干么？立逼村长马凤章琢磨地主，最少四个。马凤章扳着指头数了大半天，张家、李家、王家都好说，其他姓氏的实在划不出地主来。愁得黑天昏日头。情急生智，忽然开悟，想起本家马金耕来。

于是，马凤章找到金耕，郑重其事地说："六爷，有个活你愿意干不？"

"啥活呢？"

"当地主。"

"当地主啥事呢？"

"要说事，也没多少事，就是初一、十五到区里开个会伍的。"

"你咋不干呢？"

"我一村之长啊，忙得脱不开身。当地主正经是个人前露脸的闲角差，不历练的人我还不放心。再说了，便宜不能出外啊，这不就想起了六爷嘛。"

六爷听罢，没再多寻思。一则他对开会露脸热得像裤套。二则，开会赶巧了，还能与区长、县长这些大官照个面，那就再好不过了。当一辈子衙役，你才能见上几回七品县太爷？于是，高高兴兴地答应下来，欢欢喜喜地当了地主。

隔了一天，三月十五，上边通知下来，区里定期的地主斗争大会。当然需要六爷亲自与会。金耕说："知道了，不就是在山西会馆的戏楼上嘛，六爷我老熟地儿。"

也巧，那天临时有点事磨不开，会议晚去了一霎。进门，被扛枪的民兵劈头盖脸训了一顿。六爷以平常心对之：谁叫咱来晚了呢？第二次会议早早去吧，又被训了一顿。六爷仍以长远心对之：这次可能来早了。这就有了经验，第三次开会，去了个不早不晚，仍然被训斥得像三孙子。六爷不淡定了：来晚挨训，来早挨训，不早不晚还挨训，虽然说官打民不羞，父打子不羞，这个活不好干，这个地主我不当了。

找到村长马凤章，金耕对老侄子一来一往说明原委，马村长也觉得怪不好意思，答应到上边问问，看看不干地主行不行。到了区里一问，武装特派员就火了："狗地主都是些剥削阶级，你的屁股坐到哪条板凳上去了？"

俩人磨了一阵子牙，也觉得这事挺麻烦。武装特派员就一个劲地翻拢土改有关政策。有顷，一拍桌子说："有了！地无一垄也可以划地主，这不有'无产地主'这一条吗？你六爷就是无产地主！"

回到村里，马村长不说爱莫能助，他对六爷说："上级有文件，上套就得犏死。这地主哪能想当就当，不想当就不当？你当是进戏院子听小金牙啊？"六爷顿时蔫了。再后，以阶级斗争为纲那些年，五、十训话，拾大粪、扫大街，遭的那些罪不说，连儿子找媳妇、闺女出嫁都受了牵连……

长话短说。到了十一届三中全会，四类分子全部平反摘帽。上级依次宣读，逐级传达。六爷从头听到尾，也没听到自家尊姓大名，心里又打了鼓。马凤章已经去世了，无奈何，战战兢兢到镇政府去询问。工作人员翻遍了档案，压根就没个马金耕。却原来，他这个地主是编外的，连平反的资格都没有。

这到底算啥事呢？你说说……

扎彩张家

小庙子往东那条曲里拐弯的大街上，还得说说扎彩匠张大宽的扎彩店。扎彩，即送葬的冥物，如金童玉女、摇钱树、聚宝盆，以及车马轿夫等一应物件。现下更全了，别墅、汽车、二奶女秘（都是大长今韩版的），还有大彩电、冰箱、洗衣机、手机等等家用电器、电子产品，都可以扎制，甚至连车牌号、车钥匙、彩电的遥控器，也少不得。但是，做这些新潮东西，大宽都不会，他没赶上这个光怪陆离的世道。

大宽为人有点假，光敲铛(dang)铛不卖油。又好说现成话，譬如在街上遇到你，就说：到我家喝茶吧、到我家喝酒吧。一般人客气一声就算了，无非说：刚刚吃过，还不饥困呢。再不就说：您想着和去了一样，心领了。

但轮到鏊磨的延坤，可就假作真时假亦真了。大宽请喝茶，延坤闻听抬腿就进门槛；大宽说喝酒，延坤就直接吩咐：打南酒铺里的，那酒没掺水。留不住的天使，撵不动的圣人。大宽眼见延坤坐在堂屋的太师椅上了，悔不当初，又说：喝酒吧，还没肴，想杀只鸡也逮不住。延坤自告奋勇说：这好办，看我的！眼见得身手敏捷矫健，几个回合就把天井里那只大红公鸡摁住了。索性一挽袖子，“大宽就别累手了，我一块办了吧。”摸起切菜刀就抹鸡脖子放血。

大宽没了托词，只得出门打酒，磨磨蹭蹭转了两三个酒铺子。这里品品、那里尝尝的工夫，家里鸡已炖熟，延坤不等，抄起筷子先把两只鸡大腿啃了……

二宽

扎彩铺里属阴，大人都不让小孩子到那里去。但在扎彩铺看扎彩，却是我最早接受的艺术熏陶。有一段时间整天泡在里边，每当一个金童或者玉女诞生后，大宽就吩咐，晾到天井磨台上去。我最得意给他干这活，颠颠地，乐此不疲。大宽去世后，扎彩铺就剩下一个老太太，神经错乱，黑白闹鬼，后来放火烧鬼，扎彩铺就化为废墟了。

扎彩铺的东邻二宽，是大宽的弟弟，也小有名气。居家关上门子朝天过，瓷公鸡一毛不拔。豆腐酱调（tiao）得比汤还稀，还得用一根筷子；煎饼卷葱，把葱往下拽一拽再咬，煎饼吃完了，这根葱完好无损。

乡邻调侃二宽和他爹，爷俩饿了干吃煎饼不待咽，就报菜名。爹说，一碗扣肉，二宽咬一口煎饼；爹又说，一条咸鱼，二宽又咬一口煎饼。如此下饭。轮到二宽，二宽说，一勺盐粒，爹咬一口煎饼；二宽又说，又一勺盐粒，爹又咬一口煎饼。每次都是一勺盐粒，爹烦了，骂道：王八的龟孙，想齁（hou）死你爹啊！《儒林外史》里的严监生老抠，临咽气还要掐灭一根灯芯，他比起二宽来逊色得多，二宽根本就不点灯，摸黑。

就这样过日子，二宽并不如意，还要拜师学艺，进一步深造，欲达到极致。于是，千里迢迢来到师傅门下，师傅问：有何见面礼?

答曰：两个肩膀扛一个头。

师傅又问：你是怎么来的?

又答曰：不瞒师傅，徒弟临行带了一条狗，我拉了狗吃，狗拉了我吃……

师傅当即下跪：你才是师傅。师傅在上，受弟子一拜!

百家姓演义

杂姓庄子大多包容，不欺生。白家楼一千多户，三千多人口，大概有三十几个姓氏。张王李万周是大姓望族，其余则或三家，或五家，不过小门小户而已。

谁都知道，识字启蒙的《百家姓》写的是姓氏。但在白家楼，还可以客串许多俗语的词汇来使用。你譬如这人牛皮哄哄，嘚瑟烧包，好装模作样要人物头，家乡父老就说："你看看，这孩子整天'周吴郑王'的。"家里来了客人，没有茶叶待客，挺尴尬的，只能喝杯白开水，就很不好意思地说："哈哈，今天咱们'柏水窦章'了。"再譬如，这人斤斤计较，乖古，眼高手低的见识，好占小便宜，大家就说："就他看得出'高夏蔡田'。"

还有，我父亲的名讳里有一个"和"字，介绍自己，父亲从来不说和平的和，或者和谐的和，老人家总是说："我是'和穆萧尹'的和，在百家姓的。"

关帝庙前我的一位族叔，上过几天私塾，算是个文化人。无奈家里几个孩子都不肯孝顺，他坐在大街上，经常恨恨地说："早晚得叫这些杂种'戚谢邹喻'。"原来我以为他用的是"既生瑜何生亮"，诸葛气死周瑜的典故，问他，连连摇头，不耐烦地说："查百家姓去。"后来，我明白了，百家姓里的"戚谢邹喻"，被他谐音演绎成"气死周瑜"了。但是他依据的底本是《百家姓》，而不是《三国演义》。

“掌故”曹叔

我老家的西边不远，一个破破烂烂的大院子，是我四服堂叔的家。这位堂叔，我叫他曹叔。曹叔不姓曹，为什么叫他曹叔？因他的为人，他的办事有点那个，哪个？不好说，反正都觉得他有点曹操。是曹操的奸诈、曹操的阴险，还是曹操的油滑，说不好。正因为这个说不好，叫他曹叔你就明白了。但不能当面叫他，只能在背地里叫。曹叔聪明，能引经据典，讲好多掌故。一直到现在，我觉得他很学问。

他说元代末年，中原百姓不堪忍受蒙古人的残酷统治，纷纷起义抗元。朱元璋欲联合反抗力量共同举义，但苦于官兵搜查严密，无从传递消息。所以刘伯温便出锦囊妙计，命王昭光制造月饼，将写有“八月十五杀鞑子”的纸条藏入饼子里边，再分头把这个革命的行动纲领，传送到各地起义军中，从而一举推翻了元朝。自然，姑妄听之。

刘伯温传递的月饼很可能是五仁的，五仁的配加青红丝，味蕾告诉我：这才是地地道道的中秋味道；当然，也可能是驴油大酥皮，这种月饼，入口即化，非驴油达不到这个效果。

想想元末的那个中秋，品尝过五仁或驴油月饼之后，大棒向敌人们的头上砸去！革命无罪，造反有理，一反到底，就是胜利。很解气。

再想想，哪一种食品能像月饼那样，可以推翻一个王朝。因此说，月饼是一种革命的食品！

姥姥供神

我的姥姥去世多年了。生前偶尔来我家住一段。为什么说偶尔呢？因为她和我的母亲性格不合，住不上几天就会闹翻。要说怨谁呢？不好说，反正娘俩都是炮仗脾气，一个巴掌拍不响。

前些日子，读《卢前笔记杂钞》：南京城隍庙一侧，供神名曰“王二麻子”，其为人，乃江宁府皂隶，多有善行。其为神，又极灵验，贫者患病无钱医治，卧龛下数日即愈。因之，香火鼎盛，压过那些正儿八经、冠冕堂皇的神祇。

说到供神，想起我的姥姥。姥姥极个性，她供的神灵不是普遍的泰山奶奶、王母娘娘、观音菩萨、胡大仙之类，而是桃花仙姑。至于这位桃花仙姑是何方神圣，不得而知。此乃一奇。

姥姥供神没有固定地方，她走到哪里就把神明带到哪里。尽管我母亲说她母亲是个“老白莲教”，但姥姥的神照供不误。此乃二奇。

姥姥供神并不按部就班，或四时八节，或初一、十五祭之以礼，而是情绪化，即兴随意，我行我素，完全取决于自己高兴与否。此乃三奇。

姥姥供神不仅敬之不恭，且还经常搞问责制。一遇到不顺心的事，姥姥就直呼其名：桃花姑子，我供你干么来着，你瞧瞧这事你弄的，你咋能这么弄呢……姥姥喝酒，往往是一边喝酒，一边数落，一数落半天。此乃四奇。

由王二麻子和桃花姑子可以看出，尽管同样是少数派神明，王二麻子被供奉的幸福指数，较之桃花仙姑，却要高得多。

光棍喜章（1）

白家楼村东一条大沟，沟东是一片砖瓦窑，并形成一个自然村，叫小东窑。光棍贾喜章就住在这里。喜章又叫“假和尚”，尽管他的父亲已经还俗多年，但人们还是把他视为和尚的儿子，就像右派分子摘帽以后，人们依然称他“摘帽右派”。

喜章在村里任职多多，民兵排长、副连长、革委会委员、治保主任、生产队长、宣传队队长等等。还有一些临时性力利机构的官职，如“一打三反”副组长、“学大寨运动”联络员，则可忽略不计。

喜章爱讲普通话，如“吃饭”“妇女”“风气”，喜章统统读作“吃shuan”“shu女”“shong气”，而“喝水”“说话”，则读“喝fei”“fo话”。任治保主任期间，比较怀柔，对专政对象轻易不打骂，但是上纲上线却是习以为常。譬如“四类分子”在路边栽树，不小心弄断了一段树梢，他就说：“你不仅是个狗地主，还是个现行反革命；你不仅破坏抓革命，还破坏促生产，应该把你打翻在地，再踏上一只脚，挥起革命的铁扫帚，永远扫进历史的垃圾堆！”

有一件事始终是喜章的心病，就是说不上媳妇。一则家里穷，又不会过日子，娘俩顿顿一斤酒，高了兴还要拐拐弯，谁也不用让谁。盼星星盼月亮，好不容易有个说媒的要来相亲，就赶紧去借了一床花被子，连借三天人家没来，第四天没去借，相亲的来了。姑娘看到土炕光席上放着狗皮卷，还一个油脂麻花的破枕头，就问他妹妹：“你哥哥就睡在这里？”妹妹说：“嗯。”

姑娘一听，立马拔锚开舟了。

光棍喜章（2）

那天我回老家，一个堂弟告诉我，喜章死了！这使我唏嘘不已。问及去世的日子，说有七八天了。回来一查博客，正是我发“光棍喜章”的那几天！巧合，绝对是冥冥之中的巧合！

喜章今年不到七十岁，命中注定是个鳏夫，因此就被“独身主义”了。男人的一半是女人，喜章只有残缺的一半，那就是他自己。如果即景吟诵“愁似鳏鱼知夜永”的诗句，不免就有点文人的酸溜溜了。喝点小酒倒头就睡了，夜永不夜永的，谁知道呢？哎，你还别说，喜章喝醉了睡不着，就捏起鼻子唱《奴命不如人》：

一想二爹娘，爹娘无主张，男大女大正相当，咋不打嫁妆？
二想二公婆，公婆不咋着，男大女大正相合，咋不搬娶我？
三想说媒的，说媒砍头的，娘婆二家坐上席，咋不把媒提？
……
十想奴的命，奴命不如人，高吊悬梁一根绳，早死早托生。

听得人心里酸酸的……

于是，我又想起小时候看民兵训练，喜章扛了轻机枪走在最前边，威风八面；在“公社革委会”的牌子前站岗，笔直，一站大半天……这些足以对喜章的历史嘲弄，却是他这一辈子少有的“过五关”。

喜章关心时事，关心政策，有一次回老家遇到他，他迎头就问：“你看这个分田到户咋样？”我说：“你觉得咋样？”他说：“我看罗锅子入殓——悬头。”和他说一些没用，我就说：“你先好好种着，反正人家咋着咱咋着呗。”他低了头说：“也是。”然而，一年多的时间，肝硬化终于不治，喜章“走麦城”了。

中年的喜章，眼见媳妇娶不上了。正好他的妹妹超生，镇里的计划生育小分队，雇用了社会上一伙地痞流氓，要揭瓦扒屋扫地出门。喜章就收养了这个不该出生的孩子——他的外甥闺女。据说出丧那天，这个闺女满身戴孝，孤零零一人出来谢客（kei），满街筒子的人都哭了！吊唁的亲朋好友一致恳请治丧的大总理：辞了（不要再谢客了）！

而乐队配合吹奏的，正是“奴命不如人”……

换营生的

1959—1961 年，史称三年困难时期。

这一时期，城里的“七级工，八级工，不抵农民半沟葱”，纷纷拿出家中所有，来乡下换取粮食。他们大多来自德州、惠民、聊城，即山东的“北三区”，其中甚至还有机关干部。一件衣服换几斤地瓜干，一匹土布换十几斤嫩玉米，俗话说“狼饿虎饿不如人饿”，有什么比填饱肚子更重要呢?

白家楼称这些人为“换营生的”。“换营生的”东西无奇不有，周家胡同的美苓，二十斤红高粱换了一块大罗马的手表，用手绢包了含在嘴里，再捂住耳朵，咔咔的响声扣人心弦。谁相媳妇借他美苓的手表，那得千恩万谢。官井边上的夏庆恒，则换了一架留声机，大门外官场（公用的空地）里每天晚上都可以听到“太阳出来罗儿，喜洋洋噢——郎罗……”这架留声机是手摇的，一不及时上弦，那腔调就像磨扇子压住了狗耳朵。

我的一个四服头上的堂哥，不是我笑话他，长得歪瓜裂枣，小四十的人了混不上媳妇。那年天赐良机，用八十斤麦子换了个眉目清秀的大姑娘，“速师”毕业，在家是个代课老师。没办法，在饥饿面前，“审美”只好被疲劳了。也算是安安稳稳，过了两年多，生了个闺女。媳妇想家，想回高唐老家看看爹娘。婆婆怕她一去不返，咬紧牙关死活不松口。媳妇苦苦哀求，三伏的天跪在当天井里，不肯起来。

我的母亲看不下去了，就对她婆婆说："他二婶子啊，我看这个孩不是薄情寡义的那货人，离家三年了，不通个音信，咱将心比心，能不想娘吗？娘能不想她吗？你就让她回去一趟吧？我担保，她定然会回来的！"母亲的话还算有点分量，婶子不好再执拗，堂嫂得以回了一趟娘家。

前几年我母亲去世，堂嫂哭得非常悲伤，她说：要不是俺大娘当时给我说公道话，那次走不了，我早就想好了：梁头上挂缨子——死给他一家看。

和安

和安在城里打工搞装修，买了村里的第一台电视机，黑白九吋，二手货。两根竹竿接起来，把天线拉上半天空。一下子，成了村子里社会生活中的大事件：盘古开天地咱没见过，这回一定得见识见识！乡邻们一窝蜂地喊："到和安家看电视机去，到和安家看电视机去。"一直到现在，他们不说看电视，而是说看电视机。

头一天晚上，正好播放武打片《霍元甲》，眼看屋里挤满了，和安把电视挪到了天井里；第二天，天井里也站满了，水泄不通；第三天，连墙头上都趴着人，猪圈、鸡窝都踩塌了。和安恼了，第四天老巴早就把大门关了，任谁七姑八姨表老爷的喊，就是不搭闲腔。第五天、第六天，大门上就安静了，鬼影子也不见。

和安忽然觉得不对劲，好像事办得有点过分了。第七天，重新洒扫庭除，摆好茶水，傍黑就站在了大门口，先见到和强，就让道："大兄弟，家来看电视机吧。"和强说："不了呢。我还得浇园呢。"又看到建春媳妇，就赶上去说："您婶子，来家看电视机吧？"建春媳妇说："不去吧，俺那小，大学一毕业，就去澳大利亚开了拖拉机（托拉斯），再等几天回家，就带回彩色的电视机来。"

和安转身又看到村长，还没顾得上让，村长就谆谆教导说："和安啊，上级可是有指示啊，扫黄，电视机里那些光屁股的小妇女、穿喇叭裤的小青年，严打。你家里有那个玩意，别价把孩子看坏了。"说罢，背过胳膊径直走了。

和安独自回到家里，呆呆地对着电视机，端详良久。说也奇怪，怎么就也瞧不出它的金贵了……

五保户

五保户张高氏，我叫她高姑奶奶。当初娘家爹贪图那十几亩水浇地，就把她嫁给了大十几岁的高光禄，那年姑奶奶十六岁。那光禄不仅老牛吃嫩草，且是个豁子嘴，三角地露着个大板齿牙。豁子嘴不兜风，新婚之夜，吹窗台上那盏油灯，“飞、飞、飞”了十好几声，也没“飞”灭。倒是姑奶奶“噗”的一声，解决了大问题。

吹灯的大问题倒是解决了，然而还有更大的问题没法解决，那就是高光禄伤寒症早夭了。俗话说：打了春的萝卜，立了秋的瓜，死了媳妇的丈人家。一切都变得没滋拉味。高姑奶奶走走不得，守守不得，寒窗孤灯，珠泪交流，整天夜里唱《拉魂腔》：

> 二月里来是早春，小寡妇在绣房泪淋淋。
> 无心绣好针，无心搽官粉，
> 就想那死鬼小亲亲。
> 早死上三个月，进不来你家门；
> 晚死上三个月，能撇下一条根。
> 撇下个男孩成家业，撇下个女孩一门子亲。
> 男孩女孩都没有，死鬼啊，只撇下奴家你好狠的心呐……

等到解放土改，土地入了社。人民公社化后姑奶奶当了五保户。生产队的五保户，高于社员平均口粮百分之十，享受烈军属的优惠待遇。高姑奶奶并不惬意，嫌粮食分得少，就去找生产队长：“还我的地，还我那十大亩水浇地，还我那三架水车！”队长说：“好啊，还你的地，你去当四类分子地主婆，五、十训话，天天扫大街。”姑奶奶两害相权取其轻，还是当五保户吧。

卖干醋的

醋，我们这里又称干（或泔）醋，就像有的啤酒称干啤。我家老宅子的后邻居，就租住过一家山西柴姓卖干醋的。柴掌柜经多见广，他说醋是黑塔发明的，黑塔是杜康的儿子，酿酒后觉得酒糟扔掉了怪可惜的，就酿成了“醋”。这我信，因就酿造工艺而言，酒醋相类同，酒的副产品加工成醋，似乎自然而然，符合产业链的规律。

柴掌柜的大儿子小友，十七八了，每天早起下四乡卖醋。这是个苦差事。一出门，娘就扌破耳朵地连声嘱咐：“步步小心，一路平安。”小友叫卖“打——干醋”的吆喝声，高亢清亮，一点也不亚于现在的西部歌王高保利。

有一年腊月里到泗水卖醋，一路雨夹雪。小友上了一个陡坡，脚下一绊，前边的坛子咕噜噜滚了下去，后边的坛子“噗嗤”碎了，小友大哭：“啊呀，亲娘哎，好歹是个梦吧。”及至走到坡下，滚下去的那坛子醋竟然完好无损，小友越想越恼，抡起扁担砸了。正坐在路边发呆，一排队伍路过，小友拍拍屁股，跟他们去了。

若干年后，柴家老爹死了，娘也哭瞎了眼睛，小友子突然回来了。他告诉娘，他跟的那支队伍是四野的，东北解放了，他在长春火柴厂当了厂长，回来接娘的。

我小时候经常去他家，不是打酱油，是打干醋。小友子的弟弟小栓送我一只拳头大的泥巴罐，里边装了满满一罐子鲜樱桃。小罐身上有孔，吹起来呜呜地响，像埙。小栓能吹成调调，他说他吹的调调是“诸葛亮吊孝”。

“二队长”小白鞋

生产队长这个官，虽然无品，却是一二百人的衣食父母，好汉子不干，赖汉子干不了。譬如后海子是第一生产队，多为李姓，队长敬义是他们的族长，说八个牙就齐了口了。再不急了就跳脚骂祖宗，无人敢犯。周家胡同的第四生产队，队长云宣也是个辈分高的，却压服不住。

白家楼第七生产队，多为老进士的孝子贤孙，成分高，专政对象，只能老老实实，不敢乱说乱动。因此，就从第一生产队派进一个队长叫常泉。常泉这个队长是政治队长，主要抓革命，兼职促生产。他领导学语录，不光学，还要讲解，譬如学习《纪念白求恩》：白求恩同志是个高尚的人。什么是高尚呢？高就是很高，上就是很上，高尚就是高高在上。白求恩同志是个纯粹的人，纯就是很纯，脆就是很脆，就像黄瓜打驴一样，倍儿脆。

常泉一到任，就和小白鞋风流上了。每每安排小白鞋的丈夫出夫修水库、修津浦复线，这期间，两个人就整床整铺地睡。“春宵苦短日高起，从此君王不早朝。”社员无奈，每天早晨自觉聚集在小白鞋的门口，等待分配活路下地出工。

太阳老高了，小白鞋这才睡眼惺忪，一边趿拉着鞋，扣着扣子，一边走出来发布指令：“队长说了，你几个到东岭锄地，他几个到西坡沤肥，下剩的都去南大洼间谷苗子。”

好吃不过饺子，好受不过倒着。说罢，就回去继续他们的回笼觉了。

因此，社员都叫小白鞋“二队长”。

安秀

第八生产队只有安秀一个党员，这个党员来路有点蹊跷。怎么说呢？一九五八年大炼钢铁，安秀进了新汶焦厂炼焦，就对领导自个儿介绍他是党员。领导二话没说，就把他安排成了小组长，管辖四五个人。两三年以后焦厂下了马，安秀就让厂领导写了一封介绍信：兹介绍焦厂党员安秀同志，回村参加农业生产劳动。请予以酌情安排。写完了，安秀又说不行，不能写“参加农业生产劳动”，要把“劳动”改成“工作”。工作就工作吧，厂领导也没再执意，就在改动的地方，摁了一个手印。

安秀拿着这封信先去找了公社，社长一看，这是组织关系信，二话没说，签上字：请村里酌情安排。并盖上了“公社人民委员会”的大印。安秀兴冲冲又去找村支书，特别指点让支书看了公社的朱红大印，支书也正儿八经地说：“你进步了，在焦厂还入了党，正好回生产队吧。”安秀一听有点不耐烦，喃喃地说：“社长不是要你们酌情安排我吗？”支书笑笑：“就酌情安排你去生产队工作。”

到了生产队，光棍喜章正干队长，看了看介绍信，一疙将眉头说：“你去牛棚里出粪吧，正好三缺一。”安秀着实恼了，拉开架势要和喜章理论。喜章不恼，笑嘻嘻地说：“干什么都是革命工作，共产党员要自觉到最艰苦的地方去。再要不，你干队长？不过得慢慢等，差不多六十年以后再酌情安排吧。”

安秀觉得组织上没有重视他，没有酌情安排他，要了他，一肚子两肋巴的牢骚。在生产队调三惑四，整天呼隆得满栏的牛不吃草，人都说他是个属大麻风的，没人着手。

到了生产责任制初期，分组包干，谁也不愿意和他一个组。当时生产队最大的财富，是一头用来配种的公猪。无奈，队长喜章下了死命令：谁想要这头公猪，必须搭配安秀。没有什么情可酌的。

“首富”守福

张家胡同里的守福很穷，却是个乐天派。尽管每到春荒难以果腹，树芽子都吃不上，还是倒背双手站在十字路口。人家问他：“吃了没，守福？”守福顺手捡起一根草棍，一边剔牙花子，一边说：“吃了，羊肉饺子有点塞牙。”家里三天揭不开锅了，一家人饿得躺在床上动都不动，媳妇扫扫缸底的高粱面，做了一碗“照人汤”糊粥，守福挣扎起来喝上，依旧倒背双手站在十字路口。人家又问：“这几天怎着没出门呢，守福？”“趁着天好，在家晾晾那些银圆票子，都长醭子了。”“你怎着那么多钱呢？”“守福，守福，谁叫咱是南头街的‘首富’呢？”

守福家的天井里有一棵大枣树，七月十五红鼻枣，满树滴翠流光。届时，他打发儿子拿一面锣，到十字路口一边“镗镗”地敲，一边喊：“守福放粮了，守福放粮了……”呼隆倒队，满街的人都去他家吃枣。

晚年得了肺气肿，临终一泡尿撒在床上。守福莞尔一笑，对床前附耳聆听的几个儿子说：“剃头匠子拍呱——完蛋一个。”头一歪，走了。

寡居二嫂

南园的北边是寡居，寡居里住着二嫂杜氏。二嫂长得很俊，像是画上的人。嫁过来当年的六月六，二哥暴病而亡。据说，小两口一早行房，完事后又吃了几片西瓜。西瓜是拔在井里的，凉。二哥下坡锄地，肚子疼得打滚，被人抬回来就快不行了。请来镇上的白大先生一看，小肚子铁硬发青，就说：这叫“回马毒”，晚了，要是早，药里用小灰（草木灰）作引子，一剂就能起死回生。

十六岁的二嫂，从此成了未亡人。公婆自是高看一眼，不让她下地干活，只在家里做做针线女红。来客访亲，总是让她上座作陪。有时老三家两口子嬉戏打闹，公婆就一个劲地数落，怕触及二嫂敏感的神经。二嫂的心境，一如昼夜吞吐的那根旱烟袋，云雾缭绕。

师傅二包神

二包神姓张，家住在张家胡同里，至于叫张什么，似乎并不重要，因为从来没人正儿八经叫过他的大号，只能以绰号行世。

二包神是我的师傅，说得确切一点，是我下象棋的启蒙老师。记得那一年，他在老柏树底下教我下象棋，讲授“马走日，象飞田，小卒一去不回还”之后，第一盘我就把他赢了。这事弄得我半辈子一想起来就得意。

二包神的父亲有点“二青”，筒子，大吹，不着调。日伪时期，人人害怕特务，他见人就说：八格牙路，咱在“红部”（日本宪兵队驻地）里米西（混饭吃）。其实他六十四下里不沾边，信口胡吣，狐假虎威而已。孰料抗战结束，被人告发为汉奸特务，其后百口莫辩，卖了三亩地，托人转脸请客送礼，这才保住了脑袋。到了“文革”，旧事重提，庆幸没查到恶迹，只戴上了一个“历史反革命”的桂冠。于是，二包神就成了“可教子女”。

师傅大我七八岁，在生产队享受不了“二等公民”的待遇，偷偷下了关东。据说在关东因调戏妇女，被人痛打一顿，神经受了刺激，魔道了。回到白家楼，整天肩上挎一个半导体收音机，哇哇作响，走街串巷。更兼好逸恶劳，最后只好在饭店的泔水沟里讨生活了。

还记得我第一次到师傅家里去，看到堂屋里挂着湘绣“四条屏”——《蜀宫乐伎》，不知为什么，我对着那些怀抱琵琶琴瑟、翩翩衣带流风的天人，良久痴痴发呆……

“八万”嫂子

我老家邻居大嫂，过年过节好打麻将，我们叫她“八万”嫂子。当年是富农成分，据说她的公公1947年干过还乡团、伪保长。解放初期被捕，最后死在劳改队里。成分本来就高，再加上这些历史问题，在当时那个年代，整个家庭很压抑。因此，这家“八万”嫂子经常说一句话：老爷爷儿不能常晌午。

鲁中一带，称太阳“老爷爷（儿化韵）”，称月亮“月奶奶”，堪称深通阴阳易理之道。小时候我们经常唱儿歌《月亮奶奶》：

月亮奶奶，好吃韭菜。韭菜乔辣，好吃黄瓜。
黄瓜有种，好吃油饼。油饼喷香，好喝面汤。
面汤稀烂，好吃鸡蛋。鸡蛋腥气，好吃公鸡。
公鸡有毛，好吃樱桃。樱桃有核，好吃小牛犊。
小牛犊跑得快，拉开桌子摆上菜。
你一盅，我一盅，咱俩拜个干弟兄……

有一次，三伏天，一伙老少妇道人家在水湾边凉快，纳鞋底、搓麻线、掐辫子，手里并不闲着。“八万”嫂纳着鞋底子，使劲纫了一针，恨恨地说：“这个世道儿，恨得我牙根儿疼。我就盼着俺儿快快的长大，长大了当大官儿，骑着大洋马回来杀了那些队长保管员……”

我母亲当时就不干了，说：“那可不行，我儿子还是生产队长呢。”“八万”嫂立马改口：“不碍事，咱对门子扯户的，到时候好说。”母亲事后说：“她那天嘻得怪瘆人。”鲁中山区的人，笑不说笑，说嘻。

扎根

我老家的右邻居玉祇，是正宗的“还乡团”。说他正宗，是因为“还乡团”还有好多外围组织，比如二旅、万（汉奸头子万金山）部队、自卫队、保安团什么的。玉祇一参加就是泰安县敦厚区“还乡团”大队，直属国民党县党部领导。头顶长疮，脚底板流脓，是个坏透了气的人。

什么叫“还乡团”？很有必要解释一番。“还乡团”亦称“还乡队”，解放战争时期国民党组织的地主武装。解放区第一次土改后，解放军战略转移。1946年夏秋之交，国民党军队重点进攻山东。“还乡团”积极配合，其主要任务，就是复辟倒算，夺回农民第一次土改的土地和生产资料，残害解放区的村干部、革命积极分子和军工烈属。

解放初期镇反，玉祇害怕，带着新娶的媳妇跑到了东北亚布力，最后隐藏在一家糖厂当了工人。“文革”一开始，清理阶级队伍，玉祇被查出来，定性为历史反革命分子。1969 年冬天，一家被遣返回到原籍。受当地政府管制。

玉祇的儿子叫扎根，生下来就期盼在东北扎下根来，不再回关里受辖制。

谷雨媳妇

胡兮马兮掺糖稀，有钱的王八坐上席。

这两句话不见诸典籍，百度也搜不到，但老家的人却经常引用。倘或追根溯源查问出处，都知道这是谷雨媳妇的名言。请注意，是谷雨，不是谷歌。

如果说前一句崇尚中庸之道，那么后一句，则是赤裸裸的功利主义。这两句话连起来引用，谷雨媳妇可能就有点夫子自道、自我解嘲了。

谷雨这个人，怎么说呢？人长得比武大郎英俊，比非洲刚果人白生，虽然不能说傻儿呱唧，但不灵透，发闷，轴死，一句话打发个主。只有一样好，就知道干泥瓦匠，拼死拼活给家里挣钱，因此在村里比较富有。媳妇一把抓，腰包里鼓鼓的。平时邻居百舍借借取取的，好多人家都用得着他家。但是泥人也有个土性子，谷雨一喝醉了就委屈得直哭，一边哭一边说：“唉，四个孩子，前边三个不是我的啊……”媳妇张嘴就给他填个蚂蚱，当仁不让地说：“你别谦虚，小四也不是你的！”

是谁的呢？四邻八舍都清楚，像谁，鼻子眼里都像。老大鼻须很长，活脱脱就是供销社冯保管；老二打眉眼里周正，就是个吊斜膀子，越看越像大队陈会计；老三是个姑娘，一笑俩酒窝，和西邻韩家的丫头站在一起，像一个模子刻出来的；至于小四，不好说，捕风捉影，都说是驻队干部老杨的。冯陈褚魏，蒋沈韩杨，一个家里五湖四海，哈哈，胡兮马兮掺糖稀呗……

要说谷雨媳妇这个女人，瓜子脸，杨柳腰，要针线有针线，要饭食有饭食，心直口快，乐于助人，要头连膀子卸给你。只有这一样不好，哪样，给男人戴了顶绿帽子……

大厨本梓

每逢回老家，习惯问问故人安好。这次元宵节回去，问到本梓，本家弟弟告诉我：“年前腊月里走了。”接着又说：“两个儿子不孝顺，本梓刚咽气，身上还热乎，就拉出去埋了。”听罢，不禁唏嘘。

本梓是个庄稼厨子，能做“四八”“八八”的席面。“八八”的席面，在我们当地算是大席，招待姑爷一类新客。八个盘子四凉四热，八个碗四蒸四炖，整鸡整鱼另上，那算大件。就这样，一般红白喜事给人家在灶头上张罗张罗，赚个“肚儿圆”，日子过得强强巴巴。

有一年我回家，在十字路遇到本梓，趴下就给我磕头，赶忙扶起他来，他告诉我：“您大哥（按：指他的父亲）老了。”老家的俚语“老人死了（儿子的）头没主”，这个大我近三十岁的老侄子给我磕头，也算“山高遮不住太阳”，属正常。问他近况，他说：“小叔啊，我这个人夜里寻思千条路，白天还得卖豆腐。你说我能干啥，就是炒炒煎煎这点用处。你在城里打听着点，有合适的给你侄子找个活。”我说：“行。”

过了不几天，单位上成立食堂，我就推荐了他，本梓就带个铺盖卷进了城。在这十几个单身职工的食堂里，本梓饭菜都做得不错。但我长年在外，还真不了解本梓有个毛病，大毛病——生性好斗。干厨房，难免听些闲言碎语，好活不如好脾气。本梓不然，一言不合，怒目相向，先是口水之战，后来升级发展到挥以老拳；再后来，抄起大灶上的火钩，把小郇围着宿舍楼撵了三圈……半年下来，就除了没和我打架，余者悉数干了一遍。同事们都埋怨我，我觉得很难堪。

忽一日，到我宿舍里痛哭流涕，我以为他又和人干架了，结果不是，这回是脖拉颈疼。我就立马带他去了医院，挂了个专家门诊。一进屋，他又哭起来："大夫啊，我出'歪刺骨'症候了，这回要亡国了……""歪刺骨"就是不好的病，"亡国"就是要死了。我给他一翻译，专家笑了，捏了捏他脖子，说道："别害怕，既不是'歪刺骨'，也亡不了国，你是夜里睡觉不注意，过堂风受凉了。"借了这个机会，算是给他下个台阶，我就把他打发回家了。送行时，本梓喝了几杯酒，对我说："小叔啊，你这个地方不是好人待的去处。"

说着说着，好多年过去了。这好多年，我也是"夜里寻思千条路，白天还得卖豆腐"，百无一能。不过每逢我过年过节回家，本梓都请请我。总少不了一味菜：豆腐块六面焙锅，炸得焦黄，放少量肉末，几根蒜薹，再用高汤一煨。他知道，我好这口。

梨花二姐

一直喜欢梨花。少年时期往往在"雨打梨花深闭门"的时候，怅惘"一树梨花一溪月，不知今夜属何人？"小小年纪，那种淡淡的忧愁和哀怨，实在有点儿莫名其妙。

上学的路上，经过李家的后园，后园的水井辘轳旁有一株硕大的梨树，花开时节，绚烂至极。每逢路过，我就跳进矮墙，折一枝梨花，抱在怀里，到学校插在教室的讲台上。班主任是一位女老师，姓梅，为此经常在课堂上点赞我的浪漫情怀。多年后，在城里遇到她，梅老师还津津乐道我的梨花。

"花开堪折直须折，莫待无花空折枝。"梨花盛开的那几天，反正都要折它几次。

就一回，意外失手，被李家的大小子发现了，拿根棍子就撵。吓得我们三个小孩子，狼狈逃窜。一直跑到村北边的麦田里，把梨花藏在麦垄子里。

然后，“出了地边，就敢见官”。我们就没事人似的站在那里，和他理论：谁折你的花了，花在哪里？及至他从麦垄里找出了梨花，也不怕：你说是你家的，你家梨花什么样？你叫叫它答应吗？就你家有梨花？李家大小子挺憨，就气哼哼地走了。

不曾想，下午放了学，事大了。李家父子兄妹四五个，把我们堵进小胡同，挨个扭耳朵。幸亏负责扭我的是他家二闺女，我眼泪汪汪地叫了声二姐，她就舍不得了，挤挤眼说：“走吧。”

多年后，我回家过元宵节，她到我家门口灯棚看灯，怀里抱一个，手里领一个，让她孩子喊我舅舅。不知怎么，我就想起杜牧那首诗：

> 自是寻春去校迟，不须惆怅怨芳时。
> 狂风落尽深红色，绿叶成阴子满枝。

可惜，樊川居士咏的是杏子，不是李家园的梨花，更不是梨花二姐……

官二代呆瓜

说呆瓜是个官二代，不用加引号，一点都不含糊。他爹乐亭先生，燕京大学毕业，民国二十四年任泰安县长、党部书记长。在城里娶了两房姨太太。那当初的泰安县辖（代管）十三县，比目前的地级市还要大。

呆瓜是他的小名。按说县太爷的儿子，怎么能起这样一个小名呢？恕你不知，老辈庄稼人讲究贱名好养，农村叫狗蛋、狗剩的很多，至于趴牯、犊子，傻子，楞子伍的，那是好听的。

当初，呆瓜在济南上育英中学，初中还没毕业就解放了。老蒋钦命其父以齐鲁同乡会的名义，潜伏下来。抗美援朝镇反期间暴露，毙了。呆瓜当了几年民办教师，后来因乃父的历史问题，被清退，回生产队干农活。从南山庄子里娶了个媳妇。呆瓜的小舅子入团想进步，村里一查，姐夫是个四类分子子弟，这下坏了。团支部说这个小青年假进步，入了团就是睡在我们身边的赫鲁晓夫，定时炸弹。媳妇娘家一听，这要连累到什么时候？作长久计，坚决要闺女离婚。无奈，就离了。

拾掇东西那一天，丈人家来了一大帮人。呆瓜预先在墙上用粉笔写了一首长诗。现在我只能记住几句，反正挺凄惨，“孔雀东南飞”现代版：

结婚十年半，儿女生对半。
大女叫小菊，二丫叫小然。
老三小小子，取名叫社员。
……
非是我不孝，亦非你不贤。
偏偏闹阶级，斗争须当先。
夫妻同林鸟，如今各分散。
……

这一离婚，儿子跟媳妇走了，鸡飞蛋打。眼看要断香火，呆瓜不甘，于是心生一计，借了辆自行车，在丈人家门口踩点多日。这一天，看到大女儿领儿子出来玩，就掏给女儿两块钱，让她去买香油馃子。小孩子家不懂事，乐呵呵地去了。说时迟那时快，呆瓜把儿子抱上自行车，一路大撒把回到家。猴子手里倒不出枣来，这一把儿子偷回来，再要可就难了。

就是偷回来的这个儿子，后来小三十的人了，也没说上媳妇，偷鸡摸狗拔蒜苗，人事不干。爷俩针尖对麦芒，呆瓜整天让他打得鼻青脸肿。这一天吃晚饭，又干了架。儿子喝高了，脚踩在呆瓜的脖子上，非让他喊爹。呆瓜说，喊你爹？俺爹是县长，你算个啥！翻过身来，一气之下，摸起铁锤给儿子开了瓢，脑浆子迸了一地……

村里去报案的工夫，呆瓜拿了一根小绳，自经寻了无常。

圣贤恒忍

按堂叔兄弟排行，恒忍是老大，二弟恒耐，三弟恒吉，四弟恒祥。虽说都独立门户过日子了，但总还是一个老爷的公孙。知足常乐，能忍自安，忠厚老实人家，讲究忍耐吉祥。玩上粮，不怕官，孝顺老的不怕天。这还不够，左邻右舍也得讲个睦邻友好。敦睦邻里，是农民的优秀品德，百年之后要刻到碑上的。关起门子朝天过，上炕认得老婆孩，下炕认得那双鞋，那是“死孙货”，邻里不待喜见。再有，属螃蟹的，横横量量，打街骂巷。人家忍你让你，但没人和你上门共事，不是怕你，是因为乡下人讲究“好鞋不踩狗屎”。

恒忍家里穷，早年上过几天初小，就凭肚子里这点文化水，先在人民公社的木业社里当记账员，以后又在公社农具厂干会计。打算盘一手好活，个十百千万，加减乘除法，你念多快他打多快。要说错了，那是你念错了，他是打不错的。工作一干四十多年，领导上从未批评过他，同事间和谁也没红过脸，账目上未出过任何差错，年年评先进都戴大红花。他凭什么？就凭一个字：忍。恒忍、恒忍，持之以恒地忍着。

二三十年不见恒忍了。今年正月十五元宵节，我回老家上灯。侄子带我去村西头看一通祖坟出土的谱碑。路过恒忍的家，碰巧他趔趔趄趄地走出来，我说：恒忍这么老了？侄子说：还老了，你知道他今年多大年纪了？九十三了！我想下车和他说句话，侄子说：别下了，他聋三拐四的也听不清。就这样失之交臂。回城后两三天，老家来人告诉我：恒忍走了……

有时候我想，恒忍的确是一个老实本分的乡下人，虽说后来吃了“准皇粮”（非国库，大集体，夹在二元结构、剪刀差的中间）。古人常说：人非圣贤，孰能无过。质言之，恒忍一生无过，他是否算个圣贤呢？

小友保元

那年除夕后半夜，大街上阒无人迹，保元自个儿打一盏灯笼，在我老家大门口老槐树底下，足足蹲了两个钟头。寒风颤抖着烛光，朦胧成一团微红的氛围，被氛围挟裹的保元，不挪不动不言不语无忧无虑无喜无悲。现如今五十多年过去了，我还一直纠结，很想知道他当时的内心世界：一个四五岁的孩子，他在那里想些什么呢?

也是在那些年的某一天，保元还是倚在那棵老槐树上。我一时手贱，想吓唬吓唬他，拾起一块石子拽了过去。要真的瞄准，绝对没那么精确，结果，这块石子不偏不倚不歪不斜不弃不离，正好敲在他的额头上。一时，鲜血如注。母亲急忙搓了一把溜墙土，捂上，这才止住血。第二天放了学，保元依旧不声不响，背了草筐站在槐树底下，等我一块去打草。看到他头上包裹的伤口，我初次品咂了人生愧疚的滋味。

保元兄弟姐妹六七个，他老四。头生子疼，末生子娇，当中间的吃气包。这些保元没法选择，只能这么受活着。当年最高兴的，莫过于他娘做熟了菜糊粥，他就跑到大门口去喊：随常、跟常、小翠兰，赶快回家来啊，再不回家捞不着喝糊粥了……

去年秋天我回老家，遇到保元赶一群山羊从坡里回来，浩浩荡荡，足有七八十只。纵不过五十出头的人，衣衫褴褛，竟至白发苍苍。看见我，站住，憨憨地笑，那群羊把我围得严丝合缝，向我行注目礼。侄子给他递上一根烟，点着，保元说：家里喝水吧。我说：你圈羊去吧，不麻烦你了。

保元光棍一条，一直和他八十多岁的老娘相依为命。听说，也有媒人给他介绍过对象，是一个寡妇，带了一儿一女。保元花一块五毛钱买了一盒大鸡的烟，到了媒人家里，一直没舍得掏……

你想想，这事能成?

乖毛恒敦

古代男孩的发式，三撮毛，分别留在两个骨乖和头囟子上，这三撮毛叫“乖毛”。泰山岱庙出土的宋代石雕“童子行乐图”中，“四喜童子”的这些特征，就非常典型。到了我小的时候，凡是家里娇贵稀罕的男孩，头上还留乖毛，或扎成小辫。男孩子扎一个精致的小辫，再系上红头绳，个顶个都像贾宝玉。前年接待央视四频道的记者，有个小伙子就扎了四条小辫，垂在肩上，楚楚动人。恒敦小时候就是这样的发式，我们都叫他“一把毛”，这个“浑名字”（绰号）一直叫到他当兵离家。

那年冬天的早上，我和恒敦去完小上学。路过结冰的水湾，恒敦发贱，迈上去一踩，“咔嚓”，冰碎了，人落在了湾里。我一看情况不妙，说时迟，那时快，拔腿就跑。跑到水湾上边，听到恒敦一个劲地哭喊“拉我呀，拉我呀！”这才想起不能跑，要救他啊。又退下去，把他拉上来。水淋淋的恒敦，被冻得哆哆嗦嗦，哇哇大哭……

我的第一个选择，为什么是拔腿就跑呢？当时真的是吓傻了，完全凭着本能了。

那个年头，农村孩子的出路只有当兵入伍。当上兵至少可以混个媳妇。再有极少数的，拼死拼活地干，当上个连长排长，就是转业复员，也能吃上皇粮了。恒敦有幸当了兵，空军地勤，在云南呈贡。三年后退伍回家的路上，火车失火，行李烧了个吊蛋精光。再后来，娶妻生子，又回到了农民的行列。忙完了麦秋，就出去打工赚点钱。顶着门头过日子，人情世事，每年没个一万两万的，拉不开门闩。

过年过节或是平时我回家，恒敦就宰一只大公鸡，请我喝两盅。他不大喝酒，也没多少话，只是坐在对面，给我夹最好的鸡块。仔细端详恒敦，年轮镌刻在脸上，有点像丰子恺插图里的阿Q。只是乖毛早就没了，刮了个青楂楂的秃瓢。

恒敦尚能诗。有一年春节，自撰自书一副对联。上联曰：高楼大厦不扎根；下联是：茅庵草舍前程锦。大抵有感而发。我站在那里欣赏，恒敦不好意思，说：屋里吧，外边冷。

八年前，恒敦摊上大事了。他的独生子在外边打工，喝醉了酒一言不合，摸起钢管，给另一个民工“开了瓢”。千不该，万不该，两家还是同宗、邻居。好好歹歹，托人转脸，找律师请法官，大半年后判了个死缓，新疆搬砖去了。

去年，恒敦得了肺癌，走了。

水湾小志

长湾

早年间，老家的水湾星罗棋布。

长湾在村西。说是湾，更像一条大沟，南岭上的水从这条大沟顺流而下，直入村北的柴汶河，再到大汶口五汶汇聚，流经汶阳田，过宁阳禹王庙前的堽城坝，“三分朝天子，七分下江南”，以济京杭运河。因此，长湾的水是活水。

长湾又被一孔石桥分割为南北两段，南段叫小湾，北段叫大湾。大湾三四百米长，七八十米宽，三四米深。岸柳成荫，是我的天然泳池。记得五岁那年，第一次贸然下水就被淹了，幸亏旁边一位会水的小友，一个猛子扎下去，把我拽上来。说时迟，那时快，小肚子已经喝了不少鲜鱼汤，胀鼓鼓的，一个劲呕水，两眼充血发红……母亲领我回家，怕我落下病，打来井水、河水、湾水，称之“三合水”，烧了让我喝下去，好长时间恹恹的。从那时，每逢回家，母亲先用手指划我的腿肚子，如果划出白杠，肯定又下水了，不攥拳就是几个巴掌，然后就骂：“蛤蟆蝌蚪撵鸭子——找死！”

现在想想，那时如果淹死了，留下的便是“啊、啊”的遗言。“啊”一声，灌一口，这才喝饱了肚子。由此看来，遗嘱不宜过长，言简意赅为要。

长湾留给我儿时的记忆，丰富而清晰。我在《乡野纪趣》里曾写道：

冬日水湾几近干涸，数小友集而议之：泼鱼。叠坝之后，用泼斗将水取出，竭泽而渔。往往小有收获。劳苦一天，满身泥浆，虽所得之鱼头尾相衔，长不盈寸，但载鱼而归，乐不可支。小鱼裹面糊，油炸后做汤，打上鸡蛋花放进胡椒粉，满钵鱼目睽睽，食之大快朵颐。

梭头湾

长湾北端，与村西岭下来的一条大沟交汇，水流拐弯处形成一个Q状小岛，故，梭头湾之名因形而得。岸芷汀兰，郁郁青青，烟笼寒水月笼纱，柳丝绿蒲，掩映一湾碧翠。这是老家自然布局的别致小品。岁月静好，这里是小农经济的世上桃源。

一座吊桥通往小岛，岛上住着一户庄姓人家。我在小说里边写道：“兰子住在梭头湾边，一泓清流，半人高的蒲草，环绕着三间茅舍。篱笆边上玉簪花开，碧绿中就笑出了粉白，很像素妆的兰子。”其他像捅死鬼子的打狗仔延伶，给杂牌司令当保镖的老海，他们的故事都发生在这里。

梭头湾的吊桥上，夏夜是乘凉的胜地，大半个村五行八作的乡邻聚集在这里，召开新闻发布会，侃侃三纲五常、津津谈玄说鬼。錾磨的延坤，“走过北，闯过南，大明湖里划过船；走过南，闯过北，趵突泉里尿（niao）过尿（sui）”，当时正捏着鼻子在唱天津卫劝业场的“翻洋片”：

> 您往里看呐，又一层——正月里探妹正月正，
> 我接小妹看花灯。看灯是假意，接你是真情。
> 四月里探妹四月八，我领小妹吃黄瓜。
> 大的才打妞，小的才开花。
> 六月里探妹三伏天，洋纱褂子大镶边。
> 请人做齐备，留你身上穿。
> 九月里探妹菊花黄，我与小妹进洞房。
> 打开红罗帐，一股桂花香……

唱着唱着，就听得“呼隆”一声，“睡不醒”繁苍一头栽进湾里。繁苍姓孔，有瞌睡症，一打盹就下了水晶宫。大伙儿七手八脚捞上来，对他说道：“龙王爷招婿啊，你去得这么快？”吐了几口水，繁苍才喊：“烟袋、烟袋！”却原来，他的琥珀嘴子烟袋还在水里，亮晶晶地闪着……

大清早，兰子推开柴门来到梭头湾的吊桥上，收昨晚下的网笼，满笼子烂银碎玉、活蹦乱跳的鱼虾。忽而，兰子喊道：“爹王八、爹王八……”爹如何成了王八呢？却原来，网笼里逮住了一只老鳖，兰子要告诉老爹，一激动，就一块喊了。

大碾湾

以南北大沟为中轴线的长湾、梭头湾，往北不到半里地，是大碾湾，一个面积近百亩的湿地。为何叫大碾湾呢？因为这里有许多凹形石槽和圆形碾磙，据说当年是个造纸作坊，用麦秸造草纸。大碾湾中间，还有个大石臼，里边可以坐开三四个孩子的空间，应该也是造纸的设备。湾东边是西大庙释迦寺，创建年代无考，断碑残碣中，散落着宋明清三代重修的记载，大碾湾属于庙产。因此我断定，造纸作坊应该是释迦寺的“三产”。

大碾湾看似波平如镜，但里边分布着无数深坑，栲栳状，掉下去很难救援，曾经淹死过人，很“紧”，所以名声不好。淹死的那个孩子是独子，“蝈蝈腚上一根毛”。那天是七月十五。

汛期一过，大碾湾里的深坑都露出来，这时我最大的兴趣是看“二壶头”打鱼。老人佝偻弓背，手挽渔网，腰挂鱼篓，裤脚高高挽起，小腿上鼓出一团团蚯蚓状的曲张脉管，赤足而行。“二壶头”的绝活是撒网，什么形状的坑，能撒出什么形状的网。水坑边站定，纲举目张，抡圆双臂“唰”的一声，网脚悄然人水。尔后徐徐收拢牵出水面。收获最多的是黄鲴、咯蚜，还有一扎长的鲫鱼瓜子。看“二壶头”打鱼上瘾，为此我曾数次逃学，并立志长大后当一个打鱼的……

已经有好多年没见过打鱼的了。每每怀念大碾湾，怀念“二壶头”这个快乐的渔佬儿。斯时，总联想起倪瓒那幅叫作《渔庄秋霁图》的名画，浅水遥岑中，孤舟蓑笠翁优雅闲适的神韵。

黄家湾

我的老家那个村子，东西各有一条南北大道，风水先生称轿杆路，是个出娘娘的宝地。这事应验在汉朝，当年汉武帝东巡平阳，在这里建了行宫。地方上选美，贡献了一位星级姑娘，被皇帝临幸之后，身份立马成了娘娘。至今我们那个乡镇就叫宫里，如果一个男爷们和你打招呼去“宫里”，黄家湾西边，就是那条轿杆路。一到汛期，路就变成河，河水清澈，赤脚蹚河，脚丫温乎乎的发痒。豆子开花，捞鱼摸虾。湾里的鱼虾满路上跑得都是，间或还可以逮住黄胡子大鲶鱼。

为什么叫作黄家湾呢？盖因白家楼曾经有过一户姓黄的。这个“曾经有过”，旨在表明：如今已经没了。彼时，有个小孩子叫黄妮。到他这辈上，黄家已是五世单传。家宅不兴，人丁不旺，是府上继统的大问题。谁料想，黄鼠狼又偏咬病鸭子，黄妮落草三天，还没来得及烧喜马，他爹就得霍乱症，腿一挺，万般不舍地走了。这样，举家就剩下黄妮娘俩，和一个七老八十的爷爷。日子过得了无生气，闪闪烁烁，就像那盏挂在炕头山墙上、一根捻子的豆油灯……

黄妮三岁那年的六月初八，姥娘家刚来挂了锁子。夜里月亮幌，忽然翻墙跳进来一伙强人，打着火把，手持“土打五”的火枪，扛开屋门，把黄妮娘一床褥子裹起来，捆在驴背上。一个凶狠的汉子抡起鬼头刀，用刀背砍了黄妮娘后背一刀……趁乱的工夫，爷爷抱起熟睡的黄妮夺门而出，跑到庄外高粱地里藏起来。

这是一伙抢亲的。领头的是黄妮的大舅。那个凶狠的汉子，是黄妮的准后爹。抡刀砍后背，不过象征性的，是抢亲的仪式之一：驱煞。把寡妇身上的煞气、戾气、晦气、骚气……一刀两断，免得再妨后夫……

黄妮五六岁了，长得像根黄豆芽。到哪里爷爷都拽着他的手，生怕给风刮跑了。他家的地，就在村东黄家湾周遭，爷爷往地里送粪，他就拉车子。送粪要上一个很陡的慢坡。黄妮撅着小屁股，脑后耷拉着无精打采的小辫子，那根草绳深深地勒进肩膀里……

弱息孤老。又过了两三年的光景，爷爷走了。从此，白家楼再没见过黄妮。听人说，他娘打发人来把他接走了。唉——现如今，黄妮健在的话，也是八十多岁的老人了。

我的姥娘家在七十里以外的放城，每逢母亲走娘家回来，我就坐在黄家湾的柳行里迎她。当看到母亲瘦小的身影在南岭上出现，我就撒腿飞奔向前，比兔子都快。那年，我要跟母亲去姥娘家，当晚母亲答应了，可是第二天一早，却悄没声地走了。我醒来之后，便一路哭喊着去撵。跑到黄家湾，被一位本家大叔拦住，我就在那里和他厮打。正好一个老侄子媳妇走过来，笑着调侃我：“小叔，你的小鸡鸡都气歪了！”我低头一看，才发觉光着屁股，一把捂住就往家跑，一大群人在后边笑我，糗大了……

刘家湾

刘家湾三面是枣树，几十棵大枣树。这枣我们老家叫木枣，小拳头那么大个，疙里疙瘩，青涩时发哏，坚硬，味同嚼蜡；中秋节过后，熟透了，通体发红，再吃，甘甜清脆，赛梨，落到地上就能摔裂。核很小，椭圆形，可以串手链，可以磨哨子。好多年没吃过这种枣了，去年秋天在西安咸阳邂逅，惊喜得不得了，买来一尝，没滋拉味的，兴意索然。

刘家湾是刘家的，刘家弟兄四五个，个个虎背熊腰，都长着吊丧不哭的脸。谁要对他家的枣有非分之想，那是与虎谋皮，不可以的。但是，秋后收枣，要收十几麻袋，有一大部分要落在湾里，谁给他捞？这时，刘家弟兄对我们这帮小伙计就有了笑脸，端出一笸篮枣来，热情地请我们吃。吃人家嘴软，拿人家手短。到时打枣，就下水给他捞。捞上大半天，身上泡的白模胀气，上来之后，刘家弟兄又恢复了吊丧的脸，我们一帮就悻悻地回家了。路上发誓：明年再也不给这婊子儿捞枣了！及至明年，又没了给事中，刘家弟兄如法炮制，我们又照捞不误……

需要解释一下这个“给事中”，“给事中”是个官名，秦始置此官。西汉因之，为加官，位次中常侍，无定员。所加之官或为大夫、博士或议郎，御史大夫、三公、将军、九卿等亦有加者。给事中常侍皇帝左右，备顾问应对。也就一般闲差，给皇上解闷而已。我们老家取其谐音，“没了给事中”意思是健忘，记不住事。

转回来再说刘家湾，刘家湾的蛤蟆不叫。为什么不叫？因为二月二打囤时，刘家用草木灰沿湾边撒一圈。这样一来，蛤蟆就哑了。据说，大明湖的蛤蟆也不叫，大明湖该不是用的这个法吧？

后海子

老家村北有个大湾，叫后海子，那个自然村也因此而得名。后海子像个宝葫芦，由两个圆形的水湾连接而成。濒河，四季水满，幽深不可测。每每有老鳖出来晒太阳，都像锅盖垫那么大。

后海子北边住一户人家，这家有个女孩叫桂荣。当时上小学，我在班里年龄最小，桂荣比我大四岁，假小子，全班都怕她。只是对我挺好的。那当时扑克紧缺，我有一副，班里的坏孩子正范，把大王偷去了。问他要，他欺我人小，要我磕头才行，把我难为哭了。恰在此时，桂荣驾到，揪住领子就把正范撂倒，拳打脚踢一顿饱揍。揍完，又跑到办公室："报告张老师，正范欺负小同学！"张老师一听就火了，把正范拧住耳朵拎到教室外边，太阳地里罚站。

"晌午歪的日头，晚娘的指头"，很毒。上课后，正范料想老师不注意，就蹭到了阴凉地里。桂荣又举手："报告老师，正范躲到阴凉里去了。"张老师又把他拧住耳朵，拎回太阳地里。那次挺解气。

到镇上去看露天电影，桂荣坐在后海子的石桥上等我。天冷的时候，就抓住我的手塞到她的棉衣口袋里，浑身暖乎乎的，有一种幸福生活的感觉……

哈哈，本来是要写后海子的，怎么心猿意马，写起猴年马月这点"小风流"来了？就此打住。

南湾

离我老家最近的是南湾，不过一箭之地。偌大的水面，带来无尽的清凉。湾里放养成群的鹅鸭，下的都是双黄蛋，切开一汪油。但我一般不在那里游泳，小时候都是裸泳，这里离村子太近，不相宜。

乡下有规矩，"有理的水湾，无理的河道"。在河里，是不讲男女之大防的。话说姑嫂二人赶集，河里好多男人在光屁股洗澡。过桥时，嫂子大大方方在前边走，小姑则犹抱琵琶，用扇子遮住了脸。过河之后，嫂子问："妹妹，我怎么看着那个大个子男人，腰里两杆枪呢？"小姑说："嫂子看花眼了吧，我明明看着只有一杆嘛。"嫂子哈哈大笑，小姑这才意识到被嫂子涮了……

1947 年，"还乡团"复辟倒算，用铁丝勒住脖子，把一个中年妇女拉进南湾里害死了，死相很惨。其原因，到如今是个谜，好像是说这个女人掌握了"还乡团”某些不可告人的勾当，杀人灭口而已。我据此写成了小说《小炒肉》。

还有，那个先在南方打工，后来“打的去加拿大开拖拉机”的跟香，也住在这个湾边，我据此写成小说《白楼红粉》。

湾边上有一口井。看麦场的三叔，把几根草蘙（yue）子接起来，拴住一个大砂壶，吊下去打上满满一壶，抱起来“咕咚、咕咚”灌下去，抹抹嘴就说：“一碗凉水一碗血！”

五行八作

小引

旧社会讲究三教九流。

三教：儒教、道教、佛教。

九流：儒家、道家、阴阳家、法家、名家、墨家、纵横家、杂家、农家。九流又分上中下，上九流：一流佛祖二流仙，三流皇上四流官，五流阁老六宰相，七进（进士）八举（举人）九解元；中九流：一流秀才二流医，三流丹青（画家）四流皮（皮影），五流弹唱六流金（卜卦算命），七僧八道九琴棋；下九流：一流高台二流吹，三流马戏四流推，五流池子六搓背，七修八配九娼妓。

除了三教九流，还有五花八门、五行八作。

五花：金菊花，卖茶女人。木棉花，江湖郎中。水仙花，酒楼歌女。火棘花，玩杂耍的。土牛花，挑夫。

八门：一门巾，算命占卦的。二门皮，卖草药的。三门彩，变戏法的。四门挂，江湖卖艺的。五门评，评弹说书的。六门团，街头卖唱的。七门调，搭棚扎纸的（扎彩匠）。八门聊，高台唱戏的。

五行：牙行，牲畜市场上的经纪、中介人；脚行，搬运脚夫；勤行，饭店茶馆跑堂的；金行，打造金银首饰的；柳行，唱戏唱曲的。

八作：木作，木匠；石作，石匠；瓦作，瓦匠；搭材作，搭建建筑脚手架；土作，土方施工；油漆作，油漆匠；婚礼作，举办婚礼的专门班子；火药作，制作火药的作坊。

所谓五行八作，实际上是社会下层各行各业的泛指。这个系列，权当为这些行当作传。

剃头匠子（1）

在三教九流、五行八作里，你找不到剃头的。但作为谋生糊口的行业，不要说三百六十行，七十二行就该有剃头的位列其中。其排序，大概在“五流池子六搓背”之前吧。

我写过一篇小说《怪刀》，素材就来源于一个剃头匠子崔师傅。老人原先在县衙门当差，给县太爷和衙役们剃头梳辫子。他谙熟理发这一行当的诸多行规术语，也掌握衙门里“大堂不耩高粱，二堂不种黑豆，老爷吃什么？”的许多潜规则。我在那个小城里刚参加工作的时候，每次都找这位老人理发，听他絮絮叨叨讲这些掌故。

崔师傅十一岁学剃头，学徒生活很苦。除了干剃头铺里一应杂活之外，还得帮师娘刷锅洗碗拉风箱。白天师傅干活，就给小崔一个大冬瓜，让他用剃刀一圈一圈地镟，练习刮光头的技艺。晚上师傅干活，一边端灯照明随着师傅转，一边学习师傅的手段。

一次，正在削冬瓜，师娘喊他去抱孩子。小崔顺手把剃刀剁在冬瓜上，拔腿就走。师傅大怒，紧三步撵上，一脚就踹倒了，骂道：“王八的龟孙，你给人剃头也这样？习惯成其自然，不学好的狗材料子！”

当时听他说这话，我的头皮就发麻，瘆得慌，真害怕他一旦去喝那杯老干烘茶，把剃刀剁在我的头上。好在，那时已经用手动推子了。

剃头匠子（2）

清末闲园鞠农的《燕市货声》描述剃头挑子：“挑担，前小红圆笼，中藏炭炉，上置盆，旁竖旗杆、刁斗；后挑红柜，可坐，中匣藏梳、抿、篦、刀……”

为什么剃头挑子上竖旗杆、挂刁斗呢？却原来清军入关以后下令剃发蓄辫子，不从者杀无赦。清统治者把这个剃发任务饬令“剃头匠”执行，给他们一个职称叫“待诏”。每人发一剃头担子，一头是三层抽屉的坐凳，里面放置剃刀、梳篦、磨刀石等工具；一头是生火炉子，上面有个铁或铜的圆桶锅热水，上有一个铜盆，后面立一根刁斗（发号施令的象征）桅杆，上挂黄布牙边长方旗，再上有“奉旨剃发蓄辫”字样。慢慢地桅杆上的长方旗没有了，但是刁斗桅杆一直保留了下来。这就是刁斗桅杆的由来。

剃头的祖师爷，南方供罗祖，湖南人，是个穷秀才；北方则供吕祖，吕洞宾。明以前，讲究“体之发肤，受之父母”，男子多束发包巾，顶多是修理头发（理发）。至八旗入关，留头不留发，留发不留头。剃发留辫。民国共和，剪辫子也是一场革命，时兴“二毛子”。解放后，人们开始剪短发，称之为“剪头”“推头”。抑或在清末辛亥剪辫子的风潮中，才成就了剃头的庞大行业。当时还有一首《剃头歌》唱道：

自古头堪剃，而今尽剃头；
有头皆可剃，无剃不成头；
剃自由他剃，头还是我头；
请看剃头者，人亦剃其头。

剃头是手艺活，剃头匠必须掌握十六种技能，即梳、编、剃、刮、捏、拿、捶、按、掏、剪、剔、染、接、活、舒、补。这其中包括梳发、剃头、刮脸、掏耳、清眼、染发、按摩、正骨等。

我的家乡宫里的小镇上，春节赶大集，几十架剃头的挑子摆开一字儿长蛇阵。过年了，人们剃个头见见新，干净干净。不到正月十五不能再剃头，谁剃头死他舅舅。这些剃头的也像京剧的梅、尚、程、荀，自成派别。大致分作清、浑两派。清派只剃头不干吹鼓手，浑派二者兼营。清派为人洗发后，脏水全部泼光；浑派的面盆里则要留下些许，以视区别。就在这同一个档次里，浑派的“下面”（面读三声。

方言，意为低下），比清派的稍逊一筹。

剃头匠子（3）

我大概二三十年没理发了，确切地说，近二三十年没去过理发店了。母亲说我打小“护头”，最不愿意理发，每次理发都要和母亲发动一场“戈兰高地”的战争。不惑之后“扒顶”，头发稀疏，地方掩不住中央。隔十天半月，在家剪一剪，有个形状算完。我理发的价格从一毛钱开始，到两三毛钱就封顶了。至于目下，童山濯濯，已近乎不毛，理发的就更别想赚我的钱了。

离开小城十几年了，那位剃头的崔师傅早已作古，我还是经常想起他。记得有一次，他讲县衙的刑罚。三班衙役的头领是胡六，精于此道。遇人犯不招，轻易不打板子，不打棍子，不抓辫子，而是抓几个蝎子塞进裤裆；再不就是脱光衣服抹上蜜，放在大堂外老槐树下的蚂蚁窝上。这都是些四两拨千斤的阴招，经他手，没有不招的。有时也动真格的，“甩金钱”，把烧红的铜钱一个个往人犯身上扔……

崔师傅还说，旧社会，比如儿子杀死了老子，这叫忤逆案，性质严重。当初虽然不搞问责制，但要砍掉县城的一个城角子，以儆效尤。邻县莱芜接连出了四起忤逆案，总共四个城角子都砍了。临近春节，一个剃头匠子给他父亲刮脸，父亲犯了痨病，一咳嗽，剃刀正好割断了喉管，死了。莱芜县令判了误伤。新泰县令说扯淡，实名举报到泰安府。知府就说：“莱芜四个城角子已被砍光了，这样吧，暂借贵县一个。”如是，新泰县城西北的城角子就被砍了。太平天国，就是从这里打进新泰城的……

崔师傅有个口头禅，说几句就问：你信不？我说：我信。

剃头匠子（4）

旧社会，剃头行业涉入各类封建帮会极深。诸如白莲教、天地会、青洪帮（三番子）、三合会、洪门会里，都有很多剃头匠子。他们圈里的行话、黑话、隐语、切口等等作为社会方言，在江湖上流传极广。这些十分有趣的民俗现象，小城的剃头匠子崔师傅，给我讲过好多。

崔师傅说，你好比，门帘一掀，进来一人，开口就说："老秋家的，发财啊。"这是个沈阳人，沈阳黑道上称剃头铺"老秋家的"。再如"飘行里的，俺来砍黑草"，这一准是洪门会里的，他们圈里称剃头业为"飘行"，"砍黑草"就是剃头。再来一个说，"掌柜的，扫扫清"，八九不离十，他是镖行里的，镖行称剃头为"扫清"。又来一个，"光彩光彩"，跑不了他是两广港澳码头上的人，他们那里不说剃头，说光彩。

客人坐下砍黑草，你就得问啊："先生是要打老沫，还是后圪亮，偏圪亮？"这是指发式，"打老沫"是剃光头，"后圪亮"是背头，"偏圪亮"是分头。他就说了，"偏圪亮，海式的。"这个"海式"，就是说要留大一点。头剃完了，他又说："加加码，洒洒点子。"你就明白了，他是要再捏捏肩膀、捶捶背，舒服舒服……

剃头铺的对联，也成为一种别致的民俗文化。自信的莫过于：

提起刀人人没发，拉下水个个低头。

太平天国将领李文彬，是个剃头匠子，天地会的地下党。剃头铺是他们当初造反掩人耳目的秘密据点，就像《水浒传》里旱地忽律朱贵开的饭馆，有情况放一支响箭，芦苇丛里就会驶出一条小船……剃头铺开张之日，石达开撰联：

磨砺以须，问天下头颅几许；

及锋而试，看老夫手段如何？

这就太高调了，地下工作哪有这个干法的？

打铁匠（1）

早年间，你如果问一个章丘人"你会打铁不？"他张口就说："不会打铁吃你哥（guo）的 × 蛋。"因此说，章丘的铁匠很普遍。这两年，忽然走红了此地的生铁炒瓢。可见渊源有自。

古老的打铁匠，集熔炼、切割、铸造、锻造及焊接于一身。当然，主要是打造锄镰镢锨一类的农具。铁匠铺是流动的，三四个铁匠走街串巷，空场上支炉、架铁砧，生起火，就开张了。师傅以下，有抱大锤的、抱二锤的，小伙计拉风箱。师傅左手掌钳，右手拿一把小锤，在铁砧的耳朵上敲击，“叮当、叮当、叮叮当当……”，清脆悦耳。类似江湖隐语，抱锤的听师傅敲击的锤点，配合默契，抡圆膀子在烧红的铁块上，轻重缓急，有序地敲击。截短、捋长、顺平、刲（读kui。《礼记·内则》称：刲之刳之。在这里作“折”）弯、开刃，夹钢……不一会，一件农具就出炉了。然后淬火，这是个技术活，农具的耐用、锋利如何，就看淬火。譬如淬火好的镰刀，可以用来剃头。

在这些技术含量较高的环节上，师傅怕徒弟以后打了“谢师锤”，总要留一手。有个老铁匠，带了一辈子徒弟，毫无保留地传授技艺，最后真的“泥鳅打滚——甩净了籽了”。及至风烛残年，徒弟把他丢在破庙里，想拔锚开舟。眼看被遗弃无以为活，他对徒弟说：“我还留了一手，没教给你呢。”

徒弟说：“快讲，讲了就带上你。”

“一言为定？”

“一言为定！”

老铁匠说：“记住了，烧红的铁，那是热的。”

打铁匠（2）

俗话说：人生有三苦：打铁，撑船，磨豆腐。打铁位列苦力活之首。就说唤锁吧，给他爹拉风箱的时候，够不着，脚下还要跐一块砖。他父亲说：“七八岁烧火顶大人，拉风箱当天打来回。”十二三就抡大锤了，继之拉风箱的是他妹妹。不几年，爹死妹嫁人，铁匠世家就剩下他自己，光棍一条，下四乡干些零打碎敲的活。

唤锁五短身材，小伙说不上出挑，但平头正脸，背宽臂圆，憨憨黑黑的，不笑不说话，一笑一口白牙。这一年，过柴汶河到莱芜槲林打铁。阴差阳错，神差鬼使，在寡妇素莲门前支了炉。一来素莲要修理自家农具家什，二来她是个闲人，工换工，就帮着唤锁拉风箱。

一边拉风箱，素莲一边唱《汉子》：

张打铁，李打铁，打把剪刀送姐姐。

姐姐留我歇，我不歇，我要回去学打铁。

打铁难支炉，我要回去做屠户。

做屠怕杀猪，我要回去学念书。

念书又怕先生打，我要回去学喇叭。

喇叭难换气，我要回去学唱戏。

唱戏难帮腔，我要回去学卖姜。

卖姜不挣钱，我要回去学卖盐。

卖盐难认秤，我要回去学捡粪。

捡粪又怕野狗咬，提起粪箕往回跑。

一跑跑到山坳坳，捡个烂草帽，

戴在头上哈哈笑……

唤锁听着，龇着牙，“嘿嘿”地笑。一日无话。

傍黑，也是合该出事，忽而大雨滂沱。素莲说：“大兄弟，你看天这个样，住下吧。”唤锁拧着眉头望望天，没有停雨的意思，叹了口气，当晚就住在了素莲的柴火棚子里。素莲端来一海碗热面汤，唤锁谢了喝下去，从头顶热乎到脚后跟。

一更天，素莲拿来一个耳枕。二更天，素莲送来一床薄被。三更天，雷公震怒，霹雳交加，素莲到了草棚子里，蹲下商议说：“大兄弟，我害怕，你到堂屋里和我搁搁伙吧。”唤锁定定省（xing）省跟着到了堂屋，铺开草苫子，在当门躺下，心里怦怦地跳，像揣了一窝子流氓兔。

又过了一会，听素莲期期艾艾：“大兄弟，地下凉，你到炕上来吧，暖和。”唤锁听了，喉咙里够了好几够，才够上这口气来……素莲急眼了，跳下炕抱住他，一连声地说道：“你是个傻子啊，是个嘲巴啊，是个死人啊，是个泥巴人啊？”唤锁忽而一个鲤鱼打挺，抱起素莲就滚到了炕上……

窗外，风雨如晦。让暴风雨来得更猛烈些吧！只可惜，小铁匠没有高尔基那些墨水。

打铁匠（3）

过去，农村的文化生活匮乏，对于打铁，人们差不多当作娱乐活动来看待。那种叮叮当当的声音，悦耳动听，近乎民乐团的打击乐。村里来了打铁的，这家大娘就吩咐儿子："扎裹车子，叫客（kei）去，叫你大妗子来看打铁。"儿子去了，说明来意，大妗子喜不自胜，说道："那敢自好。外甥先回去，今儿个西院里将（jiang，平声，大牲畜繁殖）牛，看完将牛，明早一准去你家看打铁。"

打铁匠这份职业，待在先人面相上。那年，村里来一相面的，我的表姑奶奶来走娘家，站在那里看热闹。相面的一端详，就说："老太太，你的两个孙子是打铁的。"姑奶奶惊诧："你是怎么知道的？""哈哈，您老鼻子尖上两把锤啊。"那真叫神相！不是瞎蒙。

铁匠供奉的保护神是老子。老子是周朝国家图书馆馆长，他的履历表上没有打铁的经历或涉猎过打铁领域，五千言《道德经》，也不是打铁的经典须知。但因他骑青牛出函谷关了，成了神仙了，铁匠就顺手牵羊拉郎配，让他来当了始祖，当也得当，不当也得当，没有商量的余地。这如同道教把他封成鼻祖一样，令李聃老儿一脸懵圈。

希腊神话中的赫菲斯托斯，是火神兼手艺高超的铁匠之神，并且是奥林匹斯十二主神之一。

在我老家，对打铁的调侃特多。譬如：光屁股打铁——偎不上边。打起铁来火花迸溅，落在身上可不是好玩的，铁匠都戴火浣布的围裙。尽管不雅，但很形象。

打铁匠（4）

中国人大约自商代起已使用耕牛拉犁，木身石铧。战国时期在木犁上套上 V 形铁犁铧，破土尖锐耐磨，随之出现了铁犁。公元 1050 年，发明了犁镜，犁镜是用铸铁或钢制成的一块弯板，安在犁铧上方，向一侧倾斜，表面光滑，利于翻土。铸剑改铸犁，是意识形态的进步。工具的革命，大大提高了耕作效率。

小打炉子，就有专门铸犁镜和犁铧的。铸铁需要融化铁水，因此在铸犁镜和犁铧的同时，又派生出一个文娱项目——打铁花。那是真正的铁匠艺术，铁匠稀有的文艺范，成为我们老家闹元宵的绝活。

月出东山，空旷的麦场上，焦炭炉熊熊的火舌，把一张张喜庆的面庞舔得幽蓝。随着大风箱呼呼地喘息，一块块生铁碴在炉膛的陶土坩埚里变得稀软。此时，打花的铁匠们一身短打，急不可耐地手持柳木大棒跃跃欲试。眼看坩埚里褐红色的铁汁子沸腾起来，壮汉们蜂拥而上，把些许铁汁舀进柳木棒顶端的凹处，疾步走向花棚，用另一根棍子朝空中猛击。顿时，天女散花，抖落一天星辰；孔雀开屏，卖弄满身绚丽。飞红叠翠，宝蓝流溢，直羞得一轮皎月躲躲闪闪、黯然失色。

花棚上松柏枝子哔哔剥剥，幽香浮动；鞭炮次第炸响，急如迸豆。龙灯打头，高跷队殿后，旱船、芯子、彩灯、狮子，从棚下迤逦而过。间或倒骑驴的阁老、坐扁担的贪官、花枝招展的媒婆、东倒西歪的醉汉穿插其中。拙态可掬、恣意夸张的表演，几令艺术大师自叹弗如。

伴随着铁花怒放，十几通锣鼓滚地汹汹，似万钧雷霆，撼山动地；似海啸江涛，巨浪排空。高潮迭起，八面威风，万民雀跃，喧呼冲霄。天地间一派太平祥和的壮观景象。

铸钟匠

打铁匠也有干大活的，譬如铸钟。我们老家以小喻大，总会说：一百个小打炉子也不顶个铸钟的。什么是“小打炉子”呢？打铁匠之一种，咱们下边再详说。

余生也晚，没见过铸钟。据说，铸钟需要用灰口铁，其工艺全在于钟壁的厚薄均匀，不然，音准就差，音色不亮，敲起来不好听。再至于青铜钟，技术含量恐怕更高。我点校《民国县志》，里边就有乐器一节，十六套编钟，什么倍南吕、倍无射、蕤宾、夷则……多了去了。其尺寸、大小、重量、厚薄，丝厘毫忽都记载得极其精确。干这个活的，就是铸钟匠。

我们老家有庙，位于村西，人们习惯称为西大庙。其实它是有名号的，墙角里躺着的龙头碑上，就有“敕建正觉寺”的字样。年代已无从查考，从石碑的形制来看，不晚于唐。晨钟暮鼓，我很小的时候，庙门上还有两口一人多高的大铁钟，一悬一卧。村里失火或北河里发大水，人们就到庙里去撞钟。铁钟上还有铸造者的姓名：铸工河北宣化府××××。

历经战火兵燹，正觉寺早废，铜驼荆棘。某年，村中一无赖，酒醉跑到正觉寺大雄宝殿，在佛爷身上撒了泡尿，随后就失踪了。家人遍寻不着，三四天杳无音讯。无赖养一黑狗，忽然在那口落地大铁钟前嗥叫不已。村人皆疑，难道这厮匿于钟下？于是，七八个大汉用木杠撬起大钟。果然，无赖依然在此蜷伏昏睡。大家都觉得怪哉，上千斤的落地钟，是谁把他扣在了里边呢？

某年夏夜，村人酣睡，北大河山洪爆发，浊浪扑村。钟訇然而鸣。见者称撞钟者是一小丫头，年可十二三，村人无识者。

人们把这两个事件整合，得出结论：这口钟是佛祖显灵啊。

小炉匠

干小活的铁匠，叫“小打炉子”。又叫小炉匠，《智取威虎山》里的栾平栾副官，就是小炉匠，又叫“锢露子”。拉魂腔《墙头记》里的王银匠，就是锢露子，一出场就唱：肩挑担子走四方，锔盆锔碗锔大缸。刘欢唱的那句“嗨嗨嗨嗨一碗酒啊”，就是把“锢露调”拿来主义的。又叫补锅的，李谷一妙龄当年，湖南花鼓戏的成名作，就是《打铜锣 · 补锅》。哈哈，扯远了。

我们老家有句调侃，比方喝酒喝多了，不愿再喝，就说“小打炉子蹲下——足（ju）了”。取其谐音，这个 ju，就是小打炉子干活的称谓。“锢露子”的锢，就是锔的意思。锔什么？锔盆锔碗锔大缸。这个锔，又分粗细两种，锔一辈子大缸，不过是个锢露子；锔碗锔壶干细法活的，才叫“捧瓷的”（注意，不是碰瓷的），正所谓“没有金刚钻别揽瓷器活”。

锔壶，锔什么壶呢？士大夫纨绔子弟，喜欢袖一把小茶壶，场面上时不时掏出来抿一口，这茶是大方、高沫，且别问，要的是那个做派，范儿。壶是紫砂的，不过把握，产地阳羡。要看款，你有供春壶，我有大斌壶；你有陈曼生的，我这是陈鸣远的；你还有朱可心、顾景舟的？别提，这都到共和以后了，没年头……不过，现下哪一把都值一栋豪宅。

捧瓷匠

盐店掌柜范五爷，场面上比完了壶，回家就想：不行，我得玩花，玩残缺之美，让他们瞅个稀罕，让他们服气爷是个玩家。于是，就把小茶壶里放一把黄豆，加满水，上床睡了……

清早起来一看，紫砂壶已经粉身碎骨，那把黄豆一膨胀，一夜间就把壶给活生生撑破了。这是把鼓腹孟臣小壶，底款“杨彭年监制”。五爷心口隐隐作痛，吩咐小伙计：“去，到下河桥叫路大凯来一趟。”路大凯是谁？小炉匠、捧瓷的。

落步停时，大凯来到盐店。一看桌上那堆壶碴，心里就明白了：“五爷，您这分明是考我的手艺啊。”端详半天，把壶碴一块块拼接起来，再顺着周边裂纹一看，窃喜，只是不动声色，说道：“五爷，您赏我多少钱？”范掌柜大言不惭：“别提钱，锔好再来见我。”“那好。五爷得把手上那个金镏子给我。”“干啥用？”“打锔子，锔壶。”“我给你金条不行？”“不行，金条发脆。镏子在您手上养了多年，有包浆，有韧性。”

七天之后，路大凯到盐店送货。从锦囊里拿出紫砂壶一看，范五爷傻眼了：遍体锦绣，光辉灿烂！大凯一边讲说：“太极生两仪，两仪生四象，四象生八卦，八卦派生八八六十四卦。五爷，您顺着这六十四个锔子的纹路瞅瞅，这是飞龙在天啊！”可不，龙头在壶嘴张扬，龙尾在壶柄生风，龙体在壶肚周身翻腾……

范五爷吸住气，揉了揉眼，足足看了半个时辰：“天呐！路大凯，你不是小炉匠，你也不是捧瓷的，你是艺术家，你是妙手回春、点石成金、化腐朽为神奇的艺术家！”不由分说，把大凯摁在上首的太师椅上，规规矩矩拜了三拜。

大凯说：“五爷，别玩虚的，拿赏钱来。”“你说个数吧。”大凯把大拇指和二拇指撑开，五爷一看：“八十？太少。五爷我早给你封好了，现大洋一百块。”

打发路大凯走，范掌柜回头一看，紫砂壶上那条金龙，正欲腾空而起！

自此，五爷这把壶秘不示人。

錾磨匠

西大庙前边是梭头湾，一泓曲水环绕，一架小桥通往一户人家，远远望去，就是马致远那首小令《天净沙》的范本。这户人家姓庄。

庄姓兄弟二人。先说老二延伶，延伶是个打狗仔，卖犬肉的。今天牵过一只龇牙咧嘴的狗，明儿就担出一挑香喷喷的犬肉。延伶烧的狗肉极香极烂，究其秘诀，据说是在锅里放了夜壶里的尿碱。并不像时下某些餐馆，放大烟葫芦之类的东西。

老大延坤，是个錾（俗音can）磨匠。我们这里差不多家家都有一盘石磨，磨米、磨面、磨煎饼糊子、磨猪饲料……石磨槽口磨平了，需要錾一錾，錾，就是凿。延坤褡子里一把锤头，几把钎子，踩百家门吃饭。一边叮叮当当錾磨，一边讲三纲论五常，句句说进你的耳朵眼里。

他讲“关公千里走单骑”，是另一个加强版，绝对与《三国演义》不同，他说：关公的两个嫂夫人，那时正年轻，谁没从年轻上过过。一路上还能没点想法？啥想法？这还用问，那个事呗。晚上睡觉，两个嫂夫人就一个劲地吆喝，吆喝什么？一个字：冷。关公每天夜里值班，一边值班，一边读“春秋”，听着嫂子们吆喝冷，就把被子、袍子都给嫂夫人盖上。二位嫂夫人还是冷。这可怎么办？关公一气之下，把一杆青龙偃月刀给二位嫂夫人压在身上了。你知道那杆大刀多沉？八十八斤八两八钱。吓得两个娘们浑身颤抖，再也不敢吆喝冷了……

拉着呱、錾着磨，眼看就晌午了，磨錾个差不多了。午饭四个盘子一壶老烧酒，傍黑才背上褡子，斜披着夹袄，晕乎乎地回家。

某次，某家招待延坤錾磨，在烧酒里兑了水。延坤一喝，不对，稀稀溜溜的，像是温酒的水。就给主人讲一笑话：“有个酒店掌柜的，死后托生一老王八。王八不服，就质问阎王爷不公平，阎王爷说：‘如今世道变了，这事我说了不算，我得倾听群众呼声，不信正月十五你到家门口看看听听。’到了元宵节晚上，掌柜的看到自家门口，一伙玩故事的在叉鳖，一人顶一大锅盖，两个人叉，一边叉一边说：‘我叫你酒里掺凉水！我叫你酒里掺凉水……’”

我们这里正月十五闹元宵，俗称“玩故事”。

打鱼佬

早年间，老家四五个自然村，分布着几十个水湾。水湾里疯长着蒲草、荷花，澄澈映天，宛如一叶叶绿色的肺片。更神奇的，本来干涸的小水湾，夏季有了水，几天的工夫就有鱼儿成群逐队，游了出来。这种鱼叫窜条，能长到一拃多长。它是从哪里来的呢？老人说，鱼是草籽变的。

有水就有鱼。有鱼就有了打鱼的。二壶头就是个打鱼的。我家南边和西边，皆有水湾。小时候，就在蒲柳碧水间看二壶头打鱼。紧跟其后，看了一网还想看一网，好几次竟至痴迷于此而逃学。临渊羡鱼，搞得我考试总是不及格。

老人佝偻弓背，手挽渔网，腰挂鱼篓，裤脚高高挽起，小腿上鼓出一团团蓝蚯蚓状的曲张脉管，赤足而行。水湾边站定，纲举目张，抡圆双臂“唰”的一声，网脚悄然入水。尔后徐徐收拢牵出水面，把那些活蹦乱跳、烂银碎玉一般的鱼儿收获入篓。

村西一片很大的湿地，芦苇编织的青纱帐，绿浪浩瀚。想学笛子，就剥开一根芦苇，苇芯中的软组织，是脆亮的笛膜。湿地里布满了一个个小水凹。有什么形状的水凹，二壶头就能撒出什么形状的网，那才叫绝。

浅浅的水湾里，还有一种“媳妇妞”，学名叫盾虾，又名鲎（hou）虫、三眼恐龙虾。样子像土鳖虫，甲壳后边有两条红色的长尾巴，摇摇摆摆，煞是可爱。这是侏罗纪恐龙时代的活化石。是检测生态良好的活标本。

如今，这些水湾都干涸了，填满了城镇的垃圾。二壶头早已去世，“媳妇妞”亦渺然无寻了……

木匠

小时候，最大的理想是做一个木匠。就此事，我还专门找过师傅，向他提了四个先决条件：一是不能拉大锯，太累；二是不能抡大锛，有个调侃说“木匠砍腿——早晚有一锛”，太危险；三是不能刮刨子，一推一送，胳膊疼；四是不能凿铆子，手腕子发酸，弄不好，锤头还会楔在手上。师傅听完问我：那你喜欢干啥？我说：用墨斗子划线吧。他笑了笑，就懒得理我了。这位木匠师傅是我的堂哥，叫玉宽。那年我九岁，上四年级。

玉宽是个巧木匠，从不干粗拉活，打嫁妆、打车子、打织布机一类的活，他才来做。玉宽做的八仙桌子条山几官帽椅子楸木箱柜，栗子红加大漆一刷，锃明瓦亮，满堂富贵，没有不叫好的。独轮车，铆扣榫，榫扣铆，通体不用一根钉子，任你推到云南吊支国（gui）嘎嘎县，铆榫不来散架的。织布机都是枣木的，古铜色，稀里哗啦，拉上蹬下，能用三四辈子。

玉宽只有一个儿子，游手好闲，像个大爷。贖受了他爹上百把雕刻刀，责任田里不种小麦不种玉米不耩高粱不耩黑豆，种了一地金丝葫芦。葫芦老成了，用刀刻上轱辘钱、卍字纹、云头子、汉文管……透雕。再放上一只蝈蝈，到城里的幼儿园门口一蹲，50元钱一个，还价都不卖。一年玩下来，也赚好几万。

学木匠很苦，三年之内，不给工钱，师傅管吃，不过粗茶淡饭。玉宽又不善教诲，让徒弟自己悟，讲究“师傅领进门，修行在个人”。满三年，不管刨子锯，赏几件粗笨家伙，打发徒弟开路一马斯。学徒的规矩很多，譬如在外边干活，既要伺候师傅，吃饭还得麻利。不然。师傅把筷子往碗上一放，就不能再吃，这叫上梁了，完活。

木匠供奉的行业之神，自然是鲁班。

要饭的

据说，世界上有两种最古老的职业，一是娼妓，二是海盗。我看乞丐要比他们资深得多。原始社会公有制结束之后，财产私有化形成，贫富有了悬殊，乞丐便在这时脱颖而出。

乞丐是一种亚文化现象。各地乞丐的行乞行为和手段，形成了有当地特色的乞丐风俗。早年间，泰山乞丐最特色的风俗，便是“吃香”。他们集中在进山的盘道上，吃南来北往的善男信女——香客。其中有些白天披上褴褛衣衫，跪在盘道上求娘娘告爷爷地乞讨，晚间则换上长袍马褂，上酒馆，下戏院，入青楼，俨然白领、“富二代”。

城里有一种乞丐并不讨嫌，他们嘴巴甜，出口成章，挺文艺。见老大娘抱孙子，就敲着点儿唱：

不是奶奶不给咱，抱着金娃不得闲，

等上一会有空了，饼拿整的汤舀满。

老太太一下乐了，一拿一摞张煎饼：“走吧走吧，再赶门去吧。”即便赶在集市白菜摊子前，也有说辞：

大哥的白菜嫩又白，价钱合适秤实在，

两个制钱打发俺，换进一摞票子来。

买卖人愿听吉利话，于是赶紧拿零钱打发。

这些乞丐甚至活得很自在，填饱肚皮，冬天太阳地儿，热天树阴凉儿，四十八万一躺（箬），拿个知县都不换。我们老家俗话说：要饭三年难支锅，惰性使然。有的竟然形成乞讨世家。

封建官府，对于乞丐流民，有着一定的赡养制度，建立各种福利性的机构，例如，南北朝时有“六疾馆”与“孤独园”，唐代有“悲田院”“养病坊”，宋代京城有“福田院”，地方上有“居养安济院”，元代有“孤老院”，明代有“养济院”等等。旧社会泰安城里有官府的“鸡毛店”，一大溜房子，冬天塞上一屋子鸡毛，让乞丐在此住宿取暖。

中国讲究“三百六十行，行行出状元”。在乞丐这一行当里，岂止状元，连皇帝老子都诞生过，譬如朱洪武。

打狗仔

人类吃狗的历史，应当早于牛羊和猪。因此，打狗仔也要算一个古老悠久的行当，甚至早于稼穑者。春耕为稼，秋收为穑，原本都要排在狩猎、驯化之后。尽管狗是人类忠实的朋友，人们还是要吃它。尽管它上不得大席面，但私下里哥们几个“吃狗肉，喝烧酒”不亦乐乎？梁山第十三位好汉天孤星鲁智深，就酷爱这一口。

对待物种，我们民族的传统是以能吃不能吃、好吃不好吃，来作最终衡定的。就像长江边上那位县长，问白鳍豚科考的专家：这玩意好吃吗？不好吃。不好吃保护它干啥？因此，那些动物保护主义者，对狗、对猫的呼吁，注定是瞎忙活。

乡下打狗仔，好孩子不多，都是些“歪戴帽、趿拉鞋、看样不像庄稼孩”的那种。鳏夫延伶，錾磨匠延坤的乃弟，职业“打狗仔”，卖犬肉的。

别看延伶是个打狗仔，一辈子交桃花运。早先在财主家里打工，和少太太爱得死去活来，夜里带了金银细软要私奔，不想洒了汤，被主家欲擒故纵，以一只眼睛一条腿为代价，了结此缘。以后，又和六寡居相好。卖完一担狗肉，延伶就到六寡居兰子那里吃晚饭。吃什么？兰子心灵手巧，做冰糖面疙瘩：把冰糖碎成指甲盖大小，加荞麦面，放少许水，拌成面疙瘩，水开后下锅。面疙瘩是空心的，咬开里头一汪糖水，甜呐。

一边唏唏溜溜地吃着，延伶一边说：吃了冰糖疙瘩面，拿个知县也不换。

兰子就抿了嘴笑。延伶问：你笑啥？俺这个押印夫人当不成哩。兰子说。

媒婆

明·陶宗仪《辍耕录·三姑六婆》：“三姑者，尼姑、道姑、卦姑也；六婆者，牙婆、媒婆、师婆、虔婆、药婆、稳婆也。”

六婆中，牙婆是专门贩卖人口的人贩子，专为人买卖奴婢、妾侍。媒婆是为人介绍姻亲的。师婆是画符施咒、请神问命的巫婆。虔婆是妓院内的鸨母。药婆是专门卖药的。稳婆则是接生婆，如果发现女尸，官府亦会叫稳婆负责相验。

六婆者，可身兼数职。兰陵笑笑生《金瓶梅》称王婆：“原来这开茶坊的王婆子，也不是守本分的。便是积年通殷勤，做媒婆，做卖婆，做牙婆，又会收小的（稳婆），也会抱腰（收生婆的助手），又善放刁。”

这里且说媒婆。《诗经·豳风·伐柯》篇：“伐柯如何？匪斧不克。取妻如何？匪媒不得。”故，媒人又称“伐柯”。旧时，媒人又有官媒、私媒之分。前者在官府登记注册，后者私自经营。媒人的报酬不一，通常来说，“说好一门亲，好穿一身新。”如此而已。

敝乡媒婆郑氏，有过“八家联换”的大手笔。何谓“八家联换”？改革开放之前，诸多“五类分子”（“地富反坏右”）子女（又称“可教子女”），男不得婚女不得嫁。及至人性回归，这些“可教子女”们老大不小，良缘错失，婚嫁依旧蹭蹬。有些人家不得不两家换亲，你嫁我女，我妻你男，不中意者常八九。命也夫？

斯时，郑氏挺身而出，历时半年，周旋百里之内，行程两县四乡八村，鼓动三寸不烂，连横合纵，舌灿莲花，联姻八家计十六男女，大致权衡利弊，遂婚嫁之各得其所。

画蛇者说：呜呼！郑氏乃一区区农妇，古道热肠，肝胆侠义，伐柯作冰，借以不废人之纲伦，延续嗣息，接替香火，其仁德，齐乎天哉！

相士

《荀子·非相》称：“形相虽恶而心术善，无害为君子也。”大概是谓“相”之滥觞。通常以观察人的容貌来测定其贵贱安危，吉凶祸福，称作“相术”，做这一行当的人就称作“相士”。中国传统文化中的相术，有着久远的历史，《汉书·艺文志》就为相人列传，凡二十四卷。流传民间的相书有《麻衣相法》《水镜神相》等。这些书，我都粗略翻过。

相面是传统文化的精华还是糟粕呢？很显然它并非精华。是否就以封建迷信糟粕一言以蔽之呢？这事还真不好说，我们还是听佛的。佛说：“世事无相，相由心生。”为什么自古迄今，相面大行其道？这事也不好说，在这个问题上我们听萨特的。萨特说：“存在的就是合理的。”

岱下若干年前，出一贪腐窝案，一嘟噜牵出十数人。身陷囹圄的那位胡姓官员，就铁信相术。当地一位小有名气的相士对他说：“您天庭饱满，地阁方圆，隆准悬胆，方口入拳，可官至副总理。”连胡的办公桌都按方位进行了调整。胡大喜过望，既然天命所赐，使劲折腾呗……把山下一水库更名“岱湖”，在湖中建大桥一座，名“岱湖桥”，为通天之路。及至胡被拘，方悟“岱湖”者，“逮胡”也。

究其实，岱湖这名字挺好的，上有泰山，下有岱湖，仁者乐山，智者乐水，高山流水，知音共鸣，此正乃旅游佳境。孰料，其后任亦怪其不吉，弃而不用，又更名“天平湖”。

神汉巫婆

神灵崇拜，是远古的信仰和时尚。至于下神，则见于《史记·孝武本纪》：“于是五利常夜祠其家，欲以下神，神未至而百鬼集矣，然颇能使之。”

早年间，乡村的神汉巫婆，统称下神的。俗话说：“家里有病人，不得不信神。”我们老家有神汉巫婆各一。神汉长尧，阴阳眼。有时正在十字路口大街上走着，吹来一股旋风，他便一跺脚断喝一声：“哪里跑？”有人便问：“你吆喝的啥？”长尧说：“吊死鬼，提了根绳子瞎转悠，叫我撵走了。”说得人毛骨悚然。

巫婆闫妈妈，下神前摆供，头鸡，二鱼，三肘子，纸马香馃一烧，先要打一声“阿嚏！”一抹脸，神来了，这就开始唱：

你这个病啊，真难看呐，
这边儿火来那边儿寒呐！
你这个病不是个病，
三天要你的小鸡命儿……

最后还要开方，这个开方不是数学那个开方，是开药方子：

仨红枣哇，两片姜啊，白菜疙瘩加红糖。
四朵菊，五片桑，熬水喝了治风呛……

闫妈妈口才极好。除了一些固定程式之外，即兴发挥，看见什么唱什么，是她的长项。现编的词，谱上拉魂腔，一字一板。往上看：“柏木叉手榆木梁，棉花车子靠南墙。”往外看：“拉大锯，唱大戏，你儿媳妇烧锅放了个屁……”

这家一听，就要多拿点钱，为什么，儿媳妇烧锅放了个屁，这是对神大不敬啊。

神腿子

神汉长尧是个全才，晃六爻、打卦、抽签、相面、揣骨、测字乃至堪舆风水，全知全能。经常有四外八乡下神的业务外出，还往往带上神腿子。神腿子是他的侄子，叫小星，在后边给他背着褡子。褡子里装的是《麻衣神相》《奇门遁甲》，卦筒里三枚乾隆通宝，一路子晃晃啷啷。

按庄乡，小星喊我小叔。虽然他比我大，但是我们老家讲究山高遮不住太阳。我曾经问过小星，跟着你叔叔下大神，你都干些啥？小星说：“傍着吃，傍着喝，傍着二爷把话说。你好比，叔叔一打阿嚏说神来了，俺就说刚到门口。叔叔又说咋还不进来呢？俺就说在牛栏里撒尿呢？再比如，叔叔说人家属马的，人家说不对俺属龙，我就得赶紧接上：怪不得，是马三分龙。”

我忍不住，就又问他：“神仙也撒尿？”

小星悻悻说：“你白搭，你干这活白搭，抬闲杠，你咋知道神仙不撒尿呢？”

是啊，你咋知道神仙不撒尿呢？

小星如今也快六十岁了，比他叔叔玩得花哨，最近几年，在城里开了一家“华夏周易研究所”，座驾宝马，还带两个神腿子，只是换了称谓，一个叫秘书，一个叫保镖。登门拜访的，全是些大官人和房地产老板，对小星毕恭毕敬。错了，不能再叫小星了，现在名片上不光是易经大师、研究所长，还挂了“孔子研究院董事”。

一次遇上他，他就问我：“小叔，我看你印堂晦暗，面带忧色。咋回事？”正好那一阵子刊物缺钱濒临停摆，打了个报告盖了七八十拉枚大印，最后撂在某某部门的预算外科，泥牛入海。我如实说了。他说：“哎呀，找你老侄子啊。你这事和我干的一样，都是文化事业，没的说。那个科长最近刚找我算了卦，‘至于八月有凶’（画蛇按：此乃《易经·临卦》），我还没给他破解呢。”结果一个电话打过去，七八十拉枚大印全摆平，款项手到擒来。

过后小星给我打电话："小叔啊，你得请我喝酒。"我说："请你喝醋。"他接着说："哈哈，没见过你这种过河拆桥的，你这个卦我没算着。"

条编匠

头几年，人家笑话我们这里的人送礼。给领导送一筐苹果扛上楼去，站在门口迟迟不走。领导说，要不进来喝点水？不了。还是不走。领导又说，要不进来坐坐？不了。依旧不走。领导只得再问，你有什么事吗？这才脸红脖子粗地说，领导你把苹果倒出来，那个筐子我得带回去……

山东梆子《桃花庵》，给小尼姑卖孩子的牙婆王三奴，有句名言：卖马不卖缰，卖孩子不卖衣裳。难道这送礼的"卖马不卖缰，送苹果不送筐"？我一直没有琢磨出其中的蹊跷。也怪不得人家笑话。

那个苹果筐，就是条编的，毛把钱一只。条编的原料很多，就地取材，如紫穗槐、白蜡条、杨柳枝子等等。农民家里的粪篓、抬筐、粪筐、草筐、鸡筐、花篓筐、粮食囤等多种用具，都是条编的。《庄农日用杂字》里就说："开春就出粪，置下镢和锨。扁担槐木解，牛筐草绳栓。"这个牛筐，就是出粪的抬筐。

我姑姑家的三个儿子，都是条编匠，个个心灵手巧，编的家什又样子（子，儿化韵，漂亮、好看的意思）又耐用。靠条编，盖房子，娶媳妇，生儿育女，发家致富。小日子十分红火。这就坏了。"四清"运动那年，"清政治、清思想、清组织、清经济"，他们家就占了"清经济"这一条。四清工作队不让他家赶集卖条编，只能给生产队里干，算生产队的副业。四清工作队长还说，往后再私自干，走资本主义道路，就补划你的"漏网地主"。

姑夫是个老实人，想想那些地富反坏右"五类分子"，逢五、十接受训话，天天扫大街，孩子连媳妇都混不上，吓熊了。这个条编匠只能偷偷跑到我家，悄悄地对我父亲说："我算看透了，共产共产，冒尖削尖。"

货郎挑子

有一首《竹枝词》单唱货郎挑子：

鼗鼓街头摇丁东，无须竭力叫卖声。
莫道双肩难负重，乾坤尽在一担中。

这四句，虽则竹枝词、顺口溜，好就好在“乾坤尽在一担中”，很局气！

清华广生《白雪遗音·货郎儿》唱道：“货郎儿，背着柜子遥街串，鼓儿摇得欢，生意虽小，件件都全，听我一声喊，杂色带子花红线，博山琉璃簪。还有那，桃花宫粉胭脂片，软翠花冠。红绿梭布，杭州绒纂，玛瑙小耳圈。”

货郎摇的鼗(tao)鼓，就是拨浪鼓。这个拨浪鼓现在是儿童玩具，而在夏商代，它是被用于司法程序的法器。禹规定，有申冤弹劾者，则击鼗。后来，《仪礼·大射》：“鼗倚于颂磬西纮。”郑玄注：“鼗，如鼓而小，有柄。宾至摇之，以奏乐也。”

“货郎儿”还是一种演出角色，在宋代人们喜闻乐见，妇孺皆知。周密《武林旧事》称：“十二、十三两日，国忌禁乐，则有装宅眷，笼灯前引，珠翠盛饰少年尾其后，诃殿而来，卒然遇之，不辨真伪；及为乔经纪人，如卖蜂糖饼，小八块风子，卖字本，虔婆卖旗儿之类，以资一笑者尤多也。”这里的乔经纪人就是假扮商贩货郎的角色。

乾隆爷好在古字画上信手涂鸦，在一幅南宋的《货郎图》上，题道：

肩挑重担那辞疲，夺攘儿童劳护持。
莫笑货郎痴已甚，世人谁不似其痴。

乾隆虽则皇上爷，这诗却比上边的《竹枝词》差了成色。

我老家有货郎安长利者，当年被南北军抓夫去了蚌埠。战争一散伙，军阀作鸟兽散，没人再理他。他身无分文，幸好腰里揣了三个高粱面窝头，安长利把这三个窝头，团成丸药，取名：紫金回春丹。一路时疫肆虐，染者高烧不退，命在旦夕。长利卖了一路子回春丹。到家赚了一褡子鹰洋。长利说："山东买卖一群羊，一个买都买，狗屎都能赚大钱。"

邮差

远在周朝时期，国家就建立了专门传递官府文书的驿站，骑马将文书通过一个个驿站传递下去，同时还建立了一套较为完整的驿邮制度，以实现快速、准确地通讯。秦代统一六国后，就将驿站信息传递系统，作为国家的行政机构确定下来，驿邮以骏马每小时奔跑 15 公里的速度传递信息。至唐代趋于完善。元朝还整顿了连接东西方的驿站传递制度。1902 年，大清现代意义上的邮政，就已经覆盖到我的老家。

邮差又称信使或驿卒。至于督邮，则是汉代各郡的重要属吏，代表太守督察县乡，宣达政令兼司法等。每郡分若干部，每部设一督邮。督邮带个邮字，肯定负有监管邮政的职责。陶渊明任彭泽县令时，郡里一位督邮来彭泽巡视，官员要他束带迎接以示敬意。五柳先生大为不爽："我不愿为五斗米折腰向乡里小儿！"即日挂冠去职。与督邮惹闲气的还有张飞，京剧《龙凤呈祥》里，乔玄乔国老就唱道：

> 他三弟翼德威风有，
> 丈八蛇矛惯取咽喉。
> 鞭打督邮他气冲牛斗，
> 虎牢关前战温侯，
> 当阳桥前一声吼，
> 喝断了桥梁水倒流……

这段唱腔是马派马连良的经典，华丽潇洒，继之张学津，差强人意。

一般的邮件到达驿站后，还需要邮差负责四乡分发。邮差一身短打，头戴沿毡帽，背负济宁高丽纸的雨伞，小扁担挑两个绿纱袋子。这是邮差的职业性装束。江湖上有约定俗成的规矩，无论山野蟊贼还是绿林好汉，任你劫皇纲劫娘娘，都不许打劫邮差。理由很简单——家书抵万金啊。炎夏夜凉，经常有邮差优哉游哉地行走在路上。邮差还要讨赏，像范进中举那样的录取通知书，能讨到几两甚至几十两银子。另外送喜报、委任状、款项乃至平安家书，一般主人都要赏赐邮差。没多有少嘛。

这个习俗，好像一直维持到二十世纪六十年代初期。记得我二哥那时在东南沿海当兵，寄回“五好战士”的喜报，老父亲还赏了邮递员呢。

赶膘猪

我有一个朋友是搞畜牧的，他告诉我，猪的生产期是“三个三”，即三个月三个星期零三天。猪崽长到十几斤左右，称猪秧子；猪秧子长到七八十斤重，称皮壳猡；皮壳猡是个空架子，需要再养上十拉个月，长到一百七八十斤，膗（chuai）肥了，称作膘猪。此时宰杀，肥瘦兼优，味道鲜嫩，质量上乘。

早年间，生猪外运要走活口。猪行里收了膘猪，赶到济宁州的码头上，装船顺运河或北上或南下，或七分朝天子或三分下江南。再早的《金史·地理志》“上京路”条目，即载明，朝廷要求会宁府（今哈尔滨）一带，年贡猪两万头。从哈尔滨到开封府好几千公里，其中有一部分是要走活口的。既然走活口，当年必定就有赶膘猪这个行当。

赶膘猪的一般三人搭档，商谈好价格，夜里启程。这样一来图安静，二来天凉快。赶膘猪是个很专业的活。猪的习性是走群不走单，喜欢一大溜结伴前行，有点像人的随大流。掌握这个习性，三个人手执竹竿，竹竿上拴一个红布条，分居前中后，赶上成百上千的膘猪，浩浩荡荡，此起彼伏，大路朝天各走半边，阵势很是壮观。沿途，还要讲究风向，设计猪道，保持队形，避开车马，防止惊吓等等。赶猪的都懂猪的语言，一边走，一边“唠唠唠唠”地呼唤着，既是安抚猪群，又是前后照应。因此，猪在这个时候就比人大了三辈。

一路上，还要多处打通关节。官府的卡子，要缴纳关税；地方上的保安队，要孝敬酒钱；路过绿林豪强的地盘，要花钱买路；遇到官军比较麻烦，但搭上几头膘猪，也能过坎……反正一路走来，作揖打躬，花钱消灾。毕竟那时节的人遵守游戏规则，按规矩出牌，事还算好办。

在我们老家，胡六赶膘猪远近闻名。只是晚节不保，到头来走了背字运。民国二十一年，赶膘猪遇到了土匪刘黑七的杂牌军。本来刘七爷拿了晋封，他的手下还硬是敲诈，不遂，朝天放了一阵排子枪，五六百头膘猪炸了营，疯窜进高粱地里。

胡六无奈，就近找了一棵歪脖子柳树，挂上了……

骂大街

尽管五行八作十分宽泛，但不会有骂大街这一行当。因此，在这里把它归类在五行八作里，有点隔，有点形而下。然而，骂大街却是早年乡下的一道热闹的风景。

骂大街多为泼妇所为，也有醉汉当街聒噪，当属少数。骂大街的理由，一般是失窃，物件家禽被人偷了。见诸文学典籍的，就有《聊斋 · 骂鸭》。再就是拉老婆舌头，张家长李家短，闲言碎语把人家惹恼了，人家就上大街开骂。这种现象比较普遍。清代话本《快嘴李翠莲》里，母亲就交代出嫁的女儿“张家长，李家短，人家管时你莫管”，就是防止惹上老婆舌头。

骂大街的内容，多涉及先人、当代，还有子孙；二是多与性有密切关系，也像我们的“国骂”，总离不开脐下三寸。其实，犒赏的是嘴巴。骂大街的时间，多在一早一晚，农闲时节。

失窃骂大街，也有分寸，偷狗偷猫不算偷。还有，我们老家打赌，总会说：“这事要是我办的，骂北瓜葫芦都算骂我。”这样的赌咒，就有很大的可信度。因老婆舌头骂大街，大多不会提名道姓，或含沙射影，或敲山震虎，出口恶气而已。骂大街也讲究先礼后兵，譬如失窃了东西，先满大街吆喝吆喝，奉劝窃者完璧归赵，否则勿谓言之不预，开骂！

骂大街有没有技巧？有的，三百六十行，行行出状元，干什么都有高下之分。我们老家有安姓、郝姓两位老太太对骂。安姓嗓门宽，分贝高，骂起来雷霆万钧，长河一泻千里，但质量不高，对方一句也记不住她究竟骂了些什么。而郝姓老太太，四两拨千斤，慢声细气，句句诛心，句句送到对方的耳朵里。听众评价此二人骂大街，安姓充其量燕子叫唤“一二三四五六七八九十……”，尽管快，却不敌郝姓蛤蟆咬牙“俩五一十”。

我们说乞丐是一种亚文化现象，而骂大街，则更是等而下之。它折射出了小农经济的晦暗面，还有农民弟兄代代传承的“阿Q精神”。

刽子手

砍头是中国经典的处决方式，所以刽子手应运而生。毋庸置疑，这又是一个相当古老的职业行当。刽子手大多要拜师，学习一些人体结构常识和临场行刑技巧。也有世袭的，那就是刽子手世家。想想一门屠夫，饭桌上坐在一起谈笑风生，交流切磋一个个血淋淋的话题，简直了……

一般认为刽子手行刑，用的是鬼头大刀，背厚面阔，分量沉重，宜于劈砍。其实，那种鬼头刀只是招晃，真正行刑用的是一把柳叶刀，藏在胳膊肘下。前边的刽子手举起鬼头大刀佯砍，吸引人犯的注意力，后边的刽子手，朝着人犯的后脖子一抡胳膊，头就掉下来了。

唐鲁孙《南北看·刽子手》，记载了刽子手如何练功：“最初是每天天一亮，就起身开始推豆腐，用砍人头的大刀，反把往胳膊肘儿一顺，刀头突出部分，用腕肘气力，把豆腐推成一块块薄片，越薄越好。等推熟了，在豆腐上再画墨记，照墨记往外推，等准头熟练，再在豆腐上加十个青铜钱，仍然按墨记往外推，一直练到指哪儿就推哪儿，毫厘不差，青铜钱在豆腐上丝毫不动，才算成功。”

不仅刽子手，旧衙门负责打人的是刑房的皂隶。打人又叫笞刑，所打的部位是屁股。《卢前笔记杂钞》载：打屁股要先投师学习业务。操练时先打草鞋底，要打坏三四十双草鞋，方可掌握基本技能。然后，再打豆腐，要把豆腐打得内里稀烂，外表完好无损，就可出师当皂隶了。而当皂隶的油水，就在这里。贿赂多少，打轻打重，业务要精湛，手下的板子要有数。

刽子手的职业装及人犯的囚服，都是红色的。行刑前，刽子手都要例行祭拜、饮酒等行规。行刑时，要把一碗酒喷在刀刃上，这样事后好洗刀。所谓技巧，即稳准狠，瞄准人犯颈部脊椎骨的空隙，一刀下去，身首两分。行规，行刑只一刀，从不补刀，因为罪大不过一死。

站立斩首，对刽子手有较高的技术要求。这种方式主要用来处决公卿大吏等重要人物，一般普通犯人则跪着受刑。大清以降，男人留了辫子，犯人跪下之后，一人按住身体，一人揪着辫子使劲往前拉，让犯人的脖子伸长，这样刽子手行刑就方便多了。

据说对女犯有一种“笑刑”，无须刽子手用刀，而是让山羊舔年轻女犯的脚心，让她一直发笑，直至笑死。

早年间，城里有刽子手世家，丁姓。老一辈人都不与他交朋友，因为他和你不管坐在哪里，不管多么莫逆，总是照量你的后脖颈（geng），研究观察下刀的环节。先人有做过刽子手的，后世代代不能参加科举。

刽子手供奉的始祖，一说皋陶，一说庖丁。前者是司法型的，后者是技术型的。

衙役

衙役，又称皂卒、皂隶，乃各级衙门里的各类勤杂人员，号称“三班衙役”：站班皂隶，跟随长官护卫开道，庭审时站立大堂两侧，维持秩序，押送罪犯，执行刑讯及笞杖刑；捕班快手，传唤被告、证人，侦缉罪犯，搜寻证据；壮班民壮，把守城门、衙门、仓库、监狱等要害部位，巡逻城乡道路。衙役着黑衣，故称皂隶。

清咸同年间，泰安县衙役员额为：门子2人，皂隶22人，马夫16人，禁卒11人，轿夫与伞扇夫9人，其余灯夫、库卒、仓夫各四五人不等；还有民壮，多达百人。

衙役的地位低于吏员。吏员像《水浒传》里的押司宋江，尽管没有品级，但官方在册，而衙役没有官方身份，只属于为衙门服役性质。其工资待遇每天不过几文钱，因此对于衙役的敲诈勒索行径，官府往往默许。衙役身份又有良贱之分，民壮、库丁、斗级、铺兵，为良民；皂、快、捕、仵、禁卒、门子，则为贱民。这些贱民同倡优奴婢同列，其中捕役社会地位最低，几乎被看作准罪犯。贱民衙役包括子孙三代都不能参加科举，也不准捐班买官。稍有身份的人家多不与之通婚。

有句古话说：大官好见，衙役难缠。这个衙役难缠，方大湜《平平言》列举其危害凡八端，最为精当：豢贼分肥、纵贼殃民、需索事主、妄拿平民、私刑吊拷、嘱贼诬指、私起赃物、侵剥盗赃。

平阳宣统岁进士张洪瑞，与邻里因地产纠纷，在泰安城里打输了官司。县知事汪大年说道："张年兄，如今共和了，已不再是大清，进士犯法与庶民同罪，来，四十板子。"衙役应声当堂摁倒，一板子打下去，张进士反手向上，伸了两个指头。衙役领会，张老爷"许把"（衙门的黑话，答应掏钱）了。板子一头着地，不再着实打他的屁股。庭审已毕，张进士走出大堂，被杖刑衙役追上，一伸手："张老爷，出血（衙门黑话，给钱）？"张进士耍赖，恶声说道："我那两个手指头，是嫌你板子下得重，恨得老爷我想抠你的眼珠子。"这次，衙役被涮了。

讼师

讼师，尊称师爷，蔑称讼棍，旧时代以替打官司的人出主意、写状纸、充任辩护为职业的人，同时兼营书写遗嘱、契约、呈状以及工商行政方面的申请。讼师多为运途偃蹇的士人，具有一定社会关系的吏人、干人、衙役、宗室子弟以及胆大妄为的豪民。他们在旧社会扮演着准律师的职能。"操两可之说，设无穷之词"，且"持之有故，言之成理"。既可能为金钱利益"挑词架讼"而充当魔鬼，也可能以法维权而成为天使，是敢于挑战封建司法的一把双刃剑。

光绪二十六年秋，新邑泼皮姚四因赌杀人，罪在不赦，明典二月初七新城大集。其兄姚大心犹不甘于束手待毙，斥金谋诸新邑名讼杨三爷。三爷附耳如此这般。

二月初六，薄暮，姚大潜人县衙，请刽子手胡爷人菜根香雅间。酒过三巡，姚大跪地叩首求道："舍弟触犯王法，咎由自取，命也。恳请胡爷明日手头利索，让小弟走好。"胡爷道："好说，好说。这倒不难。请起。"姚大不起，从怀中掏出银票双手奉上，又道："尚有一事相求，小人父母早早过世，舍弟乃我一手抚养，手足情深。恳请胡爷取舍弟身上一物留作念想。万望成全则个。”胡爷接了银票，问道：“不知想要何物？”“人之发肤受之父母，以辫子为佳。”胡爷沉吟……见状，姚大又说：“事成，金条两根奉上。”胡爷喃喃：“子时一过，当铺门前银货两讫。”遂扬长而去。

翌日辰时，姚大来到县衙二堂，主簿蔡大人说道：“人犯正用上路餐，稍等片刻。”姚大则言：“不必了，我取舍弟尸身回家。”蔡大人莫名惊诧。姚大徐徐说道：“小民问蔡大人，舍弟犯的是一刀之罪还是两刀之罪？”蔡大人答道：“大清律条无两刀之罪。”姚大拿出辫子：“请大人为人犯验明正身。”

有顷，姚大、姚四联袂踱出县衙，“菜根香”传出：“雅间三位，给杨三爷沏高沫。”

仵作

旧时官署中检验死伤的吏役，称为“仵作”，属三十六行之一，称“仵作行”。大概隋唐之际，已出现“仵作”一词。

《清会典·刑部》：“凡斗殴伤重不能重履之人，不得扛抬赴验，该管官即带领仵作亲往验看。”这就是说，仵作是官府所雇用的专门为刑事案件检验人员伤势的专业工作者，既负责查验当事人的伤势，还要对非正常死亡的尸体进行尸检，以找出致死原因，近似于后来的法医。因之，仵作要懂许多专业知识，包括要精通解剖学及药理病理，知晓何处经络受伤危及何处脏腑，中了各种毒药出现的各种症状，以对破案提供线索和证据。所以，仵作几乎都需有名师传授。

与其同行的，还有“坐婆”“稳婆”，遇到妇女下体的检验时，必须借由“坐婆”“稳婆”充任仵作来检验。像衙役一样，仵作地位低下，其三代不能参加科举。

仵作的勘验，往往带有封建迷信、甚至是巫蛊的色彩。如用守宫砂、马蹄土检验处子，用滴血进行亲子鉴定，都比较荒唐。山东梆子有一出《灰阑记》，讲述亲妈与后妈争夺幼子，无从取证，县令求助于仵作。仵作用石灰粉画一圆圈，命亲妈后妈各牵幼儿一条胳膊，谁拽出圆圈便是谁的。结果可想而知，那个使劲拽的，必定不是亲妈。这样的仵作判案，显然是戏剧性的。

一般情况下，仵作要进行独立的司法技术鉴定。但有时亦听命于上司，免不了与其沆瀣一气，狼狈为奸。大清咸同年间，新泰县境出一桩命案，县令带仵作前去勘验。至，见尸首卧处近莱芜县界碑，县令命仵作以勘验为名，连翻三翻，将尸首翻至莱芜一侧。回衙，以尸讹诈，举报莱芜县令不作为，致莱芜县令被革职。

吹鼓手

早年间，我的老家有一班吹鼓手，五个人六个疤瘌眼。为何五个人六个疤瘌眼呢，因为那个叫李老三的双眼都有疤瘌。大家不叫他们疤瘌眼，说他们眼上有准星，李老三是双准星。

吹鼓手又称吹鼓打子，五个人的班子，两把唢呐，两把笙，还有一副云锣，个个了得。俗话说：吹鼓打子分家——摊不上大号。盖因大号只有一把，归领班所有。但就是这把大号，气力短的人不能吹。咋办呢？他们想到了杀猪的赵大旺。大旺虎背熊腰，门扇大小的肥猪，一拧手腕撂倒，再一口气便吹得滚瓜溜圆。大旺原本是个好玩的，接过大号一运气，呜里哇啦震天价响。众人耳根发酥，劝了半天方才停下。吉人天相，自此大旺便当了领班。红白喜丧，一杆大号吹得风起云涌，遂冷落了屠夫这一行当。

吹鼓手送下花媳妇，就吃喜酒。一次，一要饭的小孩溜进酒席棚里，挨乎在大旺身边，一口一个爹叫他。大旺很得意，一个劲地给小孩夹菜递馒头，小孩子把肚皮吃得像个气球洋茄子。大旺问：乖儿子，你看我哪里像你爹？小要饭的说：我看你一吹号，两个腮帮子鼓得溜圆，像我爹的那俩蛋。满席喷饭。

又数年，大旺率鼓乐迎亲。花轿行至关帝庙，日机轰炸。机翼掠过处，炮弹落地开花。人群惊奔，四散逃生。新娘子钻出花轿，三寸金莲踩住裙子，一跤跌在地上，呼天抢地，号啕大哭。大旺怒不可遏，攀上庙台子，扬号对空猛吹。日机陡然斜翻跟头，撞上庙内银杏树，轰然堕地。

我现在经常想，就我这帮老乡的演奏水平，如果有幸在维也纳金色大厅演出，说不准就能颠覆世界音乐史。

孵小鸡

火炕孵鸡大致分为四个阶段，每个阶段分为五天，其关键技术在于温度的掌控。因此，当地又叫“暖鸡”。第一阶段：鸡蛋上炕加高温，40℃—45℃胚胎发育。五天后剔除未受精的，进入第二阶段：中温，40℃左右，五天眼睛、头部发育成形。第三阶段：相对低温，36℃—38℃，五天骨骼、羽毛发育。第四阶段：温度在38℃—40℃，再发育完成，破壳孵出。

这番话内行吧？内行。知道为啥内行吗？不知道。那我告诉你，在下的先严，就是一位孵鸡的民间高手。“门里出身三分会”嘛。

要说起生命原理，整个鸡蛋，形成生命的是蛋黄，蛋清是生命的能源——营养成分。雏鸡发育完成，蛋清亦消耗殆尽。

孵鸡的祖师爷，一般供奉张玉皇、土地爷等。玉皇老儿是遥远的，体大虑周，而土地爷则是具体而微的，比较现实，县官不如现管，反正当庄土地当庄灵。师傅们都有忌讳，不允许女性进入孵化房。怕“妨”了。至于为什么呢？父亲说，看看这个妨字带个“女”旁，你就明白了。

老父亲还给我讲他们的传奇故事。民国三十二年，在沂蒙山里孵鸡。投资方是八路军的鲁中军分区，鸡坊是根据地的民生项目，号召军民生产自救。正逢破壳出鸡，遭遇日军“扫荡”。无奈，工人们都跑进山里避难。日本兵进了鸡坊，支上大锅煮鸡蛋犒赏自己，连吃带拿，剩下的用杠子全砸了一遍。鸡蛋的抗压性极强，日本兵走了，他们发现还有好多鸡蛋完好无损，就用热水一个个洗出来，继续加温，继续生产，挽回损失。到末了，军分区司令员亲自给他们发奖状，每人奖赏一块洋胰子（肥皂），一块羊肚子手巾。

现在用电孵箱之后，孵鸡进入工厂化生产。我问父亲，孵化车间里都是女工，人家也不怕“妨”了？父亲说：这你就是只知其一，不知其二了，共产党推翻旧社会，他怕谁？

目前，该项目正在我们当地申遗。

卖小鸡

炕鸡和缸鸡，是旧时孵鸡（鸭、鹅）的两种方式。一般江南用缸，江北用炕。汪曾祺的小说里就有高邮老家用缸孵鸭的情节。我们老家用火炕孵鸡。每年开春一直到麦前，是孵鸡的大好时机。从鸡蛋上火炕加温，到孵出小鸡需要二十一天。鸡坊里每逢出鸡，吊摊上几万只雏鸡破壳呐喊，犹如合唱生命的交响。

孵出小鸡就要出售，因此就有了卖小鸡这个行当。卖小鸡用挑子，前后各两个箩筐，中间的扁担叫梁子，又叫獐牙担子，两头翘起像一钩新月。一路甩开胳膊大步走来，百十斤的挑子颤颤悠悠，披肩翻飞舞动如婀娜水袖，那风采就是梅兰芳天女散花的台步。说归说，这可是个辛苦活，下四乡风餐露宿，风雨无阻，千把只小鸡必须在三四天内卖光，因为批次间隔时间只有五天。卖小鸡要有一副好嗓子，吆喝起来得用山东梆子的奶腔子，从小嗓里边往外拔：小鸡来……嗨，卖小……鸡来嗨……站在山梁上一吼，四面山壁抖动，嗡嗡回声。

别人卖鸡就是卖鸡，唯有凤俊能卖出花哨、卖出故事来，能让人记住他是个卖鸡的。你譬如，这天来到蒙山豹子崮，山上寺庙里有个老和尚喊着要买鸡。问买多少，老和尚张开手掌，五十？五百！这可是个大数目。凤俊一高兴，二三百级台阶一口气就挑到了山门上。老僧四个筐扒拉了一通，说：没有。凤俊问：你不是要五百鸡吗？老僧说：不，我是要乌白鸡。凤俊没辙，恨恨骂声“秃驴”，悻悻下山。

又一次到杨家楼，鸡挑子放在一个闲园的门口，就听院里边一群媳妇在闲聊说笑：“别看男爷们那个东西硬，一放进咱们那个里边，就像开水榨菠菜。”隔墙有耳，凤俊一听，进门问道：“哪位大嫂借个火，俺想抽袋烟。”媳妇们说：“俺都是妇道人家，没有带火的。”凤俊说：“你们刚才还榨菠菜，怎么能没火？”众媳妇一听，明白了，齐大伙上前摁倒，解开腰带把他的头套进裤裆里，骨碌一个蛋，撅着个大屁股滚在那里。

这个玩法叫“老汉看瓜”。

打锡壶

打锡壶的又称锡匠。其招牌，是一根四棱子棍，类似梁山好汉呼延灼的鞭，俗称蒺藜棍，半庹长，用两个胳膊腕子夹住，横在后腰上。一边走，一边吆喝："打锡壶来……打锡……壶 bao……"炉子支在街头上，有一人专门走街串巷，招徕生意。这个招牌叫打神鞭，锡匠供奉的祖师爷是姜子牙。姜子牙在此，诸神回避。

锡的来源主要是回收的旧锡器，还有牙膏皮、药膏皮什么的。锡的熔点很低，放在铁锅里，焦炭火，不大一会儿就融化了。融化的锡水倒进滑石板做成的模具里，冷却后就成了锡板。然后剪裁，再在锡口抹上松香，用烙铁焊接，做成各种锡具，最后抛光。我们老家姑娘出阁，陪嫁一定要做一把锡酒壶，提梁的，壶盖上嵌一个琉璃红樱桃，非常精美。还有烛台，也是锡的，银光闪闪。

村里有个叫壶生的，在他之前，娘生下六个姑娘。今次弄璋之喜，落草后爹怕蝈蝈腚上一根毛，立不住，就找算命的长尧算了一卦。长尧按生辰八字、四柱推命，掐算了半天，告诉他：先甲三日为辛日，后甲三日为丁日，此为吉日良辰。一大早，未出太阳之前，东南方向大路口来的第一人，男的认干爹，女的认干娘。非此不立！爹唯唯。

是日，东南方向大路口，来的第一人是个打锡壶的。他爹一把抱住就往家拖。打锡壶的吓得直哆嗦，暗想，怪不得今天眼皮直跳，大老早就遇上了这个五大三粗的劫道的，连声说："大哥，念我上有老母，下有妻儿，您行行好吧……"不由分说，拉到家里，八仙桌上头鸡二鱼三丸子，席面已经摆好。酒过三巡，爹让打锡壶的为干儿子赐名，锡匠说：就叫壶生吧。

壶生如今七十多岁了，也是个打锡壶的。

裁缝

裁缝这个叫法，大概很早，《周礼 · 天官》载："女工八十人。"汉郑玄解释说："女工，女奴晓裁缝者。"至于大汶口文化出土的骨针，不过简单的缝缀工具，那时称裁缝似乎为时过早。

我的母亲上过几天新式学堂，好像是国民小学。她知道国父孙中山是广东省香山县翠亨村人，会背总理遗嘱："余致力国民革命，凡四十年，其目的在求中国之自由平等。"甚至还会唱"卿云烂兮，纠漫漫兮，日月光华，旦复旦兮。"我问你这是唱的什么？她说民国国歌。有一次她问我："你知道孙中山为什么革命吗？"我说了驱除鞑虏之类，她说："不是的，因他祖上是裁缝，皇上辱没他，不让他参加高考。"

我们老家有几个裁缝，记忆里口碑都不甚好，谁家找他们做衣服，总要把布称一称，看看他能落下多少。为此不断发生纠纷。

二十世纪八十年代刚参加工作时，换行头，要做一身涤卡中山装。平阳城里有一家工农兵缝纫社。同事老杜告诉我，找柜台上那个细高挑儿大眼睛的姑娘"汪连长"。我问："为什么要称她连长呢？"老杜说："她是部队转业的。"排上队，挨上号，我恭恭敬敬叫了一声"汪连长"，姑娘像被马蜂蜇了，厉声问我："你叫谁呢，谁是汪连长？你要干什么！"那时年轻，面皮薄，突如其来，弄得我进退失据，好不狼狈。

事后，别人告诉我：你让老杜那小子耍了，那姑娘找对象够一个连了，至今未婚，"汪连长"是她的绰号，就像梁山泊好汉里的母大虫顾大嫂，你怎么可以乱叫呢？

绩风箱

风箱是一个长方形的箱子，箱子的两端各有一个进气口，通过中间的拉杆，将挡风板在向里和向外的两个过程中，空气被吸进箱内，并通过排气口被排出去，以催旺炉火。风箱是日常生活中的一个小物件，却是老子哲学中的大隐喻，老子认为：对风箱推拉得越多，给出的风量越大，天地之间不正像风箱吗？虽然它空，却不会穷尽。

风箱里有一块挡板，为了密封，四周要缀以鸡毛，一是柔软，二是生风。这就派生出一个行当：绩风箱的。这是个技术活。绩风箱的鸡毛，要活鸡毛，一是密封效果好，二是有弹性。就像订毽子，活鸡毛的毽子掉在地上，打个滚“扑棱”就起来。

绩风箱的师傅背一个箱子，里边是针线鸡毛。他的吆喝很简单：绩……风箱了，有绩……风箱的没（mao）？绩个风箱不过毛儿八角的，赚不了几个大子儿。

小时候见过一个绩风箱的师傅，胸膛上长满了白色的茸毛，问他缘故，他讲了一个毛骨悚然的故事，据此，我写成《续聊斋·赵二愣》。

高家二嫂还教过我们“拉风箱”的儿歌，一伙小孩子坐在月亮地里，来回悠达着胳膊，唱道：

叮叮当，咕哒哒，咕哒叮当干什么？
小大姐，小二姐，你拉风箱我打铁。
赚了钱，腰里掖，买个蒲包瞧干爹。
干爹戴着红缨帽，干妈穿着高底靴。
高底靴，嘎噔噔，毛蓝裤子鸭蛋青。
扭扭腰，摆摆腚，走起路来一溜风……

畜类先生

兽医，我们老家称“畜类先生”。先追溯其源头。《周礼·天官》：“兽医，掌疗兽病，疗兽疡。”又《冢宰篇》“兽医下士八人”注：“兽，牛马之属。”按此，则疗牛者亦当曰兽医矣。”及至《旧唐书·职官志三》：“兽医掌疗马病。”再至明陶宗仪《辍耕录·兽医》：“世以疗马者曰兽医，疗牛者曰牛医。”到了《水浒传》第七十回：“张清在宋公明面前，举荐东昌府一个兽医。”这个兽医乃地兽星紫髯伯皇甫端，排梁山第五十七位好汉。还有，《聊斋志异·胭脂》：“东昌卞氏，业牛医者，有小女字胭脂，才姿慧丽。”

人民公社化时期，农村兽医干的大手术是“棰牛”，即为公牛去势。其方法是用苘绳缠住公牛睾丸上部的输精管，再用木槌棰击。输精管棰断之后，公牛不再起性发情，并从此丧失交配能力。很残忍。棰过的公牛变得性情温良，负重耐力，易于驱使，这当然成为耕牛最优良的特性。棰牛季节一般选择在秋凉时，以期不误农事。棰过的牛要喂细料，短时间内生活上享受较好的待遇。但在此期间，不能让它服役，也不能让它卧倒，要牵着它不停地走动，名曰：遛牛。以防棰断的输精管发炎粘连。所以当年在秋凉时节，昼夜遛牛者相望于道。

兽医的笑话很多。山西万荣县是个笑话之乡，出版了笑话集，并有口述笑话的光盘。里边有个笑话说：为改良地方猪品种，兽医站引进优良种猪，推广人工授精技术。某天一农户老妇人发现自家的母猪发情了，一大早叫醒儿子，说："家里的母猪发情了，你去叫猪苗（公猪）来。"不大一会儿，儿子带一个兽医站的技术员回来了，老妇人忙问：猪苗呢？技术员说："我来了就行。"老妇人端详有顷，自言自语："你来了就行？那以后的猪崽子可就难卖了"。

老娘婆

接生婆，在我们老家称"老娘婆"。属于江湖上的"三姑六婆"之一。宫廷和官府里还有"稳婆"，官府里的稳婆除了接生之外，还兼着法医的功能。旧时候，农村卫生医疗水平差，妇女难产时有发生，婴儿的死亡率较高，产妇也有很大的风险。接生婆一手攥着两条人命，责任非同小可。

记得我们村有个接生婆张老太太，从业五六十年，技术纯熟，接生过几百个婴儿，谁家的顺生，谁家的横生，孩子的生辰八字，她都如数家珍。南园里刘家的老二是趴着下生的，长大了一准搞破鞋，还真让她说中了。接生的费用没有定例，一般三尺蓝布，一筅子小米，十个鸡蛋。晚年带了几个徒弟，手段都不如她。

过去妇女生孩子多，别说去医院，有的连接生婆都不找，临产烧上一盆开水，一把剪刀，自己就处理了。一位安姓老太太，一辈子生了十二个孩子。第八个孩子生下来，自己剪断脐带就放在炕席后头，准备去插地瓜。她的弟媳不放心，过去一看，孩子正在草席底下嘤嘤地哭呢。弟媳说：嫂子你糊涂啊，大小是条命，自己身上掉下来的肉啊，你就忍心？后来，这孩子成了海军军官。

接生婆一般女性居多，男性殊少。汪曾祺写过一篇《陈小手》，就是写男接生婆的。那是短篇小说的神品，空前绝后。

经纪

清《燕台口号一百首》有诗云：

> 骡马牵连入市沽，倩他经纪较锱铢。
> 可怜长尾刀刀剪，指鹿论钱得价无。

诗中小注云：“买卖作中者曰‘经纪’。”

古时贸易市场的管理部门是“秤、斗、牙行”，类似当下的工商所。经纪又称“牙商”，即“牙行”的商人。它是撮合货物销售成交的中间人。“牙”是“互”的俗字，“牙市”即“互市”，“牙人”即“互人”，意思是互通货物有无的人。这个职业的称谓，出现在唐代，杨贵妃的宠儿安禄山，最早就是干这行的。

我们老家称经纪的，多半是牲口市里的中介人。这些人都有背景，官私两把。其中介手段，即可促进交易成功，又像“吃了原告吃被告”的那些不良律师，买方卖方通吃。譬如卖牛，经纪先对卖方说，这牛有三快：脊梁比刀快，屁股比锥子快，倒下比起来的快。顶多也就值八十元；然后对买方说，这牛体壮膘肥牙口好，千里挑一，没一百二十元牵不走。成交了，经纪就吃中间这个差价。你惹不起躲不起。行规，经纪两边讲价，绝不用言语，而是褪下一根大肥袖子，先与买主扣手，再与卖主扣手，袖里来袖里去，手扣手，靠摸。

牲口经纪家圣，一年到头串四乡赶八集。牛马驴骡的大生意，他说八个牙就算齐了口，非他不能成交。遇到难缠的主，撩开大襟一拍毛哄哄的搓板胸膛，就露出了腰里别着的三弯刀……家圣天天吃水饺，多半是狗肉的。但他不吃热的，捞出锅要等凉了皮，再用剪子剪了角，过油炸了吃。

公元一千九百六十年春，家圣咽不下公社食堂里的地瓜面花生皮窝窝头，饿死了。送他的人一边埋一边说：他这辈子啊，值！

张罗

过去乡下有张罗这个行当。这个“张”，是制作，是张开、铺张，还有拉紧的意思。“罗”，则是过滤流质或筛细粉末用的器具，如罗面，也称筛面。汉语词典里的“张罗”，于此风马牛不相及。

物质的细度，是用目数来测量的。目数，物理学定义为物料的粒度或粗细度，一般是指筛网在 1 英寸线段内的孔数即定义为目数。我们食用的面粉，一般在 70 目左右；医药用的滑石粉，包括化妆品的敷粉，目数都在 120 目以上。这些都要通过罗来完成。

农家总少不了三面罗，一面细罗，一面二罗，还要有一面粗罗。用石磨磨小麦面，先过细罗，这种面来客时吃；再过二罗，过年过节吃；最后用粗罗，这种面里含有很多麸子，蒸出的馒头黑啦吧唧的。

张罗匠张罗时用的罗圈板一般用柳木、楸木、泡桐木制成，匠人把圆木锯成厚约一分、宽约五至七寸的长板条，厚度均匀，刨光板面，在温水中浸泡若干时间，再用明火加温捏制弯曲，定形压制成圆圈状。筛面的罗为圆形，一般直径为 30—40 厘米，高约 15 厘米。

罗，有铁丝的、铜丝的，还有一种比较稀有，叫鬃罗，是用马鬃和马尾巴做的。炮制中药，需要过罗的，不能用铁丝、铜丝的，怕与金属相反相克，就要用鬃罗。后来，又有了尼龙的。罗一般是圆形的，木帮。

下乡张罗的挑着两个圆形的柳条筐子，除张罗之外，还干扎裹（修理）簸箕笎子等杂活。街头树荫，吆喝一声，一干就是大半天。工钱稀松，到了饭时，各家给他凑点吃的，就行了。

母亲去世前，我最后一趟回老家看望，当时她正在院子里烧水，放下包还没坐下，母亲就吩咐我说：十字路口有张罗的，你把东墙上那面罗，去给我扎裹扎裹。

我说：扎裹什么，你又用不着。

母亲说：不行，居家过日子，怎么能没面罗呢?

磨刀匠

磨剪子戗菜刀登大雅之堂，凡两次：

一次，京剧革命样板戏《红灯记》，李玉和欲送出密电码，“在粥棚正与磨刀师傅接关系，警车叫跳下来鬼子搜查急……”受此教化，“文革”初期红小兵站岗放哨，查到进村的磨刀师傅，就放行，这是好人，北山游击队的。要查到小炉匠，那就麻烦了，《智取威虎山》里的栾平栾副官，你往哪里跑？座山雕三爷那边，杨子荣正在百鸡宴呢，你还想去捣乱。走，戴高帽子游街！

一次，大哥大刘欢唱《磨剪子戗菜刀》：

> 每天都要走进这些我熟悉的大街小巷，
> 城里的人是越来越多。
> 那高楼大厦也已经数不清楚，
> 人们好像都有许多幻想。
> 手里钞票也越来越多，
> 虽然你们有点儿看不起我，
> 可是你们自己也不知忙些什么。
> 磨剪子来戗菜刀，磨剪子来戗菜刀……

那是磨刀人的咏叹调，被刘欢演绎得诙谐而苍凉……

据说还有一部同名电影，我没看过。

磨刀一般用砂石。师傅前腿弓后腿蹬，拉开架势，将一把钝刀从正面到反面，从前锋到后锋，磨去生活的斑斑锈迹，露出清亮的本来面目。一面磨一面淋上清水，在刷刷的声响中，磨得生动有致。最后，用水一冲，为了验证锋芒几许，再用大拇指肚小心翼翼地在刀锋上来回抚摸。再后，方用抹布揩净，放心地交给刀的主人。磨剪子也需要技巧的，一是磨出来要快，锋利，二是用力均匀，磨出刃来要平，不然绞起东西来夹生，不利便。至于戗，则是用戗刀切削，把刀刃变薄。磨刀的吆喝起来，有皮黄的味道。

写到此间，耳边又飘来刘欢春晚的歌声：

> 不管生活变化怎么多，你的剪子菜刀还得磨。
> 别看我已经有六十，我还必须每天去吆喝，
> 磨剪子来戗菜刀，磨剪子来戗菜刀……

挑八股绳

负贩贸易的穷苦人，扁担两头两个筐篓，每个筐篓拴上四股绳子，因此，江湖切口称作挑八股绳的。

挑八股绳这个称谓是泛指，譬如卖瓜果梨枣的、卖酒卖油卖干醋的、卖针卖线卖顶针的、卖扑粉胭脂雪花膏的、茼绳头子换洋火的、打锣卖糖的、收破铜烂铁的、货郎挑子等等。在小农经济条件下，这些人在流通领域拾遗补阙，调剂有无，方便百姓，促进经济。借此获点蝇头小利，养家糊口。

一般在土匪的章程中，这些人不能抢夺，不能伤害。一来他们都是小本经营，抢他们无异于针尖削铁、燕口夺泥，不值得，不符合替天行道杀富济贫的宗旨；二来这些人走村串寨，眼观六路耳听八方，有时还能从他们嘴里打探点消息。这就叫盗亦有道。

啥事都有个例外。虽说挑八股绳的都是蝇头小利，但像收古董的这一行，三年不发市，发市吃三年。老家邻庄的柘沟，有个冀大头，古董小贩子。那年在莱芜城里，从一个老太太手里花十个铜子收了个鸡食盆子。拿回家一刷，细瓷薄胎青釉大花碗，心里觉得有点意思，偷偷揣上这只花碗，去了济南府茹古斋。茹古斋老板端详半日，又翻过来一看底款：康熙八年制。拍案惊奇！说这是老佛爷最喜欢的康熙青花碗，总共八只，满汉全席离不了它。八国联军闹事，此碗流出宫禁，老佛爷心疼得不得了。得了！明人不做暗事，见见面分一半，给你八十块现大洋，回家买房子置地去吧。

车伙子

先说车。创造车的始祖是奚仲。《左传》载："薛之先祖奚仲，居薛，以为夏车正。"这个车正，就是负责制造车辆、管理交通运输的官员。东汉《六艺论》又载："黄帝佐官有七人，奚仲造车。"但是，史料中的奚仲，横跨黄帝、尧舜、大禹等三个历史时期，人显然没有如此高寿者。因此，确切地说，奚仲应该是一个造车的氏族或世家。当然，现在都称团队。《周礼·考工记》："车自轮始。"又可知，轮子的发明在车子之前，有轮始有车。《管子》："奚仲之为车器也，方圆曲直，皆中规矩钩绳，故机旋相得，用之牢利，成器坚固。"又可知，春秋时期，车已经完善成器。

推车的叫车伙子。早年间车伙子推的是木轮车。圆圆的轮盘用一节节车辋扣成。每节车辋大致长七八寸，车伙子形容道路难走，就说：一辋三开辙。车辋大都用枣木、榆木，槐木再硬也不用，因它占个"鬼"字，不吉。

车伙子有行会，负责招徕生意，为粮庄到济宁州码头送五谷杂粮、花生米子，为茶庄到安徽祁门运马上鲜、小兰花，为布庄到天津卫运细纱、杭纺、白洋布，为杂货铺从济南进烧碱、洋胰子、头等粒子（蓝靛，一种染料）乃至针头线脑。都是穷人干的苦力差事。车伙子要有好身板，一车货物七八百斤，一天七八十里，一路像跑旱船。

车行里车伙子来群，好闹笑。长途跋涉一天，太阳平西下店。来群精力过剩，擦把脸就溜进店家的厨房里，看老板娘捏窝窝头，只看得舌头发痒，开口打趣：妹妹捏的窝头是扁眼的。老板娘莞尔一笑。第二天离店结账，店家多收他几个大子儿。来群问：为何多收俺的钱？老板娘说：哥哥吃的窝头是扁眼的。扁眼的贵，每个加收一个大子。说罢，一笑莞尔。

还有，德国奔驰集团的汽车展览馆里，立有奚仲的造像，以为世界车文化鼻祖。

公社职官录

兴和书记

兴和书记是十四级干部，干公社书记有点屈就。因为那时十三级就是高干，好多县委书记也不过十四五级。兴和十二三岁参加革命，老早就是鲁中抗日政府的通信员。

得益于通信员这个差使，兴和书记自行车骑得出神入化，时不时就想表演表演。那时公社里经常开大会，公务员布置设在南沙河的主席台，一趟一趟地搬运东西，兴和就有点烦。于是，自己找了两个大篮子，装满茶杯，用扁担挑上，再提（di）溜四个竹皮暖瓶，一骗腿蹬上大国防的自行车，连公社大门的台阶都不下，一路大撒把，如入无人之境，像玩杂耍的。

兴和爱科学，引导农民大搞科学种田，不遗余力。平时也非常注意学习农业科技知识，什么光合作用、氮磷钾配比、良种良法配套等等，他都懂。这样，以后就进城干了市里的科委主任。

一次，农业技术员小玄讲授植物保护病虫害防治。讲到蚜虫，小玄就说，在夏季高温条件下，蚜虫一天可以繁殖十几代，有时它的卵在产道里就可以孵化，生出来就是幼虫，这种现象在生物学上称为“假胎生”。兴和书记觉得很新鲜，到处讲，蚜虫也是高级动物，和人一样，都是胎生。

兴和爱炒菜，会炒菜。有一次，在三秋指挥部，这位抗战干部喝高了，问我这个小青年说：“我实在不愿干主任这个 × 差使了，就愿意炒几个菜，你说我这人是不是没出息？”我说：“哪能呢。”

颜书记

兴和书记的前任是颜书记。颜书记大个头，一脸麻子。早年参加县大队，杀鬼子埋汉奸都干过。有点英雄拍胸脯的资本。

“文革”初期，颜书记率先被造反派打倒，发配在锅炉房烧锅炉。每逢开会，大礼堂里的锅炉老早就烧开了，颜书记见人就问：喝点水吧。这一来，在野的造反派就抓住了当朝造反派的辫子，声称让走资派烧锅炉，置革命群众生命安全于不顾，是可忍，孰不可忍！不几日，颜书记被迫离开这个“高危职业”，去当清洁工了。

“文革”中期，颜书记被“三结合”，当了公社生产指挥部的指挥。造反派负责抓革命，颜书记负责促生产，一开大会，三句话不离本行：手中有粮，心中不慌。今年春脖子短，抓紧地瓜炕育苗。不怕你生产队长棒，就怕死牛烂了炕……

“文革”后期，颜进城当了县水利局局长。水利局里高人成堆，颜去省里开了五天会，回来再找办公室，没了。却原来，秘书魏卫东看到局长的办公室朝阳，冬天暖和，就搬进去换了锁。颜局长问：“我的办公桌呢？”魏卫东说：“放在走道拐角了。”“桌上的文件呢？”“打包塞在橱子底下了。”颜局长二话没说，抱上文件就回家了。

还在公社的时候，颜书记四个姑娘没儿子。夫人怀上第五胎之后，两口子很走心。忽一日，夫人贵体欠安，请来公社医院的老中医单大夫。单大夫是个牛皮篓子，整天价吹乎：捂住半边背《本草》。一剂药下去，流产了，恰恰是个男孩。夫人悲痛欲绝，颜什么也没计较，只是问单大夫：你是安胎呢，还是打胎呢？

马书记

马本信书记已经作古十几年了，死于心脏病突发。这个人能干，抓基层工作很有一套，和老百姓打交道如鱼得水。在他的字典里，真的没有困难二字。而他最大的优势，在于酒量。

论及酒量，当时公社机关有“一个沙滩，两个正好，三个再喝，四个不倒”：一个沙滩，这人永远喝不饱；两个正好，无论喝多少，你问他怎样了，总是说“正好”；三个再喝，任何酒场从来不说喝行了，总是要“再喝”；四个不倒，从早喝到晚连轴转，面不改色心不跳，走起路来板板正正，从不来走样的。本信是“四个不倒”之一。

那年公社村村通路，是省里的样板，限期半月，省委书记要来开现场会。通到龙泉村通不了了，原因是县长训了村支书。支书邪性，撂挑子不干了，天王老子再动员也白搭。迫在眉睫，县长要处分村支书。本信说："使不得，县官不如现管，当庄土地当庄灵。那是个一姓庄子，社员都是本家兄弟爷们，他在村里一呼百应，处分了他谁修路？我去看看吧。"

一早骑上自行车到了村支书家里，像进自家门一样，吩咐支书他老婆杀个小鸡。炖好了鸡，两个人就喝，啥话不提，端起来一口闷。一直喝到太阳偏西，村支书躺在了屋当门。本信骑上车子临走，甩下一句话："老小子，只要你喝不死，就得给我干！"第二天露明，村支书在大喇叭上一吆喝，七八百劳力就上了工地。

本信后来挺窝囊，被撤职查办一撸到底，原因是超生。他有一儿一女，只是那个九岁的男孩，下水湾淹死了。老婆受不了，整天闹腾，要再生一个，本信就从了。按说，党委伙计班子，情同哥们，眼看书记夫人身怀六甲，应该有人劝一劝。可是，谁都没吭气。

然而，孩子刚产下来，立马就有电话打到了市委组织部：产房传喜讯——生了，哈哈……

洪社长

"文革"前人民委员会的首长称社长。洪社长面孔黧黑，五短身材，庄稼地里耕、耙、耩、扬这些农活，都是行家里手。

耕地的学问在于使唤牲口，使唤牲口在于使唤领墒牛；耙地要站得稳，趋高就低，一遍轧坷垃，二遍找平，三遍以后才是细耙；耩地播种的本事全在于摇耧，摇得均匀才能保证下种的疏密相宜；至于扬场，跌场高粱揽穰谷，"迎风甩簸箕，扬得蛾眉弯"，这才是高手。洪社长讲起这些来，滚瓜烂熟。最绝的是杀高粱，一撅头下去，就砍破五花，胳肢窝一夹十几棵，往后一甩，刀裁的一般整齐。洪社长下乡就干活，干这些活，都带有表演性质。现在说秀，但绝不是作秀。

有一年冬天，洪社长去首都参加国务院召开的全国桑蚕会议，住和平饭店。住下之后，内急，在走廊里找了一大圈，也没个厕所，实在憋坏了。服务员看他弯着腰来来回回，奇了怪了，问他干什么？洪社长脸红脖子粗地说道：“妞啊，哪里有牛栏？”服务员一笑，把他领到房间，打开卫生间的门告诉他：“这里就是牛栏。”

晚上临睡，又发了愁，透暄的床上咋没被子盖呢？是不是还不到送被子的时间呢？也不好意思再问，下半夜迷迷糊糊就囫囵睡了，冻了一晚上。第二天问邻座，人家告诉他，掀开被单就是鸭绒被子。

洪社长大名洪月坡，有一次开大会，秘书把他的名字写得很潦草，新来的兴和书记主持会议，就说：下面请社长“洪肚皮”讲话。

乔社长

公社副社长老乔，是东北野战军的营长，转业到地方的。他有两样东西别人没有，一件狐皮大衣，一顶貂皮帽子。狐皮大衣穿上浑身冒火，貂皮帽子戴上，雪花离头顶三尺就化了，都是好东西。冬天开大会坐在主席台上，西北风嗖嗖地刮，别人都寒蝉瑟缩，独有乔社长如坐春风。老乔广颡深目，鹰嘴勾鼻子，两件行头一打扮，活脱脱一个座山雕崔三爷。

就因为这两件与众不同的行头，在“社教运动”被定为腐化变质干部，副社长谪守夹谷，任夹谷管理区书记。管理区是公社的派出机关，公社八十八个生产大队划片管理，夹谷管理区九个大队。

狐皮大衣和貂皮帽子压在箱底，这不要紧，老乔另有与众不同——打围，双管猎枪家藏三只，一开会就叫上九个大队书记，上山打围。因此，就有了“兔子书记”的绰号。老乔打围有讲究，分“打跑”还是“抠窝”，野兔趴在窝里打，叫“抠窝”，这种打法牢稳，但缺少刺激；趴窝的兔子哄起来打，一枪撂倒，这叫“打跑”，最显手段。每逢遇上兔子，老乔先问：“咱是抠窝，还是打跑？”大伙说抠窝，他就抠窝；说打跑，他就打跑。打上几只野兔，如果能再碰上个果子狸什么的，那就再好不过了。回到管区，大锅劈柴炖上，地瓜干子老烧酒烫热，开喝。酒喝完，工作也研究个差不多了。兔子书记醉眼迷离，一伸懒腰打个哈欠：“你们该干吗干吗去，我得睡一觉。”

这一睡，把大事给耽误了。第二天全社生产大检查，八点出发，唯独老乔没到。几十个人在那里等他。兴和书记估计他会强调种种理由，准备了种种应对预案，反正这次不能放过他。八点四十，老乔姗姗来迟。兴和怒问："为什么来晚了？"

老乔逍遥答曰："睡过卯了。"

兴和书记一时语塞……

罗社长

副社长罗文明，犯了作风问题的错误。

抗美援朝第二年，发起"动参"运动，动员参军，支援前线。尽管穷得叮当响，五六个孩子都娶不上媳妇，罗老三却是个老顽固，认定"好铁不捻钉，好孩子不当兵"。任凭村干部求奶奶叫爷爷千恩万谢地哀告，就是不让儿子去参军。村长马凤章急了眼，把他五个儿子统统关在了牛栏里，这其中就有罗文明。

村妇女主任高芳，隔着牛栏对文明说："只要你去参军，我的人就是你的！"高芳是村里的人尖子，一棵葱的大辫子，那是招牌形象。文明一听，浑身发酥，立马就答应了。从牛栏放出来，罗文明披红戴花，骑着大马上了队伍。

战争结束回国，洞房烛影摇红。罗文明随后由连长转业到了地方。人走时运马走膘，不几年就当了县委办公室副主任，以干事透脱著称。再后，风言风语，说他与电影放映员小娄不大清白，啥叫不清白呢？就是谁也说不清楚道不明白。不料，这事传到了高芳的耳朵里。高芳跺跺脚，抱一个，背一个，领一个，带着三个孩子进了城里县大院，进门就喊"陈世美"。传达一听是罗主任的家属，不敢怠慢，告诉她第一排房的第一个门，就是县委办公室。高芳上过识字班，认识几个字，到了门口一看牌子，又折回来问传达："那个门是不是呢？"传达说："是啊，嫂子。"高芳说："我怎么看着是'县要力公堂'呢？"

这一闹腾，假的也成了真的，罗主任就因莫须有的作风问题，调到公社干了副社长。正值防汛，带了几个人下去看看。天热得不得了，胡家庄有个大水库，罗社长一个猛子扎下去，再也没上来……

鹤昆书记

公社副书记鹤昆，姓牛，他这个牛是“锅碴子牛”。大明洪武初年，牛姓一族从山西洪洞县大槐树老鸹窝分迁四方，族长举起一口铁锅“咣当”一摔，吩咐道：“树挪死人挪活，聚散是定数，每家拿上一片锅碴，有朝一日，凭此可认宗归亲。”这一支来到汶水之阳，世称“锅碴子牛家”。想想当年的情景，不明觉厉男默女泪细思恐极煞是凄凉啊。这片锅碴子我见过一回，六七百年的包浆，乌漆温润，光可鉴人。

鹤昆惧内。尽管媳妇是童养媳，比他大八岁。稍有不从，媳妇就说：“别狗烧包，八岁那年，洞房里我还把你尿尿呢。”那些年生活困难，早上做一锅面疙瘩汤，鹤昆从上边撇碗稀的，媳妇就说：“上边那点油花子，大小子喝了还得长个呢。”倒下，再从下边舀一碗，媳妇又说：“底下那点稠的，还留着喂丫头呢。”弄得鹤昆进退失据。

杜特派员

人民公社的公安机构是派出所，所里只设一名干警，称公安员，后改称特派员。好在那时候人胆小守规矩，作奸犯科搞现行的不多，用不到天天出110。特派员的主要职责，是配合运动，挖历史反革命分子。

公社公安特派员老杜，生平第一次放枪，就把自己人撂倒了。那当时抓一名“还乡团”逃犯，发现目标后，老杜慌乱开枪，把冲在前边的区队长左腿打断了。后来区队长当了县委副书记，整天一瘸一拐的，这事老杜愧疚了一辈子。

老杜这个人最大的长处，就是听领导的话。国家最早的计生政策，号召“一个太少，两个正好”。老杜俩儿仨闺女，早早响应号召结了扎（请注意，“扎”在这里读za，不能读zha）。结扎三四年了，忽一日，老婆恶心呕吐，到医院一查，怀孕了。老杜很闹心，回家喝了两盅就把老婆扇了个耳光。老婆也不是省油的灯，碰头打滚连哭带骂：“姓杜的，姑奶奶我和你过了一二十年了，三条道走中间，行得端，立得正，犯病的不吃犯法的不做（zou），一没养汉二没做（zou）贼，你凭哪条打我！你是清水罐子啊？你是骡子的 × 啊？你吃了盐不觉咸啊……”管民政的老安去劝架，开玩笑说：“嫂子别闹了，到医院检查检查不就得了。”

第二天去了医院，大夫说好办，你们两个先要云雨一番。老婆害羞死活不肯，老安正色说：“嫂子，你要想撇清，这个事就必须得办。”两害相权取其轻，老婆忸怩了一阵子，就从了……

大夫取样，放在显微镜下，老杜一看，纷纷攒攒，熙熙攘攘，大惊，嚷道：“嚯！少说也有个万儿八千的。”

戚宣传

公社宣传委员戚光彪，大家都叫他戚宣传。戚宣传三句话不离口头禅：从理论上讲。

譬如宣传共产主义的优越性，戚宣传在大会上就说：“从理论上讲，到了共产主义社会，耕地不用牛，点灯不用油，走路不小心，苹果碰了头。从理论上讲，到了共产主义社会，每人每天一盆子牛奶，你喝也得喝，不喝也得喝。”

有人插话问道：“俺那盆子留给俺奶奶喝行不？”戚宣传立马反问：“从理论上讲，你奶奶那一盆子谁喝？”

谭站长

公社的行政部门有四大站：农技站、林业站、水利站、畜牧兽医站。社长开会点名：农林水来了吗？来了。对，还有兽呢，兽来了吗？兽医站长就站起来说，兽来了。

水利站长老谭，是1955年毕业的水利专科生，这人平庸，他的座右铭是：

先进标兵太艰难，落后分子也麻烦，

不凉不热喝温酒，不前不后走中间。

平时温温吞吞，一问三不知，大错误不犯小毛病不断，能耍滑就耍滑，能偷懒就偷懒，因此工作没多少起色，更谈不上成绩，但也没给领导惹过麻烦，出了名的老油条，不在历任领导提拔的视线之内。

“文革”一闹腾，造反派执意把他结合进革委会，让他当生产指挥部的指挥。老谭坚决不干，他说：“神仙都是神仙转，哪有凡人转神仙。”

造反派头子问他：“无产阶级革命造反派都是群众，不也掌了大权？”

老谭说：“你们那是蛤蟆蝌蚪子撵鸭子——死来催。”

造反派头子又说：“看看谁能奈何得了老子！”

老谭说：“好鞋哪有踩狗屎的？”

好在老谭不党不团，死猪不怕开水烫。

二十世纪八十年代，尚在推行子女接班制度。老谭为了安排孩子，尽管身体棒得傻小子睡凉炕，还是提前办了退休。当时儿子已经结婚生子，他让儿媳妇接了班，为的是孙子可以随母亲的户口，以后吃上国库粮。孰料，上高中的闺女也想接班，眼见得如此这般，仰药而死……孰料，祸不单行，两三年之后，转了正的儿媳和单位的一个人好上了，抹（mɑ）下脸来离婚，带上孩子跟人家走了。

连续两场变故，鸡飞蛋打。老伴受不了，疯了，到处跑。老谭跟在后边，颓然老矣！

羊常委

“文革”刚刚结束，正常秩序尚未恢复，公社党委设常委一职。羊常委这个俩角羊，地望在新泰羊流。南京到北京，羊流在当中。所谓羊流，即羊氏流风。孟浩然《与诸子登岘山》：“羊公碑尚在，读罢泪沾襟”那个羊祜，就是他的祖上。还有个羊欣，书法媲美二王，时谚曰：“买王得羊，不失所望”。也是他的祖上。

老羊当地人，接地气，人脉旺，更兼三朝元老。铁打的衙门流水的官，公社的那些新领导初来乍到，要想在此地立住脚，好干，到任就得先去参拜他。要说老羊有多大本事，也不尽然，他是个大马哈，最擅长的是骂人。哎，你别看他骂人，他骂谁谁跟他亲。哪里有解决不了的难题，他到场“妈拉巴子”“龟儿子”一骂，迎刃而解。骂的人一多，就骂出了一个利益集团。惺惺相惜，声气相投，一损俱损，一荣俱荣。

文革后期，忽然大批“经验主义”，刚结合的“走资派”都畏首畏尾，不敢表态。老羊不管这些，在大会戏谑一番：这一阵子，上边又让批经验主义，叫咱批咱就批，怕啥？什么是经验主义呢，咱琢磨着，咱家养了条黑狗，叫虎子，客人一来，虎子就趴在桌子底下，干什么？它知道客人一来就有骨头啃，它这就是经验主义。哈哈，咱就得批虎子的经验主义……

公社供电站有个站长，只比老羊小两岁，认了老羊干爹，四时八节，两口子郑重其事，行跪拜大礼。老羊不谦辞，等三个响头磕完，就说：“哈哈哈，妈拉个巴子，起来吧，龟儿子！”

阚社长

平阳公社副社长阚兴福，是个工农干部，建国初期在区里干民政助理员。那当初动员参加志愿军上朝鲜战场，上级有硬指标，任务指定到区公所的每个人。区长、政委凶神恶煞，六亲不认，动员不了兵来，二话不说，小麻绳一根拴住胳膊，吊到二梁子上，天王老子也没面子。为什么说二梁子呢，这里头还有点建筑力学，屋叉手下边有两道梁，大梁使劲拉住两头，二梁子承重。麻绳往上一搭，“出溜”一声，人就吊在那上边。

阚兴福负责动员对象，是富农老金的儿子金柱。老金一听让儿子去抗美援朝打鬼子，死活不干。阚兴福一天到晚摽在他家里熬鹰，低三下四像个孙子，好话说尽，要星星恨不得许上个月亮。你有千条妙计，他有一定之规，老金咬口不开。更糟糕的是，趁着阚兴福回区里吃饭的工夫，老金摸起菜刀，一刀把儿子的食指剁了：没法拉大栓了，我看你们还让他去当兵！

老阚暴怒！“你想让我上二梁子是吧，没门，老子先让你尝尝滋味！”吩咐区中队把老金五花大绑，吊到老槐树上，舀起一瓢凉水，连冻冻碴子，从脖拉颈浇了下去。十冬腊月的天，老金嗷嗷地叫娘，没个人腔。金柱一看害了怕，就说：“我去，我去，你把俺爹放下来。”阚兴福说：“扳倒树摸老鸹，你到区里报了到，我就放下你爹来。”

金柱疼的龇牙咧嘴前边走，阚兴福扛了一棵湖北条子汉阳造，在后边押送。走到区公所门口，金柱又打了退堂鼓，撒开腿往家跑。阚兴福一不做二不休，端起汉阳造，瞄准金柱的后脑勺就是一枪。可惜这一枪打得有点靠上，把金柱的棉帽子打掉了。金柱吓得拉了一裤子，老老实实报了到……

二十世纪七十年代修大寨田，阚社长在工地上走，后边小青年就贱嘴："阚大爷、阚大爷！"老阚一回头，发觉受了戏弄，大骂："我是看孙子！"小青年就一起说："看孙子，看孙子。"气得阚社长没法。

梁主任

徂阳公社汶城管理区主任梁茂林，好闹笑，平时嘻嘻哈哈没正经，有时高了兴，还挨伙到村里的子弟班，勾脸上妆唱梆子。兴和书记就烦他这个毛病，党的领导干部，不严肃还行？因此，尽管老梁工作很棒，却对他没有好印象，不光不提拔重用，且从来不给他个好脸。

"文革"一开始，兴和书记和梁茂林都作为走资派被揪了出来。造反派认为他俩有根本的利害冲突，就把他俩弄在一个牛棚里。老长的夜，无所事事，兴和想想过去，看看现在，再瞻望瞻望未来，心事浩茫连广宇，唉声叹气。老梁安慰说："李书记，骑着木驴戴着花，自在一霎是一霎，咱俩唱段梆子吧？"

我们那地方，男女老少没有不喜欢唱山东梆子的。兴和说："这是四旧啊，怎么能再唱呢？"老梁说："咱不是刚看了《列宁在十月》吗？咱不会编新的吗？"闲着也是闲着，没滋拉味的，消磨时光，兴和就同意了。几个晚上下来，二人你编我凑，戏就熟练了。

入夜开戏，兴和当列宁，先唱：

> 叫一声约瑟夫孤的好兄弟，
> 有件事朕与你细说端的；
> 打冬宫咱还要从长计议，
> 切不可闹意气坏了那些好东西；

冬宫内到处有很多裸体，
赤条条光溜溜不挂一丝；
全都是大理石雕刻而成，
古希腊古罗马伊莎玛利；
多亏了那石匠米开朗基，
叮叮当当的那可是真不容易……

老梁当斯大林，接唱：

尊一声敬爱的伊里奇同志，
三日前本元帅已传令下去，
打冬宫切不准毁坏文物，
要开枪万不能朝着壁上的裸体，
那都是俄罗斯苏维埃的宝贝儿，
尼古拉留给咱无产阶级的……

到后来，逢开会，就让他俩先唱一段梆子腔《列宁在十月》，不光宣传毛泽东思想，还宣传了马列主义。

老梁太好闹笑，有时忘情，让人不待喜见。夏天中午回家吃饭，见儿媳妇弯腰擀面条，一时手痒，下意识拍了儿媳妇的屁股一巴掌。儿媳妇回头看是公公，脸"腾"的红了，问道："爹，你这是干吗呢！"老梁一激灵，心里来不及叫苦，情急生智，张着巴掌说道："公社来五个同志吃饭，多擀点……"尔后，立马出去约人。

侯站长

公社农技站侯站长，是个做梦都想干大事的人。譬如搞泡桐树和棉花嫁接，让棉花长成参天大树，一劳永逸；土豆和西红柿嫁接，充分利用地力，上边结西红柿下边长土豆；还有，把牛精子注射到猪身上人工交配等等，尽管既没成功也没成仁，但这并不妨碍他是米丘林的铁杆粉丝。

当年在生物遗传学方面，中国学术界出现过米丘林与孟德尔之争：前者认为人们通过改变条件，可以创造出生物体中本没有的遗传性状。而后者的理论则认为，遗传性状是由基因决定的，不能人为地改变。质言之，米丘林的学说强调了人的作用，而孟德尔的学说则不承认人的作用。因了这个差别，在苏联，米丘林学说获得了政治优势。而当时的政治气候，一是追随“老大哥”，二是不管什么都要被贴上阶级的标签，如“巴甫洛夫的学说是社会主义的”“米丘林的学说是社会主义的”“孟德尔、摩尔根的遗传学是资本主义的”等等。指导侯站长敢闯敢试的理论基础，就是米丘林社会主义的遗传学说。

继而，侯站长推广种植杂交玉米，阻力很大。生产队一看杂交种子，又小又瘪，根本不愿种，有的干脆喂了牲口。侯站长知难而进，找了个最顽固的生产队，做说服教育工作，宣传杂交种的增产优势，力图打开局面先行试种。苦口婆心，根本就不翘边。队长老周说：“小侯同志，你让俺棉花嫁接泡桐，猪牛‘欢羔’杂交，都是灶君老爷跳舞——胡闹锅台。这回又让俺种杂交，你就是说袖子里有胳膊，我也不信了。一个字——不种！”侯站长急了，发誓：“这回我要骗你，我算你的亲儿。”

不过，这回推广杂交玉米真的成功了，几年后全公社大面积丰收，增产一倍以上。侯站长终于干成了一件大事。

郭站长

公社文化站长，原名郭爱花，老爹说小子起个丫头名，贱名好养。上初中的时候，正赶上中苏友好，两国关系蜜里调油，老师就给他改了郭爱苏。爱苏时间不长，偏值反目成仇，反修防变，到处揪中国的赫鲁晓夫，一看大势不好，就改成了郭爱青。爱青爱了七八年，再值文革结束，江青垮台，拨乱反正，再爱谁呢，拿不定主意了，索性又改回了爱花。心想，这回不再乱改了，贱点就贱点吧，爱花总归没错。

爱花的笑话挺多。参加工作不几年，大伙儿看他怪有出息，就有冰人作伐，介绍对象。月上柳梢头，人约黄昏后，桥上老巴早就站着一位姑娘。郭站长气咻咻赶来，举起语录本说道："伟大领袖教导我们，世上没有无缘无故的爱。"姑娘也举起语录本回答："伟大领袖教导我们，世上也没有无缘无故的恨。"对上暗号接上头，小郭这才说："对不起，俺来晚了。"当地人把肚脐叫作哺脐，男女拥抱，叫作对哺脐。姑娘一听，当时就烦了："你这人咋没规矩，刚见面，咋就想给俺对哺脐呢？"小郭又忙解释："误会了、误会了……""俺一次都没让你沾边，咋就五回了呢？怪不得人家说文化人好搞流氓。"说罢，姑娘拂袖竟去……

又有一年，县里各公社选拔节目。郭站长想，不鸣则已一鸣惊人，这回得搞个出彩的，配合现实形势，编个天津快板吧。啥题材呢，翻了一阵报纸，看到"西哈努克亲王八日到津，十日到泰山"的报道，心想，就写这个，国际国内都有了。

天津快板本身是个固定的曲牌，基本格式是五字一句，四句一段。郭站长吭哧吭哧写了一晚上，东方欲晓才搞定。定稿之后，情不自禁，摇头晃脑就先唱起来：

西哈努克亲，王八日到津。

后天到泰山，大家都要欢……

我的小学

1

要说对于国家教育的贡献，庙宇的位次应该往前移。新中国成立伊始，老多庙宇宫观都打扫铺面挂招牌，办了学校。有的把神请到门外当保安，值勤站岗，有的把神一个仰巴扎拉倒粉身碎骨，还有的师生与神干脆就在一个屋子里，和平共处，睦邻友好，一块学习，共同提高。这样鸠占鹊巢，我想神明是不会有意见的，不管他儒道释，读书育人总是一件好事。你总不能只睛（qing）受香火而不做贡献吧？

我大哥 16 岁当教师，分在一个山区的小学里。学校就在庙里，配殿就是大哥的宿舍。晚上下暴雨，霹雳闪电照得那些彩绘的牛头马面龇牙咧歪，大哥吓得用被单蒙住头，浑身冒大汗。多年以后他告诉我：那个夜晚太漫长了……

今天早晨突然看到一句话：任何一段青春的背后，都有一座废弃的母校。太有道理了！于是，就想写写母校，高尔基写“我的大学”，我只能写写“我的小学”。

五岁那年，我上了一年级，学校就设在关帝庙里。这座关帝庙是辛亥革命不几年办成学校的，那时叫“国民小学”，还有一块石碑嵌在影壁墙里，碑文起首开宗明义：

> 粤稽三代之时，家有塾、党有庠，州有序，国有学。政曰：敷教，刑曰：弼教。其制尚矣。逮我朝崇儒重道，文治蒸蒸日上。通都大邑人文荟萃之区，固广建书院，月给膏奖，以教育人才。即闾里之中，亦每与公所筑学舍，以为延师训蒙之地。凡所以助国家之文教也。

2

民间崇祀关公，质言之，民俗信仰里关公信仰的普及，不早于明初。至于把关公当作财神来供奉，则更晚，始作俑者当是晋商。再至于关帝庙遍及北方，则是洪武年间洪洞县大槐树移民之后。移民到了外地，借这位有影响的老乡关二爷，来仗势提气，祈求他的保佑。解放前，仅仅一个泰安老城，就有十几个关帝庙。

我的老家被作为小学的关帝庙，大概是明中期创建的。这个关帝庙很有个性，这个个性恐怕在全国独一无二：春秋楼大殿里的关二爷，没有左关平右周仓侍奉，而是自个儿扛刀，汉寿亭侯的大印，就挂在青龙偃月刀上。周仓则在右首配殿里，自由自在地独享血食。老辈人告诉我，这个庙原本是村里的周姓富户出资修建的，为了避免他们的祖爷爷周仓捧刀寒碜，特意想出这个主意，使周大将军成为计划单列神。这样，就是关公再世，他也说不出啥来。

这座庙很神奇。北大河里发洪水，庙里的大铜钟不敲自鸣。小偷偷了东西，走到关帝庙就觉得后脊梁骨发毛，一回头，看见关二爷身长九尺，髯长二尺，面如重枣，唇若涂脂，丹凤眼，卧蚕眉，鼻直口阔，站在当道声如洪钟：大胆的蟊贼，哪里去！吓得小偷撂下赃物就窜。村里的人家发生纠纷，往往就说：你敢和我到关帝庙去赌誓吗？理亏的一方往往就没了底气，先自软下三分，不敢再要刁赖。那一年，日本兵来到白家楼，军曹岛田进了关帝庙，双脚后跟一并，“咔嚓”就打了个敬礼……

3

那天到关帝庙小学里报到，书包里一本语文，一本算术，一块石板（相当于练习本）。正好遇到上四年级的姐姐在大扫除，抡起扫把就拍我的屁股：到这里来捣什么乱？回家！我说，干吗呢？我今天上学了。

学校里推行的是“复式教学”，一个教室里两个班级，西墙那块黑板是四年级的，东墙的黑板是一年级的。由同一个老师授课，这个年级上课，另一个年级就自习做作业。遗憾的是，我现在连启蒙老师是谁都忘记了。

上课提不起我的精神来，我专注的是窗棂外边天井里那个洪炉摊子。老师傅敲小锤，徒弟抡大锤，星花乱溅，叮叮当当的交响，令我心驰神往，远比课堂上日月水火和阿喔哦有意思得多多。至今我也不明白，关帝庙的学校里为何安了一盘洪炉呢？然而，正是这盘洪炉，使我结识了三位铁匠，老师傅王锡曾是章丘棒子，大徒弟杨国珠干过北伐军，二师兄高三幺，则是个会念咒的道士，更有幸听到了他们各自满满的那一肚皮的故事。他们才是我的启蒙老师。

我们班里有个小同学叫四妮，男生。班空里，他妈妈总要去给他喂奶，个头和妈妈肩膀一般齐，站在那里吃奶。他妈妈一走，我们就一起唱：

我家有个胖娃娃，聪明伶俐会说话，

不抽烟，不喝茶，整天吃妈妈……

4

洪炉上的三个铁匠，老师傅王锡曾，弓背掌钳的模样，活脱脱就一个手术台前的白求恩大夫。章丘人。早年间章丘地方穷，靠打铁糊口的手艺人很多，在外地都叫他们“章丘棒子”。就像江南人称蛮子，东北人称侉子一样，为什么称他

“棒子”呢？大约是章丘人说话“哏”。这个“哏”在我们老家，不是诙谐滑稽，而是生硬、凶狠、声调难听的意思。

二师兄高三幺，十几岁在徂阳观里当道士，眉清目秀，发髻上别一个翡翠的簪子。一天走在路上，遇到炮楼子上的两个鬼子。鬼子以为高三幺是个女子，“吆西，花姑娘的干活！”就嬉皮笑脸地调戏他。三幺害怕，拔腿就跑，鬼子就追。追上之后，非让他脱裤子，三幺无奈褪下裤子，鬼子一看哈哈大笑：“八格牙路，统统的，棒槌的干活。”

二师兄有个绝活——念咒止疼，他是跟观里的老道士孙真人学的。那年我牙疼，牙疼不是病，疼起来就要命。父亲就带我去找三幺。三幺拿一张黄表纸，用朱砂写上“风，火，虫”三个字，再倒一杯烧酒浇上，点着黄表纸，手拿一根钉子，一边朝东礼拜，一边就念：

> 一根神针手中拿，不知火牙是虫牙。
> 天上生我一枝花，地上风火虫不发。
> 那涅多亚拉，那涅多亚拉，来时永远不发芽……
> （这个“那涅多亚拉”是什么意思呢？没人问过。）

念完，又让我把纸灰喝了。你还别说，一会儿就不疼了。

5

我对北伐的认知，得益于二十世纪六十年代的一部小说《前驱》。主人公万先廷，是北伐“铁军”的连长，小说里的首席英雄。结尾，万先廷与大凤告别了，大凤赠给他一只绣着鸳鸯的荷包，上面绣了四个字：“革命到底”。那时年少，读小说比较留意这些细节，对于革命加恋爱，很是憧憬。

正是在读过《前驱》之后，我才想起洪炉打铁的大师兄杨国珠，因为人家都说他干过“南军”。什么是“南军”？就是北伐军；什么是“北军”？就是北洋军。当年南北军在我老家开战，那天我的一个本家大爷，拎了一杆锄头正要下地，迎头遇上。大爷不识深浅，看看势头不好，返身回家，闩上了大门。几个当兵的误以为大爷手提的是一杆汉阳造，对着大门就是一梭子。门板太薄，可怜躲在门后的大爷，被打穿了小肚子，肠子流出一地，生生疼死了。乱世的百姓，性命不如蝼蚁啊……

我曾经问过杨国珠：你那时杀过人吗？

杀过，但我杀的不是中国人。

那能是哪国人？

白俄，大鼻子。

为什么杀死他？

他砍死了我拜把子的班长，我就砍死他！

（及至我后来读了《民国山东史》才得知，北洋军阀张宗昌主鲁，的确有一个白俄骑兵旅，是由苏联十月革命被列宁赶跑的白俄贵族组建的。配备钢甲车，属张宗昌的精锐部队。始知杨国珠此言不虚。）

杨国珠还告诉我，那时打仗，两边当兵的都不当真打，虽然各为其主，但中国人不打中国人，都是朝天放排子枪。长官也都明情，大都睁一只眼闭一只眼。

作为历史见证人，杨国珠的这些“三亲”（亲历、亲见、亲闻），在正史上你是看不到的。

还有，我们老家读杨国珠的国，gui，古音。

6

在关帝庙这所学校里上了半年，不知为何，开春又把我们一年级迁到了鲍家大院。鲍家是白家楼的富户，原先四合院是生产队的食堂。在这里学的什么，记忆模糊，就记得一件事，算术老师让我们搞了好多秫秸棍，背在书包里，3 + 2，7 - 4，就用这些秫秸棍鼓捣，很实用。

秫秸棍要用顶端，顶端叫秫秸莛（ting，儿化韵），农村订锅盖垫儿，积篦子，都用这玩意。秫秸莛还有个高端用途——扎灯，像走马灯。扎灯的好手只用一把刀子，把秫秸莛刻出卯榫，一段段一节节扣起来，四门八柱，层层叠叠，足足大半人高。再糊上绵纸，洋红洋绿绘上青山绿水、楼阁亭榭，底下坠上纸穗子流苏，一年四季可以挂在堂屋的房梁上。那是摆设，那是一景。完成这一盏灯，需要一个农闲冬季。正月十五元宵节拿下来，点上洋蜡，驱动风车，转动桃园三结义、三英战吕布、梁祝十八相送、沉香劈山救母……那就是一出出教化人心的大戏。

当初搞那些秫秸莛，我就去扎灯的孔家，想捡一点零碎的用。不料在那里一边看，一边打杂，一下子就迷住了。被人家呼来唤去，支使得像盏走马灯。扎灯的叫祥军，圣人后裔。他那双灵巧的手，像玩戏法变魔术的，一直到现在半个世纪过去了，我都觉得祥军是我们村最聪明、最灵巧、最了不起的人。

天上方七日，人间一千年。觉得不大霎的工夫，半天就过去了，这才想起上课来。无奈，鲍家大院的三节课已经结束了……就这样，我在孔家逃了好几天学。

因了这次事件，被母亲痛打一顿。回家告我状的是正范，老师的狗腿子。从此，我和这小子结下了梁子。

7

鲍家大院西边的空场上，有一口井，人们称它官井，大半个村子都喝这个井里的水。班空里渴了，同学们就到这里来寻水喝。碰到谁家打水，扳住罐子把头伸进去，咕咚咕咚一顿狂饮。那时井水的滋味，不足与外人道也！新鲜的井水，还能止血解暑。学校里打铃的校工郝五告诉我，他的外祖父吐血半年不止，多方求医无效，玩戏法的下跪——实在是没法了。一夜梦见神人警（提示）他，喝官井新打的井水。一天喝一小罐，连喝三天，你猜怎么着？病好了，后来壮得像头犍子。“你不信是吧，俺外姥爷活到九十三，大前年才死了。”郝五言之凿凿。

学校东墙根里，还有一棵硕大的臭椿树，两个成年人都搂不过来。臭椿又名樗，对此，惠子和庄子还有一段对话：

惠子说：吾有大树，人谓之樗。其大本拥肿而不中绳墨，其小枝卷曲而不中规矩。立之涂，匠者不顾。今子之言，大而无用，众所同去也。

庄子说：今子有大树，患其无用，何不树之于无何有之乡，广莫之野，彷徨乎无为其侧，逍遥乎寝卧其下。不夭斤斧，物无害者，无所可用，安所困苦哉！

当然，那时还不懂无用之用正是最大的用处这个道理。我只是喜欢臭椿的花，花落了结种子，种子叫鸪鸪翅，红颜色的。它的花有一股怪怪的味道，我喜欢那种怪怪的味道。

班里有一个同学叫张大果，大果长得很矮，他家里就把老臭椿给他认了干娘。这个仪式由他奶奶主持，摆上供果，烧纸焚香浇奠磕头之后，就让大果抱住臭椿树，奶奶教一句他就说一句：

椿树椿树王，椿树椿树王，
今天认你做干娘，您是俺的老干娘。
椿树椿树王，椿树椿树王，
您长粗来俺长（zhang）长（chang）。
您长粗来做材料，俺长长了穿衣裳……

最后还要跳七跳，一边跳，一边说：

跳一跳，长一长，长到十八还得长，
长得高，长得欢，二十三，窜一窜……

8

在关帝庙和鲍家大院的小学里，学了两支歌，一支是《小蚂蚁，爱劳动》：

小蚂蚁，爱劳动，一天到晚忙做工。
找粮食，搬进洞，欢欢喜喜过一冬。
小蟋蟀，不劳动，一天到晚不做工，
跑到西来跑到东，冬天挨饿又挨冻……

这支儿歌很具象，重开化，通过对照勤奋的小蚂蚁和懒惰的小蟋蟀，教育孩子热爱劳动的道理。后来的像“我是公社小社员，手拿小镰刀，身背小竹篮，割草积肥拾麦穗，越干越喜欢”等等一些儿歌，失之说教，就显得等而下之。

我一直认为，劳动是最基本的人类活动，通过劳动获取报酬，是最正当的途径。再大的志向和抱负，也要首先从劳动这个基本技能开始。一个不热爱劳动的人，他就不具备人类文明最起码的正能量。这一点，对于儿童心智的潜移默化，很重要。

还有一支歌，就是《小花猫》：

小花猫，咪咪叫，
他去捉老鼠，老鼠吓跑了。
老花猫，一声也不叫，
往前猛一跳，就把老鼠捉住了……

这支歌倒是寓意极深。几乎就是老谋深算、老奸巨猾的启蒙。低调、务实，既是生存的谋略，也是生存的手段。再者说，儒家文化，骨子里不喜欢张扬的个性，从理论上的“君子贵讷于言而敏于行”，到实践中“叫唤的猫不拿老鼠”，一脉相承。

早早教育儿童学一些生存之道，比如“小蚂蚁”、“小花猫”之类的小道理，应该与那些“孔融让梨”“司马光砸缸”之类高端的东西并行不悖。

9

大概在鲍家大院上到放秋假，秋假开学后，学校又因故搬到了周家胡同老周四家。土财主老周四的儿子周汉鼎，民国年间泰安育英中学毕业，留了洋，归国后在河务局混事，又在济南府八卦楼娶了一房姨太太。原配是个黄脸婆，上不得台面，就撇在家里，当时就住在学校院子的小南屋里。没享了多少清福，一直受管制，扫大街。

三间北屋是我们的教室。门前有一株对抃粗的茶树，这在北方，很稀奇，谁家上交火害红眼什么的，就去揪一把叶子，回家煮水烫一烫，据说挺管用的。

在这里，我当了一回班长。对于班长，我志不在此，我喜欢的只是上体育跑操吹哨喊号子。有一天，老师到公社里开会，布置了自习作业，吩咐我维持秩序。正巧胡同里来了耍猴的，铜锣一响，先前说的那个叫正范的同学，就带领四五个同伙窜了，其他人蜂拥而出，急得我在教室门口堵住这个，跑了那个，直到课堂里空空如也。为什么说空空如也呢？我一看都跑了，无奈，也去看看吧，反正不看白不看……

结果可想而知，作业没完成，老师回来一听，都去看耍猴了！（告状的又是正范）雷霆震怒，当场就把我撤职查办，撸下来了。这个班长，满打满算干了不足两个星期，自此永不叙用，并交出了教室的钥匙，黑板也不让我再擦了。很长一段时间里，我比较失落，比较怅惘。

还记得在这里上过一堂课，老师让我指认东西南北。我一点也搞不清楚，浑说一气，结果被罚站一堂课。别说那当时，就是至今，我的方向感都很差。

10

好长一段时间懊恼，一直打不起精神。就因为老师撤了我的班长，想想再也得不到老师的信任，连跳井的心都有。

小路同学是个细心的人，看着我失魂落魄的，于心不忍，就悄悄问我什么情况，我如实相告。

第二天一早上学，小路对我说：我寻思了一晚上，怎么鼓捣呢？只有做好人好事，才能重新得到老师信任。

我说：做什么好人好事呢？黑板不让擦了，教室钥匙也收缴了，还能有什么好人好事？

小路说：这些都不中用。我寻思好了，做就做大的。什么大呢？

月黑头怪大，那不是好人好事哎。

你不要抬杠，咱说正事，干脆拾金不昧！

拾金不昧？那可是十年九不遇的巧事，到哪里拾钱呢？反正不能从家里拿一毛钱交上。

对，就从家里拿钱交，一毛不行，最少得五毛。

我一听就晕菜了。你说从家里要一毛钱还行，就说买个铅笔橡皮伍的，再多了，俺娘决不答应。你不知道，俺娘的头有多难剃啊。

小路挠挠头皮，心想也是。一时无语。过了一会，他把头一甩，说：就这样鼓捣，钱的事你就别管了。我一头雾水，随着他进了教室门。

吃了中午饭下午去上学，小路给了我五毛钱，说：拿着，这是俺姑父给我的磕头钱，俺姑父是新汶煤矿的工人，有的是钱。那当时，真觉得喜从天降，我和小路兴冲冲直奔办公室：报告老师，俺俩拾了五毛钱。老师问：哪里拾的？我俩说：十字路口。老师郑重收下，表扬了我们几句，用红笔记在好人好事簿上。

上课不大一会，小路的继母娘气冲冲地走进教室，烟酒嗓子吼了起来：老师啊，你说说啊，小路这个有娘生养无爹管教的东西，偷了我的五毛钱啊。我喂了十七只老母鸡，鸡多不嬔蛋啊，等了一个多月，才嬔了八个鸡蛋，我上集卖了五毛钱啊，这不他就偷了我啊。老师啊，你说说这日子还怎么过法啊！最后，竟然坐在教室当门，捋着腿大哭起来……

一时间，真是癞蛤蟆过门槛——墩腚栽脸。

11

学校不停地搬家。翌年春天，二年级又抬着桌子，扛着板凳，挪到了村东边的砖瓦窑上。南边一溜大敞篷，打泥巴用钢模制瓦，我们就在北边屋里上课。新调来一个师范毕业的女老师代课实习，制瓦的六七个小青年有事没事地凑到教室门口，眼睛里带着钩子，把女老师羞得脸红脖子粗。气得恨恨地说：狗料分子。当时这个词我觉得很新鲜。

上学的路弯弯曲曲，经过一片大柳林。我就想起那几天晚上听说书，《济公传》里的“华云龙大柳林镖伤三友”：那华云龙知道陆通的脾气，说得出来就行得出来。贼人一想，莫如我拿镖打他。又知道陆通跟法洪和尚炼得一身金钟罩，非得拿镖打他的眼睛，或嗓子，或肚脐眼儿。这三处是金钟罩的命门。华云龙说：“你瞧，树上有两个脑袋的乌鸦！”陆通扬眉往上一瞧，问：“在哪里？”华云龙袖里一镖甩出，直奔陆通的咽喉颈嗓而去。说时迟，那时快，只见雷明、陈亮赶到，断喝一声："好囚攮的，竟然下此毒手，哪里走！"……

我在那里手舞足蹈地说，同学们围了一圈，正范也凑在那里听，我说：你不能听，你是个打小报告的"狗料分子"。大家哈哈大笑，上课的钟声响了，才一窝蜂朝砖瓦窑跑。

晚上听说书听到半夜，第二天一上课就打盹梦游。我这里刚要和困神入港，女老师大喝一声，吓得我一激灵："哪里走！"冲口而出……

12

你不要看我上课打盹，学习成绩不咋地，但我在二年级就读长篇小说了。听《济公传》那阵子，我正在读《红军不怕远征难》。这会儿大概没人知道这部书了。我百度了一下，是由陈靖、黎白二人二十世纪五十年代年合作出版的。如果不记得这本书，还有一部《金沙江畔》，它的作者就是黎白。

那个说书的见我拿了本书，就执意借去看。没料想，这家伙比我还聪明，两天的工夫就读完了。两天读完不算本事，他又拿这本书在我们生产队的牛棚里，说了整整一个冬天。当然，脱不了添油加醋、掺糠使水，好些段子硬贴上去，连长像黄三泰，金镖百步穿杨，指导员会念咒语，"唵嘛尼嘛呲呤嘿"，立马就会飞沙走石日月无光。不过，他能让那些农民听得神魂颠倒，刚刚新婚的小青年都不想家里的热炕头。这叫本事，要不怎么说"高手在民间"呢?

前边说上课打盹，老师大喝一声，吓得梦游的我也大喝一声：哪里走！全班同学都哄笑我。你们以为老师会惩罚我? 没有，我那个女老师最大的特长就是不熊我。她只是说：你站着听课，这样就睡不着了。

我喜欢这个老师，她姓金，回族。每当早上跑操，一个小王老师就在那里弹风琴，咪嗖啦啦嗖啦咪咪，咪嗖啦啦嗖啦咪……你知道他弹的什么曲子? 跑马溜溜的山上，一朵溜溜的云哟，《康定情歌》。随着琴声，金老师就扭动腰肢，跳舞，苏联的交谊舞。同学们一边跑操，一边看金老师，队伍可就狗拉耩子——乱了套了。这时，金老师才呵斥我们：看什么看，狗料分子！

13

在大柳林通往砖瓦窑学校的那条路上，有个蓬头垢面的老太太经常坐在柳树墩子上，脏兮兮的手拿些瓜果梨枣的，希图分给学校路过的孩子们。但是谁也不接她的，因为她是个疯子，疯老妈妈。

疯老妈妈成为疯子的原因，是他的小儿子正富刚刚结婚，就被“国军”裹走了（抓壮丁）。那当时，孟良崮战役正打得吃紧，正富用独轮车往地里拱粪，准备扶垄插地瓜。半道上一伙子队伍经过，不由分说，连人带车子一块掳走了。这不战争打完了，新中国都成立十几年了，正富还是没有回来。疯老妈妈隐约听到后街上和他一块被抓的人回来说：一颗炮弹落在正富跟前，把人打飞了……

毕竟壶里无酒难留客。新娶的一个如花似玉的媳妇，娘家哥立逼活生地让她改嫁。临走，媳妇挎了个小包袱，跪在当天井给婆婆磕了个头，说道：娘啊，他早走上三个月，我进不了您这个门槛，他晚走上三个月，我能留下他的骨血。可这现如今，两手攥空拳，您说我咋活守下去啊？……婆媳俩抱头大哭一场，人还是热辣辣地走了。老妈妈淌干了眼里的泪，疯了。

大约那年秋后，疯老妈妈死了。疯老妈妈死在大门外边，她说：小富回来了，我去迎迎他。发丧的时候，大棺材后边抬了个风箱大的小棺材，小棺材里放了一个小纸人，权当小富跟他老娘一块去西天了。

14

穿皮鞋，走硬道，镶金牙，自来笑。

留分头的不戴帽，戴手表的摸耳朵……

二年级在砖瓦窑上课的时候，教语文的是张云泽老师。张老师中师毕业，很时髦，穿港裤、港衫，大皮鞋擦得铮亮，还戴着当时稀缺的手表。后来听说他是个资本家的公子。刚见到他的那天，我们就跟在他后边一齐唱。张老师还真的摸摸耳朵，配合我们。

初年级识字教学。张老师开课就讲笔顺，先上后下、先左后右、先撇后捺、先进人后关门等等。我记不住这些要领，写字老是倒插笔，他就专门盯在我的身后，一笔不顺，就立掌砍我的脖颈。立掌虽无开石之功，反正砍一下子也够疼的，每次都要挨十几下。因此，迄今为止，我的汉字书写，还算规矩。

体罚的效果之所以立竿见影，就在于触及皮肉，灵魂长在皮肉里，触及了皮肉，肯定触及灵魂。所以，我不反对体罚这种教育方式。这个体罚我的老师，在我小学毕业后，再也没见过他。

砖瓦窑里的故事更多。烧砖瓦由生泥坯到成品，大概要三四天。大窑门，用大铁锹往里擢煤，窑洞里特暖和。冬天，一到课闲，我们就钻进去取暖，凑热闹。烧窑的四五个赤条条的汉子，轮番作业。歇下来就搞笑，内容大多涉及性事。窑头姓夏，据说他的阳具特刚强，能挑起一铁壶水，在窑洞里来回转圈。自然，这都是从他们玩笑中听来的。真做这些不宜少儿的事情，大人往往把孩子撵开。大人就是大人，毕竟他们晓得“君子有所为有所不为”的大道理。

15

三年级一开学，学校又搬进了地主凤宣的宅子里。这是个四合院子，毗邻老进士的旗杆院，这个四合院里共有四个班级。在这里学的第一首歌是：

高高的兴安岭一片大森林，
森林里住着勇敢的鄂伦春，
一人一匹烈马一人一杆枪，
獐狍野鹿满山满岭打呀么打不尽……

我们唱这首歌的时候，金老师依然双手叉腰，在那里跳舞。不知为什么，样子有点别扭。

教室在西屋，二十几个孩子，早上摸黑到校都想抢第一。忽然有一天，大家都不敢抢了，原因是听说教室里有大头小红孩作祟。本来就听大人说地主凤宣的一个小妾，就吊死在这个屋里。现在又听说还有大头小红孩，整夜从屋里跳到屋外，一时人心惶惶。

张云泽老师一调查，原来是正范同学为独占鳌头而造谣惑众。于是乎，老师懒得惩罚他，允许我们鱼贯而入，每人用教鞭敲他的脑袋一下。轮到我时，我铆足了劲，倒不是因为他的大头小红孩，而是他曾经藏过我扑克里头的大王。

冤仇宜解不宜结。我这一教鞭敲下去，正范怀恨在心，隔了不几天，又出了幺蛾子。那天一到校，张老师把我叫到办公室，问我："你为什么辱骂老师？"我愣了，这怎么可能呢。老师又说："你在旗杆院拐弯的墙上，写的什么字？"我说："我什么也没写啊。"张老师并没有生气，只是说："好吧，放学时你自己到那地方看看去吧。"结果一看，墙上用粉笔写着"张云泽是儿"，下边是我的名字"××× 写的"，就差枚印章了。

哈哈，看起来正范当时情商很低，匿名骂人还有落款的吗？

16

地主凤宣的大宅子，是由东西两个四合院组成。青砖灰瓦，两层的大门楼巍巍然屹立。大宅子落成于清光绪年间，当初，正房大堂屋正在上梁，他的大孙子呱呱落地。

呱，婴儿的哭声。《诗 · 大雅 · 生民》：诞置之寒冰，鸟覆翼之。鸟乃去矣，后稷呱矣。是说后稷的妈生下后稷之后，把他丢在冰上，结果飞来了一群鸟，用羽翼温暖他，鸟飞走后，他还在啼哭，说明还活着，没冻死。挺好。为什么亲生母亲，把自己刚刚诞生的幼子扔了呢？据说，后稷他妈是踏上（上古）帝王的脚印怀上了他。当然，这实际上是只知有母而不知有父的母系社会的折射。说把他扔了，群鸟相护，不过是对伟大人物的降生，增加神秘色彩而已。

闲言打住。接着说凤宣的孙子落地之后，哭声不是呱呱，而是油腔滑调。上梁的师傅一听，说道：坏了，拆屋的来了。凤宣不悦，特地给他孙子取名：恒业。永恒的基业。结果事与愿违，临近解放，几百亩良田被这个孙子吃喝嫖赌抽，败坏了个差不多，后来还干了汉奸队。可见这位上梁师傅，不是诸葛亮也算刘伯温，他的话神了！

三年级下学期，学校里出了一件大事。什么大事？我的亲爱的金老师怀孕了。没登记没结婚，一个大姑娘家，怎么就怀孕了呢？难道她是伏羲氏的母亲踏上了那个“大人”的脚印？难道她是神农氏的母亲因感到一条神龙的神秘力量？难道她是殷契的母亲吃了一个燕蛋？……这还不算糟糕，最糟糕的是她把孩子生了。可想而知，黄花姑娘怀孕，没有经验，那年头又羞于到医院检查，就这么腻腻歪歪，把孩子生了。最最糟糕的是，她把孩子生在了全公社教师大会的会场上……

孩子的狗爹，就是那个弹风琴的狗东西王老师。这人小白脸，眼睛特小，像他妈老鼠眼，因此，我们给他起了个日本名字，叫作：鼠目寸光。当时他还是个民办教员。一个金玉之身，就这么让一个猪狗之徒，白白糟蹋了。糊涂的金老师“出师未捷身先孕，开除公职回农村”，砸坷垃种地去了。

17

“鼠目寸光”坑害了金老师，大家义愤填膺，一致决定报复他。一人一块粉笔，大街小巷很快写满了“老鼠眼是王八儿”。当时，正范积极要求参加，我们都不信任他，不想让他入伙。这一回，正范急眼了，为了表示他与我们的真心同盟，不仅在学校门口亲笔写下了“老鼠眼是王八儿”，还要明人不做暗事，毅然在后边落款：正范写的。后来我想，这有点像皈依梁山泊落草的投名状。从此，我们和正范冰释前嫌，言归于好，欲携手干一件大事。

且说写完“老鼠眼是王八儿”之后，都觉得还不解气。怎么办呢？怎么才能让他得到实质性的惩罚呢？思来想去，到底正范有高招。正范说：我看好了，老鼠眼家的后园里，养了一大帮鸭子，给他药死！大家一致同意。用什么药呢？老鼠药。到哪里去弄呢？徂阳大集上五毛钱一包，我爹买过。哪来五毛钱呢？大家一时无所措手。还是正范说：凑钱。我们每个人从家里拿一毛钱，使不了。最后举手表决，半数以上举了手，资金的问题解决了。当时要一毛钱，对大人说不明用项，那是不可能的。因此，大多谎称要作业本什么的，一毛钱才能得手。

午饭的时间，我们到集上买了一包老鼠药，那时的老鼠药不是毒鼠强，名字叫安妥。又弄了半碗谷子，拌上老鼠药。下午放学后，兵分两路，一路在老鼠眼的大门上佯攻偷枣，另一路从阴沟里潜入后园，把老鼠药洒进了鸭栏子。

可怜老鼠眼家里十几只鸭崽子，就这么死得比窦娥还冤！

18

在凤宣的大宅子读到四年级毕业，初小就结束了。五、六年级叫高小，就要离开本村，到一河之隔的公社完全小学去读，简称完小。

镇上的完小上溯百年，是清军的营房，叫汛署。我原先以为汛署是防汛的机构，后来一查，错了，汛是清军绿营的编制。标、协、营、汛，汛是最基层的军事单位；汛署，则是最基层军事单位的营房。

民国十七年《重修泰安县志》载："汛署，设把总一名，马兵九名，守兵十七名。"后来清政府裁革汛署卖给地方，地方上在此办学，《县志》称："区立镇高级小学，创立于民国四年二月，校址向日之汛署也。（经费）地方款每年九百四十吊，租价一百二十吊，利息一百七十五吊，县津贴每年三百二十元。"这便是公社完小的前身。

从这里，大致可以看到彼时教育经费的主要来源：一是地方的自筹（包括税收留成），二是学田的租价，三是学田租价放贷的利息，四是县里的教育津贴补助。吊，是以铜钱计价，一千枚铜钱为一吊；元，即当时的银圆，袁大头之类。一般情况下一枚银圆换 100 枚铜钱，可见，当初县里拨发的教育津贴微乎其微。

学校的前院有一株百年老刺槐，树顶上挂了一口铁钟，那简直就是一口夺命钟。绳索拴在传达室门口，敲钟的是校工老于。"当当当"的钟声响彻方圆几公里，每每令迟到的学生心惊肉跳。我一直到现在，睡梦中还常常被它惊醒……

19

五年级第一节课，我就遭遇了下马威。

语文课，由班主任梅老师来上，梅老师是个女老师。以前说过，我有个开小差的毛病，上课总也不能集中精力。不管老师在讲什么，都不妨碍我精骛八极，心游万仞。我现在想，当时是不是患有多动症呢？还真不好说，好多症状都相符。

我这里正在愣神，“啪”的一声，一块粉笔头精准地敲在我的脑门上。但见梅老师柳眉倒竖：听讲！这一声断喝，才把我从爪哇国拉回来。这是梅老师的绝技，像《水浒传》里的没羽箭张清，小小的粉笔头能百步穿杨，不管你在教室的哪个角落，哪个位置，一扬手，百发百中，屡试不爽。从此，我就成了老师上课盯防的重点对象，不得不背手端坐，眼睛直勾勾看着老师。尽管如此，梅老师还是瞧出破绽，她能及时发现我游离的眼神……

年终，学校里组织故事会演讲大赛，梅老师从《少年文艺》上找了一个故事给我，鼓励我积极参加。在全校十几个演讲者当中，我讲的故事最受欢迎，并且是热烈欢迎。尽管大家都看了《少年文艺》，但是我把这个故事打乱，重新整合，采用倒叙的手法，在里边加花，加包袱，包袱一解，那效果就大不一样了。哈哈。

但是到了评奖，我却屈居第二，只得了一个笔记本，那个我一直向往的第一名的奖品——铁皮文具盒，眼睁睁看别人拿走了。这不，煮熟的鸭子飞了！

我很懊恼。放学了，梅老师破例在校门口等我。你知道她说了啥？她说：“第一应该是你的。我就是怕你骄傲，才让你当第二。”

20

梅老师说怕我骄傲，不让我当第一。这是我们师生之间几十年前的芥蒂。高屋建瓴，从我的一生着眼，可谓用心良苦。更难得的是，梅老师又实话实说，耳提面命。这当然对我有警示作用。可是不知她想到没有，她又确确实实让我在人生的起跑线上，首次享用到了不公平的待遇。该第一就第一嘛，骄傲不骄傲那是以后的问题，何必杞人忧天？难道一个人今后可能杀人放火，就预先处死他吗？自然，这些不逊之词当时不敢讲出来。

还有这个骄傲，自从梅老师认为我骄傲以后，迄今，骄傲如影随形，一直与我不弃不离。我甚至觉得在我一生中，最大的收获就是骄傲，最值得骄傲的就是骄傲。即便性格决定命运，我也从来没有理会过它，一任骄傲信马驰骋。一如徐悲鸿的那副联：独执偏见，一意孤行。

四十多年过去了。那天，我在小城的一个公共场合与梅老师邂逅。亲切寒暄过后，老师拉着我的手说她的弟子，如数家珍：李 ×× 在部队当旅长了，周 ×× 在组织部干部长了，还有那个最捣蛋的郭 ××，现在是房地产大老板，春节开着宝马来看我……这些同学都给老师争光了。

我一边听着，不知怎么又骄傲起来，我说：老师您忘了，想当年，郭 ×× 的作文都是抄我的，李 ×× 考试带小抄您罚他的站，至于那个周 ××，故事会演讲第一名是您把我拿下来，把他扶上去的。这些人那点底火，我还能不知道？

梅老师一脸不悦，嗔我：你看你，这个年纪了，还是改不好骄傲的老毛病！

21

高老师是个瘸子，给我们上体育课。操场上列队之后，高老师扛一杆红缨枪在头里带队，我们扛着红缨枪跟着，一圈没走下来，队伍就整齐划一了：一二一，一二一，大家一点一拐，都成了瘸子。高老师停下来告诉大家：只许老师瘸，你们不能瘸！于是，又带我们走了一圈，结果这群瘸子更加瘸，瘸得一丝不苟……既然他是个瘸子，为什么让他上体育课呢？我到现在也不明白。

记得三年级时还有一个崔老师。崔老师泗水口音。子，他读 zhi；于是，谷子（zhi）豆子（zhi）耗子（zhi）孩子（zhi）；坐下的坐，他读 jue；村庄的村，他读 qun；酸溜溜的酸，他读 xuan；随便的随，他读 xuei……（据说这都是古音，汉唐时期西京长安的普通话）这些，我们读了大半个学期。直到一个师范毕业的语文老师接手我们班，费了很大力气才得以纠正。

五年级考六年级的时候，遇到了一件麻烦的事情。那天，梅老师把我叫到办公室里，说："你的数学不及格，不行就留级吧。"谁都知道，留级是个很没有脸面的事，同学们都会唱：

留级生，吃花生。花生壳，变麻雀。

麻雀飞，变乌龟。乌龟慢，大零蛋。

零蛋零，第一名。第一名，红椅子。

红椅子，下临沂。临沂一个锄地的，

跟着人家吃屁去……

当时回家没敢告诉母亲。夜里竟然失眠了。不过我冷静分析，梅老师说“不行就留级”，这里边肯定有玄机，我得好好表现，打扫卫生，擦黑板，那一段努力做了些好人好事，但心里一直惴惴不安。一直到贴出六年级排位的名单，使劲睁大眼睛看了，竟然有在下的尊姓大名！大喜过望。

下篇

闲敲棋子落灯花

茶　说

1

液体入口，一般都说喝。譬如喝茶。在我们老家，大门口遇到熟人，就让一声："家来喝茶吧。"但这一般都是虚让，不过礼数而已。果然，那位很知趣，就说："不了吧，得空再来。"他要真的来喝茶，说不准既没开水，又缺茶叶，那就抓瞎了。因此说，礼节有好多都是玩虚的，不可当真。我曾经下过一个结论：礼节就是虚伪。还有一句"生活要有仪式感"，这个"仪式感"，把虚伪程序化，简直就是煞有介事的掩耳盗铃。

喝茶，有的说吃茶，《竹枝词》："钱塘江上是奴家，郎若闲时来吃茶。"吃茶是假，姑娘与她心仪的小伙子约会是真，这不连地址都告诉了他，"黄泥筑墙茅盖屋，门前一树马缨花。"又，《红楼梦》第二十五回，王熙凤就以"你既吃了我们家的茶，怎么还不给我们家作媳妇儿"来打趣黛玉。吃他家的茶就得当他家的媳妇，这个茶，吃得亲切。这类说吃的东西很多，除了吃茶，还有吃酒、吃奶、吃醋……为什么该喝的东西说吃呢？我想，在民以食为天的小农经济社会，干什么都不如吃实惠。

还有的说饮茶，"白衣不至酒难赊，兀坐晴窗独饮茶。"（宋·喻良能）尽管穷了点，还是非常闲适，没钱但是有闲，有钱不一定能买来闲适。这个饮茶用在诗词里，似乎比较"文绉"。但在我们老家，则反其道而行之，所谓饮，是指牲口喝水，饮驴、饮牛等等。连《红楼梦》里妙玉都说：一杯为品，两杯是解渴的蠢货，三杯便是饮驴了。

至于品茶，不敢多说，因为没那个品位。看到那些小姐表演茶道，一招一式的，我就想：不就是一杯茶吗，端起来喝下去不就得了。再至于茶禅，我以为，不过集喝茶虚妄之大成而已。为什么这样说呢？因为我们这地方喝茶的传统，就发源于泰山灵岩寺，小和尚一念经就犯困，怎么办？那个叫朗公的大和尚，就让小和尚喝一种树叶子煮的水，解乏提神。这种树叶子后来叫茶。当然，这是南北朝的事，说远了。

2

老家有个谜语：小白鸡（儿化韵），溜墙根（儿化韵），来了客(kei, 儿化韵），尿（niao）泡尿（sui, 儿化韵）。这一加括号，就有点儿啰唆了；但是我要不啰唆，您就读不出那个味儿来。

这个谜底是什么？茶壶。不管日子过得穷富，家家都要有把茶壶、四个茶碗，放在茶盘里，煞有介事地靠在八仙桌上，用是茶具，不用那就是个摆设。我小时候，家里就有一把细瓷的提梁茶壶，上边有司马光砸缸图，在下临危不惧的启蒙，大概就来自那上边。

早年间来了客人，要冲茶待客，没茶叶可以去借，没茶壶，就丢大发了。这家要说儿媳妇，对方一打听，别人就会泚黑尿（sui）：居家过日子，连把茶壶都没有，黑死不过门的主。按说，“黑死不过门的主”这句话您要不明白，我还得费心解释，但一解释就啰唆，啰唆讨人嫌。因此，就只能靠诸君的悟性了。

过去有个说法：乡里的妈妈（儿化韵）茶不惯。什么意思呢？喝茶属于时尚的，乡下人不会。但是，我老家那一片，还有个顺口溜：镇里的闺女会扒麻，城里的闺女会喝茶。镇里是个村，这个村里种麻，杀了麻，腌在柴汶河里，腌熟了，就要扒麻，姑娘们干得都十分灵巧。城里呢，也是个村，这个村子比较开化，大姑娘小媳妇都会喝茶。还有一句话，要笑话这人不勤快、不会利用时间，就说：白天跑街喝茶，晚上点灯扒麻。

3

我的父母都是“茶客（kei）”。我从两三岁就喝茶。但是，第一次喝茶，就摊上大事了：母亲在砂壶里冲上茶，放在磨台上，就打水去了。我爬上磨台，嘴对嘴猛吸了一口。滚烫的热茶在嘴里进退失据，又“咕咚”咽了下去。结果，把喉咙和食管都烫伤了。吃嘛吐嘛，差点连小命搭上。现在想想，那回幼年早夭，走了事小，如今圈里的朋友看不到《画蛇者说》，事就大了。

我的外祖父嗜茶。那一年日本鬼子“扫荡”泰沂山区，大伙儿都跑到山上“逃反”。就这样，也不耽误外祖父喝茶。他在半山腰支上两块石头，捡了松球，徐徐烧开一壶山泉水，从包袱里拿出茶壶茶碗，再下上“徽六茶庄”的小兰花，冲上。小兰花不搁焖，冲上就得倒。那会儿刚刚倒开两碗，山下就响枪了，大伙儿又没命地跑。无奈，外祖父只得草草收拾茶具开溜，毕竟逃命要紧呐。这使我想起孔夫子周游列国，“接淅而行”的狼狈状。再到后来，对于日本人的烧杀抢掠，外祖父还没说什么，倒是对于当时那壶茶没让他喝安生，老人家耿耿于怀！

我还有一位堂叔，外号“三黑”。哪“三黑”？烟黑、酒黑、茶黑。在我的老家说这人黑，不是说皮肤黑，要是皮肤黑，顶多说“不大白生”。这个黑，是说他吝啬，小气。堂叔在烟酒茶的吝啬上，茶第一，烟第二，酒第三。他喝茶，头三和（huo）绝对不容许任何人染指。三和喝完，这才对家人说：你们也来喝一碗吧。

4

乡下人讲究粗茶淡饭，这是家常饮食。

莱芜梆子《铡美案》里，包文正谆谆教导秦香莲：

> 要吃还是家常饭，要喝还是老干烘。
> 家常饭，老干烘，媳妇还是从小地疼。
> 你摊上个男人当驸马，这才落到地溜平啊……

莱芜讴用小嗓，这个“地溜平”，尾腔一定要翻上去，响遏行云。翻上去，在戏班里你就是“点心匣子蜜三刀”；翻不上去，没话说，只能当“馍馍篓子窝窝头”。

不过，一听到这里，我就开小差：按说陈世美这样的“凤凰男”，一旦给皇上老子当了女婿，对待原配，“一不做，二不休”倒也罢了。但这个混账行子偏偏是：

欺君王，藐皇上，悔婚男儿招东床。

杀妻灭子良心丧，逼死韩琪在庙堂。

可又一想，这陈世美没赶上好时候，要赶到解放初期的“离婚风”，那是时尚。革命成功了，老子坐江山，要娶洋学生！你一个黄脸婆，恶（e）英人不！这个“恶英人”，还要翻译一下，大致书面意思就是脏，寒碜，恶心，令人作呕。

扯远了，回头再说茶。包黑子说的老干烘，就是粗茶的典范。这茶又称“莱芜老干烘”（如今听说有一斤上千的），不计春秋，不分老嫩，把茶树叶子薅（hao）巴薅巴，杀杀青，炒煳就得。乡下的老少爷们就喝这茶，大砂壶可把下上，滚热的开水冲上，焖焖倒开，黑乎乎的汤子吹吹，呼呼噜噜喝下去，一溜胡同子。一打嗝，就是个木头味。老干烘拿油，半碗凝固的猪油倒上半碗老干烘茶，立马就是一碗豆腐脑了。

至于其他茶，如雨前茶、明前茶、小兰花、茉莉花、大方高沫等等，在乡下则属于细茶。再至于喝茶的品位，是分三六九等的。我在小说《茶蛊》里这样写道：“郑大老爷说：莱芜老干烘，可供贩夫走卒牛饮；徽州小兰花，可供殷实之家飨客；这黄山马上鲜嘛，亦只能供斯文腐儒闲品。至于老爷我饮何茶，说出来你也未必晓得啊……”

5

二十世纪七十年代，到供销社里买茶叶要凭票证，这就是茶叶票，每家半年供应半斤茶叶。我现在还存了一张。

我的一个本家叫恒寅，当时在供销社里当保管。我们要想买点茶叶票以外、茶篓里清理出来的小兰花茶叶末，就得找恒寅。到那里赔着笑脸，他顶多连竹片带竹叶给你二两了不得了，一斤茶叶他要围五份人情。因此，恒寅在村里很风光，回到家走起路来摇摇摆摆，横横量量。见了面都得先给他说话，你要问：“吃了吗恒寅？”他不搭你的闲腔。你得改口再说：“王保管，您吃了吗？”他才答道：

“嗯，吃了。那个茶叶还有点，要是要的话，你可早吱声。”

村里还有个铁匠希友，打铁的生意不行了，老两口就到公路边开茶棚子。那时还没城管，挺随便的。搭起个草棚子，垒上个坯台子，放几个马扎子，再支上长长的炉灶，火道上一字儿排开五把铁壶，大风箱一拉，呼呼、呼呼……希友就倒换着大小嗓唱拉魂腔《六碗茶》：

（男）喝你一碗茶呀问你一句话，
你的那个爹妈在不在家？
（女）你喝茶就喝茶呀哪来这么多话，
我的那个爹妈已经六十八。
……
（男）喝你六碗茶呀问你六句话，
眼前这个妹子今年你多大？
（女）你喝茶就喝茶呀哪来这么多话，
眼前这个妹子俺一十八……

人们都说希友是个大官，“代管五湖（壶）”嘛，比县里的水利局局长都厉害。茶棚开张那天，希友觉得大小也算个喜庆事，就找人写了一副大红对联，贴在茶棚的柱子上。写对联的叫“分头庆业”，识文解字的，在村里惯用笔尖子戳人，手榴弹哄孩子——不是个好玩意。南来北往的茶客，谁看了对联谁笑。老两口犯了疑忌，就拉住一个人问道：笑的啥呢？那人就念对联，上联：日烧千斤炭，分文也不见；下联：化壶打茶碗，开水烫脚面。

分头庆业尽管恶搞诅咒，然而，希友卖茶的生意，一直很好。

6

乡下老家，讲究喝茶的规矩。

且说傻妮子出嫁，老娘不放心，一直把她送到婆家。当着婆婆的面，老娘端起一碗茶，交代：“这是你婆婆，也是你娘，这杯茶敬过去。”傻妮子一听，恼了，一扭身子说：“熊样（ya，儿化韵）好吗，还俩名（mie，儿化韵）。”接过茶来自己喝了。这就没了规矩。

你看宋明话本里那个“快嘴李翠莲”，就比傻妮子懂得多，临上轿对爹妈说：

爷开怀，娘放意。哥宽心，嫂莫虑。
女儿不是夸伶俐，从小生得有志气。
纺得纱，续得苎，能裁能补能绣刺；
做得粗，整得细，三茶六饭一时备……

三茶是什么？早茶、午茶、晚茶。及至李翠莲到了婆家，烧好茶，又说道：

公吃茶，婆吃茶，伯伯、姆姆来吃茶。
姑娘、小叔若要吃，灶上两碗自去拿。
两个拿着慢慢走，烫了手时哭喳喳。
此茶唤作老婆茶，名字虽村趣味佳……

这里边就包含了许多吃茶的规矩。什么叫老婆茶？每当田里农忙完工，乡下每家每户便要喊吃茶，今天这家，明天那户，一家家地挨着轮。那都是婆婆、婶婶娘们儿的事，叔伯公公男爷们儿是从不参加的。她们聚在一起，做着针线，一边拉呱，一边吃茶，放松放松，这就叫吃“老婆茶”。我们老家一带，过去一直传承着这个风俗。现如今家家住了楼，楼房门“咣当”一关，你找哪个二大娘吃茶呢？

另外，还有一些其他的规矩。客人在你家吃茶，如果把茶根泼了，这就是说他要走了，你就准备送客。还有串门的，在人家拉起来没完，这种人叫“烂板凳腿”，下逐客令不礼貌，于是主人就说：“要不咱喝个茶？”串门的就知道主家不悦，应该走人了。再至于倒完茶把茶壶把往里一转，那是青洪帮的规矩，是说屋里有外人，不可多言。帮主如果把茶根泼掉，大事不好，那就要开刀杀人了……

7

喝茶也有茶友。

唐代的陆羽和李季兰，我一直把他们视为茶友。二人正是以茶为媒，煮雪烹茶，对坐手谈，耳鬓厮磨，友情日深。就连我那位“三黑”的堂叔，居然也是有茶友的。他的茶友，就是我那位喝茶抱怨日本兵“扫荡”的外祖父。一边喝着茶，堂叔一边吹嘘我的外祖父——

当年，郗（xi,俗语读 chi）老先生那个排场，那真是没法比啊。从放城街到泉林集听戏，骑了头银白的走驴，银白的鞍子，刺绣的褥套，褥套上的牡丹花，黑碗口那么大。驴脖子里挂了三颗银铃铛，一路走起来叮叮当当，亲娘哎，谁都知道这是郗先生来了。

四五十里山阴道上，郗老先生唱着拉魂腔《武家坡》的薛平贵：

> 西凉国辞别了公主玳瓒，
>
> 平贵我离长安一十八载，归心似箭。
>
> 勒回马头，回首观，往倒观，
>
> 望不见为王银安殿，看不见合朝文武班。
>
> 至那日为王登银安，宾鸿大雁空中旋。
>
> 手执银弓并玉弹，打下半片紫罗衫。
>
> 常随拿来王观看，原是宝钏血书还。
>
> 用酒灌醉女玳瓒，为王打马回长安。
>
> 我这里催马加鞭把城进，且慢！诚恐惊动魏狗官。
>
> 不进城来越城南，奔寒窑望一望受苦的宝钏。
>
> ……

郗先生一路自吟自唱，贪恋游山玩水，耽误了赶路，及至到了泉林集，乾隆大戏楼的晚戏就吹灯散火了。戏班的老板耿伯菊，当红的豫剧青衣，听说郗先生来了，先到后场吩咐：都别卸妆，放城街的郗先生来晚了。郗先生吃戏，今们儿这出《大祭桩》他最爱听，咱得接着来！我去迎迎他。

戏班子的角，都在那里候着，一等不来，二等不来，那个当丑的不耐烦了，便到戏楼客厅里打探。回来告诉大伙儿：沉住气吧，这戏早着呢，得等到卯时开锣。众角儿纳闷，问道：干啥哩？丑角说：郗先生和耿老板的"六安瓜片"，才喝了一和（huo）呢……

8

具体到我的喝茶，实在谈不上品位，简直就是个棒槌。首先是孬茶好茶一样喝。要说好茶，也接触过一些，但没有喝出之所以好。其次，之于喝茶，还仅仅停留在牛饮的层次，渴了就喝，换言之，喝茶是为了解渴而已，与品茶大相径庭。其三，喝相不雅，热茶呼呼一吹，咕咚咕咚就喝下去。斯文是装不出来的。这一点，是我的农民属性所决定的。

三四年之前，我和刘兄在金门岛。台湾大学民俗学教授王秋桂老先生，专程从台北赶来陪同。端午前后，是闽台地区最热的时节，金门亦不例外。我们就躲在王教授别墅的院子里喝茶。说是他的别墅，实际上是租赁的，一租三十年。原来是一个华侨的小洋楼。有一间屋子是专门用来放茶叶的，他给我们一一介绍几十个品种，最后说："这都是和别人要的，要买，我是买不起的。"

那晚上喝的是一种竹炭焙（bei，台湾读 pei）乌龙茶，分五年的、十年的、二十年的……一直到五十年的。由浅入深，先喝五年的，口味近似莱芜老干烘，因我从小喝这种口味的茶，有一股亲切的煳味，觉得顺口。再喝十年的，就有点霉味，很杀口。王教授要倒掉五年的，我觉得可惜，没让他倒，我自己全喝了。一会就喝饱了。时近夜半，困神来袭，我就告辞，去二楼安歇。

他们就这样一直喝着。最后喝五十年的，刘兄上楼叫我，无论如何要我起来品尝一下。花非花雾非雾，我正在似梦非梦之中。真听不见也罢，假听不见也罢，我给他来了个装听不见。刘兄很失望，自此，觉得我于茶，朽木不可雕也。

他和王教授，一直喝到东方之既白。

9

还是那年，和刘兄在台湾。从阿里山下来，两个导游要带我们去一家茶馆喝茶。导游之一猛男，是退役少校，祖籍安徽凤阳；导游之二土豆，是预备役伞兵，安徽阜阳人。都是去台老兵的后代。在路上，猛男小心翼翼地说："按说不该带客人去，因为那里是个购物点。但你们可以不购物。"刘兄一听就明白，一笑了之。因为在对方接待我们的程序里，是严禁去购物点强邀客人消费的，客人有要求则另当别论。老实憨厚的猛男这次违规，难道有什么利益交关不成?

这是一家很精致的茶业店，接待我们的是一位少妇，自称正宗阿里山人，名字叫如水。讲茶、冲茶、倒茶、布茶、让茶都很专业。冻顶乌龙系列的新茶、老茶喝过几道之后，便向我们推销产品。刘兄选了坛装的竹炭焙老茶。如水问我，我说："我不买茶，只要赠品。"在场的人全都笑了，如水无奈，把刚才开封的七八包茶，打包送我了。

正要离去，老板娘回来了。一问我们是山东人，亲得不得了，原来她老家是山东黄县，如今的龙口市，老爹也是老兵。她说"老乡见老乡，两眼泪汪汪"。每人送了我们一张她的照片，一直送我们上了车。

晚上住在嘉义市。晚餐，大厅里一位中年男子，穿一袭长袍端坐，怀抱琵琶。我点了《阳关三叠》，猛男立马抢着付了费，不好意思地笑着说：我今天赚钱了。

10

叶涛兄此次来到岱下，带来了宝岛朋友送他的自产冬片茶。此前，叶兄按捺不住喜悦，已在微信朋友圈发了这个讯息。因此，朋友都有些迫不及待，恭候品茶。

冬片茶是口感特别、产量稀少的茶品。在台湾，茶叶可以四收：分为春茶、夏茶、秋茶及冬茶。冬茶采收后茶叶就进入休眠期，但有时会因暖冬的关系，在冬至前再长一次，这就是所谓的冬片。宽泛地说，冬茶后、春茶前的都可算冬片茶。冬片的物以稀为贵，即决定于物候是否冬暖，可遇而不可求。

不用说，五岳独尊的泰山之水与乌龙家族的娇子冬片，那是绝配。围拢坐定，细细品鉴：色娇滴嫩黄，香浓郁缭绕，入口，似略显淡，则有一种说不出的味道，舌尖不能解读。三碗入喉，此味并不稍减。叩问，叶兄释曰：这就是冬片与冬茶的区别，冬片不仅有冬水味，还多了一股高山茶特有的冷韵。再品，果不其然，始觉冷韵如许。

再后，依次又品大禹岭茶、东方美人、竹炭焙。总觉大禹岭茶不过卸妆的如夫人，素面朝天，差些风韵；东方美人不过盛装的豪门闺秀，珠光宝气，矜持浓艳；至于竹炭焙，则老气横秋，像一个蓬头垢面的管家婆……

此正是：茶品最是乌龙好，冬片品过再无茶。

11

我经常琢磨茶与酒的关系。“寒夜客来茶当酒，竹炉汤沸火初红。”大冷的天来了客人，为什么以茶当酒，而不是以酒当茶？原因之一，应该是没酒，日子过得窄巴，囊中羞涩，无钱打酒；原因之二，即便有酒，清夜待客当以品茶为宜。其环境、其心境，不言而喻。还有下两句：“寻常一样窗前月，才有梅花便不同。”这就更对了，倘或醉醺醺地对月赏梅，那简直就是亵渎名花了。所以说，甚至“有约不来过夜半，闲敲棋子落灯花”也是这样，夜阑手谈，肯定不会喝酒，也是佐以清茶。

白居易的咏茶诗达70多首，最为后人推崇的当是《茶山境会亭欢宴》诗，把文人墨客品茶斗胜的盛况描写得淋漓尽致。诗曰：

> 遥闻境会茶山夜，珠翠歌钟俱绕身。
> 盘下中分两州界，灯前各作一家春。
> 青娥递舞应争妙，紫笋齐尝各斗新。
> ……

至于“晚来天欲雪，能饮一杯无”，说到底，那个白居易就是个写通俗诗歌的，他不按常规出牌，你没办法。再至于钱塘江边那位村姑“郎若闲时来吃茶”，要换成小伙，他会怎么说呢？他指定说：妹子啊，有空家来喝一盅！

因此，我以为：文茶武酒。雅茶俗酒。茶如一袭青衫，酒如一身铠甲。茶如梵呗清音，酒如黄钟大吕。茶出世，酒入世。吃茶的人，谦谦君子；吃酒的人，赳赳武夫。懂茶的人水性，清秀；嗜酒的人泥性，粗鄙。茶里多杏花春雨江南，酒里多骏马秋风塞北。西湖有一家茶馆挂了一副对联：欲把西湖比西子，从来佳茗如佳人。佳句成佳联，脱胎于苏子，天衣无缝。

我觉得：茶是老子，酒是孔子，既茶又酒，那就是庄子。

三伏饮茶小记

1

偷得浮生半日闲。干什么好呢？纵有千好万好，莫过饮茶最好。

先说茶。春天，玉洋兄送我日照新茶。这个茶是明前茶，饮用时要注意洗茶。大棚里的产品，早春气温高，蚜虫滋生，茶农往往不可避免地使用农药。洗一洗，涮一涮，可以减轻药害。即便聊胜于无，亦可减轻心理负担。

初夏时节，刘兄的朋友叶兄从宝岛讲学归来，带回了高山茶中的上品，名字很性感，叫作“东方美人”，据说每年才产万把斤。刘兄割爱，飨我一罐。这茶好是好，只是有点正山小种那类的味道，这种味道在我来说有点恶，但是一旦喝顺了口，也蛮不错的。

近几日，玉洋兄又带我到朋友那里小聚，朋友又把我们带到他的朋友开的酒店里。在一个僻静的雅间，摆了五六罐茶叶，都小有名头，剩余无几。唯有一罐是满的，打开一看，竟然是竹炭焙铁观音老茶。动问老板娘，答曰：“这个雅间对外不开放的，因此在这里放茶。这罐茶像老干烘，没人喜欢喝的。”我心中窃喜，夸了这茶几句。老板娘就说：“相中了你就打包拿上，别在这里放坏了。”

自然喜不自胜。就这样误打误撞，又得了这罐竹炭焙铁观音老茶。

2

再说水。近山而居，得饮山泉。要知道，那是泰山通天河的水，从岱顶望府山三十八亿年前的岩石罅隙里汩汩流出，清冽甘甜，远胜于王母娘娘的瑶池甘露。为什么这样说呢？九天灵霄的瑶池甘露，那叫无根水，无根水不接地气，怎么能喝得？

如果说纵横交织的溪流，是泰山汩汩的血脉。那么，星罗棋布的山泉，则是泰山的脉搏。潺潺的凸涌，淙淙的细流，叮咚的韵律，活泼的跳跃，一下子欢腾了涧谷，通灵了泰山。不难想象，一座没有流泉的山，恰如一个风情万种的少妇而缺少了媚眼。这自然是形而下的譬喻。至于清泉成就了智者，陶冶了仁者，洗耳于庸者，洗目于迷者，洗心于高尚者，这才是形而上的泰山清流。

山中诸多的泉源，像低吟浅唱的歌者，自石罅中鱼贯而出。出世的潇洒，使之悠悠哉从容淡定，与世无争，遇阻绕道迂回，逢高顺势低开；入世的执着，又使之毅毅乎百折不挠，水滴石穿，涓涓细流汇聚成溪入汶，高歌归海。泉水挤挤闹闹，蹦蹦跳跳，水声由叮咚而潺湲，由淙淙而喧喧，领唱松风鸟语，空谷足音，一派天籁。

黎明即起，走进半山取水。泉如团瓢，一泓汪汪，丝丝缕缕，跳珠吐玉。持瓢恭候泉边，一瓢复一瓢，汩汩复汩汩。弱水三千，取一瓢饮。进山取回了清泉，也取回了哲理——“一箪食，一瓢饮，在陋巷，人不堪其忧，回也不改其乐。贤哉，回也！”

3

然而，即便是这样的水，今天饮茶也不用。用什么？待会告诉你。

又闻“茶之六度”：遇水舍己，而成茶饮；叶蕴茶香，犹如戒香，是为持戒；忍蒸炒酵，受挤压揉，是为忍辱；除懒去惰，醒神益思，是为精进；和静清寂，茶味一如，是为禅定；行方便法，济人无数，是为智慧。

我觉得，所谓“茶之六度”，尽其牵强附会，不过舍己、持戒、忍辱、精进、禅定、智慧，况且乃佛门一家之言。佛门，以茶为禅，把品茶加进他们的禅意，就觉得袅袅的茶香氤氲他们的佛韵。究其实，儒道何尝不是如此？儒家品茶，也可以品出仁爱；道家品茶，也可以品出自在。只要主观意识做引领，你想品出啥味就能品出啥味来。不信你试试。

因此，就茶水而言，应该水为主，茶为宾，客从主变是常理，喧宾夺主，反客为主，则为异端。水为本，茶为末，本立而道生，否则舍本逐末，茶将不茶；水为体，茶为用，体用和合，事则谐矣。

一番话说得口干舌燥，饮茶。三伏天饮茶用什么水？春瓮贮雪！去年冬天，泰山下了两场大雪。第一场雪尘埃落定，不取；待等第二场雪下，去山坡松林里，取松针之上厚厚的积雪，满满四桶担回家里。雪融化之后，过滤渣滓；再澄清，再过滤；如是三番，密封进一个小瓷瓮，计有三十来斤。哈哈，今日不饮，更待何时？

4

刚才说了，现在我有三种好茶。

喝日照明前茶，那是腻友。腻友什么意思？清蒲留仙《聊斋志异·娇娜》：“余于孔生，不羡其得艳妻，而羡其得腻友也。”和邦额《夜谭随录·玉公子》：“倘移居来此，不特得一芳邻，且得一腻友也。”你瞧，在腻友跟前，艳妻、芳邻都在其次。新茶三泡，第一泡色，第二泡香，第三泡味。色香味过后，“我醉欲眠卿且去，明朝有意抱琴来”。（还有，绿茶把乏茶晒干贮存，用作包水饺，到时加猪膘肉丁，亦美味也）

喝“东方美人”，那是娇客。娇客有两重意思，一是快婿，二是女儿。《水浒传》第五回：“帽儿光光，今夜做个新郎；衣衫窄（zhei）窄，今夜做个娇客（kei）。”女儿是贴身小棉袄，女婿则是小棉袄的乘龙仆人。另外，娇客还是芍药的别名，宋程棨《三柳轩杂识·花客》：“芍药为娇客。”娇客妩媚，喝起来总是有些不忍，“忍把浮名，换了浅斟低唱”，又不免患得患失。

喝竹炭焙老茶，那是老友，厚重情深滋味长的那种朋友。宠辱不惊。不亲，三年可以不见；不腻，见面可以无言。“相见亦无事，不来忽忆君。”只是相见之后，往往就有几分燥气，恰像老干烘、炭焙茶的那种焦煳味。味厚，品之不失口爽；色淡，入喉而越发绵长。越喝越上瘾，越喝越爱喝……

然而，即便是这样的茶，今天也不用。

5

泰山西麓灵岩寺住持降魔大法师，这几天心里不爽。

时值暮春，日间功课，那些徒儿徒孙小和尚个个萎靡，昏昏欲睡，没有一点精神头。大师兄海明最不像话，念着念着，嘴里哈喇子耷拉老长，头一歪，竟然睡了。瞌睡这东西恶性传染，见大师兄梦里南柯，众弟兄哈欠连天，也都前言不搭后语，前仰后合，酣然一枕黄粱。偏殿里鼾声一片，实在不堪。此乃亵渎我佛如来，那还了得？法不责众，降魔大法师单单揪起海明的耳朵，命他跪在大雄宝殿的台阶下，一跪就是好几个时辰。

灶头海慎是庙里最老的和尚，资历深厚，说话自然有些个分量。海慎见老师傅动怒，小心翼翼去找方丈劝解。海慎说：“大法师不必嗔怒，俗话说：春困秋乏夏打盹，睡不醒的冬三月。现如今白花花的日头老长长的天，弟兄们诵经岂有不困之理？”见师父不语，

海慎凑上前去，附耳说道：“大法师，我倒有一个法子，可令弟兄们做功课不打瞌睡。”“什么法子呢？”“有一种树叶子，烧水喝了立马不困。”大法师神色一振：“什么树叶子？何以见得？”“泰山有神鸟忘干戈，啄食此叶，日夜不眠，唯绕天鸣叫曰：忘干戈、忘干戈……此鸟不鸣，定有刀兵之灾。”大法师将信将疑，吩咐：“不妨一试。”

翌日，庙里的和尚早中晚各饮此水一瓢，果然神清目明，佛堂内经声朗朗，比那晨钟暮鼓还要清越。降魔大法师双手合十：阿弥陀佛……

不过，这种茶也不能饮，更何况它当初并不叫茶。

6

灵岩寺灶头海慎熬汤的那种树叶子，是长在寺院周边的翼朴，为中国特有的单种属，当今长在山门上的那棵就是。后称翼朴茶，是为禅茶之宗。

《红楼梦》里“寿怡红群芳开夜宴”之前，来了一班管家婆查岗。林之孝家的问：“宝二爷睡下了没有？”宝玉便趿了鞋出去迎接，笑道：“我还没睡呢，妈妈进来歇歇。”又叫：“袭人，倒茶来。”听罢老太婆的一番教导之后，宝玉忙说：“妈妈说的是，我每日都睡得早。今天因吃了面，怕停食，所以多玩了一会。”林之孝家的又向袭人等笑说：“该焖些普洱茶喝。”袭人晴雯二人忙说：“焖了一茶缸子女儿茶，已经喝过两碗了。大娘也尝一碗，都是现成的。”

就这几句话，却养活了后来一大帮的研究者。一说，据清代阮福《普洱茶记》：“女儿茶为妇女所采，于雨前得之，即四两重团茶也。”普洱团茶为女儿所采，故名女儿茶。研究者甚至信誓旦旦：这些普洱茶早在雍乾时代，即已进入宫廷和达官贵人之家。是云南以马帮团队方式运到北方“进贡”的。

一说，据明李日华《紫桃轩杂缀》：“泰山无好茗，山中人摘青桐芽饮，号女儿茶。”又据明代查志隆泰山地方志《岱史》：“茶，薄产岩谷间。山僧间有之，而城市则无也。山人采青桐芽，曰女儿茶。”泰山西麓，又有一条偌大的山谷，长满青桐树，名曰：青桐涧。于是，泰山的诸多研究者坚称，《红楼梦》里的“女儿茶”，必属泰山无疑。

但有一点是相通的，不管普洱女儿茶还是泰山女儿茶，都是红茶类。饮红茶，大致于三伏盛夏不太相宜。故而，此茶不饮。

7

想当初，有人问孟子：舜做了皇帝之后，尧和他的父亲是否都要朝拜他？孟子回答说：“否！此非君子之言，齐东野人之语也。”两千多年后，就是这个齐东野人的老家，八月十五中秋节，发生了一桩离奇的命案。

“当时里正前后看过，计门房死了看门的一名，长工二名。厅房堂屋倒在地上死了书童一名，厅房里间贾老儿死在炕上。二进上房，死了贾老二夫妻两名，旁边老妈子一名，炕上三岁小孩子一名。厨房里老妈子一名，丫头一名。厢房里老妈子一名。前厅厢房里管账先生一名：大小男女，共死了十三名口。”

仵作相验，“没有一个受伤的人，骨节不硬，皮肤不发青紫，既非杀伤，又非服毒。”这没头案子就有点难办。

正是这个案子有点难办，才被刚愎自用、恣意荼毒百姓的地方官员，妄捕人犯，屈打成招，办成了一个“政绩”冤案。

好在冤案临近行刑之日，来了一位奇人。此人博学多识，在数学、医术、水利等方面多有建树。嗜古成痴，喜好金石、碑帖、字画及善本书籍，乃一时文物鉴赏大家。所收藏千年古董，因历经沧桑，不免残缺不全，但他视若珍宝，特书斋名“抱残守缺”。尤其一生孜孜不倦收藏甲骨，共计五千余片，集腋成裘，连缀著述，是为甲骨文研究的先驱者。

正是此人，发现了泰山的另一种茶，也正是这种茶，使此案的山穷水尽，逆转为柳暗花明。

8

且说冤案临近行刑之日，来了一位奇人，此人姓刘名鹗，字铁云，号老残，署名洪都百炼生。著有小说家言《老残游记》，有学术专著《铁云藏龟》行世。

话休絮烦，老残说服衙门官场的朋友，刀下留人，随后下齐东镇微服暗访。在济南府普利门外私娼处，设赌局引蛇出洞，查实下毒者乃吴二浪子。吴二浪子下的这种毒，名曰：千日醉。乃采集泰山后石坞的一种野花，名唤：紫妖姬，炼制而成。千日醉原本为江湖上的迷幻药，人服后，呈假死状，可经年迷醉不醒。

魔高一尺道高一丈。一物降一物卤水点豆腐。解药是有的，须找玄珠洞云游道人青龙子。

老残装束停当，进泰山桃花源。披荆斩棘，攀钓鱼台，渡天马池，涉红雨川，经黄石崖、鹦鹉嘴，穿过白雪坞，找到青龙子隐居之处玄珠洞。不巧，门虽设而常关，洞内空空如也。老残冷汗淋漓，一屁股坐地，大失所望，毕竟人命关天啊！

正踌躇间，猛抬头，见玄门之上留诗一首，诗曰：

> 天柱峰上有此花，此花发后百花发。
> 神农采得花蕊去，制成人间逍遥茶。

老残醍醐灌顶……

泰山大小天柱峰，有一种稀有丛生灌木，名曰珊瑚棘。珊瑚棘长在悬崖峭壁之上。早春二月，此花凌寒盛开，金黄婀娜，香气酣冽凛然。是时，山民携带绳索入山，攀岩登巅，采叶芽花瓣，杀青干焙，制成逍遥茶。

幸好，死者下葬不过月余。掘坟出棺，将一十三具尸首置一净室。老残亲手以逍遥茶灌之，凡三日，皆苏醒也……

不过，如今逍遥茶几近绝迹，三伏天，只能作望梅之想。

9

要说泰山的茶，在中国名茶当中那是上不了台面的。但有一样好——滋味厚重。可以这么比喻，如果说江南的西湖龙井、碧螺春、君山银针之类，是女性当中的“小萝莉”；那么，泰山的茶就是熟女，通达人情世故，热情温柔体贴；“小萝莉”的诱惑，有些个浅薄，而洋溢着母爱的熟女，则是普遍的大众情人。

泰山的茶，地沃水美，茶叶肥厚，煞口重，搁冲，三和（huo）五和的泡下来，依然有滋有味，有情有义。人不留人茶留人：还挺好的色，挺好的味，再喝一和吧！这一和下来，又得绵长半个时辰。

这半个时辰聊什么呢？聊茶，还是聊泰山的茶。以前说过了，泰山老和尚喝的茶，是翼朴茶，醒脑提神，里边除了茶碱、单宁伍的，大概能提炼出吗啡。《红楼梦》里宝二哥喝的女儿茶，如果真的是出自泰山的话，那也不叫茶，那是青桐叶子。我自己采来鼓捣过许久，根本不好喝。泰山还有一种茶，叫周茶，为什么叫周茶呢？卖茶的告诉我，周文王来泰山封禅，就是喝的这种茶。原材料是泰山的一种灌木叶子，这种灌木叫照山白。我有一只鼎，就是用照山白的根部做的。照山白不在茶树一类，连近亲都算不上。泰山还有一种茶，叫雷震茶。《封神演义》里有个雷震子，是文王姬昌第一百子，也是阐教门人，云中子的徒弟。这小子身上长了一对翅膀，就是银杏的叶子，“两枚仙杏安天下，一条金棍定乾坤。风雷两翅开先辈，变化千端起后昆……”银杏叶子做的茶，就叫“雷震茶”，口感极差。

其实，当下真正的泰山茶，都是南茶北引，就像大明洪武年间山西省洪洞县大槐树老鸹窝的移民，于二十世纪六七十年代，分两批来到泰山落户的……

那么，我们是不是就喝这种茶？不，还有一样茶没有告诉你。

10

按说，沏茶的水须用风炉、竹茶炉烧开。宋元明清的古画里，多见深山峻岭，崎岖羊肠，前边茶童挑着担子，中间衣帽高古者，长髯飘胸，吴带当风，持杖在过独木桥，后边则是琴童怀抱丹鹤鸣秋、万壑松风之类的名琴相随。到哪儿去，到大山里边去；去干什么，鼓琴品茶去，前边那个茶童挑着竹茶炉呢。图的就是个素净，觅的就是个高山流水……

唐陆羽《茶经》载：风炉以铜铁铸之，如古鼎形，厚三分，缘阔九分，令六分虚中，致其圬墁，凡三足。一足云“坎上巽下离于中”，一足云“体均五行去百疾”，一足云“圣唐灭胡明年铸”。其三足之间设三窗，底一窗，以为通飚漏烬之所，上并古文书六字：一窗之上书“伊公”，一窗之上书“羹陆”，一窗之上书“氏茶”，所谓“伊公羹陆氏茶”也……我最感兴趣的是“坎上巽下离于中”，上坎为水，中离为火，下巽为木，本身就是非常形象的“风炉图”。至于那些深奥的讲究，恕我不录。

再据《无锡县志》，明洪武二十八年（1395），惠山寺有个会玩的僧人名叫普珍，请湖州竹工编制了一个烹泉煮茶的竹炉，里面填土，炉心装铜栅，用松树煮二泉水泡茶，招待前来二泉游赏的文人雅士。这些骚客走到一块，折腾点事不足为怪。果不其然，个个技痒难挠，搜肠刮肚为竹炉题诗作画吟唱，成为一时文坛雅事。以致后来六七百年间，明清百余位文人、僧人，甚至是皇帝，对此大为关注。如此有闲阶级们，一边以竹茶炉煮二泉、烹佳茗，一边摇头晃脑，作诗撰文，挥毫泼墨，极尽阿谀歌吟，留传至今，共计二百数十首（篇）诗文，十余幅绘画与涂鸦墨宝，以及四部专著。由此而派生出惠山“烹泉煮茗”的茶文化。

至于泰山烧水的茶炉，卧地三足泥鼎状，极为简陋，上边架上砂壶、铁壶，下边烧火。集市上，茶炉子一开壶，老板就吆喝：开壶——开壶了……小兰花、大方末子，开壶了……

当然了，这已是远古的呼唤。

11

至于陆羽陆鸿渐，说来话长——

唐开元二十年（732），竟陵僧满空去江边汲水，于岸边草榛之中，得一弃婴，叫声呱呱，洪亮震耳。僧以为奇，遂携回寺院，以茶代乳抚养之。即长，以易自筮，得蹇之渐。盖《易·渐》云：鸿渐于陆，其羽可用为仪。即以陆为氏，以羽为名，字鸿渐。寺中师从满空，饱读经史。上元初年，隐居苕溪天目山中。自称桑苎翁，又号竟陵子。

陆鸿渐一世耽迷于茶，历尽艰险，独攀高山大川，勘茶访朋，品茗交友。集腋成裘，著成《茶经》一部，备述茶之性状、产地、采制、烹饮，为举世茶典之祖。史称：《茶经》问世，“天下益知饮茶”。陆羽贞元末年坐化，累世鬻茶者祀为茶神。后人又冠之以茶圣。

然而，成也茶，败也茶。要说成，被世人尊奉为茶圣，四时八节，配享血食。后世谈茗论茶，陆羽一言九鼎，那可是至圣。要说败，这不，事就来了。什么事呢？偶翻《蛮瓯志》，见载：“陆鸿渐采越江茶，使小奴子看焙，奴失睡，茶焦烁。鸿渐怒，以铁绳缚奴投火中。”明屠隆《考盘余事·茶说》，亦载此事。殊不知这可是大事，人命关天的大事。

对此，余大致考证了一番，这其实不过陈陈相因，以讹传讹。原委是：魏帝让琅琊王肃比较羊肉和鲫鱼羹、茶和奶酪，究竟哪个味道好。王肃答道：“羊和鱼作为水陆尤物，各有至味，堪称佳肴珍馐，倘或比较，羊肉好比齐鲁大邦，鱼则像郲莒之类小国，茶则最多只能给奶酪当个奴仆。”于是“酪奴”成了茶的别号。

陆羽制茶极严谨，发现不合格的茶饼，就毫不吝啬地弃于火中。于是，《蛮瓯志》和《考盘余事》，就将“酪奴”误为奴仆，从而为陆羽酿造了千古冤案。

制茶、煎茶、饮茶，俱为雅事。《茶经》里怎么会有血腥气呢?

另，《蛮瓯志》又称：“《觉林院志》崇收茶三等：待客以惊雷荚，自奉以萱草带，供佛以紫茸香。盖最上以供佛，而最下以自奉也。”

12

陆羽《茶经》：茶有九难：一是制造、二是识别、三是器具、四是火力、五是水质、六是炙烤、七是捣碎、八是烤煮、九是品饮。这其中，火力、炙烤和烤煮，都牵涉用柴的问题。炙烤中又特别指出：用有油烟的柴和烤过肉的炭，则燃料不当。其火用炭，次用劲薪。其炭，曾经燔炙，为膻腻所及，及膏木、败器不用之。古人有劳薪之味，信哉！什么是劳薪之味？劳薪，即膏木、败器。用膏木、败器之类烧烤，食物会有异味。典出《晋书 · 荀勖传》。

泰山人茶炉烧柴，多以松木为佳。就像在全聚德吃烤鸭，非枣木、苹果木烘烤不出那种味道。松木劈柴，纹理褐红色，松脂油汪汪地沁出；松球引火，内有松子的清香；烧起来一是旺火，二是有一股膏脂的香气。火为外攻，水为内应，水火交融，升华了水质，泡出的茶尽用自然之菁华。其中，桑槐榆柳之属退而求其次。木柴不易得，则以秸秆之属，豆秸为上，山草为下（艾蒿不宜烧茶，败味），其余退而求其次。

我的老家有位白大先生，烧茶用谷挠。什么是谷挠？脱粒之后谷穗的剩余部分，一扎多长短，刺刺挠挠，叫谷挠。谷挠烧起来冒蓝火，不生烟。不要看它柔弱，火毒，一根一根往炉里续，一壶水用一大抃，足矣。白大先生喝珠兰，一边品茶，一边引经据典：“《花镜》上说，真珠兰，有王者之瑞，好清香，每取其珠兰花蕊，以焙茶叶甚妙。”徽州人栽培珠兰，初为观赏，后以窨花。谷挠的余烬，白大先生再用它来温酒，把锡酒壶蹾在里边。这壶茶喝个差不多，小鲜鱼、臭豆腐、花生米、酱腌甘露子端上，就喝酒。赶巧有个号脉的，一边号脉，一边喝酒，末了用手抓粒花生豆，扔进嘴里，咯吱咯吱嚼着，再提笔开方子……

13

人得讲究。

品饮之茶，如春茶秋茶。春茶历经蛰伏，因生命萌动而萌发，秋茶历经炎夏，因生命成熟而丰硕；如早茶晚茗，因采摘时宜而异，早茶乃杯中的月华甘露，晚茗乃杯中的日精朗光。饮茶之水，如春雪秋泉。春雪新正而降，阳气魂魄丰满，不啻玉液琼浆；秋泉过滤燥夏，澄澈清冽透凉，堪比瑶台清露。至于饮茶之具，二十几年前我写过一篇小说《茶蛊》（请注意，是“茶蛊”而不是“茶虫”），有兴趣的朋友可找来一读，恕不烦赘……

像我的外祖父，家在林放故里，一生嗜茶。早上喝卯时茶，天刚刚放亮喝完这壶六安马上鲜，背起褡子骑上走驴，去赶仲村集。仲村是仲子子路的老家，孔子最推崇这个很“二”的弟子，这地方自然讲究礼义廉耻，具谦谦君子之风。泗河茶楼里一坐，谈生意的就来了。谈生意不能干谈啊，上茶，一喝两三个时辰，上午弄个“皮包水”。中午，买卖成了是缘分，买卖不成仁义在。走，下馆子。哪家馆子？沂蒙小阳春。九转大肠、爆炒腰花、干炸里脊、荷叶包的臭豆腐，那都是招牌菜。八九十来两老烧酒喝完，十八里山路，金乌衔山，到家了。

家里一看，老爷回来了！接过褡子，再仔细瞧呢，面带喜色，就知道今们儿赚了，免不得饶舌几句；如果面带嗔色，一准赔了，搁没声的吧，谁再话多，那是提溜个南瓜头往擦床子上碰！不过，总要问上一句：“先茶后酒，还是先酒后茶？”

当然，人还要将就。

就像那一年日本鬼子“扫荡”沂蒙山区，外祖父刚在山坡上烧开水泡上这壶小兰花，枪就响了，再三权衡，还是命要紧，敛和起茶具撒腿就跑了……

这一天，外祖父没喝上茶，将就着也过去了。

14

就像我的外祖父这种人，饮茶赶上了日寇“扫荡”，在生命和嗜好之间，两利相权取其重，最终掂量讲究和将就，顾及生命而舍弃嗜好，这是智者。但是，有没有反其道而行之者？有！这人就是我在前头提到过的、回春堂药铺的白大先生，他是外祖父的至交。

且说这一天，白大先生取山阴冷泉之水注入铜壶，以谷挠文火燃煮。再用小灰把成窑茶具反复洗刷。为什么用小灰？小灰又叫草木灰，草木灰又名百草霜，富含强碱。这种碱作为洗涤剂，纯粹、绿色、天然，去茶垢、去油污，只有擦不到没有擦不掉，强劲、环保而无污染。洗涮茶具是饮茶的基础工程之一，白大先生自己动手，从不假手于他人。

这档口，就考虑今天饮什么茶：今年的珠兰窨制不好，花子发腻甜；小兰花进货时，可能和香胰子放在一起了，味有点串；六安瓜片与今天的冷泉水不是标配……最终决定，今天喝一壶老茶，炭焙铁观音。

待沸泉落滚，茶壶内一粒一粒放入炭焙老茶，始冲之。头和茶权作洗茶，照例不饮，滤之。二和让给家人。至第三和，青盐漱口，方才安坐细品。嘴唇唏嘘嘬吮，自舌尖滑落齿间，尔后顺两颊徐徐入喉。雷打不动，任你吃了“八步断肠散”，他也不会欠一欠屁股。

无巧不成书。第三和刚刚喝了两碗，大女婿牵了头毛驴，满身大汗、气喘吁吁而来。何事？长女自幼患癫痫，今儿又犯了。偏偏大女婿是个结巴子，张着个大嘴，越急越说不出话来。岳母也急得慌，就在一边提示说：“他姐夫，说不出来你就唱啊！”对啊，结巴子唱戏不结巴的，于是，大女婿就唱。唱什么？唱“拉魂腔”：

哎嗨嗨，哎嗨嗨，

俺唱了一回，咿呀哎嗨——

老岳在上你是听，您女儿得了急惊风，

伸腿瞪眼吐白沫，一咕噜跌倒在地溜平……

你听听，地溜平就是躺在就地下，严重啊。白大先生正沉浸在老茶的氤氲当中，置若罔闻。大女婿一边唱着，一边眼睁睁见茶一杯杯落肚，心焦如焚。斗胆再次苦催，声泪俱下又唱道：

这一回可不是前两回，这一回——
身怀六甲，端的是两条人性命。
她可是您的亲生女？他可是您的亲外甥？
您要是一步去得晚，她娘俩可就西天路上行……

按说，像"身怀六甲"这样的词儿，一个砸坷垃种地的庄稼汉子原本是不懂的，但在"拉魂腔"教化普及的乡下，他说出这个词来并不奇怪。无奈，被沉郁老烈的茶韵挟裹，白大先生如老僧入定，眼皮都不抬。

泥人也有个土性子，大女婿忍无可忍，负气控驴，扬长而去。

白大先生大窘。没法子，安步当车，蹒跚而逐其后尘。

一边走一边苦笑：好个乘驴快婿！

15

听到这里，那位性子急的看官便沉不住气了，忍不住问道：三伏天的这壶茶，您该喝了吧？

不过，稍候片刻，尚须饶舌，交代一下饮茶的规矩。毕竟饮茶事小，礼仪事大。这诸般规矩包括：嗅茶，欲饮其茶，先嗅其味；温壶，温其壶，纳其味；装茶，忌用手抓，以褒其正味；润茶，可与洗茶合二为一；冲泡，开水，不用沸水；浇壶，壶身外浇开水，使壶内外温度一致；温杯，洗茶之水温浸茶盅；倒茶，茶盅一字儿排开，提壶来回冲注，俗称"巡河"，正所谓"坐地日行八万里，巡天遥看一千河"，大矣哉！品茶，观茶色，闻茶香，腾挪于鼻唇之间，徐徐啜之。

这其中，冲茶宜轻注。

这里说着，电磁炉的雪水烧开了，落滚冲泡。程序如仪。移时，一一倒开：这茶，色金黄而泛新绿；气隐隐如枣花之香；味青涩煞口，入喉略有酸意；回味有天然之妙，不可言喻。

客问：何茶？

答曰：泰山漫山遍野生长酸枣，春来枣芽萌发，雀目大小，宜清晨，熹微霞光中和露采摘。杀青，烘烤。晾干，绵宣包裹，贮之瓷罐。此茶，即为酸枣叶茶。其功效，补肝胆，益肝气，降血脂，安心神……

然则，三伏天，请诸君饮此茶，亦如刘姥姥二进大观园带去的那些冬瓜豆角，对于锦心绣口、钟鸣鼎食的贾府而言，无非取其野意而已。

如此，请茶！

16

顷见叶涛老师的朋友圈发了一篇忆人说茶的文章。文后，叶先生又附了段文字，大意说：

当今，讲“茶道”的人甚夥。有的附庸风雅，有的耽于声色，有的追钱逐利，有的沽名钓誉。他们讲的越多，离茶道越远，像马先生那样认真研究《茶经》，胸有山水，心无挂碍，淡泊人生，超然出世，品得人生茶味的人实在越来越少。

叶先生这段话，精准击中了当今“茶文化”的软肋——伪茶道多，多不胜数；真茶道少，少之又少。他给这类人定了“四宗罪”：附庸风雅，耽于声色，追钱逐利，沽名钓誉。其中，除附庸风雅犹可恕，其他三宗，就乏善可陈了。最大的“乏善”，不是离“茶道”越来越远，而是把“茶道”带到沟里去了。

其实，大道至简。茶的第一功能应该是解渴。茶道、茶经、茶禅、茶艺等，都在其次。说白了，那都是有钱、有闲的大爷，吃饱喝足了，剔着牙说的闲话。我等可不可以说这样的话？可以，那要等以后。至少现在还早了点。

新泰人说：喝茶喝茶……大致有三种情况：一是请你喝茶（你看看，也没什么好茶叶，孬好的，喝一碗呗）；二是催促你喝茶（喝吧，趁热，再不喝凉了啊）；

三是某个事陷于僵局、陷于尴尬，不好再说什么了，也会说一句：喝茶喝茶……

如此，喝茶喝茶……

与王先生学品茶

宁红

台湾清华大学荣誉教授、英国剑桥大学博士、民俗学家王秋桂先生，来泰山参加《中华泰山文库》评审会议。与王先生结缘于2013年夏天，我和刘兄到金门，王先生恪尽地主之谊，盛情款待，至今感激之情如故。

上午与玉胜陪同王先生岱庙一游。玉胜邀品茶，茶品乃泰山女儿红，在泰山自然是上品。王先生是品茶大家，在他金门的别墅里，辟有专室存茶上百种。不能说穷尽名茶，却也是小具规模。小品一杯泰山女儿红，王先生徐徐说道：茶的原材料不错，只是绿转红的工艺有些问题，所以入喉发干，这就犯了红茶的大忌。

回到宾馆，王先生请我品尝他的“宁红”，并介绍说：江西修水的宁红，亦称宁州功夫红茶，始产于清道光年间，比安徽祁红要早。自19世纪中叶声誉鹊起，出口海外，获俄美等八国商人所赠之“茶盖中华，价甲天下”的奖匾。光绪三十年（1904），宁红的珍品太子茶被列为贡品，故又有贡茶之称。20世纪初，曾获巴拿马国际大奖。

后来，宁红逐渐式微。今又有泰山孙先生，立志振兴此茶，斥巨资在江西修水承包茶园一百余亩，为消除化肥农药之残留，休耕六年，始摘此茶。目前规模小，批量少，非卖品。我们现在品尝的，就是这位朋友赠送的。

宁红倒开，色亮，细品，醇和，没有泰山红茶的冲味和燥气，入喉润泽，回甘生津，滋味绵长。

双井

王先生请我品尝的第二道茶，是双井。

江西修水一带，古称宁州，远在唐代即盛产茶叶。至宋，这里是黄庭坚的老家，双井茶被黄氏作为贡茶，并经常赠予苏轼、欧阳修等人，在他们的诗词里，不乏对于双井茶的吟诵酬和。

黄庭坚有七律《双井茶送子瞻》，不吝偏爱，盛赞此茶：

人间风日不到处，天上玉堂森宝书。
想见东坡旧居士，挥毫百斛泻明珠。
我家江南摘云腴，落硙霏霏雪不如。
为公唤起黄州梦，独载扁舟向五湖。

欧阳修《双井茶诗》描述细致入微，极言此茶之妙：

西江水清江石老，石山生茶如凤爪。
穿腊不寒春气早，双井芽生先百草。
白毛囊以红碧纱，十斤茶养一两芽，
长安富贵五侯家，一啜犹须三日夸。

苏轼有一阙《西江月》，称此神茶：

龙焙今年绝品，谷帘自古珍泉。雪芽双井散神仙，苗裔从来北苑。汤发云腴酽白，盏浮花乳轻圆。人间谁敢更争妍。斗取红窗粉面。

另在《和钱安道寄惠建茶》里，苏子列举了各地名茶，但他认为双井茶为国内草茶第一：粃糠团凤友小龙，奴隶日注臣双井……

我们品尝的双井茶，形如凤爪，汤清澈，色如淡金，香高持久，其滋味之醇和，如同陈寅恪先生的学问。请注意，陈夫子祖上，也是江西修水。

另，今天叶涛兄告余，昨日所言泰山孙先生在修水的茶叶基地，隶属中国民俗学会。亦为快事。

包种

前天，有缘与王先生学品茶，先品尝了宁红和双井。这类名茶，当年“长安富贵五侯家，一啜犹须三日夸”，可见此尤物之奢华、珍贵。其实，喝一次好茶，一连三日的津津乐道，那是不够的。

王先生请我品尝的第三道茶，是包种。先生说，包种茶，产于台湾北部，与冻顶乌龙并称台湾两大名茶。究其渊源，在150多年前，由福建泉州安溪县人王义程创制。其工艺，仿武夷岩茶的制法。当这种茶叶制成后，用福建毛边纸两张内外相衬，放茶四两（台两，即大陆四小两），包成长方形四方包，放在炉中干燥，出售时，也同样包成这样的长方形四方包（四两）或扁形四方包（半两），盖上茶名和行号，称之为包种。运往福州的加入香花（茉莉、玉兰、树兰等），或经由厦门直接远销南洋。

包种茶四季采摘，三月中旬至五月上旬为春茶，五月下旬至八月中旬为夏茶，八月中旬至十月下旬为秋茶，十月下旬至十一月中旬为冬茶。其中以春、秋茶品质最佳。

我们品尝的是秋茶，素有“露凝香”的美誉。外观条索状，色泽苍绿；汤明亮浓稠，呈蜜黄色；香气清幽，雅似月下嗅花；滋味甘醇滑润，感觉其在舌尖跳跃。

王先生品茶的神态，堪称一绝。如达摩面壁，似老僧入定，闭目娴静，心无旁骛，整个精气神沉浸在茶韵当中。这种态度，是否可以推及先生的人品学养呢？

我想，这是毋庸置疑的。

“普洱郑饼”

王秋桂先生告诉我，台湾每年茶叶的需求量一般在五万吨左右，但年产量只有2.2万吨。一半多的缺口，多从大陆、越南或印度等地购进。

尽管台湾出产名茶，但台湾同胞对于普洱茶，却是情有独钟。因此，普洱茶在台湾迅速发展。这大概有几方面的原因：第一，与宗教情怀密切相关。佛教徒坐禅，道教徒坐修，喝普洱茶以求性灵平安，且其性属温和，暖胃，故佛道皆推崇普洱茶。第二，练功健身的风气蔓延。这些人认为喝普洱茶能够补气益血，师徒相传，圈内风靡。第三，文艺工作者的提倡。他们觉得喝普洱茶是表现一个人的潜沉和深度象征，对于孕育灵感、启发创意会有促进作用，故文艺界兴喝普洱茶。第四，减肥效果和药理作用，吸引了不少新的普洱茶消费者。第五，茶文化爱好者的鼓吹。从1980年开始，台湾有许多年轻的知识分子开始关心茶文化的发展，其中宗教界、学界、茶艺界、新闻界、医学界等好多人士，都喜爱普洱茶。在他们的影响推动下，普洱茶在台湾迈向各个阶层。

在这种形势下，还有一些台湾茶商到外地开辟发展空间，用传统的生产方式、严格的制茶工艺、灵活的营销手段、超前的发展理念，谋求利益最大化。台湾一位郑先生，前几年到云南潜心开发普洱茶。2013年，他制作的普洱茶在布拉格获头奖。这样一来，同样的普洱茶，过去两千元一饼，现在卖到八万元。

王先生请我品尝的就是这种普洱生茶，我把它称之为“普洱郑饼”。这种茶呈条索状，叶子幽黑，布满白茸；汤色酒红，微泛金黄，黏稠挂杯；入口颇感苦涩，但味道专一纯正，舌底生津，回味甘甜；且耐冲泡。

茶外的滋味

两个多小时的时间，王先生教我品尝了这些茶。在这些茶的滋味之外，别有一番滋味在心头。

品尝过程中，王先生告诉我，台湾四季产茶，每年又举办好多项斗茶赛事。这就大大推动了茶叶的生产制作，刺激萌发大量茶文化的改革、创意、创新，为中华民族茶文化的传承发展注入了新的活力。

前边我们谈了致力于宁红茶振兴的孙亮先生，这位泰山人，是对茶文化身体力行的有识之士。南京还有一位商人，每年都到台湾参观斗茶大赛，凡是获大赛头奖的茶叶，不计价格，悉数买断。这种茶文化的投资者，也令人肃然起敬。

可能有人要说，这些富豪无非就是挥霍金钱、炫示奢华而已。我要说这种观点是一种偏颇。斥巨资买茶抑或投资茶文化，即便附庸风雅，退一万步说，比酗酒、嫖娼、吸毒、聚赌等不良现象，何止强一万倍！扩而言之，多花几个钱，品尝一种优良的茶品，于身心、于朋友、于社会都是有益的。更私密一点，饮茶对于修身养性、对于培养情趣、对于陶冶情操、对于升华自我，有百利而无一害。

较之饮酒，我曾经在《茶说》里写道：

> 我以为，文茶武酒。雅茶俗酒。茶如一袭青衫，酒如一身铠甲。茶如梵呗清音，酒如黄钟大吕。茶出世，酒入世。吃茶的人，谦谦君子，吃酒的人，赳赳武夫。懂茶的人水性，清秀，嗜酒的人泥性，粗莽……
>
> 所以说：茶是老子，酒是孔子。既茶又酒，那就是庄子。

这大概就是品出的茶之外的滋味吧。

酒 说

1

我六岁开始喝酒，迄今喝的酒，也够好几吨了吧。第一次喝酒，我就喝下半茶碗，那是烈性酒，老白干。家父在一边乐呵呵地说道：“好！现在你喝我的酒，到老来，我喝你的酒。”可惜父亲喝我的酒不多，我工作不久，能挣钱打酒了，父亲就病逝了。

别人都是严父慈母，但在我家正好相反。父亲很民主，有事总是与儿女好说好商量，也能够体谅儿女的难处，很少疾言厉色。不像母亲那样蛮横，任何人都不得违背她的意志，三句话说不好，笤帚疙瘩侍候，绝对的家霸。因为比母亲大几岁，父亲一辈子让着她。我觉得正因如此，才纵容了母亲这种“老娘天下第一”的性情。

父亲酒量不是太大，但是经常喝点。又因他是个手艺人，酒局挺多，这酒就喝得比较方便。老人家喝酒有个怪癖，每逢炖鱼的时候，他把鱼头挑出来，在鱼头汤里兑上半碗白酒，一饮而尽。他把这叫作鱼头酒。我也喝过他勾兑的鱼头酒，有点甜丝丝的，但没喝出什么感觉。他为什么爱喝这种酒呢？这种酒滥觞、师承于谁呢？一直到现在，我也没想出个所以然。

父亲七十岁患脑血栓，病了好几年。俗话说，百日床前无孝子。但榻前端茶喂饭、抽湿换干，也算尽了孝道。临终父亲对我说的最后一句话是：人往高处走，水往低处流啊。我一直遵循父亲的这句遗嘱，不敢懈怠。

如今四十多年过去了，我对父亲最大的遗憾，就是没让父亲多多喝上我打的酒。

2

朋友梁君，是个喝大酒的人。

什么叫喝大酒呢？这要具备三个条件：一是酒量大，七八两面不改色心不跳，板板正正坐得住。否则就是再能喝，三杯两盏下肚诳言诈语，像个炸不烂的螃蟹，这不算酒量。二是场面大，出入大酒店，见过大官人、大世面。三是喝过茅台、五粮液、人头马、路易十三……像三两个朋友光着膀子撸串喝扎啤，喝得再多也不算大酒。

梁君早年干海员，周游世界走过六七十个国家，以后写小说，写海洋小说。其代表作，有《与魔鬼同航》《赤道》《蓝色的行走》。在正经八百的海洋作家里，除了陆俊超，恐怕就属他了。梁君白酒七八两属于小轻松，但不是他的长项，长项是啤酒。至于啤酒能喝多少呢？那就不好说了，记得有一次晚上在一个小城里，把三个饭店的啤酒都喝光了。

当年在远洋货轮上，梁君胃穿孔，大出血，命在一线之间。轮船紧急停靠在厄瓜多尔港口，一个美国医生把他的胃来了个一刀切，妙手回春，这才又从鬼门关上拐回来。

与梁君前后楼的武君，是个热心肠的人。遇上梁君，就问："最近身体如何？"梁君答道："挺好的，劳您牵挂。"武君就又说："千万注意身体，别再喝酒了。据说像您这病。没有超过十年的。"每次见面，必定这样谆谆叮嘱。梁君心烦，再后，老远见到他就躲猫猫。

也该着武君一语成谶，2007 年的夏秋之交，梁君在出差途中突发心梗不治，行年 49 岁。

3

我觉得喝茶的朋友是清友，喝酒的朋友则是红友。清友是我杜撰的，而红友，则是酒的另一个别名。典出宋人罗大经《鹤林玉露》："常州宜兴县黄土村，东坡南迁北归，尝与单秀才步田至其地。地主携酒来饷曰：'此红友也。'"明代王世贞有《三月三日屋后桃花下与儿子小酌红酒》诗："偶然儿子致红友，聊为桃花飞白波。"清人朱彝尊有一首《迈陂塘》词："留君且住，唤红友传杯，青猨翦烛，伴我夜深语。"

尽管"流氓动了刀子，仍可以坐在一起推杯换盏"（这是人们往往诟病"酒肉朋友"的主要原因），"而情人因为一个眼风，则可能终生反目"。所以说，并不是每个朋友都适宜在一块喝酒，都可以成为红友。能够成为红友的，必须是情投意合的朋友。反正我是这样认为的。

朋友这个圈子里，喝酒是要分类型的。对一些尊崇的朋友，不免敬而畏之，不宜亲昵；一些交往泛泛的朋友，要讲个客情，不容亲昵；再有一些很勉强的朋友，话不投机半句多，值不得亲昵……而红友，是比较实惠的朋友，既可以呼朋引类，大碗喝酒大块吃肉，又可以在一起谈谈家常，谈谈人生，谈谈学问，发发牢骚。不怕祸从口出，不怕隔墙有耳，那里说了那里了，再好不过。最不济有一个喝高了使酒骂座的，大家原谅他"狗嘴里吐不出象牙来"就得了。那是当初，要搁现下，还要警惕那些手机拍了视频，顺手发到网络上的。弄不巧，就会"麻子哥下窑——坑人到底"。

喝酒无红友，这酒就喝得无趣。无趣的酒，喝它作甚?

4

喝酒，总是有好多的理由，这就为喝酒提供了好多的机会。魏晋有个名士叫刘昶，整天喝酒，与他喝酒的人又很芜杂，有人就嘲笑他，他很难为情地说：超过我的人，我不能不和他喝；不如我的人，也不能不和他喝；和我同年的人，更不能不和他喝。听这话，好像是整天就怕喝不好酒，得罪各路朋友。而玉龙雪山的康巴汉子则说：高兴了，喝酒啊！苦闷了，喝酒啊！朋友来了，喝酒啊！朋友走了，喝酒啊……

日常生活中也不例外，闲时想喝酒，忙时也想喝酒；阴天想解闷，月下想独酌；提拔了想庆贺庆贺，非酒莫属，谪贬了想发泄发泄，唯有杜康；发了点小财，不能不敬关二爷，继续关照；亏了点小本，也不能不敬赵公元帅，可怜则个；领导请酒，不敢不去喝；同事请酒，不能不去喝；再至于小兄弟请酒，平时都像一个娘的孩子，更得去喝；至爱亲朋请酒，必须喝，平时不大对付的，为了修好关系，你说喝不喝？非喝不可！因此说：同情一个喝酒的人，是善良的最底线。

有人调侃说，“过几天请你喝酒”这句话，已成为中国当下最为普遍流行的谎言之一。因为这是句现成话，好像说了这句话，礼数就圆满了，见面不说这句话，不好脱身。你说是良俗也好，陋俗也好，反正我们讲究这些，这些习俗已深深扎根于我们的日常生活，成为常态。

你说你不喝酒，你不喝别人喝，要不酒厂里生产的那些酒，哪里去了？

5

忽然想写酒具。

魏晋时期的荆州刺史石崇，酒具都是金玉犀角等材质的，有的甚至价值连城。金酒杯一支好几两重，干了这杯酒，客人就可以把金杯揣怀里带回家。干不了呢？干不了就把敬酒的美女当场腰斩。有一次王导、王敦前去做客，王敦宁可不要那个金酒杯，就是不喝。结果石崇连斩三个美女，王敦面不改色。出门后，王导责备他，王敦说：他杀自己家的人，与我何干？

我们老家，自然不敢和石崇斗富，用的酒壶大部分都是锡制品。我家有一只锡酒壶，能盛八两老酒。又加上皮厚，很大很重。奶奶的侄子，自然与父亲是表兄弟，两人自小交恶。这一天，表哥赶集，顺便到姑姑家做客。奶奶一边炖豆腐、爊豆角（爊，读 āo。发明这个字的古人，很有意思：把鹿肉放在水锅里用火烧，等水烧干了，肉也就熟了。爊菜，在很多地方都有，比如东北的“猪肉炖粉条”，南方的大锅菜），一边吩咐父亲去打酒。父亲一掂酒壶，很沉，就觉得里边有酒，没再去。豆腐炖好了，豆角爊好了，就烫酒。烫了半天一倒，空空如也！表哥大怒，对表弟大骂：“混蛋东西，你还要我！”掀了桌子，拉开架式就打，把父亲的头打破了。奶奶本来护驹子，又一看儿子头破了，气得摸起棍子，把侄子打跑了。

为什么想起写酒具呢？因为这个星期天到山后调研“乡村记忆工程”，在采访一个女挑山工的时候，看到她家西屋外窗台上，有一只废弃的锡酒壶。出门后，我让文化站长去讨，获慷慨赠予。回家擦拭干净，古朴有致。想着有空下乡，找锡匠做个盖子，这酒壶就齐了。

6

酒的历史旷古。说到酿造，明代周旦光《蓬拢夜话》、李日华《紫桃轩又缀》都提到黄山猿猴造酒的故事。李日华称：“黄山多猿猱，春夏采杂花果于石洼中，酝酿成酒，香气溢发，闻数百步。野樵深入者或得偷饮之，不可多，多即减酒痕，觉之……”

嗣后对于酒的解说，西晋江统《酒诰》统而概之：“酒之所兴，肇自上皇；或云仪狄，一曰杜康。有饭不尽，委余空桑，郁积成味，久蓄气芳，本出于此，不由奇方。”仪狄，或曰女性，大舜的女儿；杜康，可能是周秦间（一说夏）一个著名的酿酒家。故有“仪狄始作酒醪”“少康作秫酒”之说。简单梳理一下，应该是仪狄酿造的是果酒，到了杜康，才发明了粮食酒。

至于烧酒，一种说法起源于唐代。在唐代文献中，烧酒、蒸酒之名已有出现。李肇《国史补》：“酒则有剑南之烧春。”（唐代普遍称酒为“春”。）白居易《荔枝楼对酒》诗：“荔枝新熟鸡冠色，烧酒初开琥珀香。”

但我认为真正意义上的烧酒，应该是后来的蒸馏酒。明李时珍《本草纲目 · 谷四 · 烧酒》：“烧酒非古法也。自元时始创其法……近时惟以糯米或粳米或黍或秫或大麦蒸熟，和麴酿瓮中七日，以甑蒸取。其清如水，味极浓烈，盖酒露也。”

根据“时近史真”的原则，李时珍的说法应该是可靠的。元代中国与西亚、东南亚交通方便，往来频繁，在文化和技术等方面多有交流。故，人们认为“阿剌吉”酒是蒸馏酒，远从印度传入。

7

世界上就怕认真二字，魏晋人喝酒最讲认真，因此把酒喝到了极致。正是酒，使这个王朝风生水起。

“竹林七贤”之一的刘伶，不计家产，入林而居，常鹿车一乘，携酒一壶，使人扛着铁锨随后，说：“喝死便埋我！”更令人咋舌的是，刘伶喜欢裸饮，大白天在家里扒了裤子光屁股喝酒。

有一天，阮籍忽然自动请缨，要到禁卫军中去干校尉。他为什么伸手要这个官衔呢？原来他看中的是步兵营仓库里那数百斛酒。阮咸用大瓮饮酒，与朋友相向而坐，濡首而饮。一群猪也挤过来喝，猪喝完，阮咸把上边的撇去，继续喝。

思鲈鱼莼菜的“江东步兵”张翰，干脆就说：“使我有身后名，不如即时一杯酒。”周伯仁，德高望重，过江后担忧国家安危，常常大醉，一醉就是三天，人称“三日仆射”。

毕卓则觉得“一手持蟹螯，一手持酒杯，拍浮酒池中，便足了一生”。按说这是个腐败分子，大老虎。但正是这位毕氏宰相，退休后一贫如洗，无钱买酒，竟至偷酒喝，醉倒被捉。时人唱道：“宰相归田，囊底无钱，宁肯为盗，不肯伤廉。”隐约记得，白石老人还有这样一幅画作。

王忱评说阮籍：“阮籍胸中垒块，故须酒浇之。”

王忱又说：“三日不饮酒，觉形神不复相亲！”

光禄大夫王蕴则说，酒恰能让每个人在醉眼朦胧中忘掉自己。

“喝死便埋我！”魏晋人喝酒视死如归，这是一种大境界。

8

喝酒有许多令人讨嫌之处。

明代何良俊《四友斋丛说》，谈及“酒有十辱”：“大凡饮酒，或起坐，或迁席，或喧哗，或沾酒淋漓，或攀东指西与人厮赖，或语及财利，或称说官府，或言公事，或道人短长，或发人阴私。此十者，皆酒之辱也……今世之饮酒者，大率有此十失。遇坐客有一于此，便当舍去。”

余以为当下，另有两件酒之耻辱尚须添足，一为黄段子佐酒。黄段子佐酒之粗鄙之无聊之无耻，尤其于在座女士之大不相宜，自不待言说。然而，你想不到竟有女士于此津津乐道，张大了嘴巴听得津津有味。这就奇了怪了，真的验证了“百货中（四声）百客”，存在的就是合理的。一为谀酒。至于谀酒，更是令人瞠目结舌。某日，陪某领导酒。某领导再三声称不幸身罹流感，面有难色，半杯酒不肯下肚。座上一女士，一马当先，径直趋前，端起半杯酒一饮而尽。说道：“俺恨不得替领导感冒！”举座鼓呼。斯时，在下不免生出点晦暗心理，想起潘金莲那次与武松小酌，酒过三巡，潘金莲端起杯说道：“叔叔若有此意，请饮了奴家这半杯酒。”呵呵，此意为何意？武都头当然明白，说道：“嫂嫂放尊重些，则个！不然小可眼里认得嫂嫂，拳头却不认得。”

乡下的二愣子，喝大了劲就骂大街，光了膀子，一路撕破喉咙喊：“谁敢捅我？！”好鞋不踩狗屎，大伙儿都懒得搭理，远远就躲开了。喊到十字路口，恰好三彪子也喝多了，摸了刀子就说：“我敢捅你！”二愣子赶紧又拉住三彪子，拍了胸脯喊道：“谁敢捅咱哥俩？！”这叫光棍不吃眼前亏。

9

在很多时候，酒是用来炫富的。譬如酒海肉山、酒池肉林、酒天花地等等，都是酒字在前头。用别的打头，不足以描述荣华富贵。金谷园的石崇，那当时没有好酒，喝的都是米酒。因此石崇斗富，他不能斗酒，只能斗酒具、斗腰斩美女。

时至如今，八大名酒、十大名酒、国酒国窖，成系列出来了，炫富的内涵也就丰富了。以前从贪官的家里抄出大批黄金，我没在意，黄金算什么？罗马尼亚前总统，卫生间马桶的把手都是纯金的，怎么样？利比亚那个二半吊子前总统叫什么来着，他的手枪都是纯金的，又怎么样？说到家，他们还没有脱离小农意识的窠臼。但如果是好几卡车茅台酒，我就眼馋了：幸福生活啊！

小康生活，它是几千年来中国农民的梦！同时，它又像一剂“兴奋剂”，几千年来刺激农民揭竿起义，前仆后继。中国农民奢望，有吃有喝，温饱足矣。进一步引申量化：“三亩地，一头牛，老婆孩子热炕头。”但要量化表述“小康指标”，却不是一件容易的事。

10

喝酒，是一件快活的事。因此，对于喝酒，就有许多美好的回忆。

在平阳莲花山巅，“摆好菜，青啤拔在放生池的清流中，倒大杯引颈而下，爽啊！还有那挂鞭炮，空旷的山巅，那鞭炮响还在其次，关键是脆，清脆。那清脆之声，让你恍若置身冰晶灵霄”。

在都江堰，“席傍江干，岷江雪水訇然而泻，凉意砭骨；凭栏处，数盆兰花楚楚清芬，仪态婀娜；这样的去处，不多喝几杯红花郎，恐神人共诛之”。

在水泊梁山，绿林遗风，当地朋友讲究“入伙三碗酒”，没得商量。那个半大黑碗，倒上八成满的老烧酒，连干三碗，火辣辣进了五脏六腑，再打躬作揖兄长弟短排座次……

忽然又想到一件事。原先有个同事的爸爸，20世纪六七十年代当民办教师，当时在农村尚属条件较好。二十郎当岁，就有人介绍对象，去十几里外相亲。闺女庄稼人，平头正脸，胖胖大大，但人物在中资以下。当时他爸心里就打鼓，很不情愿。快到午饭时候了，执意要走。媒人劝他说：“晌午了，缘分成不成，原本两可之间，吃顿便饭算不了什么。”就勉强留下了。席间，女方陪客的情知此事不谐，愤愤不平，轮番灌酒，想出他的洋相。同事他爸推脱不过，喝了几杯，眼看撑不住劲了。闺女一见，赶忙捞了一大碗面，底下卧了两只荷包蛋，端给他，顺便用膝盖点他的后背。意思很明确：不要和他们喝酒，多吃点。他爸心里一阵热乎乎，眼睛就潮了……

您猜怎么着？那酒喝过之后，闺女就成了同事的妈。

11

酒，是大自然的血清。

酒的发明，是人类最伟大的发明。其余概无出其右者。

所谓“四大发明”，指南针、火药，多半用于穷兵黩武；造纸及印刷术，不过蛊惑人心。唯有酒，口惠而实至，泽及生民多多。

一个不喝酒的人，是没有情趣的人，是不会享受生活的人。

一个喝酒无个性的人，庸俗不堪，是乏善可陈的人。

一个能喝而不喝的人，拿酸捏醋，是矫情做作的人。

一个从未喝醉过的人，没准职业“克格勃”，是需要戒备的人。

一个喝酒能克制的人，足以成其大事，是睿智的人。

一个喝酒存机心，总想把别人灌醉的人，是曹操一类的人……

鲁迅先生《哀范君三章》，其三曰：“把酒论当世，先生小酒人。大圜犹酩酊，微醉自沉沦。”哈哈，“醉里乾坤大，壶中日月长”。我把我的人生，定位于“小酒人生”。恰好十年前，玉洋兄有诗赠我，其曰：

文章甘苦付寸心，斟酌增删费精神。

且对新著倾余杯，先生原是小酒人。

此诗甚合吾意，得之乐不可支。后，余治闲章一方，曰：“小酒人。”

烟 说

1

先说戒烟。

2001年做《百年泰山》，我们一行四人赴京津宁沪等地，征集资料。行程中，有位美女同事劝我：能不能不再抽烟。我就答应了。自此，烟就戒了。想想最最难熬的时光，也不过那么三四天，无抓无捞，五脊六兽的……事后就有人问我，十几年的“瘾君子”，美女一言，立地成佛，美女之威力，大矣哉？哈哈！我答道：重承诺、守信用，原本君子之美德；重美人之承诺，守美人之信用，更属爱美之心；爱美之心，人皆有之，况乎敬畏？

再说抽烟。

上小学五年级的那个秋末冬初，我和一个叫小路的伙伴逃学去赶会，物资交流大会。不幸被另一个小伙伴向老师告密，老师告诉了家长，眼看就大难临头了，心情顿时很郁闷。有家难归，无奈就跑到野地里，在地埂子上漫无目的地游逛起来。逛荡累了，就靠在地瓜秧子垛上。闲极无聊，小路忽然说，咱抽烟。说着，从书包里的作业本上撕下一张纸，裁开，把干地瓜叶子搓碎，卷成喇叭状递给我，又从书包里掏出一个打火机，咔嚓一声打着，给我点上了。在这之前，从来没有抽过烟。试着一吸，一股温柔进入口腔，随之好似熟门熟路，顺喉咙进了胸腔。奇怪的是，居然一点都没呛！至于吞云吐雾，再从鼻孔里二龙吐絮，那是很久以后的事了，当时并不谙此道。

我问：小路，你怎么还会卷烟，还带打火机？

小路说：抽烟解闷啊。

他一说我就明白了，小路家里是个后妈，平时享受的是继子的待遇……

再说那个告密的，现在是包工头了，腰缠万贯。可我至今不待见他。我最恨的就是告密打小报告的人。

2

人不可以没有嗜好。为什么？没有嗜好的人，不好交往。据作家章诒和说，上海滩的大佬杜月笙，就谆谆教导他的外甥女：不抽烟不喝酒的人大多不可托付终身。四十年前，我的一位老同事也调侃说过：一个人不喝酒、不抽烟，再不喝茶，你想想，他到底想干什么？扳着指头数数，人这一辈子论天算，不过活三万多点。尤其是男同胞，你没点嗜好，那还能算个爷们？

抽烟的故事很多，先说一段《续聊斋·狐打嗝》：

邑有白翁，为人佣守瓜田者也。好杯中之物，至晚，必携酒至瓜田以守夜。

比邻有狐，时见之，过往两不相扰，白翁恒以为常。

一夜，翁欲饮时，壶内空空如也。再欲吸烟，荷包半瘪。愕然间，暗中闻有狐嗤嗤作笑。翁骂道：贼狐，必惩之。

再一夜，捡兔粪数丸，捻碎，掺入烟荷包。

未几，听狐"嗝"声频频，继之顿喉颠肺，颇不能忍，至瓜棚求救。

翁曰：酒好饮乎？

狐作揖不迭。

翁又问：烟好吸乎？

狐已嗝嗝连声，不能言语矣。

翁乃持凉水一瓢，瞅其欲嗝，揪其耳亟灌入喉。嗝声顿息。

盖旱烟掺入兔粪，吸之则打嗝。灌凉水立愈。

3

抽旱烟的烟具，一般用烟袋。

烟袋有烟锅、烟嘴、烟杆三部分组成。烟锅，多为黄铜和红铜质地，金银的也有，绝少。烟锅用来装旱烟，其大小，视烟瘾大小而定。

烟嘴，不光有黄铜、红铜和白铁之类金属的，还有琉璃、玉、玛瑙、翡翠、琥珀的，一支烟嘴，可以价值连城。这些咱们后边再说。

烟杆，空心，多为竹竿、苇秆、蒿子秆，另外还有檀木、楠木、黄杨木等。烟杆的最大功能，在于过滤烟雾，阻留尼古丁进入人体。烟杆有长短之分，短可把握，长可作杖。山东人的烟杆短，利于务工携带；关东老太太的烟杆普遍较长，行走提在手里；电视剧里纪晓岚的烟杆，则超长，成为道具。烟杆里的尼古丁，叫烟油，需要不时清理；清理烟油细长的工具，叫烟签子；烟油对付蚊叮虫咬，五毒蛋蛊，一绝。蛇和蛇虫溜子（蜥蜴），最怕烟油，我们老家形容发蔫的人，就说他像蛇虫溜子吃了烟油。

20 世纪 80 年代，在欧洲一次拍卖会上拍卖过三枚胸针，每枚 380 万英镑。这三枚胸针，就是用一支碧玉烟嘴做成的。琥珀烟嘴还有妙用，小孩子吃了鱼刺、骨刺卡在喉咙里，噙一下琥珀烟嘴，就能把鱼刺、骨刺顺下去。你要问为什么，我也说不清楚，反正一物降一物，车伙子降豆腐。

烟袋十分普遍。老家的人笑话那些小蟊贼子，就说这人“偷鸡摸狗拔烟袋”，最为人所不齿。

4

烟袋有一样东西，须臾不可离，那就是烟荷包。

前曾述及烟杆的作用，余以为“过滤烟雾，阻留尼古丁进入人体”。而实质上呢，应该是“把烟锅与嘴相连接。吸烟首要，保健次之”。

这里首先声明，烟荷包是装旱烟的。就像《红楼梦》里尤二姐的槟榔荷包，是用来装槟榔的，贾二舍可以从里边掏槟榔。“碗碗腔”皮影戏《卖杂货》里唱道：“桂姐娃听罢笑哈哈，腰里掏出个小捎马……”捎马是什么？也是荷包，不过用来盛钱，桂姐用里边的铜钱买了一对胭脂盒。因此就叫钱包了。啰里啰唆半天，就想说明一个事，荷包有多种功能，具体到烟荷包，那就是装烟的。

其实，烟荷包除了装烟，还有一个罗曼蒂克的功能。小时候，经常到父亲孵鸡的作坊里玩。父亲有个徒弟叫小于，那年刚刚结婚。他腰里别了把小烟袋，烟袋上就栓了个烟荷包。小荷包是蜡染家织布做的，一边绣了双蝶戏牡丹，一边绣了螳螂戏金蝉。小伙子戴上这些东西，就像前几年带个 BB 机，很时尚。特别是那一对螳螂一个金蝉，形态灵动，栩栩如生，呼之欲出。那真是巧女的绣工。

我当时讨要，小于面有难色，他的大师兄告诉我：别要这玩意，那是他和他老婆的定情之物。鲁中风俗，姑娘订婚了，给未来的郎君做点什么，绣一个烟荷包，姑娘当然不懂得绣“勿忘我”之类，就绣一个烟荷包，让心上人时时佩戴在身上。他不说倒还罢了，这一说，我非要不可。临走时，小于哥慷慨赠予。事过多年，我才意识到自己那件事做得过分了，怎么能要人家的信物呢？君子不掠人之美嘛。

还有，烟荷包上多饰物，用于栓扣比较普遍的是齐法化、秦半两、汉五铢、玉佩什么的……

5

我们的神话故事里，燧人氏钻木取火。西方神话里，普罗米修斯用茴香树的枝条盗来太阳神阿波罗的火种。现代奥林匹克运动会，则用抛物锅形聚焦太阳能采集火种，点燃火炬。

在火柴和打火机未出现之前，人们抽烟普遍用火镰打火。火镰由三部分组成：一是火石，选用石英石、长石，我们老家用一种灰色的牛角石，最佳。二是火绳，用艾叶、蒿子、玉米须等易燃植物，拧成细绳。还有一种叫火莛杆，即苘麻秆用草木灰涂过，晾干，点燃时，只有火头，不起火焰。三是火镰，用普通钢材打造成镰刀形状成为火镰。打火时，手持火石在火镰上蹭出火花，点燃火绳，以备抽烟。

我们这个民族善于玩花，就是这个火镰，也要玩到极致。刻上麒麟喷火、火龙吞蛛等纹饰，更讲究的还要鎏金。再把一块皮革镶嵌在弯弯的火镰内，制成像现代女性手里拿的坤包，口上嵌有两块铁皮，其中一块带有磁性，不用时会自动把口封好；再缀上一条丝绳，达官贵人公子哥，还要串上珠子、玉器、玛瑙。这样的火镰，别在腰里，就上了档次。走起路来迈四方步，吐圆唾沫，就成了有身份的人。

抽烟点火，还有对锅一说。譬如一个正在抽烟袋，另一个则装上烟，对锅吸燃，全在于配合默契。对锅，规矩还挺多，父子不宜，男女不宜。

我们老家有个生意人，深更半夜行走在荒郊野岭，越走心里越害怕。索性放下褡子，盘腿坐在地上，掏出烟袋、烟荷包、火镰、火绳，一应家伙什，装上关东烟，打火抽了起来。一边抽，一边给自己壮胆：你抽一袋，我抽一袋，马大海哥你也抽一袋。砸杠子劫道的一听三个人，没敢下手。

6

据《清稗类抄》等文献记载，清初，烟成为上流社会奢侈的嗜好。文人骚客本来就钟情于寻腥逐臭，像“淡巴菰”这类的稀奇玩意，遂成风雅首选。

康熙朝吏部尚书韩菼，有三大嗜好：烟、酒、棋。有人问及鱼与熊掌不可兼得，何选？韩答曰：“先去棋，再去其一，酒也。”进士黄之隽，素昔不肯随波逐流，对于烟，言之凿凿：“吾独违众，誓不粘牙。”言犹在耳，已染此瘾，大有相见恨晚之概，言称抽烟之后，“四肢软美，八脉敷舒”（估计是鸦片阿芙蓉）。

时尚推波助澜，普遍认为“士不吸烟、不饮酒者，必无风味”，“对文人骚客而言，烟草又有催发灵感、润绵诗文之功效”。一时对烟崇尚有加。俞樾曾赋诗曰：

呴嘘呼吸亦徒然，高倚胡床便是仙。
含得淡巴菰一口，空中喷出总成圈。

这个“总成圈”为何？盖因是时闺阁女子，以抽烟吐烟圈为风雅，其《天香》词题注曰：“吸淡巴菰烟，蹙口出之，一一皆成圆圈，亦闺中之一技也。”还有个梁锡珩《偶咏美人吃烟》：

前身合是步非烟，弄玉吹箫亦上天。
红绽樱桃娇不语，玉钩帘外晚风前。

无聊之甚，让人觉得那些子曰诗云，都念到狗肚皮里去了。

至清中期，“士大夫无不嗜烟，乃至妇人孺子亦皆手执一管”。刘廷玑《在园杂志》称：“黄童白叟，闺帏妇女，无不吸之，十居七八，且时刻不能离矣。”全民吸烟运动，引起了有识之士的警觉，清代名医吴澄研究认为：“无病之人频频熏灼，津涸液枯，暗损天年……虚损之人，最宜戒此。”

及至康熙爷下达了戒烟御旨，还有个学士蒋陈锡牢骚怪话，作《恭记》诗一首：

碧碗琼浆潋滟开，肆筵先已戒深怀。
瑶池宴罢云屏敞，不许人间烟火来。

7

“北门里，南门外，七十二支干烟袋。”这里说的是老家乡下那些蹭烟抽的人。一不带烟，二不带火，凑合上谁就抽谁的。这种人叫“干烟袋”。一支两支尚可，七十二支干烟袋，这个蹭烟的团队就颇具规模了。

“干烟袋”赶集最有意思，到了旱烟摊，这边尝尝大金元，那边尝尝蛤蟆头，转身再尝尝坦埠绺子、关东漠河烟，一溜烟摊子走下来，一天的烟瘾过足了。鞋底上磕打磕打烟袋，驾丫子走人。反正先尝后买，没的说。因此，烟摊子最怕“干烟袋”们团购。

大金元是新品种，是当代植物学家蔡希陶自美国引种的。那年到西双版纳植物园（中国科学院热带植物研究所），向导游询问老所长蔡希陶，皆曰不知，不禁怅然。徐迟写过两篇著名的报告文学，一是《哥德巴赫猜想》，一是《生命之树常绿》。前一篇写数学家陈景润，这后一篇，就写蔡希陶先生，其中提到他如何培育“大金元”烟草。这才几年，植物园竟然数典忘祖。

蛤蟆头形状的旱烟，是我们当地品种，割下叶子放在露水地里滋润，打蔫后趁柔软时，拧起来即可；坦埠绺子是蒙阴烟草的老品种，青铜颜色，味道醇厚；关东漠河烟，味冲，呛辣，过瘾。

我那位烟黑、茶黑、酒黑的“三黑”堂叔，治“干烟袋”一绝。他带两个烟荷包，一个自抽，一个搀上了干兔粪。旱烟搀上那玩意，一抽就打嗝，一打嗝，撕心顿肺。因此，一般“干烟袋”都不敢蹭他的烟抽。

却说有一次，岳父大驾光临，不明就里，抽了他的兔粪烟，连连打嗝，难受得要死。堂叔回到家，一把揪住老丈人的耳朵，趁打嗝之际，冷不丁灌下一瓢凉水，这才止住。

8

抽烟究竟有没有好处？我看是有的。

成书于万历年间的《露书》（姚旅）称："吕宋国出一草，曰淡巴菰……能令人醉，且可避瘴气……今莆中亦有之，叶如荔枝，捣汁可毒头虱，根作醺。"清代名医赵学敏对烟草的药用功能大加赞赏，称其为"还魂草"。什么才称得上"还魂草"？那是人参、灵芝的代名词。

士大夫汪曾祺先生抽了一辈子烟，几乎须臾不离，文、诗、书、画摇曳生姿。

更有先贤蒲松龄：

> 相传先生居乡里，落拓无偶，性尤怪僻，为村中童子师，食贫自给，不求于人。作此书时，每临晨携一大磁罂，中贮苦茗，具淡巴菰一包，置行人大道旁，下陈芦衬，坐于上，烟茗置身畔。见行道者过，必强执与语，搜奇说异，随人所知；渴则饮以茗，或奉以烟，必令畅谈乃已。偶闻一事，归而粉饰之。如是二十余年，此书方告蕆。故笔法超绝。

你看看，可以说没有淡巴菰，就没有《聊斋志异》，没有《聊斋志异》，中国文学史将情何以堪?

记得有一年，我们三四个人连夜赶写一个材料。下半夜，人困马乏，所有香烟告罄。无奈，个个遍地寻找烟头。践踏下的烟头，体无完肤。所幸找到两个，欣喜若狂。破开，裁一条稿纸卷了，点燃猛吸一口吞下去，噫——嘘——那才叫人间至味!

至于烟对于瘾君子的危害，全在于没有节制，正如鲁迅先生所说：外国用鸦片医病，中国却拿来当饭吃。

9

戏剧的程式化，应该包括脸谱化，乃至道具。戏剧人物里的浪旦、媒婆之类，除了在大嘴巴上点颗媒婆痣，手里还要拿根旱烟袋。"俺卖马不卖缰，卖孩子不卖衣裳……"豫剧《桃花庵》里的王三奻，端着烟袋，就这个德性。还有吕剧《拾玉镯》里的刘媒婆、山东梆子《窦娥冤》里的女牢子、《锁麟囊》里的老梅香……

没有这管旱烟袋，这个角色是说不过去的。

田舍翁，地头上吸着旱烟袋，一边口吐莲花，一边专注聆听小麦“咕咕”的灌浆声或玉米“吱吱”的拔节声。七旬老汉，心里美得像洞房花烛夜，无怪许敬宗对唐高宗李治进禀：“田舍翁多收十斛麦，尚欲易妇，况天子欲立后，何豫诸人事而妄生异议乎！”

赶上逢五、逢十大集，酒馆里坐满了庄稼老汉。一盘炒三鲜，一壶老烧酒。烟酒不分家，喝一气，抽一口……时不时问一声：“掌柜的，天怎样了？”掌柜的说：“雾露毛子。”“呵呵，再来二两。”什么叫“雾露毛子”？蒙蒙细雨也。蒙蒙细雨滋润的烟叶，柔软醇香，那是上乘的好烟。

干部下基层，要懂规矩。譬如老乡递给你旱烟袋，你一定要抽一口，你要不抽，他认为你瞧他不起，立马和你产生隔膜，拉开距离。你再想体察民情，问问GDP什么的，就算叫上一百个大爷，他也不搭你闲腔。

还是那几年抽烟的时候，我到乡镇一个村里看新农村建设。村支书递上的是中华烟，但是他那一身花露水味，我就觉得怪怪的，没抽。

我们老家常说：喜酒、闷茶、阿咂烟。什么是“阿咂”，就是窝囊。喜酒闷茶自不待言，心里窝囊抽烟，的确有助于缓解。丝丝缕缕之中，那些委屈、不平、悔恨、愧疚之气，就乖乖地冒了出来。当年伍子胥过昭关，如果有烟吸，那是不至于一夜之间头飞雪的。

10

简单追溯一下烟草的源头——

1492年10月2日，哥伦布的船队到达圣萨尔瓦多岛屿时，水手们看见岛上的男男女女，手里拿着火把和草叶在吸，顿时被那些“吞云吐雾”的印第安人惊呆了。经调查得知，新大陆上的土著们，是用一种草的叶子卷在玉米叶子里吸食。这种叶子，就是烟草。

烟草进入中国的历史，清代王士禛《香祖笔记》卷七：“吕宋国所产烟草，本名淡巴菰，又名金丝薰。”亦作“淡巴姑”“淡巴苽”。清代俞正燮《癸巳存稿·吃烟事述》：“烟草出于吕宋，其地名曰淡巴姑。”

最早使用烟草的印第安人，是用烟管来命名“烟草”的。如西印度群岛称“烟草”为“约里”，巴西叫“碧冬木”，墨西哥叫“叶特尔”，而古巴则叫“科依瓦”。由于哥伦布们发现烟草时，最感怪异的是吸入烟气这一行为，而不是所点燃的烟草本身。所以，留给他们印象最深的，是印第安人吸入烟气的一种“Y”型植物空管。这群冒险家便把烟草都叫成这个名字。后来的英文“Tobacco”（塔巴科），就成为全世界大部分地区对于烟草的通行称呼。

中国流行吸食烟草，大概由八旗入关开风气之先。据说这早在唐代就有预言家一语中的，那个写藏头诗的李淳风预言大清：“有八旗常在身之主出焉。人皆口内生火，手上走马，头上生花，衣皆两截。”后人断曰：乃指清世祖率领八旗将士入关，人皆口衔烟管，手上马蹄袖，头上戴花翎，而行装两截之衣，乃马褂与袍子也。

烟草刚刚传入中国那会儿，价格不菲，“人以淡巴菰二本易羊一匹，淡巴菰十本易犊一头”（章炳麟《訄书·订文》附《正名杂义》）。后来，烟草种植比较普遍，价格低廉。大部分人家，都在田边地头种上几垄，自种自抽。

11

网友雨舟人，湖南衡阳人，当过县委书记、监狱长，他在我的博文《烟说》里评论道：

抽烟有抽烟的规矩。本人早年也当过农村干部，在老百姓眼中还是个管着二十万人口的“大官”，我也抽烟。那时候，我给自己定一个抽烟的规矩：一般的农民也好，农村的基层干部也好，但凡有几个人同时给我递香烟时，我不能不接，也不能都接，一定得接最差的那一支来抽，而绝对不接最好的那一支烟。这样做的结果，总是有一个人很受感动，其他的人也没意见。我也常常给农民或农村基层干部递烟，规矩是在场的人人有份，每人一支，便是有一个乞丐在那里，我也得递给他一支烟，还帮他点火。要是，烟不够发，我必定是当着大家的面将香烟盒掐扁扔在大家面前，说一声：糟糕！没了！这样没抽到我的烟的人也没意见，而跟着我走的其他干部就会从自己的口袋里掏出烟来递给我没递到的人。

刚好要写抽烟的规矩，雨舟人兄真的与我心有灵犀，写的全是经验之谈。因此，我就接着写下去——

我们老家有一个子弟班，一帮子弟玩友唱山东梆子。唱的多是山东地方戏经典剧目，如“三借”：王汉喜借年、王定宝借当、赵连岱借闺女。其余还有“打金枝、骂金殿，燕王扫北牧羊圈”等。最拿手的是《游龟山》《蝴蝶杯》的折子戏。我的堂兄演其中那个官二代小丑，四乡有名。春节后，子弟班心痒难挠，就想到各村里串串，现在叫巡回演出。也不图什么，无非管顿饭，再送条香烟什么的。难得的是，热情蛮高。

这类外交活动，一般有缸子出面，缸子是戏班的班主兼导演，能说会道。这天他去邻村柳里做公关。按常理，这类娱乐活动求之不得、皆大欢喜。但是，出了问题。柳里大队的一伙子干部，正在牛棚里烤火，缸子掏出“金鱼”牌香烟，散了一圈，哈腰作了个罗圈揖，开口说道：“大过年的，来您这里玩玩，给父老兄弟爷们添个乐子。”众口同声：“好哎，再好不过哎！”此时，就一人说道：“不行！这两晚上没空，村里还要学习‘四清经验’哩。”大家一看，是民兵连长，连长刚才站在门后边，缸子散烟没看到他，就这样让他搅了。这人虽然不是村里的大拿，但很横，老百姓调侃说：柳里的民兵连长——不是一般社员。

回来的路上，缸子很沮丧：俗话说，成也萧何，败也萧何，谁想到一根烟卷搅黄了一出戏呢？得罪好人不能得罪孬种啊！

“金鱼”牌香烟是个老牌子，时价一毛五分钱一盒。

糖　说

1

写过茶、酒、烟之后，刘兄建议我再写写糖。你还别说，这糖还真的有好多说道。

古人讲开门七件事：柴米油盐酱醋茶。为什么没有糖呢？大概有两个方面的原因，一是榨糖技术出现得比较晚，虽然史前时期，人类就已经知道从鲜果、蜂蜜、植物中摄取甜味食物，但从谷物中制取饴糖、从甘蔗甜菜中制糖等，毕竟是后来的事；二是糖应该属于奢侈品，油盐都吃不上，遑论吃糖。当时如果有糖，也肯定包括在酱里边，用以调味。到了人民公社化时期，提出农业多种经营：农林牧渔糖丝茶。糖在这里提上了议事日程。为什么？你整天讲生在红旗下，泡在糖水里，人民没糖吃，所谓甜蜜的生活，就是一句很具象的空话。

按说，酸甜苦辣咸，都是人间至味，而人们为何唯独钟情于甜呢？百度了一下，得到的答案是：人刚出生的时候，首先接触的就是甜食（母乳），因此爱吃甜食可谓是本能的反应。那么为什么会上瘾呢？当人吃到甜食时，会激活大脑中的多巴胺神经元，这种物质会刺激神经末梢，让人感到兴奋。大脑感觉到这种兴奋，就会对它产生渴望。所以，人吃甜食会越吃越想吃……不仅如此，身体也会对糖产生一种特殊的爱好。当人吃了糖之后，糖会进入血液，导致血糖含量提高，胰脏会迅速分泌胰岛素，把血糖转化成能量。人吃的糖越多，转化成能量也就越充足，如此一来，就会有点“飘飘欲仙”的感觉……

哈哈，要说吃糖有害，谁信呢？

2

人们总是把吃糖想象得十分富贵。

鲁迅先生讲绍兴的笑话：大热天的中午，一个农妇做事做得正苦，忽而叹道：皇后娘娘真不知道多么快活。这时还不是在床上睡午觉，醒过来的时候，就叫道：“太监，拿个柿饼来！”皇后娘娘为什么吃柿饼？因为那时候还没有糖。

“拉魂腔”里有一出《关公辞曹》，曹操唱道：

曹孟德在马上大喊大叫，
关二弟听我说你且慢逃。
在许都我待你哪点儿不好？
顿顿饭包饺子又炸油条。
你嫂子亲自下厨烧锅燎灶，
大冷天只忙得热汗不消。

白面馍夹腊肉你吃腻了，

又给你蒸一锅红糖三角。

我对你一片心苍天可表，

…… ……

曹操对关羽好在哪里？给他蒸了一锅糖三角嘛。不过，糖三角要等凉凉再吃，不然能烫起满嘴的燎泡。

在我们老家，小孩子要找妈妈哭闹，奶奶就说："别哭，妈妈上班挣钱去了。""挣钱干吗？""挣钱好给你买糖。"小孩子就立马不哭了。

现在想想最好吃的糖，是小时候的一种橘子瓣裸糖，没包装，一毛钱可以买七八块，半月形，透亮，上边沾满白砂糖粒。一直认为那是正宗的糖块。另外，还有高粱饴，外边的那层软膜可以吃掉。

3

季羡林老人，贾晚年之余勇，写了一部《糖史》。老先生不是科学家，对科技可以说是个门外汉，为什么竟然写起看似科技史的《糖史》来了呢？他说："我写《糖史》是醉翁之意不在酒。"这是因为，糖在这种全世界范围内天天食用的食品背后，隐藏着一部遍及五大洲几乎所有国家的文化交流史。这部历史非常复杂，非常曲折，又非常有意义。通过研究糖在全世界传播的过程，便可以揭示出人类文化交流史的一个重要方面。当然，既然是写《糖史》，完全不讲科技方面的问题，是根本不可能的。但是，季先生的《糖史》重点始终是放在文化交流上，季翁之意不在糖也！

为了解《糖史》的诞生，不妨当一回文抄公。《糖史》的诞生经历了一个漫长的过程，这其中有一些偶然性的因素。且说 1981 年，一张当年被法国学者伯希和从敦煌带走的卷号为 P3303 的敦煌卷子，辗转到了北大历史系几位教师手中，他们拿给季先生看。季先生一看，像是一张有关制糖术的残卷，惊喜至极。

内行人都知道，敦煌卷子中，大部分抄写的是佛经，有关科技方面的资料，凤毛麟角，这类卷子被学者视为瑰宝。这张残卷便是有关科技方面的，自然十分珍贵。这张敦煌残卷原写在抄录的佛经背面。因为当时纸张极为珍贵，所以就一纸两用了。这张残卷字数不过几百，似乎还没写完，字迹基本清楚，但有错别字，也漏写了一些字，其中有不少难解之处，不能通读其意。这可怎么办呢?

4

季先生决心啃一下这个核桃，可是最初也没啃动。他昼思夜想，逐渐认识到：整张卷子的关键就在“煞割令”一词上。此词若能解决，则通篇皆活，否则仍然是一座迷宫。果然皇天不负有心人。有一天，他忽然顿悟：“煞割令”不就是梵文的 sarkara 吗？这个谜一破，他惊喜若狂，拍案而起，立即解读其他部分，都迎刃而解，于是立刻写了《一张有关印度制糖法传入中国的敦煌残卷》一文。

文章首先解读了这张敦煌残卷的内容，它讲的是印度的甘蔗种类；造糖法与糖的种类；造煞割令（石蜜）法；沙糖与煞割令的区别；甘蔗酿酒；甘蔗种植法等。接着，文章又分析这张敦煌卷子提供的线索，通过大量的考证，最后得出结论：中国早就知道甘蔗，而且甘蔗制糖技术也早就有所发展，但不如印度制的糖好。于是，贞观二十一年，唐太宗遣使者到印度去学习制糖技术，取得经验回来后，中国造的糖“色味愈西域远甚”，意思就是在颜色和口味方面远远超过了印度。

由糖的传播而出现的文化交流现象，使季先生产生了浓厚的兴趣。他感到这是一个极有意义的研究题目，因为从糖的传播过程中，不仅可以探索出中印文化交流的轨迹，而且沿此道路探索下去，还可以寻找到人类文化交流的轨迹。这就是季先生研究糖史的发轫和滥觞。

5

日常生活中，由糖所演绎引申的文化现象，十分广泛。

就像本性对糖的喜好，人们把好听的话称之为甜言蜜语，惹人喜欢、让人愿意听。说这种话的人我们说他嘴巴很甜，嘴上像抹了蜜。一个人嘴巴很甜，但心里很歹毒，人们形容这种人口蜜腹剑。唐代李林甫为相，《资治通鉴》称：凡才望功业出己右及为上所厚而势位逼己者，必百计去之。其人尤忌文学之士。或阳与之善，啖以甘言，而阴陷之。世谓李林甫“口有蜜，腹有剑”。

我们说腹剑之人固然可恶，但口蜜而腹剑之人，尤其可恶，即在于他的伪善，在于伪善的欺骗性。口蜜腹剑的人之所得逞，即在于他抓住了人们很本质的软肋，投其所好（蜜）以售其奸（剑）。

由此看来，糖不是可以随便吃的。

6

在我的老家，闺女生了孩子以后，娘家要望月子。在望月子的礼品当中，唯一不可或缺的就是红糖。白糖行不？不行，白糖是凉性的，于产妇不宜。红糖是温性的，黄澄澄的小米稠饭拌上红糖，滋养不说，还催奶。

望月子一般要四包红糖，讲究“四红四喜”。就是半斤一包，还得二斤。在20世纪六七十年代，老百姓这二斤红糖，殊为难得。生孩子报上户口，才给一斤糖票，外带一丈六尺布票。望月子兑和红糖，要托人转脸，七大姑八大姨，动员各种社会资源。我们村里，都拜托在供销社上班的恒寅。恒寅是仓库保管员，在那个时候是有大用处的人。

一般程序是，煮十个鸡蛋，用红纸染上胭脂色，一块新手巾包了，趁热送到恒寅家里。恒寅就道喜说：“添丁增口，大喜、大喜啊！”然后，很坦然地把鸡蛋放到身后八仙桌的条山机上，静静等候来者的下音。上山打虎易，开口求人难。闹一阵子冷场小尴尬，来者情知不免，就支支吾吾，说明来意。寻思半晌，恒寅从丹田发出一声干咳，很庄重地说道：“虽然上级有政策，发展经济，保障供给，但这是紧缺物资，不大好办呢。”再经过一番求奶奶告爷爷的苦求，他才搭腔说道：“都是庄里庄乡老少爷们，我是无力不使。这样吧，这事办成别喜，办不成也别恼。好吧？”这时候，来者就知道这事有八成了。

恒寅的媳妇是个厚道人，来者走了，就说他：“人家就这点子熊事托你，你看看你那个熊样子，不就是二斤熊红糖吗？那次你给小熊寡妇一下子弄了五六斤，她给你什么熊好处了？”恒寅一听这话，就自动缴械，因为他和小寡妇有一腿。

恒寅媳妇对恒寅说话爱爆粗，句句不离个“熊”字。

7

听老家的老人讲，日本鬼子刚来的时候，并非一味地烧杀抢掠，鬼子兵的马裤口袋里装了洋糖，看见小孩子就说：“小孩，你的，大大的好，吃糖吃糖的干活。”说罢，毛瘆瘆的魔爪，就把洋糖放在孩子手里。在先，大人说这糖有毒，八步断肠散，不能吃。后来小孩子偷偷吃了，没事的，味道好极了！

我们这里有个县，当时是日伪政权的“模范县”，伪县长曾应邀到大日本帝国参加他们的国庆观礼。临行，天皇给他一大盒子洋糖，回家遍赠亲朋好友。这个县很怪，民国时期是国民政府的“模范县”，日伪时期是日伪政权的“模范县”，新中国成立以后，又是人民政府的“模范县”。整个就一模范县专业户。这个县的劳动模范，到北京开会，这回没拿回糖块，而是毛主席递给他一个苹果，他就一直舍不得吃，紧紧揣在怀里，拿回家来供在八仙桌上。

兆新兄对我讲，他们村里的日本鬼子，也给小孩子糖吃：“小孩，你的，吃糖吃糖的干活。”铁路沿线的五六个炮楼子，只有一个真鬼子，其余的都是二鬼子，二鬼子比真鬼子还坏。有一次，这个真鬼子喝醉了，发完糖，就在他们村口的石碾上，呼呼大睡，钢枪撂在一边，无人问津。我在我的小说里写道：“酒醒来，睡在碾台上的小坂伸个懒腰爬起来，俩手擦擦侈目糊，扛起大枪，用刺刀尖挑着那枚火红的夕阳，歪歪咣咣，回炮楼子去了……”

细细想来，不对啊。日本鬼子不远万里来到这里，难道是给中国的小孩子送洋糖来了？八格牙路！

8

早年间，老家小孩子吃糖的来源比较童话。

譬如货郎担子，以物换糖。货郎的拨浪鼓“扑楞咚咚”一响，小孩子就拿出平时藏在墙缝旮旯的头发团、绳头子、牙膏皮乃至碎铜烂铁等，去换糖。那是一种麦芽糖，吃起来粘牙，有一股怪怪的煳味。我小时候，曾跟着一个货郎担子走街串巷，听他摇拨浪鼓，一会儿急如迸豆，一会儿缓如滴漏，铿铿锵锵、错落有致，简直着了迷。后来读了《琵琶行》，就想起那个鼓点，那才叫大珠小珠落玉盘。

还有打糖，也属于货郎担子一路，经常停在学校门口。箱子上安装一个轮盘，上边写满橡皮、铅笔、笔记本、文具盒子之类。轮盘转动起来，按动对面的机关，把小标枪射向轮盘，射中什么取什么。三五分钱就来一次，很有诱惑力。但打糖的货郎在机关里做了手脚，小标枪瞄不准，多半射在空档里，就给一块糖打发你了。

那时候，最大的理想，就是当一个走街串巷打糖的。也算不枉这一生一世。

还有吹糖人的。拿一块糖稀，放在一根玻璃管上，随随便便，三吹两吹，就是一个黄鼠狼子拉鸡，就是一个王小赶脚，再不就是青蛇白蛇爱许仙，栩栩如生，出神入化。现在想来，那都是些民间艺术家啊。今年春天在庙会上看“非物质文化遗产”展演，就有一个吹糖人的，很娘，拿酸捏醋，自诩他是此项“非遗”的传人，但只能放在模具里吹，张口就要一二百元。我让他吹一个猪八戒背媳妇，他说：没模具，吹不了。

糖人放一段时间，新鲜够了，就吃掉。这东西糖稀的，过不了六月的。

9

我们老家有个调侃：凤喜娶媳妇——吃糖吃糖。

凤喜是我的堂叔，十一岁那年就娶了花媳妇。那当时他家二三十亩地，雇了长短工，用人使，就把堂婶嫁了过来。堂婶那年十九岁，瓜子脸，白白生生，大眼嘟噜的。

拜花堂的时候，傧相喊“一拜天地”，凤喜不磕头。他娘知道他的毛病，就在一边塞给他一块糖，填到嘴里，这才叩头。“二拜高堂”“夫妻对拜”，皆如法炮制，一个单子吃药。不然的话，这个婚礼进行不下去。拜完堂，一帮坏小子又偷偷调活他说：“晚上不能干那事。”堂叔很怕……

洞房之夜，红烛高烧，炕上夫妻分开两头睡。一连三夜，自是无话。三天回门，娘家嫂子见堂婶闷闷不乐，就一脸坏笑，把她叫到一边悄悄问道："您姑啊，咋着不欢气呢？""……""莫非他小姑夫……"问了半天，堂婶才扭扭捏捏把事告诉了嫂子。临回，嫂子递给她一个手巾包，附耳面授机宜，如此这般。

嫂子的这个手巾包里，没什么锦囊妙计，就包了一大块冰糖。

是夜，堂婶取开手巾包，咬下一小块冰糖扔了过去。凤喜枕头上一摸，冰糖，喀哧喀哧吃了，然后又要："吃糖吃糖。"堂婶就说："到这头来，就给你吃糖。"连说三遍，凤喜终于禁不住糖的诱惑，爬了过去。堂婶一把就把他死死地抱住了，堂叔吓得直想哭……自是一夜无话。

第二天吃完晚饭，天还不黑，堂叔就拉着堂婶去洞房，嚷着说："吃糖去，吃糖去。"一家人听了都笑。

后来，堂叔胡子一大把了，我们这些孩子还跟在他的屁股后边喊："吃糖去，吃糖去！"堂叔就吹胡子瞪眼，跺脚骂娘。

畸零传

小毛毛英武

鱼脊岭是个分水岭。于此，横（俗音读 hóng）山下来的河流分道扬镳，流经岭南的村子叫南流泉，流经岭北的村子叫北流泉。南流泉村西，有个创建于明代万历年间的龙泉观，大殿、配殿、耳房、山门的十几间破房子里，住着公社的农技站、林业站、水利站、兽医站。

农技站里只有两个人，多年不设站长职位，老毛和小毛并列副站长。到底谁负主责，领导没有明确。对此，老毛强调，合作化时，我就是初级社的社长，我应该是一把；小毛则说，我是 1964 年的农校毕业生，专业技术干部，"农业八字宪法"土、肥、水、种、密、保、工、管，你问问老毛他知道几条？就别说光、热、气了。老毛小毛相互之间，倒背着手尿尿——不扶（服）。

二人都是有故事的人。先说小毛，那年小毛大婚。媳妇是个师范毕业的小学教师，虽不是标致人物，但也眉是眉眼是眼的挺周正，说得过去。婚房就在龙泉观的耳房内，同事凑份子买了一个搪瓷脸盆，两把铁皮暖瓶，小毛买了三斤花糖，各家一分，那年头如此而已。

一夜无话。第二天上班，同事们发现了异常：经历了洞房花烛夜的小毛，老巴早来到办公室，把头拱在三抽桌上。老毛问，一声不吭；隔壁的同事们也问，一声不吭；大家一起问，小毛“哇”地大哭起来，一边哭一边说：“俺的娘哎，咋找不着门呢……”

正好公社妇联主任来龙泉观办事，把大家伙都撵出门外，慢声细气，询问究竟。而后，又如此这般，悉心进行了点拨指导……

翌日早上，大家一起问：“找到门了吗？”小毛红红的脸，嘿嘿地笑。后来，就有调侃说：小毛哭鼻子 —— 找不到门了。

老毛毛尚敦

公社农技站所在的龙泉观，又叫盗泉，附近那个自然村就叫盗泉峪。相传很早以前，孔圣人经过这里，口渴难当，想喝水，就问：“此为何泉？”乡人回答：“道泉。”清冽甘甜，供人饮用，谓之有道之泉嘛。圣人听错了，认为是“盗泉”，“廉者不饮盗泉之水”，名节事大，渴死事小，嗓子里冒着烟走了。

毛尚敦就是道泉峪那个村里的。在龙泉观机关上，他年纪最大，一直自以为是这里的“家长”。要说老毛这个人，也不算个孬人，但他的一些做派，令人难以忍受。譬如，见面你打招呼问他：“吃饭了没？”他说：“我不吃饭你管我饭啊？”再有人奉承他，说：“瞧瞧毛站长这个身板，还不得长命百岁。”不想，老毛勃然大怒：“我活到一百零一岁，也吃不着你的！”

平时又很抠门。与小毛一起出发，冬天冷，俩人都好喝点。磁窑站下火车进了小饭店，小毛点了一碟油炸花生米，一盘辣子炒羊血。然后就坐在那里，不吭声。半晌，老毛问：酒呢？小毛就说：打多少？老毛说：来一两吧。一两酒打来，半两盅子，烫烫倒上，俩人“吱”的一声就下去了。再过半晌，老毛就问：酒呢？小毛就说：壶里没了。老毛就说：再打一两。又打来一两，如此一般……半斤酒打了五次，把饭店的服务员都笑弯了腰。

老毛一直认为儿媳妇高攀了他家的门第，两口子对人家很刻薄。实在忍无可忍，老实巴交的儿媳妇顶了几句嘴，老两口把媳妇痛打一顿。儿媳妇跺跺脚回了娘家，闹离婚，不来了。部队上的儿子暴跳如雷，亲戚朋友没有不笑话的。此时，就有好心人从中斡旋，动员儿媳妇回来。那边娘家放出风来：要回，非得毛尚敦亲自登门道歉。无奈，老毛只得御驾亲征。到了那里，三句话没拉好，亲家把他关进了牛栏。

公社书记接到村里打来的电话，就派民政上的老安和小毛去营救他。到了那里，见老毛蹲在牛栏里（不能坐，不能躺，只能蹲着），正与一只老母猪秋波横流。小毛暗暗高兴，打开锁，问道：

"站长，你咋进了门，出不去了呢？"

老毛说："就这，老子也比你强，你连门都找不着！"

公平尚波

俗话说：吃小亏占大便宜。换言之，占小便宜吃大亏。这话我信，不光信，我一直认为这是一条颠扑不破的真理。为什么这样说？因为它是个从量变到质变的过程。没有这个过程，就没了因果，就没了轮回，就不算公平世道。

好多年前，我所在的那个单位开会，与会代表发送纪念品，每人一把雨伞。发完纪念品，还剩下十几把，如何处理？会务人员每人拿一把得了。结果，尚波到办公室里找我，说道："这个分法不行，我得要两把。"我说："每人一把，你为什么要两把呢？"他说："你们一人一把，我也一把，这不公平。"哈哈，没办法，我知道这人的脾气，只要他占不到便宜，他就认为不公平，就和你没完没了地理论。就说："那你就要两把吧。"尚波又拿了一把，他觉得这样公平了，高高兴兴地走了。以后又分挂历，他也是如法炮制。当然，这都是些小事，说起来显得挺寒碜，不够品位。

记得我刚到那个单位的时候，有些同事就告诉我，尚波这个人腻歪难缠，好抠算。我问：他到底怎么个抠算法呢？同事说：好有一比，泰山顶南天门上有一百万块钱让他白白去拿，他也要考虑如何先托一个关系，把 50 元的进山票免了再说。这样才公平呢。

去年，听朋友对我讲，尚波被人骗了，吃大亏了。原来，他把辛辛苦苦积攒的百十万块钱，交给一个朋友替他理财，说好一分五的利息，言之凿凿。孰料，钱到手，那人就撒丫子不见了，血本无归。正在网上通缉呢。

抠来算去，竹篮子打水。于是，我就用来坐实本文开头说的那些吃亏、占便宜的话。但是说归说，这对尚波实在是太不公平了。

图画聂凤莲

就说这世道上呐，很好的人少，很孬的人也少，不好不孬的人居多。好人好写，孬人也好写，不好不孬的人难写。为什么难写？因为不好不孬的人往往缺乏个性，缺乏故事，写出来不生动。这就是写小说所说的典型性问题。记得林斤澜说过：小说好写，零件难找。这个零件，就是故事。缺乏典型的故事，平庸，没看头，没听头。写人物难就难在这里。

聂凤莲就是个不好不孬的人。出生在省城，父亲是大名鼎鼎的澡堂子“铭新池”的老板，兼营旅馆，泉城街有偌大一片房产。这个娇小姐在金陵农学院学土壤化验，简称土化专业。那时候的大学生毕业分配，先到县教育局报到。管分配的是个马大哈，一听学“图画（土化）”的，好、好、好，连说了三个。因为他突然想起，柏家峪小学的校长，多次和他要过图画老师，这下子正好可以派过去。更何况聂凤莲是个懦弱的女孩子，鸳鸯谱将错就错，就去南部山区柏家峪小学，教图画去了。

好在一二年级的图画好教，叠个五角星、画只大公鸡什么的，就可以应付过去。然而，最困难的是方便问题。小学校在一座破庙里，校长怕不安全，就让聂凤莲借宿在农户里。农户的猪圈里养了一头肥猪，她一进去方便，那头肥猪就连拱加叫，把聂凤莲吓得哇哇大哭。人可以不吃不喝，但却不能不拉不尿，这个怵头的困难，聂凤莲现在说起来，还起鸡皮疙瘩子……

幸亏时来运转。不长时间，聂凤莲和对象带着三个孩子，调到省农业厅去了。

聂凤莲有一块红双喜的反胶球拍，上边有庄则栋、徐寅生、李富荣的签名，当时很显摆。

没边的应中

三岁那年，是应中出身成分的分水岭。那年冬天跟随父母讨饭，生斑疹高烧不退，被遗弃在雪地里，冻残了一只耳朵，冻伤了一只眼。所幸被一户财主收养，救了他一命。财主四个姑娘没儿，于是，又供他上学念书。1962 年农校毕业，分配到公社农技站当技术员。档案履历表上一清二楚：本人出身学生，家庭成分地主。就此，应中也曾经向组织申辩过，但是没用，阶级斗争的岁月里，似乎有个约定俗成的规矩，成分这个问题，就高不就低。

应中人很憨厚，老好人，与世无争。在单位上，他的调侃挺多，譬如冻伤的那个耳朵，边沿残缺，谁要说话办事虚天撂日头，没个准头气，人们就说：应中的耳朵——没边。还有那只没了瞳仁的眼，大家就调侃：应中看文章——一目了然。

卧槽马老窦

中国象棋当中变数最大的一块子，是马。下象棋最阴的招，莫过于马步。典型的马步，有卧槽马、盘头马、挂角马。卧槽马高吊，虎视眈眈，始终对老帅保持高压态势；盘头马跳当顶，左右逢源，一步够将；马后再有炮，老皇虽然活着，也就等于驾崩了；挂角马的阴，在于逼宫不动声色，控制，监视居住，把老家伙囚于瀛台，画地为牢，以利定点猎杀。

这些招数，窦国祥最喜欢用，尽管用的没大有战术含金量。我和老窦并不相干，当年不在一个局，但办公室挨得很近，饭后他又经常凑乎我们的棋局，因此少不了打交道，当然主要是下棋。

我下棋，谁赢我我服谁，但前提是落落大法，堂堂正正。老窦就是我的软肋。你这里弃子入局了，他非得悔棋不可。好有一比，你为了占领战略要地，不惜牺牲一个连，消灭了他一个班。那不行，他得要回这个班，要回这个班不说，他还不打算还给你那个连。那怎么能行！我就把棋盘掀了。老窦好赖是个局办主任，一时觉得我这个小青年不给他面子，甩出一句国骂。我当即回以饱拳，老窦也上下其手。要论打，我真不是他手里的个，幸而有周围的同事拉偏架，老窦没捞着沾光。从那，就结下了梁子。见了面虽说也哼哼哈哈，但棋是不和他下了。

这次事件过后，单位的罗局狠狠尅了我，末了说：长点记性，得罪好人，别得罪孬种。这个“孬种”的寓意，当时没敢细问。

不长时间，我就领教了。据说“文革”期间，老窦屡屡要求参加大名鼎鼎的造反组织“西大楼”，无论怎么表忠心，人家死活不要他。你想想，一个连造反派都不喜要的人，正应了这里的一句调侃：“刘黑七踢了三脚——贼里不要的行（hang，三声）子”。刘七爷在民国年间，和孙美瑶一起打造了轰动中外的“临城大劫案”，惯匪，江洋大盗，以狡诈诡谲著称。

“文革”后期相当一段时间，大搞清理“三种人”。不少地方也是层层揪代理人，大搞瓜葛株连。老窦大显身手，逼供信炉火纯青，定性质字字诛心。请君入瓮，用“文革”的方式解决“文革”，用“三种人”的手段解决“三种人”，终于赶上末班车，当了一回来俊臣。

让他整的很惨的一位局长说：“这些年，老窦就是一匹卧槽马啊。”

孙姓罗局

我与人称兄，年长我二十岁者有之，年幼我二十岁者有之。上下宽泛拉抻，可达半个世纪。年长我者称兄，自是敬重应有之义；年幼我者称兄，盖因见贤思齐，贤者为兄。

罗局长年长我二十几岁，论及年齿，应以父辈视之；论及对我的提携和关爱，更应以父辈事之。但他一直让我称兄。

罗局长不姓罗。我第一次见面称罗局长，他笑笑说：别听他们瞎扯，我姓孙。后来得知，他当年在学校打篮球伤了脊椎，腰弯了，因此大家就叫他罗局长。可以想见，本来高高的个子，精瘦精瘦像个木乃伊，再一锅腰，就成大虾了。

那一年，在龟阴田秋种指挥部，罗局和几个领导飙酒。正好那天晚上我不在，他被灌得够呛。当晚回城，骑自行车腾云驾雾，摔倒，脸上擦伤，鲜血淋漓。偏偏他工作认真，第二天一大早，脸扎绷带，照常上班。爬上猴子岭，下岭便是指挥部了，罗局偏腿下了自行车，和我商量："你看我这个狼狈样，那几个老小子准得笑话我，怎么说好呢？"我说："上中下三策：上策，夜遇歹徒强奸妇女，见义勇为，挺身救美，被歹徒所伤；中策，嫂夫人夜间家暴；下策，直话直说，喝大了，摔的，破相了。"沉思有顷，他说："形而上为道，形而下为器，我取形而中，就说你嫂子挖的吧。"结果，这个笑料当天指挥部都传遍了。

其实，罗局才不惧内。嫂子农业户口，一直在丰县老家，带着四个孩子，种了几十亩棉花，日子过得很苦。据说，当年罗局还曾一度恋上剧团的一个青衣，差点当了陈世美。一直到三中全会后落实知识分子政策，老婆孩子这才"农转非"。记得搬来那天，我们都去吃酒道喜。嫂子毕竟乡下人，不懂城里的规矩，又怕慢待了客人，熬了一锅大米稀饭，又要在稀饭锅里荷包鸡蛋。孙大哥一看火了，厉声呵斥："二百五下馆子——胡吃乱喝！"

大哥姓孙，名惠君。前年，肺气肿不治，去世了。在灵堂看到他的遗像，想到孙大哥对我的那些好处，悲从中来，与老嫂子抱头大哭一场。

教授肖彬

肖彬是"某高校"的历史系教授。这个高校的前身是师范专科，它的好多毕业生嫌这个牌子不硬，羞于认祖归宗，就自称毕业于某高校。这在当地是一个段子。肖彬是我一个挺好的哥们，学问扎实，没有所谓教授的那些穷斯文、酸帮气。编撰地方文化通典，我们一直合作良好。

有一天坐他的奥迪车，里边怎么闻怎么不对劲。看看我鼻翼不停地翕动，他就说，闻到一股腥臊味，对不对？我说，像是。他说，我前天刚到乡下拉了四袋子羊粪，种上了冬瓜。大学里有好多隙地，老师们笔耕之余，又纷纷农耕。立秋之后，我就收到了肖彬的大冬瓜，大冬瓜带着白色的毛刺，黢青的皮，足足三十多斤重。一直到送瓜，车里还有那股腥臊味。

肖彬好场，在场上是个"八大乱"。练歌房 K 歌，他抱住话筒不放，自己能唱一个晚上。调门像磨扇子压住狗耳朵。人家唱歌，他就伴舞，胡央八闹，闹的举座雅兴全无。有一次，剧团的女主角要唱朝阳沟，肖彬自告奋勇掌板，一直把筷子敲断，把盘子敲碎。人人侧目，他兀自高蹈。

我们这里风俗，过春节初二初三，女婿要到岳父门上拜年。女婿之间称连襟或两桥。这个两桥，据说是“铜雀春深锁二乔”的演变，像孙策和周瑜，就是两桥。到了岳父家里，三个连襟一台戏，三两三的高脚杯倒满，肖彬一挤眼，就说：一口干！谁不干谁是丈人。面对三个女婿的挑衅，岳父说：好，干！三个连襟一饮而尽，面面相觑，岳父浅尝辄止。一起发难，老岳说：我干不干都是丈人，我又何必干？

幼雅林希

有一年，单位要办张报纸。领导说，正好刚分来一个大学生，让他当编辑吧，明天报到。我说，行。

他叫林希。小伙子很帅气，刚刚结了婚，穿一件油亮的皮夹克。进门握手，递我一根良友，又掏出登喜路打火机，“咔嚓”就要点火。我当时抽烟，但只抽石林这个牌子，良友那股“破铺衬”燎烟子味抽不了。赶忙谢绝。略事寒暄，末了吩咐他，明天城郊有个会议，去采访一下。

会议报道最好写，时间、地点、人物、事件，标题、导语、主体，一写就完。第二天下午，林希交过来，我一看，大半张纸，写的像甲骨文。再仔细看，第一个字就错了，城市郊区的“郊”，他把耳朵写在了左边。我和他开玩笑，问他：你学过篆刻吗？他说，没有啊。我说，汉字像这种结构，只能出现在篆刻里，因为篆刻可以移位挪让。林希红了脸说：我是学工艺的。

采访写通讯不行，改摄影吧。市里召开经济工作会议，林希拍了两张照片，第一张会场全景，拍了会标，会标下边是人头，不用说，这张片子不能用。第二张，只拍了主席台一溜会议桌，人头却没了。我说，你看看，领导人的头你都拍没了，谁谁啊？他说：不是桌上有桌牌吗？

后来，由于工作关系，我们就分开了。再后来，林希做生意发了大财，当了老板。不忘旧情，过春节，开一辆奥迪 V6 来拜年，进门就说：不成敬意，给您带了两瓶钩鱼台的酒。我一看，没商标，白纸上印着：中南海钓鱼台国宾馆招待用酒。钩和钓，差不许多，我没吱声。一会又萌情：当年我在工作上很幼雅，您处处包涵我……这回，我沉不住气了，就说：又错了，是幼稚。

有诗为证：

郊耳趋左，随意挪让。
元首无首，桌牌在上。
钩钧仿佛，难分伯仲。
稚雅乱叫，岂不荒唐！

蛤蚧三阳

刚参加工作那会，都住单身宿舍，我的隔壁住着赵三阳。那天我到他屋里去，他正在倒腾酒，把平阳大曲倒出来，再把平阳白干倒进瓶子里。鼓捣的满屋子酒气。那时，平阳大曲在当地很风行，价格一瓶两元六毛钱，白干才一块一毛钱。我问他你这是干啥？他说，我舅舅那个老小子，过年让我给他捎两瓶平阳大曲，我把大曲换成白干，反正他也喝不出来，留下好的我喝，反正他也不给我钱。

妻子是农业户口，过春节他要回岳父门上。叔丈人、小舅子一大帮，看他回来过年，觉得怪亲，就在他那里玩，打扑克打麻将，一打打到二半夜，把赵三阳闹腾的腻歪透了。再天晚上，在茶壶里下上蛤蚧。茶不过三碗，夜不到九点，“那些小子就弓着腰，急毛毛地打道回府了”。

这是赵三阳的原话，我绝不扒瞎。人常说：贼不打三年自招。赵三阳就有这个好处，干了坏事顺口就说，你不打，他也招。

别看三阳是个农学院毕业的大学生，他的岳父一直不同意这门亲事，主要嫌他半吊二百五，嫌他龌龊，嫌他抠门，觉得姑娘嫁给他简直就是丢人现眼。春节期间，岳父不待喜见，搞得关系很紧张，喝酒差点掀了桌子。过完节回到单位后，他就很委屈地、滔滔不绝地诉说他岳父的种种不是。有个老同事叫温宪松，说话好打顺风旗，顺着赵三阳的竿子往上爬，就说，你这个岳父做得太不对了，应该怎么怎么的、怎么怎么的。赵三阳听了，一拍大腿说道：“哎呀，你要是我的老丈人，那该多好！”

老温一下子噎住了，憋得脸黢紫。再后来，一看见赵三阳就打嗝。

盗嫂王局

一直想写这个人，但是这人不好写。

王是副局长，主持工作好多年。老头看起来很和善，矮笃笃胖乎乎的，像个弥勒。但就是提拔不起来。后来知道，王早年在汉奸队里干过账房先生，对于这样的历史问题，三反五反过后，组织上有结论：不得重用。当一把是不行的。

那时刚参加工作，王对我这个毛孩子凛然有威，我对他则是敬而远之。同事里头有一个工农兵大学生时君，鞍前马后，他最中意。我这人没眼色，譬如出发，同样给他拎包，时君是主动的，出门就接过来。而我呢，则是他需要脱衣服了，把包递给我，我才给他拎着。再比如倒茶，时君在跟前，王的茶杯永远是满的，而我呢，则是王喝干了，把茶杯重重地蹾在桌子上了，这才想起来给他倒茶。

但是，就怕写材料。时君四六不懂，而我呢，不是吹，下笔千言，倚马可待。王不得不认可我，晃着脑袋读我的材料："冬前气温高，防止麦苗陡长……"我立马打断他说："王局长，不是陡长，是徒长。""噢，是徒长。"不过，王局长的脸就阴了，老半天不会再搭理我。

按说，替长者讳，不该曝光王局长的另一件事。但要不说，这篇小文章就太平了。文似看山不喜平。嘚，说了吧！什么事呢？打死你也猜不着。

有一年，从200多里外的老家，忽然来了一位半老徐娘，要说人物，够不上漂亮，细高挑，梳个香蕉髻，白净脸上有几个参白麻，大眼睛，高鼻梁，要命的是眉宇间有股妖冶之气。男同事都说，一看她，就打挺。就是这个女人，在王的宿舍里一住就是三个月，不用问，肯定是他的贱内啊。

但是，错！知情人披露，这人不是他的夫人，是谁呢？是他嫂子。哈哈。真的不该说这事。其实，乱伦如盗嫂者，自古有之，《汉书·直不疑传》："人或毁不疑曰：'不疑状貌甚美，然特毋奈其善盗嫂何也！'"颜师古注："盗谓私之。"汉代还有一个陈平，也有此癖。

还是那句老话：人非圣贤，孰能无过。

珍重、珍重……

我的朋友梁君，早年在陈嘉庚的集美学校毕业后，到远洋公司当海员。远洋生活很枯燥，何以解忧？唯有啤酒。梁君说他在远洋货轮上喝的青啤，可以流量计。他说的流量，可不是网络流量，而是水在单位时间内流经管道有效截面的流体量，按立方米／秒计算的。就这样把胃喝坏了，以致最后胃穿孔，性命危在旦夕。货轮紧急停靠在厄瓜多尔的港口，一位美国大夫给他做了手术，胃大部切除。虽然细思恐极，幸而预后良好，凤凰涅槃的胃，津巴布韦（斤把不畏），越发火钳刘明了。

梁君的前楼武君，这个人有点那个，不能说他笨，也不能说他聪明，不能说他坏，也不能说他善良，怎么说呢？说句不中听的，反正有点缺火吧。每逢见到梁君，总会嘘寒问暖：“老梁啊，最近感觉挺好吧？”梁君说，挺好的。“嗯，那就好。检查没有？”没有。“不行，要检查，这个病说不准那霎就要转移到癌瘤上。”好好，检查、检查。“平时多加注意啊，像你这个病，没有撑过十年的。珍重、珍重，多多珍重啊！”珍重，珍重，梁君唯唯，哭笑不得。

前后楼的邻居，抬头不见低头见，见面就是这样的问候，像留声机复制的一般。一来二去，就把梁君给问怕了，唯恐避之不及。孰料，不是冤家不聚头，越是怕见他，越是遇到他，半夜里蹲厕所，也会遇个正着。一边出恭，一边问候：“珍重、珍重，多多珍重啊！”梁君真的崩溃了！

那年单位分新楼，三室两厅，前后大阳台。梁君一家宁可住在原先的筒子间，也不去住那里。怕啥？就怕武君见面问候。

“吊毛碎”

“碎”是一个悲剧性的字。用它来组词，组成的词汇也不乐观。譬如流年碎屑、零打碎敲、粉身碎骨、支离破碎、玉碎瓦全、鸡零狗碎、吊毛碎气……尤其这最后一个“吊毛碎气”，不是成语，不登大雅之堂，属于鲁中地区的方言，不仅于人很不屑，还有点污。

唯有一词“唾壶击碎”，见于《世说新语 · 豪爽》：“王处仲每酒后辄咏‘老骥伏枥，志在千里。烈士暮年，壮心不已’。以如意打唾壶，壶口尽缺。”至清，袁枚《沁园春 · 巩县幕中五十自寿》又吟道：“忧来处，把唾壶敲缺，羯鼓频挝。”尽管都壮怀激烈，最后还是弄得伤痕累累。

我的朋友魏君，心地善良，热情好客。早年间日子不宽裕，到他家去玩，每次都执意留饭，尽其所有招待我们。就有一样不好，碎气，鸡毛蒜皮的事唠唠叨叨说起来没个完。譬如，留客之后，便让嫂夫人去买菜打酒，ABCD 如此这般谆谆交代一番。嫂夫人是朵向阳花，且不识字。她这里前脚迈出门槛，魏君又吩咐：“回来，称肉要仔细看看，不能买老母猪肉，炖不烂；也不能买死猪肉，吃了闹病。”“知道了。”嫂夫人勉强应着，刚刚下了一层楼，魏君又大喊：“哎，听着，买鸡蛋要拿起来晃晃，里边咣当的是陈的，不新鲜。”“这还用交代，本来就是我告诉你的。”夫人嘟囔着，明显表现出了几分不耐烦。眼看要出楼道，魏君又夺门而出，连声地嘱咐：“记住，酱油打半斤，醋二两就够了，这时候天热，吃不完长醭（bú）子。”

嫂夫人这时便忍无可忍了，回头啐了一口，劈脸甩出一句：“吊毛碎！”她这个“碎”的发声不念 suì，而是一句古音 xuei。包括前边那个“醋”，她也不读 cù，也读一句古音 qù。

播音员

这家闺女要出嫁了。临上轿，问她妈妈有什么需要开导嘱咐的，妈妈说：“别做好事。”

闺女一愣，问道：“难道可以做坏事吗？”

妈妈又说：“好事尚且不做，怎么能做坏事呢？”

这个妈妈有点像老子。请注意，此老子非彼老子，此老子姓李名聃，是最终骑着青牛，一路紫气，出了函谷关的那个老子。说这个妈妈像老子，是因为她的回答很哲学，深谙无为而治之道。无中生有，好事不如无事。当然，这样的道理在“三百千”、《女儿经》里，是不可能有的。那些所谓谆谆教导，絮絮叨叨，都是废话。

一个朋友告诉我，前几年，一个煤矿的播音员，连续到医院去做了四次人流手术。妇产科的护士长劝她说：“姑娘，你年纪轻轻，还没结婚，频繁地做这种手术，对你身体是不利的。平时要检点点。”这位姑娘无奈地说：“大姨啊，就这样还得罪人呢。”

这件事如果让我老母亲听到，对于那个很无奈的姑娘，老人家肯定会祭起她那句名言：“女善为娼！”

一个女人不能太善良。倘或问：“不善良难道可以凶狠、可以残暴、可以邪恶、可以歹毒？”我们引用上边那位妈妈的神回复：“善良尚且不为，况乎凶狠、残暴、邪恶、歹毒乎？”

七胖子

七胖子姓戚，行七，人长得很胖。

我认识七胖子的时候，他就快六十岁了，在光明电影院门口看自行车。春凳上那摊肉，三百来斤，胳膊上带个治安员的红袖箍，手里提溜着一嘟噜竹牌子。顾客放下自行车，就走到他身边交上五分钱，要一块牌子。递牌子每一欠身，座下的春凳就嘎吱嘎吱地响。七胖子很横，谁要自行车放不规矩，他就老远坐在那里骂一句：“穿喇叭裤的那个做（zou）瞎了的，放齐了！”雌声，没多少分贝，但传得很远，可以清晰送进你的耳朵里。

七胖子的祖上五代，都是开银楼的，前店后场。开银楼的很贼，就是给他妈做首饰，也得掐仨留俩，加铜掺锡。因此很富有。土改从他家抬出好几筐金银锞子。传说他家里有个金银“没奈何”，贼头“刘黑七”都嫌沉，没弄走。

七胖子十几岁就去过北京城，深深爱上了东来顺的涮羊肉。回到家里，把紫檀木的八仙桌子中间挖个窟窿，底下放上木炭火的炉子，五冬六夏吃火锅子，一顿能吃大半只羊。拉起涮羊肉，那才叫门里清，七胖子告诉泰安城里人，大清嘉庆元年，老皇乾隆爷最后一次千叟宴，光火锅就上了1950个。至于涮羊肉如何吃，有《竹枝词 · 涮羊肉》为证：

铜锅支稳炭火烧，滚汤翻腾似波涛。

羊肉切好肥瘦间，诸般作料仔细调……

三伏天最要七胖子的命，家里挖一个地窨子，泼上水，躲在里边，两个胳肢窝里各夹上一刀火纸，吸汗，一个劲呼呼地喘，像拉风箱。

金笔马四化

马四化是个修钢笔的。

马四化在先不叫马四化，打倒“四人帮”以后，“建设四个现代化”的口号十分响亮，挺鼓舞人心的，于是，就改成了这个名字。至于马四化以前叫马什么来着，恕我健忘，怎么也想不起来了。

古人讲究，大丈夫“行不更名、坐不改姓”，你听听《水浒传》里的行者就说：“我行不更名，坐不改姓，都头武松的便是！”再听听《三国演义》“千里走单骑”：兀那四个草寇，你听者，某行不更名，坐不改姓，蒲州解良人也，姓关名羽字云长。这才是英雄好汉！秦桧那个后人秦大士就不行了，以至于在他祖爷爷秦桧墓前写道：人自宋后羞名桧，我到坟前愧姓秦。急于撇清关系，洗白自己。现代人如马四化，改名主要是图个时髦。

马四化的固定摊位，在泰山大桥一边，三轮车挂了招牌，大书：金笔马四化。马四化通晓中外各色金笔，谈起派克、浪琴、勒铭、学友、华孚、金龙小包头等民国名牌，如数家珍。再至于后来的英雄、金星、博士之类，就很难入他的法眼。按说，一个修理钢笔的具备这些常识，本算不了什么。但马四化做的另一件事，就让人刮目了。

早上一出摊，先升国旗，在三轮车上绑一高竿，摇把子的留声机里播放“东方红，太阳升……”五星红旗就在摊位上冉冉升起；临收摊，再播放“共产党，像太阳，照到哪里哪里亮……”把五星国旗降下来；日复一日，月复一月，年复一年，马四化升降国旗，敬礼如仪。

马四化能赋诗填词，“泰山真雄壮，高高插天上”，大多是诗词学会里那种“老干部体”。还有“沁园春”“满江红”，什么词也敢填。写出来就刻钢板滚油墨印了，在摊子上散发。我得到过好几纸，现在找不到了，反正没是没不了，可能夹在哪本书里了。

如今，马四化已经去世十几年了，终生单身。曾有一个写诗的女文青，与他同居了一段时间，后来无果而终。

掌鞋刘

掌鞋刘的摊子，摆在下河桥东边。

掌鞋刘十二三岁就在县衙当差，给县太爷端茶倒水，装烟点火。人灵透，又勤快，很讨人喜欢。县太爷是江浙人，有一年，夫人从老家来看望县太爷，晚上七八个衙役要听房，就把掌鞋刘叫上了。当然，那时候他还不叫掌鞋刘。大伙儿把他托到窗台上，教给他用舌尖舔开窗棂纸，看看老爷和奶奶在干什么。做贼不妙，不如在家睡觉，小鬼闹的动静太大，被老爷发觉了。结果，大伙都跑了，掌鞋刘蹲在窗台上下不来了。老爷抱下他来，罚他跪在当院里。老爷回屋了，奶奶披衣走出来，拉起掌鞋刘，塞给他一个芒果，说道：小鬼哎，睡觉去吧……

掌鞋刘曾经面有得色告诉我：实话和你说吧，从那时候我就吃芒果。

县太爷有个毛病，便秘。蹲坑大半天，憋得脸红脖子粗，每每深以为苦。就问掌鞋刘：“小鬼，你屙屎拉尿为啥子麻溜？”掌鞋刘说：“老爷，要想屙得快，得找好基地。”“哪个地方好呢？”“到时老爷就知道了。”

过了几天，下乡办案。途中，老爷瞰得慌，下轿让掌鞋刘找好基地。掌鞋刘说：“老爷，这地方不行，得走走吧。”二三里地过后，县太爷又要下轿，掌鞋刘说：“还不行，老爷再走走吧。”又走了二三里，县太爷实在憋不住了，掌鞋刘顺手一指路边的高粱地，不由分说，老爷下轿钻进去，呼啦一下子就解决了。连声说：“好基地，好基地！”

掌鞋刘对我说：这些老爷整天闲着没事，无屎催尿（suī）的，怎么能拉下来？咱当狗腿子，整天支使得像地牛子（学名：陀螺），练就了蹲下就完活的本事。

我和掌鞋刘关系特好，上下班路过他的摊子，没事就聊一会。至于他掌鞋的手艺，我还真没在意哩。

还有一个事要补上，掌鞋刘说县太爷有洁癖，你给他从王母池担水烧茶，他只喝前边的那桶，后边的怕你放屁熏了。

柳衣卿

老袁在单位上是个大头兵，小六十了也没个职务。那时他落实政策刚回来，历史问题属于解放前伪政府人员。习惯成自然，老袁动辄自称“卑职”某某，“仆”某某。什么台甫、府上之类，我都是跟他学的。老袁很爱干净，办公室里打扫卫生，全由他包圆。一次，我用鸡毛掸子清扫写字台，老袁喝住我说：“不行，你那叫灰尘搬家。”接着，他用湿毛巾一遍遍地擦，一遍遍地涮，再一遍一遍地擦……如是，一丝不苟。

某日下班，办公室外站个女人，老袁出门后，她就默默接过他的包，挽起胳膊肩并肩离去。背影里望去，竹布旗袍，身材姣好，体态轻盈，步履优雅。一同事告诉我，这是老袁的女友，叫柳衣卿。80 年代，这个年纪的人不称夫人而称女友，是个稀罕事。

后来陆续得知，这女人原本洼子街青楼名花，先是一商人为她赎身从良，1949 年商人去台，就一直和老袁生活在一起。老袁那时干个文书，是个穷职员，大这女人十来岁。又听人说，柳衣卿当年接客，老鸨子把麝香贴在她的肚脐上，又把水银悄悄倒进她的茶水里，因之绝孕无出。

这些事谈论最多的是老窦，谈论时津津有味，充满邪念。我对此很反感，一直看他不顺眼。忽一日，老窦家出事了，出大事了。

说来难以启齿，老窦有个姑娘上大学，暑假带回个男同学，结果……性命攸关，脸面只能退而求其次，弄到医院，内外科束手。《房中术》里秘方子倒是有，什么雄狗胆一个，肉苁蓉三钱（酒浸，片瓦焙干），紫梢花一钱，川椒、硫黄各五分，韭子十个，碾为细末等。一赶诸般凑齐，八月十五拜年——晚了三春了……

老袁得知，悄悄溜回家，带回一纸包，悄悄递给了老窦。老窦打开一看，是粒丸药。另书曰：取一分，男女津液调匀，涂于玉茎，立效。

这下子解决了大问题。

金破烂

有两句读书的联语，上联是：轻研竹露裁唐句；下联是：细嚼梅花读汉书。我觉得这个联语雅是雅，就是有点酸溜溜的。其一我从来不研墨，一得阁、曹素功摸过来就用；其二读书一般嚼口香糖，绿箭牌的，梅花苦殷殷的，不适宜咀嚼。但是不管怎么说，它们与书有缘。

和金破烂相识，即缘于书。

那年秋天洪水泛滥，城里一个干休所一楼进水，室内的床和桌子都漂了起来。洪水过后，正是金破烂发财的大好时机，大批浸泡了的书籍，都当废品卖给了他。那些马恩列斯全集都是精装本，七八分钱一斤，堆了一大堆。我和金破烂商量，能否把品相较好的书倒腾给我，哪怕价格再高一点也行。金破烂很仗义，痛快地原价转让了。其中有一本《资本论》，他翻开一看说："这本不能给你，这是签名本，是苏联一位著名经济学家的签名本。"接着，他念了一大段俄文，把我唬住了：一个收破烂的居然通晓俄语?

书拎回家，半干不湿。一位朋友告诉我，把这些书放在冰箱里头，过几天完好如初。我听了他的话，分批放进冰箱处理。还真的好，阴干之后，既不黏连，也无破损。可惜我至今也没翻过一本。

小祥子

小祥脑袋缺根筋。但这并不影响他是平阳县的高考状元，名牌大学的高才生。

来单位七八年了，别人都在提拔，小祥想想自己，条件不差，工作也卖力，况且老爹也经常数叨：当官一日，强起为民万载。就想活动活动谋个官职，哪怕是个副科级呢。于是，就去找了朱局长。嗫嗫嚅嚅说了半天，无非是："朱局，你看我来单位这么多年，资历算是老的了，能不能……”朱局长哈哈一笑，说道：“小祥子，别说资历，我娘来我家五六十年了，工作任劳任怨，从没要求我提拔过她。”只一句，就把路堵得死死了。

退下，悄悄求教办公室老杜。老杜本是个乌鸦嘴，成事不足败事有余。但是，这次给小祥出了个好主意：送礼。送啥礼呢？这年头时兴吃老鳖养生，就给朱局送上两只野生王八，让他老人家滋补滋补。下午农贸市场买好了，装在纸箱子里，天一黑，战战兢兢到了三楼局长家里，正好朱局在外有饭局，把王八交代给他老伴，就满头大汗夺门而出。

第二天，无意和老赵说了这事。老赵一皱眉头：“大事不好！”小祥惊问：“为何？”“王八咬人。”“啊！一旦咬了局座和夫人，如何是好？”老赵说：“王八咬人，非驴叫不松口。”小祥灵机一动：“得。”

第二天正好双休日，小祥到城郊买了一头小毛驴。至晚，牵到朱局的宿舍院。坐电梯，驴不进；爬楼梯，驴不上。拉拉扯扯几十个回合。小祥气极，厉声喝道：“今晚你要不到朱局家里，出了事，我就说王八是你送的！”

季乾坤（上）

季乾坤好为人支招。在办公室干后勤那会儿，局里分来大学生小林，干文秘。当时，小林正追冰清姑娘，凉凉热热，亲亲疏疏，那次第，怎一个愁字了得？跳楼的心都有。老季询问此事，小林将来龙去脉、一五一十、从根到梢、原原本本告诉了他。季乾坤听罢，说道：“此事，在你，比登天还难；在我，如探囊取物，易如反掌。”小林赶忙问计，乾坤说：“你给冰清的嫂子买条项链，冰清手到擒来。”事出无奈，小林只能死马当成活马医，花了千把块钱，依计而行。

果不其然，收到这条项链，嫂子开始在内部卖力公关。老公不在话下，粮市里摆手——不敌（籴）；老公公“回回”赶集——诸（猪）事不问；打蛇打七寸，问题就出在婆婆身上。她先动员小姑子，以剥离婆婆的小棉袄。对冰清说：“小林虽然是个凤凰男，小伙子多帅？大学生，又有前途，妹妹一表人才，不找这样的可惜了。你拿定主意，可不能挑花的挑黧的，最后挑个没皮的。嫂子我是摩诃鱼子（木鱼）扔到东海里——久经江湖，这些我都经历过的……”冰清耳朵根子软，听嫂子这一剖析，愿意，就有个八成了。

然后，她再做婆婆的工作。对婆婆毫不客气地说道：“妈，她小姑岁数可是不小了，别的咱不知道，到农贸市场买菜，早上的黄瓜顶花带刺，那是什么价钱？到了过晌午，黜黜麻瞎，蔫儿吧唧，三毛钱一大堆，谁都不稀罕了！”婆婆一听，不再开硬弓，借坡下驴：“你妹妹这事交给你了，全权处理。”

堡垒最容易从内部攻破。一条项链，就把小林的终身大事搞定了。乾坤不无得意地说：“小林同志，这条计谋，在‘孙子兵法’，称声东击西，围魏救赵，称明修栈道、暗度陈仓；在‘矛盾论’，称抓住主要矛盾，一切问题迎刃而解；在‘实践论’，称教条主义，经验主义害死人，因此要剑走偏锋。这都是治大国的方略，不想烹了小鲜。想我季某人，不敌诸葛亮，也不输刘伯温啊！你服不服？”

小林五体投地。正是知恩图报，后来发迹，也使季乾坤声名大噪。此乃后话。

季乾坤（下）

季乾坤略施小计，为人缔结百年之好。自此，底气陡增，潜心精研周易大传等高端谋略，以期经天纬地，掌控日月，燮理阴阳。至于堪舆风水、六爻八卦、揣骨看相、测字拆字等，无不涉猎。或朝思，或暮想，一心要当宰辅之才，得遇明君，成就天地间一番大事业。

小林对季乾坤自是感恩戴德。不几年，当了市长的秘书，又不几年，市长升任书记，小林水涨船高，又成了书记秘书。不想，市委古月书记笃信命理之学，经小林引荐绍介，与季乾坤相见恨晚，遂成莫逆。

先是，乾坤批了古月书记的生辰八字，尔后揣骨看相，最后说：居官，位可至副总理。再后，又将古月办公室挪至东楼，套间改门，西窗堵死，写字台坐北。古月不解，乾坤说：“岂不知面南称王？”市委门前有丁字路，乾坤称：此为断头路，不吉。古月限令七日内贯通之，民怨沸腾。再后又称，背依岱山虽好，无水不活，焉得升迁？古月遂腰斩五汶，蓄岱湖一水，湖内有桥，名岱湖大桥。再后，又建大学一所，文化千载事，流芳万古名……顺风顺水，季乾坤荣升市某联合会副主席，终日骄人之态，溢于言表。

未几，古月贪腐被逮。乾坤顿失恃怙。有人动问："何以镣铐加身，陷于囹圄？"乾坤说："阴阳之道，一张一弛，此中奥秘非俗子能通。"

话休絮烦。现如今季乾坤早已退休，好几年销声匿迹。头几天，路过二衙街，见挂角一斗室，门面悬挂大块招牌，上书：中华乾坤易经研究院。进门一看，太师椅上端坐乾坤。见我大驾光临，笑问："仁兄何来？"

我说："特地来告诉你老小子，某大师卦算得太准，被人连捅七七四十九刀，捅死了！"

"你唬我？"

"网上说的，不信你百度去。"

叶大龄

叶大龄原先叫叶大玲，上初中那年，追慕宋庆龄，遂改玲为龄。由团委书记调任过街楼办事处主任，人缘好，亲和力强，泼辣能干，上级领导很赏识她，工作一直顺风顺水的。

但是，拓建民国时期的一条商业街，拆迁遇到了大难题，市里的重点工程毫无进展。常务副市长亲自下来调度，闻听汇报，大发雷霆，质问叶大龄三个月都干了什么。大龄说："不瞒您说，除了没和那些钉子户上床，该干的都干了。"一句话把副市长噎了个半死。

市委组织部下来考察干部，大龄作为"无知少女"（无党派人士、知识分子、少数民族、女性）之一，内定为第二梯队人选。至晚留下来吃饭。三杯下肚，高副部长就把手伸到桌子底下，摸大龄的腿。摸来摸去，大龄说："部长，你摸我的右腿，左腿是条假肢。"阖席大笑。

有朋友和大龄开玩笑说："当今女干部提拔，潜规则盛行'不调屁股就掉钱'，您呢？"大龄说："老娘是个石女，更兼上上下下没个口袋，啥都想掉，可惜啥都掉不成。无奈，只能当个干净人。"

大龄娇小，丈夫身材长大，原先是省男篮的中锋，人们就问："大龄，你能受得了他？”大龄说：“再大的石头还能压死蝎子？”

大龄是个有故事的人，好多经典。譬如她招标征集量词：“男爷们那玩意称为一个、一条、一根、一支……无不可，女人的呢？”至今无中标者。

建华的画

建华不是画家，不会画画。他是个报人。如今退了，远离喧嚣，就有了一方净土。含饴弄孙的余暇，闲得手痒，就拿起画笔，画了几笔。

建华虽然不是画家，但他有许多画家朋友。见得多了，傍风绰影，比葫芦画瓢，你还别说，还真有点意思。什么意思呢？只可意会不可言传，用他自己的话说：稀奇古怪，我法我派。一钱不值，万金不卖。

建华的画得益于高潮先生极多，理念、构图、笔法、渲染，都相类似。高潮先生的“天上的月亮在水中，水中的月亮在天上”，曾经入选中小学美术课本。说来也怪，那年高潮告诉我们，算命先生说他“今年不宜远行”，弄得他战战兢兢，一年窝在家里。快过春节了，觉得交节破月，厄运该了结了，就去了一趟北京，回来的路上，车祸，不治身亡。如今先生作古已经好几年了，活到今天也不满八十岁。

我说建华的画只可意会不可言传，那是故弄玄虚，意会了，必然能够言传。再说了，不表扬几句，也对不住老朋友：建华的画重意境，气古朴，性率真，趣稚拙。你可以说他的画这里不好那里不好，但是不要忘了，他不是个画家！

我在家里挂字画，有个讲究，不挂古人的，因为没钱；不挂名人的，因为从来不要。我挂的都是朋友的，好孬不计，要的就是个友情，就是个意趣。有了这两样，就养眼。

那天，我去建华家里拿画，大玲嫂子进门就说：“他的画你也要？”我说：“我就一捡破烂的。”

（补记：大前年，建华驾鹤仙游。呜呼哀哉！）

四间房老王

大前天，刘兄告诉我四间房的王师傅去世了。我很愕然。

老王是山上四间房工队的护林员。那天防火值班，觉得心脏不舒服，就自个儿进了一个僻静的屋子里躺下休息。及至工友察觉，才不大刹功夫，已悄然离去了……

王师傅待人热诚，几次到四间房吃饭，或童子鸡辣炒，或大公鸡炖蘑菇，或老母鸡熬汤，味道殊美。山蒜苗炒鸡蛋，金黄灿然，有松子清香。薄荷、藿香、地耳、刺芽、槐花、金针、松莪等，都是应时野蔬佳肴。有次，还品尝他的鹿血酒，我喝了一大口，后来流了鼻血。

王师傅养鸡在行，雌雄分养，其比例，以十只母鸡配公鸡一只为度，轮换之。他告诉我：好鸡，血殷红，凡紫色、褐色者，多数为惊吓或疲劳所致，血浊，宰杀后，须焯过，方可用，其味亦差。论及口味，老狗嫩鸡，为佳。

王师傅满肚子里都是故事，我听他讲了好多，陆续写成《百扇堂笔记》：龙生、泉儿、玉狐、金蛇、画眉，老瘭、黄使君、人脚獾等篇目，去年发在博客上。

敦敦实实，白白胖胖，和和气气，像个弥勒一样的老王，五十一岁上匆匆走了。这几天，我心里一直沉甸甸的……

滕大哥

前段，一直拜托西宏打探滕大哥的音讯。最近这次，西宏告诉我：大哥走了。听罢怅然，默默燃起一炷香，一缕轻烟扶摇直上……

我和滕大哥的友情，媒介是孙大哥，二位乃苏北丰沛老乡，都长于我二十岁左右。论年齿，自然是父辈，但他们一直让我称兄。这不几年的时间里，两位老大哥先后走了，不觉悲从中来，鼻子一酸，清泪夺眶而出：

昔年种柳，依依汉南。

今看摇落，凄怆江潭。

树犹如此，人何以堪？

人出来混，可以拼爹，可以拼钱，无可厚非，因为这都是资源。但是一个农民的儿子，初涉江湖，眼前一派兵荒马乱，懵懵懂懂，手足无措，你能拼什么呢？我干临时工的第二个年头，滕大哥在一个饭局上说：“这个小兄弟不错，你们要好好使用。你们不用的话，我就带走他！”就这一句话，足足够我感恩一辈子……

朋友，乃五伦之一。盘点平生，扪心自问，我一直得朋友的济，沾朋友的光，靠朋友的提携。因此，从某种意义上来说，较之君臣、父子、兄弟、夫妻，朋友的恩德无可取代。

真想高呼一声：朋友万岁！

玩物励志

泥娃娃

早年间，农村的孩子在泥里滚、泥里爬。在地上是泥猴，在水里是泥鳅。这使我想到创世纪的上帝，用五天创造了天地和万物之后，第六天开始造人。耶和华按照自己的形象，用地上的尘土抟泥造人，再往他鼻孔里吹口气，有了灵，人就活了，能说话，能走路了。我一直认为，这个神话不是胡编乱造，是有所本的。他的所本，就是农民的孩子。农民的孩子不是猿猴进化的，是泥做的。

小时候，农村老家穷困，要说孩子的玩具，就是玩泥巴。基于这点基本功，我现在拿起橡皮泥，随手捏一只小狗、捏一个袋鼠、捏一条恐龙，都很能讨孩子的欢心。现在的孩子，不能沾土不能沾泥，卫生讲得蛮好。但是有一利必有一弊，据说孩子接不上地气，容易得一些杂七拉八的病。这与造物主的初衷相违背，我想耶和华一定觉得很没面子。

我六岁那年，第一次拥有自己的玩具。那是初冬的一天，村里来了个卖泥娃娃的。这种泥娃娃是用模具做的，坩子土的泥胎干了之后，用颜料画上五官，底座上插一个苇哨，一吹呜里哇啦响。卖泥娃娃的告诉我，没钱不要紧，可以用地瓜干换，10片地瓜干换一只。于是，我就潜回家中，偷偷地拿了地瓜干，换了一只。

随即带领一帮小朋友，走街串巷，轮换吹了一下午。一边吹，一边唱：

泥娃娃，泥娃娃，一个泥娃娃；
有眼睛，有鼻子，就是不说话。
一个泥娃娃，不是真娃娃；
我是他的爹，你是他的妈……

那个被称作“他的妈”的小女孩，吸溜着鼻涕，很是快活。一路惹得鸡飞狗跳。

天快黑了，要回家吃晚饭，问题来了：泥娃娃是不能带回家的。带回家，大人必定要问来历，那就露馅了。母亲性情刚烈，要知道我偷了地瓜干，屋门后边那把扫帚疙瘩，立马就又有用武之地了……沉思有顷，做出一个斩钉截铁的决定：每人再吹一次！小朋友依次吹罢，我接过它，“啪”的一声，粉身碎骨了！

现在想想，那时多么果敢决绝。如今年岁长了，反倒越来越优柔寡断，越来越娘娘起来。没出息啊！

钢琴

七年前的这个时候，去了一趟厦门。住在离厦门大学很近的一条咖啡小胡同里。原本以为很幽静，但小楼下的院子里却是一个酒吧，闹得很。找小老板交涉，得到片刻的宁静，此后依然。

院墙上炮仗花，多快好省，一串串竞相绽放，煞是惊艳。

那天从鼓浪屿日光岩下来，路遇一个旅游品小店，看到这个玩具就买了。上足弦之后，能响四五分钟，曲子就是那首“鼓浪屿之歌”。

这种玩具，过去叫“八音盒子”。我们老家有一个晚清的岁进士，民国年间，他的后代在天津卫当官混事，家里就有一个。父亲他们小时候经常去听，据说能唱梅兰芳。

以往茶余饭后，歇晌纳凉，我的那些听过八音盒子的父老兄弟爷们，就经常谈论梅兰芳。

这个说：“一个大老爷们，捏着鼻子唱坤角，像磨扇子压住了狗耳朵。”

那个说：“你懂什么，人家是个女的，那叫雌声。你没听过‘小金牙’的山东梆子啊？”

另一个则不无惋惜地说：“哎呀，可惜了，这个梅兰芳，好好的一个旦角，生了孩子怎么就不唱了呢？”

在座的就一齐感叹：“怪不得这些年听不到梅兰芳了，敢情生孩去了！”

我呢，正在写这篇东西，一边写，一边听：

鼓浪屿四周海茫茫，海水鼓起波浪。

鼓浪屿遥对着台湾岛，台湾是我家乡……

我渴望，我渴望，快快见到你，美丽的基隆港……

“黑鸭子”那种有点抑郁的风格，很适合我。我就一直在听。

泥狗子

逢年过节，老家的集市上有泥狗狗卖。这种玩具制作不复杂，用胶泥做好狗首、狗尾两个部分，再用牛皮纸把首尾黏合连接起来，进行简单的彩绘即可。首部里边安插一只哨子，两手一拉一对，牛皮纸鼓出气体，哨子就会发出“汪汪”的叫声。有点手风琴的原理。

早年间玩过好多，一直到现在还保留着一个，灰头土脸的，放在书橱里。

前年，在庙会的摊子上，又看到这种用石膏做的老虎，比较高端，叫声也更雄浑，二十元钱买了两个。

今年元宵节，侄子回老家上灯，在集上一下子买了二十个。当即送来四个，我高兴得不得了，轮番把玩，汪汪地叫了半个晚上。第二天拍照发了微信，题目叫作：马年到了，马上有权了！

继而就想，老百姓经常骂狗官，犬、权谐音相通，有些道理。

小时候，还真的养过一条狗，到西岭地里拔草时捡的。当时也就刚刚满月吧，迷路了。遇上我之后，乖乖地一直跟着，很惹人爱怜，我就把它带回家里，并模仿聊斋志异里的故事，为它起名小青。半年后，小青长成个子，男性，黑色细长的身材，草上飞，追野兔一绝。完全听从我的指挥，服从我的领导，是我的忠实走狗。

一次，邻居家的一只大狗欺负它。我从兜里掏出弹弓，瞄准就射。原本想射那只大狗，不想歪打正着，把小青的一只眼睛打淌了。那当时，我和小青都悲恸欲绝。后来，小青因为不慎吃了药死的耗子，暴毙……

从此，我再没养狗。

咣咣镲

这次到五台山，从显通寺下来，沿途都是卖旅游纪念品的小贩。刘兄想给他孙子刘一乐买个小玩意。端详了半天，发现了卖咣咣镲的。一问价，10元，再讲价，十元钱买了两对。我们两个各拿了一对。其他同伙看着好，再去买，对不起，人家说：没了。

咣咣镲是儿童玩具。但是镲，却是打击乐器之一，又叫小钹。一鼓二锣三镲。《红楼梦》里的贾琏，巴结央求贾母的办公室主任鸳鸯，意欲偷拿老太太私房去典当时，就说过：“我是只撞金钟一下，不敲铙钹三千。”可见在打击乐中，小镲属于辅助性乐器。

打击器乐当中，还有二锣。二锣的作用，是在紧锣密鼓的间歇，敲上一下，音色殊为清绝。我在《闹元宵》一文中写道：“不知不觉，夜已深沉。月朗风清，寒霜濡被。锣鼓声渐渐远去，又渐渐从天际隐隐而来。最清晰的当属二锣，正因为高潮中淹没了它，冷清中才成为绝响。”

我们老家正月十五“玩故事”，还演出“咣咣镲”秧歌。演出时，一手用拇指挑起铜钹，其余四指夹槌击钹，另一手持鼓板击节，板钹协奏配合表演。一伙子老爷们捏着鼻子唱《王小赶脚》：

人人爱，小黑驴，蹦蹦跶跶的真有趣儿，
俏俏利利的四条腿儿，雪里站的粉白蹄儿，
黑眼圈儿，粉鼻子儿，滚圆的脊梁白肚皮儿。
向东到过莒州府，向南到过符离集。
向西过了黄河岸，向北泰山登云梯……

这些文化符号，都成为我无尽的乡愁……

反过头来再想想刘兄，我就窃笑。大概进得家门，重重干咳一声，然后装腔作势:“老爷回来了！”五块钱哄得孙子小辫朝天，真是高手啊!

瓷猴

无独有偶，两只瓷猴都是我二十多年前从院子里捡的，相隔大概一年多的时间吧。很可能是人家小孩子打坏了，就扔在垃圾里了。

我呢，一来喜欢这两只猴子的造型；二来，说的酸溜溜一点，就是喜欢残缺的美。我依次把这两只粉身碎骨的小猴，带回家中，打开鸡蛋滴出蛋清，调匀，仔细粘好。放在太阳地里晾干，把它挂在玄关的立壁上。你还别说，谁见了谁夸好，比完美的猴子还要好。

另外，我还捡过一些打碎的瓷猫、美女什么的，粘好后放在书橱里。也挺好看。

说到残缺的美，就想起封建社会的女子，一双天足，裹成三寸金莲，走起路来摇摇摆摆。那大概也是一种残缺的美。要不偏偏就有人喜欢，越小巧越有人喜欢。更有甚者，还专门喜欢把玩，喜欢嗅那种味道。

过去姑娘结婚一下轿，脸面是看不到的，因为头上盖了蒙头红子。人们就看脚，一双脚迈下轿来，小巧玲珑，周周正正，立马就赞不绝口：× × 人家的媳妇真俊（zùn）。至于是疤瘌还是麻子，则可以忽略不计的。

小铁人

这对小铁人儿，是朋友送给我的。当初买了两对，任选其一。但我明显觉得，当时朋友不情愿我选这一对，因为这一对造型好：两个踏青的小朋友，男孩举着七星瓢虫，女孩举了一只蜻蜓。红红的脸蛋反射着春天的信息，洋溢着大自然的恩赐……

这应该属于铁艺。艺人用充满灵动智慧的双手，把下脚料变成精美的工艺品，这是怎样的创意？正乃化腐朽为神奇！

由踏青的小铁人儿忽然想到《牛虻》。大主教蒙泰尼里带亚瑟旅行，采集动植物标本。无意中，亚瑟听到画家们的窃窃私语。于是，他对大主教说——

“这些白痴！”亚瑟抬起头来目光闪烁地低声说，“可是，多承他们的好心，说我像你；我要真是你的侄儿才好呢……神父，你怎么了？你的脸色这么白！”

蒙泰尼里一面站起身，一面用一只手压在额头上。“我有点头晕，”他用着一种虚弱迟钝得有点奇怪的声音说，“也许今天早晨我在太阳下面晒得太久了。我要去躺一会儿，亲爱的，没有什么，不过中点暑罢了。”

其实，大主教比中暑厉害，简直就是五雷轰顶。因为亚瑟——后来的牛虻，是他和英国轮船老板的后妻，生下的私生子。

瓷鸟哨

2006 年，偕玉洋兄去了山西运城。热情的主人安排我们游览鹳雀楼。在鹳雀楼上，买了这只瓷哨。往里边灌点水，吹起来清脆婉转，游客几乎人手一只，满广场上都是“滴里嘟噜”的叫声。

如今新建的鹳雀楼，非原址，且离王之涣吟咏的鹳雀楼，相去甚远，正可谓三十年河东三十年河西。就是这种瓷哨，也不是鹳雀的叫声。《诗 · 豳风 · 东山》说“鹳鸣于垤”，陆玑疏：“鹳，鹳雀也。似鸿而大，长颈赤喙，白身黑尾翅。树上作巢，大如车轮，卵如三升杯。望见人按其子令伏，径舍去。一名负釜，一名黑尻，一名背灶，一名皁（按：同皂）裙。又泥其巢一傍为池，含水满之，取鱼置池中，稍稍以食其雏。”微山湖、东平湖的捞鱼鹳，每年都到岱庙做巢，我见过这种大鸟，叫声嘹唳悠长。鹳雀楼此哨，不过应景而已。

归途，驾车的建国兄由于连日疲惫，连连瞌睡。无奈，我们轮番给他讲段子，驱逐困神。有一个段子讲道，某女与人通奸。一日趁丈夫离家，约来情夫行云施雨。正待入港，丈夫敲门，某女开门藏于门后。丈夫进，某女从身后用双手捂住丈夫双眼，问道：“你猜我是谁？”丈夫答道：“你是小他娘啊，还用问？”“呵呵，你还真是秃尾巴神仙哩。”说话的工夫，陈仓暗度，情夫逃之夭夭。为什么想到这个段子呢？皆因近来“通奸”成为高调反腐的“审美情趣”。呜呼哀哉！

肚里的段子讲完了，无奈驾车的建国还是困。于是，我们就在瓷鸟里灌上水，轮番吹了一路。从安徽边界到家，一百八十公里，用时七十分钟。第二天才发现，两个轮胎报废了。

老虎和驴子

这个老虎和驴子，是在西安碑林门口文物市场上买的，布制。老虎十元钱一只，买了四只，毛驴子属于买四赠一，是让的。老虎的耳朵像两朵花，尾巴尖上还挑着一朵黄花。黑色毛驴子鞍子是绣花的，耳朵是红色的，强烈的反差，显然旨在造成视觉冲击效果。

陕西民间这些艺术品的制作，是不按规矩出牌的。比如剪纸，老太太随手剪了一头小猪，再一端详，猪屁股上还有很大的一块地方，空着也是空着，再剪一朵牡丹花吧。这样，猪屁股上就盛开着一朵牡丹花。你说它是抽象还是具象呢？是抽象思维还是形象思维呢？民间艺术家不懂这些，兴之所至，手随心动，好玩就行。大俗便是大雅，就像齐白石老人的大红大绿。在学院派看起来，这些东西是不可思议的，这些民间艺术家是不可理喻的。

虎和驴子放到一块，很容易使人联想起“黔驴技穷”。老虎对驴子的前恭后倨，乃至“断其喉，尽其肉，乃去”。柳宗元有一段感慨：“噫！形之庞也类有德，声之宏也类有能。向不出其技，虎虽猛，疑畏卒不敢取。今若是焉，悲夫！”

我们老家形容深藏不露的人，说他“马虎藏在袖里”。这个“马虎”不是马马虎虎的意思，而是很厉害的招数。有个调侃：“狗咬马虎——两下里怕。”这个马虎才是猛兽。至于形容那些扬风乍毛，烧烧包包，不堪一击，经常穿帮的人，就说他“皮精神”。

贵州那头驴子，就是“皮精神”。我的这头，是真精神！

凤凰

简单雕琢了一根荆棵树根，尺余，似凤似凰，非凤非凰。我就叫它凤凰。

《说文》：凤，神鸟也。天老曰：凤之象也，鸿前、麐（鳞）后，蛇颈、鱼尾，鹳颡鸳思，龙文、龟背，燕颔、鸡喙。五色备举，出于东方君子之国，翱翔四海之外，过昆仑，饮砥柱，濯羽弱水，莫宿风穴，见则天下大安宁。从鸟，凡声。凤飞，群鸟从以万数，故以为朋党字。

《禽经》云：雄凤雌凰，亦曰瑞鹍，亦曰鸑鷟，羽族之君长也。

《韩诗外传》云：凤之象，鸿前麟后，燕颔鸡喙，蛇颈鱼尾，鹳颡鸳腮，龙纹龟背。羽备五采，高四五尺。翱翔四海，天下有道则见。

又云：其翼若干，其声若箫。不啄生虫，不折生草。不群居，不侣行。非梧桐不栖，非竹实不食，非醴泉不饮。

“嵇康与吕安善，每一相思，千里命驾。安后来，值康不在，喜出户延之，不入，题门上作‘鳳’字而去。喜不觉，犹以为欣，故作‘鳳’字，凡鸟也。”此事载《世说新语》“简傲”篇目，魏晋名士，大率如此。汉字一简化，此故事索然无味。

《红楼梦》金陵十二钗“判词”曰王熙凤：凡鸟偏从末世来，都知爱慕此生才。一从二令三人木，哭向金陵事更哀。

凤凰作为图腾，渊源有自。万变不离其宗，是原始鸟崇拜的产物。

一百个人眼里，就有一百只凤凰。我说这是凤凰。你说不是。殊不知，一个莫须有的东西，就在似与不似之间。

根雕狮子

这是一个荆根雕的狮子。

鼓捣这个玩意，动用了我整套的篆刻刀、木刻刀，还买了一把小手锯。正所谓“工欲善其事必先利其器”也。我们老家则说“人巧不如家伙妙”。

荆，马鞭草科牡荆属落叶灌木。叶有长柄，掌状分裂，开蓝紫色小花，枝条可编筐篮等（亦称“楚”）。种类很多，有牡荆、黄荆、紫荆等。果实入药，医小儿惊风。

古人称自己的夫人，谓之“拙荆”，荆本来就够普通的了，还要再加个“拙”，哈哈，古人自谦得很任性。但较之“贱内”一类，还算差强人意。还有，廉颇负荆请罪，就是让蔺相如用这玩意抽他的屁股。

又扯远了。说说制作工艺。先把荆根删繁就简，求其大致形状之后，用锅煮，目的在于防裂。晾干，去皮，去糙，去赘。细化、精化、凸显其形，琢磨，光滑。

所谓雕，上上便是无为而治，少动，或不动，保持天然本色。过多雕琢，则无异于画蛇添足，乏善可陈。

这个狮子，身体基本没动，只把下部的根去掉，打磨光滑，即成。

梅鹿

这是一头卧鹿。但它随时保持着蓄势待发、一跃而起的态势。瞪大了眼睛，伸长了脖颈。鹿角坚挺向上，凸显着力度和灵性。中间腐朽的部分，被我剔除了，后边那个尾巴有点夸张，没舍得去掉。荆根上那些疙疙瘩瘩的沧桑，权当盛开的梅花。因此说，这是一头雄性梅花鹿。

鹿，哺乳动物，四肢细长，尾短。雄鹿头上有树枝状的角。毛多为棕褐色，有的有花斑或条纹。听觉和嗅觉都很灵敏。种类很多，常见的有梅花鹿、水鹿、白唇鹿、马鹿等。

鹿，又是中华民族传统吉祥物。鹿、禄相通，《汉书 · 蒯通传》：“且秦失其鹿，天下共逐之。”张晏注：“鹿喻帝位。”即鹿作“禄”解。因此才有逐鹿中原，鹿死谁手、鹿死不择音等譬喻。利用方块字的特点，古籍中记载的鹿科动物多是以鹿为字旁。《辞海》以鹿为字旁的，共收 39 字。

这个荆根，大约七八十岁了吧。它一直艰难地生长在岩石的缝隙里，作为岁月的守望者，土、肥、水对它来说，都是奢侈品。当推土机结束了它的生命历程，我把它渡成一头梅鹿，供在书橱里。

赖猫

一边刻，一边打量，这玩意啥都不像，刻个吗劲？于是，就把它撂在一边，暂时不管了。大概又过了几个月，再一端详，突然发现：这不是一只猫吗？耳朵、眼睛、鼻子……只是耳朵有点圆，眼睛有点小、鼻子有点歪……是一只奇妙的赖猫。

哈哈，何以奇妙？其妙，正在似与不似之间，艺术的最高境界啊！

说不上喜欢猫，但也不讨厌它。有天饭后散步，看到一只野猫掉在了小区的下水道井里，很着急，先是给它送下去一点吃的，尔后，又跑了好几家，找来一个梯子，放下去。第二天一大早，牵挂它再去打探，梯子在，猫已经没了。看来是夜里成功脱险了。

阿弥陀佛！善哉善哉！扎西德勒！ OK!

犍牛

推土机在山坡下边蛮横地开拓，轰鸣着房地产的魔咒。

这个几百年的荆根疙瘩，像那些钉子户遇到拆迁队一样，极不情愿地离开它的老巢，被一个老大娘拣到了柴筐里。我又从老大娘的柴筐里要出来，代价是帮她老人家把柴筐背到环山路上。

费了两个半天的时间，最后它变成了一头犍牛：力拔山兮气盖世！

在我们老家，雄壮的公牛，被称之为犍牛。一头犍牛再配上两头小牛耕地，称一犋（jù）。

牤牛背上的腐朽部分，被我剔除，成为一个凹槽。这个凹槽处，正好放上了一枚石斧。这枚石斧，是大汶口文化时期的遗存，少说也有五千多年了。伟大领袖掌上千秋：人猿相揖别，只几个石头磨过，小儿时节。新石器时期以降，人类文明打开了新的篇章。

这枚石斧，是一位农民挖土挖到的，然后他就蹲在集市上卖。他告诉我，它与十几枚大大小小的石斧，掩埋在汶河渡口南岸遗址文化层的一个土坑里。石斧打制非常光滑，斧刃锋利无损。因此，我就怀疑，这难道是一个祭祀坑？

天柱鼎

说到鼎，绕不开昆吾国。古昆吾国在今河南濮阳一带。昆吾文化至蜚廉鼎盛一时。启建立夏王朝，开始铸造象征王权的青铜礼器——鼎，交付昆吾部族承担这一重任。昆吾人举行隆重祭祀仪式之后，开工铸造。鼎成，典籍称“贡金九牧，铸鼎象物”，标志着中原地区进入国家文明时代。

九鼎经过夏、商、周三代相传，到秦时一只失落泗水，前后约 2000 年。历史上的“成王定鼎”“楚子问鼎”“秦齐求鼎”“九鼎护国”“泗水捞鼎”等，就讲述了这些故事。

对于用鼎的规制，国君、诸侯、大夫是有严格界限的：天子用九鼎，诸侯用七鼎，大夫用五鼎。正所谓“钟鸣鼎食”。由此，就想到那个买飞机的艺人，狗烧包，僭越啊！

吾乃平民百姓，居家亦有一鼎。此鼎产于泰山天柱峰下，故名：天柱鼎。

天柱鼎为照山白根雕，树龄当在三四百年。照山白为杜鹃花科灌木，泰山之阴多产。此根部朽腐。去皮，打磨，略事雕刻，倒置，即成。

鼎内黑亮如髹漆，外表色褐如红铜，鼎耳狰狞如犼首，鼎足赫然而三立。叩之，铮铮然，如有金石之声。置于案头，虽五花马、千金裘，不易也！

夔龙

古籍中记载，夔是蛇状怪物。《说文解字》："夔，神魅也，如龙一足。"《六帖》:"夔，一足，踔而行。"夔龙，又相传为舜的两位大臣，《孔传》："夔龙，二臣名。"夔为乐官，龙为谏官。《书·舜典》："伯拜稽首，让于夔龙。"

所谓"龙生九子"，并非龙恰好有九个儿子。中国传统文化中，以九为大为多，同时九又是个吉祥数，所以用来描述龙子。既然称夔龙，可见也在龙子龙孙之列。

在商晚期和西周时期青铜器的装饰上，夔龙纹是主要纹饰之一，形象多为张口、卷尾的长条形，外形与青铜器饰面的结构线相适合，以直线为主，弧线为辅，具有古拙的美感。

大自然造化无穷，神工鬼斧。这只夔龙，乃荆根生成，略施小虫雕技。通体鳞甲，金光灿烂；面貌狰狞，毛骨悚然；爪牙藏锋，虎视眈眈；粗壮卷曲的尾部，像景阳冈上的虎尾，眼见得就有"一剪"！

其实，说它是爬行动物蜥蜴、大鲵乃至鳄鱼之类，亦无不可。所谓梦笔生花，大抵穿凿附会而已。

飞龙

《易经·乾卦》，整个的卦象就是在通过龙的活动来讲述龙的故事。从字面上来看：初九，潜龙勿用；九二，见龙在田；九四，或跃在渊；九五，飞龙在天；上九，亢龙有悔。最有意味的是这个"亢龙有悔"，居高位而不知谦退，则盛极而衰，难免有败亡之悔。这才是易经的精髓，高大上的辩证法。当然，最主要的还是在揭示"天行健，君子以自强不息"的道理。

《乾卦》比起其他卦来，多一爻，即用九：见群龙无首，吉。这句卦辞多有歧见，群龙无首，在汉语里是贬义。但实质上，似应为神龙忽隐忽现，正是飞升的最佳状态，故称"见群龙无首，吉"。孔子就这样评价过老子："吾乃今于是乎见龙。龙，合而成体，散而成章，乘云气而养乎阴阳。予口张而不能合。予

又何规老聃哉？”（《庄子·天运》）

说了半天，再说我的玩具——飞龙。那天从建筑工地路过，顺手扯起一个荆棵根，哈哈，就是它！回来减头去尾，刳皮打磨，但见张牙舞爪，昂首飞天，龙体九曲转圜，色彩斑斓，顿觉云气酣畅，水汽淋漓，一时风声暗作，天雷隐隐……

《易经》里的龙，是指君子、君王。不说本质，单说表象：龙有蛇相。因此，高贵如龙者，亦不免蛇气啊。

青松牌收音机

志杰从泉城古董市场，给我淘来一台晶体管中波收音机，青松牌，泰安无线电厂 1971 年出品。装上四节一号电池，还真的响了，且声音清晰。这个厂子后来转产手表，还生产过电视机，欠下一大屁股债，已经破产三十多年了。

眼见四十多年前的东西现在成了古董，真的是感慨万千。当初购置这样一台收音机，要五六十元钱，在一般农村家庭那是绝对的奢侈品。谁家有了收音机，闲空里，邻居百舍都搬上小板凳，到这家去听新闻，听样板戏。恒盛是个幽默的农民，新闻听得最专心，对政局了然于胸。一边听联产承包责任制，一边就评论：“×× 阳，× 矬子，鼓捣的满地里是橛子”；“问问 ×× 邦，把地全分光。问问 ×× 阳，一户一个场”；“问问 ×× 念，说啥啥不算”等，编了好多顺口溜。他就是看不懂芭蕾舞，地主把杨白劳打死了，喜儿怎么还蹦蹦跳跳地唱呢?

现在，这台收音机正在播送一个怨妇的哭诉，中间夹杂主持人的煽情……

两盏马灯

百度上关于马灯的词语概念：“马灯，煤油灯别称。一种可以手提的、能防风雨的煤油灯，骑马夜行时能挂在马身上，因此而得名。”这里边“煤油灯别称”一句，近乎废话。还有，“马灯是 20 世纪，在中国产生的一种照明工具”。这更大谬不然，我还见过日本产的、英国产的。日本的那盏马灯，都一百三十年了，原配的玻璃灯罩完好无损，擦出来光洁如新。还有，“马灯，必有马鞍”，更是以偏概全，匪夷所思……百度网络低档次的粗制滥造，往往在这些地方表现得淋漓尽致。

我们老家的高老三，在蚌埠干铁路，最先拥有一盏马灯。宝贝得不得了，过年过节点上，铮明剔亮。谁家送闺女出嫁借了用，要先给他递烟卷，递到嘴上点着一根，再夹到耳朵上一根。

那一年，四清社教运动工作队的尹队长，晚上要开社员会，当时还没电灯，就借了高老三那盏马灯。尹队长是个近视眼，又是个话痨，讲起话来没完没了。大伙儿累一天精疲力竭，听着听着就走没人了。最后，尹队长定睛一看，敢情跟前就剩下个高老三。大为感动，说道："就你能听到末了，真是个好社员！"高老三说："俺是等俺的马灯，要不俺也早走了。"

我现在拥有两盏马灯。旧的，是从老家拿回的，放在书橱里；那盏新的，是侄子做北海银行博物馆，给我带回的展品，挂在玄关上。郁闷的是买不到煤油，连灯捻都是现成的，只要灌上煤油，一点就亮堂起来。

那天我还想，高老三那盏马灯，不知还在不在。这家人家过日子仔细，说不准还在……

宝葫芦

葫芦是世界上最古老的作物之一。余姚河姆渡遗址考古，出土了7000年前的葫芦及种子，是目前世界上关于葫芦的最早发现。文献里的诸多记载，如瓠、匏、壶、甘瓠、壶卢、蒲卢等这些名称，均指葫芦。

在中国本土文化中，葫芦文化象征人类生殖繁衍，生生不息。《诗·大雅·绵》："绵绵瓜瓞，民之初生。"《朱熹集传》："大曰瓜，小曰瓞。瓜之近本，初生常小，其蔓不绝，至末而后大也。"这个瓜瓞，就是葫芦。葫芦，长期以来又是中华传统文化中的吉祥物，象征福禄，象征智慧，象征宝贝，象征神秘。

至于拿葫芦说事，惠子与庄子有过一段对话。惠子大意是说，自己种了个容积五石的大葫芦，盛水不坚固，做瓢占地方，不如砸了的好。庄子则说惠子不善于使用大东西，为什么不考虑把葫芦制成腰舟，而浮游于江湖之上呢？当然，听话听声，锣鼓听音，惠子的言外之意是讽刺庄子学说大而无当。而庄子的诡辩，不过反唇相讥惠子是个棒槌。

特别是道教，与葫芦关系最为密切，天圆地方，壶天经纬，宠为自家法器。炼丹的小屋子也称之为“团瓢”。《后汉书》载道士费长房学术于壶公，非常神秘。道家的灵丹妙药都装在葫芦里，像铁拐李、麻姑、南极仙翁等。就连哭倒八百里长城的孟姜女，也出生在葫芦里。泰山中路回马岭下有壶天阁，其联曰：登此山一半已是壶天，造极顶千重尚多福地。而佛家，也不肯让道家专美，他们有时把佛龛也做成葫芦状。

为何写起了葫芦？盖因今天又是好日子！顷接牛兄电话，小鹏送我一枚硕大的宝葫芦。立至。

羊年新春，朋友高谊，飨我一方壶天，好兆头！谢谢小鹏。

打扑克

扑克的玩法很多，我只会四人打升级的那种，很原始，且乐此不疲。唯有打牌可以忘记读书，唯有读书可以忘掉打牌。

升级打对门讲究配合，有道是：不怕对手是狼，就怕同伙是猪。我不记牌，老出错，再加之手气背，同伙刘兄、张兄老是训我，声色俱厉。

我的朋友庄某，也打扑克。一个人玩。打升级，左手打右手，右脚打左脚。夏天的晚上，钻到蚊帐里，可以玩通宵。庄某当年参加过对越自卫反击战，此乃蹲守猫耳洞练就的绝技。

某年，陪某友相亲。是地风俗，饭前打一把。女孩双手合拢，洗牌唰唰如流水。归途，某友问：可否？余答：否。再问：何也？再答：洗牌太溜。遂未结秦晋。

下象棋

教我下象棋的师傅，绰号叫“二包神”。我们老家那地方，就像水泊梁山的一百单八将，差不多每个人都有绰号。我师傅的“二包神”，虽然像宋江的“呼保义”

一样，谁也说不出个所以然来，但名头还是蛮响亮的，以至于以此淹没了他的大号。

大号就是大名。我老家的长辈们，除了尊姓大名之外，大多还有字。譬如民国泰安县长，前任姓王名玉亭，字乐斋，且不说；后任姓鲍名升桐，字峄山。峄山之桐，这学问就大了，不信你查《禹贡》：“厥贡惟土五色，羽畎夏翟，峄阳孤桐，泗滨浮磬，淮夷蠙珠暨鱼。”孔安国注：“峄山之阳特生桐，中琴瑟也。”《太平御览》：“峄山多孤桐。”李白登峄山，有《琴赞》：“峄阳孤桐，石耸天骨。根老冰泉，叶苦霜月。斫为绿绮，徽声粲发。秋风入松，万古奇绝。”

绕回来再说下象棋。在一棵硕大的苦楝子树下，流着鼻涕的师傅教我马走日、象飞田等基本规则之后，第一盘我就把他赢了。在我得意忘形的时候，师傅苦笑着说：“好棋不赢头三盘。”现在想想不仁义，这样做，道上称“打谢师锤”。

我下棋，擅弃子入局，最讨厌悔棋，以此得罪过领导。再后，金盆洗手，不玩这玩意已经够好多年了。

写字儿

我把毛笔看成玩具，写毛笔字就是玩。

琴棋书画，往大处说，是中华文明的艺术载体；往小处说，它又是古代文人雅士的拉风招牌。其发明的时间和地点，都在三皇五帝时代（龙山文化）、黄河中下游流域。人们调侃酸溜溜的骚客：琴弹得奇，棋总是输，书犹如画，画只是勤。

下棋，上一篇我写了，虽然下的是象棋而不是围棋，但勉强可以充数。这篇写书，书法。我写隶书。隶书在书法序列最上不得台面，欧柳颜赵实在写不好，才去写隶。就像现在的特长生，数理化外学得不好，就去学美术学音乐学田径。

但我没写过欧柳颜赵，无师自通，一上来我就写邓石如，再后写流沙坠简，再后和尚打伞——无法无天，到了这般境界，才是涂鸦。更兼之，隶字以丑为尚，最合吾意，写起来岂有不丑之理？反正好是不可能的，反正与那些老领导有一拼，反正就是个玩，反正不能当真……

但是，玩，也有个游戏规则。中国有个书法家组织，这个组织很糟糕。说它糟糕，是因为它的良莠不齐。良者自良，莠者，一大胆、二不要脸、三敢写、四送上银子就当会员。正所谓难者不易，易者不难，就像那个唱“二人转”的大叔，腰一弯，嘴一撇，就艺术家了。更要命的是，一些各级或退休、或失意的官员，都争先恐后挤进去，当了他们的头头脑脑。无怪启功先生当年惊呼：官家来了！

官家来了，还玩嘛，还不快跑？写他奶奶个腿！

卡拉 OK

言为心声。

唱歌呢？唱歌应该是心声的艺术表达。日出而作，日入而息，凿井而饮，还不行，还要出口而歌。有井水的地方，就应该有歌声。“忍把浮名，换了浅斟低唱。”凡有井水饮处，皆能歌柳词嘛。

小时候，大路边看那些用土牛子拉碾盘碾砣的，十几个光膀子，一边拉，一边唱：

> 大伙儿使劲拉啊，哎嗨哟啊；
> 太阳往西跑啊，哎嗨哟啊；
> 谁要不使劲儿啊，哎嗨哟啊……

有领唱，有合唱，这大概就是鲁迅先生所说的那种“吭育吭育派”。

东平湖筑堤打夯，唱一种“哦号子”：

> 一个字啊，一道街，吕蒙正无食赶过斋；
> 张飞无食卖过肉，刘备无食卖草鞋。
> 两个字啊，两条龙，杨二郎担山数他能；
> 玉皇爷爱他是好汉，差他下方捉妖精。
> 三个字啊，一溜坡，刘备隆中请诸葛；
> 三人饮酒同欢乐，云长流泪想他哥……

唱着唱着，看见过来一个骑驴的小媳妇，接着就唱：

> 四个字啊，十二条腿，驴上骑了个小妇女；
> 驴肚子里有小驴啊，人肚子里有小人啊……

劳动者唱这一类的歌子，苦中作乐，抒发劳作的酸甜苦辣，也属于表达心声的方式之一。

前几年，流行卡拉OK，卡拉别人，OK自己，人人都有了成为歌唱家的机会。酒过三巡，抱起麦克风就唱，五音不全，孬好不计，就是个好玩。一次吃酒，有位女士邀我合作演唱，音乐一响，我发觉不会这首歌，撂下话筒我就走了，当时弄得场面很尴尬。这位女士以为我故意晾她，事后颇有微词。

她真的冤枉我了，这首歌到现在我也不会，只记得几句词：

> 郎君啊——
> 你是不是饿得慌，你要是饿得慌，
> 就对十娘讲，十娘给你煮面汤……

殊不知，我最烦的就是吃面汤。

打尜

打尜（gá），是小时候老家的儿童游戏。先说尜，用长约10厘米，直径3—4厘米的木棍，把两头削尖，即成。再说打尜，在地上画一个方框或圆圈，我们老家叫油锅，有的地方叫城；把尜放进油锅里，再用一根木棍去敲击尜的尖端，使尜弹起，迅速打向远处。

比赛规则大致有两种：其一，如果打出去的尜被对方接住，这场比赛就输掉了；其二，如果没接住，另一人去捡这个尜，向油锅里扔。扔进去，打的一方就输了；输者，就要交换打尜权。

我自小不擅长各类竞技活动。打尜老是打空，连最基本的都做不到，这就糟糕。组成一个团队，这样的选手没喜欢要的。因此，我往往是个旁观者。要想重在参与，就要觍着脸讨好人家。须知，打空的恶果，一是直接丢掉打尜权，二是如果尜掉在了油锅里，就要“喝酥”。

“喝酥”很恶作剧，要在规定的距离内快跑，一路鼓着双腮“呜呜”叫，不能喘气。一大群孩子随你跑，监督你，看到换气，人人都有惩罚你的资格。为什么叫“喝酥”呢？我一直不明白，直到有一年到开封，看到那里的打尜，叫“打酥”。或可释然。还有的地方叫“打梭”。

打尜是上古时期击壤活动的变异形式。考其源流，从一攻一守的形式来看，攻城略地，当与战争有关。清代《帝京岁时纪胜》中有童谣：“杨柳发，打尜尜；杨柳死，踢毽子。”尜是个古音字，再从字形上考证，象形，肯定是仓颉老儿的杰作，有年头了。

当下，如火如荼的城镇化运动，使农民步步高升，楼层之间已没了打尜的空间。更加之孩子宝贝得不得了，不敢沾土，哪位小朋友还知道打尜呢？

打尜，只能留在乡愁里了。

鼻子拱

鼻子拱是坏孩子的玩法。

规则是，在平地摆上石块，摆一块稍高的，叫大官，再在两边分列大衙役、二衙役、三衙役……总之，数量根据参加人数摆放。紧贴大官后边，还要摆一块，叫老鳖。最远的地方，放一块极小的石块，叫刽子手。然后，相距五六米远画一条线，每人拿一个石块，站在线上击打。抽草棍决定先后顺序。击倒哪块石头，就充当哪个角色。没击中的就接受惩罚。惩罚就是大官让衙役架住被惩罚者的胳膊，由刽子手用膝盖点击屁股。叫吃顶门杠。

你想当大官，就要把它击倒，大官好击，关键是如果撞倒后边的老鳖，那就麻烦了，这个大官不但不能当，还要趴在地上用鼻子拱石块，很狼狈。

小海最愿意干刽子手，差不多每次都能准确地击中这个角色。因此，从小就享受惩罚人的乐趣。长大后，先是当计划生育小分队队长，又当拆迁队队长。有个工地，钉子户，老两口死活不搬。房地产老板给了小海一个数，让他摆平。小海说好办。带上四五个胸膛刺了青龙白虎的弟兄，打桩机立在人家的后墙下边，“咣当咣当”打了一夜。天不明，老两口就狼狈逃窜了。再后，小海回村了。手不提篮，肩不担担，一不生意，二不买卖，整天东边羊头，西边猪头，吃香的喝辣的，快快活活。

前一阵子，忽然想起了这位儿时的伙伴，向我本家侄子打听。侄子说：进去了。进哪了？局子。

我信。量变产生质变，多行不义必自毙。是为定数也。

安连

写这个游戏玩法，查了半天词典。它可能是连，可能是联，也可能是链。始终没有我满意的解读。权且把它称作连（儿化韵）。玩这个东西，叫安连。这是我老家那地方，一个古老的玩法。安连可能是游戏，可能是竞技，也可能是兵法。但有一点可以肯定，它是围棋的前身。安连有两种，一是十二连，二是九连。棋盘手绘即成：

比赛程序是，双方在棋盘上下子，三个子儿连成一条直线后，可以吃掉对方一个子儿。最后计数，占满地盘，子儿多者为赢。十二连好下，因为有横线、竖线和斜线，三条直线可以连接。九连学问大，不好下，棋盘是椭圆的，就一条竖线可以连接。九连这种玩法，小时候我始终没学会。

我们村树下的条石，石桥的桥面，坟茔的供台桌等等地方，都凿满了这种棋盘。节令农闲、饭后茶余，人们席地而坐，一方拿了石子，一方拿根草棍，就开赛。谁输了，就把头伸过去，让对方弹一下，在这里老少不计。光头最输不起。

杀猪的培贤，是九连高手，十二连就更不在话下了。有一年盛夏天中午乘凉，培贤在西桥头上摆擂，西桥头是个十字路口，四外八乡赶集上店的都从这里经过。好手如云。培贤稳坐细柳营，屠杀对手如砍瓜切菜。手指头弹头皮，发出一声声愉悦的脆响。

忽一长大汉子，插住大国防自行车，昂然直入，要和培贤打擂，三盘皆输。培贤说："你是个生人，这回不弹头皮了，我只问一句，你安连是跟你师娘学的，还敢和我打擂对阵？"那汉子羞红了脸，讪讪离去。

不一会，村长急匆匆赶来，照培贤屁股踩了一脚，骂道："王八的龟孙，胀饱的你！你知道那是谁？"培贤问："谁？""公社的洪社长，一个老八路。"

这种下棋的玩法，还有"蹦大花""拿王伦"等好多种。

前几天，看到户县农民画，刚巧，里边就有类似安连的一幅。这种叫"顶四子儿"。

扎灯笼

小时候，总觉得过年要玩得有意思，就要自己扎灯笼。

扎什么样的灯笼呢？简单的，就是用秫秸竿扎起个框子，糊上油光纸即可。工艺再复杂点，这框子有六棱的、八棱的，这就不是小孩子能干的了。大人一到年底下忙忙活活，因此，央求他们干这些就得看脸色、赔小心。

还有一种灯笼，是圆形铁丝网的，每到过年从门上槛取下来，灰头土脸的，打扫干净了，重新糊纸。先用一个大棉球，蘸满糨糊在里边滚动，然后取一张裁好的绵纸放进去，鼓气一吹即可。但它的技术含量，就在这一吹。吹得好，绵纸均匀地贴附在丝网上，否则，就得返工另来。

再有一种，是用秫秸莛竿扣起来的灯笼。像是建筑的斗拱，卯榫相衔，一要技术，二要细心，三要费时，做一盏灯笼需要一个冬天。我们老家孔姓人家会做这种灯笼，亭台楼阁，上下四五层，半人多高。里边放了风车，风车挂上桃园三结义、劈山救母、白蛇盗仙草、猪八戒背媳妇等皮影人物，风车一转，影影绰绰，云山雾罩，叫作走马灯。

有一年，扎好一个八角灯笼之后，我就拿起毛笔蘸了广告色，蹲在那里想画上几笔。画什么呢？寻来思去拿不定主意。前邻居一位高姓妇人沉不住气了，一把夺过我的毛笔，说道："照量了半天，比将（读平声）牛还费劲，看俺的。"

只见她横七竖八地画，最后点了两个圈，眼睛亮了！在场的人都惊呼：“一只羊，大瓶羊！”那一年，是羊年。多年后，我看黄胄先生画毛驴，用的就是这种笔法。

这位女邻居很聪明。她说：俺只念过八本书（小学四年级，读第八册书），老师让俺写个煤窑的“窑”，俺嫌横折竖弯钩的，忒麻烦，俺就不上了。

蝈蝈

1.

那天下午，国祥兄从他那一亩三分地里，给我带来四笼野生蝈蝈。交代我：自留两笼，余者分送刘兄、玉老各一笼。让他们嫉妒去吧，没办法，人家国祥就是这么吩咐的。

台湾作家陈冠学《田园之秋》里说，他每天早上能听到几十种鸟叫，婉转盈耳。今夜，聆听阳台上蝈蝈独唱、合唱、重唱、轮唱，此起彼伏，尽享耳福，也算差强人意了。知足吧。

遂生诗兴。信手拈来李商隐“雏凤清于老凤声”，诗曰：

今岁蝈蝈养两笼，
清夜引吭家山情。
隔代同奏莫扎特，
雏蝈清于老蝈声。

2.

养一笼蝈蝈，那叫清听，夜交子时，天籁之音，纵有百结愁肠，一叫“泯恩仇”；养两笼蝈蝈，那叫凝听，仔细分辨其鸣叫孰先孰后，孰优孰劣，可得欣然喜乐；养三笼蝈蝈，虽则昆乱不挡，略显顾此失彼，易乱谛听；养四笼蝈蝈是个什么“梗”呢?

我上中学时，参加过学校的歌咏队，很风光。演出《黄河大合唱》：“风在吼，马在叫，黄河在咆哮！”五部轮唱。翻江倒海，气势磅礴，那是壶口瀑布！那是青铜的溶汁，浩浩汤汤，奔赴九鼎！此与蝈蝈轮唱，庶几近之。

于是，燥甚，夜半起身欲酒。我邻村的一个村长，进了城里的馆子就问：你这里有没有一百度的白酒？服务员认为他是个半吊子，没搭他的闲腔……

我家里也没一百度的白酒，只有六十五度的原浆。倒了一杯，引颈而下。四笼蝈蝈热烈欢呼，齐声喝彩！

3.

2019年的初冬，国祥送我一笼蝈蝈。

蝈蝈俗称“百日虫”，能养一百天，就不错了。但是，我养了153天。一直到“五一”以后，才死去。死去之后，我把它风干，封存在一个小瓷罐里。

4.

2022年初，玉老说那天是腊月二十三，小年。国祥送我第四笼蝈蝈。这笼蝈蝈住的是高档别墅，飞檐斗拱，进深九五，牛健兄网购送我的。

至于平时对它的照料，不可谓不精心，除了没让它喝酒，我的一切待遇它都能享受得到。那天，问候起居，刘兄的那只已经鹤驾西游，我和玉老的尚健在。恰好看了国祥的朋友圈：今年的野生蝈蝈叫了。我跟帖说：现在养的这只，开始有点儿萎靡，躺平了叫，分贝亦大不如前。国祥又问我要不要今年野生的？我说要！不光要，哥哥还要请你吃酒。结果，蝈蝈骗来了，至今酒没吃成。

是时，又有诗曰：

阳台蝈蝈养一笼，
不废吟哦赋秋声。
问听哪得清如许，
悱恻总因田园情。

5.

安倍遇刺身亡的第二天，我养的那只冬蝈蝈寿终正寝。安倍去了极乐世界，我的蝈蝈肯定与他分道扬镳，去了南马套将军山，因为那里是它的老家。说它寿终，已逾200天（不包括孵化蜕皮的时间）的蝈龄；说它正寝，安然僵卧于精美的笼子里。如此，夫复何求？

我看过一个公众号，关于植物的。文章大意是当你“辱骂”一盆植物，30天后它竟然死了。我很震撼！我相信万物皆有灵。要不哲人都说天人合一呢。人不过万物之灵长而已，而这个做灵长的，办事往往有点不大厚道。

燃香，奉茶。祭拜如仪。

感谢它与我共同生活了这些时日。真的，万物有灵，我和这只蝈蝈的前世今生，肯定有着某种不解之缘。说不准，我的前世就是一只蝈蝈。我很乐意当一只蝈蝈，并且能遇到我这样恩宠的主人。

挽诗曰（仿陆游）：

蝈蝈死去万事空，
但悲不闻蝈蝈鸣。
再生缘结今冬日，
蝈蝈高唱告乃翁。

拜石小记

先说一个米芾的故事。

米芾为涟水太守，整天鼓捣灵璧石。朝廷听说后，就派按察使杨杰去巡视。这位大员见到米芾，严肃地说：朝廷把千里郡邑交给你，你怎么能整天玩石头、懒政怠政不作为呢？米芾听了，就从左边的袖子里取出一块石头，嵌空玲珑，峰峦洞穴皆具，色极清润，对杨杰说：“此石安得不爱？”杨杰不理他。米芾又从右边袖子里取出一块石头，叠嶂层峦，奇巧又胜。杨杰瞥了一眼。最后又出一石，极尽天雕神镂，对杨杰说：“此石安得不爱？”杨杰忽曰：“并非你独爱，我亦爱之。”说完，就从米芾手中夺过来，径直登车，扬长而去。

且说牛健兄割爱，送我两块石头。一块是38亿年前的鞍山奥长花岗岩，一块是北极石。前一块褐黄沉实密致，后一块颗粒粗大，光鲜闪烁，照片上还留有赠送者的一段话：

岩石是自然界最真实的产物，任凭风雨冰霜洗刷，它依然善待人类，并给人类奉献最大价值。这是我们亲手采自北纬75°的原生岩石，为亲爱的朋友带去永恒的祝福和纪念。

没想到冰冷坚硬的地质人，却能够煽情如此。

在案几上摆好两块石头，我点燃三炷高香，整顿衣冠，肃然拜了三揖！

什么都是缘分。这种缘分米芾有吗？38亿年的奥长花岗岩与北极石陪伴我，夫复何言？唯有揖礼之！

邂逅喜马拉雅

牛健兄果然说到做到，又给我搞了一块南极的石头。说明书上写道：玄武岩，采自南极长城站附近，古近纪（6500万—2300万年前）。采集人：中国地质科学院地质研究所王彦斌研究员。尤为珍贵的是，这块石头上还长着一棵蕨类植物，我把它养在一个玻璃瓶里，看看能不能生根发芽。

与此同时，还给我一块七八斤重的喜马拉雅山的石头。采自喜马拉雅山脉南迦巴瓦峰，是四亿八千万年形成的片麻岩。采集人：中国地质科学院地质研究所研究员曾令森。

这样，从跨度上，我有南北两极的石头；从长度上，我有36亿—40亿年前的石头；从高度上，我有7782米高峰的石头……米芾岂能望其项背。您想想，这是什么节奏！

牛健又说了，下一步，还要给我搞一块马里亚纳大海沟的石头。到时候齐刷刷在屋里一放，您想想，这又是什么节奏！齐白石先生竟敢自号“三百石富翁”，您想想，隔壁老王又该是什么节奏！

无事便是好

我老家有句俗话：好事不如无事。我特别欣赏这句话，什么是好，无事便是好。什么是福，无事便是福。

南泉和尚看到助手文远跪拜佛像，便明知故问："你在做什么呢？""拜佛。""为什么要拜佛呢？""拜佛是好事啊，能够带来很多好处的。"文远说的这个"好处"，就是事。因此，南泉开示他："好事不如无事。"

老子说："以正治国，以奇用兵，以无事取天下。"他就是个牛皮大王：无事，岂能取天下？不取天下，岂不更无事？至于"治大国如烹小鲜"，那整个就一牛皮篓子事。

孔子说："君子有三戒：少之时，血气未定，戒之在色；及其壮也，血气方刚，戒之在斗；及其老也，血气既衰，戒之在得。"其实不分年龄段，纵欲、斗狠、贪婪，都是事，不搞便无事。孔子虽然提倡入世，但他不主张搞事。

一农妇，有女待嫁，其嘱曰："勿行善。"女诘曰："莫非作恶？"母又曰："善且不为，遑论恶乎？"老妪虽非圣贤，却也通晓"好事不如无事"的哲理。"善"难倒不是好事吗？那得一分为二，我老家还有一句俗话：女善为娼。

《菜根谭》里这样说："福莫福于少事。"《增广贤文》里这样说："庭前生瑞草，好事不如无。"

为什么"无事便是好"？因为无事。无事为什么好？很简单，因为有事就麻烦。

倩泰山学院马亚国同学治此印，再三把玩，以自儆。

画蛇说吃

干贝烧小红萝卜

现在请客，一般都到饭店去，吃完喝完，抹抹嘴走人，省了若干麻烦。我们这里有句俗话：一天不素净，请客；一年不素净，盖屋；一辈子不素净，讨小。

因了这个一天不素净，把朋友请到家里做客，一般是两种情况，或比较莫逆、随便；或表示隆重，以显礼遇。譬如玉洋兄请我到家里吃饭，自然属于前者。后者，则平添了几分客情。

正是这个前者，在玉洋家里吃了干贝烧小红萝卜。干贝不消说，海味。小红萝卜，我们这里叫“五月红子”，这种萝卜麦前上市（现在大棚种植，几乎四季都有），大不过雀卵，通红剔透，缨子碧绿，模样很小资。

干贝泡开，小红萝卜切片。热油烹几粒花椒，先下干贝，尔后放入萝卜片、少许萝卜缨，急火快炒出锅。其技术含量，在于收汤，汤多，味减；汤少，不出味。

这道菜，以色悦目，鲜红、雪白、碧绿；以味见长，甜丝丝加几分海鲜，清脆爽口。玉洋说，是跟汪曾祺老先生学的。

那天喝高了，还唱了几段样板戏。我唱了高派的“朔风吹，林涛吼……”玉洋唱了裘派的“早也盼、晚也盼……”五六年了，还能想起那腔调，犹如磨扇子压住了狗耳朵。

鬼子肉

驴有鬼气。我们这里风俗，家里进了驴最不吉利，需要绞驴耳朵放血破灾。因此，人们把驴肉称作“鬼子肉”。所以，这个称谓与钓鱼岛无涉。

“高唐鬼子肉”就凭借这个怪怪的名字，在全国各地开了好多家连锁店，据说还申报为省级非物质文化遗产。

大概八九年前吧，朋友请客，吃过一次“全驴宴”。所谓“全驴宴”，就是要吃驴子的各个部位，当然，驴毛是不能吃的。那晚上食客计有十人之多，气氛那是相当的热烈。

宴席中间，高潮出现了，服务员用大托盘端上一尊威风凛凛的驴头。这厮大概死不瞑目，欢睁大眼，炯炯有神，向座客行注目礼。举座惊呆了！服务员徐徐解说，驴头可分五官切成七盘，那盘驴唇，取名曰：爱之吻。举席不免哗然。

猪下货

在兆新家里做客，总少不了猪下货。因为我喜欢吃，兆新喜欢吃，欢欢也喜欢吃。欢欢是条狗，那时九岁多了，已经步入老年。

兆新住在文化馆大杂院的两间南屋里，门外一圈篱笆，篱笆墙上有个木条琵琶门，典型的“柴扉”。一推柴扉，欢欢就大叫。欢欢的声音很庄重，像对着麦克风做政府工作报告的大领导，再一拖腔，那就是帕瓦罗蒂。听到欢欢的叫声，兆新立马走出来，双手叉腰说道：“叫什么，您叔来了，又不是外人。”欢欢就不再叫，就把身子靠在我的腿上凑近乎，意思让我原谅它的老眼昏花。

入席，上首的沙发是欢欢的专座，我坐二把，兆新坐个板凳打横。兆新不大喝酒，他的任务主要是说，口若悬河地说，激扬愤慨地说，不容置辩地说，无尽无休地说……因此，在他家做客很容易，只管吃喝就是了。

欢欢端坐在沙发上，很绅士，让它吃就吃，不让它吃绝不吃。看着我一仰头把酒喝下去，它也伸伸脖子，喉咙里咕噜一声。

那天很晚了，兆新仍然在说。我没走，就住在他的陋室里。两张床，我睡的床靠近首席沙发，晚间自然是欢欢的下榻。我有择席之癖，不一会兆新打起了呼噜，不一会欢欢也打起了呼噜，间或“讴”的一声，又像莱芜梆子的小嗓。主仆此起彼伏，我一夜目不交睫……

桌上的那盘猪下货，三分之一是猪肝，我一夹，兆新就架住筷子：“你不能吃，这是欢欢的，猪肝明目，我是买了给它养眼的。”

红烧兔子头

“相见亦无事，不来忽忆君。”论及朋友的交往，这是一种境界。朋友是需要间隙的，就像轴承，有间隙才能转动，有间隙才能润滑。所谓的亲密无间，到头来往往糟糕。

那一年，翼之去峄山拓经，很长时间没见他的面。忽一日，电话告诉我，他回来了，请我去吃红烧兔子头。于是乎，欣欣然前往。

一客一个，兔子头比起全驴宴那个威风凛凛的驴头来，显得猥琐，显得滑稽，呲着两个大牙。况且内容单薄，一分为二后，可吃的就是兔舌头；撬开脑壳，还有兔脑子。至于味道，已经记不起来了。

吃东西是有些讲究的。譬如《红楼梦》里给贾母上了一道菜：清蒸乳羊。贾母就说："这是不见天的东西，小孩们是不能吃的。"那个乳羊，就是胎羊羔，没见天日，虽说是大补的，但小儿不宜，吃了折寿。据说，兔子头孕妇是不能吃的，否则生下小宝宝就是个"豁子嘴"。有没有道理呢？不搞争论，好多习俗是不讲道理的。宁可信其有，不可信其无。

翼之是个很实惠的朋友。我说这个实惠，是指可以和他一块儿吃酒捞肉，一块儿嬉笑怒骂，求大同、存小异，求大同、存大异，即不同心，尚可协力……随意、适意，不经意，九分魏晋之风，一分道学先生。九分魏晋之风，是友情；一分道学先生，便是间隙。

如今，翼之去了，想起这样的朋友又少了一位，不禁怅然。

干煸茄子

干煸茄子这道菜，是一位朋友的前妻做的。那次他乔迁，我去温居。

朋友的这次婚姻非常糟糕，糟糕到什么程度呢？结婚的那一刻，两个人就想离婚。为什么到了这个地步呢？婚姻问题，第三者是不容置喙的，鞋子合适不合适，只有脚才知道。存在的就是合理的。黑格尔的这句名言，阐释的是因果关系。质言之，不能存在的，就是不合理的。信不信由你，反正我信。即便这样，婚姻还是维持了十七八年，直到孩子上了大学，这才拜拜。

那次温居，好像先从饭店要了一桌菜，酒过三巡，女主人说要亲自下厨做一个。因为这样的事情很少见，我说，你去做吧，我们慢慢喝等你。过一会，菜就端上来：干煸茄子。一尝，举座惊呼：鲜、嫩、软、滑，风味醇香。我当即点评，普普通通的茄子能做出这个味道，手艺就有点意思了。

她很高兴，告诉我工艺流程：茄子切寸条，手指粗细，鲜猪油，热烹花椒，下锅，点少许味达美，急火快炒，出锅前，拍几瓣蒜放入，上盘，淋几滴麻油。

他们离婚后的第一个春节，我在家请客，在座的就有那位朋友。正要开宴，楼下有人按门铃，一听，他的前妻来了。真是无巧不成书！鉴于当时势同水火，另一个朋友怕场面尴尬，急忙自告奋勇，下楼告知实情。朋友的前妻一听，拂袖拨马而回。

据说，她那天带了几个新鲜茄子，想来我家吃饭，准备再次掌勺露一手。一直到现在，我都觉得内疚，对不起她。

干炸魑霖鱼

有一年除夕，岱顶神憩宾馆住进几个款爷，8800元的总统套房开口就要三个，无奈宾馆只有一套。一彪人马进了餐厅，首先问有什么好吃的，服务员介绍泰山螭霖鱼。一看货，头和尾巴挨在一块，一寸多长，四十元一条。款爷说：先上二百条吧。宾馆只有一百条，是留给春节期间上山的高官大吏、重要客人的，结果弄的服务员哭笑不得。

螭霖鱼是泰山的独有鱼类。在山泉水清，此鱼不饮浊水，不食秽物，出山则不活。志书载：方首圆身，巨口细鳞，阳光下可变五色；大六寸重四两者，额上起岩，目上有眉，口边有须，似螭龙而无角，谓之龙孙；又兼喜霖，故名螭霖。其高洁在于，畜螭霖之水用之泡茶，与新汲水同。

清高宗到泰山祭祀，食螭霖鱼甚美，命进之。赋闲在家的大学士阁老赵国麟抗疏曰：泰山螭霖非常鱼、非常有。乾隆遂罢其旨。

这鱼倒是吃过多次，较常见的烹制就是干炸。其味道，可能因我食性粗疏，始终不得其味，并未见得有新奇之处。至于营养，据说它有一种叫卵磷脂的东西，比鲨鱼高四十倍，但始终查不到出处。

我和一位老先生是忘年交，老爷子痴迷于螭霖鱼放生，每当这种仪式，必定参加，虔诚得很。仪式结束，招而待之，必上干炸螭霖鱼，再享口腹之欲。我以此取笑他，他就给我讲和尚吃鸡蛋的典故：

佛祖赐我一个桃，既无核来又无毛。

老衲带它西天去，免得阳间受一刀。

泰山三美

“泰山有三美，白菜豆腐水。”白菜是老品种“包头白”，去帮，菜心娇黄（现在多用“娃娃菜”代替，底蕴就没了）；豆腐是泰安州的“神豆腐”，石膏做的，雪白细嫩，一刀下去，浑身打战而不散；泰山水称“神水”，自通天河，至中溪，沿黑龙潭、梳洗河分流而下，清冽甘甜，烧一年开水，壶内光洁如新。

这道菜的做法，不放任何佐料，少许盐，开锅即可。其色香味，很文艺，很清贵，很适合小资阶层的锦心绣口。因此，好多外地来泰安的朋友，都点这个菜，说乾隆吃了都说好。

实际上，豆腐的起源很早，是那位炼丹家——淮南王刘安发明的，时至今日，已有 2100 多年的历史。不光乾隆，叫我说汉武帝、唐高宗、武则天、唐玄宗、宋真宗等，都吃过“泰山三美”。当然，这些封建大佬不属于小资白领。

我是须眉浊物，清淡与我不相宜。请客一般不主张点这道菜。须知，文艺的另一面，就是作伪；清贵的另一面，就是寒酸，此乃其一；其二，要吃在家里炖上一锅就行，何必到饭店去当那个冤大头（价格挺贵的）呢?

泰安有一家很有名气的饭店，每逢端上这道菜，服务员就操起“泰普”，从三皇五帝讲到如今，如何御膳、如何营养等，实在是轻看了食客的智商。费力不讨好。

还有一位北京的朋友，回家后自己做“三美”，白菜豆腐都是京城的，水用的是“农夫山泉有点甜”。他打电话告诉我，“怎么就不是那个味呢？”

拔丝土豆

好多年前，我认识了朋友老曹，说是朋友，不恭，僭越，其实是个长辈。老曹研究蔬菜，主要研究马铃薯，马铃薯良种繁育、马铃薯脱毒、马铃薯栽培等他都搞，以此在全国小有名气。他的马铃薯高产实验，亩产达到八九千斤，获过科技进步奖。当时要说他是马铃薯领域的袁隆平，倒也不逊色。

认识他是朋友老杜引荐，并相约到那里小酌。老曹住在大洛沟蔬菜试验田的地窖里，一半地上，一半地下，冬暖夏凉。那次见识了老曹拔丝土豆的手艺。一出锅，他首先夹起一块开始拔丝，喝令拿钢卷尺，量量丝有多长，那次不到两米，丝就断了。他嫌我不中用，没有眼疾手快，说过去可以拔到六米多长。他交代我，这道菜的焦点技术是熬糖，太嫩，丝没有韧性；太老，丝就脆了，琉璃了，拔不出来。他说在大宾馆里，大师傅上这道菜要给侍应生赏钱，不然磨磨蹭蹭，端到桌上，火口再好丝也拔不出来了。

他还说，他的醋熘土豆片比梨都脆，他炒的芹菜掉在地上能摔成两半。但是，那天他没做这两道菜。

老曹是个畸人，隐士，隐于野的隐士。无家无口，光杆司令，灶君老爷拴在腿肚子上，走到哪里哪里是家。他说在宝塔山下读过抗大，听过延安文艺座谈会上的讲话，认识康生，见过康生在联欢晚会上司鼓。他还懂米丘林、李森可、遗传变异DNA……老曹学问大得怕人。

那他为何又流落在民间呢？英雄是不问出身的。

凉拌皮肚

禹大哥精通鲁菜，当年磕头认过师傅，做过“参打头”的席面。鲁菜经典如：扣肉、熘肝尖、爆炒腰花、九转大肠、干炸里脊等，都做得很地道。尤其是凉拌皮肚，用麻酱、蒜泥或芥末调味，特别宜于喝二锅头。每年春节都给我做好送过来。

禹大哥在一个培训中心食堂里当厨师。中心每年举办文物鉴定培训班，邀请一些国宝级文物专家，诸如朱家溍、杨伯达、史树青、刘久庵、李先登等来授课。有一年，刘久庵来讲书画鉴定。刘先生早年在琉璃厂当小伙计，人称“刘半眼”，特别是明清一些地方小名家的作品，卷轴打开一半，即辨真伪，一言九鼎。曾经给我鉴定过乾隆年间江南名家翁小海的折扇。

领导很重视，让禹大哥专门接待他，标准四菜一汤。第一天，用四寸盘子，菜很精致，刘先生吃的精光。禹大哥向领导反映了情况，领导分析可能量小，第二天用六寸盘，仍然是光盘行动。第三天，领导说看来还得加量，禹大哥就用八寸盘做冒头尖……刘先生傻眼了，执意让服务员把他请进餐厅，恭恭敬敬说道：禹师傅您好！您做的菜实在好。特别那个凉拌皮肚，现下天津卫吃不到的。这两天我怕菜剩下浪费，都吃了，撑得实在受不了了。再这样吃下去，我可就要出问题了……

禹大哥的客厅里，挂着好多名人字画，皆承蒙专家所赐。中堂挂了欧阳中石“馈我佳馔”四个大字，厚墩墩、沉甸甸的。

禹大哥住我楼下，很勤快，宿舍外边开了十几平方荒地，种了蔬菜。开春了，每天早上一开门，就有一把苔菜、菠菜、韭菜、羊角葱之类，水灵灵，干干净净地放在台阶上。吃起来，三分是爽口，七分是温馨。

活菜

在家请客，一求个氛围，二要比饭店节省。我就是兼顾这两方面的因素。然而，把客人请到家里，要有的吃，满桌菜肴无处下箸，再热情，再丰盛，也讲不过去。现下的人嘴又都很刁，别说大鱼大肉，就是生猛海鲜，也已经吃得口滑，不会在意了。所以，要想主意、想办法，调戏客人的味蕾，以不至于兴味索然。

我们老家过年，要做一种凉菜。主要原料是白菜、菠菜、油炸豆腐条、粉条、猪耳朵、剔骨肉等。先把白菜、菠菜用开水焯，攥干水分；再把粉条开水里煮一下，捞到凉水里控干。用粉丝行不行？不行，粉丝清贵，与此菜不相宜；猪耳朵切丝，剔骨肉切碎，然后各种原料拌在一起，放蒜泥、酱油、醋、花生油、麻油等调味。还有很主要的一种原料，就是把炒熟的花生米砸细，放入。用芝麻盐行不行？不行，出不来那个味。什么味呢？年味！

再一道菜就是芥末肚子。《庄农日用杂字》云：“芥末调肚子，蛋吃腌半咸。”这都是在谱的。芥末用芥末面为上，芥末膏（日本辣根那一种）次之，芥末油更次之，市场上的芥末油，大多不新鲜。做法：芥末面用热水（或醋）调匀，焖一下；嫩白菜帮片成片，开水焯，猪肚片成片；最后把芥末糊倒入。一筷子吃下去，大多都会涕泗交流，要赶紧闻闻酒，缓冲一下。这道菜，要的就是这个效果。

这两道菜，鲁菜系里叫活菜。每逢我请客，朋友欣欣然。他们垂涎的就是活菜。

炖鸡

饭店服务员的笑话很风行，一般还挺粗俗。譬如，领导入座，服务员在一边查人数，领导就问：你数什么？服务员说：俺属狗。还有，十个领导，上了九只甲鱼蛋，服务员就说："十个领导九个王八蛋，这可怎么办呢？"

服务员多是乡下来打工的姑娘，有时也挺搞笑。我见识过一回，服务员端上一盆炖鸡，就用普通话报菜名："泰山蘑菇鸡，请慢用。"走到门口了，又突然转过身用家乡话说道："嗨 —— 俺的娘哎，还忘了说粉皮呢？"

服务员说的这个泰山蘑菇粉皮炖鸡，是我们这里的家常菜。鸡，一般是柴鸡，或者说笨鸡、土鸡，家养的，不能是四个星期出笼的。这些鸡在山坡上吃松柏籽，吃蜻蜓、蚂蚱、小虫子等活食。下了蛋打开，用筷子一插，蛋黄打滚。但是现在，这种鸡没大有了，饭店老板要忽悠你，别信他的。蘑菇是泰山松莪，夏秋采拾晒干备用。粉皮是鲜地瓜淀粉做的，薄、韧，青亮剔透。

过年过节在家请朋友，都做这道菜。上菜的顺序，一般也是头鸡，二鱼，三丸子。图个吉庆、有余、团团圆圆。我的做法：先把鸡块洗净再用开水泖一泖（相当于青菜的焯），控干；适当多的油，热烹八角，下入鸡块、姜块、葱段，急火炒，约三四分钟；再加少许酱油炒；尔后加水（没过鸡块），细火炖，半小时即可。中间加入蘑菇、粉皮。

肉丝芹菜绿豆芽

前些年，民间流行几大惹不起："光喝酒、不吃菜，光着脊梁打领带，自行车骑到八十迈。"像前边提到的邻居禹大哥，就是光喝酒不吃菜。他倒不是惹不起，因为他是厨师，再好的菜浅尝辄止。他说：光在厨房熏就熏够了，哪还有胃口吃菜？

扯远了，书归正传。请朋友吃饭，不怕他爱吃什么，就怕他什么也不爱吃。前几天走了的翼之，就是这样一位朋友，不吃鸡，不吃鱼，不吃海货，忌口很多。但他爱吃一个菜：肉丝酱炒芹菜绿豆芽。

做法：寸段芹菜（尽量抽丝）、绿豆芽（掐头去尾，在孔府菜系里清炒绿豆芽，名之为“如意金钩”）、肉丝、干辣椒两个（囫囵用）。热油先炒甜酱，再下肉丝，煸一煸，半熟，放芹菜绿豆芽、葱姜丝辣椒等，急火快炒。出锅前放醋，适当多。

特点：酱香、鲜亮、清脆、适口。宜于佐酒。

他还爱吃清炒青椒茄子丝，大致也是这个做法，要点是放甜面酱。

灌汤包子

蔡京出事后，府中大批差役流散。京师某士买一小妾，自称太师府做包子的。一日，令其下厨做包子，辞以不能。于是，某就问：你既是包子厨中人，为何不会做？答曰：妾只在包子厨中剥葱。由此可见，蔡太师厨房的规模。

遗憾的是，在充军发配的路上，蔡京活生生饿死了。想到他是支持王安石改革的干将，我就同情他。为什么？历史为胜利者所写。变法失败，不就是触及了利益集团嘛？古今毫无二致。往往有些“世人皆欲杀”的，不一定是坏人。历史这个东西有时不大靠谱。

做包子馅用葱调味，很关键，效果大矣哉。

此地有两种大葱，名头都很响：一是章丘大葱，一是莱芜大葱。前者一根两三斤，大者五六斤，皮厚，脆生生、甜丝丝的，宜于凉拌或蘸大酱生吃，很能开胃；后者又叫鸡腿葱，一根不足一两，既辣又炝，宜于当葱花做菜调味。特别是叶下段发青，称为“晚娘脖”，味冲，特辣。

吃牛肉灌汤包子，要提前一天做馅。多多加入大葱调味，放花生油或橄榄油，再加酱油和花椒水，顺时针搅拌。最后放适量麻油再搅，馅子养一天之后再用。

我告诉朋友，吃这种包子，一是要注意烫，二是要用绳子拴住舌头，不然，连包子加舌头会一块吞下去的。

姜芽子

关于姜，《说文解字》：“神农居姜水以为姓。从女，羊声。”后又引申：姜，从羊，从女，指温顺的女子。古代，姜、美二字通用。因此，还多用作女子的名，如孟姜、仲姜、国姜等。春秋时期，齐国国君齐僖公的女儿、鲁桓公的夫人，以才华著称于当世，名文姜。现在泰山脚下汶河岸边的文姜台，就是行宫遗址。

巧合的是，作为调味品的姜，也是温性的。俗话说：姜是老的辣。调味，自然是老姜。在鲁菜系里，炒、炖、煎、溜乃至凉拌，几乎做各种菜都用姜来调味。嫩姜，又叫姜芽子，腌制生吃为佳。所谓佳，当然是说味道，刺激味蕾。刺激一般人的味蕾，无非开胃，不过多吃半块馒头。但如果刺激了领导的味蕾，说不准可以扭转乾坤、否极泰来。你信不信?

前几年，某君想从基层调到市直部门。在别人看来，他人微言轻，办调动根本就是“李双双死了丈夫”——没有希望（喜旺）。况且好多人重金厚礼都无果而终。然而，某君却用姜芽子轻而易举地搞定了。他的办法很原始，就是背上一尼龙袋姜芽子，蹲在领导门前守株待兔。只要功夫深，铁杵磨成针，果不其然。我对此一直不解，持重金者领导尚且不屑一顾，怎么姜芽子就能峰回路转、柳暗花明呢?

去年冬天，朋友送我几袋塑封的姜芽子，糖醋的。早上吃面条、喝稀饭，噙上几片，满口生津，津津有味，胃口大开。于是就想起那位朋友，真的是“每餐不忘君”。感同身受，这才恍然大悟，敢情那位领导一定和我一样的。

荠菜水饺

城中桃李愁风雨，春在溪头荠菜花。

诗歌里这么写归写，实际上开了花荠菜就老了，不好吃了。秋末冬初以及早春的荠菜，包水饺最好。荠菜和豆腐做馅，是绝配。荠菜切细，再把豆腐煮一下，或用油煸至两面发黄，切成豆腐丁，拌入荠菜，放花生油、花椒面、盐、少许味精。

开锅即盛。它让你领略什么叫鲜美。

荠菜水饺，是素水饺的上品。用肉配荠菜行不行，不行，不对路数。就像林黛玉只能与贾宝玉派对，如果和焦大，就别扭了。

上一次写炖鸡，我说南方人不爱吃鸡，网友都指出来了，那是我的误解。继而也想起，我在海南就吃过文昌鸡；还有，江浙湖广的白斩鸡，也很普遍的。看来不是南方人不吃鸡，而是我这种说法，应了当地的一句歇后语：仰巴丫子嬎蛋——离把鸡。

需要解释一下，“仰巴丫子”即仰面朝天，像王羲之坦腹东床，就是仰巴丫子；鸡下蛋，我们这里说嬎蛋，嬎（fan），分娩的娩加上一个生，会意字，我再不用，这个字就快消失了；“离把”，就是说话办事不靠谱；为什么说“离把鸡”呢？你见过仰面朝天下蛋的鸡吗？哈哈，我很欣赏我们老家的方言。

至于南人吃不吃水饺，有没有荠菜，这回不敢武断了。只是我们这地方有个笑话，说请南方人吃水饺，南方的朋友大费踌躇，无论如何也弄不明白——这馅是如何进去的呢？

凤凰蛋

我这个栏目谈和朋友吃，吃的东西都是俗物，很形而下。偏偏今天想起“凤凰蛋”这个东西，名字却是雅得很。

鸡的孵化需要二十一天（民谣曰：鸡鸡，二十一；鸭鸭，二十八；鹅鹅，三十一就伸脖），因此就有个歇后语：二十一天不出鸡——坏蛋。我说的凤凰蛋，就是二十一天不出鸡的蛋。不该面世的雏鸡，全毛全翅的蜷曲在蛋壳里，就这样夭折了。坏蛋固然坏蛋，换了一个雅号，就显得体面了。

坏蛋是一道美味。春天是开始孵鸡的季节，每逢请客，餐桌上就少不了这一味。多数朋友望而却箸，少数抱着拼死吃河豚的决心，小心翼翼地把坏蛋上的毛摘干净，战战兢兢地吃下去，然后一伸脖子，说道：香啊！其他人这才下箸疯抢。

这道菜的做法很简单：先把坏蛋煮熟，控干水，撒少许盐、材料面腌一腌，入味，再下锅油炸，稍微发黄，即可上盘。

还有一种吃法，即用草木灰烧，一般放在摊煎饼的鏊子底下。烧熟的坏蛋像栗子黄，味道之美，更不屑为外人道也。

说起凤凰蛋，又想起一个朋友写了篇散文，最后谈到凤凰涅槃，说凤凰从烈火的灰烬中破卵腾空而起。原来他以为涅槃就像孵鸡，凤凰下了蛋，利用灰烬的温度孵化出来。用生物学的原理来解读佛教的精义，可谓自成一家，不得了。

梨花宴

纱窗日远渐黄昏。（刘方平）
雨打梨花深闭门。（李重元）
冰雪肌肤香韵细。（刘秉忠）
不知今夜属何人。（无名氏）

据说，集句滥觞于王安石。闲来无事，随意集古人这四句，权且附庸荆公吧。不料，一个朋友看到后，称这是艳诗。怪哉，我怎么能集艳诗呢？他又说，你是潜意识。哈哈，不便再问了，这人什么话都敢说，再问，寡人反取病焉。艳诗就艳诗吧，反正我是无意的，他是有意的。

泰山南北麓都有梨园，每逢这个时候，就有文人相邀前去赏梨花。所谓赏，无非一帮红男绿女，一径斜路转转，一道打情骂俏，一顿胡吃海塞，醉醺醺地回来了。至于赋诗，像上边那四句，他们想扁了脑袋也白搭。真真是玷污了梨花的清雅。

当然，那是说的文人。至于吾等，梨花不敢言赏，但也是要看的。今年去梨园，天公不作美，先是小雨，后来下大了，人不留人天留人，朋友就请客在“农家乐”里吃了一顿。不曾想，邂逅了梨花宴——

一盘梨花，一盘梨叶。用开水略微焯一下，雪白的梨花蓓蕾，拌了新采的梨花蜜，紫红的梨叶嫩尖，撒了蒜蓉。虽说秀色可餐，要想知道梨花的滋味，毕竟得亲口尝一尝。一尝，果然是满口梨香。至于梨叶，清火，苦殷殷的，味胜梨花。我曾吃过桃花，味道离梨花相去甚远。据说，还有一道名吃——桃花粥，放上肉末、皮蛋什么的，没喝过。

说是梨花宴，其实还少不了猪膀蹄、红烧肉什么的，只是梨花提升了小宴的文化品位。

清雅，不过是个招牌。还是小老板那句话：我不说梨花宴，你们能在这里吃吗?

狗肉宴

吃 YH 的狗肉宴，大概有过两次，一次是去平阳，YH 郑重邀请的；一次是在本城，一帮食客强烈挟裹的。

先说第一次。俗话说：十里路，去赶嘴，不如在家喝凉水。本城距平阳七八十公里，连夜往返，没点重口味的雅兴，是不会去赴宴的。更关键的是，YH 主要邀请郭君，郭君临时有接待任务，不能脱身。这样，该去的没去，不该去的去了。至于这次狗肉的味道，忘了，只记得七个人喝了八瓶汶阳春。

归程，已是“残月脸边明”。孙君、单君，二君“正经吃地沟油的命，操习大大的心”，仰仗六分醉意，在车上激辩，势同冰火，几欲“手执狗腿将你打”。扰我一路清梦。

好话怕猜疑。第一次狗肉宴过后不久，尚君就问我：何时再去吃 YH 的狗腿呢？大家都笑，尽管都知道是去 YH 那里吃狗腿，并非吃 YH 的狗腿。于是，就与尚君又开始策划第二次平阳之行。

这次比较慎重，组团时首先约好了上次该去没去的主宾郭君，对他言明，就是奥巴马来了，这回也不得爽约；其次，鉴于孙君、单君聒噪，二马不能同槽，两害相权取其轻，不能让孙君再去了，要对他封锁消息；第三，择定黄道吉日，悄悄地进村，打枪的不要……

待到一切议定，又不能去了。我把这个不幸的消息通知了 YH。

孰料，第二天下午一上班，就接了 YH 的电话，要我到汽车站接他：毕竟 YH 聪明，闻听此事，分门别类打包，背起一整条狗的家当，外带老汤，坐公交车来了。

YH 来了，全狗宴也来了。关在笼子里的味蕾被激活了，舌尖梦就要实现了。

于是乎，皆大欢喜。找了一个小饭店，YH 像布袋和尚，解开尼龙袋子，一样一样往外拿，摆了满满一桌子。又是一帮吃货大肆饕餮，吃狗肉喝烧酒狗肚子发烧。最值得称道的是狗肺，超好吃。据说，狼心也是美味，可惜没吃过。

这次途中，狗肉老汤洒到 YH 的棉袄上了，弄得很长时间，YH 一上街，狗就跟着他咬，一直咬到教育局。

咸糊粥

没有任何一样粮食作物比得上大豆，可以做好多好多的好吃的。这里只说一种豆扁。豆扁的做法非常简单，把豆子泡一泡，上碾一轧就成。轧好的豆扁，像小金饼，挺文艺的。

我们老家用豆扁来作糊粥，开锅后放入，少顷，再下糊粥面。即熟，再放入芫荽叶或荠菜、盐等，叫咸糊粥。做糊粥是讲究火口的，小米面开锅一会就好，玉米面要适当多熬一会，要把白沫撇一撇，才好喝。玉米面做糊粥，还不能磨得太细，粗一点清爽，口感好。做糊粥放囫囵豆子行不行？也行，但不出味。做咸糊粥的菜叶主要用于调味，也有讲究，以芫荽叶、荠菜最适宜，再就是辣菜叶子，味道独特，略炝，甚好。

豆扁还有一种吃法，用来炒扁豆丝，放辣椒，炒好炖一炖，非常好吃。

咸糊粥不简单，关乎国计民生。北方好多地区，一日三餐断乎少不得。早年间谁家穷了，就说他连咸糊粥都喝不上了；谁家嫌孩子多，众人就劝他：不就是做咸糊粥多加一瓢水吗？

煎饼

我老家及周边的泰沂山区，以煎饼作为主食。煎饼的历史大致很久远，有人甚至考证当年孟姜女哭长城，行囊中带的干粮就是煎饼。至于当地人对煎饼的钟爱程度，有个笑话说，早年在山东招兵，背一包袱煎饼，扛一捆大葱就齐了。

如果有人问，这地方为什么吃煎饼呢？我以为，泰沂山区主要产杂粮，杂粮做成煎饼，属于粗粮细作，是最佳选择。其初衷肯定不像现在城里人强调的营养搭配之类；其二，煎饼耐储存，便于携带，食用方便，特别宜于充军粮。八路军就没少吃了山东老乡的煎饼，把煎饼称之为“红色食品”，亦无不可；其三，还是个生活习惯的问题。杜甫《有客》诗：“竟日淹留佳客坐，百年粗粝腐儒餐。”山东人刻苦，耐粗粝。你再问，为什么山东人刻苦耐粗粝？那是没办法的事，存在决定意识，也是适者生存之道。

如今去看望当年的老领导、老前辈，总要带些煎饼，想让他们尝尝。六七十年了，这些人肠胃已经腐败了，看他们咀嚼起来五官移位，像蚂蚁啃猪脚的那个样子，你就会觉得他们八成是在吃感情，或许有两成是在吃煎饼。

来了远客，想送点土特产给他们，送什么？就想到了煎饼。只有一次例外，有个浙江的朋友不要，他说：这东西会扎破我的肠子。

还有个问题需要说一下，正宗的煎饼，是用石磨、成品粮磨出的糊糊做的，而不是用各种面子和成糊子做的。后者口感差，我一尝就能尝出来。

面酱

有人说早年在山东招兵，背一包袱煎饼，扛一捆大葱就齐了。他实在小瞧了山东人的幸福指数。要叫我说，至不济也得再加一盘面酱。大葱蘸酱卷煎饼，这才是真正的幸福生活。

酱的历史更早，据说是西王母发明的。汉武帝孜孜不倦求长生不老，西王母下凡告诉武帝，有神药“连珠云酱”“玉津金酱”，食之可得永年。确切地说，酱的制作发明应在周之前，因为《周礼》中已有“百酱”之说。至于酱的历史地位，毋庸赘述，“柴米油盐酱醋茶”，开门有关国计民生的七件大事，酱位列其中。

在我老家，制酱的原料属于废物利用。吃剩的馒头或杂合面窝头，干透了上碾轧，过箩成粉状。然后加盐、花椒、八角、茴香等料，放在盆里加热水，顺时针搅拌均匀。最后，放在当天井里，白天曝晒发酵，夜里露水滋润，如是七八天后，面酱就成熟了。可以说，面酱正是授受天地之灵气、日月之精华，才成美味佳馔的。

曾有县令过路此地，见某户大门书联：“金童玉女传花碗，夜来观星把将移。”

县令纳罕："此非南阳，竟有诸葛卧龙？"过门探访，始知乃一潦倒穷秀才苦中作乐：七八个儿女合用一只碗喝稀粥，天井的磨台上放了一盆面酱，夜里怕下雨淋了。

制作面酱，多在春天。因为春天是蔬菜的淡季。几乎家家如此。酱里放上花椒芽子，特提味。

韭花酱

韭菜是美味。《山家清供》载，六朝周颙，清贫寡欲，终年常蔬食。文惠太子问他蔬食何味最胜？他答曰："春初早韭，秋末晚菘。"《礼记》则称，庶人春剪韭，配以"卵"。也就是说用鸡蛋炒韭黄，干什么？祭祀祖宗。杜诗曰："夜雨剪春韭，新炊间黄粱。"春韭如何食用呢？老杜没说，我估计是韭菜炒鸡蛋。明代的高启有诗曰《韭》："芽抽冒余湿，掩冉烟中缕。几夜故人来，寻畦剪春雨。"这句"寻畦剪春雨"，乃诗眼。就是这个高启，后以文贾祸触犯朱元璋，被腰斩于南京城。朱元璋亲自监斩。高被腰斩后并未马上死去，还用手蘸着鲜血连写三个"惨"字。自此，朱元璋夜夜噩梦，不久就一命呜呼了。

话扯远了，还是说韭花。韭菜一般在阴历七八月份开花，有白色和紫色两种颜色，花序呈伞状。做调料韭花酱，选取开花后结子的骨朵，籽要嫩，去梗，放鲜姜及适量的苹果和梨（切块），上石碾轧细，发酵三两天后食用。满室生香。

韭花酱作为提味的调料食品，最适宜于吃火锅涮羊肉。现在饭店里的韭花酱，则是韭菜用果汁机之类的机器打碎做的，据说还加进菠菜，颜色惨绿，食之味恶，那才是不折不扣的"坑爹"。

我母亲说，韭花酱必须上碾轧，味道才纯正。还说，用青石碾和砂石碾都不一样，以前者为胜。

豆豉

豉，《辞海》释义：一种用熟黄豆或黑豆经发酵后制成的食品。古人誉豆豉为“五味调和，需之而成”。许慎《说文解字》谓“豉为配盐幽菽者，乃咸豉也”。南朝陶弘景称“豉出襄阳，钱塘者香美而浓”。另外，《食经》《汉书》《史记》《齐民要术》等典籍中，都有豆豉的记载。大概汉代是豆豉的鼎盛时期，范文澜《中国通史》称：“汉武帝收回盐铁钱三大业以后……继起的巨富以京师为例，有樊少翁，王孙大卿卖豉，算是大工商业，获利多至一万万。”

《本草纲目》记豆豉制作方法：十月至正月，用好豉三斗。清麻油令烟断，以一升拌豉，蒸过、摊冷、晒干。拌再蒸，凡三遍。以白盐一升捣和，以汤淋三四斗，入净釜，下椒、葱、姜、桔丝同煎。三分减一，贮于不津器中，香美绝胜也。

其实，李时珍太啰嗦，也太浪费，麻油一升是要花大价钱的，穷人家置办不起。我老家不用这些，就是把黑黄豆煮熟了天然发酵，待发酵呈粉丝状，再加入大宗水萝卜片、茄子、盐等，四五天后烂熟，即可食。

当年李中堂鸿章就好这口，出洋还带着豆豉。想想喝着路易十三，就着豆豉，那种感觉有多爽？然而，入关被扣下，洋人称这东西不卫生，传染病。豆豉里有时长些醭子，晒晒就好了，不影响食用。老人说：“井里的蛤蟆酱里的蛆，这些东西都不脏。”殊不知，那时的苍蝇也是绿色的、环保的。

我的侄子有一次把临沂“惟一斋”的豆豉读成了“豆鼓”，令我勃然大怒。豉，怎么可以读作“鼓”呢？岂有此理！

餔剂

餔剂，是我老家早年间一种婴儿食品，但这个俗称的词儿，却是我杜撰的，大致不差。“餔”晚饭也，所谓“周公吐哺，天下归心”，即此之谓也；又，“餔子”，婴儿吃的糊状食物。“剂”，面剂儿，即从大块面上分出的小块。

先讲一个笑话：老财主的酒肴。

话说有一个老财主，他有好多好多的土地。夏季，他雇了十二个短工锄地。快到午饭了，他和面烤了一只餔剂。这个面餔剂好大好大，像一个大油罐。老财主套上土牛子车，拉到地头上，就回家了。

面餔剂烤的外酥内暄。开饭了，短工们来到地头，用锄头把瓤子挖吃了，剩下一个焦酥的硬壳。不一会，乌云滚滚，雷声隆隆，暴雨降临。短工们一齐跑到面餔剂壳里去避雨。

倾盆大雨下个不停，山洪暴发，泱泱洪水一下子把面餔剂壳咕咕噜噜冲到了河里。河里的一条鲤鱼正在觅食，一口就把面餔剂壳吞了下去。鲤鱼吞下面餔剂壳，肚子撑得咕溜圆，不能游动了，就搁浅在河滩上。

雨停了，树枝上站了一只喜鹊晾翅。喜鹊看到了河滩上的那条摆动尾巴的鲤鱼，一个俯冲飞下河滩，张嘴一仰脖，就把鲤鱼呱喽吃了下去。喜鹊吃了鲤鱼，肚子里撑得难受，腻腻歪歪，好不容易飞到树枝上，耷拉下翅膀，再也动不了了。

再说那个老财主，眼看雨过天晴，太阳就要落山了，锄地的短工怎么就还不回来？纳闷，就到地头上去看个究竟。到了一看，地里空空荡荡，四野寂寂无声，心里好生奇怪啊……猛然间，听到树上叽叽咯咯，抬头一看，那只喜鹊正在翻着白眼，不停地打嗝呢。老财主心里好气，我这里找不到锄地的短工，心急火燎，你还在那里翻白眼瞅我呢？弯腰摸起一块石子儿，把喜鹊打下来。捡起来一掂，贼肥！这下老财主高兴了：晚饭正好用来下酒哩！

回到家里，老财主烧锅开水，褪了喜鹊的羽毛；再用尖刀攉开喜鹊的嗉子，就看到了那条鲤鱼，乐得蹦了个高：哈哈，辣子干煸喜鹊，再红烧这条鲤鱼，好丰盛的酒肴啊，老烧酒喝它一闷罐，没问题！

接着，又攉开鲤鱼的肚子，立马看到了那个面餔剂壳，怪哉，彻底晕菜了！老财主愣神的工夫，十二个短工头戴席甲子，肩扛锄头，嘻嘻哈哈，稀里呼啦跑了出来……

（顺便解释几个名词：1. 土牛子。一种石轱辘车，用来拖运笨重物品。2. 闷罐。盛酒的器皿，可容六七斤。小口鼓腹，易于密封。3. 席甲子。草帽一类，秫秸糜子编织，劳动时用来遮阳避雨。）

听完笑话，再说我们老家那里真实的餔剂。家庭主妇门摊完煎饼掀起鏊子之后，留下一堆草木灰的余烬，这时，团上半个拳头大的面剂儿，放点粒盐或红糖之类，插在筷子上像根火腿肠，埋进余火里焙烤。十分钟后取出，焦黄的外壳，松软的内瓤，扑鼻的香气。然后，嚼了喂奶水不足的婴儿，或是犒赏头疼脑热的孩子。因此，这是早年乡村孩子舌尖上的奢侈。

热鏊子底下的草木灰，焙烤食物有一种特殊的香气，如放上一块辣菜疙瘩咸菜，烤熟后的那种味道，绝妙无伦，那是任何美食家都不可以置喙的。

当今，如果吃着餔剂就着咸菜，央视记者再问："你幸福吗？"你的回答肯定能上新闻联播。毋庸置疑。

焖辣菜

我们老家管芥菜头叫作"辣菜"。芥菜是非常古老的一种菜类，《诗经·邶风·谷风》："采葑采菲，无以下体。"葑，即芥菜；菲，学名芜菁，又叫丕蓝。这句诗，比喻不因其所短而舍其所长。宋代陈龙川《与章德茂侍郎书》："旧部当尊之人，相马不失之瘦，采葑采菲，取节焉。"正所谓也。至于这个"无以下体"，与上句相连，我的理解这是一种比喻的写法，葑和菲都是地下根茎类蔬菜，类似萝卜，本意是说在收取萝卜的时候，不要只看到地上面的缨（叶）子，而舍弃地下更值钱的萝卜。

芥菜头有一种吃法，叫作"焖辣菜"。做法很简单：新鲜的芥菜头洗净，切成条块状，下锅煮熟，晾干后焖在坛子里，放一层，加一层新鲜的芥菜叶子，主要是为了提味。焖三四天之后，即可食。食用时，放一点芝麻盐或淋一点麻油。入口绵软，有芥末的冲劲。

此美味，解毒消肿，下气消食，利尿除湿……功用大矣哉。然而，唯其呛辣，为爱者所深爱，为恶者所深恶。萝卜白菜，各有所爱。众口难调，这是没办法的事。

面灯

元宵观灯，名家都很凑趣，名篇莫过于辛稼轩《元夕》词："东风夜放花千树，更吹落、星如雨。"苏味道《观灯》称："火树银花合，星桥铁锁开。"至于李易安"不如向帘儿底下，听人笑语"（《永遇乐》），则是南渡后，遭际国破家愁，对现实的一种刻意回避。毕竟老了，当年"且把青梅嗅"的人儿，"憔悴损，如今有谁堪摘？”

还有，青涩少年时期，特喜欢“众里寻他千百度，蓦然回首，那人却在，灯火阑珊处”。元宵节往往在灯火阑珊处，千百度寻找伊人。哈哈，五迷三道，被辛弃疾这老儿给哄了！

佳节不能没有美味。元宵节的美味之一，是我们老家蒸的面灯。把小麦白面掺一点豆面，放一点盐，和的面硬一点，开始捏灯，一个角代表一月，十二个灯捏成，还要再加一个闰月；另外，再给孩子捏一些刺猬、兔子、小猪、蛤蟆等动物造型的灯。捏完，上笼蒸。蒸熟后开笼，母亲先看哪个灯里积水多少，据此判定旱涝年景。1964 年元宵节，母亲看到七月灯里水汪汪的，就说，看来要发洪水。果不其然，那年七月雨涝成灾。

天傍黑，就把灯里插上灯捻（用一种山草梗，捻上棉花而成），添上素油，点燃后，先在天井里敬了天地宅神，再到自家坟茔去祭祖。是时，漆黑的天幕下，“日月之行，若出其中；星汉灿烂，若出其里”。漫山遍野，繁星落地，跳踉闪烁，虽非良辰，但却是美景啊。

我们家的独门绝技是做鸳鸯灯，两个面条挽个扣，双头、双尾，背上共驮一灯。点上之后，那就是童话啦。

点燃过的面灯有一股油烟子气，嚼起来劲道，特香。我现在写它，竟流下了口水。

蝎子爪

春节过后，是元宵节。元宵节是百姓的狂欢节。过完元宵节，春节之绚烂归于平淡。狂欢的人们意犹未尽，便再过一个二月二。二月二什么名堂呢？二月二龙抬头，元宵节的龙灯放在河边，点燃香烛纸马祭拜后，一火焚之，谓之“送龙”。

二月二还要“打囤”。端一簸箕草木灰，用一根木棍轻轻敲击，均匀的形成一条线状，把住宅严严实实围一圈，以防邪魔鬼祟进家。只在家门一侧留一个小小的方便之门，供自家宅神出入。大门口还要打一个粮囤，祈福五谷丰登。

早年二月二舌尖味蕾上的美味，叫作“蝎子爪”。头一天晚上泡好豆子，放上八角、茴香、花椒、姜等料，一大早便煮熟。煮熟后控干水，稍晾，下锅素油炒后，即可食。有的地方直接干炒豆粒，我们这里不屑为之，那是料豆，驴马才吃的。

为什么叫“蝎子爪”呢？我想，大概是惊蛰过后，蝎子蚰蜒之类毒虫都出穴了，把它们的爪吃掉，看它还能作恶？

尿鸡蛋

早年间，生麻疹是小儿的鬼门关，死亡率相当高。我们村里有一户安姓人家，那年（大概是一九五九年）生麻疹一连串死了三个孩子，埋在村南，他娘每天都到那里去哭。我好奇，就跟着去看，陪着她掉眼泪。

因此，过去村村都有斑疹奶奶庙，属于碧霞元君泰山奶奶的分支机构，司职保佑生麻疹的孩子，人们四时八节焚香烧纸，供着它。

未曾接种牛痘之前，民间预防麻疹有一些偏方，“麻疹方子，一大筐子”，都不大管用。我母亲的方子是让我们吃尿鸡蛋。开春，麻疹流行季节，把鸡蛋用针扎上七个孔，用我们各自的尿（起床时第一泡），泡上一个星期，然后煮了吃。要说这也是美味，有点牵强，因为它是药。但不管怎么说，艰苦岁月里吃鸡蛋总是很难得，且没大有尿味。每年都吃。至于管不管用，反正我到考初中那年，才得上麻疹，十几天高烧不退，一个多月才痊愈，致使我功课复习不力，初中考了个副取生第一名。虽然是个第一，却是“副贡”，上不得皇榜啊。

气死鸭子高粱

新中国人口激增，得益于两种作物——玉米和地瓜（红薯）。单位面积产量高，能够填满肚皮，符合吃粗吃饱的原则。和平环境，又能吃饱，人口的繁殖势必步入快车道。这是自然规律，什么马尔萨斯、什么马寅初，什么人口论，都是扯淡。

六十年代中期，到海南岛搞杂交玉米制种，从那里培育的玉米单交种、双交种，产量都很高。地瓜，则是引种了“胜利百号”（原名冲绳百号）、“一窝红”等日本良种。良种加化肥，大面积种植，有效地缓解了自然灾害和人口增长的危机，成为“维稳”的硬件。

当年还从海南培育过一个高粱杂交种。山东高粱独一棵，而这种高粱，一棵(墩)七八个穗子，因此叫“多穗高粱”。个子不高，乡人俗称“气死鸭子”，很是高产。但是，最大的特点是不好吃。做高粱米，不好吃；做成高粱面蒸窝头喝糊粥，不好吃；做成煎饼，还是不好吃。刚刚经历了三年自然灾害的老百姓，饥饿的“惊底子”依然鲜活，舌尖上还没回归到口味的档次，实在是“气死鸭子”味同嚼蜡，实在是口感太恶，难以下咽。喂猪，连猪都不吃。

鲜

大凡小脚指甲分成两瓣的，据说都是纯汉血缘的人。当然，汉血缘不光指汉族，还包括蒙古人等。蒙古人种，又不是今天的蒙古族，而是包括中亚东部、中日韩和俄罗斯远东地区，这样一片广袤地域上的人种总称。这个种族，食腥膻之物。但如何摆脱腥膻之气呢？人们通过在饮食实践中慢慢摸索，以食料配伍，相生相克，扬长避短，形成美味。

譬如羊鱼这类典型的腥膻之物，和合烹调，居然称之为“鲜”。做法：取羊肋骨肉（我们当地称肋扇子）二斤，切块；鲜鱼一条，鲤鱼、草鱼、鲢鱼皆可，一斤许，横切大块；姜块、葱段、花椒，适量盐，一起放入高压锅，加水没过鱼肉块。开锅后，文火焖半小时左右即可。

特点：色泽清亮，不腥不膻，不油不腻，入口即化，鲜美无比。

美食，永远是人们的最高物质享受之一。口福，也是幸福指数的组成部分。因此，对于美食，人们是肯动脑筋的；对于口福，人们是乐于享受的。美食家堪称艺术家，难怪汪曾祺老人在世时，力推美食家进入文联的行列。

挂霜丸子

此品原料，人弃我取。猪肉皮下肥膘八两（不可带一丝瘦肉），加蛋黄五六个

（清氽丸子下脚料）。现在真正的肥膘已不多见，因为猪喂了瘦肉精之后，肥膘已少得可怜。倒是蛋黄，像有剧毒，照例是吃的人不多。在外吃自助餐，每每见蛋黄丢在餐桌上，看在眼里，疼在心里。暴殄天物圣所哀啊！

做法：肥膘剁成石榴籽状（切记，不能绞），掺入蛋黄，放少许淀粉，搅匀。然后在掌心抖动团圆，温油下锅。表面呈金黄色，捞出。第二道工序是挂霜，即在另一锅内熬一点白糖，放入丸子，翻动出锅上盘（或在出锅后趁热撒一点白糖）。

特点：金黄银白，肥而不腻，甘甜适口，有栗子的异香。

这是一位老领导传授于我的。八十年代初，各地三秋时节都成立指挥部，具体负责秋收、秋种、秋季征购。指挥部在野外搭起大帐篷，像曾国藩的江南大营，还要竖起牌坊，像辕门。挂上大标语，插上彩旗，蔚为壮观。这位老领导是农委主任，犹喜执庖厨之役，别出心裁，不惮其烦，辄令炊事员退避三舍。我跟他学了好几道菜，以后不做，就荒疏了。

有一次，这位抗战干部喝高了，问我这个小青年说：“我实在不愿干主任这个 × 差使，就愿意炒几个菜，你说我这人是不是没出息？”

我说：“哪能呢？”不过一边说我一边想：他是否悟出了“治大国如烹小鲜”的道理呢？

炝藕

且说有个傻子赶集，卖藕的问他说：“买藕吧。”傻子说：“骗谁呢，一斤藕半斤窟窿眼子。”看来，傻子也有独立的思维，也能做出相应的判断，只是认识差之毫厘，判断也就谬之千里了。另外，藕一般十二个孔，泰安到新泰之间有个化马湾，那里的藕十三个孔，不知为什么。小时候，老人说吃了藕长心眼，于是就多吃。藕的最佳食用时期是农历七八月份，所谓的“花下藕”即是。

关于炝藕。炝，是把原料用沸水焯烫。炝与拌的区别在于：炝是先烹后调，拌则是有调无烹。炝藕的做法：囫囵藕瓜横切片，以半厘米厚为宜（太薄，易老；太厚，则焯不透），开水进锅，2 分钟左右，焯至藕片颜色变暗，捞出用凉水湃（ba）透。鲜花椒（或干花椒一撮热油烹）、姜末、葱丝、醋、麻油、味精、少许盐，凉拌即成。特点：色、香、味、形俱佳，脆如梨。

这种炝藕，较之宾馆饭店精细的做法，显得村俗，属于普通的吃法。但味道绝胜，特别是厚厚的藕片，更多地保留了藕的自然属性，入口上下牙一对，余者靠惯性碎开，香脆、味足，开胃，实为下酒之尤物。

这种做法，也是抗战老主任教我的。

北瓜蒸鸡

中国真的地大物博，单说瓜，就有冬瓜、西瓜、南瓜、北瓜、甜瓜、黄瓜、倭瓜……而北瓜，在南北方又有不同，北方叫北瓜，南方则叫南瓜，所谓“红米饭南瓜汤”即此。另外，北瓜还有金瓜之称。山东人打赌撇清自己，往往说：“这事要是俺干的，骂北瓜葫芦的都算骂的俺。”可见，北瓜是再寻常不过的家蔬野味而已。

北瓜的吃法，我上网搜了一下，有一个“北瓜做法大全”，数了一下，大概十几种。十几种也敢称“大全”，可见网络大而无当的一面。在这里介绍一种大全以外的吃法——“北瓜蒸鸡”。

做法：选取成熟的北瓜，以二斤为宜、“凸”形或圆墩形的最好，洗净。瓜不可老熟，老熟发面；也不可太嫩，太嫩发澥；均影响口感。在瓜脖的下部切下瓜巴，掏空北瓜里面的瓤和籽，鸡块油炒后，塞入其中，加水或鸡汤（炒鸡时的鸡汤即可），放姜、葱、花椒及少许盐（不可放八角茴香，以防喧宾夺主，遮味）。最后，把瓜巴还原，用牙签之类插好，放入锅内蒸。文火一小时，即熟。

出锅，北瓜青绿油亮，惊艳如出土的商彝周鼎。拿开瓜巴，金黄的瓜、雪白的鸡块，异香扑鼻。先吃鸡块，嫩香带有北瓜的甜糯，再用餐刀一圈圈划开北瓜，入口，则北瓜融合了鸡块的肉香。令人大快朵颐，妙不可言！

北瓜蒸鸡当然属于舌尖上的早年，与“叫花鸡”“荷叶黄泥烤鸡”一样，穷吃法。

洋姜・干篓子

洋姜学名叫菊芋，是舶来品，原产北美，十七世纪传入欧洲，后传入中国。传入者，我觉得大概是传教士，因为我那个村里最先种植的，是教门李家。小时候在一个闲园里刨过几十斤，大个的七八两重。至于干篓子（或甘篓子），也有叫宝塔菜、螺蛳菜的，大的像手指，小的像蚕蛹，八宝菜里多有此物。我认定它是本土的，在网上搜了一阵子，始终没有找到它的学名。随后，又查了一些古籍图录，亦无果。

这两样东西，与辣菜疙瘩、大萝卜一样，一般用来腌咸菜，一腌就咸，脆生生的，宜就了喝粥。

这类腌制酱菜食品，大致是小农经济社会的产物。泰安酱菜属北味，有着悠久的历史。其酱菜业的发达，与泰安地区人们的生活水平和生活习俗密切相关。首先是气候条件造成蔬菜的淡旺季，一些新鲜蔬菜要想四季食用，必须制作成酱菜以保鲜，同时便于携带，宜于运输；二是泰安人食性偏咸，口味与酱菜相宜；三是当时泰安人的生活水准比较低，而老字号的酱菜物美价廉，深受人们喜爱。

人的享受需求，大致在两个层面上，一是物质的，舌尖上的美味就属此类。一是精神的，肯于吃苦，甘之如饴的，也需要。

嘉祥热狗

今天给朋友们说的热狗，不是英国的，不是德国的，也不是美国的。热狗未必适合国人的口味。口味不同于胃口，它是一种自我的、很奇妙的感觉。鲁地就有一句调侃：尿壶里泡煎饼 —— 各人对口味。这是没办法的事。

说这话快 20 年了。大约是 1998 年秋天，到嘉祥县纸坊镇武氏祠考察汉画像石。武氏祠始建于东汉桓、灵时期，全石结构，石刻画像，精雕细镂，从各个不同的角度，反映了社会状况，风土人情、典章制度、宗教信仰等，几乎是东汉的大百科全书，是中国最大、保存最完整的汉碑、汉画像石群。

那天中午，馆里的同仁招待。吃什么？主人提议去吃热狗肉，一行人马兴冲冲就去了。地点在一个村子的南边，几排玉米秫秸扎起的篱笆，就地支了一口朝天锅。锅底下燃烧了大捆的玉米秸，拔起的烟筒里狼烟滚滚，锅里边浩浩荡荡、沸沸腾腾地煮了两只全狗。大锅的一侧，围着矮桌，坐了马扎子，大碗吃酒，大块吃肉。

此地的热狗肉，狗褪毛而不是剥皮。拿出五脏，整只狗煮在锅里。客人要吃哪个部位，割取之后，余者继续撂在锅里煮着。以往狗肉都是凉吃，那回是第一次热吃狗肉。不腥不腻，大快朵颐。唯有狗肺凉拌，俗话说，狼心狗肺，主人介绍此乃美味中的极品。

归程，热烘烘，浑身冒了大汗。吃狗肉，喝烧酒，狗肚子里发烧啊！

孔府菜

孔府菜，体系完整，高贵典雅，风格独具。所谓百家之长，乃集家庭菜、地方菜及宫廷菜于一身，冠压鲁菜，是其一大分支。

至于那些具体的菜品，听听名字就可以了：御带猴头，御笔猴头，一卵孵双凤，诗礼银杏，烧安南子，白松鸡，阳关三叠，香酥鸭条，口蘑干烧鱼，烤金牌，黄鹂迎春，丁香鸡丝白翅，琼浆燕窝，鱼皮扒肘子，狮子滚绣球，红烧始皇骨，糖醋凤鸾，霸王别姬，怀抱锦鲤等。

孔府满汉全席的首席大菜，名曰：把儿鱼翅。此品为孔府秘笈菜。一般由内厨操作，不外传。几百年来民间对此菜颇有神秘之感，达官贵人无不以在孔府尝到此菜为宠荣。其实，原料不过火腿、竹笋、鸡肉、鱼翅等，蒸蒸煮煮，捆成把分而食之而已。估计现在的那些土豪们都快吃吐了。

想想孔夫子，一辈子流离颠沛，栉风沐雨。周游列国，饿肚子乃是习久见。陈蔡断炊，又被人追杀，情急之下曾经捞起下锅的米“淅沥而行”。那时你要问他“食不厌精，脍不厌细”“割不正不食，不得其酱不食”的问题，他一定会吹起山羊胡子说：“吾不如老圃。”倘或现下，你要问他这些孔府菜，他一定会说：“知之为知之，不知为不知，是知也。”头几年，曲阜酒厂想让流寓台湾的小圣人题个“孔府家酒”，德成幽幽地说：“我家里没有那个酒。”

我在孔府陆续品尝过一些菜，像“把儿鱼翅”，那是没吃过的。在吃过的那些菜当中，只对两道菜印象深刻，一道是“如意金钩”，即清炒绿豆芽；一道是“蜜汁山药”，果真是名不虚传。不虚什么传？就是不一样，和我们在外边吃的，大不一样。

挎包卷子

老家南部与平邑、泗水搭界的地方，有一种风味食品，叫挎包子卷子。什么叫挎包子，这一带的人把衣服上的口袋，称为挎包子。卷（三声）子，一种面食的称谓。（《红楼梦》里王熙凤说：“琏儿不配，就只配我和平儿这一对烧煳了的卷子和他混罢。”）这样一说你就明白了，挎包卷子，就是巴掌大的一种夹馅火烧。目前，我在其他地方尚未见到过。

工艺流程，和面擀好饼，摊上肉末、油盐、葱花、五香面等，四边封起来，再叠成方形，放在焦炭炉子里烘烤。挎包卷子小老板，最怕车伙子。七八个推小车的一围，每人吃它七八十拉个，其他人的买卖你就别做了。但是，开店不怕大肚子汉，不能怕人家吃你。对吧？

如今，你要说它比肉夹馍之类好吃，我不和你争。但在物质匮乏的小时候，去姥娘家能吃一个挎包子卷子，也算口福吧。这几年，偶尔去那个地方出差，半道里看到，饱也罢饥也罢，总得“停车坐爱烧饼摊”，买了尝尝，味道差强人意。但你如果想：这是在咀嚼、品味童年！舌尖立马就重视起来，好吃！其实，不好吃它也得说好吃，因为它接受了你的心理暗示。

钟鸣鼎食，锦衣玉食，是一种生活；粗茶淡饭、家常便饭，也是一种生活。这就是生活的丰富多彩，个体的五味人生。离开这些东西，你的江湖就是死水微澜。

花椒酸奶

那次，专程去韩城拜谒司马迁，在祠堂给他老人家深深鞠下一躬。出来在广场上溜达，看到了花椒酸奶，顺便买了一瓶，尝个新鲜。浅粉红的颜色，味道麻酥酥的，不能说很好喝，但也绝不难喝。因了口感奇异，味蕾就烙印了它。

韩城那个地方出花椒，“西北山椒，迤逦西涧”。大红袍尤为出众，“粒大肉丰，色泽鲜艳，香气浓郁，麻味纯正”，行销各地。花椒这个东西就是怪，虽然是调味佳品，但没有几个人可以单独嚼花椒。但有两样东西例外，一是臭豆腐，二是狗肉，这里边的花椒粒，咀嚼起来妙不可言。

“视尔如荍，贻我握椒。”《诗经·东门之枌》里的这两句，翻译出来就是：像锦葵花一样美丽的你啊，把手里的那束花椒送给我吧。男女定情的信物，可以是一束花椒。你想不到吧？赠人玫瑰，手留余香。赠人花椒呢？那手里的余味肯定比玫瑰性感。要不怎么会有“椒房”一说呢。

再说那瓶酸奶。造化弄人，联系史官司马迁的人生遭际，是否就有点花椒酸奶的味道呢？

忆苦饭

经历过“文革”的人，大多吃过“忆苦饭”。领导我们事业的核心力量是中国共产党；指导“忆苦饭”的理论基础，大概是列宁同志那句名言“忘记过去就意味着背叛”。

生产大队的忆苦饭，有大队革命委员会在县社两级工作组的领导下，具体组织实施。妇代会主任带领十几个妇女，去坡里挖了一大堆苦菜、荠菜、婆婆丁、马齿苋等，洗洗切切，放点盐在大锅里煮。

这时，先唱一首歌，“天上布满星，月牙儿亮晶晶，生产队里开大会，诉苦把冤申……”这歌曲很煽情，都唱的潸然泪下。尔后，工作队长开始讲话，大意是，如果“走资派”得逞，不仅人头落地，我们还会天天吃这样的饭。眼看煮熟了，每人一小碗，做了“四个首先”之后，开吃。

一边吃，一边还要听诉苦。诉苦的万某，父亲 1947 年当过区中队的公安员，国民党一反攻，人民政府要求地方上的干部一律向渤海转移。他父亲正值新婚燕尔，违反纪律偷偷藏起来没走，被还乡团逮住，如数上缴区中队藏匿的枪支后，还是被杀了。万某虽然是个遗腹子，但讲起他未曾谋面的父亲来，声情并茂，栩栩如生，很能赚取人们的眼泪。在这同时，还要不断的配合诉苦人呼口号：“不忘阶级苦，牢记血泪仇”什么的。

吃完忆苦饭，再思甜，每人发一块裸体的水果糖，众社员把它含在嘴里，就甜津津的回家了。

一说便俗（代后记）

小学五年级那年，我参加了全校革命故事演讲大赛。至于当时讲的什么故事，已经拎不清了。只记得我借用了白家楼西沙河集市上，评书艺人说《济公传》的手段，先伏下草蛇灰线，欲擒故纵，最后抖包袱爆料，一掀两瞪眼，把故事推向高潮。说时迟，那时快，全场掌声雷动。自然，小有得意是免不了的。结果评奖获第二名，得了个硬壳的笔记本。那个笔记本纸头虽然粗糙，但有一股子“老干烘”茶叶的香气。

翌日早操，班主任梅老师拉我出列，诡异地告诉我：“第一名本来是你的，知道为什么给你第二吗？”“为什么？”“为什么？就怕你日后骄傲！”老师的直言不讳，诚然是为了我今后的发展行稳致远，对于这种未雨绸缪的深切关爱，咱还能说什么呢？

那是我第一次与骄傲郑重结缘。你想想，还是一个小学生，老师就如此恐惧他的骄傲。这是一件多么令人骄傲的事情！

孰料，一生二，二生三，三生多多。这一辈子，骄傲竟然像我的老妻，与我如影随形，不弃不离。第二次骄傲附体，是考初中那年。在名落孙山的三四百名小学生当中，选取十名副取生，以备为正式录取而不能入学的作替补名额。这一次，不遑多让，我以第一名，捷足先登。当时就想唱拉魂腔《寒窑》：“金牌调来银牌选……端端正正正正端端，打坐在金銮。”怎么样？就算是古代的秋闱，我也能填个皇榜副贡的出身，且是第一名。老师认为骄傲使人落后，此言差矣！我就是个例外，尽管我很骄傲，却由第二晋升为第一，进步了，尝到了骄傲的甜头。

参加工作，走向社会以后，自觉这个与生俱来的骄傲，收敛了不少。为什么？毕竟人大心开，岂能老是“拿个南瓜头往擦床子上碰”。血乎淋拉的教训，总会让人吃一堑，长一智。正在暗自庆幸，卧底的骄傲却又在不经意间把我卖了——

长话短说。那一年，想跳槽调动工作，朋友把我引荐给一位领导。该领导架子不是很大，只是他盯人的目光有些怪怪的。横披了呢子大氅，端坐沙发，考问了一些写稿编报的常识，我自然唯唯连声。为表达虔诚之意，我还躬身给他点了根香烟。

孰料，第二天，朋友告诉我，那位领导对他说了，“这个人业务倒是可以，就是有点骄傲啊！”朋友奇了怪了：“素不相识，你怎么知道他骄傲呢？”领导说：“你看看他拿烟的姿势，就知道他是个‘奥委会’。”当时听了非常懊恼，我已经谦恭得像个“三孙子”了，不曾想又坏在了“抽烟姿势”上，“抽烟姿势”怎么就骄傲了呢？罢、罢、罢，此处不留爷，自有留爷处。处处不留爷，爷去卖豆腐！“一马离了西凉界……”爷另谋高就还不行吗？新泰人说了，雾露天饿不死瞎鹰！这不，就像打水捞罐子，眼见得来到井沿，又“噗嗵”掉了下去。朋友急赤白脸地说：“你看看，你看看，也怪不得人家说你，你就是个骄傲分子！”

至于后来，迄今几十年吧，月光温酒，煮字疗饥。无论帮闲帮忙，乏善可陈。这其间，或失之于骄傲，或得之于骄傲，骄傲近乎我的成败萧何……太多太多的遭际变故，使我记起《东山谈苑》（清·余怀）：“倪元镇为张士信所窘辱，绝口不言，或问之，元镇曰，一说便俗。”一说便俗，还说他做个鸟？

按说，骄傲总要有点资本、有些由头，正所谓“恃才傲物”。孰料，在这方面，我又是个例外。七八年前，曾荣幸地忝列于某学会的“学术顾问”。因为要填表上报，学会会长打电话，询问我的学历，我说：中学生。又问我的职称，我说：中级。会长听了，顺水推舟：那就给你填个自学成才吧？我说：别价！自学不假，但没有成才。最后，不约而同地哈哈一笑，但彼此都笑得很尴尬。

事后，扪心自问：既然无德无才，你还骄傲的连自己都瞧不起，你到底骄傲个什么劲呢？可又一转念，大千世界，士农工商，生旦净末丑，形形色色的人戴着形形色色的面具，我戴个骄傲的面具，其奈我何！

但是，这句话终究没有说出来，因为：一说便俗。

蔺时工

2021 年 4 月 20 日于岱西樱桃园百扇堂